Schicksalhafte Entscheidungen

Fateful decisions

Mareile Raphael

1. Auflage November 2017

Covergestaltung: pro_designx / prodesignsx

Foto: ProStockStudio / Shutterstock

Lektorat + Korrektorat: Schreibservice More

ISBN: 9781973193951

WIDMUNG

Diese Geschichte widme ich meinem Vater, der während der Entstehung dieses Buches zunächst erkrankte und dann, nachdem er sich wieder so gut erholt hatte, völlig unerwartet verstarb. Das Verhältnis zu ihm war in den letzten Jahren schwierig, aber durch seine Krankheit hatten wir uns Stück für Stück wieder angenähert.
Sein plötzlicher Tod war auch deshalb ein Schicksalsschlag, der mich ein Vierteljahr davon abgehalten hat, an der Fortsetzung weiterzuarbeiten.

Es ist schön, Papa, dass wir uns am Ende doch wieder so nah gekommen sind und unseren Frieden miteinander finden konnten!

KAPITEL 1

Vincent schiebt die Blende am Flugzeugfenster herunter und schaut auf Maya, die ihren Kopf an seine Schulter gelehnt hat. Ihre Augenlider sind geschlossen, ein zufriedenes Lächeln ziert ihre Lippen.

Die Flitterwochen liegen hinter ihnen, es geht zurück in den Alltag nach Los Angeles. Ein Alltag, der sich verändert hat. Künftig wird er nicht mehr in dem Bungalow auf dem Grundstück seiner Eltern leben, sondern in einem eigenen Haus in der Nähe der Villa der Carters. Das neue Zuhause befindet sich in einem anmutigen Gebäude im viktorianischen Stil auf einem weitläufigen Anwesen, das Mayas Vater, der Publizist Preston Carter, ihnen zur Hochzeit geschenkt hat.

Mit einem Lächeln erinnert Vincent sich daran, wie oft Maya während ihres Urlaubs davon gesprochen hat, wie sie das Haus einrichten möchte. Der Elan und ihre Ideen haben ihm gefallen, vor allem, da sie Maya wieder so viel Leben eingehaucht haben. Jeden Tag hat sie sich mehr der Frau genähert, die er seinerzeit kennengelernt hat. Eine Frau, die ihn über mehrere Wochen auf eine äußerst faszinierende Weise hingehalten hatte, sodass er mit seinen Verführungskünsten nicht ans Ziel kam.

Doch obwohl sie inzwischen seine Ehefrau ist und ein Kind von ihm erwartet, ist sie immer noch nicht die Frau, die er am meisten liebt. Die Gefühle für Maya wachsen – langsam -, aber werden sie jemals so stark sein, wie die, die er für Natessa hegt?

Vincent schüttelt bei dem Gedanken den Kopf. Die Bilder von Natessas Enttäuschung, als ihr klar wurde, dass er sich nicht für sie entschieden hatte, kehren auf schmerzhafte Weise zurück. In den letzten Wochen hatte er sich dazu gezwungen, die Erinnerung an sie nicht zuzulassen. Um das zu schaffen, hatte er die gesamte Konzentration auf seine Braut gelenkt. Die Untersuchungen bei Lisa Braden bezüglich der Schwangerschaft, der versuchsweise Termin bei einem Psychologen wegen Mayas Selbstverletzung und letztlich die Planung der Hochzeit sowie der Flitterwochen waren hilfreiche Ablenkungen. Zusammen mit seiner Arbeit im Krankenhaus hatten sie ihm dabei geholfen, das schlechte Gewissen Natessa gegenüber beiseitezuschieben. Bis jetzt…

Mit jeder Meile, die sie Los Angeles näherkommen, wandern die Gedanken zu einer anderen Frau als seiner Ehefrau zurück. Seit dem verhängnisvollen Abend haben sie sich nicht mehr gesehen, geschweige denn miteinander gesprochen.

›Ich frage mich, wie es ihr geht‹, überlegt Vincent, nachdem er die Augen geschlossen hat. Die Frage ruft ein Bild hervor, das er von Natessa eingefangen hat, während sie gemeinsam einen ihrer Spaziergänge am Strand von Malibu gemacht haben. Um nicht noch tiefer in diesen Traum einzutauchen, öffnet er die Lider wieder.

Auf dem Sitz neben ihm rekelt Maya sich. Wie so oft wandert eine Hand im Schlaf auf die Wölbung an ihrem Bauch. Die Hälfte der Schwangerschaft hat sie inzwischen erreicht, was man deutlich sehen kann. Dank der guten Verpflegung während der vierwöchigen Hochzeitsreise hat sie wieder etwas an Gewicht zugelegt, sodass der Kontrast zwischen ihrem abgemagerten Körper und der Rundung am Bauch nicht mehr ganz so offensichtlich ist. Dem Baby geht es gut, das hatte die Untersuchung durch Dr. Braden vor der Hochzeit zu Vincents Erleichterung ergeben. Auch wenn er so früh nicht mit dem Gedanken gespielt hat, Vater zu werden, fühlt er sich seinem ungeborenen Kind verbunden. Er gibt einen Kuss auf die Fingerspitzen seiner Ehefrau und legt diese danach zum Gruß für das Baby auf ihren Bauch.

*****

Zur selben Zeit klappt Natessa die Tür ihres Spinds im Universitäts-Krankenhaus zu. Ein arbeitsreicher Tag liegt hinter ihr, an dem sie unzählige Proben ausgewertet und die Ergebnisse notiert hat. Darunter waren auch zwei Fruchtwasseruntersuchungen, bei denen sich herausgestellt hat, dass die Föten gesund sind. Noch immer bereiten Natessa diese Auswertungen Schwierigkeiten.

Tief in Gedanken versunken macht sie sich wenig später auf den Weg zu ihrem Wagen. Ein kühler Wind pfeift um die Ecke des Gebäudes, aber Natessa nimmt es kaum wahr. Nach dem dreiwöchigen Aufenthalt im kalten, verschneiten Vermont, wohin sie nach der Trennung von Vincent geflüchtet war, kommen ihr die Temperaturen in Los Angeles wärmer denn je vor. Sie ignoriert die leichte Brise und kramt in ihrer Handtasche nach dem Autoschlüssel. Die Person, die neben ihrem Auto steht, bemerkt sie daher erst im letzten Moment.

»Enrique«, ruft sie erstaunt aus. »Woher weißt du, wann ich Feierabend habe?«

Der Angesprochene lässt seine strahlend weißen Zähne aufblitzen, als er ihre Begrüßung erwidert. Nachdem Natessa die Fernbedienung an ihrem Schlüssel gedrückt hat, öffnet er ihr die Fahrertür.

»Simone hat es mir verraten. Du bist allerdings nicht besonders pünktlich«, zieht er sie grinsend auf. »Wie geht es dir?« Als er einen Schritt nähertritt, weicht sie ihm aus. Eine Geste, die das Lächeln aus seinem Gesicht vertreibt.

»Ich komme zurecht«, antwortet sie leise, als sie ihre Handtasche auf den Beifahrersitz wirft und danach zu ihm aufschaut. »Es ist doch erst ein paar Tage her, erwarte bitte keine Wunder.«

»Natessa, die Hochzeit war vor vier Wochen. Du musst endlich anfangen, dein Leben wieder zu leben. Lass uns in die Hollywood-Hills fahren, das hat dir schon einmal geholfen auf andere Gedanken zu kommen.«

»Heute nicht, Rick«, weicht sie aus. Die Erwähnung von Vincents Heirat lässt die Tränen in ihr aufsteigen. ›Einen Monat soll das bereits zurückliegen? Unmöglich‹, redet Natessa sich ein.

Ein Schaudern läuft über ihren Rücken, als sie sich daran erinnert, wie Enrique sie aus der Bel Air Presbyterian Church getragen hat. Mit einem dunklen Kopftuch und einer großen schwarzen Sonnenbrille getarnt hatte sie in einer der letzten Reihen der Kirche hinter einem der Stützpfeiler gesessen. Von dort beobachtete sie die Trauung des Mannes, der ihr drei Wochen zuvor das Herz gebrochen hatte. Enriques beherztem Eingreifen hatte sie es zu verdanken, dass sie nicht unter Tränen auf ihrem Sitz zusammenbrach, als Vincent den Schleier seiner Braut hob, um sie im nächsten Augenblick zu küssen. In dem Moment hatte Rick sie bereits auf seine Arme gehoben und über den Seiteneingang nach draußen getragen.

Inzwischen rollt eine Träne über ihre Wange, die Enrique sanft verwischt. Da Natessa ihm nicht erneut ausweicht, legt er seine Hand seitlich an ihren Kopf und reibt mit dem Daumen beruhigend über ihre Haut. Es ist die einzige Berührung zwischen ihnen, noch immer stehen sie eine Armlänge voneinander entfernt. Enrique schaut Natessa in die Augen, versucht ihr Mut zuzusprechen, aber sie schüttelt nur den Kopf.

»Es ist noch zu früh, Rick«, flüstert sie ihm zu.

»Wird es jemals so weit sein?«, fragt er leise zurück.

»Ich weiß es nicht«, gibt sie zu. »Momentan kann ich mir das einfach nicht vorstellen – mit niemandem.«

»Mit niemandem?«, hakt er nach, wobei beiden klar ist, dass er damit auch Vincent einschließt.

Natessa übergeht die Frage, auf die es nur eine Antwort gibt. Sie auszusprechen, ist jedoch zu schmerzhaft. Zudem würde sie den Mann vor sich verletzen, der sich regelmäßig bei ihr meldet, dabei aber nicht aufdringlich agiert. Das will sie Enrique nicht antun, nachdem er bisher so fürsorglich und nachsichtig mit ihr umgegangen ist. Stattdessen zwingt Natessa sich zu einem Lächeln, als sie nach seiner Hand greift, die weiterhin an ihrer Wange ruht. Behutsam löst sie den Kontakt – einen Augenblick später auch den zwischen ihren Händen.

Seufzend tritt Enrique einen Schritt zurück, sodass Natessa ungehindert in ihr Auto steigen kann.

»Ich bin immer für dich da«, versichert er ihr, als er die Fahrertür schließt.

»Danke«, formt sie mit den Lippen, ehe sie den Motor startet. Langsam lässt sie den Wagen aus der Parklücke rollen, winkt ihm kurz zu und fährt davon. Enrique blickt ihr nachdenklich hinterher, als sie vom Parkplatz auf die Straße biegt.

»Wie lange will sie diesem verlogenen Arzt noch nachtrauern?«, murmelt er vor sich hin, als er den Helm aufsetzt und sich auf das Motorrad schwingt. Der zweite Kopfschutz, den er für Natessa mitgenommen hat, führt ihm deutlich vor Augen, wo er in ihrer Gunst steht. Sein Vorhaben, ihr näherzukommen, zumindest etwas Zeit mit ihr zu verbringen, um ihre trüben Gedanken zu zerstreuen, ist wieder einmal gescheitert.

Dabei hatte es ihm Mut gemacht, als Natessa ihn in der Nähe der Kirche, aus der er sie gerettet hatte, bat, sie an einen Ort zu bringen, wo alles neu beginnen sollte. Um sie abzulenken, entschloss er sich, mit ihr in die Hollywood Hills zu fahren. Gedanklich begibt Enrique sich zu dem Moment zurück, als Natessa von hinten ihre Arme um ihn schlang und er sein Motorrad startete.

~ ***** ~

Die Überlegung, wohin er sie bringen könnte, dauerte

nicht lange an. Instinktiv steuerte Enrique die Maschine in Richtung Santa Monica Mountains. Im östlichen Teil befand sich die Hügelkette, die sein Ziel war – Hollywood Hills. Seine Mutter hatte ihm dort als Kind einen besonderen Platz gezeigt, der sich ein wenig unterhalb des Y's vom Hollywood-Schriftzug versteckte. Immer, wenn es etwas zum Nachdenken gab, fuhr er dorthin. Die Aussicht auf die Stadt war atemberaubend, die Stille beruhigend. Eine Mischung, die Natessa von dem Erlebten ablenken sollte.

›Ich werde ihr neue Perspektiven aufzeigen, so wie die Hügel es in Bezug auf das ruhelose Treiben in der City tun. Sie wird es nicht heute erkennen und auch nicht morgen, aber ich weiß, dass der Ausblick seine Wirkung über kurz oder lang nicht verfehlen wird. Vincent Harper wird verblassen, es muss einfach so sein.‹

Da Natessa zwar einen Helm, aber keine Motorradkleidung trug, fuhr Enrique langsam durch die Straßen der Stadt. Der Verkehr nahm immer mehr ab, die Gegend wurde abgelegener, am Ende brachte sie eine schmale Schotterstraße zu der entlegenen Stelle. Erst als er den Motor abstellte, erwachte seine Mitfahrerin aus ihrer Lethargie und gab die Umklammerung auf.

»Wo sind wir?«, fragte sie überrascht, nachdem sie den Helm abgenommen und sich ein wenig umgesehen hatte.

»An meinem Lieblingsplatz. Von hier aus hat man einen Blick auf die Stadt, der sämtliche Probleme in den Hintergrund rücken lassen kann«, verhieß er ihr. »Von dort drüben hat man freie Sicht, wir müssen nur ein Stück den Hügel hinab. Keine Angst, der Weg ist mehr als ein Trampelpfad«, fügte er hinzu.

Zögernd ergriff Natessa seine ausgestreckte Hand und ließ sich von ihm zu dem Platz führen, an dem zwei flache Felsbrocken zum Hinsetzen einluden. Eine Weile genossen sie schweigend den Ausblick. Als Enrique zu seiner Begleiterin schaute, bemerkte er die frischen Tränenspuren, die ihre Wangen zierten. Ohne ein Wort legte er den Arm um

Natessas Schultern, um ihr Trost zu spenden. Sie ließ es geschehen, lehnte ihren Kopf an seine Brust und starrte weiter in die Ferne.

Enrique spürte, dass er sie aus ihrem Hamsterrad der Gedanken befreien musste, damit der besondere Platz seine Wirkung entfalten konnte. Ein Falke, der in der Nähe seine Kreise zog, kam ihm gerade recht. Stumm wies er auf den Vogel, der schließlich in den Steilflug ging und zwischen den Bäumen verschwand. Natessa schaute ihm nach und atmete tief durch.

»Die Stadt sieht von hier oben so winzig aus«, durchbrach sie die Stille. Dankbar ging Enrique auf die Bemerkung ein. Nur wenig später waren sie damit beschäftigt, sich gegenseitig im Auffinden von markanten Gebäuden zu übertrumpfen. Die Gegend um Bel Air, wo sich die Villa der Harpers befand, ließen beide dabei bewusst aus.

Am Ende des kleinen Wettstreits umfasste Natessa eine Hand von Enrique. Lächelnd sah sie ihn an. Der Anblick gefiel ihm, obwohl der Glanz noch nicht in ihre Augen zurückgekehrt war.

»Danke für deine Rettung und, dass du mir diesen Ort gezeigt hast.« Als er etwas erwidern wollte, legte sie ihm einen Finger auf die Lippen. »Ich muss mein Leben neu ordnen. Bringst du mich nach Hause?«

»Bist du sicher, dass L.A. noch die richtige Stadt zum Leben für dich ist?«, wollte er wissen, als sie seinen Mund freigab. »Vielleicht wäre es besser, woanders hinzugehen. Ich würde dich begleiten.«

»Die Entfernung und eine neue Umgebung bringen gar nichts, Rick«, lehnte sie kopfschüttelnd ab. »Das habe ich in Vermont gemerkt. Nein, ich bleibe in der Stadt, werde wieder arbeiten und versuchen, nicht mehr an ihn zu denken.«

»Ich helfe dir dabei, ebenso wie deine Familie«, versprach er ihr, was ein erneutes zartes Lächeln bei ihr hervorrief. »Komm, Simone und die anderen werden sich bestimmt schon Sorgen machen. Bringen wir dich zurück in den Schoß derer, die sich um dich kümmern werden. Auf mich kannst du ebenfalls jederzeit zählen.«

~ ***** ~

Ein gehauchter Kuss auf die Wange war die Belohnung, die er von Natessa für seinen Einsatz erhalten hatte. Auch jetzt spürt Enrique die zarte Berührung ihrer Lippen wieder, als er daran zurückdenkt. Mit den Fingerspitzen fährt er über die Stelle, bevor er die Handschuhe überstreift.

›In ein paar Tagen werde ich erneut versuchen, sie zu einem Ausflug zu diesem speziellen Ort zu überreden‹, nimmt er sich vor. ›Irgendwann wird die Belohnung dafür dann auch so ausfallen, wie ich es mir seit dem ersten gemeinsamen Abend auf der Veranda der Morgans wünsche.‹

KAPITEL 2

Im Hause der Morgans starrt Emilia gedankenverloren auf ihr Handy. Der Eintrag mit Jasons Nummer strahlt ihr auf dem Display entgegen. Der Daumen schwebt über dem grünen Symbol, sie bräuchte es nur auszulösen, aber sie zögert. So wie all die letzten Male auch, in denen sie ihre Collegeliebe vermisst hat. Das Aufleben des Kontakts, den es zu Jason in den vergangenen Monaten gegeben hat, will nicht aus ihren Gedanken verschwinden. Viele Erinnerungen sind hervorgekommen, die jedoch durch die Ereignisse zwischen ihrer Tochter und Jasons Sohn in den Hintergrund treten mussten.

»Natessa hat genug gelitten, es wird Zeit, dass wir die Harpers wieder aus unseren Köpfen bekommen«, nimmt Emilia sich vor. Seufzend schließt sie den Kontakteintrag und legt das Handy beiseite. Statt eines Anrufs bei Vincents Vater kümmert sie sich um das Essen, in der Hoffnung, dass diese Tätigkeit für Ablenkung sorgt. Das Vorhaben gelingt nur zum Teil. In dem Moment, als Emilia nach einer Karotte greift, die sich als Zwillingsstück herausstellt, schweifen ihre Gedanken in die Vergangenheit. Der klobige Rumpf teilt sich in zwei krumme Beine, die ein Feuerwerk an Bildern einer lang zurückliegenden Szene in ihrem Kopf hochgehen lassen.

~*****~

Jason, der in einer der Kochräume am College neben ihr stand, um ihr dabei zu helfen, die Zutaten für eine Gemüselasagne vorzubereiten. Während sie sich um den Teig kümmerte, versuchte ihr Freund seit Minuten, sich beim Zerkleinern des Gemüses nicht in den Finger zu schneiden – bisher mit Erfolg. Die verwachsene Möhre, die er irritiert hin und her drehte, brachte Emilia zum Lachen.

»Wie soll ich hier die oberste Schicht abschaben?«, erkundigte Jason sich mit ernstem Blick. Mit dem Messer kratzte er in dem immer enger werdenden Spalt der Auswüchse.

Mit einem Augenzwinkern nahm Emilia ihm die Karotte und das Messer aus den Händen. Ein beherzter Schnitt folgte, der zwei fast gleiche Teile hervorbrachte.

»Chirurgie wird sicher nicht dein Fachgebiet«, scherzte sie in Anspielung auf sein Medizin-Studium.

~*****~

Zurück aus dem kurzen Gedankensplitter verbleibt das Lächeln auf Emilias Lippen.

›Genau das Gegenteil ist eingetreten. Heute hat er eine eigene Klinik, in der er Chefarzt der chirurgischen Abteilung ist. Genauso wie seine Schneidekünste sich in eine andere Richtung entwickelt haben, hat es auch unsere Liebe getan. Hätte ich damals doch nur mit ihm gesprochen, anstatt ohne ein Wort zu gehen und ihn nie wieder zu kontaktieren. Aber der Anblick einer anderen Frau in seinen Armen – er hatte sich in mein Gedächtnis gebrannt, dabei alle positiven Erinnerungen an ihn überlagert. Wer weiß, wie unser Leben verlaufen wäre… Jason hätte Lizzy Platt nicht näher kennengelernt, keine Gefühle für sie entwickelt, um sie am Ende sogar zu heiraten. Vielleicht wäre dieser Schritt uns vorbehalten gewesen.‹

Emilia schüttelt den Kopf energisch, um das Wunschdenken zu beenden. »Hör auf, er hat sie geheiratet, daran wird sich nichts ändern. Genauso wie ich, wird auch Natessa lernen müssen, damit umzugehen, dass ein Harper mit einer anderen Frau glücklich wird.«

»Es scheint euer Schicksal zu sein, dass die Harper-Männer unerreichbar sind«, ertönt die Stimme von Simone plötzlich von der Tür aus. Emilia zuckt zusammen und lässt das Gemüsemesser fallen. Ihr Kopf dreht sich in die Richtung, aus der die Worte gekommen sind. Mit aufgerissenen Augen

bleibt der Blick an ihrer Nichte hängen.
»Du hast mich zu Tode erschreckt. Seit wann bist du im Haus? Hat noch jemand zugehört? Natessa etwa?«
Simone geht einen Schritt auf ihre Tante zu und legt ihr die Hände auf die Schultern. Während sie dort einen leichten Druck ausübt, sieht sie ihr in die Augen.
»Beruhige dich, Tantchen, Tess ist nicht hier. Niemand außer mir hat dich gehört.«

Die Anspannung fällt von Emilia ab. Ihre Schultern, die sich verkrampft nach oben gezogen hatten, nehmen den beruhigenden Druck der Finger ihrer Nichte wahr und senken sich.
»Gut«, kommentiert sie erleichtert.
»Es ist gut, dass ich dich gehört habe«, widerspricht Simone leise. »Du vermisst ihn?« Als ihre Tante kaum merklich nickt, bugsiert sie diese zum Tisch, wo sie gemeinsam Platz nehmen. »Warum rufst du ihn nicht an?«
»Weil er verheiratet ist; weil er der Vater des Mannes ist, der Natessa das Herz gebrochen hat; weil wir inzwischen in verschiedenen Welten leben … es gibt unzählige Gründe.«
Seufzend lehnt Simone sich auf dem Stuhl zurück. Sie legt die Fingerspitzen ihrer Hände aneinander und stützt das Kinn darauf. Nachdenklich betrachtet sie ihre Tante ein paar Sekunden lang.
»Wann habt ihr das letzte Mal miteinander gesprochen?«
»Ein paar Tage nach Natessas Zusammenbruch, als Jason vorgeschlagen hat, sie für eine Weile in eine andere Umgebung zu bringen. Danach habe ich alle Kontaktversuche von ihm abgeblockt, damit wir zu dem Leben vor dem Cateringauftrag bei den Harpers zurückkehren können.«
»Dieses Leben gibt es nicht mehr, Tantchen. Weder für dich und schon gar nicht für Tess.«
»Wir werden es schaffen«, erwidert Emilia energisch. »Die Harpers haben unser Leben kurz gestreift, aber jetzt gehen wir wieder getrennte Wege. Niemand interessiert sich mehr für die anderen. Natessa wird über Vincent

hinwegkommen, genauso wie es mir all die Jahre mit Jason gelungen ist.« Sie springt auf und streicht mit den Händen über die Schürze. »Lass uns das Abendessen vorbereiten, damit wir fertig sind, wenn der Rest der Familie heimkommt.«

Simone, die weiß, dass es Situationen gibt, in denen man mit ihrer Tante keine Diskussionen anfängt – und diese ist eindeutig eine von ihnen – beschließt, das Thema vorerst ruhen zu lassen. Gleichzeitig ist sie dankbar für ihr eher ruhiges, übersichtliches Liebesleben, in dem es bisher keine derartigen Turbulenzen gegeben hat.

*****

Im Krankenhaus der Harpers sitzt Jason in seinem Arztzimmer am Schreibtisch. Mit gerunzelter Stirn betrachtet er die Zusammenstellung der Spendengelder, die er bisher sammeln konnte. Nach wie vor wurmt es ihn, dass der Stiftungsrat Vincents Idee für ein Pro-Bono-Programm unterstützt, wodurch seine eigenen Forschungsarbeiten auf dem Gebiet der Leukämiebekämpfung zurückgestellt wurden.

»Mein Lebenstraum gerät in Gefahr, weil Lizzy in einem entscheidenden Augenblick zu unserem Sohn anstatt zu mir gehalten hat«, grummelt er vor sich hin. Er wirft den Stift aus der Hand und lehnt sich in seinem Schreibtischsessel zurück. »Sie ist in den letzten Wochen eine Meisterin darin geworden, Träume zerplatzen zu lassen«, fügt er hinzu. Dabei denkt er an den Abend des Dinners zurück, an dem seine Frau die Tochter seiner Collegeliebe mehr als nur schlecht behandelt hatte. Lizzy ignorierte Natessa Morgan fast gänzlich und schenkte ihre Aufmerksamkeit Maya Carter, die sie geschickt in Vincents Nähe platzierte.

›Ich frage mich, wie der Abend verlaufen wäre, wenn die kleine Carter Vincent nicht mit der Schwangerschaft überrascht hätte.‹ Die Erinnerung an den Moment als Maya die Bombe platzen ließ, lässt ihm erneut einen Schauer über den Rücken laufen. Der Augenblick hatte alles verändert: Sein

Ältester musste sich zwischen zwei Frauen entscheiden; sein Zweitgeborener erlebte eine herbe Enttäuschung, weil er sich Hoffnungen auf eine Zukunft mit Maya gemacht hatte; die Tochter seiner Collegeliebe wurde um die Chance auf eine Beziehung mit Vincent gebracht – und Lizzy thronte zufrieden über allem.

›Unsere Familie ist ein Scherbenhaufen‹, rekapituliert Jason traurig. ›Dabei war es immer mein Wunsch, dass Vincent und Aidan die Klinik eines Tages gemeinsam führen. Ebenfalls ein Traum, der in weite Ferne gerückt ist.‹

Ein Klopfen an der Tür beendet die trüben Gedanken. Auf sein »Herein« kommt Aidan ins Zimmer.

»Hast du einen Moment Zeit?«, erkundigt er sich. Sein Vater weist auf den Sessel vor dem Schreibtisch und schaut ihn erwartungsvoll an. »Durch den Ausfall von drei Ärzten sowie die damit verbundenen Verschiebungen in den Abteilungen häufen sich die Beschwerden einiger Assistenzärzte. Ihrer Meinung nach werden sie zu sehr hin und her geschoben.«

Jason reibt sich nachdenklich das Kinn. »Es ist der Sinn einer Assistenzzeit in vielen Bereichen tätig zu werden. Wie schlimm ist die Unzufriedenheit des Personals? Die Betreuung der Patienten darf nicht darunter leiden.«

Wie erwartet ist Aidan auf diese Frage vorbereitet. Er zieht aus der mitgebrachten Mappe eine Aufstellung hervor, die er seinem Vater reicht. Darauf sind die Einsatzzeiten und -orte der Ärzte aus den letzten Wochen aufgeführt. Durch die farbigen Markierungen mit den Randbemerkungen über unerwartete Verschiebungen ist für Jason auf einen Blick ersichtlich, wo es zu Beschwerden kam. Die hohe Stundenzahl, die einige Ärzte in der aktuellen Woche bereits geleistet haben, lässt ihn die Stirn runzeln.

»Selber kann ich noch ein paar Stunden mehr leisten, wenn ich die Spendensuche vorübergehend zurückstelle. Ich werde die Dienstpläne diesbezüglich erweitern. Außerdem wird Vincent ab morgen seine Arbeit wieder aufnehmen.

Zumindest in der chirurgischen Ambulanz wird sich die Lage dadurch entspannen. «

Aidans Miene verdüstert sich bei der Nennung von Vincents Namen für wenige Sekunden. Doch er versucht sich nichts anmerken zu lassen, indem er ein Lächeln aufsetzt. »Geht es den beiden gut?«

»Das nehme ich an. Deine Mutter und ich haben in den letzten vier Wochen kaum etwas von deinem Bruder und Maya gehört. Vermutlich haben sie ihre Flitterwochen genossen. Hast du Bedenken, sie wiederzusehen?«

»Nein«, versichert Aidan knapp. Gleichzeitig springt er vom Stuhl auf, schaut geschäftig auf die Uhr, wendet sich seinem Vater jedoch noch einmal zu. »Dann warte ich auf die Überarbeitung der Dienstpläne, bevor ich versuche, das betroffene Personal zu beschwichtigen. Der vermehrte Einsatz gleich zweier Harper-Ärzte wird sie sicher beruhigen.«

Kopfschüttelnd sieht Jason seinem Sohn nach, als dieser das Zimmer verlässt. Er hofft, dass die Rückkehr seines Ältesten ruhig verlaufen wird. Die Frau, die er liebt, an seinen Bruder zu verlieren, war ein schwerer Schlag für Aidan. Erst nach Vincents und Mayas Hochzeit ist er nach Los Angeles zurückgekehrt, um seine Arbeit als Verwaltungschef des Krankenhauses wieder aufzunehmen. Eine Tätigkeit, die er umfangreicher und sorgfältiger ausführt als jemals zuvor. Freizeit nimmt er sich kaum und wenn doch, dann zieht er sich dafür komplett in seinen Bungalow auf dem Harper-Anwesen zurück. Gemeinsame Mahlzeiten im Haupthaus hat es seit dem fatalen Dinner nicht mehr gegeben. Seufzend schickt Jason ein Stoßgebet zum Himmel, dass sich dieser Umstand bald wieder ändern möge.

Sein Blick wandert zum Handy, das zu vibrieren begonnen hat. Für einen Moment macht sich Hoffnung in ihm breit, dass Emilia die Anruferin ist. Doch wie all die Male zuvor in den letzten Wochen wird er enttäuscht. Der Name seiner

Frau prangt auf dem Display und verlangt seine Aufmerksamkeit.

»Lizzy, was kann ich für dich tun?«, nimmt er das Gespräch an. In seiner Stimme fehlt jedoch die Herzlichkeit, die früher immer mitschwang.

»Vincent hat sich gemeldet. Er und Maya sind wohlbehalten zu Hause angekommen. Maya war allerdings so müde, dass sie sich sofort hingelegt hat. Ich hoffe, sie hat sich im Urlaub nicht übernommen.«

»Das sind sicher nur die Anstrengungen des Fluges. Mach dir keine Sorgen, unser Sohn wird gut auf sie aufpassen.«

»Was hältst du davon, in den nächsten Tagen ein Familiendinner zu veranstalten? Dann können wir uns ein Bild davon machen«, schlägt Lizzy voller Tatendrang vor. »Wir könnten auch Mayas Vater dazu einladen, schließlich haben wir ihn seit der Hochzeit nicht mehr gesehen.«

»Lass ihnen doch etwas Zeit, Lizzy«, bringt Jason seine Bedenken an, was am anderen Ende ein Schnauben hervorruft. »Warten wir ab, bis Vincent sich im neuen Haus eingelebt und Aidan sich an die Situation gewöhnt hat.«

»Wir sind eine Familie, Jason. Ich möchte Anteil am Leben meines Sohnes und seiner Frau nehmen. Für Aidan finden wir auch noch eine geeignete Partnerin.«

Jason unterdrückt angesichts dieses Vorhabens ein Aufstöhnen. Doch er beschließt, die Bemerkung vorerst zu ignorieren. Die letzten Wochen haben ihm gezeigt, dass seine Ehefrau mit Vorliebe die Dinge ausführt, die er ihr auszureden versucht. Sollte sich Lizzy tatsächlich in das Liebesleben von Aidan einmischen, wäre ein weiterer Familienstreit unumgänglich.

Obwohl seine Frau ihn noch über ein paar andere für sie wichtige Neuigkeiten informiert, schweifen Jasons Gedanken zu Emilia ab. Während er sich vorstellt, was sie gerade macht, zieht er die Schreibtischschublade auf und holt von ganz hinten einen Umschlag hervor. Das verliebte Lächeln einer jungen Collegestudentin strahlt ihm von einem alten

Foto entgegen, das er darin aufbewahrt.

›Sobald sich die personelle Lage in der Klinik entspannt hat, werde ich dich aufsuchen, meine Liebe‹, wirft er dem Gesicht gedanklich zu. ›Wir verlieren den Kontakt nicht wieder. Das lasse ich kein zweites Mal zu!‹

Die Nachfrage von Lizzy zu einer Sache holt ihn in die Realität und das Telefonat zurück. Er beantwortet die Frage für seine Frau zufriedenstellend, sodass diese das Gespräch wenig später beendet. Das Handy wandert auf den Schreibtisch, das Foto verbleibt dagegen noch ein paar Minuten in der anderen Hand.

*****

In einem Büro im Verwaltungstrakt des Krankenhauses wird kurze Zeit später ebenfalls ein Foto hervorgeholt. Es befindet sich in einem mit geschnitzten Verzierungen versehenen Bilderrahmen aus Zedernholz. Auch hier strahlt das fröhliche Lachen einer jungen Frau durch das Glas. Eine Frau in einem viel zu weiten Pullover am Strand vom Coopers Beach in den Hamptons.

Dass das Lächeln seiner großen Liebe zu dem Zeitpunkt nur aufgesetzt war, um ihn bei Laune zu halten, versucht Aidan zu verdrängen. Gelingen will es ihm nicht wirklich. Immer wieder wird das Bild aus diesen für ihn glücklichen Stunden von dem Moment verdrängt, als Maya in seinem Beisein vor Vincents Augen die Wölbung an ihrem Bauch präsentierte. Der Beweis für ihre Schwangerschaft und die untrennbare Verbindung, die sie damit zu seinem Bruder geschaffen hatte.

»Verdammt, es hätte unser Kind sein sollen«, flucht er grimmig. Ein letztes Mal wandert sein Daumen über das Glas, ehe er den Bilderrahmen gegen die Wand neben der Tür wirft. Mit einem Knall zerspringt die Glasscheibe in unzählige Teile. Der Rahmen zerbricht, das Foto landet mit der Rückseite nach oben vor dem Aktenschrank.

Ein paar Sekunden später öffnet sich die Bürotür. Aidans Assistentin Emma kommt herein und schaut besorgt zu ihrem Vorgesetzten. Splitter des Glases knirschen unter ihren Schuhen, sodass sie stehen bleibt. Emmas Augen weiten sich, als sie den Schaden bemerkt. Die Frage, was passiert ist, bleibt ihr angesichts der wütend zusammengekniffenen Augen von Aidan im Halse stecken. Als sie sich bücken will, um das Foto aufzuheben, hält seine schneidende Stimme sie auf.

»Fassen Sie das nicht an«, faucht er. Mit der Hand weist Aidan sie an zu gehen. Eine Aufforderung, der sie kommentarlos folgt. Auf dem Rückweg zu ihrem Schreibtisch fragt Emma sich, wann sie den ausgeglichenen und stets freundlichen Chef zurückbekommt, für den sie bisher so gerne gearbeitet hat. Von diesem gut gelaunten Menschen ist die Person in dem anderen Büro seit Wochen weit entfernt.

›Er arbeitet zu viel und lacht zu wenig‹, resümiert sie seufzend, bevor sie sich an ihren Schreibtisch setzt, um mit der Arbeit fortzufahren, aus der sie durch das Scheppern im Nebenzimmer gerissen wurde.

*****

Am nächsten Morgen erwacht Lizzy schon früh. Enttäuscht stellt sie fest, dass die andere Bettseite leer ist. Die Bettdecke wurde akkurat zurückgeschlagen, das Laken fühlt sich kühl an, als sie ihren Arm darauf legt. Die fehlende Wärme führt ihr auf schmerzhafte Weise vor Augen, dass es in ihrer Beziehung zu Jason ähnlich aussieht. Ihr Mann teilt zwar noch dasselbe Bett mit ihr, jedoch ohne sie in den Arm zu nehmen. Ihr fehlt vor allem das sanfte Streichen seines Daumens auf ihrer Haut, mit dem er sie früher beruhigt einschlafen ließ. Zu der Zeit wäre es auch undenkbar gewesen, dass ihr Mann aufsteht, ohne sie mit einem Kuss zu wecken. Dass er sie liebt, hat sie seit Wochen nicht mehr von ihm gehört – genau genommen seit dem Dinner, das wie durch ein Wunder die richtige Frau an Vincents Seite gebracht hatte.

Mit einem zufriedenen Lächeln erinnert Lizzy sich an die Hochzeit von Vincent und Maya. Ein probates Mittel, mit dem sie es immer wieder schafft, die trüben Gedanken zu vertreiben.

~ ***** ~

Stolz und mit einer gewissen Vorfreude ließ Lizzy den Blick durch die Kirche schweifen. Alles war ihren Wünschen entsprechend hergerichtet worden. Da Mayas Vater ihr völlig freie Hand bei der Gestaltung der gesamten Hochzeit gelassen hatte, konnte sie ihre ganze Erfahrung ausspielen, ohne sich mit den Vorstellungen von Preston Carter arrangieren zu müssen. Vincent hatte sich vollkommen aus allem herausgehalten und gleich zu Beginn deutlich gemacht, dass sie sich mit Maya absprechen sollte. Ein Punkt, der ihr nur recht war, zumal die Ansichten der künftigen Schwiegertochter hervorragend mit ihren eigenen harmonierten. Maya war leicht zu lenken. Lizzy spürte sofort, dass Prestons Tochter die Mutter vermisste, die sie früh verloren hatte. Nur zu gern nahm sie einen Teil der Rolle ein, was sie und Maya einander sehr nahe brachte.

›Sie wird Vincent beruflich weiterbringen, da sie in den richtigen Kreisen verkehrt. Zudem hat sie das Verlagsimperium ihres Vaters hinter sich – bessere Publicity kann es für Vincents Ambitionen gar nicht geben. Das gemeinsame Kind wird ihre Verbindung stärken, sodass niemand zwischen die beiden kommen kann.‹ Lizzys Blick wanderte bei dem Gedanken zu ihrem Ehemann, der sich mit dem Vorsitzenden des Stiftungsrates vom Krankenhaus unterhielt. ›Uns hat die Geburt von Vincent und die Förderung von Jasons Karriere damals genauso zusammengeschweißt.‹

Als Vincent in Begleitung von Marcus Talbot die Kirche betrat, wurde Lizzy der einzige Makel der Hochzeit bewusst – Aidan fehlte. Er hätte an die Seite seines Bruders gehört, um als Trauzeuge zu fungieren. Doch er hatte jeglichen Kontakt zu Vincent unterbunden und ihr zu allem Überfluss vor zwei Tagen mitgeteilt, dass er erst nach der Hochzeit in die Stadt zurückkehren würde. Jason hatte Verständnis für ihn gezeigt, eine Ansicht, die sie auch jetzt wieder den Kopf schütteln ließ.

»Ein Harper steht bei der Trauung seines Bruders an dessen Seite«, murmelte Lizzy vor sich hin. »Seine Abwesenheit wird Fragen aufwerfen. Nur gut, dass ich die Presseleute diesbezüglich steuern konnte, damit niemand darüber berichten wird.«

Die kurzzeitige Verstimmung verschwand, als Vincent lächelnd auf sie zukam.

»Bist du aufgeregt?«, fragte sie ihn, nachdem er ihr einen Kuss auf die Wange gegeben hatte. Mit einer Wischbewegung entfernte sie ein Staubkorn, das ihr auf seinem Frack ins Auge gefallen war. Nichts sollte den perfekten Aufzug ihres Sohnes stören. Die Farben der Blumen, die entlang des Kirchganges an den Bänken befestigt worden waren, spiegelten sich in dem Einstecktuch wider, das Vincent als Accessoire trug. Ihr eigenes Kleid war ebenfalls in einer dieser Farben gewählt. Ein Ensemble, das sie selbstverständlich extra für die Hochzeit hatte anfertigen lassen.

»Ein wenig, man heiratet schließlich nicht jeden Tag«, gab er offen zu.

»Atme tief durch und konzentriere dich auf deine Braut, dann wird alles gut verlaufen«, riet sie ihm. Vincent quittierte den Ratschlag mit einem Nicken. Nachdem er sich für die Vorbereitungen bedankt hatte, begab er sich zum Altar. Lizzy behielt ihn im Auge, auch dann noch, als Jason sich neben sie setzte.

»Wie geht es ihm?«, erkundigte er sich nach dem Befinden des Sohnes.

»Gut, man merkt ihm seine Nervosität kaum an. Er ist eben ein Harper.« Zu einer Entgegnung auf diese Bemerkung kam es nicht mehr, da im selben Moment die Musik einsetzte.

Ebenso wie die Gäste erhoben sich auch die Eltern des Bräutigams, um die Braut zu begutachten, die wenig später langsam den Kirchgang entlangschritt. Lizzy ergriff die Hand ihres Mannes, eine Geste, die ihr die Verbundenheit zu ihm zurückbringen sollte. Ein Wunsch, der tatsächlich durch den Zauber der friedlichen Stimmung im Gotteshaus für kurze Zeit Wirklichkeit wurde. Jason drückte ganz sanft ihre Finger, sah dann zu ihr, gab ihr einen Kuss aufs Haar und wandte sich danach wieder dem Geschehen zu. Lizzys Herz hätte in diesem Moment nicht erfüllter sein können.

~ ***** ~

Zurück aus dem Tagtraum erhebt Lizzy sich vom Bett. Mit Schwung öffnet sie die schweren Vorhänge im Schlafzimmer. Die Morgenröte zieht langsam herauf und verheißt den neuen Tag. Die beiden Bungalows in ihrem Blickfeld sind unbeleuchtet, einer von ihnen wird es dauerhaft bleiben. Lizzy lehnt sich dennoch mit der Schulter an den Fensterrahmen der bodentiefen Elemente, um weiter hinüberzuschauen. Seufzend wird ihr klar, dass Vincent an einem anderen Ort aufwachen wird, um seinen Alltag als verheirateter Mann und baldiger Vater zu beginnen.

Ein paar Sekunden nachdem diese Erkenntnis zu ihr durchgedrungen ist, geht in Aidans Bungalow das Licht im Küchenbereich an. Schemenhaft dringen die Bewegungen einer Person durch die dünnen Vorhänge des Wohnbereichs.

»Ich werde diese Familie wieder zu dem vereinen, was sie war, bevor sie von Gefühlsregungen durcheinandergebracht wurde«, nimmt Lizzy sich vor. Voller Elan stößt sie sich vom Holzrahmen ab. »Ein gemeinsames Frühstück bei Aidan wird dafür den Anfang machen.«

Etwa zwanzig Minuten später trägt sie ein Tablett mit Köstlichkeiten, die ihr Zweitgeborener bevorzugt, zu

Aidans Bungalow hinüber.

»Guten Morgen«, begrüßt sie ihn, nachdem er ihr geöffnet hat. »Ich habe uns Frühstück gemacht, du musst lediglich den Kaffee beisteuern. Darf ich eintreten?«

»Seit wann fragst du?«, kommentiert er trocken. »Du hast dich zuletzt auch ungefragt in mein Leben eingemischt.« Der so typische tadelnde Ausdruck seiner Mutter ist die einzige Reaktion auf die bissige Bemerkung. Unbeirrt bleibt sie vor ihm stehen und hält ihm das abgedeckte Holztablett entgegen.

Seufzend tritt er zur Seite, um sie hereinzulassen. Während er sich um die Zubereitung des Kaffees kümmert, zusätzlich Orangensaft bereitstellt, erkundigt er sich nach dem Grund für ihren frühen Besuch.

»Brauche ich einen besonderen Grund?«, erwidert Lizzy, während sie sich an die Küchenzeile lehnt, die Beine elegant kreuzt und jede Bewegung ihres Sohnes aufmerksam verfolgt. »Wir haben uns in den letzten Wochen kaum gesehen, das muss sich wieder ändern. Ich möchte wissen, was in deinem Leben vorgeht.«

Eine Furche bildet sich zwischen den Augenbrauen von Aidan. »Was für ein Leben soll das sein, in dem die Frau, die ich liebe, meinen Bruder geheiratet hat?«

Lizzy strafft die Schultern, ehe sie einen Schritt auf ihn zugeht. Ihr Blick ist eindringlich, als sie ihm tief in die Augen schaut. »Du musst akzeptieren, dass Maya und Vincent sich gefunden haben. Sie lieben sich, bekommen zudem ein Kind – eine ungemein starke Verbindung, die du nicht stören darfst. Wir finden eine andere Frau für dich.«

»Wir?« Eine von Aidans Augenbrauen schnellt nach oben, als er zurückweicht. »Oh nein, Mom, du wirst dich kein weiteres Mal in mein Leben einmischen. Schon gar nicht in mein Liebesleben, falls dieses jemals wieder existieren sollte.«

»Natürlich wird es das. Es gibt auf der Welt unzählige Frauen, die deiner Liebe würdig sind und dich glücklich machen können. Nur diese eine, die war für deinen Bruder bestimmt. Wenn du ehrlich zu dir selbst bist, dann weißt du das. Man hat ihr deutlich angesehen, für wen ihr Herz schlägt.«

»Sollte Vincent sie nicht glücklich machen, bekommt er es mit mir zu tun.«

»Er hat die richtige Wahl getroffen, ich habe keinen Zweifel daran. Du wirst sehen, wie sehr die beiden erst aufblühen werden, wenn ihr Kind auf der Welt ist. Steh ihm trotzdem zur Seite, er braucht seinen Bruder.«

›Das ist also der Grund für ihr Bestechungsfrühstück‹, wird Aidan klar. ›Sie will das angeschlagene Verhältnis ihrer Söhne kitten.‹ Obwohl er weiß, dass dies ein schwieriges Unterfangen wird, weil seine Gefühle für Maya permanent zwischen Liebe, Enttäuschung sowie Wut schwanken, und er Vincent noch nicht verziehen hat, versucht er zu lächeln. Dabei öffnet er den Deckel der Warmhalteschüssel, sodass ihm der verführerische Duft des Kräuterrühreis in die Nase steigt.

»Warten wir es ab. Was ich allerdings nicht mehr erwarten kann, ist, dieses köstlich duftende Essen zu probieren«, beendet er das unliebsame Thema. Mit einer einladenden Geste zieht er einen der Stühle am Küchentisch für seine Mutter zurück. Lizzy, die zufrieden mit dem ersten geschafften Schritt ist, erwidert das Lächeln ihres Sohnes, als sie Platz nimmt.

›Er wird darüber hinwegkommen. Maya ist nichts für ihn. Für Vincent dagegen ist sie die ideale Partnerin, weil ihre Verbindungen seiner Karriere helfen werden und sie ihn von dem Ding aus dem Valley befreit hat. Besser hätte es nicht laufen können. Jetzt muss ich nur noch Jason an unsere Liebe und die Erfolge, die wir gemeinsam erreicht haben, erinnern. Dann wird alles wieder wie früher sein – zu einer Zeit, bevor die Morgan-Frauen versucht haben, meine Familie zu zerstören. Eine Lizzy Harper findet immer Wege, das zu schützen, was ihr wichtig ist!‹

KAPITEL 3

Nach Luft schnappend, aber mit einem zufriedenen Lächeln auf den Zügen, dreht Maya sich auf die andere Seite, sodass sie und Vincent sich ansehen können. Sanft streichen ihre Fingerkuppen über seine Wange, ehe sie ihm die Lippen entgegenstreckt, um sich für den befriedigenden Morgengruß zu bedanken.

»Das war wundervoll«, flüstert sie ihm zu. »Ich liebe dich.«

Vincent drückt ihr einen weiteren Kuss auf den Mund und erwidert die Liebesbezeugung leise. Als er das leichte Zittern seiner Frau bemerkt, zieht er besorgt die Decke über ihren verschwitzten Körper. Dankbar kuschelt sie sich an ihn, atmet seinen Duft ein und schließt die Augen.

Die Wölbung ihres Bauches, die stetig wächst, schmiegt sich an Vincents Lenden. Seine Hand wandert unter der Bettdecke von Mayas Schulter über ihren Arm hinab zu dem Ort, der für ihn die perfekte Verbindung zu seinem ungeborenen Kind darstellt. Seitdem er dort die erste Bewegung des Babys gespürt hat, zieht es seine Finger immer häufiger zum Platz des kleinen Mysteriums, um dort auf eine Wiederholung des Schauspiels zu warten.

»Es schläft«, informiert Maya ihn. »Etwas, das wir auch noch einen Moment lang tun sollten.«

»Schlaft ihr beide weiter, ich muss ins Krankenhaus.« Der Versuch, sich aus der Umarmung seiner Frau zu befreien, scheitert jedoch, da Maya die Hand, die auf ihrem Bauch ruht, ergreift. Sie rückt gerade so weit von ihm ab, um den Blickkontakt wieder herzustellen. Dabei fällt ihr als Erstes die schmale Falte auf seiner Stirn auf.

»Wir hätten im Paradies bleiben sollen, dort hattest du die hier nicht«, kommentiert sie den Fund. Bei den Worten löst sie die Umklammerung von Vincents Hand und streicht stattdessen mit den Fingerspitzen über seine Stirn.

»Selbst im Paradies wird es irgendwann langweilig und dann macht man verbotene Sachen«, erwidert er auf ihre Bemerkung mit einem Augenzwinkern. »Auf mich warten meine Patienten und dein Vater kann es vermutlich kaum erwarten, dich zu sehen.«

»Ich habe Daddy über unsere Rückkehr informiert und ihm mitgeteilt, dass ich ihn morgen treffe. Dann habe ich Zeit, um ihm von den Flitterwochen zu berichten und die nächste Ausgabe des Magazins zu besprechen. Dein Vater hat sicher auch nichts dagegen, wenn du dir heute noch freinimmst.«

»Es geht nicht«, nimmt Vincent ihr die Hoffnung. »Ich habe die Verantwortung für meine Patienten und das Pro-Bono-Programm schon viel zu lange in andere Hände gegeben. Der Stiftungsrat wird mich nur weiter unterstützen, wenn ich Erfolge aufweise.« Den enttäuschten Ausdruck in Mayas Augen versucht er mit einem Kuss in Verständnis umzuwandeln. »Ruh du dich noch etwas aus, ich gehe duschen.«

Ein paar Minuten später prasselt das warme Wasser über Vincents Körper, während er gedanklich die Patienten durchgeht, die ihn vor den Flitterwochen am meisten beschäftigt haben. Als Erstes kommt ihm Sarah Kandell, das Verbrennungsopfer, in den Sinn. Das an der einen Seite durch die Brandnarben entstellte Gesicht verwandelt sich Schritt für Schritt vor seinem inneren Auge. Die vernarbte Haut glättet sich, die Konturen werden feiner, Locken umrahmen bekannte Gesichtszüge. Am Ende strahlen ihm Augen entgegen, die er als schwarz wie die Nacht empfindet. Die Erinnerung an Natessa, die ihn tränenüberströmt und tief verletzt anschaut, sorgt für einen Schauer, der ihm eiskalt den Rücken hinunterrinnt. Seufzend schließt er die Lider, aber der Gedanke an die Frau, die er mit seiner Entscheidung vor weiterem Schmerz schützen wollte, hält ihn beharrlich gefangen.

Hände, die sich von hinten an seine Hüften legen, von dort langsam nach vorne wandern, lassen Vincent zusammenzucken. Mayas Körper, der sich an seinen Rücken drückt; ihre Finger, die sich auf den Weg zu seinem Bauchnabel machen, holen ihn ruckartig in die Realität zurück.

»Wenn ich dich schon nicht dazu überreden kann, heute bei der Arbeit zu schwänzen, dann möchte ich wenigstens zusammen mit dir frühstücken«, begründet seine Frau ihren Vorstoß.

Vincent umfasst ihre Hände und dreht sich zu ihr um. Lächelnd gibt er ihr einen kurzen Kuss, bevor er sie rückwärts aus der Dusche schiebt. Nachdem er das Wasser abgestellt hat, hüllt er Maya in einen der flauschigen Bademäntel, trocknet sich selber ab und schlüpft abschließend in die bereitgelegte Kleidung. Suchend blickt er sich nach seiner Armbanduhr um, von der er glaubt, sie auf der Ablage deponiert zu haben. Ein Runzeln überdeckt seine Stirn, als er sich fragt, ob die Gedanken an eine bestimmte Frau seine routinierten Vorgänge verhindern.

»Suchst du die hier?« Triumphierend hält Maya das Schmuckstück in die Höhe. Ihre Mundwinkel verziehen sich zu einem verschmitzten Lächeln, als sie die Hand blitzschnell hinter ihrem Rücken verschwinden lässt. »Was bietest du mir dafür?«

Mit einem amüsierten Kopfschütteln geht Vincent auf sie zu. Ihre Augen strahlen, als sie zu ihm aufblickt, während er sie in eine Umarmung zieht. Seine Lippen legen sich auf ihren Mund, die Zunge beginnt ein Ablenkungsmanöver, bei dem seine Finger hinter Mayas Rücken die Uhr umschließen. Seufzend lässt sie dieselbe los und legt ihre Hände auf seine Oberarme.

»Bist du sicher, dass wir das nicht ausbauen sollten?«, startet sie nach dem Kuss einen letzten Versuch, ihn zum Bleiben zu animieren.

»Heute Abend«, raunt er ihr zu. »Mehr als ein gemeinsames Frühstück kann ich dir nicht anbieten. Du weißt, wie wichtig mir die Arbeit in der Klinik ist. Ich muss bei meinen Patienten nach dem Rechten sehen und mich um die Fortführung des Pro-Bono-Programms kümmern.« Als Maya die Unterlippe schmollend nach vorne schiebt, stupst er mit dem Zeigefinger ihre Nasenspitze an. »Du hast einen Arzt geheiratet, zudem einen Harper. Wir können einfach nicht aus unserer Haut.«

»Diese Haut werde ich heute Abend genau inspizieren«, gibt sie sich seufzend geschlagen. »Dann also Frühstück – wenigstens etwas.«

Auf dem Weg ins Krankenhaus hofft Vincent, dass die gute Stimmung, die Maya seit der Hochzeit vermehrt an den Tag legt, auch im Alltag anhalten wird. Es bleibt jedoch ein Restzweifel, der in ihm den Entschluss wachsen lässt, noch einmal mit einem der Psychiater der Harper-Klinik zu sprechen.

›Ich muss dafür sorgen, dass sie sich in unserer Beziehung sicher fühlt, damit es keinen Rückfall gibt.‹ Ein Schaudern erfasst ihn, als er an die zahlreichen Narben auf ihren Unterarmen denkt, die von den Selbstverletzungen herrühren. Verletzungen, die sie sich in der Zeit ihrer Trennung zugefügt hatte, um den Schmerz, der von seinem Betrug herrührte, zu überdecken.

»Mein Verhalten hat sie zu diesem Schritt gebracht; mein Verhalten wird es auch sein, das sie künftig davon abhält«, spricht er sich Mut zu, die Lage in den Griff zu bekommen. »Das bin ich ihr und unserer Ehe schuldig!«

Auf dem Parkplatz der Klinik steuert Vincent seinen bevorzugten Platz an. Ein Fluchen entfährt ihm, als er darauf das Auto von Dr. Harris entdeckt.

»Verdammt Max, muss es wieder ausgerechnet meine angestammte Bucht sein, in die du deinen Schrott von einem Wagen abstellst?« Genervt lässt Vincent seinen Sportwagen in die nächste Lücke rollen. »Auf deine bissigen Bemerkungen und den fehlenden Respekt kann ich heute gut verzichten, also halte dich besser von mir fern, Harris!«

Ein stummer Wunsch, der sich nicht erfüllt. Bereits auf dem Gang, der zu seinem Arztzimmer führt, begegnet Vincent dem unliebsamen Kollegen, auf den sein Vater aus unerfindlichen Gründen so große Stücke hält. In seiner Begleitung befindet sich Dr. Lisa Braden. Eine weitere Ärztin, der er nicht viel abgewinnen kann. Dennoch setzt Vincent ein freundliches Gesicht auf, als er Lisa begrüßt.

»Die Zeiten, in denen wir nicht auf das allgemeine Arztzimmer zurückgreifen müssen, scheinen vorbei zu sein, Max«, stichelt die Ärztin, die ihre unerwiderten Gefühle für den Sohn des Chefarztes noch nicht überwunden hat. Das Lächeln auf Vincents Zügen friert augenblicklich ein, seine Augen verengen sich zu Schlitzen. Mit einem abschätzenden Blick betrachtet er die beiden Ärzte, die eng beieinanderstehen, sodass sich ihre Hände berühren.

›Mein Gott, sind die beiden sich etwa nähergekommen und haben sich verbündet?‹, schießt es ihm durch den Kopf. Eine Verbindung, die ihm egal sein sollte, dennoch breitet sich ein merkwürdiges Gefühl in Vincent aus. Er schluckt es herunter, genauso wie seine Verärgerung, und wendet sich an die Blondine.

»Vielen Dank für deine freundliche Begrüßung. Meine Frau und ich haben die Flitterwochen genossen«, kommentiert er ruhig. Dass sich Lisas Augen für einen Moment weiten, als er die Zeit nach der Hochzeit erwähnt, entgeht ihm dabei nicht. Doch er erinnert sich daran, dass sie eine sehr erfahrene Gynäkologin ist, die Maya bereits einmal untersucht hat. Eine Verbindung, die er nicht kappen möchte, da Lisa trotz des jungen Alters viel von ihrem Fachgebiet versteht. Sein Ausdruck wird freundlicher, die leicht hochgezogenen Schultern entspannen sich.

»Kann ich später einen Termin für eine weitere Untersuchung von Maya bei dir vereinbaren?«, erkundigt er sich höflich. »Sie war häufig müde, daher möchte ich sichergehen, dass alles in Ordnung ist.«

Die Antwort von Lisa fällt kurz, aber positiv aus. Mit einem Nicken quittiert Vincent die Zustimmung, ehe er an den beiden Ärzten vorbeitritt, um den Weg zu seinem Zimmer fortzusetzen.

Dort angekommen lässt er sich auf den Bürostuhl fallen und sieht sich um. Nichts deutet darauf hin, dass jemand anderes den Raum während seiner Abwesenheit genutzt hat. Alles ist aufgeräumt und an seinem Platz. Unwillkürlich fragt Vincent sich, ob sein Vater so weit gehen würde, das Büro vorübergehend den anderen Ärzten, insbesondere Max Harris, zu überlassen.

›Kümmere dich um deine Patienten‹, legt Vincent sich selbst auf, um sich auf bessere Gedanken zu bringen. Ein Anruf bei seinem Assistenten Ted stellt dafür den Anfang dar, danach nimmt er sich die ersten Patientenakten vor.

*****

Im Hause der Morgans erreicht zur selben Zeit eine Nachricht das Handy von Emilia. Natessas Mutter wirft einen Blick auf das Display, runzelt für einen Moment die Stirn und legt das Telefon zur Seite.

»Wenn sie von ihm ist, dann solltest du deine Abwehrhaltung so langsam aufgeben, Tantchen«, rät Simone ihr.

»Er schreibt, dass sein Sohn heute wieder in der Klinik anfängt. Die Flitterwochen sind beendet. … Ich habe keine Ahnung, wie Natessa auf diese Neuigkeit reagieren wird. Vielleicht sollten wir ihr nichts davon sagen.« Kopfschüttelnd legt ihre Nichte eine Hand auf ihren Arm. Der sanfte Druck, den die Finger ausüben, lässt Emilia aufseufzen. »Du bist anderer Meinung?«

»Sie hat ein Recht darauf, es zu erfahren. Dann kann sie sich auf eine Begegnung einstellen oder ihr aus dem Weg gehen. Ist es dir lieber, wenn Tess unerwartet auf Vincent trifft?«

Widerwillig stimmt Emilia dem Argument zu. Trotzdem hält sie wenig später den Atem an, als Natessa die Küche betritt. Sie betrachtet ihre Tochter genau, während diese am Tisch Platz nimmt und sich einen Kaffee einschenkt. Natessa, die den Blick bemerkt, schaut verwundert zwischen ihrer Mutter und Simone, die sie ebenfalls nicht aus den Augen lässt, hin und her.

»Was ist, habe ich Zahncreme im Gesicht?« Als weder ihre Mutter noch die Cousine antworten, stellt Natessa den Kaffeebecher ab. Ihre Verwunderung schlägt in Besorgnis um. »Ist etwas mit Dan? Oder geht es Sarah schlechter? Hat Rebecca sich gemeldet? Nun sagt doch endlich, was los ist!«

Fast gleichzeitig strecken Emilia und Simone die Hand aus, um Natessa zu beruhigen.

»Daniel, Rebecca und Sarah geht es gut«, versichert Simone. »Zumindest haben wir nichts Gegenteiliges gehört, seitdem Dan und Becky sich gestern Abend aus San Diego gemeldet haben. Sie treten ihre Rückreise heute Mittag an, sobald Daniels Seminar beendet ist.«

»Jemand anderes ist dafür bereits nach Los Angeles zurückgekehrt«, wirft Emilia ein. Sie streicht ihrer Tochter eine Strähne hinters Ohr und hält Natessas Blick stand. »Vincent ist zurück, er wird heute seine Arbeit in der Harper-Klinik wieder aufnehmen«, fügt sie leise hinzu.

»Woher wisst ihr das?«, fragt Natessa mit aufgerissenen Augen und zitternden Händen. »Berichten die Klatschblätter jetzt schon solche Details?« Als ihre Mutter zugibt, dass Jason sie informiert hat, wird Natessas Atmung ruhiger. »Wenigstens einer in der Harper-Familie, dem wir nicht vollkommen egal sind. Sag ihm bitte ein Danke von mir für seine Fürsorge.«

Nach dem Nicken ihrer Mutter greift Natessa erneut nach ihrem Kaffee. Gedankenverloren dreht sie den Becher in der Hand. Stille legt sich über die Küche, man hört kaum das Atmen der Anwesenden.

Erst der Signalton eines Handys beendet die angespannte

Ruhe. Simone zieht ihr Telefon hervor, liest die Nachricht, tippt in Windeseile eine Antwort und steckt das Gerät danach wieder in ihre Tasche zurück. Währenddessen hat Emilia ihre Tochter nach deren Plänen für den Tag gefragt. Das kurzweilige Verstummen der drei Frauen hat ein Ende, der übliche Tagesablauf wird simuliert. In Wahrheit jedoch wird jede der drei von Gedanken überflutet. Überlegungen, die mit dem Kontakt zu einer Familie aus Bel Air zusammenhängen.

*****

Den ruhigen ersten Arbeitstag nach seiner Rückkehr aus den Flitterwochen, den Vincent sich erhofft hat, bekommt er nicht. Um die Patientenauswahl für die nächsten Pro-Bono-Aktionen muss er sich zusammen mit seinem Assistenzarzt Ted bis ins kleinste Detail kümmern, was sich als zeitraubend herausstellt. Darunter ist ein Patient mit Verbrennungen, die denen von Sarah ähnlich sind, deren Ursache allerdings schon Jahre zurückliegt.

»Die Vernarbungen sind tief und ungleichmäßig, weil man sie im Anfangsstadium nicht gut behandelt hat«, erklärt er Ted. »Wir werden versuchen, sie ein wenig zu glätten, bevor wir weitere Maßnahmen ergreifen.«

An den Patienten gewandt fährt er fort: »Ich beginne eine Forschung über eine verbesserte Behandlung von Brandverletzungen. Wir könnten Sie in das Programm aufnehmen.«

Dem Blick des Mannes kann er entnehmen, dass diesem nicht ganz klar ist, was damit gemeint ist. Daher setzt Vincent sich mit ihm zusammen und erläutert in aller Ruhe, wie er die Vernarbungen beurteilt, was er verbessern kann und wo das Forschungsprojekt ansetzen würde, um noch weitere Ergebnisse zu erzielen. Die Unsicherheit verbleibt dennoch bei seinem Patienten.

»Sie müssen sich nicht sofort entscheiden«, beruhigt Vincent ihn. »Wir fangen mit der Glättung der Narben an, darin habe ich Erfahrung. Über zusätzliche Maßnahmen können wir danach sprechen.« Erleichtert nickt der Mann und unterzeichnet den Eingriff, der in der kommenden Woche stattfinden soll.

Nachdem Vincent die Abschlussnotizen vorgenommen hat, reicht er Ted die Akte. Sein Assistent bemerkt die zusammengesunkenen Schultern und den unzufriedenen Ausdruck in den Augen des Vorgesetzten.

»Er braucht nur etwas Zeit. Mit einem Erfolgserlebnis durch die Glättung wird es ihm leichter fallen, weiteren Maßnahmen zuzustimmen«, versichert Ted.

»Die Forschung an dem unbehandelt abgeheilten Gewebe des Mannes würde Rückschlüsse auf die Behandlung von frischen Verbrennungen bringen. Für Miss Kandell könnte das von großem Vorteil sein. Mir liegt sehr viel daran, ihr zu helfen.«

Die Nennung von Sarahs Namen ruft ein Stirnrunzeln bei Ted hervor. Doch bevor Vincent diese Regung auffällt, wird er zu einem Notfall gerufen.

Dem Notfall in der chirurgischen Ambulanz schließt sich eine Operation an, die Vincents ganze Aufmerksamkeit erfordert. Erschöpft, aber zufrieden mit dem Ergebnis, schlüpft er am frühen Nachmittag aus der OP-Kleidung. Zurück auf der Station teilt ihm eine der Schwestern mit, dass sein Vater nach ihm gefragt hat.

›Wir könnten zusammen etwas essen‹, überlegt er sich auf dem Weg zum Büro des Chefarztes. ›Eine gute Gelegenheit für Dad, mich über die neuesten Begebenheiten im Krankenhaus zu informieren. Außerdem erfahre ich, was sich Familiäres ereignet hat. Aidan hat die Zurückweisung von Maya hoffentlich inzwischen überwunden. Es wird mir fehlen, nicht mehr Seite an Seite mit ihm zu wohnen.‹

Das Zimmer seines Vaters ist jedoch leer, als Vincent dort eintrifft.

»Dr. Harper wurde zu einem Not-Eingriff gerufen«, erfährt er von einer Verwaltungsmitarbeiterin, die vorbeikommt.

Einen Moment zieht Vincent in Erwägung, Aidan zu fragen, ob er mit ihm in die Cafeteria geht. Er verwirft den Gedanken allerdings nach einem Blick auf die Uhr. Wenn sein Bruder nicht ausgerechnet heute von einem Termin aufgehalten wurde, dann hat er seine Mahlzeit bereits eingenommen. Der Verwaltungschef tickt diesbezüglich wie ein Uhrwerk.

›Kunststück, seine Patienten sind die Akten – die warten geduldig, im Gegensatz zu meinen, die aus Fleisch und Blut bestehen.‹

Der Vorsatz, schnell alleine etwas in der Cafeteria zu essen, verflüchtigt sich bei der Suche nach einem freien Platz. Es herrscht Betrieb in dem krankenhauseigenen Restaurant, sodass lediglich ein kleiner Tisch unbesetzt ist. Die Laune vergeht Vincent, als er sieht, wer gemeinsam am Nebentisch sitzt. Auf ein erneutes Zusammentreffen mit Lisa und Max legt er keinen großen Wert.

»Ein Sandwich mit Salami zum Mitnehmen, bitte«, ordert er daher aus dem Angebot an Snacks. Mit einem übertriebenen Lächeln packt die Bedienung seine Wahl in eine Papiertüte, die sie ihm reicht.

»Darf es sonst noch etwas sein, Dr. Harper?«, schnurrt sie mit einem aufreizenden Geklimper der Wimpern. Eine Geste, die Vincent zu Genüge von ihr kennt, und die wie immer von ihm ignoriert wird. Mit einem Kopfschütteln beantwortet er die Frage, ehe er das Geld auf den Tresen legt.

In seinem Arztzimmer beißt er hungrig in den Snack, der ihm durch den frischen Salat und die Kräuter gut schmeckt. Nebenbei fängt er an, die Akten seiner Patienten durchzugehen. Am Morgen hatte er lediglich die letzten Einträge überflogen, um sich ein schnelles Bild darüber zu machen, ob es Komplikationen gab. Einige der leichter Verletzten konnten inzwischen entlassen werden. Den

Aufzeichnungen der Langzeitpatienten widmet er nun mehr Aufmerksamkeit. Beim Sortieren der Akten fällt ihm nach kurzer Zeit auf, dass eine fehlt. Irritiert geht er beide Stapel noch einmal durch.

»Wo zum Teufel ist Sarahs Bericht?«

Ein paar Minuten später betritt Ted das Zimmer. Vincent empfängt den Assistenzarzt mit der Frage nach den Unterlagen von Sarah Kandell. Ein weiteres Mal legt sich die Stirn des jungen Arztes in Falten. Er weicht dem Blick seines Vorgesetzten aus, dreht dabei einen Stift in den Händen.

»Ted, was ist los?«

Ein Räuspern ertönt, gefolgt von der leisen Frage, ob der Chefarzt noch nicht mit ihm gesprochen hat.

»Mein Vater ist im OP. Wir hatten bisher keine Zeit für ein Gespräch«, erwidert Vincent leicht ungehalten. »Was geht hier vor? Ist Sarah etwas geschehen? Warum hat man mich nicht sofort informiert?«

Sein Assistent hebt beschwichtigend die Hände. »Ihr geht es gut, die Heilung schreitet voran.«

»Was ist es dann? Nun reden Sie doch endlich, Ted!«

»Ihr Vater wollte es Ihnen selber sagen, Dr. Harper … Miss Kandell hat um einen anderen behandelnden Arzt gebeten.«

»Sie hat was?« Verblüfft lässt Vincent sich in seinem Schreibtischsessel zurückfallen. »Aber das war doch sicher nur vorübergehend gemeint, solange ich nicht da bin.«

»Ich fürchte, da irren Sie sich.«

»Das will ich von ihr selber hören.« Entschlossen springt Vincent von seinem Stuhl auf, der krachend an das Sideboard hinter dem Schreibtisch schlägt. Ein paar Bücher kippen um, aber keiner der beiden Ärzte kümmert das in dem Moment. Ted sieht unsicher zu seinem Vorgesetzten auf, der ihm eine Anweisung erteilt, ehe er aus dem Zimmer stürmt. »Besorgen Sie den Behandlungsplan von Miss Kandell, wir treffen uns in ihrem Krankenzimmer.«

Die Gedanken rasen durch Vincents Kopf, als er schnellen Schrittes die Gänge entlangschreitet. Einige der Schwestern, Pfleger und Ärzte, die ihm entgegenkommen, grüßen ihn, doch das nimmt er gar nicht wahr. Vielmehr beschäftigt ihn die Frage, warum Sarah sich selbst schadet, indem sie die Behandlung durch ihn ausschlägt.

»Keiner meiner Kollegen kann die Erfahrung aufweisen, die ich mir in den letzten Jahren erarbeitet habe«, brummt er vor sich hin. »Ich hätte nicht so lange wegbleiben dürfen, einige der Patienten zählen auf mich – Sarah ganz besonders. Meine Abwesenheit hat sie auf dumme Gedanken gebracht. Vermutlich, weil ihr schlagartig die Aufmerksamkeit gefehlt hat, die ich ihr entgegengebracht habe, um sie seelisch stabil zu halten. Wie konnte ich diesen Umstand einfach so ignorieren? Verdammt!«

Bevor er die Klinke der Zimmertür ganz am Ende des Ganges herunterdrückt, atmet Vincent noch einmal tief durch. Seine Lippen ziert ein freundliches Lächeln, als er den Raum betritt. Sarahs Augen öffnen sich nur langsam, die blasse Gesichtshaut lässt den Arzt für einen Sekundenbruchteil in der Bewegung innehalten.

»Hallo, Miss Kandell, ich bin zurück und hoffe, dass Sie sich an mich erinnern«, scherzt er mit einem Augenzwinkern.

»Dr. Harper«, erwidert die Patientin müde. Das kurzweilige Aufflackern eines Strahlens entgeht Vincent nicht. Erleichtert atmet er auf und nimmt den Medikamentenplan aus der Halterung, der die wichtigsten Informationen der letzten Tage enthält. Bevor er einen Blick darauf werfen kann, spricht Sarah weiter. »Sie habe ich hier nicht erwartet.«

»Ja, es tut mir leid, dass ich länger nicht da war. Aber ab jetzt wird alles wieder wie gewohnt ablaufen. Wie ist es Ihnen in der Zwischenzeit ergangen? Sie sehen blass aus, gibt es Stellen, die Ihnen mehr Schmerzen bereiten als sonst?«

»Hat man Sie nicht informiert?«

»Es war ein hektischer Tag, daher verschaffe ich mir nun selber einen Überblick, wie sich Ihre Werte entwickelt haben. Danach schaue ich mir die Wunden an.«

»Ich will nicht, dass Sie das tun, Dr. Harper«, wirft Sarah leise ein. Sie hat Schwierigkeiten, die Augen bei dem kraftlos wirkenden Protest offen zu halten. Nachdem Vincent die letzten Eintragungen studiert hat, wird ihm klar, warum. Die Patientin erhält seit ein paar Tagen neue Medikamente, die eine Infektion an einer der Brandverletzungen eindämmen sollen. Besorgt legt er eine Hand auf ihre Stirn, die sich zu seiner Erleichterung nicht übermäßig heiß anfühlt.

Während er weiter zurückblättert, um mehr Informationen aus dem Behandlungsplan zu entnehmen, öffnet sich die Tür. In Erwartung, dass sein Assistent ihm die vollständige Krankenakte bringt, schaut Vincent auf. Doch es ist nicht Ted, der im Türrahmen steht – stattdessen blicken ihm die zusammengekniffenen Augen seines Vaters entgegen.

»Ich muss dich dringend sprechen … sofort«, weist Jason ihn an. Seine Haltung ist ruhig, aber der Tonfall signalisiert, dass weder Einwände noch weitere Verzögerungen akzeptiert werden. Als Vincent den Behandlungsplan in die Halterung steckt, schaut sein Vater entschuldigend in Sarahs Richtung. »Es dauert nur einen Moment, Miss Kandell. Ich schaue gleich nach Ihnen, ruhen Sie sich weiter aus.«

Als Vater und Sohn gemeinsam auf dem Gang stehen, fordert Jason Vincent auf, ihm zu folgen. Schweigend gehen sie zu einem Sprechzimmer, wo schon das energische Schließen der Tür verrät, dass die Stimmung des Chefarztes nicht die beste ist.

»Von deinem Assistenten weiß ich, dass du bereits von dem Arztwechsel bei Miss Kandell erfahren hast. Wieso gehst du ohne Rücksprache mit mir zu ihr? Die Patientin ist durch eine erneute Infektion angeschlagen, mit ihrer seelischen Verfassung steht es auch nicht zum Besten. Wir müssen jede Aufregung bei ihr vermeiden.«

»Ich verstehe das alles nicht. Hat Sarah einen Grund genannt, warum sie die Weiterbehandlung durch mich ablehnt?«

»Weißt du das wirklich nicht?«, fragt Jason seinen Sohn ungläubig. Als dieser den Kopf schüttelt, weist er auf den kleinen Tisch, um den drei Sessel stehen. Gemeinsam setzen sie sich. »Deine Entscheidung für Maya und damit gegen Natessa Morgan hat all das ausgelöst.«

Eine Reaktion auf seine Äußerung unterbindet der Chefarzt mit einer Handbewegung. Vincent lehnt sich daraufhin auf dem Stuhl zurück und lässt die weiteren Erläuterungen seines Vaters über sich ergehen. Äußerlich wirkt er ruhig, aber in seinem Innern zieht sich einiges zusammen. Vor allem, als er von Natessas Zusammenbruch und der Flucht aus der Stadt erfährt.

»Warum hast du mich nicht darüber informiert?«

»Was hätte das geändert? Deine Entscheidung war gefallen. Wärst du ihr hinterhergeflogen, wenn du von ihrer Abreise erfahren hättest? Deine ganze Aufmerksamkeit galt Maya und der anstehenden Hochzeit. Das ist nachvollziehbar, aber es gab andere Menschen, die sich über die Auswirkungen für Natessa Gedanken gemacht haben.«

»Ihre Freundin«, seufzt Vincent, da ihm der Zusammenhang langsam klar wird.

»Sie wollte sich ins Universitäts-Krankenhaus verlegen lassen, damit sie – und auch Miss Morgan – dir nicht mehr begegnen.«

»Ins Universitäts-Krankenhaus?«, hakt Vincent entsetzt nach. »Dort gibt es nicht mal annähernd einen Fachmann für Verbrennungsfolgen oder Hautverpflanzungen.«

»Genau davon konnte ich sie überzeugen. Unsere gute Ausstattung sowie die Erfahrung, die wir in derartigen Fällen aufweisen können, sind die Gründe dafür, dass sie geblieben ist. Aber ich musste ihr versprechen, dass du sie nicht mehr behandelst. Sie ist verletzt, nicht nur wegen der Gefühle, die sie für dich hegt – sie sieht auch, wie es Miss

Morgan geht, und will sie schützen.«

»Eine wahre Freundin«, stellt Vincent anerkennend fest. »Doch das geht zu weit, sie gefährdet ihre Genesung damit.«

»Sie braucht seelische Stabilität«, entgegnet Jason im ruhigen Ton. Bevor er weiterspricht, lehnt er sich ein Stück nach vorne und legt eine Hand auf den Arm seines Sohnes. »Wir werden dich über ihren Zustand auf dem Laufenden halten. Du wirst in die medizinischen Entscheidungen einbezogen, kannst später an den Operationen mitwirken ... aber lass sie ansonsten in Ruhe.«

»Auf Sarah will ich einen Großteil meiner Forschung ausrichten. Dafür muss ich sie auch untersuchen können. Nur so kann ich ihr helfen.«

»Du willst dieses Forschungsprojekt wirklich vorantreiben? Neben deiner Arbeit als Chirurg, dem Pro-Bono-Programm und vor allem deiner Familie? Das wird zu viel, mein Sohn.«

»Für die Arbeit im Labor werde ich jemanden einstellen, für den Rest finde ich Zeit«, erwidert Vincent trotzig.

»Denk noch einmal in Ruhe darüber nach. Das Projekt ist letztlich deine Entscheidung. Aber meine ist es, dir die Behandlung oder Untersuchung der Patientin zu verwehren. Zwing mich nicht dazu, dir den Zugang zu ihrem Krankenzimmer offiziell zu verbieten.« Entsetzen blickt ihm aus den Augen seines Sohnes entgegen. »Zum Wohle von Miss Kandell müsste ich so handeln. Überleg es dir, Vincent, die Forschung kannst du in ein paar Jahren aufnehmen. Ein Erfolg mit dem Pro-Bono-Programm wird dir eine gute Position beim Stiftungsrat verschaffen. Mach nicht alles auf einmal und nimm dir vor allem Zeit für deine Familie.«

»Momentan brauche ich in erster Linie Zeit, um darüber nachzudenken«, versucht Vincent das Thema zu beenden. Die Punkte, die er rund um Natessa erfahren hat, sowie der instabile Zustand seiner wichtigsten Patientin setzen ihm zu. Dass sie die Harper-Klinik verlassen wollte, um ihm aus dem Weg zu gehen, kann er nicht fassen. ›Es ist sicher kein Zufall, dass sie ausgerechnet das Krankenhaus als Ersatz gewählt hätte, in dem Natessa arbeitet‹, geht es ihm durch den Kopf.

»Wir sprechen die Tage noch einmal darüber«, bietet Jason an. Er spürt, dass er seinem Sohn eine Menge Stoff zum Nachdenken verschafft hat. Um ihn ein wenig abzulenken, erkundigt er sich nach den Flitterwochen und wie Maya sich in ihrem Zustand fühlt.

»Die Zeit in Mexiko war sehr schön«, antwortet Vincent. »Wir haben jede Minute gemeinsam verbracht, außer wenn Maya sich ausgeruht hat. Die Schwangerschaft kostet sie viel Kraft.«

Sein Vater entnimmt den Worten, dass er sich Sorgen macht. Er rät ihm daher zu einer Untersuchung bei Dr. Braden. »Müdigkeit in der Schwangerschaft kann auch von Mangelerscheinungen herrühren, die in den meisten Fällen leicht zu beheben sind.«

»Ich habe bereits einen Termin bei Lisa vereinbart, sie wird sich Maya morgen genauer ansehen. Außerdem ist es Zeit für eine neue Ultraschalluntersuchung.«

»Sehr gut, mein Sohn. Sobald ihr euch eingelebt habt und es Maya besser geht, solltet ihr zum Essen vorbeikommen. Deine Mutter kann es kaum erwarten, jedes Detail eurer Reise zu erfahren.«

Vincent nickt abwesend. Gedanklich ist er bereits wieder bei den Neuigkeiten, die ihm sein Vater verkündet hat. Nach einem Moment des Schweigens steht er auf.

»Wenn es dir recht ist, würde ich jetzt gerne nach meinen restlichen Patienten sehen.« Ohne eine Antwort abzuwarten, geht er zur Tür. Während er sich wenig später in Richtung seines Arztzimmers begibt, lehnt Jason sich in dem Sessel zurück.

›Chirurgische Ambulanz, Pro-Bono-Programm, Spendengelder sammeln und jetzt auch noch die Forschungsarbeit, die viel Laborarbeit benötigt: Wie will Vincent das alles meistern? Ich hoffe, er trifft eine kluge Entscheidung, vor allem im Hinblick auf seine Ehe und das Kind, das bald auf die Welt kommen wird.‹ Als ihm einfällt, dass er Miss Kandell versprochen hat, noch einmal nach ihr zu schauen, erhebt er sich. »Bis bei ihr die ersten Operationen anstehen, ist vielleicht schon Gras über die Sache gewachsen. Wer weiß, ob es nicht doch Vincent sein wird, der einen Großteil der geschädigten Haut wieder herstellen kann.«

Die Gedanken seines Sohnes kreisen derweil um ein ganz ähnliches Thema. Auch Vincent fragt sich, wie er Sarah dazu bringen kann, die Behandlung durch ihn wieder zu erlauben. Während der Visite bei den Patienten schweifen seine Überlegungen stets kurzzeitig zu der Problematik ab. Er hat es nur dem Assistenzarzt zu verdanken, dass seine Unkonzentriertheit nicht auffällt. Am Ende ist er froh, als alle Untersuchungen abgeschlossen sind und Ted zusagt, die Akten zu aktualisieren.

Nachdem er zwei Notfälle in der Ambulanz versorgt hat, findet Vincent endlich die nötige Ruhe, um im Büro nachzudenken.

›Seelische Stabilität bei Sarah ist wichtig, da gebe ich Dad recht. Aber wie soll sie diese erlangen, wenn ihre Verletzungen nicht optimal behandelt werden? Die betroffene Haut am Hals bis hin zur Gesichtshälfte könnte man frühzeitig ersetzen, wenn im Labor in den nächsten Monaten Erfolge erzielt werden. Meine Ideen können nicht so falsch sein, ich brauche nur Zeit für ein paar Experimente.‹

Frustriert geht er die Aufstellung der zu erwartenden Kosten für das erste Jahr noch einmal durch. Ein großer Posten der eingeplanten Gelder fällt dabei für die Anschaffung von Laborgeräten an. Vincent hofft, dass er die Summe verkleinern kann, wenn er ein gut ausgestattetes Labor findet, das er zeitweise anmietet. Ihm wird schmerzlich bewusst, dass die Harper-Klinik einen sehr guten Standard hat, der ideal für ihn wäre. Nur leider gibt es kaum freie Laborkapazitäten, da Lisa Braden eine Unmenge davon in Anspruch nimmt, die von ihrem Vater durch großzügige Spendengelder abgesichert werden. Mit einem Schaudern erinnert er sich an ihr Angebot, ihm ein wenig Zeit abzutreten, wenn er sie im Gegenzug unterstützt.

»Dass sie damit nicht nur die Forschungsarbeit gemeint hat, konnte ich ihrem Blick entnehmen. Nein, so tief werde ich sicher nicht sinken!«

Die Summe der Aufstellung, die für den Arbeitslohn des Labormitarbeiters eingeplant ist, bringt einen Moment, den er mit Natessa erlebt hat, in Vincents Gedächtnis zurück. Zunächst die weit aufgerissenen Augen, als er ihr das Angebot unterbreitet hat, an seiner Seite den Großteil der Laborarbeit zu übernehmen. Eine Zusammenarbeit auf einem neuen, interessanten Forschungsgebiet, die zudem noch gut bezahlt wird. Ein Fortschritt zu der unbezahlten Tätigkeit für Professor Stuart in der Leukämieforschung, die Natessa mehrere Stunden in der Woche im Universitäts-Krankenhaus leistet.

Ein Lächeln tritt auf Vincents Züge, hervorgerufen durch die Erinnerung an ihren Unglauben. *›Ist das dein Ernst?‹* Natessas Worte hallen in seinem Kopf wider, begleitet von dem Anblick ihrer leicht zitternden Unterlippe und dem nervösen Streichen der Hand über den Oberschenkel, als sie auf seine Antwort gewartet hatte. Die Krönung von allem war jedoch ihre abschließende Reaktion auf seine Bitte nach einer Entscheidung, nachdem er ihr versichert hatte, dass er über so etwas keine Scherze mache. Ihr *›ich denke darüber nach‹* war so typisch für Natessa. Kein mutiges Zugreifen, keine übereilte Zusage, nur ein vages in Aussicht stellen einer Antwort.

»Ich hätte diesen Erfolg so gerne Seite an Seite mit dir erarbeitet, Natessa Morgan. Deine Erfahrung in der Laborarbeit, vor allem aber dein Enthusiasmus für die Sache wäre die Trumpfkarte der Forschungsarbeit gewesen. Am Ende vielleicht sogar dein Name neben meinem unter einem Fachartikel – wir hätten viel erreichen können.«

Das Lächeln verfliegt, stattdessen zeigt sich Wehmut in Vincents Gesicht, das sich jedoch erneut aufhellt, als ihm ein Gedanke kommt.

›Natürlich, das könnte die Lösung sein. Sarah wird ihre Entscheidung überdenken; Natessa erhält die Verbesserung ihrer beruflichen Situation, die sie mehr als verdient hat; und ich kann meine Forschung auf die Patientin ausrichten, die am meisten von ihr profitieren wird.‹

Voller Elan springt Vincent von seinem Stuhl auf, im nächsten Moment lässt er sich nachdenklich wieder zurückfallen.

»Soll ich ihr diesen Vorschlag wirklich unterbreiten oder ist es besser, mich von ihr fernzuhalten?«

KAPITEL 4

Vor dem Haus der Morgans im Valley macht Natessa es sich mit einem Becher Kräutertee und einem Buch auf der Veranda gemütlich. Es ist einer der lauen kalifornischen Winterabende, den sie in Ruhe vor dem Haus ausklingen lassen möchte. Die Temperatur ist mild, ohne den Wind, der an den Vortagen die kühlere Jahreszeit ankündigte. Natessas Arbeitstag, den sie zum Teil im Forschungslabor von Professor Stuart verbracht hat, liegt hinter ihr. Seine Studien zur Leukämiebekämpfung scheinen seit einiger Zeit zu stocken, was ihren Einsatz aber in keiner Weise trübt.

›Es ist das Beste an meiner Tätigkeit im Universitäts-Krankenhaus, auch wenn die Stunden für den Professor nicht bezahlt werden. Ich werde ihm trotzdem weiter nach Kräften helfen, um einem Durchbruch näherzukommen.‹

Ein Taxi, das vor dem Haus hält, lenkt Natessa von ihren Gedanken ab. Mit gerunzelter Stirn betrachtet sie den jungen Mann im Anzug, der aussteigt. Nachdem er die hintere Tür geschlossen hat, unterhält er sich eine Weile durch das geöffnete Fenster der Beifahrertür mit dem Fahrer. Beide lachen mehrmals, auch ihre Gesten zeigen, dass sie Spaß miteinander haben. Mit einem Winken verabschiedet sich der Mann schließlich, der Taxifahrer erwidert den Gruß mit einem Hupen.

»Jetzt weiß die ganze Nachbarschaft, dass du zurück bist«, wirft Natessa ihrem Bruder entgegen, der den kleinen Gartenweg in Richtung Veranda entlangläuft. »Wo hast du Rebecca gelassen?«

»Sie ist direkt zum Krankenhaus gefahren, um nach Sarah zu sehen.«

»Ist etwas vorgefallen? Geht es ihr gut?«, reagiert Natessa besorgt. Ihr Bruder stellt die Reisetasche vor der Haustür ab, reibt sich mit dem Zeigefinger über die Nase und schaut nachdenklich zu ihr. Ein mulmiges Gefühl breitet sich bei seiner Schwester aus, da sie die Geste kennt – Daniel macht sie immer dann unbewusst, wenn er über eine Antwort nachdenkt.

»Warum sollte etwas vorgefallen sein?«, weicht er schließlich aus. »Die beiden haben sich wegen unserer Kurzreise drei Tage lang nicht gesehen. Rebecca wollte keinen weiteren hinzukommen lassen, daher ist sie direkt zum Krankenhaus gefahren.«

Ein Teil des merkwürdigen Gefühls bleibt bei Natessa, aber sie beschließt, nicht weiter bei ihrem Bruder nachzubohren. Er würde den Spieß geschickt umdrehen, sodass sie sich letztlich über ihr Wohlbefinden unterhielten – ein Punkt, auf den in der Familie sowieso schon viel zu viel Aufmerksamkeit gerichtet wird.

»Wie war dein Seminar?«, lenkt sie daher auf ein anderes Thema ab.

»Davon erzähle ich euch, nachdem ich geduscht habe. Ich muss unbedingt aus diesen Klamotten raus.«

Als Daniel auf die Veranda zurückkehrt, ist seine Schwester nicht mehr allein. Emilia hat auf der Hollywoodschaukel Platz genommen. Sie reicht ihm ein Sandwich sowie ein Glas Saft. Natessa schaut lächelnd von ihrem Buch auf und grinst bei dem Anblick ihres Bruders, der herzhaft zubeißt.

Nachdem er sich gestärkt hat, lehnt er sich an die hölzerne Umrandung und beginnt, von dem Anwaltsseminar zu berichten. Die Schilderung lockert er mit kurzen Anekdoten aus den Unternehmungen auf, die er in der freien Zeit mit Rebecca unternommen hat. Die Stimmung der drei Morgans ist gut – keiner von ihnen ahnt, dass sich dies im Laufe des Abends ändern wird.

*****

Zur selben Zeit fasst Vincent in der Harper-Klinik den Entschluss, seinen ersten Arbeitstag nach den

Flitterwochen zu beenden. Das Hamsterrad der Gedanken kreist unaufhörlich. Selbst auf dem Weg zum Parkplatz ist er sich noch nicht sicher, in welche Richtung er das Krankenhausgelände verlassen wird. Minutenlang sitzt er hinter dem Steuer seines Sportwagens, ohne den Motor zu starten. Der Wunsch, Natessa zu sehen, vielleicht sogar mit ihr zusammenzuarbeiten, trifft auf den Vorsatz, sich vollständig auf Maya zu konzentrieren.

»Sie braucht diese Chance«, murmelt er vor sich hin. »Du hast ihr ein Versprechen gegeben, Harper, nun halte es auch ein!«

Mit dem Entschluss im Hinterkopf, beide Frauen zu schützen, indem er seine Entscheidung weiterhin verfolgt, lässt er schließlich den Motor an. Kurz vor der Straße zögert er jedoch erneut. Sein Zeigefinger kreist um den Schalter für den Blinker.

»Rechts die Hügel hinauf oder links ins Valley? Leg dich endlich fest, verdammt!«

*****

Bei den Morgans sind derweil alle Familienmitglieder auf der Veranda vereint und in ihre Unterlagen vertieft. Emilia stellt den Plan für einen Cateringauftrag am kommenden Wochenende zusammen, für den ihr die Chefin der Firma die Verantwortung übertragen hat. Simone, die von der Uni zurückgekehrt ist, hat die Nase in ein Fachbuch gesteckt. Daniel studiert die Dokumente des Anwaltsseminars, um den Inhalt zu vertiefen sowie die Notizen zu ordnen. Lediglich Natessa gönnt sich den Luxus, einen Roman zu lesen, ohne an ihre Arbeit zu denken.

Ein Auto, das langsam die Straße entlangfährt, zieht die Aufmerksamkeit von Simone auf sich. Sie kneift die Augen zusammen und klappt das Buch zu, als ihr klar wird, vor welchem Grundstück der Wagen anhält.

»Tess, kannst du mit reinkommen, um mir beim

Heraussuchen einiger Mappen zu helfen, die ich auf Vordermann bringen muss?« Ihre Cousine sieht auf, nickt und erhebt sich sogleich. Simone ergreift ihre Hand, um sie zur Tür zu ziehen. Diese haben sie fast erreicht, da keucht Daniel auf.

»Was zum Teufel will *der* hier?«

Drei weitere Augenpaare richten sich auf den Sportwagen, der am Straßenrand gestoppt hat. Als der Fahrer aussteigt, erheben sich Emilia und ihr Sohn von den Plätzen. Während Emilia besorgt zu Natessa schaut, die den Arm von Simone umklammert, schmeißt Daniel seine Unterlagen auf den Tisch.

»Der kann was erleben«, knurrt er mit geballten Händen. Im nächsten Moment springt er über die Brüstung der Veranda auf den Rasen und rennt auf den Mann zu, der den gepflasterten Weg in Richtung Haustür betritt.

Vincent fährt sich mit einer Hand durch die Haare. Sein Blick ist auf die beiden Frauen an der Tür geheftet, die er beim Aussteigen sofort bemerkt hat. Ein zaghaftes Lächeln umspielt seine Lippen, das jedoch einfriert, als er den wütenden Daniel entdeckt. In weiser Voraussicht hebt er die Hände, um den Heranstürmenden aufzuhalten. Natessas entsetzter Ausruf seines Namens lenkt ihn für einen Moment ab. Die Aufmerksamkeit richtet sich auf die Frau, die er seit zwei Monaten nicht mehr gesehen hat. Ein fataler Fehler, der ihm einen schmerzhaften Schlag am Kinn einbringt. Er torkelt ein paar Schritte zurück in dem Versuch, das Gleichgewicht nicht zu verlieren. Bevor er die Arme erneut zur Abwehr heben kann, trifft ihn der nächste Hieb in die Magengegend, der ihn zu Boden gehen lässt.

Wütend baut Daniel sich über ihm auf. »Verschwinde, Harper, schaff deinen polierten Arzthintern weg und komm nie wieder in die Nähe meiner Schwester.«

Vincent reibt sich mit der Hand über das schmerzende Kinn. Sein Versuch, aufzustehen, wird von Natessas Bruder unterbunden. Erst die Hand von Emilia, die sich auf Daniels

Arm legt, um ihn zurückzuziehen, dämmt die Wut des Angreifers etwas ein.

»Was tust du denn da? Hör auf damit, Daniel, er ist …« Die Worte Emilias verstummen angesichts des wütenden Ausdrucks, mit dem ihr Sohn sie anblickt.

»Er ist was?«, fragt dieser aufgebracht. »Nimmst du ihn etwa in Schutz, nach allem, was er Natessa angetan hat?«

»Nein, aber ich heiße es nicht für gut, dass du dich auf ihn stürzt, ohne ihn anzuhören«, weist Emilia ihren Sohn zurecht. Sie schiebt sich an ihm vorbei und reicht Vincent die Hand, um ihm beim Aufstehen zu helfen. Als dieser vor ihr steht, wendet sie sich an ihn. »Es ist nicht richtig von Ihnen, Vincent, ohne Vorwarnung hierher zu kommen. Das ist Ihnen hoffentlich klar.«

»Ich möchte etwas Wichtiges mit Natessa besprechen. Ein Punkt, der für ihre berufliche Karriere von Belang sein könnte.«

»Es ist der falsche Zeitpunkt für ein Treffen, meine Tochter ist dafür nicht bereit. Außerdem trifft es sie völlig unerwartet.«

»Verschwinde endlich, Harper«, fügt Daniel in einem scharfen Ton hinzu. Als er die Faust hebt und einen Schritt auf seinen Kontrahenten zumacht, ertönt vom Haus ein lautes »Nein«, das ihn aufhält. Irritiert blickt er zur Veranda, wo Natessa sich auf dem hölzernen Geländer aufgestützt hat und das Geschehen beobachtet.

»Ich möchte wissen, was er zu sagen hat«, begründet sie ihren Einwurf. Den besorgten Blick ihrer Mutter und den ungläubigen Ausdruck des Bruders erwidert sie mit einer beschwichtigenden Handbewegung. Die Frage ihrer Cousine, ob sie sich sicher ist, beantwortet sie mit einem Nicken. »Es ist okay, ich schaffe das.«

Emilia legt eine Hand auf Daniels Arm, um seine Aufmerksamkeit zu erlangen. Nur zögernd tritt der einen Schritt von dem Mann zurück, den er am liebsten windelweich prügeln würde.

»Respektieren wir die Entscheidung von Tess, komm!«, fordert sie ihren Sohn auf, der ihr nur widerwillig folgt.

Bevor Daniel an seiner Schwester vorbeigeht, versichert er ihr, dass er sofort bei ihr ist, wenn sie ihn braucht. Natessa bedankt sich mit einem Lächeln bei ihm, ehe sie den Familienmitgliedern nachschaut, die ins Haus gehen und die Tür hinter sich schließen.

Vincent klopft sich derweil den Schmutz von der Hose. Nachdem Natessa ihm zugenickt hat, kommt er langsam auf sie zu. Vor den Stufen der Veranda bleibt er stehen.

»Danke.«

»Wofür?«

»Dass du mich anhören wirst und vor allem, dass du mich vor einem Boxkampf mit deinem Bruder bewahrt hast.«

»Du hättest keine Chance gehabt«, entgegnet Natessa, während sie das Holzgeländer verkrampft umfasst, damit das Zittern ihrer Hände ein Ende findet.

»Darf ich hinaufkommen oder kommst du zu mir herunter?«, will Vincent wissen. Mit einer einladenden Handbewegung weist sie auf die Hollywoodschaukel neben der Haustür.

Nachdem beide Platz genommen haben – er in den Polstern der Schaukel, sie auf dem Stuhl von Simone, den sie in Richtung der Verandaumrandung gezogen hat – schauen sie sich sekundenlang nur an. Vincent verflucht, dass er sich keinen Einstieg in das Gespräch überlegt hat; Natessa zupft an einem Faden, der aus dem Stuhlkissen hervorlugt. Ihre Unterlippe bebt, so wie an dem Tag, als er ihr das Angebot mit der Zusammenarbeit bei seiner Forschung unterbreitet hat. Die Geste erscheint ihm wie ein Zeichen, das ihn ermutigen soll, sein Vorhaben umzusetzen. Mit einem Räuspern beendet er die Stille.

»Wie geht es dir?«, erkundigt er sich leise. Natessa lässt von dem Faden ab und richtet ihre gesamte Aufmerksamkeit auf ihn. Ihm fällt sofort der fehlende Glanz in ihren Augen auf. Die Traurigkeit in ihrem Blick schmerzt ihn mehr als die Schläge, die Daniel ihm verpasst hat. Sein Magen verkrampft sich beim Anblick der Tränen, die sich in ihren Augenwinkeln sammeln. In einem Anflug von Anteilnahme möchte er aufspringen und sie tröstend in den Arm nehmen. Aber als sie versucht, den Beweis ihres Schmerzes wegzublinzeln, hält er sich zurück.

›Sie will stark sein, mach es ihr nicht schwerer als es schon ist.‹

»Ich komme zurecht«, antwortet sie so ruhig wie möglich. »Meine Familie hilft mir dabei.«

»Das ist gut. Um euren Zusammenhalt beneide ich euch, der ist so viel wert.« Seine Worte sind ehrlich gemeint, führen sie ihm doch nur allzu deutlich vor Augen, wie schlecht es zwischen ihm und seinem Bruder steht. Einem Bruder, dem er den Tag über im Krankenhaus mehr oder minder unbewusst aus dem Weg gegangen ist.

»Deine Mutter ist bestimmt hochzufrieden damit, wie alles verlaufen ist. Auf ihre Unterstützung kannst du sicher zählen.«

Die Anspielung auf den Schmerz, den seine Mutter Natessa zugefügt hat, indem sie diese von oben herab behandelt und ihr Opportunismus unterstellt hatte, lässt Vincent zusammenzucken. Der Wunsch, ihr zu versichern, dass seine Gefühle unverändert sind, aber er den vermeintlich besten Weg für sie ebenso wie für Maya gewählt hat, brodelt in ihm.

›Wie soll ich ihr erklären, dass ich sie liebe und nur vor weiteren Angriffen meiner Mutter schützen wollte? Dass meine Wahl auf Maya fiel, weil sie der Betrug, den ich ihr während unserer Beziehung angetan habe, fast zerstört hätte.‹

»Meine Entscheidung beruhte nicht darauf, es Mom recht zu machen«, entgegnet er schließlich. »Es gab viel zu bedenken, aber die Vorstellung meiner Mutter war dabei kein

Aspekt.«

»Ich weiß«, gesteht Natessa zu seiner Erleichterung. Nach einer kurzen Pause spricht sie weiter: »Du liebst deine Frau eben mehr als mich. Wie sollte es auch anders sein, da dein Kind in ihr heranwächst.«

Der Zusatz trifft ihn in seinem Innersten. Er will lautstark protestieren, ihr beteuern, dass er sie trotz allem mehr liebt. Doch erneut wählt er die Worte nicht. Nur eines kann er nicht verhindern – dass er aufsteht, zu ihr hinübergeht, sich vor ihr hinkniet und sie behutsam in seine Arme zieht.

Minutenlang hält Vincent sie in der Umarmung, streicht ihr über den Rücken und versichert immer wieder, wie leid ihm alles tut. Natessas Tränen rinnen in seinen Hemdkragen, ihr Kopf ruht an der schmerzenden Stelle des Kinns, aber all das kümmert ihn nicht.

»Ihr habt so glücklich ausgesehen«, vernimmt er mit einem Mal leise an seinem Ohr. Eine kraftlose Stimme, mit einer Aussage, die ihm durch Mark und Bein geht. Die Erinnerung an einen Moment in der Kirche sucht sich ihren Weg nach vorne in seine Gedanken. Ein Augenblick, in dem er geglaubt hatte, Natessas Anwesenheit zu spüren. Mehrere Atemzüge lang, in denen er seinen Blick nicht vom hinteren Teil des Gotteshauses abwenden konnte. Ein paar Sekunden, die erst beendet wurden, als sein Trauzeuge ihm etwas zuflüsterte.

»Du warst da? Du warst in der Kirche?«

Natessa nimmt ihren Kopf zurück, um ihn anzusehen. Mit tränenverschleierten Augen nickt sie, gibt ihm damit die Bestätigung für das, was er tief in seinem Innern bereits ahnte, aber nicht wahrhaben wollte.

»Warum hast du das getan?«, fragt er völlig entsetzt.

»Ich musste es mit eigenen Augen sehen, um zu verstehen, dass du wirklich sie und nicht mich gewählt hast«, erklärt sie mit erstickter Stimme. »Du sahst so entspannt, so erwartungsvoll aus, genau wie deine Mutter.«

»Der Schein trog, vor allem ab dem Moment, in dem mich

ein merkwürdiges Gefühl überkam.« Mit den Händen umfasst Vincent Natessas Gesicht und reibt mit den Daumen die Tränenspuren weg. »Du hast im hinteren Teil gesessen, in einem der aus Altarsicht verborgenen Reihen…«

»Woher weißt du das?«, unterbricht sie ihn. Das kurze Aufflackern freudiger Überraschung in ihren Augen begleitet die Frage. Es hält ein, zwei Sekunden an, ehe die Traurigkeit ihren Platz zurückerobert.

»Weil ich es gespürt habe. Doch ich konnte dich nicht entdecken, also habe ich es als Sentimentalität abgetan. Wenig später setzte die Musik ein … von dem Augenblick an habe ich einfach nur gehofft, dass du weit weg von all dem bist.«

Viel zu schnell wird Natessa klar, dass es die Situation nicht ändert, nur weil ihre Anwesenheit in der Kirche etwas bei ihm ausgelöst hatte. Die Erkenntnis verdrängt den positiven Schub, das Leuchten in den Augen verschwindet mit ihm.

»Fern von allen Gefühlen für dich? Der Tag muss erst noch kommen.«

Nickend und mit zusammengepressten Lippen drückt er sein Verständnis aus. Er will ihr sagen, dass sie jemanden kennenlernen wird, der sie so liebt, wie sie es verdient hat. Aber die Worte finden ihren Weg nicht hinaus, graben sich stattdessen in seinen Magen und verstärken dort den Kloß aus unausgesprochenen Gefühlen. Bevor es ihn übermannt, eine Grenze zu überschreiten, indem er sie küsst, streichen seine Daumen ein letztes Mal über ihre Wangen. Danach löst er den Kontakt, erhebt sich und geht zur Hollywoodschaukel zurück.

Natessa rückt ihren Sitz auf dem Stuhl zurecht. Die Schultern werden gestrafft, der Kopf hebt sich, einzig das Hin- und Herstreichen der Hände auf den Oberschenkeln zeugt weiterhin von ihrer Angespanntheit.

»Warum bist du hierhergekommen, Vincent?«

»Um dich an ein Angebot zu erinnern, das ich dir gemacht habe.« Ihre Augenbrauen ziehen sich ein wenig zusammen, als sie überlegt, was er damit meint. »Deine Mitarbeit an meinem Forschungsprojekt«, klärt er sie auf. »Sobald ich ein geeignetes Labor gefunden habe, könnte die Arbeit beginnen. Du kannst weiter für den Prof im Universitäts-Krankenhaus tätig sein und die restlichen Stunden für mich die Versuche durchführen. Die Entlohnung läge über dem einer Vollzeitlaborkraft.«

»Ich kann das nicht«, lehnt Natessa mit leiser Stimme ab. »Danke, dass du an deinem Angebot festhalten möchtest, aber ich will nicht tagsüber mit dir zusammenarbeiten in dem Wissen, dass du abends zu deiner Familie gehst. Ich brauche Abstand. Auch deshalb besuche ich Sarah kaum noch in eurer Klinik.«

Vincent lässt lautstark die Luft entweichen, die er bei ihren Worten unbewusst angehalten hat. ›Sie hätte die Chance verdient, mehr zu sein als eine unbezahlte Praktikantin eines Professors‹, geht es ihm durch den Kopf. ›Aber die Arbeit muss ihr Freude machen, anstatt sie zu quälen.‹

»Du brauchst keine Angst zu haben, dass ich dir bei deinen Besuchen von Sarah über den Weg laufe. Mein Vater hat ihre Weiterbehandlung übernommen.«

Verwunderung blickt ihm aus Natessas Augen entgegen. »Warum?«

»Es war der Wunsch der Patientin.« Überrascht nimmt Vincent zur Kenntnis, dass Natessa von all dem offenbar nichts wusste. »Halte dich bitte nicht wegen mir von ihr fern. Wenn es dir hilft, gebe ich dir meine Dienstzeiten, dann kannst du mir aus dem Weg gehen.«

»Gib sie Rebecca«, raunt Natessa ihm zu. Ihr Kopf senkt sich dabei, die Hände knetet sie in ihrem Schoß.

»Keine gemeinsame Forschungsarbeit, keine weiteren Kontakte – ich verstehe«, erwidert er ruhig.

Er weiß in dem Moment, dass er Natessa umstimmen könnte. Dazu bräuchte er nur zu erwähnen, dass sein Projekt auf die Heilung von Sarahs Verletzungen ausgerichtet werden soll. Sie würde ihre eigenen Bedürfnisse hinter die der Freundin stellen. Das brächte sie beruflich sowie finanziell nach vorne und ihn dem Forschungsziel ein wenig näher. Es wäre einfach, den Joker zu ziehen, der ihm die Weiterbehandlung der Patientin und die Zusammenarbeit mit Natessa bescheren kann. Mit den Händen fährt er sich durch die Haare, um den egoistischen Gedanken, den der frühere Vincent ohne Skrupel genutzt hätte, aus seinem Kopf zu bekommen.

›Das Beste für sie ist es, weiterhin im Universitäts-Krankenhaus zu arbeiten und mir nicht mehr zu begegnen. Die gut bezahlte Forschungsarbeit bei mir wird ihr durch meine Anwesenheit nur Frust bringen.‹

»Ich akzeptiere das«, versichert er, bevor er sich von seinem Platz erhebt. »Aber du sollst wissen, dass du deinen Entschluss jederzeit ändern kannst.«

»Danke.« Zögernd steht sie ebenfalls auf. Als sie ihn anblickt, versucht er zu ergründen, ob sie stabil ist. Der Zusammenbruch, von dem sein Vater ihm erzählt hat, bereitet ihm Unbehagen.

»Entschuldige, dass ich dich durch mein Erscheinen so aufgewühlt habe. Ich wollte dir die berufliche Chance nicht vorenthalten, nur weil sich alles anders entwickelt hat, als wir das erwartet haben.«

»Mir geht es gut, mach dir keine Sorgen«, versichert sie. Dabei blickt sie ihm äußerlich gefasst entgegen und reicht ihm die Hand, die er ohne zu zögern ergreift.

»Ich bin immer für dich da, wenn du mich brauchst.« Nach ihrem Nicken streicht sein Daumen ein letztes Mal über Natessas Handrücken. Ihre Finger lösen sich voneinander, die Spitzen geben die Berührung jedoch nicht so einfach auf. Sie fahren über die Haut an der Innenfläche der jeweils anderen Hand, als wollten sie sich so spät wie nur möglich Lebewohl sagen. Doch auch dieser Kontakt bricht letztlich ab. Natessa verschränkt die Arme hinter dem Rücken, eine Geste, die Vincent versteht. Mit einem abschließenden Lächeln dreht er sich um und geht die Verandastufen hinunter.

Auf dem Weg zu seinem Auto fällt es ihm schwer, sich nicht umzudrehen, um sie ein letztes Mal anzuschauen. Erst als er die Fahrertür öffnet, wandert sein Blick zur Veranda zurück. Weit und breit ist niemand mehr zu sehen…

Dass er dennoch beobachtet wird, ahnt Vincent nicht. Natessa steht am Fenster des Wohnzimmers und lugt durch einen Spalt der Gardine. Simone tritt an ihre Seite, legt einen Arm um sie und streicht ihr behutsam über den Oberarm.

»Komm«, flüstert sie ihrer Cousine zu, nachdem der Sportwagen außer Sicht ist. »Wasch dir das Gesicht und danach kannst du mir beim Kochen helfen.«

»Es geht mir gut«, wiederholt Natessa ihre Worte, mit denen sie schon Vincent beruhigen wollte.

»Ich weiß, aber du musst trotzdem nicht alleine sein.« Da ihre Cousine nicht reagiert, fügt Simone die Frage hinzu, ob sie über den überraschenden Besuch sprechen will.

»Mir war nicht klar, dass er noch Gefühle für mich hat. Ich hatte angenommen, dass ihm nur die andere Frau wichtig ist, weil sie ihm ein Kind schenkt.«

»Hat er dir Liebesbeteuerungen gemacht? Er ist keinen Monat verheiratet und wird bald Vater, verdammt!«, regt Simone sich auf. Ihre Stimme schwillt an, als sie Vincent dafür verflucht.

»Nein, gesagt hat er es nicht«, beschwichtigt Natessa sie. »Aber er hat gespürt, dass ich in der Kirche war.« Die letzten Worte flüstert sie nur, da sie im Augenwinkel wahrgenommen hat, dass ihre Mutter im Türrahmen steht und zu ihnen hinübersieht. »Sch…, Mom soll davon nichts erfahren. Es ist nichts Verwerfliches vorgefallen, wir haben uns nur unterhalten.«

»Ist alles in Ordnung, Schatz?«, erkundigt sich Emilia, während sie zu den Frauen hinübergeht. Mit Besorgnis betrachtet sie die Tränenspuren im Gesicht ihrer Tochter. »Vincent hat von einer beruflichen Möglichkeit für dich gesprochen, als ich ihn wegschicken wollte. Was hat er damit gemeint?«

Seufzend gibt Natessa ihrer Mutter einen Kuss auf die Wange. Nach einem tiefen Atemzug erzählt sie von Vincents Angebot.

»Keine Sorge, ich habe abgelehnt. Das Letzte, was ich will, ist, ihn täglich zu sehen«, schließt sie ihre Erläuterung. Da ihre Mutter erleichtert aufatmet, lächelt Natessa sie an. »Das gilt aber nur für mich, du brauchst meinetwegen nicht auf Mr. Harper Senior zu verzichten.«

»Wir haben keinen Kontakt mehr und ich habe nicht vor, daran etwas zu ändern«, legt Emilia in einem energischen Tonfall fest.

»Dann hast du ihm nicht einmal für die Vorwarnung gedankt?«, empört ihre Tochter sich verwundert. Diesen unhöflichen Zug kann sie sich bei ihrer Mutter nicht vorstellen.

»Doch, natürlich«, schwächt Emilia ab. Sie ergreift eine Hand von Natessa und drückt sanft deren Finger. »Ich bin Jason dankbar für die Unterstützung. Auch wenn sie nicht viel geholfen hat, weil niemand damit rechnen konnte, dass Vincent direkt hierherkommen würde. Aber jeder weitere Kontakt zu Jason ist für mich ähnlich schmerzhaft wie für dich, wenn du seinen Sohn siehst. Also dräng mich bitte nicht.«

Während Simone bei der letzten Bemerkung ihrer Tante die Augen aufreißt, beißt Natessa sich auf die Unterlippe. Wie viel das Wiedersehen von Vincents Vater bei ihrer Mutter ausgelöst hat, wird ihr erst durch deren ehrliche Antwort bewusst.

»Verzeih mir, Mom, das habe ich nicht bedacht«, gibt sie zu und auch Simone schließt sich den entschuldigenden Worten an.

»Gönnen wir uns ein Glas Wein, damit wir die Harper-Männer vergessen«, schlägt Emilia vor, um dem Thema einen Abschluss zu geben. Sie legt jeweils einen Arm um die Schultern der beiden jungen Frauen und zieht diese kurz an sich. »Wenn Daniel sein Telefonat mit Rebecca beendet hat, stößt er sicher gerne mit an.«

*****

Im Chefarztzimmer denkt Jason über das Gespräch mit seinem Erstgeborenen nach. Dass dieser zu einer Patientin geht, von der er weiß, dass sie um einen Arztwechsel gebeten hat, kann er nicht nachvollziehen. Die Reaktion auf das unüberlegte Verhalten seines Sohnes ruft bei ihm die Besorgnis hervor, dass Vincent wieder eigenwillige Wege gehen könnte.

»Als wenn uns der Vorfall mit Amanda Kingsley nicht deutlich genug gezeigt hat, wie schnell uns so ein Vorgehen in die Nähe einer Klage bringen kann«, brummt Jason unzufrieden. »Dabei hatte Vincent sich in den letzten Monaten so gut entwickelt, was sicher zu einem großen Teil Natessa Morgan zu verdanken war.«

Die Nennung des Nachnamens rückt das Gesicht einer anderen Frau mit diesem Namen in seine Gedanken. Die rehbraunen Augen von Emilia, die an den Seiten von kleinen Lachfalten eingerahmt werden, vertreiben die Sorgen über das Verhalten des Sohnes schlagartig. Lächelnd holt er das verblichene Foto seiner Collegeliebe aus der Schreibtischschublade hervor. Seitdem er es auf dem Dachboden der Harper-Villa aus einem alten Karton herausgesucht hat, bewahrt er es ganz hinten in einer der obersten Schubladen auf. Doch es findet fast jeden Tag den Weg ans Licht – immer dann, wenn seine Erinnerungen an Emilia ihn nicht loslassen wollen.

Ergänzend zu dem Bild öffnet Jason wenig später den Messenger auf dem Handy. Dass die Collegeliebe endlich auf eine seiner zahlreichen Nachrichten reagiert hat, schenkt ihm das nächste Lächeln. Die Antwort besteht zwar nur aus einem Dankeschön, das sie auch im Namen ihrer Tochter ausrichtet, aber ihm bedeutet der Text dennoch viel.

»Wenn es um deine Familie geht, kann ich also auf eine Rückmeldung von dir hoffen«, murmelt er vor sich hin. »Wie hätte unser Kontakt sich erst entwickeln können, wenn es zwischen Vincent und Natessa anders gelaufen wäre?«

Der Blick auf die Uhr an der gegenüberliegenden Wand erinnert Jason an einen Termin, den er für den frühen Abend vereinbart hat. Einen Moment lang zieht er in Erwägung, im Krankenhaus zu duschen, um sich die Fahrt nach Bel Air zu sparen. Als ihm jedoch klar wird, dass er am Vormittag nach einem kleinen Kaffeedesaster auf das letzte frische Hemd zurückgegriffen hat, erhebt er sich seufzend.

»In diesem Aufzug kann ich unmöglich bei einem potenziellen Spendengeber auftauchen. Außerdem käme mir Lizzys Begleitung zu dem Termin ganz gelegen. Ihre Bekanntschaft zur Schwester des Geschäftsmannes könnte von Nutzen sein.«

Auf dem Weg zum Auto will er soeben seine Frau kontaktieren, als ihm ein eingehender Anruf dazwischenkommt. Die Assistentin des Fabrikanten richtet ihm aus, dass der Termin kurzfristig verschoben werden muss. Nachdem sie ihm ein neues Datum vorgeschlagen hat, das zu seinem Entsetzen in weiter Ferne liegt, beendet die resolute Dame das Telefonat schneller als Jason lieb ist.

»Verflixt«, flucht er so laut, dass eine der Schwestern besorgt herbeieilt, um zu fragen, ob sie ihm helfen kann.

Immer noch gereizt wegen der kurzfristigen Absage steigt er wenig später in seinen Wagen. Nachdem er sich beruhigt hat, zieht er das Handy ein weiteres Mal hervor, um den neuen Termin zu notieren. Das mühsame Beschaffen von Spendengeldern und die Willkür der Sponsoren bei den dafür erforderlichen Gesprächen lassen die jahrelange Arbeit von Lizzy in einem anderen Licht erscheinen. Das erste Mal seit Langem ist er seiner Frau dankbar für den Elan, der sie auszeichnet.

»Wenn sie diesen doch nur nicht dazu genutzt hätte, um sich in die Beziehungen unserer Söhne einzumischen. Vielleicht wäre dann alles viel friedlicher zwischen Vincent und

Aidan in Bezug auf Maya Carter abgelaufen.« Dass die Schwangerschaft trotzdem den Ausschlag für die Tochter des Publizisten Preston Carter gegeben hätte, bezweifelt Jason nicht. Zu dem verhängnisvollen Dinner wäre es aber in seinen Augen ohne Lizzys Einsatz nie gekommen. Auch wenn diese nicht wusste, welche Bühne sie der jetzigen Schwiegertochter mit dem gemeinsamen Essen bieten würde, gibt Jason seiner Frau eine große Mitschuld an der derzeitig verfahrenen Situation zwischen seinen Söhnen.

»Ich muss sie unbedingt davon abhalten, dieses Familienessen, von dem sie gesprochen hat, zu früh in die Tat umzusetzen.« Mit diesem Vorhaben im Hinterkopf startet er den Wagen und schlägt den Heimweg ein.

Als er eine knappe halbe Stunde später die Treppen zum Haupteingang der Villa hinaufgeht, empfängt Lizzy ihn bereits an der Tür.

»Du bist spät dran. Für ein ausgiebiges Essen wird es nicht reichen, wenn du noch duschen und dich umziehen willst. Soll ich dir ein Sandwich machen?« Jasons Antwort, dass der Termin verschoben wurde, nimmt sie mit Bedauern zur Kenntnis. Das Mitgefühl hält jedoch nicht lange an. Kaum hat er seinen Schlüssel in die Schale auf den Tisch im Vorraum gelegt, kommt ihr ein Gedanke. »Dann haben wir also einen unerwarteten freien Abend, den wir verplanen können. Wie wäre es mit einem gemeinsamen Bad, bei dem wir das Familienessen besprechen?«

Ein Vorschlag, der Jason dazu bringt, sich entsetzt zu ihr umzudrehen. Mit zusammengekniffenen Augen betrachtet er seine Frau, die wieder einmal voller Tatendrang steckt.

»Schlag dir dieses Familienessen vorerst aus dem Kopf. Ich werde das nicht erlauben, solange sich die Wogen zwischen unseren Söhnen nicht geglättet haben«, legt er in einem ungewöhnlich scharfen Tonfall fest. Lizzys Augenbrauen heben sich, als sie seinen Blick erwidert.

»Aidan ist schon fast wieder der Alte. Ich habe heute Morgen mit ihm gesprochen, um den Grundstein für eine

Aussöhnung mit Vincent zu legen«, verteidigt sie ihren Plan. »Niemand wird mir verbieten, die Familie zu einem gemeinsamen Dinner einzuladen.«

»Du irrst dich, Lizzy, *ich* verbiete es dir!«, kontert Jason gereizt. »Tu einmal das Richtige«, fügt er mit einer versöhnlichen Miene hinzu. »Ich könnte ein wenig Unterstützung bei der Vorbereitung der Stiftungsratssitzung gebrauchen. Wollen wir den Abend dafür nutzen?«

Die Antwort fällt Lizzy nicht leicht. Sein herrischer Ton und das Verbot haben sie getroffen. Doch sie weiß, dass sich ihr Verhältnis nicht verbessern wird, wenn sie das Friedensangebot ausschlägt. Mit einem Lächeln auf den Lippen tritt sie zu ihrem Mann und gibt ihm einen Kuss auf den Mundwinkel.

»Natürlich, Darling, ich helfe dir sehr gerne.«

*****

Währenddessen lenkt Vincent seinen Sportwagen in ruhigem Tempo aus dem Valley heraus. Seine Fingerknöchel treten weiß hervor, die Lippen sind nur noch eine schmale Linie, ein leichter Schmerz zieht hinter der Stirn auf, als er sich auf den Weg nach Hause macht. Natessas Mitarbeit an dem geplanten Forschungsprojekt hat er bereits abgehakt, die Möglichkeit auf eine Weiterbehandlung von Sarah verliert an Bedeutung. Was er jedoch nicht loswird, ist Natessas glanzloses Erscheinungsbild während des Gesprächs. Nicht nur den Augen, die er immer noch als schwarz wie die Nacht empfindet, fehlte das Strahlen – ihre gesamte zusammengesunkene Haltung belastet ihn.

»Sie wird es verkraften und zu alter Stärke zurückfinden«, versichert er sich selbst. Den Worten mangelt es allerdings am nötigen Glauben, trotzdem wiederholt er sie wie ein Mantra. »Ich habe die richtige Wahl getroffen. Für Maya geht es bereits aufwärts, Natessa wird diese Richtung ebenfalls eines Tages einschlagen. Ich hätte ihr durch den Job gerne dabei geholfen, aber sie wird es auch ohne meine

Unterstützung schaffen.«

Begleitet von dem Kopfschmerz, der pochender wird, biegt er einige Zeit später in die Auffahrt des Hauses ein, das er und Maya kurz vor der Hochzeit bezogen haben. Mit Verwunderung nimmt er zur Kenntnis, dass die Vorhänge im Esszimmer zugezogen sind.

›Maya hat sie sicher geschlossen, damit der Kerzenschein besser zur Geltung kommt‹, geht es ihm durch den Kopf. Eine Taktik, die seine Frau in den Flitterwochen mehrmals gewählt hat. Die Vorfreude, die sich auf der Hochzeitsreise in diesen Momenten eingestellt hatte, will jetzt allerdings nicht bei Vincent aufkommen. Dennoch setzt er ein Lächeln auf, als er das Haus betritt.

Sein Weg führt ihn direkt ins Esszimmer, außer den zahlreich entzündeten Kerzen findet er dort jedoch nichts vor – von Maya keine Spur. Das Wohnzimmer, das sich ans Esszimmer anschließt, ist ebenfalls leer. Da die Terrassentür offensteht, tritt Vincent hinaus in den Garten. Der Rasen wurde frisch gemäht, die Beete sehen in gleichem Maße gepflegt aus. Nachdem er einen Teil des Grundstücks erfolglos nach seiner Ehefrau abgesucht hat, kehrt Vincent ins Haus zurück, wo er zunächst die zahlreichen Kerzen ausbläst und die Türen verschließt. Die Küche ist bis auf eine Tasse im Spülbecken aufgeräumt, der Kühlschrank gut gefüllt, aber der Herd kalt und unbenutzt. Stirnrunzelnd setzt Vincent seine Suche im Obergeschoss fort, wo er endlich fündig wird.

Maya liegt im Schlafzimmer auf seiner Bettseite. Ein dünner Quilt bedeckt ihren Körper, die Fenster sind weit geöffnet. Ihre Unvorsichtigkeit lässt Vincent den Kopf schütteln. Leise tritt er näher und setzt sich auf die Bettkante. Minutenlang betrachtet er seine schlafende Frau, die selbst dann nicht aufwacht, als er ihr sanft über die Wange streicht.

»Ruh dich noch ein wenig aus, ich kümmere mich ums

Essen«, flüstert er ihr zu. Nachdem er ihr einen Kuss auf die Stirn gegeben hat, erhebt er sich. Im Schlaf seufzend rührt Maya sich. Die Decke verzieht sich durch die Bewegung und gibt eine Stelle des Lakens frei, die Vincent den Atem stocken lässt…

KAPITEL 5

Entsetzt blickt Vincent auf das cremefarbene Seidenlaken, das einen Blutfleck aufweist. Mit einem schnellen Schritt ist er wieder beim Bett und schlägt die Decke zurück. Der Unterarm seiner Frau ist blutüberströmt, eine frisch aufgerissene Wunde wird sichtbar.

»Maya«, ruft er aus, während er die verletzte Stelle am Arm inspiziert. Zu seiner Erleichterung hat die Blutgerinnung bereits eingesetzt. Aber er weiß, dass die Verletzung bei einer falschen Bewegung sofort wieder aufreißen kann. »Was hast du getan?«

Die Augen seiner Ehefrau öffnen sich langsam, ein Lächeln erscheint auf ihrem Gesicht.

»Vincent, endlich bist du da, ich habe dich so vermisst.«

»Warum hast du das getan, Maya?«, fragt er sie erneut. Ein verwirrter Blick ist die einzige Reaktion. Erst als sie das Blut auf ihrem Arm entdeckt, begreift sie, wieso er so aufgebracht ist.

»Ich weiß es nicht«, antwortet sie leise. »Es war so ruhig im Haus, du warst weg, ich wusste nicht, wie lange ich noch auf dich warten muss.«

Vincent streicht ihr über die Wange, wischt danach eine Träne weg, die sich aus ihrem Augenwinkel gelöst hat. Ein schlechtes Gewissen steigt in ihm auf. Zum einen, weil er Maya den ganzen Tag über nicht einmal angerufen hat, zum anderen wegen seines Besuchs bei Natessa.

›All das hätte verhindert werden können, wenn ich direkt nach Hause gefahren wäre‹, wirft er sich vor. Als seine Frau sich aufsetzen will, hält er sie sanft zurück.

»Bleib noch einen Moment liegen und beweg den Arm nicht. Ich hole einen Verband. Wenn ich die Wunde versorgt habe, bringe ich dich in die Klinik.«

»Nein«, protestiert sie mit weit aufgerissenen Augen. »Es

geht mir gut – jetzt, wo du wieder bei mir bist. Bitte, kein Krankenhaus, Vincent.«

»Okay«, willigt er ein, um sie zu beruhigen. Die Versorgung der Verletzung hat seine oberste Priorität, er will keine weitere Zeit vergeuden, indem er eine Diskussion über ihren Zustand anfängt. »Ich bin sofort zurück.«

Maya schaut ihrem Mann nach, als der ins angrenzende Badezimmer geht, in dem sich ein gut ausgestatteter Arzneischrank befindet. Mit dem Verbandsmaterial sowie den Utensilien zum Reinigen der Wunde und der umliegenden Haut kehrt Vincent zu ihr zurück. Aus einer der Kommodenschubladen holt er zudem eine Packung Wundnahtstreifen hervor. Es dauert nicht lange, bis die Verletzung fachmännisch versorgt und verbunden ist. Fürs Erste zufrieden gibt Vincent seiner Frau einen Kuss auf die Stirn.

»Wie fühlst du dich?«

»Viel besser«, erwidert sie mit einem Lächeln. Der unverletzte Arm streckt sich ihm entgegen, um nach seiner Hand zu greifen. Ihre Finger fühlen sich kalt an, als sie die seinen umschließen. »Legst du dich zu mir und erzählst von deinem Tag in der Klinik?«

Nickend kommt er der Aufforderung nach. Als ihr Kopf auf seiner Brust ruht, startet er den beschönigten Bericht von einem erfolgreichen und konfliktfreien ersten Arbeitstag nach den Flitterwochen. Zum Schluss fügt er die Floskel »und wenn sie nicht gestorben sind, dann leben sie noch heute« hinzu, die Maya zum Lachen bringt.

Erst das leise Grummeln seines Magens erinnert beide daran, dass sie das Abendessen bei all der Aufregung vernachlässigt haben. Dem Vorschlag Mayas, sich etwas kommen zu lassen, stimmt Vincent zu. Bevor er ihr allerdings erlaubt aufzustehen, misst er ihren Puls und zaubert aus der Kommode eine Blutdruckmanschette hervor, die er zum Einsatz bringt.

Die Werte befinden sich im Normalbereich, was ihn

beruhigt. Da seine Frau zudem steif und fest behauptet, dass sie sich gut genug fühlt, um sich nach unten zu begeben, hilft er ihr beim Aufstehen. Besorgt beobachtet er, ob sich Anzeichen von Schwindel zeigen, aber das ist nicht der Fall. Trotzdem nimmt er sie am Beginn der Treppe auf den Arm, um sie hinunterzutragen. Maya legt ihren unverletzten Arm um seinen Hals und küsst die Stelle unter dem Ohrläppchen, während sie die Aufmerksamkeit genießt, die er ihr zukommen lässt. Für sie ist die Welt wieder in Ordnung, die Anspannung ihres Ehemannes dringt nicht zu ihr durch.

Am nächsten Morgen reicht Vincent dem Hausmädchen kurz nach deren Eintreffen das blutverschmierte Bettlaken, welches er am vorherigen Abend noch gegen ein sauberes ausgetauscht hat.

»Auf dem Quilt befinden sich auch ein paar Flecken, schauen Sie doch bitte, ob sie sich entfernen lassen. Wenn es zu mühsam ist, kaufen Sie einfach einen neuen Überwurf.« Die junge Frau nickt und verschwindet ohne weitere Nachfrage – wofür Vincent ihr sehr dankbar ist – in den Waschraum.

Selbst macht er sich auf den Weg zum Esszimmer, wo Maya am Frühstückstisch bereits auf ihn wartet. Sie ist noch etwas blass, doch ansonsten ist ihr der Vorfall nicht anzumerken. Der Verband wird von dem Ärmel der Bluse verdeckt, die Spuren unter den Fingernägeln der anderen Hand sind längst beseitigt. Mit einem Strahlen in den Augen erwidert sie den Kuss und fragt mit einem schelmischen Grinsen nach der Blutdruckmanschette.

»Ich bin den weiten Weg vom Schlafzimmer hierher gelaufen, immerhin zwanzig Stufen waren dafür zu bewältigen. Musst du angesichts dieser Anstrengung nicht kontrollieren, ob es mir gut geht?«

»Es sind zweiundzwanzig Stufen, Babe«, berichtigt Vincent sie augenzwinkernd. Mit einer theatralischen Geste greift er nach ihrem Handgelenk, schaut konzentriert auf die

Uhr, zieht dabei gespielt die Augenbraue hoch und bestätigt ihr zwanzig Sekunden später, dass ihr Puls hervorragend ist.
»Dann darf ich also wie geplant zur Arbeit gehen?«

Nachdem ihr Mann die Frage mit einem Nicken und einem Kuss aufs Haar beantwortet hat, erkundigt sie sich nach seinen Plänen für den Tag.
»Ich habe für heute einen Termin bei Dr. Braden für die nächste Schwangerschaftsuntersuchung ausgemacht. Vorher möchte ich mir jedoch die Verletzung erneut ansehen. Vielleicht nähe ich sie mit wenigen Stichen, damit die Narbe klein bleibt.«
»Mach dir nicht so viele Sorgen. Zufälligerweise kenne ich einen hervorragenden Schönheitschirurgen, der mir versprochen hat, dass man von den Narben kaum noch etwas sehen wird, wenn er sich um die Behandlung kümmert.« Bei den Worten legt Maya keck den Kopf ein wenig schief und zwinkert ihrem Mann zu. Vincents Mundwinkel verziehen sich zu einem echten Lächeln, da ihm die aufgeweckte Stimmung seiner Frau gefällt.
»Na hoffentlich versteht der Kerl auch wirklich etwas davon«, geht er auf ihren Scherz ein.
»Er ist der Beste«, versichert sie grinsend. Dabei greift sie nach seiner Hand und drückt sie. Vincent zieht ihre Finger zu seinem Mund und küsst zärtlich jede einzelne Kuppe. Die Geste löst ein angenehmes Kribbeln bei Maya aus, das sie noch mehr zum Strahlen bringt.
»Ich hole dich gegen Mittag im Verlag ab. Wir können erst gemeinsam essen, bevor es zu den Untersuchungen geht.«
»Das Schönste daran ist, dass wir nicht den ganzen Tag getrennt sind. Ich würde dich sonst wieder vermissen«, fügt sie hinzu. Die Bemerkung lässt ihn aufhorchen. Dass er genau diesen Aspekt mit einem der Psychiater aus der Klinik besprechen will, erwähnt er gegenüber seiner Ehefrau nicht. Stattdessen macht er ihr einen Vorschlag.
»Ruf mich an, wenn dich die Sehnsucht überkommt. Sollte ich beschäftigt sein, melde ich mich so schnell wie möglich

zurück.«

»Darf ich das wirklich tun?«, fragt sie ungläubig.

»Natürlich, du bist doch meine Frau«, versichert er ihr, was sie mit einem stolzen Lächeln quittiert.

*****

Im Hause der Morgans frühstücken an diesem Morgen nur Rebecca, Daniel und Natessa gemeinsam.

»Sarah hat nach dir gefragt«, wendet sich Rebecca an die Schwester ihres Freundes. Natessa schaut von der Zeitschrift auf, in der sie gedankenverloren geblättert hat. »Wollen wir uns nach deiner Schicht treffen? Dann können wir zusammen zum Krankenhaus fahren.«

»Ich würde sie sehr gerne besuchen, aber ich möchte Vincent nicht begegnen. Er ist seit ein paar Tagen zurück.«

»Davon habe ich gehört.« Natessas fragenden Blick beantwortet Rebecca mit der Erläuterung, dass es das Erste war, was ihre Schwester am Vortag erzählt hat. »Ich glaube, Daniel sagte das auch. Das könnte ich allerdings falsch verstanden haben, da seine Worte von einem lautstarken Wutschnauben begleitet wurden. Auf der anderen Seite kann ich mir keinen Grund vorstellen, der ihn so wütend zum Telefon greifen lässt, kaum drei Stunden nachdem wir uns am Bahnhof getrennt haben.«

»Ich hätte dich so oder so angerufen«, wirft ihr Freund dazwischen. »Dieser Kerl hat mich nur so in Rage gebracht, dass unser Gespräch etwas anders verlaufen ist als gewöhnlich.«

Um die Kabbelei zwischen ihrem Bruder und dessen Freundin zu beenden, schlägt Natessa Rebecca vor, dass diese sich in der Harper-Klinik nach Vincents Arbeitszeiten am heutigen Tag erkundigt.

»Oder hat er sie dir schon geschickt?«

»Warum sollte er das tun?«, fragen die beiden anderen wie aus einem Munde. »Verstehe«, fügt Rebecca Sekunden später hinzu, nachdem Daniels Schwester nur vielsagend die Lippen aufeinandergepresst und den Blick gesenkt hat. »Du hast ihn darum gebeten, damit du ihm aus dem Weg gehen kannst. Ich hoffe, er hat nicht mit dir darüber diskutiert, sondern sofort seine Kooperation signalisiert.« Nickend bestätigt Natessa es.

»Wenigstens etwas«, brummt Daniel. »Wenn er sich nicht daran hält oder hier noch einmal auftaucht, verpasse ich ihm ein paar Gedächtnisstützen.« Seine Schwester quittiert die Drohung mit einem Augenverdrehen, danach wendet sie sich wieder an Rebecca.

»Ist es okay für dich, dass er dir die Arbeitszeiten mitteilt?«, hakt sie vorsichtig nach. »Ich hätte dich besser vorher gefragt.«

Die Angesprochene greift über den Tisch, um ihre Freundin zu beruhigen. Mit einem aufmunternden Lächeln versichert sie ihr, dass sie sich um alles kümmern wird.

»Ich erkundige mich, wann du gefahrlos zu Sarah kannst. Außerdem werde ich den Doc daran erinnern, dass er mir ein paar Infos schuldet, wenn er es nicht von alleine erledigt.«

*****

Bevor Rebecca ihr Versprechen einlösen und bei Vincent nach dessen Arbeitszeiten fragen kann, kommt er ihr zuvor. Kaum hat er das Arztzimmer in der Klinik erreicht, macht er ein Foto seines Dienstplans. Begleitet von ein paar Worten schickt er dieses an die Schwester der Patientin, deren Weiterbehandlung ihm nicht mehr erlaubt ist. Die Nummer entnimmt er dem elektronischen Datenblatt von Sarah, wo Rebecca Kandell als Erstkontakt aufgeführt ist.

»Der totale Kontaktabbruch zu dir gefällt mir nicht, Natessa«, murmelt er vor sich hin, »irgendwann wird ein freundschaftlicher Umgang vielleicht möglich sein. Bis dahin werde ich mich gedulden, auch wenn mir deine Ansichten, unsere Gespräche und die Ruhe, die du ausstrahlst, schon jetzt fehlen. Aber wenn du den Abstand vorerst brauchst, will ich dir nicht im Wege stehen.«

Ein Vorsatz, von dem Vincent weiß, dass er ihm schwerfallen wird. Kaum ist er sich dessen bewusst, wandern seine Gedanken bereits zu Momenten, die er mit ihr genossen hat: Der stürmische Kuss an der Haustür der Morgans, als er auf der Suche nach Emilia unerwartet auf Natessa getroffen war, die Spaziergänge in Malibu und nicht zuletzt die Abstecher zur Hütte in den Bergen oder zum Strandhaus, wo sie glückliche Stunden verbracht haben. Die Erinnerung an die Nacht im Haus der Harpers am Strand bringt ihn unwillkürlich zu seiner Ehefrau zurück.

Mayas überraschender Besuch und die Folgen, allen voran die schlimme Verletzung an ihrem Arm, machen ihm mehr als deutlich klar, worauf er seine Aufmerksamkeit künftig zu lenken hat. Fest entschlossen, das Beste für Maya zu tun, greift er zum Hörer, um einen Kollegen aus der psychiatrischen Abteilung der Klinik anzurufen. Da Dr. Atheno direkt Zeit für ein Beratungsgespräch hat, macht Vincent sich nach dem Telefonat auf den Weg zum Westflügel.

»Chad, wie geht es Ihnen?«, begrüßt er den erfahrenen Psychiater beim Eintreten in dessen Büro.

Nachdem er geantwortet hat, bleibt Dr. Athenos Blick am Kinn von Vincent hängen. Stirnrunzelnd erkundigt er sich, ob Maya etwas mit der leicht ramponierten Stelle zu tun hat.

»Sie haben bisher nur von Selbstverletzungen gesprochen, Vincent. Weitet sich das Problem Ihrer Frau aus? Die Schwellung ist zwar kaum zu erkennen, aber im Laufe der Jahre habe ich einen Blick für Derartiges bekommen.«

Sein Gegenüber, dem gar nicht bewusst war, dass Daniels Schlag sichtbare Spuren hinterlassen hat, reibt sich kopfschüttelnd über die Blessur.

»Nein, das war ein … Patient, der etwas ungestüm auf eine Behandlung reagiert hat«, redet Vincent sich heraus. »Meine Frau richtet ihren Schmerz weiterhin nur gegen sich selbst.

Gestern Abend hat es einen erneuten Vorfall gegeben, deshalb bin ich hier.«

Der Kollege weist auf den Stuhl vor seinem Schreibtisch und fordert ihn auf, alles genau zu berichten. Nachdem Vincent von Mayas zumeist gutem Zustand in den Flitterwochen berichtet hat, in denen es nur wenige Stimmungsschwankungen gab, schildert er die Vorkommnisse vom Vorabend. Seine Haltung wird dabei unruhig, mehrmals verändert er die Sitzposition. Mit den Händen fährt er sich durch die Haare, während in seiner Stimme die Besorgnis zunimmt.

»Sie hatte sich hingelegt – auf meine Bettseite – und sich dann erst die Verletzung zugefügt. Wie kann sich innerhalb von Stunden wieder so ein Schmerz aufbauen, den sie mit derartigen Handlungen zu überdecken versucht?«, wendet Vincent sich zum Schluss an Dr. Atheno.

»Gab es Streit in den letzten Wochen?«

»Nein«, erfolgt umgehend Protest, der von einer abwehrenden Handbewegung begleitet wird. »Wir hatten zwei kleinere Unstimmigkeiten, weil sich Maya meiner Meinung nach zu sehr ihrer Antriebslosigkeit hingibt. Aber als Streit würde ich das nicht bezeichnen. Ich habe es eher auf die Hormonschwankungen während der Schwangerschaft geschoben, die sie ein wenig überempfindlich machen – vor allem für gut gemeinte Ratschläge. Dennoch waren wir so gut wie nie getrennt, Maya hat sich kaum von meiner Seite wegbewegt.«

Vincents Gegenüber macht sich Notizen und stellt weitere Fragen. Dabei interessiert ihn besonders, wie lange es jeweils gedauert hat, bis der normale Umgang miteinander wieder möglich war. Bei der Antwort, dass die Stimmung beim zweiten Mal über Stunden hinweg gestört war, nickt er. Mit einem bedauernden Blick bestätigt Dr. Atheno dann das, was er beim ersten Gespräch mit seinem Kollegen bereits vermutet hatte. Nach Luft schnappend starrt Vincent ihn an. Das Hoffnungsgebilde, es sei doch etwas anderes als diese Störung, bricht wie ein Kartenhaus in ihm zusammen.

»Wie sicher sind Sie sich, Chad?«

»Leider zu einem hohen Prozentsatz. Versuchen Sie, Ihre Frau von einem Vorgespräch für eine Psychotherapie zu überzeugen. Man kann das in den Griff bekommen, aber Sie werden es nicht ohne Hilfe schaffen. Die Störung wird häufig zu einer Belastungsprobe für Beziehungen. Zusammen mit der Verantwortung für das Kind, das Sie mit Ihrer Frau erwarten, könnte der Druck zu viel werden.«

Vincent springt vom Stuhl auf und geht ein paar Schritte durch den Raum. Die Diagnose setzt ihm zu, stärkt jedoch gleichzeitig seinen Beschützerinstinkt. Er ist sich der Tatsache bewusst, dass Maya jetzt seine Unterstützung benötigt und sie auch künftig mehr denn je brauchen wird.

»Ich schaffe das«, versichert er sich. Mit einem entschlossenen Ausdruck wiederholt er die Worte an den Psychiater gerichtet. »Wir bekommen das hin, selbst wenn es nicht leicht werden wird!«

»Sie müssen Zeit, Geduld und viel Aufmerksamkeit für Ihre Frau aufwenden. Doch bevor wir weitere Schritte besprechen, ist die Einwilligung der Patientin in ein Diagnosegespräch von Nöten. Sie wird den Krankheitsbefund wahrscheinlich ablehnen. Verdrängung ist eine übliche Reaktion darauf. Bereiten Sie Ihre Frau daher so behutsam wie möglich auf die Untersuchung vor.«

Die Furche auf Vincents Stirn verstärkt sich. Trotzdem nickt er, um sich damit Zuversicht einzureden.

»Danke, Chad«, verabschiedet er sich wenig später. Auf dem Rückweg zu seinem Büro nimmt er kaum etwas von der Umgebung wahr. Viel zu sehr ist er damit beschäftigt, gedanklich nach den richtigen Worten zu suchen, mit denen er Maya auf die Situation ansprechen will.

*****

Als Emilia das Haus im Valley betritt, ist es leer. Alle Familienmitglieder und Daniels Freundin, die inzwischen fest bei den Morgans lebt, sind bei der Arbeit oder in der Universität. Nachdem sie die Einkäufe weggeräumt hat, holt die Hausherrin aus dem kleinen Sekretär im Esszimmer den Ordner mit den offenen Rechnungen hervor und klappt den Deckel des Laptops hoch. Der Kontoauszug, den sie auf dem Rückweg bei der Bank gezogen hat, zeigt einen Betrag im Haben-Bereich, den sie in der Höhe lange nicht mehr gesehen hat.

›Die Gelder, die Natessa und Daniel seit kurzer Zeit beisteuern, helfen. Meine Befürchtungen, dass wir das Studium von Simone nicht mehr finanzieren können, haben sich zum Glück nicht bewahrheitet. Das Loch, das die letzte größere Reparatur am Haus verursacht hat, ist fast gestopft. Noch ein oder zwei Monate und ich kann wieder anfangen, Reserven zu bilden‹, freut Emilia sich.

Bei dem Gedanken an die mögliche Reserve erinnert sie sich daran, dass sie mit den Kindern vereinbart hat, Nachforschungen über den Aufenthalt von George in Auftrag zu geben. Mehr als sieben Jahre ist es inzwischen her, dass ihr Mann die Familie Hals über Kopf heimlich verlassen hat. Seitdem haben sie nie wieder etwas von ihm gehört. Das Einzige, was ihnen seinerzeit blieb, waren die Schulden gepaart mit ein paar positiven Erinnerungen. Mit jedem Tag nahmen Wut und Enttäuschung jedoch zu, wobei andersherum der Zusammenhalt in der Familie ebenso wuchs. Emilia ist sich angesichts dieser Entwicklung nicht sicher, ob sie das Thema aufwärmen will.

»Wie sollte jemand nach all der Zeit überhaupt eine Spur von George finden?«, fragt sie sich. ›Nein, die Suche nach ihm wäre die reinste Geldverschwendung. Er ist weg, aber wir sind noch hier und kommen gut ohne ihn klar!‹, legt sie fest, um den Gedanken beiseiteschieben zu können.

Stattdessen fängt sie an, sich auf die Rechnungen zu konzentrieren, die keinen Aufschub mehr dulden.

Als alles erledigt ist, lehnt Emilia sich zufrieden auf ihrem Stuhl zurück. Die Online-Überweisungen haben den Kontostand arg schrumpfen lassen, doch bis zum Ende des Monats wird der Rest des Geldes reichen.

›Hier und da droht bei den verbliebenen Rechnungen eine Mahnung, aber bis dahin haben wir alle wieder ein Gehalt bekommen, sodass ich weitere Rückstände begleichen kann. Das ist ja fast ein Grund zum Feiern.‹

Einen Augenblick später öffnet sich die Haustür. Der Blick von Simone, die mit einem Stapel Bücher unter dem Arm kurz darauf das Esszimmer betritt, bleibt an den Arbeitsutensilien auf dem Sekretär hängen, vor dem ihre Tante sitzt.

»Das sieht nach Geldkram aus«, kommentiert sie die Situation. Emilia bejaht, erklärt aber auch gleichzeitig, dass die Lage so entspannt wie nie zuvor ist. Die Antwort lässt die Augen ihrer Nichte strahlen. »Prima, dann gönn dir mal etwas.«

»Ich brauche nichts«, wiegelt Emilia ab.

»Ach komm, sei keine Spielverderberin. Geh in ein schickes Restaurant aus oder lass dich in einem Massagesalon verwöhnen.«

»Es ist ein gemeinsamer Erfolg, den wir zusammen feiern sollten. Wie wäre es, wenn wir in den nächsten Tagen ein gemütliches Familienessen veranstalten?«

»Aber nur, wenn du dich von uns bedienen lässt«, geht Simone auf den Vorschlag ein. »Ansonsten ist es nichts Besonderes und du hast nur wieder die ganze Arbeit. Ich kümmere mich mit Natessa um das Essen, Daniel kann mit Rebecca den Rest vorbereiten.«

Emilia, die die Aufzählung ihrer Nichte gedanklich um das Abwaschen und Aufräumen nach der Mahlzeit ergänzt, dessen Aufgabe sie übernehmen will, nickt. Viel lieber verbringt sie die Zeit mit ihrer Familie als andernorts. Da sie vermutet, dass bei einer Ablehnung weitere Vorschläge folgen würden, die sie ebenfalls nicht für nötig hielte, stimmt sie dem Kompromiss zu. Simone klatscht grinsend in die Hände. Im nächsten Moment zieht sie ihr Handy hervor und fängt an, die anderen Hausbewohner per Messenger zu informieren. Die Antworten lassen nicht lange auf sich warten. Wie von ihr erhofft sind alle mit dem Vorschlag einverstanden.

*****

Im Verlagsgebäude des Publizisten Preston Carter findet zur selben Zeit ebenfalls ein kleines Familientreffen statt. Maya betritt das Büro ihres Vaters, der sich bei ihrem Anblick lächelnd vom Schreibtischstuhl erhebt, um seine Tochter in die Arme zu schließen.

»Darling, schön dich zu sehen. Wie geht es dir?«, begrüßt er sie. Dabei fällt sein Blick auf die Wölbung an ihrem Bauch und wieder einmal erscheint als Folge eine Furche auf der Stirn. Maya, der die Reaktion nicht entgangen ist, löst sich aus der Umarmung.

»Es geht mir gut, Daddy. Vincent und ich haben wunderbare Flitterwochen verbracht. Wir sind unzertrennlich, lieben uns und bekommen bald unser erstes Kind. Es wäre schön, wenn du das endlich akzeptieren könntest.«

»Ist wirklich alles in Ordnung? Du siehst müde aus«, erwidert Preston besorgt. »Vincent ist doch Arzt, da müsste ihm so etwas auffallen.« Ein Augenrollen seiner Tochter ist die Folge. Mit zusammengekniffenen Lippen stemmt sie die Hände in die Hüften.

»*Mein Mann*«, die Worte betont sie mit besonderer Schärfe, »kümmert sich rund um die Uhr um mich. Erst heute Morgen hat er bekräftigt, dass ich ihn jederzeit anrufen kann und sei es auch nur, um seine Stimme zu hören. Er hat bereits einen Untersuchungstermin bei Dr. Braden vereinbart. Dafür holt er mich hier persönlich ab, um mich zu begleiten und zu unterstützen. Reicht dir das an Fürsorge?«

Überrascht von dem energischen Ausbruch der Tochter hebt Preston abwehrend die Hände.

»Schon gut, ich glaube dir ja. Jahrelang war ich es, der auf dich aufgepasst hat, daher muss ich mich erst daran gewöhnen, dass diese Aufgabe jetzt ein Anderer übernimmt.« ›Gnade ihm Gott, wenn er das nicht so erfüllt, wie ich es von ihm erwarte, oder er in alte Verhaltensweisen zurückfällt‹, fügt er gedanklich hinzu. Von der Skepsis, die er Vincent nach wie vor entgegenbringt, lässt er sich jedoch nichts anmerken. An den Gefühlen des Schwiegersohns gegenüber seiner Tochter zweifelt er weiterhin – allerdings im Stillen, um das Verhältnis zu Maya nicht zu gefährden.

Die beschwichtigende Antwort ihres Vaters führt dazu, dass sie die Arme senkt. Als Preston daraufhin vorschlägt, in der Sitzecke Platz zu nehmen, damit sie sich in Ruhe austauschen können, willigt sie mit einem Lächeln ein. Dem privaten Gespräch folgt nach einer kleinen Teepause der geschäftliche Teil, in dem Maya dem Publizisten die Vorschläge für die zweite Ausgabe ihres Magazins präsentiert. Während sie über einen Verbesserungsvorschlag diskutieren, klopft es an der Tür.

»Vincent«, ruft Maya erfreut aus, als dieser auf das »Ja?« ihres Vaters hereinkommt. Unter Prestons grimmigen Blick, der von dem Besuch des ungeliebten Schwiegersohns wenig begeistert ist, steht sie auf. »Ich habe dich vermisst«, flüstert sie ihrem Mann ins Ohr, nachdem sie sich mit einem Kuss begrüßt haben.

Seine Antwort besteht aus einem Lächeln und einem Kuss auf die Stirn. Gleich darauf reicht er dem Schwiegervater die Hand. »Hallo Preston.«

Nach einem kurzen Moment, der Maya wie eine Ewigkeit vorkommt, ergreift ihr Vater endlich die ausgestreckte Hand. »Vincent.«

»Entschuldige die Störung, aber Maya hat einen Untersuchungstermin in der Klinik. Eine reine Vorsorge, da meine Frau mehr von Müdigkeit geplagt wird, als mir lieb ist. Du brauchst dir also keine unnötigen Sorgen zu machen.«

Obwohl es genau die Bestätigung ist, die Preston eine Stunde zuvor noch angezweifelt hat, findet er darin eine Formulierung, die ihm nicht zusagt. ›Mehr als mir lieb ist‹ in Zusammenhang mit der Müdigkeit seiner Tochter erinnert ihn an die Frauengeschichten aus Vincents Vergangenheit. Dass sein Schwiegersohn als Womanizer verschrien ist, hat ihn schon immer gestört. An dessen Treue Maya gegenüber glaubt er weiterhin nicht, sodass die kleine Bemerkung die Überlegung auslöst, Vincents Aktivitäten wieder überwachen zu lassen.

›Nur als Vorsichtsmaßnahme, damit ich Maya frühzeitig schützen und aus dieser Ehe befreien kann‹, redet er sich ein, während er als Antwort nickt.

»Maya hat mir von dem Termin berichtet. Ich begrüße das, da mir das Wohlergehen meiner Tochter sehr am Herzen liegt. Dass ihr die Schwangerschaft zu schaffen macht, ist mir sofort aufgefallen«, erwidert er an Vincent gerichtet, ehe er sich Maya zuwendet. »Gib mir bitte Bescheid, was die Untersuchung ergeben hat.«

»Natürlich, Daddy. Ich rufe dich heute Abend an. Können wir unser Gespräch über das Magazin morgen fortsetzen? Die Änderungen, die wir bereits geklärt haben, erarbeite ich von zu Hause aus.«

Nach der Zustimmung ihres Vaters legt sie ihren Arm um Vincents Taille. Ein strahlendes Lächeln begleitet das Streicheln ihres Daumens über sein Hemd, während sie ihm das Gesicht in Erwartung eines Kusses entgegenstreckt.

»Dann los, Dr. Braden mag keine Verspätungen«, flüstert er ihr stattdessen zu. Als sie daraufhin die Unterlippe schmollend nach vorne schiebt, bekommt sie den Kuss doch noch, auch wenn er kürzer ausfällt als gewünscht.

Nachdem Vincent den Wagen auf dem Parkplatz vor der Harper-Klinik abgestellt hat, umrundet er das Auto, um die Beifahrertür zu öffnen. Maya ergreift die Hand, die er ihr entgegenstreckt. Als er die Tür zuschlägt und kurz über den Lack streicht, fängt seine Frau an zu schmunzeln.

»Schon bald wirst du den Flitzer gegen etwas Geräumiges eintauschen müssen«, erklärt sie ihm. Seine Augen weiten sich bei diesen Worten vor gespieltem Entsetzen. Lachend stellt sie sich auf die Zehenspitzen, um ihm einen Kuss auf die Lippen zu drücken. »Zum Glück hat unser Haus drei Garagen. Diesbezüglich hat mein Vater vorausschauend bei der Auswahl der Immobilie gehandelt.«

»Ich werde mich bei nächster Gelegenheit bei ihm dafür bedanken«, erwidert Vincent mit einem Augenzwinkern. Lächelnd haucht er einen Kuss auf Mayas Hand, ehe er sie zum Eingang der Klinik führt.

In der chirurgischen Abteilung steuern sie zunächst einen der abgelegenen Behandlungsräume an, in dem Vincent die Wunde am Arm seiner Frau genauer inspiziert und frisch versorgt. Erst danach machen sie sich auf den Weg zur Gynäkologie, wo sie rechtzeitig für den vereinbarten Termin eintreffen.

Ein paar Minuten später kommt Dr. Braden in den Vorraum des Untersuchungszimmers, in dem Vincent zusammen mit Maya wartet. Lisas stechender Blick liegt auf der blonden Frau, die auffällig mit dem Ring an ihrem Finger spielt. Die Haltung der Ärztin versteift sich, nur schwer kann sie sich von dem Utensil losreißen, das ihrer Meinung nach am Ringfinger der falschen Person steckt.

»Mrs. Harper, wie geht es Ihnen?«, begrüßt sie die Patientin. Die Namensbezeichnung fällt ihr nicht leicht, trotzdem verbindet sie die Frage mit einem aufgesetzten Lächeln. Bei Mayas Schilderung, dass es ihr bis auf die Müdigkeit gut geht, nickt sie. Dabei wandert ihr Blick weiter zu Vincent, dem sie mit ehrlicher Freude begegnet. »Vincent, schön dass du auch hier bist.«

»Danke, Lisa. Ich habe meiner Frau bereits Blut abgenommen und ins Labor geschickt. Man informiert dich, sobald die Ergebnisse vorliegen.« Dass seine Kollegin die Lippen zusammenpresst, wundert Vincent, aber er entscheidet, nicht darauf einzugehen.

»Kommen wir noch einmal auf die Müdigkeit zurück«, wendet Dr. Braden sich wieder an Maya. Nebenbei öffnet sie die Akte der Patientin auf dem Computer, um sich Notizen zu machen. Mit der nötigen Professionalität fragt sie die Indikatoren ab, die für die Diagnose und weitere Behandlung wichtig sind. Dabei versucht sie, Vincent zu ignorieren, um nicht abgelenkt zu werden. Zu ihrer Erleichterung mischt er sich nicht in das Gespräch ein, sondern verfolgt nur alles aufmerksam.

Als Nächstes folgt die Ultraschalluntersuchung im Nebenraum, die ebenfalls im Beisein des Kollegen stattfindet. Seine offensichtliche Begeisterung, als die ersten Ausschnitte des Babys auf dem Monitor sichtbar und die Herztöne akustisch übertragen werden, versetzt Lisa einen Stich. Maya hingegen drückt Vincents Hand, die sie gleich zu Beginn des Ultraschalls ergriffen hat.

»Das Baby liegt etwas verdreht«, erklärt Lisa und deutet dabei auf eines der Beine, das ein wenig abgespreizt ist.

»Ist das schlimm?«, will Maya wissen, deren Augen weit aufgerissen sind. Der Druck um Vincents Finger nimmt schlagartig zu, sodass er ihr beruhigend mit der anderen Hand über den Arm streicht. Doch erst nachdem die Ärztin ihr versichert hat, dass sich die Lage andauernd ändert und dies nur eine Momentaufnahme ist, entspannt sie sich.

»Wenn es Sie beruhigt, schauen wir in ein oder zwei Wochen noch mal genau hin«, schlägt Dr. Braden vor.

»Erst so spät?«, hakt Maya nach. »Bis dahin werde ich mich dauernd fragen, ob mit dem Baby alles in Ordnung ist.« Ihr Blick geht hilfesuchend in die Richtung ihres Mannes, der ihr zuflüstert, dass sie sich keine Sorgen machen muss.

»Ich mache mir aber Sorgen«, keift sie ihn unter Tränen an. »Ist dir die Gesundheit des Babys vollkommen egal?«

»Maya, beruhige dich«, versucht Vincent seine Frau zu

beschwichtigen. »Natürlich ist es mir wichtig, dass es dem Baby gut geht. Es liegt doch nur etwas ungewöhnlich, aber das ist nicht schlimm. Nächste Woche machen wir einen weiteren Ultraschall und dann wirst du sehen, dass alles okay ist.«

»Gleich am Anfang der nächsten Woche, versprich es. Ich will nicht länger warten müssen.«

Nach einem kurzen Blickkontakt mit Lisa, die mit einem Kopfnicken zustimmt, willigt Vincent ein. Ein weiteres Mal versichert er seiner Frau, dass alles in Ordnung ist. Als eine Träne aus Mayas Augenwinkel rollt, verreibt er sie zärtlich mit dem Daumen, was zumindest den Hauch eines Lächelns in ihr Gesicht zurückbringt.

»Komm, wir beenden die Untersuchung, dann bringe ich dich nach Hause. Dort kannst du dich etwas ausruhen.« Mit einem Tuch wischt er vorsichtig das Gel von Mayas Bauch, die seine andere Hand immer noch krampfhaft umfasst. Nur widerwillig gibt sie diese frei, als er ihr beim Aufstehen hilft. Die Ärztin beachtet sie nicht mehr, ihre Augen sind einzig und allein auf Vincent gerichtet. Den Abschiedsgruß von Dr. Braden ignoriert sie, stattdessen lässt sie sich von ihrem Mann aus dem Zimmer und gleich darauf Richtung Auto führen.

›Ich kann ihr heute unmöglich von der Vermutung des Psychiaters erzählen‹, wird Vincent währenddessen klar. ›Dazu muss es ihr erst wieder besser gehen.‹

*****

Derweil hat Dr. Braden auf der Station nach Dr. Harris Ausschau gehalten und ihn in ein leeres Krankenzimmer gezogen, wo sie ihm in Stichpunkten von der Untersuchung berichtet.

»Diese Frau ist vollkommen überdreht. Wie kann man sich so aufregen? Ich hasse sie!«, echauffiert Lisa sich.

»Sie hat einfach nur Angst. Wer weiß, wie Harper sie

behandelt und wie sehr sie um seine Zuneigung kämpfen muss. Ich habe nie verstanden, warum er die Brünette sausen ließ, um wenige Wochen später die Blondine zu heiraten.«

»Um seine Zuneigung kämpfen? Du hättest sehen müssen, wie er ihr die Gefühle zuschmeißt. Widerlich, einfach nur widerlich. Aber sie führt sich auf, als wäre das noch nicht genug.«

»Kommt dir das nicht entgegen?«, wirft Max dazwischen. »Früher oder später wird es Vincent zu viel. Das könnte den Weg für dich freimachen.« Seine Antwort treibt ein erwartungsvolles Lächeln in das Gesicht der Kollegin. Die Vorstellung von Vincent und ihr bei der gemeinsamen Arbeit für ihre Forschung, die schließlich ausartet und auf dem Boden des Labors endet, wo sie die sexuelle Erfüllung finden, überschwemmt sie.

»Ich werde das weiter beobachten. Bei der nächstbesten Gelegenheit helfe ich nach, damit die Trennung greifbar wird. Er hat sie schon einmal betrogen, also kann er sie nicht lieben.«

»Er hat sie hintergangen? Etwa mit dir?«, hakt Max entsetzt nach. »Dass unsere Liaison einen lockeren Charakter hat, von dem wir beide profitieren, war mir klar. Aber ich wusste bisher nicht, dass du bereits etwas mit Harper hattest.«

Kopfschüttelnd betrachtet Lisa ihn. War das ein Anflug von Eifersucht, was ihrem Vorhaben eindeutig im Weg stehen würde? Sie hatten sich doch darauf geeinigt, dass sie ihn in der Pädiatrie weiterbrachte. Vor allem, was die chirurgischen Eingriffe anging, bei denen er ihr immer wieder assistierte. Im Gegenzug half er bei ihrer Forschungsarbeit im Labor. Von den sonstigen gemeinsamen Stunden, die sie sich auf besondere Art versüßten, mal ganz zu schweigen. Diese sollten aber zwanglos bleiben, um sie jederzeit zugunsten eines anderen Partners beenden zu können.

»Würde es etwas an unserer Abmachung ändern, wenn Vincent und ich uns schon nähergekommen wären?«, fragt sie süffisant mit gerunzelter Stirn.

»Nein, natürlich nicht«, wiegelt Max ab. »Entschuldige, das Ganze geht mich nichts an. Unsere Vereinbarung gilt nach wie vor.«

»Falls es dich beruhigt: Ich war es nicht, mit der Vincent seine Frau vor der Hochzeit betrogen hat.« Als ihr Kollege erleichtert aufatmet, verziehen sich ihre Lippen zu einem spöttischen Grinsen.

Gleich darauf erzählt sie ihm, was sich seinerzeit im Hotel zutrug, nachdem Vincent sie dort nach einer Feier bei den Harpers abgesetzt hatte. Wie der Mann, den sie zu der Zeit schon erobern wollte, ins Hotel zurückgekehrt war. Wo er aber nicht zu ihr kam, sondern in der Bar eine langbeinige Blondine aufriss, mit der er küssend im Fahrstuhl verschwand.

»Bist du sicher, dass mehr daraus geworden ist?«, hakt Max nach.

»Seine Hände waren schon unter ihrer Bluse, bevor sich die Fahrstuhltür geschlossen hatte. Die Stunden bis zu seiner Abfahrt haben die beiden bestimmt nicht mit einem Scrabble-Spiel verbracht.«

»Dann sollten wir diese Frau ausfindig machen und in sein Leben zurückbringen. Das wird für ordentlich Chaos sorgen.«

»Nein«, protestiert Lisa scharf. »Ich brauche keine weitere Konkurrentin. Vor allem keine, die schon etwas von ihm bekommen hat, das er mir verwehrt. Seine Frau werde ich auf andere Weise los. So hysterisch wie sie sich heute aufgeführt hat, wird das ein Kinderspiel…«

KAPITEL 6

Zwei Tage später...

Nach ihrer Frühschicht im Universitäts-Krankenhaus fährt Natessa direkt in die Harper-Klinik, um Sarah zu besuchen. Das erste Mal seit der Trennung von Vincent wird sie dabei nicht von Rebecca begleitet. Dass der Mann, dem sie vorerst nicht begegnen will, in der vergangenen Nacht Dienst hatte, gibt ihr die nötige Sicherheit, das Krankenhaus alleine zu betreten. Trotzdem eilt sie durch die Gänge und schaut sehr genau, wer ihr entgegenkommt. Genauso wie sie es bei den vorherigen Besuchen auch getan hat.

Der Flur, an dessen Ende sich das Krankenzimmer ihrer Freundin befindet, ist leer, als sie um die Ecke biegt. Das gibt Natessa die Gelegenheit, in Ruhe durchzuatmen, ehe sie ihre Hände desinfiziert und die Klinke herunterdrückt.

Die Begrüßung der beiden Frauen fällt herzlich aus. Sarah freut sich über die Ablenkung und Natessa, dass die Patientin aufrecht im Bett sitzt.

»Hey, du genießt ja schon wieder die Aussicht in den Garten. Was passiert denn so auf der Terrasse der Cafeteria?«, erkundigt sie sich.

»Ein Kind hat dort vorhin einen riesigen Eisbecher verschlungen. Mir ist beim Zusehen das Wasser im Mund zusammengelaufen.«

»Soll ich dir eine Portion holen?«

Der Vorschlag bringt die Augen von Sarah zum Leuchten. Mit einem breiten Grinsen nickt sie kräftig. Natessa haucht ihr daraufhin einen Kuss auf die vom Feuer verschonte Wange, zwinkert ihr einmal zu und macht sich auf den Weg.

Wieder huschen ihre Blicke nach rechts und links, um auf jede Begegnung vorbereitet zu sein. Bevor sie das

Restaurant der Klinik betritt, schaut sie durch die Glasscheibe in der Tür, um sich einen Überblick von den Anwesenden zu verschaffen.

›Er ist nicht da. Sein Auto steht nicht auf dem Parkplatz, laut Dienstplan hat er längst frei, nun beruhige dich mal‹, ermahnt sie sich selbst, als sie die Tür öffnet und direkt zur Verkaufstheke geht.

Mit zwei Portionen gemischter Eiskugeln, die dekorativ mit Waffeln sowie kleinen bunten Schirmchen versehen wurden, macht sie sich wenig später auf den Rückweg zu ihrer Freundin. Dabei wird sie von Lizzy und Jason beobachtet, die sich zum Kaffee in dem Restaurant getroffen haben.

»Was macht dieses Mädchen hier?«, empört Lizzy sich. »Lauert sie etwa unserem Sohn auf – unserem *verheirateten* Sohn, der bald Vater wird? Sie weiß einfach nicht, wann sie verloren hat.«

»Sie besucht sicher nur eine Patientin. Eine Freundin von ihr liegt seit Längerem mit schweren Verbrennungen bei uns«, versucht Jason seine Frau zu beschwichtigen.

»Woher weißt du das?«, hakt Lizzy misstrauisch nach. Kleine Fältchen bilden sich bei der Frage auf ihrer Stirn. In ihrem Hinterkopf fängt das Rattern über die Familie an, von der sie dachte, sie aus ihrem Umfeld entfernt zu haben. ›Hat er noch Kontakt zu den Morgans? Trifft er sich weiterhin mit der Mutter von dem Ding, das sich meinen Sohn angeln wollte?‹

Ihr Mann legt derweil seufzend eine Hand auf ihren Arm. »Ich weiß das deshalb so genau, weil ich mich um die Patientin kümmere. Es gibt nur eine eingeschränkte Anzahl von Besuchern, die zu ihr dürfen. Jede Infektion mit Keimen muss vermieden werden, da ihr Zustand nicht stabil ist. Daher kenne ich die Personen, die ein Besuchsrecht bei ihr haben.«

»Gut, Hauptsache Vincent ist nicht der behandelnde Arzt. Er soll sich auf seine Frau konzentrieren und muss nicht von einer Opportunistin aus dem Valley abgelenkt werden.«

»Opportunistin?«, wiederholt Jason ungläubig. »Wie kommst du nur auf die Idee? Diese sympathische junge Frau war ganz bestimmt nicht hinter Vincents Geld her. Der Verlauf des Familiendinners, bei dem du es ihr unnötig schwer gemacht hast, hat sie vollkommen aus der Bahn geworfen. Das waren echte Gefühle, Lizzy.«

»Wie kannst du dir da so sicher sein? Vielleicht lag es auch am drohenden Verlust des finanziellen Aufstiegs, den sie sich erhofft hatte.«

»Ich habe Miss Morgan an dem Abend nach Hause gebracht, erinnerst du dich? Das hat mir einen Einblick in ihren Schmerz gegeben. Ihre Gefühle waren verletzt – zutiefst. So reagiert niemand, dem es nur ums Geld geht.«

»Ja, ich erinnere mich, nur zu gut sogar. Vor allem daran, dass du mich bei deiner Rückkehr wie ein kleines Kind weggezerrt und mir später verboten hast, zu meinem Sohn zu gehen. Vincent hat sich zum Glück richtig entschieden. Aber ich werde nicht zulassen, dass dieses Mädchen versucht, sich in seine Ehe einzumischen, indem sie sich durch Besuche hier in der Klinik bei ihm in Erinnerung bringt.« Mit funkelnden Augen sieht Lizzy ihren Mann an. Sein Blick ist ebenso auf sie geheftet, die Hand unter dem Tisch zu einer Faust geballt – angestrengt darum bemüht, sich zu beherrschen, ringt Jason mit sich, um nicht loszubrüllen.

»Du wirst die Familie in Ruhe lassen«, befiehlt er ihr mit gereizter Stimme.

›Familie?‹, registriert sie entsetzt. ›Er meint damit alle Morgans, also hat er doch noch Kontakt zu dieser Frau. Warum sonst will er verhindern, dass ich mich um die Angelegenheit kümmere?‹

»Es ist mein Ernst, Lizzy. Halte dich raus.«

›Oh, mir ist es auch vollkommen ernst damit, Jason. Niemand bedroht meine Ehe oder die meines Sohnes!‹ Ihrem Mann gegenüber äußert sie die Worte allerdings nicht. Stattdessen schiebt sie ihre Kaffeetasse von sich und steht auf. ›Sobald ich zu Hause bin, werde ich mir Gedanken darüber machen, wie ich die Morgans so beschäftige, dass sie keine Zeit mehr für Blicke oder Aktionen in unsere Richtung haben. Am einfachsten wäre es natürlich, ich würde sie komplett aus der Stadt hinausbekommen.‹

»Du machst mir in den letzten Wochen zu viele Vorschriften, mein Lieber. Dein Ton ist außerdem unangemessen. Übertreib es nicht«, erwidert sie nach einem tiefen Atemzug mit der gewohnten Souveränität. »Am besten beenden wir dieses unliebsame Thema. Die Sitzung des Stiftungsrates fängt gleich an, wir sollten uns darauf konzentrieren.«

Jason blickt auf seine Uhr und runzelt die Stirn. Der Beginn des Termins steht tatsächlich kurz bevor. Der Vorsatz, sich bei einem gemeinsamen Besuch in der Cafeteria entspannt auf die Sitzung vorzubereiten, ist ins Gegenteil umgeschlagen. Ihm bleiben nur noch wenige Minuten, um seinen Gemütszustand in eine geeignete Form zu bringen. Nur widerwillig erhebt er sich, um seiner Frau zu folgen, die sich vollkommen unbeeindruckt von dem Disput zeigt. Freundlich lächelnd nickt sie dem einen oder anderen Angestellten des Krankenhauses zu, während sie erhobenen Hauptes Richtung Tür geht.

Ahnungslos von all dem genießt Natessa zusammen mit Sarah das Eis. Beide Frauen kratzen den letzten Rest des sahnigen Schmelzes aus den Bechern und schlecken zum Schluss den Löffel sauber.

»Mhh gut, wie in alten Zeiten«, schwärmt Sarah. »Ich hoffe nur, dass mein Arzt nichts davon erfährt.« Überrascht fragt Natessa, was er dagegen haben könnte. »Gegen das Eis vermutlich nichts, aber dass du Becher, die voller böser Keime sein könnten, in den ach so steril gehaltenen Raum gebracht hast.«

»Darüber habe ich überhaupt nicht nachgedacht«, erwidert ihre Freundin schuldbewusst. Blitzschnell sammelt sie die Behälter sowie das Papier ein, welches als Verpackung gedient hat, und entsorgt alles in einem Abfallbehälter auf dem

Flur. Bevor sie in das Krankenzimmer zurückkehrt, desinfiziert sie die Hände besonders sorgfältig.

»Ich dachte, da kein Mundschutz mehr erforderlich ist, wäre es nicht so schlimm, etwas mitzubringen«, entschuldigt sie sich, als sie wieder neben dem Bett steht. Unsicher schaut sie zu der Stelle, auf welcher sie zuvor wie selbstverständlich gesessen hat.

»Nun setz dich schon hin«, fordert Sarah sie auf. Dabei klopft sie auf die Bettkante, auf der Natessa vorsichtig Platz nimmt.

»Wenn du dir durch meine Schuld eine weitere Infektion einfängst, verzeihe ich mir das nie. Vor allem nicht, nachdem du sogar auf Vincent als behandelnden Arzt verzichtest.«

»Woher weißt du das?«, erkundigt ihre Freundin sich prompt. »Hat meine Schwester dich etwa darauf angesprochen? Ich hatte sie extra gebeten, dir vorerst nichts davon zu sagen.«

Natessa schüttelt den Kopf und versichert, dass Rebecca geschwiegen hat. Als sie erwähnt, wie sie von dem Arztwechsel erfahren hat, weiten sich Sarahs Augen. Gebannt hört sie zu, wie ihre Freundin von dem unerwarteten Besuch Vincents berichtet. Die Tränen, die sich dabei in Natessas Augenwinkeln sammeln, beweisen Sarah, dass sie die richtige Entscheidung getroffen hat. Mitfühlend greift sie nach der Hand ihrer Besucherin und drückt sie leicht.

»Für mich ist es ebenfalls besser, ihn nicht mehr täglich zu sehen. So einfach bekommt man ihn schließlich nicht aus dem Kopf. Aber wir werden das gemeinsam schaffen. Ich bin nur froh, dass Dr. Harris nicht mein behandelnder Arzt geworden ist. Mit dem Chefarzt habe ich guten Ersatz bekommen, findest du nicht auch?«

»Hast du es wirklich getan, weil du ihm selber nicht mehr begegnen wolltest?«, hakt Natessa nach. Als Sarah daraufhin nickt, presst sie für einen Moment die Lippen aufeinander.

»Dann hat es dich also die ganze Zeit gequält, als ich mit ihm liiert war. Das hättest du mir sagen müssen.«

»Es hat mir nichts ausgemacht, weil ich beobachtet habe, wie glücklich ihr wart. Aber jetzt hat er bei einer anderen Frau sein Glück gefunden und das muss ich ihm nicht jeden Tag ansehen«, rückt Sarah die Situation zurecht.

»Aus demselben Grund möchte ich nicht mit ihm zusammenarbeiten«, gibt die Freundin leise zu.

»Er hätte es dir gar nicht erst anbieten dürfen. Warum musste er die Gefühle wieder aufwühlen, nach allem, was vorgefallen ist?«

»Ich weiß es nicht«, seufzt Natessa. »Aber das ist nicht mehr wichtig, da es keinen weiteren Kontakt geben wird. Du dagegen solltest den Arztwechsel noch einmal überdenken. Die plastische Chirurgie ist Vincents Fachgebiet, auf dem er erfahren und engagiert ist.«

Obwohl die Patientin bei den Worten die Augen verdreht, fährt sie mit ihrem Überzeugungsversuch fort. Erst als Sarah ihre Hand erneut drückt, unterbricht sie die Lobrede auf die ärztlichen Fähigkeiten und Ambitionen des Ex-Freundes.

»Ich glaube nicht, dass er momentan mehr machen kann als sein Vater. Reden wir noch einmal darüber, wenn die Infektionsgefahr gebannt ist oder der Chefarzt über eine Behandlung der Haut nachdenkt. Bis dahin gehen wir Dr. Harper Junior aus dem Weg. Aus den Augen, aus dem Sinn.« Die letzten Worte kommen nur mühsam hervor, die Augenlider fallen Sarah dabei bereits zu.

Natessas Besorgnis nimmt zu, aber sie versucht Ruhe zu bewahren. Ihr Blick wandert zum Monitor, auf dessen Display verschiedene Werte angezeigt werden. Im Vergleich zu früheren Beobachtungen kann sie keine gravierenden Abweichungen erkennen, zudem fühlt sich die Stirn der Freundin nicht erhitzt an.

»Mir geht es gut«, murmelt Sarah bei der Berührung. »Das

sind nur die neuen Medikamente, die mich so müde machen.«

»Dann ruh dich aus«, flüstert Natessa ihr zu, während sie vorsichtig das Kopfteil des Bettes herabsenkt. Nachdenklich betrachtet sie danach eine Stelle am Hals der Patientin, die nicht mehr von einer Wundauflage bedeckt wird. Die Haut hat sich dort bereits regeneriert, aber der Anblick des vernarbten Gewebes fällt Natessa schwer. Ihr wird in dem Moment bewusst, was der Freundin noch alles bevorsteht.

›Ich hoffe, Vincent findet Möglichkeiten, derart geschädigte Hautpartien ansehnlicher zu gestalten. Seine Forschung muss einfach ein Erfolg werden, damit Menschen wie Sarah eine Chance auf ein unbeschwertes Leben haben.‹ Für einen kurzen Augenblick zieht sie in Erwägung, ihm doch zu assistieren, aber sie schiebt den Gedanken mit einem Kopfschütteln beiseite. ›Jede Laborantin kann ihm dabei helfen, ich konzentriere mich lieber weiter auf Professor Stuart und dessen Leukämieprojekt.‹

Gleichzeitig ist Natessa klar, dass das von Sarah vorgetragene Sprichwort »aus den Augen, aus dem Sinn« nicht auf sie zutreffen wird. ›Ich glaube nicht, dass der Tag jemals kommen wird, an dem ich nicht an ihn denke‹, seufzt sie innerlich auf.

*****

An sein Forschungsprojekt hat Vincent während der letzten Tage keinen Gedanken verschwendet. Vielmehr kreisen die Überlegungen unaufhörlich darum, wann und wie er mit Maya über ihren Zustand spricht. Die vorläufige Ferndiagnose von Dr. Atheno geht ihm nicht mehr aus dem Kopf. Verstohlen beobachtet er seine Frau, die auf der Beifahrerseite Platz genommen hat und soeben den Sicherheitsgurt anlegt. Wie immer schiebt sie am Ende eine Hand zwischen den Gurt und ihren Bauch.

»Daran, dass du mich vom Verlag abholst, könnte ich mich gewöhnen«, schwärmt sie mit einem strahlenden Lächeln in seine Richtung. »Die Trennung von dir ist dann nicht ganz so lang.«

»Wie war dein Tag?«, erkundigt er sich.

»Schwierig«, seufzt sie. »Daddy haben ein paar Entwürfe nicht gefallen. Bestimmt will er das Magazin nach der nächsten Ausgabe einstellen. Ich bezweifle, dass er überhaupt noch hinter mir steht.«

»Natürlich tut er das, Babe«, versichert Vincent ihr. Bevor er den Motor startet, ergreift er ihre Hand und drückt sie kurz. »Er hat sicher nur seine jahrelange Erfahrung eingebracht.«

Während Maya über seine Worte nachdenkt, fangen bei ihm die Alarmglocken an zu schrillen. Dass seine Frau den Rückhalt einer nahestehenden Person anzweifelt und Angst hat, die Arbeit an der Zeitschrift zu verlieren, passt zu den Symptomen der Störung, die er zusammen mit einem der Psychiater der Harper-Klinik vermutet.

›Ich kann das Gespräch nicht länger aufschieben. Wenn wir nichts unternehmen, wird sie weiterhin jede Bemerkung als Zurückweisung verstehen – auch die ihres Vaters. Um Preston einzuweihen, muss eine zuverlässige Diagnose her.‹

Ein in Vincents Augen geeigneter Moment für die wegweisende Unterredung ergibt sich nach dem Abendessen. Während das Hausmädchen den Tisch abräumt, führt er seine Frau in das angrenzende Wohnzimmer, wo sie sich gemeinsam auf das Sofa setzen. Die Ankündigung, dass er etwas Wichtiges mit ihr besprechen möchte, hellt Mayas Gesichtsausdruck erwartungsvoll auf. Der Glanz vergeht jedoch, als er behutsam auf ihre psychische Verfassung zu sprechen kommt, die ihm Sorgen bereitet.

»Ist das dein Weg mir zu sagen, dass ich durch die Schwangerschaft unattraktiv für dich geworden bin?«, fragt Maya ihn entsetzt. Sie springt auf, stößt dabei mit dem Knie gegen den Couchtisch, doch der körperliche Schmerz dringt nicht zu ihr durch. Mit Tränen in den Augen dreht sie sich zu ihrem Ehemann um. Bevor Vincent sich ebenfalls erhoben hat, krallen sich die Fingernägel der linken Hand bereits in den rechten Unterarm.

»Nicht«, versucht er sie aufzuhalten. Seine Finger umschließen ihre Handgelenke, trennen die Arme voneinander, sodass keine Selbstverletzung möglich ist. »Du bist wunderschön, Maya. Die Schwangerschaft lässt dich strahlen – wie könnte das unattraktiv wirken? Außerdem liebe ich dich, hast du das schon vergessen?«

»Dann liegt es hieran?«, sucht sie nach weiteren Gründen. Dabei weist sie mit dem Kopf auf die verbundene Stelle an ihrem Arm. »Dich widern meine Wunden und Narben an.« Kopfschüttelnd widerlegt Vincent auch diesen Versuch einer Flucht vor der Wahrheit.

»Gar nichts widert mich an. Deine Selbstverletzung ist ein Symptom der Störung, aber das ist behandelbar.« Als die ersten Tränen die Wangen seiner Frau benetzen, lässt er ihre Handgelenke los und zieht sie stattdessen in die Arme. Seine Umarmung ist fest, um ihr Halt zu geben. Eine Hand streicht über ihren Rücken, zusätzlich versucht er beruhigend auf sie einzuwirken, indem er ihr versichert, dass er sie liebt und ihr helfen wird.

»Du verlässt mich nicht?«, will sie wissen, nachdem die Tränenflut nachgelassen hat. Das Zittern ihres Körpers hört auf, als er es bestätigt.

»Ich liebe dich, Maya, und ich verlasse dich nicht.« Behutsam schiebt er sie zum Sofa, wo sie sich erneut hinsetzen. Mit so viel Ruhe wie er aufbringen kann, erläutert Vincent die Krankheit mit ihren Symptomen, aber auch die Möglichkeiten, die es für eine Besserung gibt.

»Das habe ich? Warum? Woher? Wieso ich?« Nach einer kurzen Stille schlägt sie sich eine Hand vor den Mund und sieht ihn mit weit aufgerissenen Augen an. »Ist es schädlich für das Baby? Bekommt es diese Krankheit auch?«

»Nein, dem Baby geht es gut. Die Störung vererbt sich nicht. Sobald wir mit der Behandlung anfangen, wird die

Schwangerschaft ganz entspannt für dich weiterlaufen.«

Die Antwort ruft dennoch Unsicherheit bei Maya hervor. Sie wiederholt die Fragen nach dem woher und wieso es ausgerechnet sie getroffen hat. Für die Erläuterung der Punkte nimmt Vincent sich viel Zeit, dabei lässt er ihre Hand nicht los, um ihr auch durch den körperlichen Kontakt Halt zu geben. Nebenbei spürt er so, wie sich seine Frau nach und nach beruhigt. Bis er gänzlich zufrieden ist, dauert es jedoch eine Weile. Immer wieder versucht Maya aufzuspringen, um sich dem Gespräch zu entziehen. Die Wahrheit über die Krankheit wird lange von ihr abgeblockt, aber irgendwann gibt sie den Widerstand auf und akzeptiert Vincents Worte. Die Fragen hören allerdings erst auf, als sie weiß, dass sie keine Medikamente nehmen muss.

»Das würde ich auch nicht tun, um dem Baby nicht zu schaden«, legt sie schließlich fest.

»Du hilfst dem Baby am meisten, wenn du dich von Dr. Atheno untersuchen lässt«, erwidert er. Auf ihren immer noch skeptischen Blick reagiert er mit einem zarten Kuss und einem tiefen Blick in die Augen. »Wir schaffen das – gemeinsam.«

»Ja, mit dir zusammen schaffe ich das«, bestätigt sie. Ein Hauch von einem Lächeln begleitet die Worte, doch gleichzeitig sammeln sich erneut Tränen in ihren Augenwinkeln. Vincent, dem das nicht entgeht, zieht sie daraufhin zu sich heran. Ein weiteres Mal umschließen seine Arme ihren Körper, wiegen sie sanft hin und her. Erst als Maya ganz ruhig atmet, gibt er sie wieder frei.

»Lass uns nach oben gehen, du brauchst Ruhe«, schlägt er vor.

»Legst du dich zu mir? Ich will nicht ohne dich einschlafen.«

»Natürlich«, sagt er zu.

Beim Frühstück am nächsten Morgen kommt er vorsichtig auf das Thema zurück, von dem sie gehofft hatte, dass es nur ein böser Traum war.

»Dr. Atheno hat außerhalb der Klinik eine Privatpraxis, in der er abends Therapiegespräche abhält. Ich werde versuchen, dort einen Termin zu vereinbaren. Dann brauchst du das Erstgespräch nicht im Krankenhaus zu führen, außerdem sind die Praxisräume ganz in der Nähe des Verlages.«

Sie nickt, dankbar für die Privatsphäre, die er ihr zu verschaffen versucht. Als sie ihn fragt, ob er sie begleiten wird, flattern ihre Augenlider. Nervös weicht sie seinem Blick aus, gleichzeitig breitet sich die Angst vor einer Absage rasend schnell in ihr aus. Ihre Kehle schnürt sich zu, als Vincent seine Tasse abstellt, danach aufsteht und sich neben ihren Stuhl kniet.

»Ich werde in jeder Minute, in der du mich brauchst, bei dir sein«, versichert er, bevor er seine Hände um ihr Gesicht legt und den Schwur mit einem zärtlichen Kuss besiegelt.

*****

Später im Krankenhaus läuft Vincent als Erstes seinem Vater über den Weg.

»Du hast da etwas am Kinn«, weist Jason ihn hin. Erst dann merkt er, dass es sich um die Verfärbung eines Hämatoms handelt. Stirnrunzelnd sieht er sich die Stelle näher an. »Wie ist das passiert?«

»Das ist nichts, nur die Folge einer ungestümen Reaktion bei einer Untersuchung«, redet sein Sohn sich mit derselben Lüge heraus, wie er dies schon beim Kollegen Chad Atheno einige Tage zuvor getan hat.

»Warum weiß ich davon nichts?«

»Es ist doch nur ein blauer Fleck«, wischt Vincent den Einwand mit einer Handbewegung weg. »Ich war beschäftigt … wegen Maya«, spricht er dagegen das Thema an, das ihn kaum noch loslässt. Als sein Vater besorgt nachfragt, ob es Schwierigkeiten in der Schwangerschaft gibt, bittet er ihn um ein Gespräch unter vier Augen.

In Jasons Büro angekommen setzen sich Vater und Sohn um den kleinen runden Tisch, der in einer der Ecken von drei Sesseln eingerahmt wird. Nach einem tiefen Atemzug berichtet Vincent offen von Mayas Zustand und welche Beobachtungen er seit ihrer Rückkehr nach Los Angeles gemacht hat.

»Du hättest viel früher damit zu mir kommen müssen«, kommentiert Jason das Geschilderte. »Wie willst du alleine mit den Folgen der Störung umgehen? Wenn es wirklich Borderline ist, braucht ihr den Rückhalt der Familie. Weiß Preston schon Bescheid?«

Kopfschüttelnd verneint Vincent die Frage, begründet sein Verhalten jedoch gleich darauf damit, dass er zunächst die Untersuchung und Diagnose von Dr. Atheno abwarten will. Das Verständnis, das Jason mit einem Nicken signalisiert, nimmt er mit Erleichterung zur Kenntnis. Ebenso das Angebot, dass sie die Diagnose sowie eine mögliche Therapie gemeinsam besprechen, sobald Chad das Erstgespräch mit Maya geführt hat.

»Ich habe das alles nicht gewollt«, flüstert Vincent. Verwundert blickt sein Vater ihn daraufhin an.

»Gibst du dir etwa die Schuld an Mayas Zustand?«

»Unsere Trennung ist damals nicht gut gelaufen. Sie war mit Sicherheit ein Auslöser.«

»Das ist Unsinn, mein Sohn, und das weißt du auch. Die Störung hätte sich ihren Weg so oder so nach außen gesucht. Es kann unzählige Anlässe geben, die zusammengewirkt haben. Ein falsches Wort hier, eine missverstandene Geste dort – all das sammelt sich und bietet den Nährboden für Überlegungen, die nicht mehr gestoppt werden können. Mayas Weg, sich zurückzuziehen und dem inneren Schmerz mit äußerem zu begegnen, ist nicht deine Schuld. Genauso gut werden Konflikte mit anderen nahestehenden Personen hineingewirkt haben.«

»Du sagst doch selber, dass vor allem das Verhalten der Menschen, die Maya wichtig waren und die ihr nahestanden, zu dem Ausbruch geführt haben. *Ich* war an ihrer Seite. *Ich* habe sie verletzt. Wegen *meiner* Fehler kam die Störung zum Vorschein.«

Während Jason Vincent bei diesen Worten betrachtet, kommt ihm ein anderer Gedanke, den er prompt ausspricht: »Hast du dich deshalb für Maya entschieden, weil du dich schuldig fühlst?«

»Nur zum Teil«, gibt sein Sohn offen zu. »Da waren so viele Gründe, sie zu wählen. Die Schwangerschaft und dass sie mich braucht, haben schwerwiegend hineingespielt, aber ich habe auch Gefühle für sie. Die Entscheidung war richtig.«

»Was ist mit Natessa Morgan? Liebst du sie noch? Weiß sie, warum die Wahl nicht auf sie gefallen ist?«

»Ich werde sie immer lieben«, flüstert Vincent kaum hörbar. Erst als ihm die Tragweite seiner Worte bewusst wird, sucht er erneuten Blickkontakt zu Jason, um die Empfindung zu erläutern und ihr die Wirkung zu nehmen. »Sie hat mich verändert, mir einen besseren Weg gezeigt. Einen Weg, der es mir jetzt ermöglicht, Maya zu helfen. Doch das konnte ich ihr nicht sagen, weil es sie noch mehr getroffen hätte. Sie darf nie erfahren, wie tief meine Gefühle für sie sind.« Mit einem flehenden Blick sieht er seinen Vater an.

Es überrascht ihn in dem Moment selbst, wie offen er über all das gesprochen hat. Früher hätte es nur seine Mutter geschafft, ihm einen Bruchteil davon zu entlocken. In diesem Moment kann er sich jedoch überhaupt nicht vorstellen, das Thema auch nur im Ansatz mit ihr zu erörtern. Obwohl einige Zeit vergangen ist, fällt es ihm weiterhin schwer, über die abwertende Haltung seiner Mutter Natessa gegenüber hinwegzusehen.

Jason ist ebenfalls über die ehrlichen Worte seines Sohnes erstaunt. Das Verantwortungsbewusstsein, welches er immer bei seinem Erstgeborenen vermisst hat, lässt diesen erwachsener wirken denn je.

›Sind seine ungestümen Zeiten, in denen er die Finger nicht von den Frauen lassen konnte, wirklich vorbei?‹, geht es ihm bei der Betrachtung des veränderten jungen Mannes vor ihm durch den Kopf. ›Er wird viel Kraft brauchen, wenn er all das meistern will, was ihm bevorsteht. Ehe, Kind, Job und dazu noch Mayas Zustand – das wird nicht einfach werden.‹

»Von mir wird Miss Morgan nichts erfahren«, verspricht er seinem Sohn schließlich. Als Nächstes sagt er die Hilfe der Familie zu, womit er Lizzy, vor allem aber auch Aidan mit einschließt. Ein Punkt, den er persönlich mit seinem Zweitgeborenen besprechen will, damit die Wogen sich soweit wie möglich glätten.

Nachdem Vincent sich bedankt hat, zieht er sich zurück, um die Patienten nicht weiter zu vernachlässigen. Jason hingegen bleibt sitzen, um in Ruhe darüber nachzudenken, wie am besten mit der Situation umgegangen werden kann.

*****

Über die aktuelle Lage wird auch im Valley nachgedacht. Ein Motor, den er generalüberholen soll, treibt Enrique den Schweiß auf die Stirn. Mal davon abgesehen, dass die Ersatzteile kaum zu beschaffen sind, machen ihm vor allem die festsitzenden Schrauben die Arbeit unnötig schwer.

»Die Dinger sind schwieriger zu knacken als Natessa«, flucht er vor sich hin. Nach einem weiteren erfolglosen Versuch, eine von ihnen zu lösen, unterbricht er die Tätigkeit. Mit einem Lappen wischt er sich die Finger ab, bevor er zu seinem Handy greift, um einer spontanen Idee zu folgen. Sekunden später klingelt ein paar Straßen weiter ein Telefon.

»Hallo?«, meldet sich eine vertraute Stimme.

»Hi«, schnurrt er als Antwort in den Hörer. »Hast du morgen Abend Zeit für einen Kinobesuch? Im Playa Vista läuft der Musicalfilm, von dem alle Mädels schwärmen.«

»Du willst dir freiwillig einen Film voller Gesang und Tanz ansehen?«, prustet seine Gesprächspartnerin los. Ihr Kichern treibt ihm das Lachen ins Gesicht, als er sich vorstellt, wie sich auf ihren Wangen die kleinen Grübchen bilden, die er lange nicht mehr gesehen hat. »Nach drei Minuten wirst du schnarchend neben mir sitzen.«

»Es werden die besten drei Minuten meines Lebens sein«, geht er auf den Scherz ein. »Einen Versuch ist es doch wert, oder?«

»Morgen Abend kann ich leider nicht«, lehnt Natessa leise ab. »Da findet ein Familienessen statt, das wir meiner Mutter versprochen haben.« Nach einer kurzen Pause fügt sie allerdings einen Vorschlag hinzu, der sich für Enrique tausendmal besser anhört als sein eigener. »Wir könnten uns stattdessen heute Mittag zu einem kleinen Snack treffen.«

»Nichts lieber als das«, stimmt er begeistert zu.

Nachdem die beiden Uhrzeit und Treffpunkt abgesprochen haben, beenden sie das Telefonat, welches Enrique mit einem strahlenden Grinsen zurücklässt. Laut pfeifend widmet er sich wieder den festsitzenden Schrauben des Wagens in der Werkstatt. Mit der Motivation, die er durch das positive Gespräch mit Natessa gewonnen hat, gelingt es endlich, die Oberhand zu gewinnen. Dasselbe erhofft er sich auch für seine Annäherung bei der Frau, die am Telefon schon viel unbeschwerter klang als in den Wochen zuvor.

Pünktlich zur vereinbarten Zeit fährt er mit dem Motorrad beim Haupteingang des Universitäts-Krankenhauses vor. Lange muss er dort nicht warten, bis Natessa ihm entgegenkommt. Das Lächeln auf ihren Lippen erwidert er freudestrahlend, was sich noch steigert, als sie ihn zur Begrüßung kurz umarmt.

»Wollen wir in das Café gehen?«, fragt er mit einem Fingerzeig in Richtung des kleinen Ladens, der sich neben der Klinik befindet.

»Nein, lieber nicht«, lehnt sie ab.

»Schade, der Inhaber ist für seine hervorragenden

Schokomuffins bekannt«, schwärmt Enrique daraufhin mit leuchtenden Augen.

»Ich verbinde zu viele Erinnerungen mit dem Café und würde gerne woanders hingehen«, gibt Natessa ehrlich zu.

Ihr betrübter Blick setzt eine Rückblende bei Enrique in Gang, die er sofort wieder zu verdrängen versucht. Der Moment, in dem er mit ansehen musste, wie sie von Vincent Harper in das Café geführt wurde, ruft immer noch Wut auf den Arztschnösel hervor. Für ihn selbst war lediglich ihr Wagen übrig geblieben, bei dem er nach dem Rechten sah, bevor er den beiden in das Restaurant folgte, um Natessa den Schlüssel zurückzugeben.

»Verstehe«, kommt er ihr entgegen. »Hast du einen anderen Vorschlag?«

»Eine Straße weiter gibt es einen Diner mit einer abwechslungsreichen Karte voller gesunder Kost. Muffins führen sie dort zwar nicht, aber ich werde dir als Ersatz in den nächsten Tagen welche backen.«

»Versuchst du, mich mal wieder mit Essen zu bestechen?«, zieht er sie lachend auf, wobei seine strahlend weißen Zähne zum Vorschein kommen.

»Funktioniert es denn?«, reagiert sie augenzwinkernd mit einer Gegenfrage.

»Immer! Du hast mich durchschaut, Natessa Morgan. Trotz der Erwähnung von gesunder Kost folge ich dir wie ein aufgezogener Spielzeugsoldat.«

Grinsend simuliert sie das Drehen eines großen Schlüssels an seinem Rücken, woraufhin er eine steife, abgehackte Gehweise an den Tag legt. Nach wenigen Schritten brechen beide in Gelächter aus. Nachdem sie sich beruhigt haben, schaut Enrique Natessa an. Ihre Blicke treffen sich, als er sanft mit den Fingern über ihre Wange streicht.

»Dieses Lachen hat mir gefehlt.«

»Mir auch«, gibt sie zu. »Danke, Rick.«

Einen Moment lang verweilen Daumen und Zeigefinger an ihrem Kinn. Enriques Ausdruck wird ernst; der Wunsch, sie zu küssen, intensiviert sich. Ihre Augenlider schließen und öffnen sich unruhig, doch bevor er sich dazu durchringen kann, einen Versuch zu starten, reißt das Hupen eines Autos am Ende des Parkplatzes die beiden aus der Situation. Räuspernd tritt Natessa einen Schritt zurück, sodass seine Hand den Kontakt zu ihr verliert. Nur langsam löst er sich aus der Starre.

»Wollen wir gehen?«, fragt sie, nachdem er den Arm gesenkt hat. Mit einem Nicken beantwortet er die Frage. »Dann komm«, startet sie einen Auflockerungsversuch, indem sie sich bei ihm unterhakt.

Auf dem Weg zum Diner verfliegt die merkwürdige Stimmung, die den Zauber der kleinen Annäherung auf so abrupte Weise aufgelöst hatte. Dennoch hat der Augenblick bei beiden etwas bewirkt. Natessa hat zum ersten Mal seit Vincents Zurückweisung einen Anflug von Leichtigkeit gespürt. Enrique ist sich sicher, dass seine Geduld und Zurückhaltung irgendwann Früchte tragen werden. Dementsprechend gut gelaunt betreten sie ein paar Minuten später den Laden.

An einem runden Tisch am Fenster machen sie es sich mit ihrem Essen gemütlich. Hungrig beißt Rick in seinen Burger, der ihm trotz des Vollkornbrötchens sowie des umfangreichen Belags aus Salat, Tomaten, Gurken und frischen Champignons schmeckt. Den Smoothie, den Natessa zu beiden Gerichten geordert hat, betrachtet er dagegen mit Skepsis.

»Vorsicht«, warnt Natessa ihn grinsend. »Wenn man die Vitamine zu lange anstarrt, springen sie einem ins Gesicht.«

»Dann runter damit«, antwortet er mutig. »Mein Teint ist gut, der braucht keine Gesichtspackung. Mal sehen, was mein Inneres zu dem Gesundheitszeug sagt.«

»Das Zeug verleiht zwar keine Flügel, aber es wird dir trotzdem guttun«, versichert sie.

Als Enrique daraufhin erklärt, dass ihn schon die

gemeinsame Zeit beflügelt, weicht Natessa seinem Blick aus. Er lässt sich davon jedoch nicht beirren, sondern greift nach ihrer Hand. Sanft umschließen seine Finger die ihren, mit dem Daumen streicht er über ihr Handgelenk. Die Geste gefällt Natessa, trotzdem zieht sie ihren Arm nach ein paar Sekunden zurück.

»Mir tut dieses Treffen auch gut, Rick. Aber … ich …«, sucht sie nach den richtigen Worten.

»Aber?«, hakt er nach. Erneut wendet Natessa den Blick ab. Ihre Stimme ist dünn, als sie sich in Ausflüchte verliert. Enrique, der ihre Zerrissenheit spürt, unterbricht sie schließlich. »Du brauchst Ablenkung, ich möchte sie dir bieten. Ohne Verpflichtungen und Erwartungen – einfach nur lockere Unternehmungen, so wie heute.«

›Ich könnte darauf eingehen‹, überlegt Natessa im Stillen. ›Vincent hinter mir lassen, die Gefühle ignorieren, alles vergessen, was gewesen ist. Er macht das auch. Seine Gedanken kreisen nicht mehr um mich, womöglich haben sie das nie getan.‹ Bei der letzten Überlegung schüttelt sie den Kopf. Tief in ihrem Innern weiß sie, dass die Aussage nicht stimmt. Aber ihr ist auch klar, dass die Situation aussichtslos ist, weil Vincent mit der Hochzeit klare Fakten geschaffen hat. Tatsachen, die sie weder missachten noch aus der Welt schaffen kann.

Als sie aufsieht, begegnet ihr Enriques abwartender Blick. Das Leuchten in seinen Augen erwärmt sie auf eine besondere Art, die ihr nie zuvor aufgefallen ist. Auf der anderen Seite hat sie Bedenken, den Menschen zu enttäuschen, der in einer schwierigen Situation für sie da war. Ohne ihn wäre sie nicht unbemerkt aus der Kirche herausgekommen, ohne ihn hätte sie der Schmerz an Vincents Hochzeitstag zerfressen. Für die Ablenkung durch die Fahrt in die Hollywood Hills ist sie Enrique ebenso dankbar, wie für seine vorsichtige Annäherung in den letzten Wochen.

›Er wartet auf deine Antwort‹, ermahnt sie sich selbst. Trotzdem fällt ihr die Entscheidung schwer. Nach einem tiefen Atemzug legt sie eine Hand auf seinen Arm und sieht ihm in die Augen. Erwartung strahlt ihr entgegen, die es ihr nicht einfacher macht einen Entschluss zu fassen…

KAPITEL 7

Am nächsten Tag...

In seinem Arztzimmer fährt Vincent gerade den Computer hoch, als Aidan nach einem kurzen Klopfen den Raum betritt. Überrascht blickt Vincent seinem Bruder entgegen.

»Dad hat mir von dem Vorfall mit einem Patienten berichtet«, kommt dieser gleich zum Punkt. Ein Stirnrunzeln bei seinem Gesprächspartner ist die Folge.

»Was für ein Vorfall?«

»Der Schlag, der dir diese schöne Färbung am Kinn beschert hat«, erwidert Aidan mit einem Fingerzeig auf das Hämatom. Mit der anderen Hand reicht er einen Vordruck in Vincents Richtung. »Füll das hier aus, damit ich es zu den Versicherungsakten legen kann.«

»Das Ganze war nichts«, wiegelt sein Bruder ab. »Es ist viel zu viel Aufwand wegen so einer Lappalie ein mehrseitiges Formular auszufüllen, das dann in irgendwelchen Ordnern vor sich hin schmort. Der kleine Ausrutscher wird keine versicherungsrelevanten Folgen haben. Die Stelle macht keine Schwierigkeiten und man sieht auch kaum noch etwas.«

»Du weißt, dass es Vorschrift ist, die Daten des Patienten sowie eine kurze Schilderung des Ablaufs festzuhalten. Egal, ob es später von Belang ist. Also nenn mir den Namen des Mannes, ich suche die restlichen Angaben dann heraus. Den Vorfall können wir doch sicher in zwei bis drei Sätzen zusammenfassen. Dad möchte, dass ich dich unterstütze.«

Kopfschüttelnd versucht Vincent weiter, den Vorgang zu umgehen. Aidan bleibt jedoch unerbittlich, droht im Laufe der Diskussion sogar, das Personal zu befragen.

»War dein Assistent dabei oder soll ich reihum bei den Schwestern nachhaken, wer mit dir zusammen in der Situation den Patienten versorgt hat?«

Genervt, weil er sich in die Ecke gedrängt fühlt, gibt Vincent schließlich zu, dass es keinen Vorfall im Krankenhaus gegeben hat. Völlig perplex starrt sein Bruder ihn daraufhin an.

»Was hat das zu bedeuten? Warum tischst du Dad eine Lüge auf?« Bevor er die Frage ganz ausgesprochen hat, kommt ihm ein anderer Gedanke. Eine Augenbraue zieht sich nach oben, als er Vincent mustert. »War es ein betrogener Ehemann, der dir eine verpasst hat?«

»Nein, nichts dergleichen. Ich bin privat mit jemanden aneinandergeraten und hätte gerne, dass das unter uns bleibt. Ist das möglich?«

Nachdenklich reibt sich Aidan über sein Kinn. Dabei überlegt er, was passiert sein könnte, vor allem aber, warum sein Bruder so ein Geheimnis daraus macht.

»Da steckt doch mehr dahinter«, resümiert er nach ein paar Sekunden. »Weiß Maya davon oder hast du ihr auch die Geschichte mit dem Patienten aufgetischt?« Der Gedanke daran, dass die Frau, die er immer noch liebt, bereits nach wenigen Wochen von ihrem Ehemann belogen oder gar betrogen wird, lässt Wut in ihm aufsteigen. Seine Augen verengen sich zu Schlitzen, als er Vincent betrachtet. »Jetzt rede endlich!«, fährt er ihn schließlich an, während er die Hände lautstark auf der Schreibtischplatte aufschlagen lässt.

»Das Ganze geht dich nichts an, Kleiner«, erwidert der Bruder gereizt. »Es hat nichts mit dem Krankenhaus zu tun, also tangiert es deinen Verwaltungskram nicht.«

»Was ist mit Maya, betrifft es sie auch nicht? Sie ist deine Frau, Himmel noch mal.«

Seufzend lehnt sich Vincent im Sessel zurück.

»Lass uns das in Ruhe klären, Aidan«, bietet er an. Mit einer versöhnlichen Geste weist er auf einen der Stühle vor dem Schreibtisch. Kopfschüttelnd widersetzt sich sein Bruder der Aufforderung. Er richtet sich lediglich wieder auf, verschränkt aber demonstrativ die Arme vor der Brust, als er auf die Erklärung wartet.

»Maya geht es gesundheitlich nicht gut«, beginnt Vincent die Erläuterung. Sofort verändert sich die Miene seines Bruders, Besorgnis zeichnet sich ab. Überrascht von der Neuigkeit nimmt er nun doch auf dem Stuhl Platz.

»Hängt es mit der Schwangerschaft zusammen?«

»Nein«, antwortet Vincent mit einem Kopfschütteln. Er lehnt sich vor, stützt sich mit den Ellenbogen auf und vergräbt die Hände in den Haaren.

Aidan wartet ungeduldig auf Details, die verzweifelte Haltung des Bruders geht ihm gleichzeitig nahe. Mit zusammengekniffenen Lippen beobachtet er ihn. Als er schließlich von der vorläufigen Diagnose erfährt, sich die Krankheit näher erläutern lässt und die Symptome, die sich bei Maya schon länger zeigen, in Einklang bringt, stockt ihm der Atem.

»Die Verletzung am Arm…«, äußert er betroffen, »ich hätte das viel ernster nehmen müssen.«

»Ich habe die Störung auch nicht sofort erkannt. Vor allem ist mir die Schwere nicht bewusst gewesen«, versucht Vincent ihn zu beruhigen. »Stattdessen habe ich ihr versprochen, dass ich die Narben behandeln werde, sodass man kaum oder nichts mehr von den Verletzungen sehen wird.«

Ein Schnauben entfährt Aidan, das er umgehend mit einem entschuldigenden Blick abmildert.

»Die Narben sind das Letzte, um das ihr euch momentan Gedanken machen solltet.«

»Da gebe ich dir recht, Maya empfindet das jedoch anders. Ihr Selbstbild ist gestört, sie fühlt sich unattraktiv.« Als sein Bruder protestieren will, hebt Vincent beschwichtigend die Hände. »Ich habe ihr gesagt, dass sie durch die Schwangerschaft strahlender denn je aussieht. Spar dir also deine Vorwürfe. Aber ich kann nicht rund um die Uhr bei ihr sein, um ihr immer wieder zu versichern, dass ich sie liebe und alles gut wird.«

»Warum zweifelt sie überhaupt an deiner Liebe?«, platzt es aus Aidan heraus. »Hast du ihr dafür bereits nach so kurzer

Zeit einen Anlass gegeben?« Sein Blick heftet sich auf den blauen Fleck am Kinn seines Gegenübers, ein Stirnrunzeln ist die Folge, dem sich ein Gedanke anschließt. »Es war also doch ein gehörnter Ehemann, der dir auf eindrucksvolle Weise gezeigt hat, was er von dir hält.«

Mit dem vorübergehenden Verständnis für seinen Bruder ist es schlagartig vorbei, vergessen der Moment von Vertrautheit zwischen den Geschwistern. Wütend springt er auf die Beine und funkelt Vincent an.

»Wer war es? Raus mit der Sprache. Ich gehe nicht eher, bis ich weiß, was du ihr angetan hast!«

»Zum letzten Mal, Aidan, ich habe Maya nicht betrogen«, erwidert Vincent lauter als gewollt. Auch er erhebt sich, um seinem Bruder auf gleicher Höhe in die Augen zu schauen. Sekundenlang starren die beiden sich gegenseitig an. Schließlich durchbricht Vincent die Stille, deren angespannte Stimmung unerträglich für ihn wird. »Es war Natessas Bruder.«

Die Aussage wirft etliche neue Fragen bei Aidan auf, die er gnadenlos stellt. Wo er auf Natessas Bruder getroffen ist, was er überhaupt dort wollte, warum es zu einer Auseinandersetzung kam und einiges mehr. Die Fragen schnellen wie kleine giftige Pfeile in Vincents Richtung. Doch der bewahrt Ruhe und beantwortet alles, ohne dabei seine Gefühle für Natessa zu offenbaren.

»Warum zum Teufel bietest du ihr die Stelle an? Willst du sie dir warmhalten, weil es mit deiner Frau nicht so rosig läuft? Du hast dich kein Stück geändert, Maya hat etwas Besseres verdient!«

Mit Mühe verkneift Vincent sich die süffisante Frage, ob Aidan sich selbst damit meint. Er ist sich sicher, dass sein Bruder genau das denkt. Anstatt den Konflikt weiter zu schüren, versucht er das Angebot an Natessa zu erläutern, von dem er inzwischen selber weiß, dass es ein Fehler war.

»Ich habe ihr diese Stelle seinerzeit versprochen. Es wäre eine berufliche Chance für sie, die ich ihr nicht verwehren wollte, nur weil wir nicht mehr zusammen sind.«

»Was für ein nobler Zug von dir«, schnaubt Aidan mit grimmigem Blick. Als ihm klar wird, dass er die Hände zu Fäusten geballt hat, und er es am liebsten Natessas Bruder gleichtun würde, atmet er mehrmals tief durch. »Erzähl mir nicht, dass du keine Hintergedanken hattest, als du zu ihr gefahren bist. Ich kann nicht glauben, was du Maya nach so kurzer Zeit antust, noch dazu in ihrem Zustand. Wenn du ihr ein weiteres Mal wehtust, bekommst du es mit mir zu tun!«

Ohne Vincents Reaktion abzuwarten, dreht er sich auf dem Absatz um und stürmt aus dem Zimmer. Die Sorge um Maya füllt ihn komplett aus. Gepaart mit der Wut, die er auf seinen Bruder hat, fällt er eine Entscheidung, die er im Laufe des Tages in die Tat umsetzen will. Lediglich die anstehende Sitzung des Verwaltungsrates hält ihn davon ab, die Klinik sofort zu verlassen.

*****

In der Villa der Harpers macht Lizzy sich auf den Weg ins Obergeschoss, nachdem sie gemeinsam mit Jason gefrühstückt hat. Als sie die Tür des Schlafzimmers öffnet, hört sie, wie ihr Mann den Motor seines Wagens anlässt. Sekunden später knirscht der Kies unter den Reifen des wegfahrenden Autos. Seufzend schiebt sie die Erkenntnis zur Seite, dass sie früher an der Haustür stand und ihm nachschaute, bis er vom Parkplatz auf die Auffahrt bog. Ein weiteres Ritual ihrer Ehe, dem sie nachtrauert.

›All das werde ich mir zurückholen, wenn Jasons Gedanken sich wieder ausschließlich um mich drehen‹, nimmt sie sich vor. Entschlossen, dafür alles aus dem Weg zu räumen, was ihr in die Quere kommt, holt sie den Umschlag mit dem Bericht über die Morgans aus dem Safe. Nachdem sie diesen ausführlich studiert hat, kontaktiert sie ihren alten Bekannten Steve O'Connor, der schon häufig Nachforschungen für sie angestellt hat.

»Ich brauche weiteres Material über die Morgans, über jede Person im Haushalt. Leg dein Augenmerk auf ihre beruflichen Ziele. Außerdem interessiert mich, zu wem sie regelmäßig Kontakt haben.«

O'Connor nimmt den Auftrag entgegen, fragt nach Details, Umfang und wie schnell die Informationen benötigt werden.

»Lass dir nicht zu viel Zeit, die Angelegenheit ist mir wichtig«, legt Lizzy fest. »Kommst du an ihre Verbindungsnachweise?«

»Nicht auf legalem Weg.«

»Das ist mir egal, Steve. Kriegst du die Unterlagen oder nicht?« Als er es bestätigt, nickt sie zufrieden.

›Wenn du meinen Mann noch kontaktierst, Emilia Morgan, dann werde ich es bald wissen‹, spricht sie gedanklich zu ihrer vermeintlichen Kontrahentin. ›Ich bekomme dich aus unserem Leben, das verspreche ich dir.‹

Zurück im Untergeschoss setzt Lizzy sich mit einer frisch gefüllten Kaffeetasse an Jasons Schreibtisch. In einem Anflug von Misstrauen beginnt sie, die einzelnen Schubladen zu durchsuchen.

»Was hast du erwartet?«, murmelt sie vor sich hin, als ihr außer ärztlichen Fachberichten, Unterlagen über die Stiftung des Krankenhauses und Aufstellungen von Jasons Spendensammelaktion nichts in die Hände fällt.

Ihr Blick bleibt an dem Foto hängen, das auf einem der Sideboards steht. Es zeigt ihren Mann und sie auf einer extravaganten Veranstaltung bei einem Hauptspendengeber der Stiftung. Einer der ersten Kontakte, den sie ihrem Ehemann verschafft hatte. Das war der Einstieg in seine erfolgreiche Laufbahn als Klinikleiter und Chefarzt.

›Damals hast du mich für mein Engagement vergöttert. Andere Frauen haben dich nicht interessiert. Ganz egal, wie offen sie mit dir geflirtet haben, deine Aufmerksamkeit galt nur mir.‹

Nachdenklich greift Lizzy zu Jasons Bericht über seine Leukämieforschung. Die detaillierte Aufstellung der zu erwartenden Kosten gibt ihr einen guten Überblick über den Umfang. Als Nächstes studiert sie die Liste seiner Spendenbesuche mit den dazu notierten Erfolgen.

»Das reicht noch lange nicht, Darling«, seufzt sie. ›Du hast dich viel zu sehr darauf verlassen, dass dir der Stiftungsrat aus seinem Fond unter die Arme greift.‹ Die Erinnerung an den Moment, als sie die Abstimmung über die Gelder nicht zugunsten seines Vorschlags ausfallen ließ, drängt sich in den Vordergrund. Der entsetzte Blick von Jason geht ihr zum ersten Mal durch und durch, anstatt wie zuvor von ihr abzuprallen. Mehr denn je wird ihr bewusst, wie sehr ihr Mann in der Situation auf ihre uneingeschränkte Loyalität ihm gegenüber gesetzt hatte.

Gleichzeitig erkennt sie eine Möglichkeit, die positiven Gefühle in ihre Ehe zurückzuholen. Ein paar Anrufe später lehnt sie sich zufrieden zurück. Die Liste von Terminen bei potenziellen Sponsoren hat sie soeben um eine Vielzahl erweitert. Einige davon will sie selber wahrnehmen, um einen Teil der Spendengelder von der Stiftung des Krankenhauses auf Jasons Forschungsprojekt umzuleiten. Ihre Hoffnung steigt, dass sie die Aufmerksamkeit ihres Mannes zurückgewinnt, wenn sie ihm bei der Verwirklichung seines Lebenstraumes hilft.

›Dann wirst du dich über kurz oder lang auch wieder im Schlaf an mich kuscheln, weil nur ich dir geben kann, was du brauchst.‹

*****

Jasons Gedanken kreisen in dem Moment ebenfalls um seine Ehe. Während des Frühstücks hatte er mehrmals darüber nachgedacht, Lizzy von Mayas vermeintlicher Diagnose zu erzählen. Da diese jedoch noch nicht bestätigt ist und er seinem Sohn nicht vorgreifen wollte, hatte er letztlich nichts gesagt.

›Früher haben wir über alles gesprochen‹, überlegt er. ›Da hätte sie es vermutlich sogar vor mir gewusst.‹ Nach einem Blick auf das Bild von Lizzy auf dem Schreibtisch holt er aus der Schublade Emilias Foto hervor.

›Wie sehr es mir fehlt, mich offen austauschen zu können. Aber du willst nicht mal einen freundschaftlichen Kontakt zu mir. Dabei wüsste ich zu gerne, was dich bewegt oder wie es dir und deiner Familie geht‹, spricht er gedanklich zu Emilias Portrait, ›bei dir dagegen weiß ich inzwischen gar nicht mehr, was mich erwartet, wenn ich dir etwas anvertraue‹, vollendet er in Richtung des Fotorahmens mit Lizzys Bild.

Mit einem Ruck reißt er sich aus der nachdenklichen Stimmung. Das Foto von Emilia verschwindet in der Schublade, den Bilderrahmen auf dem Schreibtisch dreht er so weit nach rechts, bis er sich nicht mehr von dem Blick seiner Frau verfolgt fühlt. Erst dann schaltet er den Computer ein, um sich den Aufgaben des Tages zu widmen.

Beim Lesen eines Quartalsberichts, den Aidan aktuell erstellt hat, durchbricht das mehrmalige Ping eingehender Nachrichten in seinem Mailprogramm die Stille. Überrascht geht er die drei automatisierten Terminanfragen durch, die Lizzy ihm geschickt hat.

»Wie hat sie es nur geschafft, den Inhaber von Green Limited von einem Gespräch über Spendengelder zu überzeugen?«, fragt er sich beeindruckt, nachdem er zwei der Termine bestätigt hat.

Der Betreff des dritten Kalendereintrags, den er annehmen soll, verursacht ein Runzeln auf seiner Stirn. Das in weite Ferne verschobene Treffen mit dem Fabrikanten Beal, von dem er sich eine Menge verspricht, findet nun in der kommenden Woche statt. Dass dieses Gespräch zudem in Form eines Dinners in der Harper-Villa abgehalten wird, lässt ihn ungläubig den Kopf schütteln. Mit einem Lächeln auf den Lippen bestätigt er auch diese Terminanfrage. Ein paar Sekunden später dreht er den Bilderahmen auf dem

Schreibtisch in seine ursprüngliche Position zurück.

›Wenn ich es jetzt noch schaffe, sie in Bezug auf unsere Söhne in dem Umfang einzubremsen, wie sie sich momentan für mein Forschungsprojekt einbringt, kann unsere Familie vielleicht doch wieder zusammenfinden. Vor allem Vincent wird die Unterstützung aller brauchen, falls die Diagnose von Mayas Zustand tatsächlich so ausfällt wie befürchtet.‹

*****

Genau dieser Termin, der Klarheit über die Krankheit seiner Frau bringen soll, rückt für Vincent im Laufe des Tages immer mehr in greifbare Nähe. In der Mittagspause und einmal am Nachmittag hatte er mit Maya telefoniert, um zu fragen, wie es ihr geht. Beide Male bat sie ihn darum, nicht zu Dr. Atheno gehen zu müssen. Zu seiner Erleichterung konnte er sie jeweils davon überzeugen, das Gespräch nicht zu verschieben. Nachdem er einen letzten Notfall in der chirurgischen Ambulanz versorgt hat, bereitet er sich darauf vor, seine Frau beim Verlag abzuholen.

»Wir schaffen das«, versichert er sich auf dem Weg zu seinem Sportwagen. Mayas Scherz, dass er diesen bald gegen eine Familienkutsche eintauschen wird, bestärkt ihn in seinem Vorhaben. Die Tatsache, dass in wenigen Monaten auch ein Kind von all dem betroffen sein wird, macht ihm klar, wie wichtig ein früher Einstieg in die Therapie ist. »Wir müssen es einfach schaffen.«

Als er einsteigen will, parkt Lisa ihren Wagen in der Parkbucht neben ihm. Lächelnd steigt sie aus und schaut zu ihm herüber.

»Schwänzt du etwa den Vortrag über Wundheilung, der für heute Abend angesetzt ist? Ich dachte, der wäre so wichtig für deine Forschung.«

»Ich habe einen anderen unaufschiebbaren Termin«, erwidert Vincent kurz angebunden.

»Was kann das wohl sein?«, hakt Lisa süffisant nach.

Eine Bemerkung, die Vincent ignoriert. Ohne eine Antwort nimmt er auf der Fahrerseite Platz und startet den Wagen. Bevor er ausparkt, lässt er den Motor mehrmals aufheulen, was bei seiner Kollegin wenig Anklang findet. Als er dann noch übertrieben winkend an ihr vorbeifährt, presst sie die Lippen aufeinander.

›Wenn ich die Hindernisse aus dem Weg geräumt habe, wird deine Forschung wieder in den Vordergrund rücken. In dem Moment wird dir das Angebot, meinen Vater um weitere Gelder zu bitten, damit wir gemeinsam forschen können, den richtigen Weg weisen‹, ruft sie ihm gedanklich hinterher. Dabei sorgt ihre Zuversicht dafür, dass sich die Gesichtszüge nach kurzer Zeit entspannen.

Bei Vincent hingegen bleiben die Sorgenfalten den ganzen Weg bis zum Verlagsgebäude von Preston Carter erhalten. Als er über den Parkplatz zum Eingang geht, hofft er, dass sich Mayas Angstzustände nicht verstärkt haben. Auch wenn er ihre Bedenken mit viel Zuspruch für eine gewisse Zeit zerstreuen konnte, ist ihr ängstlicher Tonfall nicht spurlos an ihm vorbeigegangen.

Beim Büro seiner Frau angekommen fährt er sich zunächst mit den Fingern durch die Haare, bevor er kurz klopft und die Tür öffnet. Der Schreibtischstuhl ist leer, als er den Raum betritt. Sein Blick wandert weiter zu der kleinen Sitzecke vor dem Fenster. Dort findet er Maya in Begleitung eines Mannes vor, den er als Letzten bei ihr erwartet hat.

»Vincent«, ruft sie erfreut aus. Dabei zieht sie die Hand aus der Umklammerung ihres Gesprächspartners und steht auf. Mit einem Lächeln kommt sie auf ihn zu, während er weiter auf seinen Bruder starrt.

»Was machst du hier?«, fragt er Aidan, nachdem er den Arm um Maya gelegt und ihr einen Kuss gegeben hat.

»Darf ich keine gute Freundin besuchen, um zu sehen, wie es ihr geht?«, antwortet der Angesprochene ruhig.

Den leicht zusammengekniffenen Augen kann Vincent

jedoch entnehmen, dass es innerlich ganz anders bei seinem Bruder aussieht. Fieberhaft überlegt er, was dieser seiner Frau erzählt haben könnte. Weiß sie womöglich inzwischen von dem Angebot, das er Natessa gemacht hat? Unsicher blickt er Maya von der Seite an.

»Bist du bereit? Wir sollten gehen, damit wir pünktlich bei dem Termin sind.« Die Augenlider seiner Ehefrau flattern, als er das bevorstehende Ereignis erwähnt. Unwillkürlich verstärkt er den Griff um ihre Taille, streicht ihr zusätzlich beruhigend mit den Fingerknöcheln über die Wange. Sie ergreift daraufhin seine Hand, die sie viel zu fest umklammert. In ihrem Blick liegt ein flehender Ausdruck, der sich innerhalb von Sekundenbruchteilen in einen voller Angst verwandelt. Sein Beschützerinstinkt schnellt auf den Höhepunkt.

»Ich lasse dich keine Sekunde alleine«, flüstert er ihr ins Ohr. Dem Satz lässt er einen zarten Kuss auf die Stelle unter ihrem Ohrläppchen folgen. Prompt entspannt sie sich ein wenig, hält sich aber weiterhin an seiner Hand fest – wenn auch nicht mehr so verkrampft wie zuvor.

»Entschuldige, Aidan, können wir unser Gespräch ein anderes Mal fortsetzen? Ich habe mich sehr über deinen Besuch gefreut, doch jetzt gehöre ich ganz meinem Ehemann.« Ihr Lächeln ist aufgesetzt, das erkennen beide Brüder sofort. Sie tauschen einen Blick aus, ehe Aidan aufsteht und nickt.

»Natürlich, du kannst mir in den nächsten Tagen davon berichten, wie es mit dem Magazin vorangeht oder was dich ansonsten beschäftigt.«

Nachdem Maya den Raum verlassen hat, um sich frisch zu machen, geht Vincent einen Schritt auf seinen Bruder zu.

»Was zum Henker soll das? Willst du sie noch mehr verunsichern, indem du ihr Dinge erzählst, die ihre Verlustängste verstärken?«

»Nein, aber ich werde ein Auge auf sie haben. Sie ist so vernebelt von dir, dass sie gewisse Vorzeichen nicht erkennen würde. Mir dagegen machst du nichts vor, Casanova. Wenn du sie hintergehst, schreite ich ein.«

»Zum letzten Mal, Kleiner, ich betrüge sie nicht. Meine gesamte Aufmerksamkeit ruht auf ihr. Ich tue alles, damit es ihr besser geht.«

»Deine komplette Konzentration liegt bei ihr? Bist du dir da sicher? Falls das so ist, hast du ja nichts zu befürchten, wenn ich sie ab und zu sehe oder deine Aktivitäten genau verfolge«, erwidert Aidan mit vor der Brust verschränkten Armen.

Kopfschüttelnd wendet Vincent sich ab, um sich zu beruhigen. Sein Blick geht zur Tür, durch die seine Frau jeden Moment zurückkommen wird.

»Tu, was du willst«, zischt er gereizt. »Aber geh jetzt, damit ich sie in Ruhe auf das Gespräch bei Chad vorbereiten kann. Ein Streitgespräch mit dir ist da wenig hilfreich. Maya könnte die angespannte Stimmung spüren, das wäre kontraproduktiv.« Ruckartig dreht er sich wieder zu seinem Bruder um. »Möchtest du ihr helfen oder geht es dir nur darum, mir zu schaden?«

»Über kurz oder lang schadest du dir selbst«, entgegnet Aidan im Brustton der Überzeugung, als er sich auf den Weg zur Tür macht. »Wenn Maya gesund wäre, würde ich es ausgleichende Gerechtigkeit nennen. Aber so ist es nun mal nicht, daher hoffe ich, dass du das Richtige tust. Für sie und für das Kind!«

»Genau das habe ich vor«, versichert Vincent, doch er sieht seinem Bruder an, dass dieser ihm nicht glaubt. Seufzend schließt er die Tür hinter Aidan, nachdem der ohne ein weiteres Wort gegangen ist.

Eine halbe Stunde später macht Vincent sich mit seiner Frau auf den Weg zu Dr. Atheno. Dort entwickelt sich ein schwieriges Gespräch, das lange anhält und in dessen Folge die Diagnose von Borderline bestätigt wird. Obwohl Vincent auf das Ergebnis vorbereitet ist, sacken seine Schultern herunter, als Chad die Worte an Maya gerichtet ausspricht. Dass sie daraufhin in Tränen ausbricht, erschwert die Situation noch zusätzlich für ihn. Behutsam zieht er sie auf seinen Schoß, wo er sie festhält und ihr versichert, dass sie es gemeinsam schaffen werden.

Ein Mantra, das er in der kommenden Zeit häufig wiederholen wird, um sich Mut zu machen…

*****

Im Hause der Morgans geht es an diesem Abend wesentlich fröhlicher zu. Gut gelaunt versammeln sich die Bewohner um den Esstisch, der von Rebecca und Daniel mit viel Liebe zum Detail gedeckt wurde. Die helle mintfarbene Tischdecke ziert in der Mitte eine etwas dunklere Bordüre, auf die an zwei Stellen silberfarbene Kerzenständer gestellt wurden. Die gelben Kerzen passen farblich zu den Blüten, die Rebecca zwischen den Tischuntersetzern verstreut hat. Die Stimmung wird durch Musik von Frank Sinatra untermalt, die leise über Daniels Tablet abgespielt wird.

Natessa und Simone führen Emilia in den Raum, wo sie zu dritt das Arrangement loben. Grinsend gibt Daniel zu, dass seine Freundin jedes Teil in die richtige Position gerückt hat, das von ihm auf den Tisch gelegt wurde.

»Dafür hat er die gesamten Einkäufe für den Abend erledigt«, versucht Rebecca seinem Part die nötige Gewichtung zu geben.

»Wenn das auch für die Zutaten gilt, die da so verführerisch aus der Küche duften, bin ich gespannt, was Dan im Einkaufswagen hatte«, erwidert Emilia mit einem Augenzwinkern in Richtung ihres Sohnes.

»Keine Sorge, wir haben ihn vorher instruiert«, wirft Simone lachend ein.

Während des Essens verfolgt Emilia aufmerksam die Gespräche ihrer Kinder und der Nichte. Dabei wartet sie auf einen geeigneten Moment, um allen von einer überraschenden Neuigkeit zu erzählen, die sie angekündigt hat. Zunächst ist es jedoch ihr Sohn, der zusammen mit seiner Freundin von einer Überlegung berichtet, die beiden durch den Kopf geht.

»In einer Nebenstraße von Rebeccas Arbeitsstelle wird ein kleines Appartement frei, das wir uns angesehen haben. Die Miete ist akzeptabel, die Zimmer sind in einem guten Zustand, vor allem aber ist es von dort nicht weit bis zum Universitäts-Krankenhaus.«

»Ihr wollt in eine eigene Wohnung ziehen?«, fragt Natessa überrascht. »Nach so kurzer Zeit?«

»Es ist nur eine Überlegung. Andererseits kann ich euch hier nicht auf Dauer so viel Platz wegnehmen«, wendet Rebecca ein. »Als ich den Umzug in Erwägung gezogen habe, machte Daniel den Vorschlag, mit mir auszuziehen.«

»Dafür muss man auch nicht erst eine bestimmte Zeit zusammen sein«, kommt ihr Freund ihr zur Hilfe. »Entweder es klappt oder eben nicht. Nach ein bis zwei Jahren kann es genauso schiefgehen wie heute.«

Simone nickt, schaut dann aber zu ihrer Tante, die noch kein Wort zu dem Vorschlag geäußert hat. Dem Gesichtsausdruck kann sie keinerlei Reaktion entnehmen.

»Was meinst du denn zu der Idee, Tantchen?«

»Ich habe euch gerne um mich herum, auch dich, Rebecca«, gibt Emilia offen zu. »Doch ich verstehe, wenn ihr eigene Wege gehen möchtet. Schafft ihr die monatlichen Kosten? Ich helfe euch notfalls in der ersten Zeit aus.«

»Auf keinen Fall«, protestiert Daniel. »Wir kommen über die Runden, das habe ich grob überschlagen.«

»Ansonsten kann ich immer noch meine Stunden in der Firma erhöhen. Sarah braucht keine stundenlangen Besuche mehr von mir, ich könnte also Vollzeit arbeiten«, fügt Rebecca hinzu.

Ein einheitliches Nicken der drei anderen Frauen ist die Folge. Die Stille, die danach herrscht, wirkt dennoch bedrückend.

»Die Wohnung wird erst in ein paar Wochen frei. Wir besprechen das noch einmal, sobald wir die genauen Nebenkosten kennen. Ist das in Ordnung, Mom?«, fragt Daniel besorgt, dem die nachdenkliche Miene seiner Mutter als Erstes auffällt.

Nachdem sie genickt hat, schlägt er vor, dass sie nun endlich von ihrer Neuigkeit berichtet.

»Nein, das hat noch Zeit. Zuerst kommen Simy und Tess an die Reihe«, weicht Emilia aus. Lächelnd sieht sie ihre Nichte an, um zu erfahren, wie es ihr die Woche über ergangen ist. »Ich habe dich kaum gesehen, bist du überhaupt aus der Uni herausgekommen?«

Simone bestätigt, dass sie die meiste Zeit in der Uni-Bibliothek verbracht hat. Als alle scherzhaft, aber liebevoll ihr Mitleid kundgetan haben, gibt sie das Wort an Natessa weiter.

Die winkt ab und erwähnt nur nebenbei, dass sie sich mit Enrique getroffen hat. Damit erntet sie auf einen Schlag die gesamte Aufmerksamkeit der Anwesenden. Vier erwartungsvoll dreinblickende Augenpaare sind auf sie gerichtet, als sie die Mundwinkel zu einem verschmitzten Lächeln verzieht.

»Hey, wir sind nur Freunde«, wiegelt sie mit einem Augenzwinkern ab. Als alle sich daraufhin seufzend auf ihren Stühlen zurückfallen lassen, hebt sie theatralisch einen Zeigefinger. »Aber wir treffen uns jetzt häufiger.«

»Halleluja«, scherzt Rebecca, »das lässt ja noch hoffen. Ich finde, du solltest ihm eine Chance geben.«

»Das tue ich doch bereits, indem ich ab und zu etwas mit ihm unternehme. Über mehr denke ich momentan nicht nach«, stellt Natessa klar. Um das Thema zu beenden, bittet sie ihre Mutter, nun endlich von deren Neuigkeit zu berichten.

Nervös knetet Emilia ihre Hände im Schoß. Simone, die neben ihr sitzt, bemerkt es. Lächelnd legt sie eine Hand auf den Arm ihrer Tante.

»Hat es etwas mit dem Umschlag zu tun, den du mitgebracht hast?« Als Emilia daraufhin nickt, bietet sie an, ihn zu holen.

»Nein, das ist nicht nötig.«

Wie bei Natessa zuvor sind alle Blicke erwartungsvoll auf sie gerichtet. Nach einem tiefen Atemzug erzählt Emilia schließlich, dass Melinda den Catering-Service verkaufen will. Die entsetzten Fragen nach dem Warum und Wann unterbindet sie mit einer Handbewegung.

»Sie überschreibt mir zwanzig Prozent für meine jahrelangen Dienste. Weitere Anteile kann ich kaufen, wenn wir das Geld dafür auftreiben können«, versetzt sie alle in Erstaunen. In dem Wirrwarr neuer Kommentare und Fragen sorgt Daniel mit einem Mal für Ruhe.

»Welcher Preis schwebt ihr dabei vor?«, erkundigt er sich. »Es wäre gut, wenn du insgesamt auf einundfünfzig Prozent kommen würdest. Du sorgst schon jetzt für den Erfolg des Ladens, das weiß auch Melinda. Will sie selber Anteile behalten?«

»Nein, sie will ihre Zelte hier abbrechen, um zu ihrer Schwester an die Ostküste zu ziehen, die vor Kurzem Witwe geworden ist. Aber ich bin mir nicht sicher, ob ich die Mehrheit an der Firma übernehmen möchte. Das ist eine Menge Verantwortung und Papierkram. Damit kenne ich mich nicht genug aus.« Mit einem Schnauben reagiert Natessa auf die Bedenken ihrer Mutter.

»Du hast doch in den letzten Jahren bereits die meisten Entscheidungen getroffen. Melinda hat sich viel zu sehr auf dich verlassen: Was und wo eingekauft wird, wie ein Auftrag zu arrangieren ist, wie viel Personal dafür benötigt wird. Weitere Regelungen wirst du kaum treffen müssen. Das schaffst du locker.«

»Bei der Buchhaltung helfe ich selbstverständlich«, schließt Rebecca sich Natessas Aufzählung an. »Warum solltest du dich damit herumschlagen, wenn ich das gelernt habe und tagtäglich mache, Emilia?«

»Um die Werbung musst du dir auch keine Gedanken machen«, fügt Simone hinzu. »Ich erstelle dir eine Website und kümmere mich um regelmäßige Postings sowie Aufmerksamkeit in den Social Media Kanälen.«

Irritiert blickt ihre Tante sie nach dem letzten Satz an. »Ich habe keine Ahnung, was du damit meinst, aber ich danke dir für die Unterstützung.« Die ehrliche Antwort lockert die Stimmung auf, als alle in ihr Lachen einstimmen.

Als Daniel seine Frage nach dem Anteilspreis wiederholt, bittet Emilia Simone, den Umschlag nun doch aus dem Wohnzimmer zu holen. Konzentriert studiert ihr Sohn die Unterlagen – mehrmals nickt er, an anderer Stelle runzelt er die Stirn. Die Auszüge der Buchhaltung reicht er an Rebecca weiter, die alles genau unter die Lupe nimmt. Auf seinen fragenden Blick antwortet sie, dass die Zahlen in Ordnung sind.

»Das wird trotz allem anfangs schwierig«, resümiert er, nachdem er die Summe für den Kauf von einunddreißig Prozent überschlagen hat. »Wir sollten dennoch mit der Bank sprechen. Wenn wir uns einschränken oder hier und da noch Zusatzeinnahmen auftreiben, könnte es mit einem Kredit klappen.«

»Wir verschieben den Auszug vorerst und ich gebe mehr zum Haushalt dazu«, bietet Rebecca an. Ein Angebot, das Emilia umgehend ablehnt. Genauso wie den Vorschlag von Simone, das Studium vorübergehend auf Eis zu legen, um ihr beim Catering-Service zu helfen.

»Aber du sparst damit die Kosten für eine Angestellte«, argumentiert sie. Dennoch bleibt es beim Nein ihrer Tante.

»Entweder schaffen wir das mit den bisherigen Mitteln oder wir lassen es«, bestimmt sie. Die Blicke der anderen, die eindeutig nicht von Zustimmung geprägt sind, versucht sie zu ignorieren. »Denkt doch an den Anlass für den gemeinsamen Abend. Wir feiern, dass es uns finanziell besser geht. Ein Kredit könnte uns wieder in die Knie zwingen, sollte es beim Catering-Service eine Flaute geben. Das will ich euch nicht zumuten. Bislang sind unsere Gehälter gesichert, wir brauchen kein eigenes Geschäft.«

»Es gäbe da noch eine Möglichkeit«, deutet Natessa an, bei der sich seit ein paar Minuten ein Gedanke im Kopf festsetzt, den sie nicht abschütteln kann. Doch sie weicht der Idee vorerst aus. »Ich gebe meine Praktikantenstelle bei Professor Stuart auf und arbeite dafür Vollzeit als Laborantin.«

Als ihre Mutter auch diesen Vorschlag ablehnen will, hebt sie die Hand.

»Wir sind eine Familie, Mom, und wir wünschen uns alle, dass wir dir etwas von dem zurückgeben können, was du jahrelang alleine für uns aufgebracht hast.«

»Aber du liebst die Arbeit in der Forschung. Ich lasse nicht zu, dass du sie aufgibst.«

»Da gibt es auch noch die Stelle als Forschungsassistentin, die zudem sehr gut bezahlt wird«, spricht Natessa nun doch den Gedanken aus, der sie nicht loslässt. »Sie vereint eine außerordentliche Bezahlung mit der Tätigkeit, die ich liebe. … Ich werde Vincents Angebot annehmen!«

KAPITEL 8

Ein paar Tage später...

In seinem Arztzimmer nimmt Vincent sich Zeit, um über das weitere Vorgehen in Bezug auf Maya nachzudenken. Das Gespräch bei Dr. Atheno hat sie viel Kraft gekostet, die Aussicht von Chad, wie eine Therapie ablaufen könnte, zudem schockiert.

»So lange brauche ich, damit es mir besser geht?«, hatte sie unter Tränen an ihn gewandt gefragt. »Aber dann ist das Baby schon auf der Welt. Was werde ich für eine Mutter sein, wenn ich in seinen ersten Lebensmonaten noch krank bin?«

Die Antwort war ihm in dem Moment schwergefallen. Zu seiner Erleichterung war Chad ihm zu Hilfe gekommen. Er bestätigte Maya, dass er Patienten therapeutisch begleitet hatte, denen ein Neugeborenes einen positiven Schub bei der Behandlung der Störung gab.

»Das Baby wird Ihnen Kraft geben. Die Verantwortung kann Sie von der Krankheit ablenken.«

»Bis zur Geburt wirst du Fortschritte machen. Zusammen schaffen wir das«, fügte Vincent hinzu, was seine Frau ein wenig ruhiger werden ließ.

~ *****~

›Wir müssen die Familie informieren‹, überlegt er sich zum wiederholten Mal. Ein Vorsatz, den Maya in den letzten Tagen vehement abgelehnt hatte. Zugleich tat sie sich schwer damit, Anmerkungen ihres Vaters nicht als Zurückweisung zu sehen. Sein eigener Vater wurde bisher als Einziger eingeweiht. Gleich am nächsten Morgen hatte Vincent mit ihm und Chad alles noch einmal in Ruhe durchgesprochen. Obwohl Jason ihn bis jetzt nicht gedrängt hat, weiß Vincent, dass er das Informieren der Familie für erforderlich hält.

»Es geht nicht anders«, gibt er sich einen Ruck. Entschlossen greift er zum Telefon.

Es dauert nur ein paar Sekunden, bis Maya das Gespräch annimmt.

»Liebling, schön, dass du anrufst«, begrüßt sie ihn.

»Was machst du gerade?«, fragt er.

»Ich bin im Fotostudio, um ein Shooting mit einem Model vorzubereiten. Aber das ist nicht so wichtig wie dein Anruf.«

Um nicht mit der Tür ins Haus zu fallen, erkundigt er sich zunächst nach weiteren Details, bis er seinen Vorschlag unterbreitet. Die Aussicht auf ein Familientreffen am nächsten Abend findet, wie erwartet, keinen großen Anklang bei seiner Frau.

»Müssen wir das tun?«

»Ja, Babe, es ist Zeit dafür«, erwidert er. »Wir werden es nur deinem Vater und meinen Eltern sagen. Außerdem Aidan, wenn du damit einverstanden bist. Mehr Leute müssen nichts von deiner Krankheit erfahren, aber wir brauchen die Unterstützung der Familie.«

Das leise Schniefen, welches daraufhin zu ihm durchdringt, lässt Vincent für einen Augenblick die Augen schließen und tief durchatmen. Er sieht Mayas Tränen förmlich vor sich.

»Daddy wird furchtbar enttäuscht von mir sein.«

Wieder eine Äußerung, die Vincent vor Augen führt, wie viel Angst sich bei seiner Frau aufgebaut hat. Mit liebevollen Worten versucht er sie zu beruhigen, indem er ihr das gute Verhältnis in Erinnerung ruft, welches sie zu ihrem Vater hat.

»Deine Krankheit wird an seiner Liebe zu dir nichts ändern, Maya. Er wird nicht enttäuscht sein, sondern dir helfen wollen.«

»Okay«, willigt sie nach ein paar Sekunden der Stille flüsternd ein. Ihre Antwort nimmt er mit Erleichterung zur

Kenntnis. Innerlich aufatmend lehnt er sich auf dem Schreibtischstuhl zurück. Der erste Schritt wäre geschafft.

Den Anruf bei seiner Mutter erledigt Vincent als Nächstes. Wie erwartet freut sie sich darüber, dass er sich meldet. Noch größer ist ihre Begeisterung, als sie von der Einladung erfährt.

»Ich habe Jason schon bei eurer Rückkehr ein Familiendinner vorgeschlagen, aber er fand, dass wir euch erst etwas Zeit zum Eingewöhnen geben sollten.«

Die Umsicht des Vaters findet bei Vincent großen Anklang. Er ist froh, dass sich das Verhältnis zu seinem Dad verbessert hat und dieser auch bereits in Mayas Krankheit eingeweiht ist. Einen Augenblick lang ist er geneigt, seiner Mutter ebenfalls von der Störung zu erzählen, doch er verwirft den Gedanken. Am Telefon erscheint es ihm zu unpersönlich.

Eine halbe Stunde später parkt Vincent den Wagen auf dem Parkplatz des Firmengebäudes von Preston Carter. Dass sein Schwiegervater den Vormittag über im Büro ist, hat er vorher bereits in Erfahrung gebracht. Ordnungsgemäß lässt er seinen Besuch von Prestons Sekretärin ankündigen, die ihm nach Rücksprache mit ihrem Chef die Tür zu dessen Büro öffnet.

»Danke, dass du mich empfängst«, begrüßt Vincent Mayas Vater, der ihn mit unverhohlener Abneigung mustert. »Ich möchte etwas Wichtiges mit dir besprechen, wenn du einen Augenblick Zeit hast. Es geht um Maya.«

Erst die Erwähnung seiner Tochter bringt Preston zum Aufhorchen. Sein Blick bleibt jedoch skeptisch, als er dem Schwiegersohn einen Platz anbietet. Nachdem Vincent ihm von der Einladung zum Essen erzählt und den Hintergrund dessen offenbart hat, schnappt er hörbar nach Luft.

»Was soll das heißen, meine Tochter ist krank? Das ist doch Quatsch, Maya würde mit so etwas sofort zu mir kommen. Wenn du sie verlassen willst, dann sag es ganz offen, anstatt deine Frau als gestörtes Wesen darzustellen.«

Vincent, der eine ähnliche Reaktion erwartet hat, atmet tief durch. Mit Bedacht wählt er seine nächsten Worte, die er sich auf der Fahrt zurechtgelegt hat. Aber erst der Anruf bei Dr. Atheno überzeugt Preston davon, dass sein Schwiegersohn die Wahrheit sagt. Völlig erschüttert schenkt er sich einen Drink ein und bietet dem ungeliebten Besucher ebenfalls einen an, der jedoch dankend ablehnt.

»Warum hat Maya mir nichts erzählt?«, murmelt er vor sich hin, nachdem er den Scotch in einem Zug runtergespült hat. »Wir sprechen doch über alles, was sie bewegt.«

»Sie befürchtet, dass du enttäuscht von ihr bist«, erwidert Vincent. Als sein Schwiegervater protestiert, hebt er die Hände zur Beschwichtigung. »Das ist ein Symptom, Preston. Maya wird von unsagbaren Verlustängsten gequält. Deshalb bin ich hier, damit es dich morgen Abend nicht völlig unerwartet trifft. Sie wird deine Reaktion genau beobachten und sich vor jeglicher Zurückweisung fürchten.«

Ein weiterer Schluck Scotch rinnt die Kehle seines Gegenübers hinunter, ehe dieser nickt. Der grimmige Gesichtsausdruck verschwindet, ein milder Blick zeigt sich in seinen Augen, als er Vincent betrachtet.

»Ich danke dir für die Vorwarnung und deine Offenheit. Ich möchte jetzt gerne allein sein, um das alles in Ruhe zu verdauen. Außerdem brauche ich mehr Informationen über die Krankheit. Ich werde noch weitere Experten kontaktieren. Die Meinung von Dr. Atheno reicht mir nicht, auch wenn ich seinen guten Ruf kenne.«

»Das verstehe ich«, geht sein Schwiegersohn auf den Wunsch ein. Als er ein paar Minuten später ins Auto steigt, weiß Vincent, dass er das Richtige getan hat.

*****

Etwa eine Stunde nachdem Vincent das Firmengelände des Carter-Verlages verlassen hat, beendet Natessa ihre

Arbeit. Als sie gedankenverloren über den Parkplatz des Universitäts-Krankenhauses schlendert, hupt es plötzlich hinter ihr. Vor Schreck springt sie zur Seite und schaut mit finsterer Miene auf den sportlichen Wagen, der neben ihr zum Stehen gekommen ist. Das fröhliche Gesicht des Fahrers lässt sie den Ärger über das Zusammenzucken in derselben Sekunde wieder vergessen.

»Was machst du hier?«, fragt sie überrascht.

»Eine Probefahrt hat sich verselbstständigt und mich hierher geführt.«

»So, so«, erwidert Natessa grinsend. »Du wolltest natürlich ganz woanders hin, aber dein Unterbewusstsein war stärker? Muss ich mir das in der Art vorstellen?«

»Mein Inneres weiß eben, was gut für mich ist. Wie sieht es mit deinem aus – Lust auf eine Tour in die Hollywood Hills?« Als sie nickt, springt Enrique aus dem Fahrzeug, nimmt sie zur Begrüßung kurz in den Arm und führt sie dann zur Beifahrerseite, wo er die Tür mit einer galanten Verbeugung für sie öffnet. »Ma'am...«

»Danke, Sir«, geht sie lächelnd auf seine Förmlichkeit ein. »Wie lange darfst du diesen Wagen Probe fahren und was willst du überhaupt mit einem Auto? Du hast doch dein Motorrad«, hakt sie nach, als er vom Parkplatz auf die Straße abbiegt.

»Er steht mir den ganzen Tag zur Verfügung. Gefällt er dir? Ist doch viel bequemer für dich als auf dem Motorrad«, erläutert Enrique mit einem Augenzwinkern.

Natessa dämmert, was hinter dem geplanten Kauf steckt. Ihre Augen weiten sich, mit gemischten Gefühlen betrachtet sie ihren Begleiter.

»Tu das nicht, Rick«, flüstert sie. Die Worte kommen so leise über ihre Lippen, dass sie vom Motorengeräusch geschluckt werden. Da Enrique auf den Verkehr achtet, bekommt er davon nichts mit. Gut gelaunt und glücklich über die Gesellschaft steuert er das Fahrzeug aus der Stadt hinaus in Richtung des Hollywood-Schriftzuges.

»Du bist so still, hattest du einen anstrengenden Tag?«, erkundigt er sich. Da sie an einer Ampel warten müssen, umfasst er sanft eine ihrer Hände. »Die Aussicht auf die Stadt und die Ruhe werden dir guttun.«

»Mir geht nur viel im Kopf herum«, antwortet sie. Ihr Blick liegt dabei auf dem Kontakt ihrer Hände. Das stetige Streichen seines Daumens über ihre Haut erinnert sie an Vincent, der das auch immer getan hat. Ein Schaudern erfasst sie bei dem Gedanken. »Kaufst du den Wagen wegen mir?«, platzt es schließlich aus ihr heraus, um sich von der Erinnerung zu befreien.

»Nur zum Teil«, gibt er zu. »Ich liebäugle schon länger mit dem Flitzer. Bisher fehlte mir allerdings der letzte Antrieb zuzuschlagen.«

Seufzend nimmt Natessa die Antwort zur Kenntnis. Ihr missfällt der Grund für Enriques Entscheidung, sich ein Auto anzuschaffen – noch dazu so ein sportliches Modell, das sicher seinen Preis hat.

›Glaubt er, dass er mir für unsere Unternehmungen etwas bieten muss? Wird er dafür einen Kredit aufnehmen?‹, geht es ihr durch den Kopf. Ein Thema, das in den letzten Tagen in ihrer Familie zu zahlreichen Diskussionen geführt hat. Vor allem darüber, ob sie Vincents Angebot annehmen wird, um eine besser bezahlte Tätigkeit zu bekommen.

»Was ist aus unserer Abmachung geworden?«, wirft sie ein. Enrique, der sich inzwischen wieder aufs Fahren konzentriert, schaut sie kurz fragend an. »Keine Verpflichtungen, keine Erwartungen«, erinnert sie ihn. Erneut greift er nach ihrer Hand, um sie beruhigend zu drücken.

»Ich kann ihn jederzeit wieder verkaufen – sogar gewinnbringend, wenn ich ihn ein wenig aufmotze«, versichert er. »Sieh es als Investition an, die mir Spaß macht. Außerdem gefällt es mir, dass wir uns unterhalten können, wenn wir etwas zusammen unternehmen.«

»Diesen Komfort hätten wir auch mit meinem Wagen«, argumentiert sie.

»Ja, das stimmt.« Nachdenklich wirft er einen weiteren

Seitenblick auf Natessa. Dabei fragt er sich, warum sie so ein Problem damit hat, dass er sich ein Auto zulegen möchte. »Ich träume wirklich schon lange von so einem Modell«, fügt er schließlich hinzu. »Der Kauf ist keine Verpflichtung, die unsere Abmachung bricht. Der Preis entspricht meinen Vorstellungen, die Gelegenheit ist günstig und was am besten ist: Ich kann ihn mir leisten.«

Vor allem das letzte Argument beruhigt Natessa. Ihre angespannte Haltung löst sich. Der Unmut über ihre voreilige Annahme, der zwischen ihnen aufgelebte Kontakt habe den Ausschlag für seinen Kaufentschluss gegeben, verfliegt mehr und mehr.

›auch er hat ein Recht darauf, Dinge so zu regeln, wie er es für richtig erachtet!‹ Mit einem Lächeln signalisiert sie ihm, dass sie ihn versteht und die Anschaffung okay für sie ist. Beruhigt lenkt Enrique seine Aufmerksamkeit wieder auf den Verkehr. Natessa hingegen hängt weiter ihren Gedanken nach.

Obwohl sie versucht, sich mit dem Blick auf die Umgebung abzulenken, schleicht sich die Verkündung der Absicht, Vincents Angebot anzunehmen, nach kürzester Zeit zurück in ihre Überlegungen.

Die Lippen werden zu einer schmalen Linie, als sie sich an den energischen Protest der Familienmitglieder erinnert, die gemeinsam mit Rebecca auf sie eingeredet hatten. Dass man ihr nicht zugestehen wollte, eine eigenständige Entscheidung zu treffen, wurmt sie dabei am meisten. Ein Vorhaben, das sie trotz der Gegenargumente und Warnungen noch nicht abgehakt hat. Nicht nur, weil es die finanzielle Situation der Familie verbessern würde. Ein Teil von ihr sehnt sich danach, an Vincents Seite zu sein, und sei es auch nur beruflich.

Am Hollywood-Zeichen angekommen stoppt Enrique den Motor.

»Warte«, fordert er seine Begleiterin auf, als sie die Tür

öffnen will. Er steigt aus, geht zum Kofferraum, aus dem er etwas herausholt. Mit einem Picknickkorb in der Hand macht er die Beifahrertür auf. Seine warmen Finger umfassen die ihren, als er ihr gentlemanlike beim Aussteigen hilft. Verwunderung zeichnet sich bei Natessa angesichts des Korbes ab. »Allzeit bereit«, kommentiert er ihr Erstaunen mit einem breiten Grinsen.

»Du bist unglaublich«, freut sie sich über seine Idee. Schlagartig stellt sich bei ihr ein Hungergefühl ein. Sie ist gespannt, was Enrique aus dem Korb hervorzaubern wird.

Händchen haltend machen sie sich auf den Weg zu dem Platz unter dem Y des Schriftzuges. Den ungestörten Blick auf die Stadt empfindet Natessa als atemberaubend. Dass sich in dem Weidenkorb zuoberst sogar eine karierte Decke befindet, die sie auf einem Felsbrocken mit ebener Oberfläche ausbreiten, steigert ihre gute Stimmung noch mehr. Die Hilfe bei einigen Cateringaufträgen ihrer Mutter hat sie ein Auge für stilvolle Details entwickeln lassen. Daher fällt ihr sofort auf, dass die Servietten, Gläser und Schüsseln farblich aufeinander abgestimmt sind. Unwillkürlich fragt sie sich, wer Enrique bei der Zusammenstellung geholfen hat.

Der späte Nachmittag in den Hollywood Hills verläuft so, wie Enrique sich das erhofft hat. Immer wieder wirft er zwischen den Gesprächen einen verstohlenen Seitenblick auf Natessa, wenn diese die Aussicht genießt. Ohne den verletzten Ausdruck, der sie beim ersten Besuch an seinem Lieblingsort gequält hat, wirkt sie anziehender denn je auf ihn. Doch er startet keinen Annäherungsversuch, weil er spürt, dass es zu früh ist.

›Irgendwas hat sie während der Fahrt beschäftigt. Ich hoffe, dass es nichts mit Harper zu tun hat. Er hat ihr genug angetan. Sie sollte keinen weiteren Gedanken an ihn verschwenden‹, geht es Enrique durch den Kopf.

Mit einer Geschichte über einen kuriosen Vorfall, der sich vor ein paar Tagen in der Werkstatt ereignet hat, vertreibt er die Überlegung. Die lockeren Themenfelder, die sie daraufhin durchpflügen, lassen sie gemeinsam lachen oder gespielt schockiert die Augen verdrehen. Erst als die Dämmerung hereinbricht, machen sie sich gut gelaunt auf den Heimweg.

»Danke, der Ausflug war eine schöne Idee von dir. Beim nächsten Mal sorge ich für die Verpflegung, inklusive Muffins. Ich habe nicht vergessen, dass ich sie dir noch schulde«, erklärt Natessa, als Enrique neben ihrem Auto auf dem Parkplatz des Universitäts-Krankenhauses hält.

»Du schuldest mir gar nichts, Natessa. Mir hat die Zeit mit dir viel Spaß gebracht. Sehen wir uns in ein paar Tagen?« Hoffnung zeichnet sich in seinen Augen ab. Nickend sagt sie zu, was ein Strahlen bei ihm auslöst. Zu seiner Überraschung beugt sie sich zudem zu ihm hinüber und haucht ihm einen Kuss auf die Wange.

»Soll ich dich wirklich nicht nach Hause fahren? Es macht mir nichts aus, dich morgen abzuholen und hierherzubringen«, bietet er an.

»Es geht schon«, lehnt sie mit einem Lächeln ab. »Ich bin ja gut gestärkt«, fügt sie mit einem Augenzwinkern hinzu. »Bye, Rick.«

»Bye«, wirft er zurück.

Eine halbe Stunde später parkt Natessa ihren Wagen auf der Auffahrt des Familiengrundstücks. Als sie durch die Hintertür in die Küche tritt, schauen Simone und Rebecca ihr entgegen.

»Du kommst spät«, stellt ihre Cousine nach einem Blick auf die Uhr fest.

»Hast du es getan?«, vervollständigt Rebecca die eigentliche Frage, die beide bis zu Natessas Ankunft diskutiert haben.

»Ich freue mich auch, euch zu sehen und ja danke, ich hatte einen guten Arbeitstag. Wie war es bei euch?«, erkundigt Natessa sich mit einem Augenzwinkern.

»Tess«, stöhnt Simone auf. »Nun spann uns nicht auf die

Folter. Warst du bei ihm?«

»Bei wem?«, stellt ihre Cousine sich mit einem gespielt fragenden Gesichtsausdruck dumm. Ihre Laune ist nach dem harmonischen Ausflug mit Enrique hervorragend. Diese will sie sich nicht durch eine weitere ermüdende Diskussion darüber, ob es klug ist, Vincents Jobangebot anzunehmen, verderben lassen.

»Wenn du mich fragst, ist ihre Stimmung zu gut für einen aufregenden Besuch bei ihrem Ex-Freund«, schätzt Daniels Freundin die Lage richtig ein.

»Enrique hat mich spontan zu einem Ausflug eingeladen«, löst Natessa schließlich das Rätsel um ihre späte Heimkehr auf. »Was das andere Thema angeht, könnt ihr euch jeden weiteren Kommentar sparen. Ich habe noch keine Entscheidung getroffen.«

Als ihre Cousine für eine Antwort Luft holt, hebt sie eine Hand, um diese zu unterbinden. Der Ausdruck in ihren Augen wird streng, geradezu unerbittlich. Auf dieselbe Art hatte ihre Mutter sie angesehen, als sie festlegte, dass der Vorschlag nicht infrage kommt. Aber Simone wäre nicht Simone, wenn sie sich durch eine Geste und einen durchdringenden Blick von einer Bemerkung abhalten ließe. Ihre Mundwinkel verziehen sich zu voller Breite, der Glanz in den Augen beruht aus einer Mischung von Freude und Neugier.

»Enrique?«, quietscht sie, während sie begeistert in die Hände klatscht. »Ich finde es gut, dass du etwas mit ihm unternimmst. Er ist ein netter Kerl. Erzähl, was habt ihr gemacht? Wir wollen Details … viele Details.«

»Er ist nur ein Freund, der mich zu einem Picknick eingeladen hat. Mehr gibt es darüber nicht zu berichten.« Mit einem Grinsen kommentiert Natessa den enttäuschten Schmollmund ihrer Cousine. »Wo sind Mom und Dan?«, versucht sie das Thema zu wechseln.

»Bei der Bank«, erwidert Simone knapp. Die Worte erinnern Natessa an das Gespräch zwischen ihrem Bruder und der Mutter am Morgen. Die beiden hatten gehofft, dass sie kurzfristig einen Termin bekommen, um die Finanzierung der Anteile von Melindas Cateringfirma abzuklären.

»Es wird schon mit einem Kredit zu akzeptablen Konditionen klappen«, äußert Rebecca in ihre Richtung. »Wartet doch in Ruhe ab, bis sie euch das Ergebnis mitteilen.«

Die Bemerkung zwischen den Zeilen kommt bei Natessa an, aber sie geht nicht darauf ein. Ihr Vorsatz, die Entscheidung über ihre berufliche Zukunft nicht weiter mit ihrer Familie zu diskutieren und auch nicht von dem Kredit abhängig zu machen, sondern sie letztlich einfach zu treffen, steht für sie fest. Der Entschluss, Vincent aus dem Weg zu gehen, wackelt von Tag zu Tag mehr.

›Vielleicht ergeht es mir wie Enrique und ich brauche nur einen letzten Stupser, um den Schritt zu wagen.‹

*****

Am Samstagabend bereiten sich Vincent und Maya auf das Treffen mit der Familie vor. Die Tatsache, dass ihre Erkrankung dabei im Mittelpunkt stehen wird, lässt Maya immer unruhiger werden. Vor allem die Reaktion ihres Vaters macht ihr Angst.

»Er wird das nicht verstehen«, äußert sie ihrem Mann gegenüber.

»Mach dir keine Sorgen«, versucht Vincent sie zu beruhigen. »Es wird vielleicht nicht einfach für ihn, aber er ist dein Vater und liebt dich. Nichts wird das gute Verhältnis zwischen euch trüben. Schon gar nicht eine Krankheit, die du bekämpfen und in den Griff bekommen wirst.«

»Du kennst ihn nicht so gut«, widerspricht sie. »Die Verantwortung für das Magazin wird er mir auf jeden Fall entziehen. Dabei macht mir die Arbeit daran so viel Spaß.«

»Genau deshalb wird er dich auch weiterhin unterstützen. Er weiß, wie wichtig dir die Aufgabe ist, dessen bin ich mir sicher.«

In Gedanken fügt Vincent die Hoffnung hinzu, dass sein Schwiegervater sich inzwischen ausführlich über Borderline informiert hat, damit er wohlüberlegt auf die Ankündigung reagieren wird. Preston im Vorfeld eingeweiht zu haben, rechtfertigt er vor sich selbst mit Mayas Angst, die sein Verhalten für ihn mehr als sinnvoll und erforderlich erscheinen lässt. Das schlechte Gewissen, dies hinter dem Rücken seiner Frau getan zu haben, schiebt er beiseite. ›Es war richtig, zu ihrem Wohl.‹

»Ich wünschte, wir müssten sie nicht einweihen. Können wir nicht einfach zusammen essen und es ihnen erst sagen, wenn es mir besser geht?«, bittet sie. Eine Frage, die sie ihm in den letzten anderthalb Tagen immer wieder gestellt hat.

Mit einem aufmunternden Lächeln nimmt Vincent Maya in den Arm. Seine Finger streichen beruhigend über ihren Rücken, während er ihr zuflüstert, dass sie es gemeinsam schaffen werden. Nachdem er sich von ihr gelöst, die Hände um ihr Gesicht gelegt und ihr tief in die Augen geschaut hat, wiederholt er die Worte, die er wie ein Mantra einsetzt – nicht nur seiner Frau gegenüber, sondern auch für sich selbst.

»Okay«, flüstert sie. Dabei rollt eine Träne ihre Wange hinab, die er zärtlich wegküsst. Mit einem zögerlichen Lächeln befreit sie sich aus seinem Griff. »Ich gehe kurz nach oben, um mich frisch zu machen.«

»Du siehst wunderschön aus«, versucht Vincent sie nach einem Kuss auf die Lippen aufzumuntern. Als sie sich umdreht, sieht er ihr hinterher. Innerlich seufzend beobachtet er, wie sie mit hängenden Schultern in Richtung Treppe geht. »Wir schaffen das«, murmelt er mit leiser Stimme.

Eine Viertelstunde später fragt Vincent sich, wie lange es noch dauert, bis seine Frau ihr Make-up in Ordnung gebracht hat. Das Hausmädchen hat die Vorbereitungen im Esszimmer bereits abgeschlossen, die Gäste werden bald eintreffen. Er beschließt, nach ihr zu sehen.

Als er das Schlafzimmer betritt, in dem Maya vor der

Frisierkommode sitzt, verziehen sich seine Mundwinkel zu einem Lächeln. Selbst von hinten kann er erkennen, dass es nicht nur um die Erneuerung des Make-ups ging. Ihr Kleid liegt auf dem Bett; eine weite Bluse, die zu einem Ensemble gehört, ziert ihren Oberkörper. Die passenden Schuhe stehen neben dem Stuhl bereit.

Maya lächelt ihm im Spiegel zu, als ihre Blicke sich treffen. Sie greift zu einem Kamm, um die Haare zu richten. Der Ärmel, dessen Knopf noch nicht geschlossen ist, rutscht beim Anheben des Arms Richtung Ellenbogen und gibt damit die Sicht auf den Unterarm frei. Stirnrunzelnd betrachtet Vincent den schlecht sitzenden Verband.

›Was zum Teufel ist passiert? Ich habe ihr die Wunde doch nach unserem gemeinsamen Bad frisch verbunden.‹ Im nächsten Moment entdeckt er den Blutfleck, der die Mullbinde an einer Stelle durchdringt. ›Heilige Scheiße, nicht schon wieder!‹

Mit schnellen Schritten durchquert er den Raum. Maya sieht lächelnd zu ihm auf, als er neben ihr stehen bleibt. Ihre Miene friert jedoch ein, als er ihren Arm ergreift und anfängt, den Verband abzuwickeln. Ein tiefer Hauteinriss kommt zum Vorschein, der nicht einmal mit einer Wundauflage abgedeckt wurde.

»Es tut mir leid«, flüstert sie unter Tränen. Nickend presst Vincent die Lippen aufeinander. Einen Augenblick später hat er sich gesammelt. Während er mit einer sauberen Stelle des Verbands Druck auf die immer noch blutende Wunde ausübt, wird seine Miene milder. Dennoch spürt er Mayas Angst mit voller Wucht, was ihm einen eiskalten Schauer über den Rücken jagt. Behutsam legt er die freie Hand seitlich an ihren Kopf und reibt mit dem Daumen über ihre Wange. Dankbar schmiegt sie sich in seine Handinnenfläche.

»Wir bringen das wieder in Ordnung«, versichert er ihr. Sie nickt zustimmend. »Drück bitte auf diese Stelle. Ich hole sauberes Verbandmaterial.«

Ein paar Minuten später knöpft Vincent die Verschlüsse an den Ärmelenden der Bluse zu. Nichts deutet mehr auf die erneute Selbstverletzung hin, die Maya in ihrem Angstzustand vollzogen hat. Sanft tupft er die verräterischen Tränenspuren auf ihren Wangen weg.

»Ich brauche einen Moment für den Lidstrich«, sagt sie nach einem Blick in den Spiegel.

»Obwohl du auch so wunderschön aussiehst?«, antwortet er mit einem Lächeln. »Ich räume das hier weg«, erklärt er mit einem Fingerzeig auf die Utensilien, die von der Versorgung der Wunde herumliegen. »Dann können wir gemeinsam hinuntergehen. Unsere Gäste werden bald da sein.«

Als sie das Schlafzimmer verlassen, umfasst Vincent Mayas Hand. Am Treppenabsatz bleibt er stehen und wendet sich ihr zu.

»Wenn du wieder Angst bekommst, gib mir Bescheid. Wir bekämpfen sie dann gemeinsam, du brauchst den Schmerz dafür nicht. Ich bin für dich da; ebenso wie dein Dad, meine Eltern oder Aidan es sein werden.«

»Ich versuche es«, verspricht sie leise.

»Du wirst es schaffen«, versichert er ihr im Gegenzug. Sie nickt vage, beugt sich vor und berührt mit ihren Lippen seinen Mund. Sein Arm legt sich um ihre Taille, als er den Kuss zärtlich erwidert.

Der Familienabend beginnt ruhig. Die Gäste lassen sich von Maya durchs Haus führen, die die Hand ihres Ehemannes dabei nicht loslässt. Immer wieder sucht sie Augenkontakt zu ihrem Vater, der jedes Mal mit einem Lächeln antwortet.

Nach dem Essen erzählen die Gastgeber kurz von ihren Flitterwochen, ehe Vincent das eigentliche Thema anspricht. Sie haben im Wohnzimmer auf den Sofas Platz genommen, von denen man einen freien Blick auf den Garten des Anwesens hat. Doch niemand schaut hinaus, alle Augenpaare sind auf Vincent und seine Frau gerichtet. Als ihr Mann beginnt, von ihrer Krankheit zu berichten, rückt Maya dicht an ihn heran. Mit beiden Händen umklammert sie seinen Arm, während sie ihren Vater anschaut. Preston lässt sie ebenfalls nicht aus den Augen, besorgt beobachtet er bereits den ganzen Abend jede ihrer Regungen. Ihm missfällt dabei besonders, wie sehr sie auf ihren Ehemann fixiert ist.

Als Vincent seine Erklärung beendet, atmet Preston tief durch. Mayas ängstlicher Ausdruck, ihre unruhig flatternden Augenlider, die verkrampfte Haltung gehen ihm durch Mark und Bein. Zum ersten Mal seit Vincents Besuch in seinem Büro am Vortag ist er ihm dankbar für die Vorwarnung. Durch die Gespräche, die er noch am selben Tag mit zwei Experten geführt hat, weiß er, dass seine erste Reaktion für Maya sehr wichtig sein wird. Vorsichtig streckt er eine Hand in Richtung seiner Tochter aus, die diese sofort ergreift.

»Ich bin froh, dass ihr uns davon erzählt habt«, beginnt er mit einem Lächeln. »Natürlich werde ich alles tun, um dir … euch … zu helfen. Du kannst auf meine Unterstützung zählen. Immer, Darling, vergiss das nicht.«

Die Tränen laufen Maya über die Wangen, als sie aufsteht und ihrem Vater schluchzend um den Hals fällt. Er erhebt sich daraufhin, um sie noch fester in den Arm nehmen zu können. Seine Hand streicht über ihren Rücken, während die Augen auf Vincent gerichtet sind. Die beiden Männer tauschen einen stillen Blick aus. Mit einem kurzen Nicken bedankt Preston sich bei seinem Schwiegersohn, der mit einem ehrlichen Lächeln antwortet.

Die Reaktionen von Vincents Familienmitgliedern fallen ähnlich aus. Keiner von ihnen lässt sich anmerken, dass er im Vorfeld über die Bedeutung des Abends informiert war.

»Ich habe deine Mutter vorgewarnt«, flüstert Jason seinem Sohn ins Ohr, als er ihm die Hilfe aller versichert und

Vincent ihn dafür in eine Umarmung zieht.

»Mir fehlte die Zeit für ein persönliches Gespräch mit ihr und am Telefon wollte ich es nicht mitteilen«, erwidert er entschuldigend.

»Sie versteht das.«

Ein Satz, der Vincent im ersten Moment beruhigt – bis er die zusammengekniffenen Lippen seiner Mutter bemerkt.

»Mom«, holt er sie aus ihren Gedanken. »Ist alles okay? Du siehst … bestürzt … aus. Tut mir leid, dass ich es dir nicht persönlich im Vorfeld sagen konnte, aber Maya hat all meine Aufmerksamkeit gebraucht.«

»Natürlich, du brauchst dich nicht zu entschuldigen«, erwidert sie. Fast unmerklich schüttelt sie den Kopf, um sich von etwas loszueisen, an das sie gedacht hat, bevor ihr Sohn an ihre Seite getreten ist. Lächelnd schaut sie zu ihm auf. »Ich werde dich und Maya unterstützen, wo ich kann.«

›Vor allem werde ich dafür sorgen, dass dir die kleine Miss Morgan nicht zu nahe kommt‹, fügt sie im Stillen hinzu. Ein Vorsatz, der sie in den letzten Tagen bereits beschäftigt hat, und für den sie glaubt, eine Lösung gefunden zu haben.

Aidan ist der Nächste, zu dem Vincent sich gesellt.

»Es ist also wirklich Borderline«, wiederholt sein Bruder den Namen der Krankheit. »Da kommt einiges auf dich zu. Bist du sicher, dass du das durchhältst?«

»Ich bin mir meiner Verantwortung durchaus bewusst.«

»Ausflüge zu Ex-Freundinnen wirst du dir verkneifen müssen, ebenso wie Abstecher in fremde Hotelzimmer. Sich nur auf eine Frau zu konzentrieren, entspricht so gar nicht deinem Stil, großer Bruder. Ich werde genau beobachten, wie du dich schlägst.«

»Tu, was du willst. Aber gnade dir Gott, falls du Maya durch irgendwelche Bemerkungen verunsicherst. Sie braucht Zuspruch, keine Zweifel. Wenn du das nicht kannst, halte dich von ihr fern. In dem Fall verzichten wir auf deine Unterstützung.«

Aidan verschränkt die Arme vor der Brust. Fassungslos

starrt er seinen Bruder an. Bevor er jedoch etwas erwidern kann, kommt Jason zu ihnen. Er legt jedem seiner Söhne eine Hand auf die Schulter und sieht von einem zum anderen.

»Maya ist sehr froh, dass alle Verständnis zeigen und ihr beistehen wollen. Preston weicht nicht mehr von ihrer Seite, was ihr guttut.« Mit dem Kopf weist er zum Kamin, wo die beiden zusammen mit Lizzy stehen. Mayas Haltung hat sich entspannt, ihre Hand liegt locker in der ihres Vaters.

Jason drückt die Schultern seiner Söhne, die sich ihm daraufhin wieder zuwenden. Sein Blick ruht auf Aidan. Nachdenklich betrachtet er seinen Zweitgeborenen, dem er anmerkt, dass der Abend nicht leicht für ihn ist.

»Kannst du ihr noch ein Freund sein?«, fragt er ihn freiheraus. »Jeder hier im Raum würde es verstehen, wenn das nach allem, was Maya getan hat, zu viel verlangt ist.«

Die Stirn seines Sohnes legt sich in Falten. Eine Antwort bleibt er schuldig, da ihn die direkte Frage überrascht und ins Grübeln bringt. Bevor er von der bis dato noch vorläufigen Diagnose wusste, hatte er sich geschworen, Maya niemals zu verzeihen. Sie hatte ihm so vieles verschwiegen, ihn nicht in alles eingeweiht. Aber waren das nicht schon die Symptome ihrer Störung? Musste er die Sache nicht in einem anderen Licht betrachten? Seine spontane Reaktion war in Mayas Richtung gegangen. Der Besuch bei ihr hatte unterdrückte Gefühle zurückgeholt, doch die Unbefangenheit ihr gegenüber war nicht mehr da.

»Denk in Ruhe darüber nach«, rät Jason ihm schließlich. Dankbar nickt Aidan ihm zu und auch Vincent atmet erleichtert über das rechtzeitige Einschreiten seines Vaters in die sich anbahnende Auseinandersetzung auf.

*****

Später am Abend hakt Lizzy sich bei ihrem Mann unter, als sie gemeinsam vom Auto zum Eingang ihrer Villa gehen.

»Ich bin dir so dankbar, dass du mich über Mayas Erkrankung in Kenntnis gesetzt hast, bevor wir zu ihr und Vincent gefahren sind.« Bei den Worten schmiegt sie ihre Wange an Jasons Schulter und schaut lächelnd zu ihm auf. »Danke für dein Vertrauen.«

Nachdenklich erwidert ihr Mann das Lächeln. Dabei wird ihm klar, dass sie früher immer alles besprochen haben, was sie bewegte. Egal, ob es sich um Familienangelegenheiten oder Belange der Klinik handelte.

›Wann genau hat das aufgehört?‹, fragt er sich stirnrunzelnd. Eine Reaktion, die Lizzy auf den Plan ruft.

»Worüber machst du dir Sorgen? Glaubst du, dass Maya dem Baby schaden wird?« Auch ihre Stirn legt sich bei der Erwartung einer Antwort in Falten. Bisher hat sie den Nachwuchs als den perfekten Anker für die Ehe ihres Sohnes angesehen. Die Möglichkeit, dass das freudige Ereignis ins Gegenteil umschlagen könnte, behagt ihr nicht.

»Dafür gibt es keine Anzeichen«, beruhigt Jason sie. »Die Schwangerschaft verläuft gut, bis zur Geburt wird Maya noch einige Heilungsfortschritte machen. Außerdem kann ihr die Verantwortung für das Baby zusätzlich helfen. Dieser Ansicht ist auch Dr. Atheno.«

»Ich habe mir den Eheauftakt für unseren Sohn anders vorgestellt«, seufzt Lizzy auf, als sie das Haus betreten. »Hoffentlich bleibt ihm genügend Zeit, um sich auf seine Karriere zu konzentrieren.«

Ihr Mann, der sich der Garderobe zugewandt hat, an die er ihre Jacken hängt, verdreht die Augen. Die Bemerkung ist so typisch für die Frau, die akribisch dafür gesorgt hatte, dass es auf seiner Karriereleiter stetig nach oben ging. Nur die letzte Stufe hatte sie ihm verwehrt – die Zustimmung des Stiftungsrates zur Finanzierung seines Forschungsprojektes.

»Gib ihm erst einmal die Gelegenheit, alles so zu regeln, wie er es für richtig erachtet. Vincents Karriere kann auch noch Sprünge machen, wenn Maya die Störung in den Griff bekommen hat. Misch dich da bitte nicht ein.«

»Das habe ich nicht vor. Vielmehr werde ich die beiden unterstützen, wo ich nur kann. So wie ich es schon immer für die Familie getan habe.«

»Gut«, gibt Jason sich mit der Antwort zufrieden.

»Soll ich uns ein Bad einlassen? Der Abend war anstrengend, mir ist nach etwas Entspannung.«

Kopfschüttelnd lehnt er ab. »Geh du ruhig, ich werde noch einige Unterlagen für morgen durcharbeiten.«

Eine halbe Stunde später durchsucht Jason seinen Schreibtisch nach einem braunen Umschlag, in dem er verschiedene Berichte und Aufstellungen gesammelt hat. Als er nicht fündig wird, überlegt er, ob er die Papiere im Safe eingeschlossen hat. Der Tresor in seinem Büro beherbergt das große Kuvert jedoch nicht. Grübelnd versucht er sich in Erinnerung zu rufen, wann er die Unterlagen das letzte Mal in der Hand hatte.

»Vor ein paar Tagen habe ich mir im Schlafzimmer einige Stellen des neuesten Berichts markiert«, murmelt er vor sich hin. Froh über die Möglichkeit, die Dokumente dort zu finden, macht er sich auf den Weg ins Obergeschoss.

Klassische Musik ertönt aus dem angrenzenden Badezimmer, in dem seine Frau das warme Entspannungsbad genießt. Lächelnd stellt Jason sich vor, wie sie mit geschlossenen Augen im Wasser liegt und den Klängen von Vivaldi lauscht. Leise öffnet er die Tür zum Bad. Wie erwartet bemerkt Lizzy ihn nicht, da sich ihm das vermutete Bild bietet. Sie liegt in der prall gefüllten Wanne, nur der Kopf schaut aus dem Wasser, dessen Oberfläche leichte Wellen beim Atmen wirft. Ihre Augenlider sind geschlossen, die Miene ist entspannt. Ein Anblick, dem er sich sekundenlang hingibt. Erinnerungen steigen dabei auf, von Momenten, in denen er sie zuerst wie jetzt still beobachtet und sich dann zu ihr in die Badewanne begeben hatte. Oftmals war durch seine ungestüme Art ein Teil des warmen Nass' über den Rand geschwappt, aber das war ihnen egal. Viel zu sehr waren sie damit beschäftigt, den Körper des anderen durch zärtliche Berührungen anzuheizen, was immer in einer befriedigenden Fortsetzung im Bett endete.

›Sobald ich die Unterlagen durchgesehen habe, leiste ich ihr Gesellschaft‹, nimmt Jason sich vor, ehe er die Tür wieder schließt. Pfeifend und mit einer gewissen Vorfreude setzt er die Suche fort, für die er ins Schlafzimmer gekommen ist. Auf dem Nachtschrank an seiner Bettseite liegt nur eine Zeitschrift, auch der kleine Tisch und Lizzys Frisierkommode beherbergen das Gesuchte nicht. Stirnrunzelnd bleibt sein Blick an der Tür des Kleiderschranks hängen, in dem ein weiterer Safe untergebracht ist.

›Ein Versuch ist es wert‹, beschließt Jason, ›vielleicht hat Lizzy den Umschlag vorsichtshalber eingeschlossen.‹

Die Kombination ist schnell eingegeben, die Tür des Tresors öffnet sich problemlos. Neben einigen flachen Schmuckschatullen befinden sich mehrere Aktenmappen sowie ein großes Kuvert in den zwei Fächern.

»Dachte ich es mir doch«, freut Jason sich, als er die braune Briefhülle herauszieht. Zufrieden mit seinem Fund macht er sich auf den Rückweg in das Büro im Erdgeschoss.

Dort angekommen schüttet er den Inhalt auf der Schreibtischplatte aus und erstarrt. Von Fotos strahlen ihm die Gesichter der Morgans entgegen. Irritiert sieht er sich die Unterlagen genauer an: Lebensläufe, Einkommensverhältnisse sowie weitere vertrauliche Informationen befinden sich darunter. Am meisten entsetzt Jason dabei, dass es darin nicht nur um Vincents Ex-Freundin geht, sondern offensichtlich alle Familienmitglieder unter die Lupe genommen wurden.

»Was zum Henker hat das zu bedeuten?«, zischt er, ehe seine Augen ein förmliches Dokument erfassen. Mit stockendem Atem studiert er einen Vertragsentwurf, der augenblicklich Zorn in ihm aufsteigen lässt. Seine Kiefer mahlen, die Hände zerknüllen das Papier, dessen Datum darauf hindeutet, dass es erst am Vortag aufgesetzt wurde. Die Wut kocht in ihm, als er sämtliche Unterlagen aus dem Umschlag zusammenrafft und Sekunden später über den Flur in Richtung Treppe marschiert...

KAPITEL 9

Das Klingeln seines Handys führt dazu, dass Jason auf der Mitte der Treppe innehält, die er erbost hinaufstürmt. Der besondere Ton, der ihm einen Notfall im Krankenhaus signalisiert, hat ihn augenblicklich aufgehalten. Gereizt nimmt er das Gespräch an. Keine zehn Sekunden später läuft er die Stufen wieder hinunter, greift nach den Autoschlüsseln und rennt zu seinem Wagen.

Ein Patient hat eine der Schwestern angegriffen, was seine sofortige Anwesenheit in der Klinik erfordert. Das Vorknöpfen von Lizzy, um sie wegen der schier unglaublichen Nachforschungen zur Rechenschaft zu ziehen, muss warten.

»Wo ist sie?«, ruft Jason einem Pfleger zu, der ihm auf dem Flur der Notaufnahme entgegenkommt. Der Angesprochene gibt ihm die Information, worauf ihn der Chefarzt mit den nächsten Fragen bombardiert. »Wie geht es ihr? Ist sie stabil?«

Das Kopfschütteln des Pflegers lässt ihn Schlimmes erahnen. Hektisch rennt er weiter in Richtung der Operationsräume. Einer der Assistenzärzte kann ihm dort Details geben, die seine Sorgen nicht zur Ruhe bringen.

»Ein tiefer Stich in den Oberschenkel, der die Arteria femoralis verletzt hat. Der Blutverlust war extrem, aber zum Glück hat Dr. Harris gleich eingegriffen und die Stelle abgebunden. Er operiert Karen bereits. Soll ich nachfragen, wie es läuft, Sir?«

»Nein«, lehnt Jason ab. »Ich möchte seine Konzentration nicht stören. Halten Sie hier die Stellung, um alles zu beobachten. Wenn es Komplikationen gibt, will ich sofort informiert werden. Wo ist der Patient, der Karen angegriffen hat? Kennen wir die Gründe für seine Tat?«

Der junge Arzt schüttelt bei der letzten Frage den Kopf.

Seine Kenntnis beruht lediglich darauf, dass der Mann überwältigt und ruhiggestellt wurde.

Auf dem Weg zurück in die Notaufnahme macht Jason an der Information halt. Mehrere Schwestern und Ärzte unterhalten sich dort aufgeregt über den Vorfall. Einige stieben geschäftig davon, als sie den Chefarzt erblicken. Jason ignoriert es und wendet sich an eine der Schwestern.

»Rufen Sie bitte meinen Sohn Aidan an, damit er herkommt. Er soll sich darum kümmern, dass alles Erforderliche in die Wege geleitet und die richtigen Stellen informiert werden.«

»Das erledige ich sofort, Dr. Harper. Darf ich fragen, wie es Karen geht?«

»Sie ist noch im OP, mehr kann ich momentan nicht sagen. Sorgen Sie dafür, dass keine Gerüchte gestreut werden. Wenn jemand Näheres wissen will, soll er oder sie direkt zu mir kommen. Ich möchte nicht, dass Informationen nach außen dringen, die nicht von mir oder meinem Sohn autorisiert wurden.«

»Selbstverständlich, Sir.«

Jason will sich schon abwenden, um nach dem Patienten zu sehen, der den Vorfall ausgelöst hat, als ihm noch etwas einfällt. Eine tiefe Furche bildet sich zwischen seinen Augenbrauen. Doch er versucht den Ärger hinunterzuschlucken, bevor er sich erneut an die Schwester wendet.

»Geben Sie bitte auch meiner Frau Bescheid, dass sich ein Notfall ereignet hat. Ich bin in der Eile nicht dazu gekommen.« Bei dem Gedanken an Lizzy vertieft sich die Stelle oberhalb seines Nasenrückens weiter. Es fällt ihm schwer, sich nicht in dem Entsetzen und der Wut über das Entdeckte zu verlieren.

›Die Belange der Klinik haben absoluten Vorrang‹, ermahnt er sich. Ein Vorsatz, den er gleich darauf in die Tat umsetzt, indem er sich nun endgültig auf den Weg zu dem Patienten macht.

Im Krankenzimmer, in dem der Angreifer untergebracht ist, stehen neben einem Sicherheitsmann zwei weitere Angestellte des Krankenhauses zusammen. Einer von ihnen ist Dr. Atheno, der etwas im Krankenblatt notiert. Als er Jason bemerkt, schaut er auf.

»Kennen Sie den Mann, Chad?«

»Ja, er ist vor einem Jahr für ein paar Wochen in der psychiatrischen Abteilung behandelt worden. Wir haben seinerzeit Schizophrenie diagnostiziert und eine Unterbringung in einer Einrichtung empfohlen.«

»Wie ist es zu dem heutigen Vorfall gekommen?«, will Jason wissen. Der Assistenzarzt, der neben Dr. Atheno steht, gibt dazu Auskunft.

»Er hat eine leichte Verbrennung am Arm, die von Schwester Karen verbunden werden sollte, nachdem Dr. Harris sich die Wunde angeschaut hatte. Bei der ersten Berührung mit der Brandsalbe zog der Mann plötzlich ein Messer. Bevor wir einschreiten konnten, hatte er bereits zugestochen.«

»Eine Blutprobe ist im Labor«, ergänzt Chad. »Ich vermute, dass er seine Medikamente nicht nimmt oder, was noch schlimmer wäre, Drogenmissbrauch. Das würde das Gewaltpotenzial erklären.«

Seufzend schaut Jason sich den Patienten näher an. Die verabreichten Beruhigungsmittel haben den Mann in eine Art Dämmerzustand versetzt. Trotzdem ordnet der Chefarzt eine Fixierung an den Handgelenken an, um die Gefahr weiterer Übergriffe einzudämmen. Die glasigen Augen gefallen ihm ganz und gar nicht, ebenso wenig wie ein leichtes Zucken der rechten Hand, das immer wieder kurz auftritt.

»Wurde die Polizei oder die Einrichtung verständigt?«, will er wissen. Kopfschüttelnd verneinen die beiden Ärzte.

»Ich versuche herauszufinden, ob er überhaupt in einem Pflegeheim untergekommen ist«, bietet Dr. Atheno an, was der Chefarzt befürwortet. Dem Assistenzarzt legt er auf, den Patienten weiter zu überwachen. »Achten Sie besonders auf Anzeichen von Epilepsie. Sollte es Probleme geben, will ich umgehend informiert werden.«

Nachdem er die besorgte Frage der Kollegen nach dem Zustand der Schwester beantwortet hat, macht er sich auf den Weg zu seinem Büro. Dort hat er sich soeben erkundigt, ob die Operation schon beendet ist, als Aidan das Zimmer betritt.

»Was ist passiert?«, fragt er. Seine Haare sind ungewöhnlich zerzaust, so als hätte er sie sich mehrfach gerauft. Dem widerspricht jedoch die äußerliche Ruhe, die er trotz der Aufregung, die in der Klinik momentan vorherrscht, ausstrahlt.

Mit wenigen Sätzen informiert sein Vater ihn über die Geschehnisse. Aidan nickt mehrmals und fängt dann an, das weitere Vorgehen zu strukturieren.

»Ich kümmere mich um die Meldungen an die zuständigen Behörden. Konzentrier du dich auf das Medizinische«, legt er fest. »Soll ich Mom herbitten, damit sie uns hilft?«

Der Nachrichtenton des Handys hält Jason von einer Antwort ab. Er springt auf, als er liest, dass die Operation erfolgreich beendet wurde.

»Die OP ist vorbei, man bringt sie soeben auf die Intensivstation. Du findest mich dort, wenn etwas ist.« An der Tür angekommen dreht er sich noch einmal zu Aidan um. »Sehen wir zu, dass wir die Angelegenheit alleine bewältigen. Weitere Aufregung in der Familie ist nicht nötig.«

Ein paar Stunden später treffen die beiden im Flur des Intensivbereichs erneut aufeinander. Jason sieht man die Erschöpfung an. Der große Blutverlust hat bei der Schwester zweimal zu Komplikationen geführt, die ein Eingreifen erforderlich gemacht haben.

»Wie geht es ihr?«, erkundigt sein Sohn sich.

»Vor einer Stunde hätten wir sie fast verloren, aber sie ist dem Tod noch einmal von der Schippe gesprungen. Momentan ist ihr Zustand stabil. Max ist jetzt bei ihr und überwacht die Werte.« Mit einem matten Lächeln legt er Aidan eine Hand auf die Schulter. »Gehen wir in die Cafeteria? Dort kannst du mir berichten, wie es bei dir aussieht.«

»Willst du dich nicht lieber hinlegen, um ein wenig zu schlafen? Du siehst müde aus. Der Abend war lang und anstrengend, ruh dich doch aus. Wenn Max sich um Karen kümmert, ist sie bestens versorgt.«

»Er ist bereits seit über achtzehn Stunden hier. Auch er braucht Ruhe, vor allem nach der schweren OP, die er hervorragend gemeistert hat. Wir trinken einen Kaffee zusammen und dann löse ich ihn wieder ab, damit er nach Hause fahren kann.«

Aidan weiß, dass er seinen Vater nicht von dessen Vorhaben abbringen wird, egal, was er sagt. Daher nickt er nur und begleitet ihn zum Restaurant, das rund um die Uhr geöffnet ist.

Nur zwei Tische sind besetzt, als sie in der Nähe der Verkaufstheke mit ihren dampfenden Getränken Platz nehmen. Irritiert beobachtet Aidan, wie sein Vater, der den Kaffee gewöhnlich schwarz trinkt, drei gehäufte Löffel Zucker in seinen Becher schaufelt.

»Ist alles in Ordnung, Dad?«

Jason, der gedankenverloren in seinem Getränk herumrührt, schaut zu ihm.

»Ich mache mir wegen der kürzlichen Übergriffe Sorgen. Sollten wir mehr Sicherheitspersonal engagieren?«

»Übergriffe? Mehrzahl?«, wundert Aidan sich.

»Hast du den Vorfall bei Vincent schon vergessen? Auch er hat eine Blessur durch einen Patienten davongetragen, obwohl es bei ihm zum Glück glimpflich ausgegangen ist.« Jasons Bemerkung erinnert Aidan an das Gespräch mit seinem Bruder. Vor allem daran, was sich dabei als Lüge herausgestellt hat. Unruhig reibt er sich mit den Händen über die Oberschenkel. »Habt ihr inzwischen über die Angelegenheit gesprochen? Es ist mir wichtig, dass du deinen Bruder in der jetzigen, für ihn schwierigen Situation unterstützt.«

»Ja, wir haben darüber geredet und ich weiß, was vorgefallen ist«, erwidert Aidan. Eine Antwort, die nicht gelogen ist, aber auch nicht die Wahrheit enthüllt. Aufgrund des erschöpften Zustands seines Vaters beschließt er jedoch, keinen weiteren Wirbel auszulösen, indem er Vincents Lüge offenbart.

›Ich werde schon dafür sorgen, dass mein Bruder sich auf die Frau konzentriert, die ihn am meisten braucht‹, verspricht er sich selbst. Seinen Vater dagegen versucht er zu beruhigen.

»Mach dir nicht so viele Sorgen, Dad. Der Angriff auf Karen war sicher nur ein unglücklicher Einzelfall. Ich glaube nicht, dass wir ihn durch mehr Sicherheitspersonal verhindert hätten.«

Jason reibt sich mehrfach über den Nasenrücken und stimmt ihm schließlich zu: »In Ordnung, belassen wir es bei der jetzigen Personalstärke.«

Erst gegen Mittag des nächsten Tages lässt der Chefarzt sich davon überzeugen, die Intensivstation zu verlassen, wo er in den letzten Stunden persönlich die Werte der verletzten Schwester im Auge behalten hat.

»Sie haben gute Arbeit geleistet, Max«, macht er dem Arzt ein Kompliment, der gekommen ist, um ihn abzulösen. »Ihr Zustand hat sich stabilisiert, die Durchblutung des Beins ist vielversprechend. Karen hat bereits nach Ihnen gefragt«, fügt er mit einem Augenzwinkern hinzu, ehe er Dr. Harris die Patientenakte übergibt.

»Ihr Sohn wartet auf dem Flur auf Sie, Dr. Harper«, informiert Max ihn im Gegenzug. Die Bemerkung über das Interesse der Patientin übergeht er ohne jegliche Regung, stattdessen vergräbt er seine Nase in die Unterlagen.

›Gibt es irgendetwas, das diesem Mann eine Gefühlsregung entlockt?‹, fragt Jason sich, als er den Intensivbereich verlässt.

Auf dem Weg zu seinem Büro wird er von Aidan darüber in Kenntnis gesetzt, dass der Patient, der Karen angegriffen hat, inzwischen von Pflegern einer speziellen Einrichtung abgeholt wurde.

»Die Polizei hat ungewöhnlich lange gebraucht, einen Richter aufzutreiben, der an einem Sonntag den Beschluss für die Einweisung unterschreibt. Sie wollten ihn schon in eine normale Arrestzelle stecken, aber das konnte ich verhindern. Dem Mann muss geholfen werden, der Meinung ist auch Dr. Atheno.«

»Gute Arbeit, mein Sohn«, erkennt Jason wohlwollend an. Vor allem der empathische Einsatz für den Patienten freut ihn. »Hat Chad sich zu den Blutwerten geäußert?«

»Der Laborbericht liegt auf deinem Schreibtisch, ebenso wie die Kopien der Unterlagen, die ich für die Behörden und die Versicherung vorbereitet habe.«

Zufrieden nickend nimmt sein Vater auch diese Information zur Kenntnis. Dabei kneift er sich mehrmals in den Nasenrücken, um die Müdigkeit zu unterdrücken, die ihn mehr und mehr erfasst.

»Danke, Aidan. Dann fahr jetzt nach Hause, damit du wenigstens noch den Rest des Wochenendes genießen kannst.«

»Du solltest mitfahren«, schlägt sein Sohn daraufhin vor. »Deine Erschöpfung ist geradezu greifbar, du brauchst ebenfalls Ruhe.« Nach einem Blick auf die Uhr schüttelt Jason den Kopf.

»Das lohnt sich nicht, in vier Stunden beginnt meine Schicht.«

»Die kann doch ein anderer Arzt übernehmen. Soll ich das für dich regeln?«

Erneut antwortet sein Vater mit einem Kopfschütteln. »Das bringt nur sämtliche Dienstpläne durcheinander. Außerdem ist es nicht nötig. Ich lege mich in meinem Büro hin, sobald ich die Papiere durchgesehen habe.«

»Die Unterlagen können warten«, protestiert Aidan. »Versprich mir, dass du dich durch sie nicht vom Schlafen abhalten lässt.« Der energische Tonfall seines Sohnes, den dieser mit einem vorwurfsvollen, ja nahezu strengen Blick paart, entlockt Jason ein Lächeln.

»In Ordnung« sagt er zu. Dabei klopft er seinem Zweitgeborenen auf die Schulter und deutet mit einer Kopfbewegung in Richtung Ausgang an, dass Aidan sich auf den Heimweg machen soll.

Anstatt sich direkt auf den Weg in sein Büro zu machen, verlässt Jason das Krankenhaus durch einen der Seitenausgänge, in dessen Nähe er den Wagen geparkt hat. Zehn Minuten später sitzt er am Schreibtisch in seinem Chefarztzimmer und geht noch einmal die Unterlagen durch, die er bei seinem hektischen Aufbruch kurzerhand in den Fußraum der Beifahrerseite geschmissen hatte. Die erneut aufkeimende Wut wird von der bleiernen Müdigkeit gebremst, die ihn immer mehr erfasst.

»Warum nur hast du das getan, Lizzy?«, murmelt er vor sich hin.

Obwohl ihm jetzt, da die Aufregung über den Vorfall in der Klinik abgeklungen ist, fast die Augenlider zufallen, greift er zum Telefon…

*****

Bei den Morgans sitzt Natessa zur selben Zeit mit ihrer Mutter im Wohnzimmer zusammen. Emilia klappt schließlich die Mappe zu, in welche sie Notizen vom Cateringauftrag des Vortages geschrieben hat. Das raschelnde Geräusch lässt die Tochter von der Zeitschrift aufblicken.

»Das letzte Mal, dass du für Melinda tätig geworden bist. Den nächsten Auftrag wirst du für deinen Mehrheitsanteil machen«, kommentiert sie. Die Stirn ihrer Mutter legt sich daraufhin in Falten, die Lippen sind nur noch als schmale Linie zu erkennen. Besorgt beugt Natessa sich vor und legt eine Hand auf den Arm von Emilia. »Hast du Bedenken?«

»Was ist, wenn die Leute uns nicht buchen, weil der Laden nicht mehr Melinda gehört?«

»Mom«, seufzt Natessa auf. »Die Kunden sind von den Arrangements, dem Essen und dem Service überzeugt. All diese Dinge hast du zu einem großen Teil geprägt. Es wird egal sein, wessen Name auf dem Eigentümerschild steht.«

»Aber Melinda hat viele Verbindungen. Wenn mal eine Lücke entstand, wusste sie immer, wen sie ansprechen konnte«, wirft Emilia ihre Bedenken in den Raum. Ein Argument, das Natessa zwar mit einer laschen Handbewegung beiseiteschiebt, das ihr jedoch auch zu denken gibt.

›Der Job bei Vincent wird uns durch solche Durststrecken bringen‹, überlegt sie sich. Ihrer Mutter gegenüber äußert sie den Gedanken allerdings nicht.

»Wir kommen über die Runden, die Familie hat schon ganz andere Engpässe bewältigt. Außerdem bin ich davon überzeugt, dass keine Lücken entstehen werden. Dein Perfektionismus wird dir einen guten Ruf verschaffen, also mach dir darüber weniger Sorgen.«

Mit einem zaghaften Lächeln versucht Emilia, dem Rat der Tochter zu folgen. Um das Thema zu wechseln, erkundigt sie sich, wie der Ausflug mit Enrique war.

»Wir hatten noch gar keine Gelegenheit, uns in Ruhe zu unterhalten. Hattet ihr Spaß?«

»Rick und ich sind nur Freunde«, wiegelt Natessa ab.

»Das weiß ich doch, Schatz«, erwidert ihre Mutter lächelnd. »Aber deswegen könnt ihr trotzdem Spaß miteinander haben. Er lenkt dich ab, stimmt's?«

Nickend bestätigt Natessa es, wobei sie jedoch auch zugibt, Vincent immer noch zu lieben. Ein weiterer Punkt, den Emilia nachvollziehen kann, was ihre Tochter erleichtert zur Kenntnis nimmt. Im Gegensatz zu dem Gespräch mit Simone und Rebecca, erzählt sie ihrer Mom Details des Ausflugs, den sie mit Enrique unternommen hat. Als sie das perfekt vorbereitete Picknick erwähnt, erscheint ein verschmitztes Lächeln auf den Zügen ihrer Mutter.

»Hast du ihm dabei geholfen?«, fragt Natessa mit weit aufgerissenen Augen. »Mir kam es gleich merkwürdig vor, dass alle Utensilien so gut aufeinander abgestimmt waren.«

»Ich war zufällig bei den Hunts, als Enrique den Korb gefüllt hat. Seine Augen haben vor Vorfreude geleuchtet, da musste ich ihm einfach ein wenig unter die Arme greifen. Tu mir nur einen Gefallen: Mach ihm keine Hoffnungen, solange du noch nicht über Vincent hinweg bist.«

Natessa sagt es zu, um gleich darauf in eine andere Gesprächsrichtung zu schwenken. Darüber, dass die Gefühle für den Ex-Freund ihre Gedankenwelt mehr denn je beherrschen und zudem eine Entscheidung forcieren, will sie vorerst nicht mit ihrer Familie sprechen. Mit einem neugierigen Gesichtsausdruck erkundigt sie sich bei ihrer Mutter, warum diese bei den Hunts war.

»Bobby und mich verbindet eine alte Freundschaft. Ich wollte daher seine Meinung zu dem Kauf der Anteile erfahren. Er hat selber ein kleines Geschäft und ich vertraue ihm.«

Mit einem Kopfnicken drückt ihre Tochter Verständnis aus. Auf die Frage, was Enriques Vater von der geplanten Übernahme der Cateringfirma hält, gibt Emilia zu, dass er ihr dazu geraten hat.

»Dann machst du es also?«, hakt Natessa nach.

»Ja, morgen Nachmittag unterschreibe ich bei Melinda den Vertrag für die Übereignung der Anteile.« Als daraufhin ein Jubelschrei durchs Haus hallt, lässt Emilia sich von der Freude anstecken. Ihre Mundwinkel verziehen sich zu einem zaghaften Lächeln und die Augen werden von einem Strahlen erhellt, das die Zweifel für eine Zeit lang in den Hintergrund schiebt.

Am nächsten Mittag sitzt Natessa nach ihrer Arbeitsschicht im Auto und überlegt zum wiederholten Mal, ob sie es nun tun soll oder nicht. Von Rebecca weiß sie, dass Vincent an diesem Montag Dienst in der Harper-Klinik hat. Ein idealer Zeitpunkt, um ihn wegen der Assistentenstelle bei seiner geplanten Forschungsarbeit anzusprechen.

»Die Familie kann die zusätzliche Einnahme gut gebrauchen und ich will ihm nicht länger aus dem Weg gehen«, beschließt sie letztlich. Trotz dieses energischen Entschlusses treten ihre Knöchel weiß hervor, als sie das Lenkrad umfasst, während sie den Parkplatz des Universitäts-Krankenhauses verlässt.

Eine halbe Stunde später steigt sie aus dem Volkswagen, den sie in der äußersten Parkbucht der Harper-Klinik abgestellt hat. Je näher sie dem Eingang des Krankenhausgebäudes kommt, desto langsamer werden ihre Schritte. Am Ende bleibt sie abrupt vor der Drehtür stehen, sodass sie fast von einer nachfolgenden Person umgerannt wird.

»Sorry«, flüstert sie, als der Mann schimpfend ausweicht, ehe er an ihr vorbeieilt. Zögernd folgt Natessa ihm, bevor sie im Foyer erneut innehält. Auf der Unterlippe kauend überlegt sie, ob sie zunächst Sarah besuchen oder lieber gleich zu Vincents Arztzimmer gehen soll.

*****

In dem besagten Arztzimmer schaut Vincent sich derweil einige Laborberichte an. Er wird erst von dem Klingeln des Handys aus der Konzentration gerissen. Nach der Begrüßung erkundigt er sich bei seiner Frau, wie ihr Tag bisher war. Überrascht nimmt er zur Kenntnis, dass sie auf dem Weg in die Klinik ist.

»Wir könnten in der Cafeteria zusammen essen. Dann musst du nicht hin- und herfahren«, schlägt Maya vor.

»Stattdessen pendelst du also lieber zwischen dem Verlag und hier? Was habe ich für eine fürsorgliche Frau«, scherzt ihr Mann mit einem Schmunzeln. Die Sanftheit seiner Stimme lässt jemanden an der Tür, die nur angelehnt ist, in der Bewegung stocken. Die Hand, die soeben zu einem Klopfen ansetzen wollte, senkt sich wieder, die Ohren gehen dagegen auf Lauschposition. Dieses Vorgehen bleibt von Vincent unbemerkt, der den Schreibtischsessel in

Richtung Fenster gedreht hat. »Dann wirst du also in etwa fünf Minuten hier sein?«, setzt er das Gespräch fort.

Die Information wird von der lauschenden Person an der Tür zur Kenntnis genommen. Blitzschnell entwickelt sich ein Gedankengebilde, das ein gefährliches Leuchten in den Augen freisetzt. Mit einem angespannten Lächeln wird gewartet, bis Vincent das Telefonat beendet hat. Als wieder Ruhe in dem Zimmer eingekehrt ist, hebt sich die Hand erneut zu einem Klopfen – dieses Mal ohne dabei unterbrochen zu werden.

»Herein«, ertönt es einen Augenblick später.

»Könnte ich dich kurz sprechen?«, erkundigt sich die Person, nachdem sie den Raum betreten, die Tür aber noch nicht geschlossen hat.

Vincents Gesichtsausdruck verrät, dass er von der Störung wenig begeistert ist. Doch es dauert keine Sekunde, bis er sich zusammenreißt und zustimmend nickt.

»Was kann ich für dich tun?«

»Ich wollte deinen Vater um seine Meinung bitten, er ist jedoch momentan nicht da. Würdest du dir eine Patientenakte ansehen, um die Lage zu beurteilen?«

»Hat das nicht Zeit, bis Dad verfügbar ist? Bei dir muss immer alles sofort sein, oder? Geduld scheint nicht zu deinen Tugenden zu gehören, Lisa«, versucht Vincent die Kollegin loszuwerden.

»Ich warte bereits seit einer Stunde auf den Chefarzt«, erwidert Dr. Braden mit zu Schlitzen verengten Augen. »Wie viel Geduld soll ich nach deiner Vorstellung noch aufbringen, um eine zweite Meinung für eine Patientin einzuholen, die in etwa fünfzehn Minuten von einer anderen Untersuchung auf ihr Zimmer zurückkehren und dann umfassend informiert werden möchte? Nicht einmal die Sekretärin deines Vaters hat eine Ahnung, wann er von seinem Termin außerhalb der Klinik zurückkehrt.«

Die Information, dass Jason keinen genauen Rückkehrzeitpunkt genannt hat, lässt Vincent einen Moment lang stutzen. Aber er schiebt den Gedanken mit der Annahme beiseite, dass sein Vater wegen Spendengeldern oder des Zwischenfalls vom vorherigen Tag unterwegs ist. Aus eigener Erfahrung weiß er, dass man die Dauer Spendengespräche kaum einschätzen oder verbindlich vorhersagen kann.

»Okay«, willigt Vincent schließlich beschwichtigend ein. »Zeig mir die Akte.«

Mit einem zufriedenen Lächeln reicht die Ärztin ihm die Unterlagen. Während er darin blättert, umrundet sie seinen Schreibtisch. Dabei bleibt sie so stehen, dass er sich von der Tür wegdrehen muss, um sie anzusehen.

»Am wichtigsten sind die digitalen Röntgen- und CT-Aufnahmen«, erläutert Lisa, während sie sich über seine Tastatur beugt, um die Patientenakte im Computer aufzurufen. Beim Durchsteppen der Bilder von der Computertomographie wirft sie immer wieder einen verstohlenen Blick in Richtung Tür, die gut zwanzig Zentimeter offen steht. »Hier, diese Aufnahme: Wofür hältst du das?«

Mit einem Stirnrunzeln betrachtet Vincent das Bild. Er vergrößert die Darstellung, schaut auf weitere Darstellungen und verkündet am Ende seine Einschätzung. Nickend stimmt Lisa ihm zu.

»Ich habe es befürchtet, wir werden nicht um eine Operation herumkommen«, resümiert sie seufzend.

»Du machst das schon«, muntert er die Kollegin halbherzig auf. Ihre Blicke treffen sich dabei, was die Miene von Dr. Braden umgehend aufhellt.

»Du siehst müde aus«, schwenkt sie völlig unerwartet für ihn auf ein anderes Thema um. Die Besorgnis, die sie bei ihren Worten zeigt, erstaunt ihn. Noch mehr irritiert ihn jedoch die zärtliche Geste, mit der sie ihm über die Wange streicht. In demselben Moment, in dem er nach ihrer Hand greifen will, um die viel zu vertraute und in seinen Augen unpassende Berührung zu beenden, ertönt von der Tür ein Aufschrei.

Ruckartig fahren Vincent und Lisa auseinander, wobei die Ärztin das verräterische Zucken ihrer Mundwinkel zu verbergen versucht. Gebannt wartet sie auf die Reaktion der Frau, die mit in die Hüften gestemmten Händen im Türrahmen steht.

»Also doch«, zischt diese in den Raum. »Es steckt ganz offensichtlich mehr hinter dem Foto von der Party bei deinen Eltern, als du mir immer weismachen wolltest. Wie lange geht das schon so, Vincent?«

Tränen sammeln sich in Mayas Augen, deren Blick einzig und allein auf ihren Mann fixiert ist. Erst als Lisa scheinheilig einen Schritt auf sie zugeht, während sie mit gespieltem Entsetzen versichert, dass es sich lediglich um ein Missverständnis handelt, richtet Vincents Frau ihre Aufmerksamkeit auf die Ärztin. Dabei krallen sich die Finger der rechten Hand bereits in den Verband am linken Arm. Vincent, dem das Verhalten sofort ins Auge fällt, springt auf. Mit einer Kopfbewegung in Lisas Richtung macht er dieser deutlich, dass sie gehen soll. Das süffisante Lächeln, welches die Lippen der Ärztin umspielt, als sie einen letzten Blick auf das Paar wirft, nehmen weder Maya noch ihr Mann wahr.

»Ich liebe dich«, versucht Vincent seine Frau zu beruhigen. Behutsam umfasst er dabei ihre Handgelenke, um weiteren Verletzungen entgegenzuwirken. »Lisa war nur da, um die Meinung eines Kollegen einzuholen.«

»Für die sie sich mit einem Kuss bedankt hätte, wenn ich nicht erschienen wäre?«, kreischt Maya ihm mit viel zu hoher Stimme entgegen. Im nächsten Moment reißt sie sich von ihm los und stürmt zur Tür hinaus.

Seufzend fährt Vincent sich durch die Haare, ehe er ihr nachläuft. Seine Frau hat den Gang bereits zur Hälfte passiert, als er sie einholt und am Arm festhält. Als sie sich ihm mit funkelnden Augen zuwendet, zieht er sie wortlos in eine Umarmung. Sekunden später spürt er die Tränen an seinem Hals, die Maya nicht mehr zurückhalten kann.

»Liebst du sie?«, fragt sie schluchzend, nachdem sie sich

von ihm gelöst hat und mit tränenverschleierten Augen zu ihm aufschaut.

»Ich liebe *dich*«, wiederholt Vincent seine Worte – diesmal jedoch mit einer besonderen Betonung. Im gleichen Augenblick bemerkt er eine Person, die ein paar Meter entfernt stehen geblieben ist. Ein Runzeln bildet sich auf seiner Stirn, als er die Frau erkennt. Maya, die davon nichts mitbekommt, da sie sich mit einem Taschentuch die Tränenspuren abtupft, legt Sekunden später eine Hand an seine Wange.

»Sag mir, dass du nur mich liebst«, bittet sie mit stockender Stimme.

›Verdammte Scheiße, nicht jetzt, nicht vor ihr‹, geht es Vincent durch den Kopf, während er mit den Fingern Mayas Gesicht umfasst und sie voller Sorge anschaut. Dann beugt er sich vor, um die Worte ins Ohr seiner Frau zu flüstern, die diese nach der missverständlichen Situation mit Lisa mehr als benötigt. Dabei ruht sein Blick auf Natessa, die immer noch wie versteinert keine drei Meter von den beiden entfernt verharrt. Der vor Schreck leicht geöffnete Mund, die geweiteten Augen, ihr insgesamt entsetzter Ausdruck fahren ihm wie ein Faustschlag in den Magen. Nur mit Mühe kann er ein Aufstöhnen unterdrücken.

›Es tut mir leid‹, formen seine Lippen als Nächstes lautlos in ihre Richtung. Eine Sekunde später schlingen sich Mayas Arme dankbar um seinen Hals und unterbrechen damit einen Atemzug lang den Augenkontakt zu Natessa. Genug Zeit, um den Bann der Starre bei seiner Ex-Freundin zu beenden.

›Ich muss hier weg‹, wird dieser im selben Moment klar. Wortlos dreht sie sich um und geht schnellen Schrittes den Weg zurück, den sie gekommen ist.

Mit einer Mischung aus Bedauern und Erleichterung schaut Vincent ihr nach. Seine Stirn legt sich ein weiteres Mal in Falten, als er sich fragt, ob Natessa auf dem Weg zu ihm war. Den Gedanken schiebt er jedoch sofort wieder mit einem Kopfschütteln von sich. Hatte sie ihm doch mehr als deutlich klargemacht, dass sie vorerst keinen Kontakt zu ihm wünscht. Zudem war er ihrem Wunsch nach Mitteilung seiner Dienstzeiten an Rebecca Kandell zuverlässig nachgekommen. Es musste sich einfach um einen Zufall handeln, dass sie sich trotz dieser Information im Krankenhaus befand.

›Absicht war es bestimmt nicht. Ich hätte trotzdem gerne mir dir gesprochen, denn ich vermisse dich, Lady!‹

Gleich darauf schält er sich aus der Umarmung seiner Frau, um ihr tief in die Augen zu schauen.

»Ist alles in Ordnung?«, fragt er sanft, was sie mit einem Lächeln und einem Kopfnicken quittiert. »Dann lass uns etwas aus der Cafeteria holen. Essen können wir in meinem Büro, dort sind wir ungestört.«

Ein Vorschlag, der Maya gefällt. Sie stellt sich auf die Zehenspitzen, um ihm mit einem Kuss für die verheißungsvolle Idee zu danken, die das Strahlen in ihre Augen zurückgebracht hat.

Während Vincent mit seiner Frau zur Cafeteria geht, hat Natessa auf dem Parkplatz ihren Wagen erreicht, gegen den sie sich nach Luft schnappend lehnt.

›Was habe ich mir nur dabei gedacht?‹, fragt sie sich noch völlig demoralisiert von dem Bild, das sich ihr nur Minuten zuvor geboten hat. ›Natürlich hat er auch im Krankenhaus Kontakt zu seiner Frau. Er liebt sie und sagt ihr das – vermutlich so oft er kann. Wie konnte ich annehmen, dass ich nichts von seiner Ehe mitbekomme, wenn wir zusammenarbeiten?‹

»Du bist so dumm, Natessa Morgan!«, schimpft sie mit heiserer Stimme, da ihr die aufsteigenden Tränen das Atmen erschweren. Mit einer Faust schlägt sie aufs Autodach, um dem Gemisch aus Trauer und Wut, das ihre Tränen begleitet, Luft zu machen. Als Nächstes ist es ihr Fuß, der den kleinen Volkswagen malträtiert. Er hinterlässt eine Beule in der Fahrertür. Ein Umstand, den Natessa gar nicht wahrnimmt, als sie die Tür aufreißt, um einzusteigen. Ihre Hände zittern beim Versuch, den Schlüssel ins Zündschloss zu stecken. Bevor sie den Motor startet, legt sie ihren Kopf auf das Lenkrad und atmet mehrmals tief durch. Der Tränenschleier lichtet sich; das Zittern lässt nach; nur der Schmerz, der sie weiterhin umfängt, bleibt.

»Fang endlich an, ein Leben ohne Vincent zu führen«, spricht sie sich selbst Mut zu, als sie den Kopf wieder hebt und sich mit einer energischen Bewegung über das Gesicht wischt. »Es wird andere Möglichkeiten geben, Mom bei der Cateringfirma zu unterstützen. Ich könnte sie beispielsweise zusammen mit Daniel zu dem Termin bei Melinda begleiten…«

Mit genau diesem Entschluss im Hinterkopf biegt sie eine halbe Stunde später auf die Auffahrt des Hauses im Valley ein. Emilia und Daniel treten aus der Hintertür, als sie dort ankommt.

»Ist etwas passiert?«, fragt ihre Mutter besorgt. »Du siehst blass aus.«

›Mist, ihr entgeht aber auch gar nichts‹, flucht Natessa gedanklich vor sich hin. ›Ich hätte vor dem Losfahren in den Spiegel schauen sollen.‹ An ihre Familienmitglieder gewandt, macht sie jedoch eine abwiegelnde Handbewegung.

»Mir geht es gut, es war nur ein anstrengender Tag im Labor«, versucht sie die beiden zu beruhigen. »Seid ihr auf dem Weg zu Melinda? Ich würde euch gerne begleiten.«

Ein Lächeln huscht über das Gesicht von Emilia, das Natessa als Antwort genügt. Sie drängt sich an ihrem Bruder vorbei in die Küche und ruft ihm sowie ihrer Mutter dabei zu, dass sie nur fünf Minuten fürs Umziehen benötigt. Die Entgegnung von Daniel, dass sie auch so mitfahren kann, ignoriert sie.

›Er hat seinen besten Anzug an und ich soll in meiner alten Jeans dort auftauchen? Never ever!‹

Die vorhergesagten fünf Minuten sind noch nicht vorbei, als Natessa in einer schwarzen Hose sowie einer gestreiften

Bluse, über der sie einen Blazer trägt, in die Küche zurückkehrt. Nachdem ihr Bruder sie von oben bis unten anerkennend gemustert hat, hakt sie sich bei ihm und Emilia ein.
»Los geht's, steigen wir in das Unternehmertum ein.«

Auf der Fahrt zu Melinda Sheltons Cateringfirma rauschen Bilder von den beiden Aufträgen in der Villa der Harpers vor Natessas geistigem Auge vorbei: Die ersten Begegnungen mit Vincent, der schmerzhafte Zusammenstoß mit der hölzernen Thekenplatte, die sanften Berührungen des jungen Arztes, bis hin zu der Vertrautheit, Nähe und den Zärtlichkeiten, die sich letztlich daraus zwischen ihnen entwickelt haben.
›Hör auf damit! Es wird keine Nächte mehr in hochwertigen Bungalows, Berghütten oder Strandhäusern geben. Das gehört ein für alle Mal der Vergangenheit an.‹
Noch in ihren Gedanken versunken schreckt Natessa auf, als Daniel die hintere Tür für sie öffnet, um sie aussteigen zu lassen. Sie lächelt ihren Bruder schnell wohlmeinend an und bedankt sich für seine guten Manieren. Die Hand, die er ihr mit einer Verbeugung, gepaart mit einem breiten Grinsen reicht, schlägt sie jedoch kichernd aus.
»Lass deinen Charme lieber bei Melinda spielen. Vielleicht schenkt sie Mom dann noch ein paar Anteile mehr.«

Emilias Blick fällt auf das nervöse Lächeln der Firmeninhaberin, als sie das Büro mit ihren Kindern betritt. Geprägt durch die jahrelange Zusammenarbeit schafft Melinda es nicht, ihre Anspannung vor der Angestellten zu verbergen. Bei Emilia setzt ein ungutes Gefühl ein.
›Hat sie es sich etwa anders überlegt?‹, fragt sie sich stirnrunzelnd.
Daniel, der die Chefin seiner Mutter nur von wenigen Begegnungen kennt, bemerkt von all dem nichts. Dementsprechend unbeeindruckt kommt er gleich nach der Begrüßung zum Thema – der Anteilsübertragung sowie dem Kauf weiterer Beteiligungen an dem Cateringservice. Räuspernd

schaut Melinda von einem zum anderen. Ihre Stimme klingt dünn, als sie zu sprechen beginnt.

»Die Papiere für die Übertragung der zugesagten zwanzig Prozent habe ich bereits unterzeichnet«, erklärt sie mit einem weiterhin nervösen Lächeln. »Sobald du hier gegenzeichnest, gehört der Firmenanteil dir«, ermutigt sie Emilia.

Die sieht fragend zu ihrem Sohn auf, der zustimmend nickt, nachdem er den Vertrag kontrolliert hat. Dankbar streicht sie ihm über den Arm, ehe sie ihre Unterschrift auf das Dokument setzt.

»Danke, Mrs. Shelton«, sagt Daniel an Melinda gewandt, nachdem er die Übertragungsurkunde in seinem Aktenkoffer verstaut hat. »Kommen wir zum Kauf der weiteren einunddreißig Prozent«, fügt er im professionellen Ton hinzu.

Die Bemerkung lässt die Firmeninhaberin blass werden. Immer wieder wickelt sie eine ihrer langen rotgelockten Strähnen um den Zeigefinger der linken Hand. Eine Geste, die Emilias Bauchgefühl in Alarmbereitschaft versetzt.

»Was ist los? Hast du es dir anders überlegt?«, fragt sie.

Eine erdrückende Stille macht sich in dem Raum breit. Natessa ergreift die Hand ihrer Mutter, während Daniel die Stirn runzelt. Mit zusammengekniffenen Augen wiederholt er lautstark die Fragen, die regelrecht in der Luft auf der Suche nach Antworten zu wabern scheinen.

»Mrs. Shelton!«, reißt Daniels Stimme die Angesprochene schließlich aus ihrer Starre.

»Die zwanzig Prozent gehören dir, Emilia, du hast sie nach all den Jahren mehr als verdient. … Aber der Rest der Firma …«

»Was ist damit?«, will Natessa ungeduldig wissen.

»Ich habe dafür ein so hohes Angebot erhalten, dass ich nicht ablehnen konnte«, gibt Melinda leise zu.

»Sie haben die gesamten achtzig Prozent an jemand anderen verkauft?«, fährt Daniel sie daraufhin an. »Es gab eine Abmachung zwischen Ihnen und meiner Mutter – ein bindendes Angebot, das von Ihnen mündlich angenommen wurde«, fügt er als Belehrung hinzu. »Wir werden das nicht einfach so hinnehmen. Notfalls fechte ich den Vertrag mit dem neuen Eigentümer an.«

»Willst du das wirklich riskieren?«, fragt Melinda in Emilias Richtung. »Das könnte der Firma großen Schaden zufügen. Ich schlage vor, dass ich euch zunächst den Mehrheitseigner vorstelle, bevor wir hier anfangen zu streiten.«

Ein Schnauben von Daniel zeigt, was er von dem Vorschlag hält. Er geht einen Schritt auf Melinda zu, doch seine Mutter legt eine Hand auf seinen Arm, um ihn aufzuhalten.

»Warum hast du nicht eher etwas davon gesagt?«, erkundigt sie sich bei ihrer Chefin.

»Es hat sich erst kurzfristig ergeben. Die Anwälte sind vor einer Viertelstunde gegangen, nachdem alles unterschrieben wurde. Die Person, die diese Firma künftig zusammen mit dir führen wird, wartet nebenan. Willst du sie kennenlernen?«

Ein erneutes Schnauben Daniels quittiert die Aussage. Seine Hände ballen sich zu Fäusten, aber der leichte Druck, den Emilias Finger ein weiteres Mal auf seinem Arm ausüben, unterbindet eine Überreaktion. Auf der anderen Seite hält Natessa die Luft an.

Nach einem Kopfnicken von Emilia geht Melinda zur Tür hinter ihrem Schreibtisch und öffnet diese. Drei Augenpaare starren gebannt auf den Durchgang, durch den wenige Sekunden später eine Person tritt.

Vor allem die Augen von Natessa und ihrer Mutter weiten sich, als sie erkennen, wen sie vor sich haben. Bei Daniel dagegen bildet sich eine tiefe Furche auf der Stirn.

KAPITEL 10

»*Sie*?«, stammelt Natessa, die als Erste ihre Sprache wiedergefunden hat.

»Was hat das zu bedeuten?«, fügt Daniel hinzu.

Lediglich von Emilia erfolgt keine verbale Reaktion. Mit gerunzelter Stirn und geweiteten Pupillen mustert sie die Person ungläubig. Ihr Gegenüber sagt ebenfalls kein Wort, nur die Lippen verziehen sich zu einem Lächeln.

»Sie kennen sich?«, erkundigt Melinda sich verwundert. »Davon haben Sie nichts erwähnt. Was für ein Spiel wird hier gespielt?« Ihre Augen wandern zu den Morgans und wieder zu dem neuen Mehrheitseigner zurück.

»Ich würde das gerne unter vier Augen klären«, bittet Emilia schließlich, die die Hand von Natessa losgelassen und ihren Arm bei Daniel zurückgezogen hat. Nervös verschränkt sie die Finger ineinander, während sie ihren Kindern und Melinda zunickt. Daniel will protestieren, aber der Blick seiner Mutter lässt die Worte stocken. »Bitte, Dan.«

Mit einem warnenden Kopfschütteln in Richtung des Käufers willigt er ein. Dann folgt er seiner Schwester und Melinda in den Nebenraum.

Kaum hat sich die Tür hinter den Dreien geschlossen, holt Emilia tief Luft.

»Warum hast du das getan, Jason?«

»Für dich und deine Familie – ich wollte sicherstellen, dass euch die finanzielle Grundlage erhalten bleibt.«

»Ich verstehe das nicht…«, erwidert sie irritiert. »Woher wusstest du von dem Verkauf, vor allem aber, wieso hast du nicht mit mir darüber gesprochen?«

»Dafür blieb keine Zeit, ich musste sofort handeln, damit die Firma nicht von jemand anderem übernommen wird.«

»Diese andere wäre ich gewesen, Jason. Ich bin hier, um einunddreißig Prozent der Anteile zu kaufen. Zusammen mit den zwanzig Prozent, die ich von Melinda für meine jahrelange Tätigkeit erhalten habe, hätte ich die Mehrheit gehabt. Aber dann kommst du und machst alles zunichte. Was versprichst du dir davon? Soll ich für dich arbeiten, damit du über mein Leben bestimmen kannst?« Emilias Tonlage wird immer höher, je länger sie spricht. Beim letzten Satz liegt so viel Verachtung in ihrem Blick, dass Jason sich zusammenreißen muss, um nicht zurückzutreten. »Ist das deine Rache dafür, dass ich den Kontakt zu dir nicht zulassen will?«

»Nein, natürlich nicht!« Überraschung und Entsetzen über die Äußerung zeigt sich in seinen Augen. »Du verstehst das vollkommen falsch, Emilia. Außerdem solltest du mich besser kennen, derartige Hintergedanken habe ich nicht.«

Vorsichtig geht er einen Schritt auf die frühere Collegeliebe zu, aber sie weicht sofort zurück. Ihre Arme heben sich zur Abwehr, sodass er innehält.

»Ich habe es für euch getan. Die Anteile sind für dich, ich schenke sie dir, damit euch die gesamte Firma gehört, nicht nur ein Mehrheitsanteil.« Jasons Blick bleibt auf Emilia gerichtet, als er ein Dokument aus der Innentasche seines Anzugs hervorholt und es ihr reicht. Das Wort »Übertragungsurkunde« prangt in großen Lettern auf der ersten Seite.

»Du willst mir die Anteile schenken?«, fragt sie fassungslos. Als er mit dem Kopf nickt, schüttelt sie den ihren, während sie seine Hand, die ihr das Schriftstück entgegenstreckt, von sich schiebt. Obwohl er sie mit viel Wärme in seinem Blick bittend ansieht, dreht sie sich von ihm weg. Ihre Hände zittern, ein Kloß aus Enttäuschung und Unglauben breitet sich in ihrem Magen aus. Aber Emilia ist nicht gewillt klein beizugeben. Sie atmet einmal tief durch, strafft die Schultern und wendet sich dann wieder zu Jason um.

»Wir kaufen dir die Anteile ab. Den Großteil der Summe bekommst du sofort, den Rest in monatlichen Raten samt Zinsen.« Als er etwas erwidern will, funkelt sie ihn an. »Das ist mein letztes Wort, Jason. Du hast mich mit dieser Aktion zutiefst verletzt. Wie kannst du mich derart hintergehen? Warum sprichst du so etwas nicht mit mir ab? Mein Sohn wird die Details mit dir durchgehen, um den Kaufvertrag aufzusetzen. Verhandle die Summe mit ihm, er hat mein volles Vertrauen.«

Als sie sich erneut abwendet, um zur Tür zu gehen, umfasst Jason blitzschnell ihren Arm. Wieder erntet er dafür einen Blick, dem er am liebsten ausweichen würde. Doch er hält ihm stand und versucht ihn mit einem liebevollen Ausdruck abzumildern.

»Es blieb keine Zeit, um mit dir darüber zu sprechen, Emilia«, wiederholt er. »Ich habe durch Zufall von einer anderen, sehr hohen Kaufoption erfahren und musste sofort handeln. Das alles habe ich nur getan, um dir die Anteile zu sichern, glaub mir.«

»Wer wollte die Firma übernehmen und wie hast du davon etwas mitbekommen?«, hakt Emilia misstrauisch nach. Ihre Stimme bebt immer noch, aber die fassungslose Wut in ihren Augen lichtet sich.

»Können wir das in Ruhe an einem anderen Ort besprechen, nachdem ich dir die Anteile übertragen habe?«, erwidert er hoffnungsvoll.

»Nein!«, gibt sie sofort zurück. »Die Idee von einem romantischen Ort, wo du versuchst mich einzuwickeln, kannst du dir aus dem Kopf schlagen. Entweder sagst du es mir jetzt oder ich gehe auf der Stelle.« Als er einen Moment zögert, breitet sich der enttäuschte Ausdruck wieder bei ihr aus. Mit einem energischen Ruck befreit sie ihren Arm aus seinem Griff und kehrt ihm dann endgültig den Rücken zu.

»Emilia, warte«, versucht er sie aufzuhalten. Dabei ist er sogar gewillt, ihr von Lizzys Aktion zu erzählen, obwohl er die Sache noch nicht mit seiner Frau geklärt hat. Doch es ist zu spät, seine Collegeliebe lässt sich kein weiteres Mal aufhalten.

»Daniel wird die Details des Kaufs mit dir klären«, wirft sie ihm mit einem letzten Blick zu. Einen Augenblick später ist sie im Nebenraum verschwunden, die Tür fällt klickend hinter ihr ins Schloss.

»Mom, was hat das alles zu bedeuten?«, will Natessa wissen, als ihre Mutter sich zu ihr und Daniel gesellt. Emilia ignoriert die Frage jedoch zunächst, um sich an ihren Sohn zu wenden.

»Wir kaufen ihm die Anteile ab, klär die Details mit ihm«, bittet sie.

»Die gesamten achtzig Prozent? Zu welchem Preis?«, erkundigt sich Daniel stirnrunzelnd.

»Ja, alles«, bestätigt sie. »Einen Teil sofort, den Rest in späteren Raten. Ich überlasse dir die Einzelheiten, du hast freie Hand.«

Immer noch überrascht sagt er zu, die Vertragsbestandteile zu verhandeln. Ein grimmiger Ausdruck begleitet ihn, als er die Klinke der Tür zum anderen Raum herunterdrückt. Er ist fest entschlossen, es dem Mann, nicht so einfach zu machen, von dem er nach dessen Einsatz für Natessa viel Gutes gehalten hat.

Im selben Moment streicht Emilia ihrer Tochter lächelnd über die Wange, bevor sie sich Melinda zuwendet.

»Nun zu dir«, beginnt sie mit einem bedrohlichen Funkeln in den Augen. »Bestimmt erwartest du Dankbarkeit von mir, weil du die restlichen zwanzig Prozent der Firma nicht auch verkauft, sondern dich zumindest an einen Teil unserer Abmachung gehalten hast.«

»Es ging alles so schnell, Emilia«, versucht Melinda sich zu rechtfertigen. »Ich habe noch über das erste Angebot nachgedacht, als Mr. Harper es um ein Viertel erhöhte. Aber er verlangte dafür, dass der Vertrag sofort unterschrieben wird. Was sollte ich machen?«

»Zwei weitere Angebote?«, wirft Natessa ein. »Du hast *zwei* andere Offerten bekommen? Innerhalb so kurzer Zeit, nachdem sich wochenlang kaum jemand für den Kauf der Firma interessiert hat? Das klingt mehr als unglaubwürdig, Melinda.«

Beleidigt schiebt Emilias ehemalige Chefin die Unterlippe ein Stück vor. Mit einem abschätzenden Blick betrachtet sie Natessa.

»Was verstehst du schon davon? Aber es ist mir egal, ob du mir glaubst oder nicht.« Mit einem zaghaften Lächeln richtet sie ihre Aufmerksamkeit wieder auf die frühere Angestellte. »Es tut mir leid, Emilia. Ich hatte keine Ahnung, dass du Mr. Harper kennst oder er etwas mit dem Kauf im Schilde führt.«

»Das geht dich nichts mehr an«, entgegnet die Angesprochene in einem scharfen Tonfall. »Ich danke dir für die Lehrstunde, dass eine Freundschaft bei Geld aufhört. Du trittst die jahrelange gute Zusammenarbeit und das Wort, welches du mir gegeben hast, mit Füßen. Diese Erfahrung wird mir sicher bei der Führung des Ladens helfen. Zum Glück habe ich eine Familie, der ich vertrauen kann.« Bei diesen Worten ergreift sie die Hand von Natessa und drückt sie. Die Geste wird umgehend erwidert.

»Pack lieber deine Sachen, Melinda«, rät Natessa der rothaarigen Frau. »Sobald meiner Mutter diese Firma gehört, wirst du keinen Fuß mehr hineinsetzen.«

Hilfesuchend blickt die ehemalige Chefin in Emilias Richtung. Doch anstelle von etwas Verständnis stößt sie auf eine versteinerte Miene.

»Ein guter Rat meiner Tochter. Du solltest ihn befolgen. Leb wohl.«

Ohne sich noch einmal umzublicken, verlassen Natessa und ihre Mutter das Firmengebäude und gehen zum geparkten Wagen, wo sie auf Daniel warten.

»Glaubst du ihr, dass es zwei Angebote gegeben hat?«, fragt Natessa beim Einsteigen.

»Ja, Jason hat das auch erwähnt, aber er wollte mir nicht sagen, wer der andere Bieter war.«

»Warum nicht?«

»Ich habe keine Ahnung, Schatz«, seufzt Emilia. »Momentan erkenne ich weder ihn noch Melinda wieder. Vielleicht war es doch keine gute Idee, die Mehrheit an der Firma übernehmen zu wollen. Ich wünschte, wir hätten es gelassen. Freundschaften zerbrechen so leicht, wenn Geld im Spiel ist.«

»Ehrlich gesagt kann ich mir nicht vorstellen, dass Dr. Harper dir schaden will. Hat er denn keinerlei Gründe für den Kauf erwähnt?«

Zögernd gibt Emilia Teile des Gesprächs mit Jason wieder. Natessas Augen weiten sich immer mehr, je länger ihre Mutter spricht. Am Ende bleibt auch bei ihr nur ein Kopfschütteln über das undurchsichtige Verhalten von Vincents Vater übrig.

»Sprich doch noch einmal in Ruhe mit ihm, wenn das Geschäftliche geklärt ist«, schlägt sie schließlich vor.

»Nein«, widerspricht Emilia dem Vorschlag genauso energisch wie zuvor bei Jason. »Das Thema ist abgeschlossen. Wir werden die Harpers ein für alle Mal aus unserem Leben streichen, sie bringen uns kein Glück.«

Eine Aussage, die Natessa den Schmerz über die Szene, die sie im Krankenhaus beobachtet hat, unvermittelt in vollem Umfang zurückbringt. Blinzelnd sieht sie aus dem Fenster. Nur am Rande bekommt sie mit, dass ihre Mutter den Kopf ebenfalls traurig in die andere Richtung dreht.

Eine Viertelstunde später gesellt sich Daniel zu ihnen. Seine Haltung ist ungewöhnlich entspannt, als er auf dem Fahrersitz Platz nimmt.

»Es ist alles geregelt. Ich bereite den Vertrag vor, morgen Abend könnt ihr ihn unterschreiben.«

»Können wir uns den Kauf der gesamten Anteile überhaupt leisten?«, will Natessa besorgt wissen. Nachdem ihr klar geworden ist, dass die Option als Forschungsassistentin bei Vincent nicht in Frage kommt, macht sie sich ähnliche Sorgen um die finanziellen Auswirkungen wie Emilia.

»Mr. Harper war sehr entgegenkommend, was die Zahlung des Kaufpreises angeht. Gemeinsam schaffen wir das«, versichert ihr Bruder. Im nächsten Moment setzt er die Sonnenbrille auf, ehe er den Motor startet und den Wagen aus der Parkbucht steuert. »Geht es dir gut?«, fragt er an seine Mutter gewandt.

»Das alles war ein ziemlicher Schock für mich, aber ich verkrafte das schon. Danke, dass du dich um die Verhandlung gekümmert hast.«

»Ich habe es gerne getan«, antwortet Daniel mit erstaunlich viel Euphorie in der Stimme. ›Ihr werdet Augen machen‹, fügt er gedanklich hinzu, wobei sich seine Mundwinkel zu einem Lächeln verziehen.

*****

Als Aidan am Nachmittag Feierabend macht, beschließt er spontan, zum Carter Verlag zu fahren, um bei Maya vorbeizuschauen. Als er jedoch mit gut gelaunter Miene in das Büro seiner Schwägerin kommt, findet er dort nur Preston Carter vor. Dieser studiert mit einigem Abstand Entwürfe, die an einer großen Magnettafel angebracht sind. Mit gerunzelter Stirn wendet er sich dem Besucher zu.

»Aidan, was führt dich hierher?« Die vertraute Begrüßung lässt den Angesprochenen forsch nähertreten. Mit einem Lächeln reichen sich die beiden Männer die Hände.

»Ich wollte nach Maya sehen und sie fragen, ob wir zusammen einen Kaffee trinken wollen. Mein Bruder braucht noch etwas länger, da er in den OP gerufen wurde. Aus diesem Grunde möchte ich deiner Tochter ein wenig die Zeit vertreiben.«

»Hat Vincent dich darum gebeten?«, fragt Preston erstaunt.

»Nein«, erwidert Aidan knapp. Überrascht nimmt Mayas Vater die zu einer schmalen Linie zusammengepressten Lippen zur Kenntnis, die ihm einiges über sein Gegenüber verraten.

»Schade, ich hatte angenommen, dass dein Bruder echte Besorgnis um meine Tochter zeigt«, deutet der Publizist scheinheilig an, um das Gespräch in eine bestimmte Richtung zu lenken.

»Vincent ist besorgt, Preston, daran habe ich keinen Zweifel«, widerspricht Aidan. »Er hat sich verändert und nimmt sich viel Zeit für Maya.«

Mayas Vater verzieht das Gesicht, ehe er sich kopfschüttelnd abwendet. Er sieht zum Fenster hinaus, als er zugibt, Vincent immer noch nicht zu vertrauen.

»Ich bin mir sicher, dass es dir ähnlich geht. Deine Sorge ist dir anzusehen, Aidan. Deshalb bist du doch auch ein weiteres Mal hier, oder?«

»Ein weiteres Mal?«

Mit einem spöttischen Gesichtsausdruck dreht der Firmeninhaber sich wieder zu dem Besucher um.

»All das hier gehört mir«, erklärt er mit einer Armbewegung, die nicht nur den Raum umfasst, in dem sie sich befinden. »Ich bin genauestens darüber informiert, wer sich wo im Gebäude aufhält. Daher weiß ich auch, dass du meine Tochter bereits vor ein paar Tagen aufgesucht hast. Nichts davon ist mir entgangen, ebenso wenig wie deine Blicke in ihre und Vincents Richtung beim Familienessen. Du misstraust deinem Bruder genauso, wie ich es tue.«

»Wir helfen Maya nicht, wenn wir ihr Vertrauen zu Vincent torpedieren«, gibt Aidan zu bedenken. »Sie braucht seinen Rückhalt in gleichem Maße wie den unseren. Ich habe nicht vor, meinem Bruder in den Rücken zu fallen.«

»Es reicht, wenn du ihn im Auge behältst«, lenkt Preston ein, der spürt, dass doch noch mehr Bindung zwischen den Harper-Brüdern besteht, als er zunächst vermutet hat. Sekundenlang erfolgt keinerlei Reaktion des Mannes vor ihm, sodass Ungeduld bei dem Publizisten aufkommt. »Nur um sicherzugehen, dass Maya kein Schaden zugefügt wird. Ich könnte jemanden auf meiner Seite gebrauchen, der unauffällig im Krankenhaus agieren kann.«

Obwohl er selbst schon einen ähnlichen Gedanken hatte,

entfährt Aidan ein abfälliges Schnauben. Die Aktion mit dem Fotografen, der Vincents Seitensprung im Hotel eingefangen hatte, kehrt in seine Erinnerung zurück.

»Lässt du ihn etwa erneut überwachen?«, fragt er ganz unverblümt.

»Ich denke darüber nach … zum Wohle meiner Tochter. Sie darf nicht noch einmal so enttäuscht werden. Aber das macht nur Sinn, wenn ich auch jemanden in der Klinik habe, der dort seine Handlungen und Besuche verfolgt.«

»Dafür bin ich nicht der Richtige«, entscheidet Aidan spontan. Aus einem Grund, den er selber nicht benennen kann, widerstrebt es ihm, mit Mayas Vater zusammenzuarbeiten.

›Wenn ich auf Maya aufpasse, dann auf meine Weise‹, geht es ihm durch den Kopf.

Enttäuschung überkommt Preston Carter, die er jedoch geschickt verbirgt. Stattdessen zieht er eine Augenbraue hoch und legt Missfallen in seinen Blick. Bevor er allerdings eine Antwort auf die Absage parat hat, betritt seine Tochter den Raum.

Verwunderung breitet sich auf Mayas Zügen aus, als sie die beiden Männer entdeckt.

»Daddy, Aidan, was macht ihr denn hier?«

»Ich wollte dich besuchen, habe aber nur deinen Vater angetroffen«, erläutert Aidan, der seiner Collegefreundin lächelnd entgegengeht. »Er hat mir Gesellschaft geleistet.«

»In meinem Büro?«, fragt sie erstaunt mit einem Seitenblick auf ihren Dad. Als dieser erwähnt, dass er sich die Entwürfe angeschaut hat, verfinstert sich ihr Ausdruck deutlich. Der misstrauische Blick, den sie in Richtung des Publizisten wirft, bringt Aidan auf den Plan. Behutsam ergreift er ihre Hand.

»Ich hatte noch gar keine Gelegenheit, mir deine neuesten Ideen anzusehen. Erklärst du mir, wie so ein Magazin zusammengestellt wird?«

Ein Strahlen breitet sich angesichts seines Interesses bei Maya aus. Sie ignoriert ihren Vater und zieht den Besucher zu der Magnettafel. Bevor er sich versieht, wird Aidan in die Geheimnisse des Verlagswesens – zumindest in Bezug auf das spezielle Vorgehen bei dieser Zeitschrift – eingeweiht. Es dauert nicht lange und er fühlt sich wieder in die Hamptons zurückversetzt, wo seine Freundin einen ähnlichen Elan an den Tag gelegt hatte, wenn sie von ihrer Arbeit schwärmte. Froh über ihre gute Stimmung zieht er sie kurz an sich. Maya genießt die vertraute Geste, die sie mit einem zufriedenen Lächeln beantwortet. Nachdem sie ihrem Schwager einen Kuss auf die Wange gehaucht hat, fährt sie mit dem Bericht über ihre neuesten Ideen fort.

Preston beobachtet die Szene eine Weile stumm, ehe er unbemerkt von den beiden das Zimmer verlässt. Zurück in seinem Büro fängt er an, eine Strategie zu entwickeln, wie er Maya helfen kann, ohne in Gefahr zu geraten, seine Tochter gegen sich aufzubringen.

*****

In der Villa der Harpers geht es zum selben Zeitpunkt weniger stimmungsvoll zu.

»Wo ist meine Frau?«, fragt Jason eine der Angestellten, als er zur Haustür hereinkommt. Seine Stimme klingt barscher als beabsichtigt, sodass Maria ihn irritiert ansieht.

»Mrs. Harper ist seit heute Morgen unterwegs.« Nach einem Blick auf die Uhr spricht das Hausmädchen weiter. »Spätestens in einer Stunde wollte sie zurück sein, Sir.«

»Danke«, brummt Jason mit einem verkrampften Lächeln. Gleich darauf begibt er sich in sein Arbeitszimmer. Dort packt er die wichtigsten Unterlagen in eine Aktentasche, schnappt sich das Notebook und bringt beides zu seinem Wagen, den er direkt vor der Tür geparkt hat.

Der nächste Weg führt ihn ins Schlafzimmer, wo er Lizzys Umschlag auf ihrer Bettseite ausleert. Obwohl seine Laune sich nach dem guten Gespräch mit Emilias Sohn etwas gebessert hat, versetzt ihm der Anblick der Unterlagen einen erneuten Stich. Grimmig zieht er eine der größeren Reisetaschen hervor und fängt an, Kleidung hineinzulegen. Als er ins angrenzende Bad geht, um dort die nötigsten Utensilien zusammenzusuchen, hört er die Stimme seiner Frau durchs Haus schallen. Wenig später betritt sie das Schlafzimmer.

»Jason? Wo steckst du?«

Ohne zu antworten, greift er nach dem Rasierzeug und stopft es in die Kulturtasche, ehe er ins Nebenzimmer zurückkehrt. Lizzys Augen weiten sich, als er die Sachen aus dem Bad wortlos in die Reisetasche packt.

»Wo willst du hin?«, fragt sie verwundert.

»Erst einmal nur weg«, antwortet er knapp und mit zu Schlitzen verengten Augen. Der Frage nach dem Warum kommt er mit einem Kopfnicken in Richtung der Unterlagen über die Morgans auf der anderen Bettseite zuvor. »Deswegen.«

Erhabenen Schrittes geht Lizzy um das Bett herum und wirft einen Blick auf die Dokumente. Ihre Souveränität verfliegt schlagartig, als sie die Unterlagen erkennt. Doch sie gibt sich nicht die Blöße in Form eines entsetzten oder ängstlichen Ausdrucks. Mit gestrafften Schultern blickt sie ihrem Mann entgegen.

»Diese Informationen dienen dazu, unseren Sohn vor dem Einfluss einer Opportunistin zu schützen«, rechtfertigt sie sich mit vor der Brust verschränkten Armen. Als Jason darauf die Augenbrauen hochzieht, tut sie es ihm gleich. Wortlos starren die beiden sich sekundenlang an.

Am Ende ist es der Hausherr, der die spannungsgeladene Stille beendet.

»Ich habe das Datum der Berichte studiert, Lizzy. Du hast einen davon schon kurz nach dem ersten Essen bei uns im Haus, bei dem die Morgans den Service übernommen hatten, anfertigen lassen. Warum nur schießt du dich so auf diese Familie ein?«

»Weil ich die Blicke zwischen euch gesehen habe«, zischt sie ihm entgegen. In ihren blau-grünen Augen lodert so viel Verachtung auf, dass Jason unwillkürlich einen kleinen Schritt zurücktritt. Die Stirn legt sich in Falten, als er überlegt, was genau seine Frau mit der Anschuldigung meinen könnte. »Ja, Jason, ich habe euch zusammen gesehen. In unserer Klinik, wo du dieser Frau zärtlich über die Wange gestrichen hast.«

»Das waren die Blicke von alten Collegefreunden, die sich nach Jahren zufällig über den Weg gelaufen sind«, entschuldigt er die Geste halbherzig.

»Nein, Jason, da ist mehr. Ich weiß, dass du dich mit ihr zu einem Abendessen getroffen hast. Warum hast du mir nichts davon erzählt, wenn sie nur eine alte Collegebekanntschaft ist?«

Nickend gibt er zu, dass es ein Fehler war. Aber er begründet sein Verhalten mit dem angespannten Verhältnis, das zu diesem Zeitpunkt zwischen ihnen geherrscht hat.

»Nach deiner Enthaltung bei der Abstimmung des Stiftungsrates war mein Vertrauen zu dir getrübt, Lizzy. Du hast mir Steine in den Weg gelegt. Hindernisse, die ich bis heute nicht wegschaffen konnte, um mir meinen Lebenstraum von der Leukämieforschung zu erfüllen.«

»Das ist kein Grund, um eine andere Frau zu küssen«, flüstert sie, schockiert darüber, dass ihre Entscheidung bei der Sitzung immer noch zwischen ihnen steht. »Es war schrecklich, das Foto davon zu sehen.«

Im selben Moment, in dem Lizzy die Worte ausgesprochen hat, bereut sie diese auch bereits. Jasons entsetzter Ausdruck sowie seine insgesamt bis kurz vorm Bersten angespannte Haltung als Reaktion auf die Aussage, welche den Umfang ihrer Nachforschungen offenbart, lässt sie erschaudern. Sein Blick wandert zu den Fotos, die auf der anderen Bettseite verstreut herumliegen. Irritiert fragt er sich, warum er gerade ein derartiges Beweisfoto übersehen hat. Lizzy, die seine Gedanken erahnt, atmet tief durch.

»Ich habe es verbrannt … weil ich den Anblick nicht mehr ertragen konnte.« Einen Augenblick später hat sie sich wieder gefangen – die Schultern sind gestrafft, der Kopf aufrecht erhoben, die Augen ohne eine Spur von Scheu oder Scham auf ihn gerichtet. »Diese Frau will mir meinen Mann wegnehmen. Dafür setzt sie sogar ihre Tochter ein, um einen Fuß in unsere Familie zu bekommen. Zum Glück ist es wenigstens dazu nicht gekommen, da Vincent eine andere Entscheidung getroffen hat. Eine, die sich momentan als wenig glücklich herausstellt, aber ich werde alles dafür tun, damit er sie nicht wieder umwirft. Wenn Maya ihre Krankheit erst einmal hinter sich gelassen hat, wird sie ihm die Frau sein, die er braucht, um voranzukommen.«

»Hör auf, Lizzy!«, unterbindet Jasons schneidende Stimme ihren Monolog. »Nichts davon ist wahr. Im Gegenteil: Emilia hat jeden Kontakt aus Respekt vor unserer Ehe abgeblockt. Außerdem würde sie ihre Kinder niemals für derartige Zwecke einspannen. Das sind deine Methoden, nicht ihre.«

Mit einem energischen Ruck zieht er den Reißverschluss der Reisetasche zu. Das Geräusch klingt wie ein Schlusspunkt, den der Hausherr unter das Gespräch setzen will. Aber seine Frau ist nicht gewillt, ihn schon aus der Auseinandersetzung herauszulassen.

»Wenn das stimmt, hat sie sicher kein Problem damit, sich ihre Familie zu schnappen und den Standort der Firma an die Ostküste zu verlegen.« Das süffisante Lächeln, das zusammen mit einem Kopfschütteln die einzige Antwort ihres Ehemanns ist, irritiert sie nicht einen Sekundenbruchteil lang. Ihre Stirn kräuselt sich erst, als Jason ohne ein weiteres Wort mit der Tasche in der Hand den Raum verlässt. Erbost über dieses in ihren Augen ungehörige Verhalten läuft sie ihm bis auf den Flur nach.

»Du wirst mich hier nicht einfach stehen lassen, ohne dass wir die Angelegenheit geklärt haben. Deine Weste ist auch nicht weiß, Jason Harper. Du hast mich betrogen und zugelassen, dass diese Frau sich in unsere Ehe einschleichen kann. Aber ich schütze, was mir gehört. Wenn du jetzt zu ihr gehst, vernichte ich die Cateringfirma, für die sie arbeitet und die ab morgen mir gehören wird.«

Ein siegessicheres Leuchten erstrahlt in Lizzys Augen, als ihr Mann ruckartig stehen bleibt. Dieses Mal sind es ihre Lippen, die sich zu einem überheblichen Lächeln verziehen. Mit kerzengerader Haltung und erhobenem Kopf blickt sie Jason entgegen, der sich langsam zu ihr umdreht.

»Lass die Spendentermine, die ich heute für dich erledigt habe, nicht umsonst gewesen sein. Sie bringen dich in greifbare Nähe deines Lebenstraumes«, versucht sie ihn zusätzlich zu ködern. Als er daraufhin eine Augenbraue anhebt, glaubt sie sich am Ziel.

»Lass die Morgans in Ruhe, Lizzy, das ist mein voller Ernst. Ich erkenne dich schon jetzt kaum wieder, mach es nicht noch schlimmer. Die Firma steht nicht mehr zum Verkauf, zumindest nicht an dich.«

»Was soll das bedeuten?«, fragt sie misstrauisch.

»Es bedeutet, dass ich dir dieses eine Mal einen Zug voraus bin. Deine Strategie wird nicht aufgehen, meine Liebe. Ob das Ganze auf ein Schachmatt unserer Ehe hinausläuft, werde ich mir in Ruhe im Strandhaus überlegen.«

Ehe seine Frau etwas erwidern kann, dreht Jason sich auf dem Absatz um und setzt den Weg in Richtung Treppe fort. Während er diese in Seelenruhe hinuntergeht, umfasst Lizzy am oberen Ende das Treppengeländer.

»Das kannst du nicht machen, nicht nach allem, was ich für dich getan habe«, ruft sie ihrem Mann aufgebracht hinterher – erfolglos. Sekunden später fällt die schwere Haustür lautstark ins Schloss. Das Geräusch hallt in der großen Villa nach. Für die Hausherrin klingt es wie ein Laut aus der Vergangenheit, als schon einmal ein Traum auf ähnliche Weise zerplatzt war.

*****

Bei den Morgans wartet Simone bereits an der Hintertür, als der Rest der Familie von der Auffahrt herüberkommt. Die unterschiedlichen Mienen erstaunen sie. Während Daniel leise vor sich hin pfeift, sehen die Gesichter ihrer Tante und Natessa eher betrübt aus.

»Wie ist es gelaufen?«, fragt sie, als alle ihre Jacken abgelegt haben.

»Ich koche uns erst mal einen Kaffee«, beschließt Natessa, die ihrer Mutter den Vortritt beim Berichterstatten lassen will. Emilia nickt und holt eine Dose mit Keksen aus dem Wohnzimmerschrank.

Ein paar Minuten später sitzt die Familie rund um den Küchentisch vor den Kaffeetassen, deren Inhalt einen aromatischen Duft im Raum verströmt. Nachdem Emilia tief Luft geholt hat, berichtet sie ohne Ausschweifungen von dem Besuch bei Melinda. Als sie zu der Stelle kommt, wo die ehemalige Firmeninhaberin den Verkauf der restlichen achtzig Prozent erwähnt, schlägt Simone sich vor Schreck die Hand vor den Mund.

»Soll das heißen, dass sie dich hintergangen hat?«, fragt sie entsetzt. Ihr Blick wandert weiter zu Natessa und schließlich zu Daniel, der trotz des gerade Erwähnten fröhlich dreinschaut.

»Ja, das muss man wohl so bezeichnen«, gibt ihre Tante zu. Mit einem vorwurfsvollen Augenaufschlag bremst sie die Nichte ein, die erbost mit der Hand auf den Tisch geschlagen hat, sodass der Kaffee in den Tassen hin und her schwappt. »Es geht aber noch weiter«, verheißt sie.

Augenblicklich weiten sich die Augen von Simone. Ungeduldig wartet sie die Fortsetzung des Berichts ab.

»Wer ist der neue Eigentümer«, will sie wissen, als Emilia einen Moment innehält, um die Spannung zu steigern. Zwei Sekunden später fällt ihr die Kinnlade herunter, als der Name des Chefs der Harper-Klinik erwähnt wird. Selbst

Natessa muss bei dem verwirrten Ausdruck ihrer Cousine lachen.

»Ausgerechnet Dr. Harper hat die Anteile gekauft? Hast du ihm von der Kaufabsicht erzählt?« Da ihre Tante den Kopf schüttelt, zeichnet sich noch mehr Verwirrung bei Simone ab. »Woher wusste er es dann? Schnüffelt er dir etwa hinterher?«

»Das würde er niemals tun«, erbost Emilia sich stärker als beabsichtigt. »Ich hoffe, dass ich aus ihm herausbekomme, wie er an die Information über Melindas Vorhaben gelangt ist.«

»Die Antwort wüsste ich auch gerne«, mischt Daniel sich ein. »Darüber hat er sich ausgeschwiegen, obwohl ich ihn danach gefragt habe. Er hat lediglich angedeutet, dass er vorher etwas klären muss. Ich habe allerdings keine Ahnung, was er damit gemeint hat.«

»Merkwürdig«, äußert Natessa sich mit gerunzelter Stirn. »Was gibt es denn mit einem Konkurrenten, den man überboten hat, zu regeln?«

Die Bemerkung macht Simone erneut stutzig. Dass es zusätzlich zu der Collegeliebe ihrer Tante einen weiteren Bieter gegeben hat, war noch gar nicht zu ihr durchgedrungen. Gemeinsam überlegen die Morgans, welcher andere Cateringservice Interesse an der Übernahme gehabt haben könnte. Zu einem Ergebnis kommen sie nicht.

»Wir sollten lieber durchsprechen, wie wir die restliche Finanzierung planen«, beendet Emilia schließlich die Diskussion. Mit besorgter Miene wendet sie sich an ihren Sohn. »Glaubst du, dass wir bei der Bank noch einen Spielraum haben?«

Daniel wiegelt mit einer Handbewegung ab. Erneut breitet sich der zufriedene, ja beinahe triumphale Ausdruck auf seinem Gesicht aus.

»Dr. Harper war entgegenkommend. Am liebsten hätte er dir die Anteile geschenkt, aber er hat gleich hinzugefügt, dass du damit nicht einverstanden warst.«

»Warum nicht?«, fragen Simone und Natessa wie aus einem Munde.

»Weil sich so etwas nicht gehört«, entgegnet Emilia mit strenger Miene. »Jason ist verheiratet und somit der Familie, vor allem aber seiner Frau gegenüber verpflichtet. Er kann mir nicht einfach so ein unangemessenes Geschenk machen. Darüber werde ich auch nicht mit euch diskutieren. Wir kaufen ihm die Anteile ab, damit alles seine Ordnung hat.«

»Welchen Preis hast du mit ihm ausgehandelt?«, erkundigt Natessa sich bei ihrem Bruder. Die Frage führt dazu, dass sich wieder das bekannte Lächeln bei ihm zeigt.

»Dreihundert …«

»Dreihunderttausend?«, fragt Simone entsetzt. »Das ist die Firma sicher wert, aber bekommen wir so viel Geld von der Bank? Ich meine, zusätzlich zu der Hypothek, die noch auf dem Haus liegt?«

»Wir werden nur einen Teil in einer Summe zahlen und den Rest monatlich von den Einnahmen abstottern«, versucht Emilia sie zu beruhigen.

»Nein, wir geben alles in einem Stück«, berichtigt Daniel sie, woraufhin seine Mutter nach Luft schnappt. Bevor sie ihn für das Verhandlungsergebnis tadeln kann, umfasst er eine ihrer Hände und zwinkert ihr zu. »Wir zahlen dreihundert pro Anteilsprozent«, klärt er die Familie grinsend auf.

»Wie bitte?«, horcht Natessa überrascht auf. »Aber das ergibt doch nur 24.000 Dollar. Der Kaufpreis ist dann geringer als der Kredit, den wir aufgenommen haben.«

»Du hast mir freie Hand gelassen, Mom«, rechtfertigt sich Daniel in Richtung seiner Mutter, die starr vor Schreck auf ihrem Stuhl sitzt. »Dr. Harper hat uns eine Chance gegeben. Er hat mir versichert, dass er damit einen Fehler ausbügeln will, den er vor Jahren gemacht hat. Offenbar hat er wegen irgendetwas ein schlechtes Gewissen. Weißt du, um was es sich dabei handelt?«

Emilia ahnt, dass es etwas mit ihrem übereilten

Verschwinden vom College zu tun hat. Mit der Szene, die sie beobachtet hatte, als sie Jason vom Tod ihres Vaters erzählen wollte. Dennoch schüttelt sie den Kopf, so als wolle sie den Grundstein für die weiteren Lebensentscheidungen selber nicht wahrhaben. Anlässe, an denen sie nicht ganz unschuldig ist.

»Er hätte das nicht tun müssen. Es gibt nichts, was Jason mir schuldet«, flüstert sie leicht bestürzt. Natessa ergreift daraufhin ihre andere Hand und drückt sie.

»Nimm es trotzdem an, Mom. Es ist kein Geschenk, sondern ein fairer Kompromiss.« Obwohl Simone und Daniel sie beobachten, lehnt sie sich zu ihrer Mutter hinüber und spricht ganz nah an ihrem Ohr.

»Es ist endlich mal ein positives Gefühl gegenüber einem Harper, bitte lass es zu.«

Worte, auf die Emilia mit Tränen in den Augen reagiert. Nickend signalisiert sie ihrer Tochter, dass sie einverstanden ist. Dass Natessa daraufhin ebenfalls die Tränen in die Augen steigen, nehmen Simone und Daniel erstaunt zur Kenntnis.

»In Ordnung«, bestätigt die Hausherrin sowie künftige Firmeneigentümerin schließlich zur Erleichterung aller Familienangehörigen. »Doch ich möchte, dass ihr über etwas anderes nachdenkt, dass uns durch den geringen Kaufpreis ermöglicht wird.«

»An was denkst du dabei, Tantchen?«

Mit nachdenklicher Miene schaut Emilia von ihrer Nichte zu Natessa und weiter zu Daniel, den sie besonders lange betrachtet. Die Finger von Simone tippeln bereits unruhig auf der Tischplatte herum, als sie endlich anfängt zu sprechen.

»Wir könnten einen Teil des Geldes, das wir nun nicht benötigen, dafür aufwenden, um nach eurem Vater suchen zu lassen«, schlägt sie ihren Kindern vor. »Ich habe es euch damals versprochen und jetzt bin ich in der Lage, diese Zusage zu erfüllen.«

Eine knisternde Stille erfüllt das Zimmer, kaum dass die Worte ausgesprochen sind. Der Vorschlag ruft unterschiedliche Reaktionen, aber übereinstimmende Sprachlosigkeit hervor, die Emilia in der Form nicht erwartet hat.

KAPITEL 11

Am nächsten Tag...

Nach seiner Ankunft in der Harper-Klinik macht Vincent sich direkt auf den Weg zu Aidans Büro. Die Assistentin seines Bruders lächelt ihn aufreizend an, als er fragt, ob er hineingehen darf.

»Natürlich, Dr. Harper«, trällert sie entzückt. »Er hat erst in einer Stunde einen Termin.«

»Danke, Emma«, gibt er freundlich zurück. Die übliche Floskel über ihre gut sitzende Frisur oder den passend zur Kleidung ausgewählten Schmuck spart er sich dagegen. Enttäuscht, weil sie an diesem Tag nicht die Aufmerksamkeit des Arztes erlangt, die sie zuvor immer genossen hat, weist sie mit einer laschen Handbewegung auf die Bürotür ihres Chefs.

»Hast du kurz Zeit?«, erkundigt Vincent sich, nachdem er den Kopf zur Tür hereingesteckt hat. Da Aidan nickt, tritt er ein und schließt die Tür hinter sich. Mit wenigen Schritten ist er bei dem Stuhl, auf den sein Bruder deutet.

»Ich kann mir schon denken, warum du hier bist. Passt es dir wieder einmal nicht, dass ich deine Frau besucht habe?«

»Ganz im Gegenteil«, nimmt Vincent gleich zu Beginn des Gesprächs den drohenden Konflikt aus der Unterhaltung. »Ich möchte mich bei dir bedanken.«

»Tatsächlich?«, wundert Aidan sich. Er setzt sich noch aufrechter hin und mustert seinen Bruder nachdenklich.

»Maya hat der Besuch, vor allem aber dein ungetrübtes Interesse für ihre Arbeit an dem Magazin, gutgetan. Ihre Augen haben gestrahlt, wie schon lange nicht mehr. Danke, kleiner Bruder.«

Nickend nimmt Aidan Vincents unerwartetes Lob entgegen. Dann erläutert er kurz, dass er von der Operation

erfahren hatte und daher seine Schwägerin ablenken wollte.
»Sag mir doch einfach beim nächsten Mal Bescheid, wenn du wieder einmal nicht pünktlich aus dem Krankenhaus kommst«, schlägt er zum Abschluss vor. »Das würde vielleicht auch Preston davon überzeugen, dass du ehrlich um deine Frau besorgt bist.«

Vincents Gesichtsausdruck verändert sich bei der Erwähnung seines Schwiegervaters merklich.
›Holla‹, geht es Aidan durch den Kopf. ›Die Antipathie beruht ja weiterhin auf Gegenseitigkeit.‹
»Er sollte lieber aufpassen, wie *er* mit seiner Tochter umgeht«, schnaubt Vincent grimmig. »Maya glaubt, dass er ihr die Verantwortung für die Zeitschrift aus der Hand nehmen will.«

Sofort ruft dies bei Aidan die Erinnerung hervor, wie er den Verleger am Tag zuvor alleine in Mayas Büro angetroffen hat. Prestons Art, die Entwürfe zu betrachten, kommt ihm im Nachhinein ein wenig übertrieben vor. Bevor er jedoch eine Andeutung machen kann, stellt sein Bruder ihm bereits die Frage, ob ihm bei dem Gespräch mit dem Publizisten irgendetwas aufgefallen ist.
»Abgesehen davon, dass er sich während Mayas Abwesenheit in ihrem Büro aufgehalten und sich ihre Arbeit angeschaut hat, kam es mir nicht so vor, als ob er etwas planen würde – zumindest nicht in Richtung seiner Tochter.«
Beim letzten Halbsatz verdunkeln sich die Augen seines Gesprächspartners. Die Hände, die bis dahin nur ein wenig unruhig ineinander lagen, ballen sich kurz zu Fäusten. Einen Moment später springt Vincent von seinem Stuhl auf.
»Was hat er jetzt schon wieder vor? Er will mich loswerden, stimmt's?«
»Er plant vielleicht keine direkte Intrige, aber er wartet nur auf einen Fehler von dir«, warnt Aidan. »Ich frage mich allerdings, ob er noch einmal so dumm sein wird, Maya mit einem Fehlverhalten deinerseits zu konfrontieren. Preston

möchte sie schützen – vor allem vor dir. Gleichzeitig will er sie nicht verletzen. Wenn du mich fragst, ist der Grat zwischen beidem sehr schmal.«

»Ich habe gar nicht vor, meine Frau in irgendeiner Weise zu hintergehen. Wann kapiert ihr das endlich?«, poltert Vincent ungehalten los. »Sie braucht Rückhalt, ansonsten bekommen wir die Störung nie in den Griff. So langsam bin ich eure Spielchen leid. Vielleicht sollte ich mir Maya einfach schnappen und mit ihr die Stadt verlassen.«

Verwundert über den heftigen Ausbruch seines Bruders zieht Aidan die Augenbrauen hoch. Zudem passt es ihm nicht, mit Mayas Vater über einen Kamm geschoren zu werden.

»Jetzt komm mal wieder runter«, faucht er Vincent an, der wütend im Büro auf und ab läuft. »Es ist mir egal, was du über deinen Schwiegervater denkst; ich für meinen Teil bin einfach nur besorgt um Maya. Ja, ich hatte meine Zweifel, ob du es ernst mit ihr meinst, aber die legen sich so langsam. Trotzdem kannst du es mir nicht verübeln, wenn ich nur das Beste für sie will. … Sie bedeutet mir immer noch sehr viel.« Den letzten Satz fügt er nur mit leiser Stimme hinzu.

Genau das bringt Vincent augenblicklich zur Ruhe. Er beendet das wütende Umhergestapfe und schaut zu seinem Bruder.

»Du liebst sie noch, obwohl sie dich so verletzt hat?« Als Aidan vage nickt, geht er zu ihm. Mit einem Lächeln legt er eine Hand auf seine Schulter. »Dann hilf mir, damit ihr und dem Baby nichts geschieht. Wir müssen zusammenarbeiten, auch wenn es schwerfällt.«

»Amen«, spottet Aidan, als er sich aus Vincents Griff befreit. »Ich versichere dir, dass ich dir nicht in den Rücken falle. Aber du kannst dir ebenso sicher sein, dass ich es merken werde, wenn du Maya hintergehst. Dafür brauche ich im Gegensatz zu Preston keinen Detektiv, der dir nachspioniert.«

»Zum letzten Mal, Kleiner, ich habe nicht vor, meine Frau zu betrügen.«

»Was noch zu beweisen wäre, wenn dir das nächste Mal eine rassige Blondine schöne Augen macht«, antwortet Aidan unbeeindruckt. Die Miene seines Bruders verfinstert sich daraufhin erneut.

»So etwas wird nicht wieder passieren«, knurrt er.

»Davon bin ich noch nicht überzeugt. Ich helfe dir und Maya, Vincent. Aber dabei behalte ich dich im Auge, das sage ich dir ganz offen. Ein weiteres Mal lasse ich es nicht zu, dass sie dir blind verfällt.«

»Wie zum Teufel kann ich dich nur davon überzeugen, dass ich meiner Frau treu sein werde?«, startet Vincent einen letzten Versuch, das Misstrauen seines Bruders zu zerstreuen.

»Indem du es bist, ohne Wenn und Aber oder Ausflüchte«, legt Aidan rigoros fest, was seinem Gegenüber nur noch ein seufzendes Nicken entlockt.

*****

Uneinigkeit zwischen Geschwistern herrscht auch im Hause der Morgans im Valley. Zum wiederholten Male verdreht Natessa angesichts der Sturheit ihres Bruders die Augen. Rebecca betrachtet das Ganze mit Besorgnis, hält sich aber vorsorglich aus der Diskussion heraus.

»Wir müssen doch nicht den ganzen Rest des Kredits verwenden, um nach Dad suchen zu lassen«, schlägt Natessa vor.

»Am besten verschwenden wir genauso wenig Geld für dieses sinnlose Unterfangen, wie wir überhaupt noch an ihn denken. Er hat Mom mit einem riesigen Berg Schulden sitzen lassen, den sie mit viel Mühe abgetragen hat. Ich will nicht, dass er sich jetzt ins gemachte Nest setzt, nachdem wir nahezu aus den Krediten heraus sind und Mom sich ein eigenes Geschäft aufbaut. Er würde es doch nur wieder verbocken.«

»Vielleicht hat er sich inzwischen geändert und sein Verschwinden tut ihm leid«, wendet Natessa leise ein, während sie auf ihren Kaffee starrt. »Ich denke manchmal an ihn und frage mich, was ihn damals bewogen haben mag, einfach ohne ein Wort zu gehen.«

»Glaubst du, dass er dir diese Frage ehrlich beantworten würde?«, faucht Daniel.

»Keine Ahnung, aber Mom wüsste es sicher auch gerne.«

»Oder sie hat längst damit abgeschlossen. Was in meinen Augen mehr als vernünftig wäre. Sie soll sich voll und ganz auf den Cateringservice konzentrieren. Darin steckt ihr Herzblut, das hat sie all die Jahre bewiesen.«

»Das ersetzt aber nicht die Liebe eines anderen Menschen«, argumentiert Natessa, was zum ersten Mal ein nachdenkliches Stirnrunzeln bei ihrem Bruder hervorruft.

»Hat sie etwas in der Richtung angedeutet? Fehlt ihr ein Mann an der Seite?«

Schritte im Flur lassen die drei in der Küche aufhorchen. Alle atmen erleichtert auf, als Simone den Raum betritt und einen verschlafenen Guten-Morgen-Gruß von sich gibt.

»Worüber habt ihr gesprochen?«, erkundigt sie sich, nachdem sie den ersten Schluck Kaffee getrunken hat. »Ich mag zwar müde sein, aber dass ihr regelrecht verstummt seid, ist mir nicht entgangen. Ging es um Tantchens Frage von gestern Abend?«

»Um was sonst?«, brummt ihr Cousin.

»Wenn ihr nur wieder gegenseitig eure Standpunkte hervorbringt, kommen wir nie zu einer Entscheidung.« Forschend sieht sie zwischen Daniel und Natessa hin und her. »Du willst vermutlich weiterhin nichts mit ihm zu tun haben, Tess dagegen schon.«

»Nicht unbedingt«, wirft ihre Cousine ein, woraufhin alle erstaunt zu ihr blicken. »Nun ja … ich möchte Antworten … allerdings hauptsächlich für Mom. Sie verdient eine Erklärung. Damit sie weiß, woran sie ist.«

›Vor allem aber, damit sie vielleicht den Mut findet, sich

einem neuen – besseren – Mann zuzuwenden‹, fügt sie in Gedanken hinzu. Den drei anderen sagt sie davon nichts, zumal sie dabei das Bild von Dr. Harper im Kopf hat.

An Simone gewandt fragt sie stattdessen, welche Meinung sie zu dem Vorschlag hat. Als ihre Cousine abwiegelt, dass ihre Ansicht keine Rolle spielt, da George nicht ihr Vater ist, sieht Natessa sie tadelnd an.

»Mom und Dad haben dich aufgenommen und wie ihre eigene Tochter behandelt. Natürlich zählt deine Stimme genauso wie die unsrige.«

»Richtig«, stimmt Daniel zu, woraufhin seine Freundin mit einem verschmitzten Lächeln anmerkt, dass zumindest in diesem Punkt Einigkeit herrscht.

»Es ist trotzdem etwas anderes«, räumt Simone ein. Traurigkeit legt sich in ihren Blick, als sie weiterspricht. »Meine Eltern sind tot und ich gäbe alles, wenn ich noch einmal mit ihnen sprechen könnte.«

Mitfühlend zieht Natessa sie für einen Moment zu sich heran. Eine Träne kullert die Wange ihrer Cousine hinunter, die auch Rebecca und Daniel dazu veranlasst, sie zu trösten.

»Simy, was ist passiert?«, äußert Emilia besorgt, als sie ein paar Minuten später die Küche betritt.

»Nur ein Anflug von Nostalgie«, versichert ihre Nichte daraufhin mit einem zaghaften Lächeln. Dabei zieht sie den Arm unter den Griffen ihres Cousins und dessen Freundin weg. Schnell streift sie danach die Ärmel ihres Pullovers nach unten, damit niemand die Gänsehaut sieht, die der Moment bei ihr verursacht hat. Die Familie soll die Entscheidung nicht aufgrund einer Sentimentalität ihrerseits treffen oder weil sie sich wegen ihres Schicksalsschlags verpflichtet fühlen.

»Das wollte ich mit meiner gestrigen Frage nicht hervorrufen«, bedauert ihre Tante mit betrübter Miene. Traurigkeit hat sie bei Simone schon lange nicht mehr gesehen. Kennt sie ihre Nichte ansonsten doch eher als fröhlichen

Wirbelwind, der viel positiven Schwung in die Familie bringt. Stirnrunzelnd betrachtet Emilia ihre Kinder, die ebenfalls keinen glücklichen Eindruck machen. »Es war eine dumme Idee von mir, die Suche nach eurem Vater anzusprechen.«

»Nicht, wenn es wichtig für dich ist, Mom«, wendet Natessa ein. »Willst du Dad finden?«

Beklommen blickt ihre Mutter erneut in die Runde. Die Enttäuschung durch Jason ist nicht spurlos an ihr vorübergegangen. Fahl ist die Haut in ihrem Gesicht, die kleinen Augen zeugen von einer schlaflosen Nacht. Der Schlaf wurde ihr allerdings mehr durch das unverständliche Vorgehen der Collegeliebe, als durch die Gedanken an den verschwundenen Ehemann geraubt.

»Entscheidend ist, was ihr möchtet«, versucht sie die Antwort zu umgehen.

»Mein Entschluss steht fest«, erklärt Daniel beim Aufstehen. »Aber wenn eine von euch scharf darauf ist, ihn noch einmal zu sehen, lege ich kein Veto ein. Mir braucht er jedoch nicht unter die Augen zu treten.« Nach einem Blick auf die Uhr legt er eine Hand auf Rebeccas Schulter, die daraufhin zu ihm aufsieht.

»Müssen wir los?«

»Ja«, bestätigt er nickend, »ich habe einen Vertrag aufzusetzen.«

Nachdem die beiden das Haus verlassen haben, lässt Emilia sich seufzend auf ihren Stammplatz nieder. Der Kaffeebecher, den Simone gefüllt vor ihr abstellt, wird postwendend wieder ein Stück weggeschoben. Natessa, die die Anspannung bei ihrer Mutter förmlich mit den Händen greifen kann, gibt der Cousine einen Wink. Einen Augenblick später sitzen sie nur noch zu zweit am Küchentisch.

»Wie enttäuscht bist du wirklich?«, bringt Natessa das Thema auf den Punkt.

»Sehr«, gesteht Emilia ein. »Jasons Vorgehen ist für mich

unbegreiflich. Die ganze Nacht habe ich mich gefragt, warum er nicht mit mir darüber gesprochen hat.«

»Dann frag ihn das heute, wenn ihr den Vertrag unterzeichnet.«

Mit unsicherem Blick nimmt die Hausherrin den Vorschlag der Tochter entgegen. Ihr Stolz kämpft mit dem Wunsch, die wahren Hintergründe zu erfahren.

»Mom«, behutsam ergreift Natessa die Hand ihrer Mutter. »Bei Dr. Harper hast du die Chance, Antworten zu erhalten. Nutze sie! Daniel hat recht, vielleicht würden wir von Dad keine bekommen, selbst wenn er gefunden wird. Oder es sind nur Ausflüchte.«

»Ich bin mir nicht einmal sicher, ob mich Georges Gründe überhaupt noch interessieren«, gibt Emilia leise zu. Kaum hat sie die Worte ausgesprochen, schlägt sie sich die Hand vor den Mund. Mit weit geöffneten Augen schaut sie in Natessas Richtung.

»Schon okay, Mom«, beruhigt diese sie. »Er ist Vergangenheit, wir sollten wirklich in die Zukunft schauen. Aber versprich mir, dass du Dr. Harper anhören wirst, wenn er bereit ist, seine Beweggründe vorzutragen.«

Mit einem zaghaften »Ja« willigt ihre Mutter in den Vorschlag ein. Bei dem Glanz, der als Folge in ihre Augen tritt, ist Natessa nicht sicher, ob es Unbehagen vor der Wahrheit oder doch ein Funken Hoffnung ist.

*****

Am Nachmittag will Vincent seine Frau wie vereinbart im Verlag abholen, um mit ihr zur nächsten Therapiesitzung in Dr. Athenos Privatpraxis zu fahren. Im Fahrstuhl, auf dem Weg in die Etage, in der sich die Büros von Maya und Preston befinden, gehen ihm Aidans Worte nicht aus dem Kopf. Die Erwähnung, dass sein Schwiegervater ihm weiterhin misstraut, arbeitet in ihm. Aber er will darüber nicht nachdenken.

»Soll er doch auf einen Fehler warten bis er schwarz wird«,

grummelt Vincent vor sich hin, als die Tür des Lifts sich öffnet. Die Angst seiner Frau, dass ihr die Verantwortung für das Magazin entzogen wird, kann er dagegen nicht so einfach von sich schieben. Da er ein paar Minuten vor der ausgemachten Uhrzeit angekommen ist, beschließt er spontan, zunächst bei Preston vorbeizuschauen.

Kurze Zeit später betritt er, nachdem die Sekretärin ihn angemeldet hat, das Büro seines Schwiegervaters.

›Die Harper-Brüder gehen in diesem Gebäude inzwischen ein und aus wie es ihnen beliebt‹, geht es Preston durch den Kopf. Trotz der fehlenden Sympathie für den Schwiegersohn steht er höflich auf, reicht ihm die Hand und erkundigt sich nach dem Grund des Besuchs.

»Ich habe noch ein paar Minuten Zeit, bevor ich Maya zur Therapie begleite«, begründet sein Gegenüber das unangemeldete Auftauchen.

»Die Termine meiner Tochter sind mir durchaus bekannt«, gibt Preston provokant zurück.

Vincent liegt die Frage auf der Zunge, ob ihm seine auch schon durch einen Detektiv mitgeteilt wurden, aber er verkneift sich den Kommentar. Stattdessen schlägt er Mayas Vater vor, ebenfalls einmal an einer Therapiestunde der Tochter teilzunehmen.

»Hast du dafür plötzlich nicht mehr genügend Zeit?«, knurrt der Verleger unwirsch. »In guten wie in schlechten Zeiten, mein Lieber!«

»Kannst du dein Missfallen mir gegenüber für einen Moment vergessen?«, fragt Vincent genervt. »Es geht mir um das Wohl von Maya, die auch Ängste in Bezug auf ihre Stellung hier im Verlag hat.«

»So ein Quatsch«, weist sein Schwiegervater die Andeutung von sich. »Hier wird es immer eine Aufgabe für sie geben.«

»Sie will aber nicht irgendeine Aufgabe, sondern die Verantwortung für das Magazin. Hast du vor, ihr diese zu entziehen, Preston? Dann sag es ganz offen, damit wir uns darauf vorbereiten können.«

»*Wir*?«, spottet der Verleger ungläubig. »Du meinst sicher Mayas Therapeuten.«

Das Gespräch zwischen den beiden Männern entwickelt sich immer mehr zu einer Diskussion, in der Preston Vincent vorwirft, Mayas Ängste zu schüren. Im Gegenzug führt sein Schwiegersohn an, dass er die Krankheit der Tochter nicht ernst genug nimmt. Je länger die Debatte andauert, desto überzeugter ist Vincent davon, dass tatsächlich etwas hinter der Befürchtung seiner Frau steckt.

›Was ist der Kerl für ein Idiot‹, schimpft er innerlich vor sich hin, als er die verfahrene Situation nach einem Blick auf die Uhr abbricht, um Maya pünktlich abzuholen.

»Denk wenigstens darüber nach«, schlägt er seinem Schwiegervater vor, ehe er die Tür hinter sich schließt.

»Keine Minute zu spät«, lobt Maya Vincent, als er ihr Büro betritt und sie mit einem Kuss begrüßt. »Ich sage Daddy nur noch schnell Bescheid, dass ich etwas früher gehe.«

»Er weiß es bereits«, klärt ihr Mann sie auf. »Ich habe kurz mit ihm gesprochen.«

Überraschung breitet sich auf ihrem Gesicht aus, die sich in einen zufriedenen Ausdruck umwandelt, als Vincent ihr sanft mit den Fingerknöcheln über die Wange streicht.

»Ich bin so froh, dass du an meiner Seite bist«, bedankt sie sich.

»Das ist doch selbstverständlich und nennt sich Ehe. Ich bin für dich da. Lass dir von niemandem etwas anderes einreden!«

»In guten wie in schlechten Zeiten?«, fragt sie mit einem verschmitzten Lächeln. Augenblicklich friert die Miene ihres Mannes ein, was er überspielt, indem er sie in seine Arme zieht.

›Sie ist eindeutig Prestons Tochter‹, seufzt Vincent gedanklich auf, bevor er Mayas Hand ergreift, um mit ihr das Büro zu verlassen.

*****

Während sein Sohn Maya in die Praxis von Dr. Atheno begleitet, macht Jason sich auf den Weg zum Cateringservice. Nach einer unruhigen Nacht im Strandhaus hofft er auf ein besseres Zusammentreffen mit seiner Collegeliebe. Ihr entsetzter Blick, der ihn vom Schlafen abgehalten hat, geht ihm auch weiterhin nicht aus dem Kopf.

»Wenigstens ist ihr Sohn ruhig und besonnen geblieben«, murmelt er vor sich hin. »Aidan hätte sich vermutlich ähnlich verhalten, Vincent dagegen…«

Den Vergleich seiner Söhne mit dem von Emilia schiebt er beiseite, als er auf dem Parkplatz der Firma den Wagen der Morgans entdeckt. Obwohl er sich nicht sicher ist, was ihn erwartet, kommt Vorfreude bei ihm auf.

Mit einem freundlichen Gesicht betritt er wenig später das ehemalige Büro von Melinda Shelton. Die persönliche Note, die den Raum am Tag zuvor noch geprägt hat, ist inzwischen verschwunden. Lediglich das Mobiliar und die Zimmerpflanzen sind geblieben. Der Schreibtisch ist dagegen leer geräumt, nicht einmal eine Büroklammer ziert die hölzerne Tischplatte. Nach einem Blick auf die Aktenschränke hofft er, dass die vorherige Firmenbesitzerin alle Unterlagen dagelassen hat, die für die Weiterführung der Firma von Wichtigkeit sind.

»Die Papiere sind noch da«, versichert Daniel, der Jasons gerunzelte Stirn beim Ansehen der Schränke richtig gedeutet hat.

»Ich war mir nicht sicher, der Raum sieht so … steril … aus«, erwidert der Arzt beruhigt. Nachdem er dem jungen Anwalt die Hand geschüttelt hat, schaut er zu Emilia.

»Wie geht es dir?«, fragt er leise. Dabei streicht seine Hand ihren Arm hinab und umfasst schließlich sanft ihre Finger. Sein Daumen fährt behutsam über die Haut an ihrem Handballen, der von einer kleinen Narbe durchzogen wird. Emilia läuft ein wohliger Schauer über den Rücken, der für sie völlig unerwartet kommt. Einen kurzen Moment lang raubt ihr Jasons Geste den Atem. Auf dieselbe Art hatte er sie auf dem College auch immer aus der Fassung gebracht.

»Gut«, erwidert sie mit dünner Stimme. Nachdem sie sich geräuspert hat, strafft sie die Schultern. »Es wird mir noch besser gehen, wenn wir die Formalitäten erledigt haben.«

»Natürlich«, stimmt er lächelnd zu. »Bringen wir den Papierkram hinter uns.«

Daniel weist auf den Tisch, um den sechs bequeme Stühle stehen. Nachdem Jason Emilia den Stuhl zurechtgerückt und sie sich mit einem Lächeln dafür bedankt hat, schaut er Mutter und Sohn erwartungsvoll an.

»Sind Sie sicher, dass sich Ihr Anwalt den Vertrag nicht vorher anschauen soll?«, erkundigt Daniel sich.

»Nein, ich vertraue Ihnen.«

»Vielen Dank, Dr. Harper«, freut Emilias Sohn sich. Seine Miene wird jedoch wieder professionell, als er fortfährt. »Den Umfang des Kaufvertrages finden Sie hier, die Kaufsumme ist an dieser Stelle aufgeführt.«

»Alles wie vereinbart«, bestätigt Jason mit einem Augenzwinkern. »Wo soll ich unterschreiben?«

Nachdem sowohl der Chefarzt als auch Emilia den Vertrag unterzeichnet haben, händigt Daniel ein Exemplar an Jason aus, das andere verstaut er in seiner Aktentasche. Es folgt ein kurzer Blickkontakt mit seiner Mutter, die ihm zunickt, dann erhebt er sich.

»Ich warte im Auto auf dich, Mom«, versichert er ihr, bevor er mit einem Kopfnicken in Richtung des Verhandlungspartners den Raum verlässt.

»Du bist also gewillt, dich mit mir zu unterhalten. Das freut mich sehr«, führt Jason hoffnungsvoll an.

»Erklär es mir«, bittet Emilia mit einem verschlossenen Blick, der ihm keinen Hinweis darauf gibt, ob sie weiterhin verärgert über seine Aktion ist. Ihre Hände, die sie nervös auf dem Schoß hinter ihrer Handtasche verbirgt, würde er zu gerne ergreifen. Mit einem tiefen Atemzug stellt er diesen Wunsch jedoch zunächst hintenan.

»Warum ich den Anteil erworben habe?«, hakt er nach. Ein kurzes Nicken ihrerseits bejaht die Frage. »Mir ist der Entwurf eines Vertrages in die Hände gefallen, der den Ankauf von achtzig Prozent der Firma zum Inhalt hatte. Aus einem beiliegenden Schreiben des Anwalts konnte ich entnehmen, dass die Unterzeichnung für heute Morgen vorgesehen war.«

»Wer wollte den restlichen Anteil kaufen?«, unterbricht Emilia ihn. Sie lehnt sich ein wenig nach vorne und legt ihre Hände ineinander gefaltet auf den Tisch. Ihre Stirn ist gekräuselt, die Augen ein wenig zusammengekniffen, doch ansonsten strahlt sie viel Ruhe aus.

Vorsichtig legt Jason seine Finger auf ihre Hände. Zu seiner Erleichterung zieht sie diese nicht weg.

»Das erzähle ich dir noch. Aber ich möchte dir zunächst erklären, warum keine Zeit blieb, um dich im Vorfeld zu informieren. Ist das in Ordnung?« Mit einem kurzen Nicken wird ihm Vertrauen geschenkt, das er lächelnd annimmt. »Ich bin durch Zufall auf den Vertragsentwurf mit Mrs. Shelton gestoßen. Durch einen schwerwiegenden Notfall in der Klinik kam ich aber erst am Sonntagnachmittag dazu, etwas in die Wege zu leiten. Mein Anwalt war trotz des Wochenendes gewillt, mit Mrs. Shelton zu verhandeln und die Dokumente aufzusetzen. Am Montagmittag hat sie dann endlich zugestimmt, den Vertrag sofort zu unterschreiben, um alles dingfest zu machen. Ich bin direkt von der Klinik aus hierhergekommen und habe erst kurz vor deiner Ankunft erfahren, dass ihr ebenfalls für den Nachmittag einen Termin ausgemacht hattet. Also bin ich im Hintergrund geblieben, um meinen Anteil gleich darauf an dich weiterzugeben.«

Nach einem kurzen Moment, in dem er Emilias Reaktion abwartet – die aber nicht kommt, weil sie ihn kein weiteres Mal unterbrechen möchte – setzt er seinen Bericht fort.

»Ich gebe zu, dass es theatralisch war, aus dem Nebenraum als geheimer Käufer herauszukommen. Entschuldige die ganze Aufregung.«

Die Erwähnung der Theatralik lässt Emilias Mundwinkel zucken. Sofort sind Erinnerungen an einen Film voller derartiger Szenen präsent, den sie auf dem College gemeinsam angeschaut hatten. Nach der Vorführung verbrachten sie fast den ganzen Abend damit, sich über diesen Punkt auszulassen.

»Früher wäre dir so eine schwülstige Art des Auftritts nie in den Sinn gekommen«, stellt sie schmunzelnd fest.

Die Bemerkung löst etwas aus, ein Knistern liegt plötzlich in der Luft. Einige Sekunden lang herrscht Stille, in denen sich das ehemalige Paar tief in die Augen sieht. Die Stimmung verändert sich, bis beide in Lachen ausbrechen. Emilia zieht eine Hand aus Jasons sanftem Griff und hält sich diese vor den Mund. Immer noch prustend ergreift er sie wieder und gibt einen zärtlichen Kuss darauf. Erneut führt die Berührung bei Emilia zu einem wohligen Schauer, dieses Mal über den gesamten Körper verteilt.

»Ich habe dein Lachen vermisst«, gesteht er. »Das Strahlen in deinen Augen erhellt den Raum mehr, als jede Lampe es vermag.«

»Du bist immer noch derselbe Charmeur«, stellt sie mit einem Augenzwinkern fest. »Aber eine Antwort hast du mir bisher nicht gegeben«, erinnert sie ihn mit ernster Miene. »Wer war der andere Bieter?«

Jasons Ausdruck verdüstert sich innerhalb eines Sekundenbruchteils. Er presst die Lippen aufeinander, versteift sich und ballt die freie Hand zur Faust. Ein ungutes Gefühl macht sich bei Emilia breit.

»Lizzy«, stößt er schließlich hervor, nachdem er ihrem eindringlichen Blick nicht mehr standhalten kann.

Einen Augenblick später entzieht sie ihm ihre Hand und rückt den Stuhl zurück. Ein lautes kratzendes Geräusch ertönt, als die Stuhlbeine über den dunklen Holzfußboden schrammen. Mit entsetzter Miene springt sie auf.

Jason schaut sie einen Moment stumm an, dann steht auch er auf. Als Emilia ihn ratlos ansieht, geht er einen Schritt auf sie zu.

»Warum?«, fragt sie immer noch fassungslos von der Enthüllung. »Ich verstehe das nicht. Du hast gesagt, dass du nur durch Zufall auf den Vertragsentwurf gestoßen bist. Soll das heißen, dass deine Frau es nicht mit dir abgestimmt hat?«

Seufzend legt er seine Hände auf Emilias Schultern, um sie zu beruhigen. Es funktioniert – als seine Daumen mit stetigem Rhythmus über ihre Schlüsselbeinknochen streichen, entspannt sie sich ein wenig.

»Sag es mir, Jason«, fordert sie ihn auf.

»Meine Frau scheint auf einer Art Kriegspfad zu sein. Sie hatte sich bereits auf deine Tochter eingeschossen, als diese mit Vincent liiert war. Zudem hat sie mir hinterherspioniert und weiß daher von unserem Treffen«, erklärt er. Emilia entgeht bei seinen Worten nicht, wie er sich versteift. Das Kreisen der Daumen hört auf, außerdem erkennt sie den aufsteigenden Ärger in seinen Augen. Trotz der erneut aufkeimenden Wut über das Verhalten seiner Frau beschließt er, vorerst nicht zu erwähnen, in welchem Umfang Lizzy Erkundigungen über die Morgans eingeholt hat.

»Was hat Natessa ihr getan? Sie liebt deinen Sohn aufrichtig, Jason. Es fällt ihr auch heute noch schwer, sich ein Leben ohne ihn aufzubauen.«

»Ich weiß das, Emilia«, antwortet er. »Es war nicht zu übersehen und es tut mir sehr leid, dass Vincent sich nicht für sie entschieden hat. Die beiden hätten gut zueinander gepasst. Es war keine leichte Wahl für meinen Ältesten, zumal ein Kind mit im Spiel ist. Das ist eine starke Bindung, die ich gut nachvollziehen kann. Maya hat ihm die Schwangerschaft viel zu lange verschwiegen. Ein Punkt, den ich nicht wirklich verstehe. Sie hat damit eine Menge Chaos angerichtet.«

Fast unmerklich zuckt Emilia bei seinen Worten zusammen. Ihre Augen glänzen feucht, die Lippen sind nur noch als schmale Linie zu erkennen. Jason, dem die angespannte Haltung auffällt, fährt beruhigend mit den Fingerspitzen über ihre Oberarme.

»Trotz allem hätte es mich nicht gewundert, wenn Vincents Wahl dennoch auf deine Natessa gefallen wäre. Er hat sich für diese wichtige Entscheidung die nötige Zeit genommen, ohne dass Lizzy Einfluss auf ihn nehmen konnte.«

»Ich kann mir vorstellen, wie diese Beeinflussung ausgesehen hätte«, schnaubt Emilia, die ihre Fassung wiedergewonnen hat. »Hat deine Frau die Gefühle, die sich zwischen unseren Kindern entwickelt haben, nicht gesehen?«

»Sie wollte das alles nicht sehen«, seufzt er auf. »Es war mein Fehler, weil ich ihr nicht von unserem Wiedersehen erzählt habe. Dadurch ist einiges ins Rollen gekommen. Es tut mir so leid, Emilia.«

»Es war falsch, auf deine Einladung einzugehen. Ich habe es immer gewusst«, räumt sie betrübt ein. Jason will protestieren, aber sie legt einen Finger auf seine Lippen. Doch dann stutzt sie, woraufhin sich ihre Augen weiten. »Wenn du ihr nichts gesagt hast, was für einen Grund gab es für deine Frau, dir nachzuspionieren?«

»Unsere Ehe hatte zu der Zeit einen Knacks bekommen. Lizzy muss gespürt haben, dass mich etwas beschäftigt«, vermutet er. Noch immer ist er nicht gewillt, das schlechte Gewissen der früheren Freundin oder ihre Bedenken weiter zu schüren, indem er ihr von der Beobachtung seiner Frau im Krankenhaus erzählt.

Nachdenklich schiebt Emilia seine Hände von ihren Schultern.

»Was wird aus eurer Ehe, wenn sie erfährt, dass du die Firma gekauft und zu einem Spottpreis an mich weitergegeben hast? Du hättest das nicht tun dürfen, Jason.«

»Ich musste so handeln«, verteidigt er sich. »Lizzy hatte nichts Gutes mit dem Mehrheitsanteil vor, dessen bin ich mir sicher. Sie hat unserer Ehe mit der Aktion einen weiteren tiefen Riss verpasst. Ich weiß momentan nicht, ob das Ganze überhaupt noch Sinn macht.«

Seine frühere Partnerin reagiert überrascht auf seine Einschätzung. Kopfschüttelnd wendet sie sich ab.

»Das darfst du nicht sagen, Jason. Eine Ehe ist etwas Wertvolles, das man nicht übereilt hinschmeißt.«

»Wenn ich uns damals nicht einfach aufgegeben hätte, wäre es vielleicht nie zu dieser Ehe gekommen«, wirft er leise ein. Mit einem Ruck dreht sie sich wieder zu ihm um.

Wortlos betrachtet sie ihn, lässt dabei ihre eigenen Fehler aus der Zeit Revue passieren. Ja, es hätte anders laufen können, aber das Schicksal hatte diese Richtung eben nicht für sie vorgesehen.

»Seit unserem Wiedersehen kreist ein Großteil meiner Gedanken um dich, Emilia«, fährt er nach einer Weile des gemeinsamen Schweigens fort. »Immer häufiger frage ich mich, wie es zwischen uns gelaufen wäre, wenn ich mich auf die Suche nach dir begeben hätte.«

»Du kannst die Zeit nicht zurückdrehen«, versucht sie die Entwicklung, die das Gespräch nimmt, zu stoppen.

»Nein, aber ich kann meinen Fehler trotzdem wiedergutmachen«, erwidert er mit einem liebevollen Blick. Als sie andeutet, dass er das durch den geringen Verkaufspreis bereits getan hat, schüttelt er den Kopf. »Das reicht noch lange nicht, Emilia. Es war lediglich eine Reaktion auf Lizzys Plan.«

»Den du zwar vereitelt hast – doch zu welchem Preis? Deine Ehe steht auf der Kippe und der Zorn deiner Frau wird sich noch mehr auf mich richten. Sie hat Verbindungen, Jason. Was ist, wenn sie die gegen mich ausspielt? Die Firma würde so etwas nicht verkraften. Ich muss mir erst einen Ruf aufbauen, den sie zerstören kann, bevor ich überhaupt eine Chance bekomme.«

Stirnrunzelnd denkt er über ihre Worte nach. Zähneknirschend muss er zugeben, dass Emilia nicht unrecht hat. Lizzy ist durchaus zuzutrauen, dass sie weitere Intrigen gegen die Morgans spinnen wird. Der Unmut über das Verhalten seiner Frau nimmt mit jeder Sekunde zu.

»Das werde ich zu verhindern wissen«, knurrt er schließlich. Der Zorn, der sich dabei in seinen Augen widerspiegelt, lässt seine Gesprächspartnerin einen Schritt zurücktreten.

»Wie?«, fragt sie beunruhigt.

»Ich bin bereits gestern aus dem Haus ausgezogen. Wenn Lizzy ihr Verhalten nicht ändert, werde ich unsere Ehe endgültig hinschmeißen und sie mit allem, was ich habe, bekämpfen.«

Mit offenem Mund und nach Luft schnappend starrt Emilia ihn an. Eine bedrückende Stille legt sich über den Raum, als die Bedeutung seiner Worte langsam zu ihr durchdringt.

*****

Zur selben Zeit echauffiert sich Lizzy am Telefon. »Was soll das bedeuten?«, fragt sie genervt. »Gibt es denn gar keine Möglichkeit, den Vertrag anzufechten, den Jason hinter meinem Rücken mit Mrs. Shelton geschlossen hat?«

»Nach allem, was Sie mir erzählt haben und was wir kurzfristig anderweitig in der Angelegenheit in Erfahrung bringen konnten, sehe ich leider keinen Ansatzpunkt für eine Klage, Mrs. Harper«, klärt ihr Anwalt sie auf.

»Es muss einen Weg geben. Ich brauche diese Firma«, antwortet Lizzy erzürnt. »Prüfen Sie die Sache weiter.«

»Natürlich. Trotzdem sollten Sie noch einmal darüber nachdenken, ob die Chance besteht, dass Sie Ihren Mann davon überzeugen, Ihnen die Verantwortung in der Firma zu übertragen.«

Mit einem Schnauben kommentiert sie den naiven Vorschlag des Anwalts. Dass Jason ihr diese Möglichkeit nicht verschaffen wird, ist ihr nach seinem gestrigen Auszug mehr als bewusst. Zwei Nächte hat sie inzwischen ohne den Ehemann an ihrer Seite verbracht. Die erste war seinem Dienstplan geschuldet, aber die zweite hatte einen Hintergrund, der Lizzy noch immer das Blut in den Adern gefrieren lässt.

Nachdem sie das unbefriedigende Telefonat mit ihrem Anwalt beendet hat, setzt sie sich an den Schreibtisch im Arbeitszimmer. Nachdenklich streicht sie über die polierte Tischplatte, die ohne das Notebook und die Unterlagen ihres Mannes schrecklich leer in ihren Augen wirkt. So leer wie ihr Herz, seitdem er am Vortag mit der Reisetasche aus dem Haus gegangen war.

»Ich werde dich zurückgewinnen, Jason«, nimmt sie sich vor. Dabei fällt ihr Blick auf den Tischkalender, in dem sie zusätzlich zum elektronischen Kalender die wichtigsten Termine eingetragen hat. Ihre Augen fangen an zu leuchten, als sie erkennt, dass für den nächsten Tag das Essen mit dem Fabrikanten Beal in der Villa angesetzt ist. Die Erinnerung an ihren Einsatz, der das kurzfristige Treffen mit dem für Jason so bedeutungsvollen Spendengeber ermöglicht hat, zaubert das Lächeln in ihr Gesicht zurück.

›Das ist etwas, was sie dir nicht bieten kann, mein Lieber. Ich lasse mir die Chance nicht entgehen, dir zu zeigen, wie wichtig du für mich bist‹, wähnt sie sich siegesgewiss.

»Erst werde ich dir bei deinem Lebenstraum helfen, danach erinnere ich dich daran, was uns ansonsten noch verbindet. Du wirst die letzten dreißig Jahre auf keinen Fall für eine Frau ohne Ambitionen und Beziehungen, die es zudem nicht aus dem Valley herausgeschafft hat, aufgeben. Das garantiere ich dir!«

KAPITEL 12

Am nächsten Morgen...

Bei den Morgans sitzen Emilia und ihre Tochter beim Frühstück zusammen, nachdem die restlichen Bewohner das Haus bereits verlassen haben. Fasziniert sieht Natessa ihre Mutter an, die nachdenklich aus dem Fenster schaut. Der sanfte Zug um die Mundwinkel, der einem Lächeln gleichkommt, gefällt ihr.

»Habt ihr euch gestern in Ruhe unterhalten können?«, unterbricht sie die Stille.

»Ja, das haben wir. Allerdings hat das Gespräch auch einiges zutage gefördert, was ich nicht unbedingt erfahren wollte.«

»Oh je«, fühlt Natessa mit. »Möchtest du darüber sprechen?«

»Nur bedingt«, gibt ihre Mutter ehrlich zu. Als die Tochter verständnisvoll nickt, offenbart sie das, was sie am vorigen Tag bei der Rückfahrt nach Hause bereits Daniel anvertraut hatte.

»Mrs. Harper wollte Melindas Firma kaufen?«, fragt Natessa ungläubig. »Warum?«

»Dafür kann es unzählige Gründe geben. Jason meint, das Ganze sei auf Differenzen zwischen ihm und ihr zurückzuführen. Sehr persönliche Dinge, die wir nicht diskutieren werden. Ich möchte, dass wir uns heraushalten und uns stattdessen auf die Zukunft konzentrieren.«

Erneut nickt Natessa, aber sie kann sich die Frage, ob ihre Mutter den Klinikinhaber wiedersehen wird, nicht verkneifen. Emilia reagiert mit einem Augenrollen.

»Nein, Tess, das werde ich vorerst nicht. Jason soll sich um seine Ehe kümmern, damit die Probleme gelöst werden, und ich verbringe in den nächsten Wochen viel Zeit in der

Firma. Es wird dauern, bis ich mich in alles eingearbeitet habe, was Melinda früher erledigt hat.«

»Es gibt Probleme in der Ehe von Dr. Harper?«, hakt Natessa mit einem verschmitzten Augenaufschlag nach. Als ihre Mutter ihr daraufhin einen warnenden Blick zuwirft, hebt sie beschwichtigend die Hände. »Schon gut, es sind die Angelegenheiten der Harpers, in die wir uns nicht einmischen.«

»Genau!«, bestätigt Emilia. Trotzdem kann sie nicht verhindern, dass ihre Gedanken erneut zu dem Moment abdriften, in dem ein lange verdrängtes Knistern zwischen der ehemaligen Collegeliebe und ihr zu spüren war.

›Dass du aus der Villa ausgezogen bist, hat mich wirklich überrascht, Jason.‹

*****

Im Strandhaus in Malibu kippt der Erwähnte derweil den letzten Schluck Kaffee hinunter, bevor er sich seine Jacke schnappt. Nach einem kurzen Blick auf den Wohnzimmertisch, wo er am Abend zuvor unkonzentriert in den Unterlagen über sein Forschungsprojekt geblättert hat, verlässt er das Haus.

›Wir hätten genauso gut essen gehen können, Emilia. Auch wenn du das angesichts meiner verfahrenen Situation mit Lizzy für unangebracht hältst. Nutzen konnte ich die freien Stunden nicht. Wie soll ich mich auf Spenden oder mein berufliches Vorhaben konzentrieren, wenn du dir Sorgen um deine Firma machst?‹, überlegt er sich auf dem Weg zu seinem Wagen.

»Meine Frau wird dir nicht schaden, dafür sorge ich«, murmelt er vor sich hin, während er auf dem Fahrersitz Platz nimmt.

Im Krankenhaus macht Jason sich direkt zu seinem Büro auf, in dem bereits jemand auf ihn wartet. Überrascht blickt er der Frau entgegen, die mit einem Lächeln auf den Lippen aufsteht.

»Darling, schön, dass du endlich da bist«, surrt Lizzy betont fröhlich, so als hätte es die letzten beiden einsamen Nächte nach seinem Auszug nicht gegeben. »Wir sollten über unser Dinner sprechen, damit ich alles zu deiner Zufriedenheit arrangieren kann.«

»Dinner?«, fragt er irritiert, wobei sich seine Stirn in Falten legt. Die ausgestreckten Arme, mit denen seine Frau eine Umarmung anbietet, ignoriert er dabei. Statt sich ihr zu nähern, umrundet Jason den Schreibtisch.

»Das Essen mit den Beals – hast du das etwa vergessen? Dir war das Gespräch mit dem Fabrikanten doch so wichtig«, klärt Lizzy ihn in einem leicht tadelnden Unterton auf. Ein auffälliges Drehen des Eherings begleitet ihre Worte. Als der Blick ihres Mannes einen Moment stirnrunzelnd an dem Fingerspiel hängen bleibt, überkommt sie ein merkwürdiges Gefühl. Ihre Augen suchen seine Hände nach dem Gegenstück ab. Erleichtert nimmt sie zur Kenntnis, dass Jason seinen Ring noch trägt. »Wenn wir das Essen absagen oder auch nur verschieben wollen, werden wir vielleicht so schnell keine neue Möglichkeit dafür bekommen.«

Die Schwierigkeit beim Herstellen des Kontakts, bei dem er zunächst nicht auf Lizzys Verbindung zurückgegriffen hatte, sind bei Jason sofort präsent. Obwohl ihm das Dinner in der Villa zu diesem Zeitpunkt nicht behagt, ist er nicht gewillt, sich die Chance auf das Spendengespräch entgehen zu lassen. Seine verhärteten Züge entspannen sich, zusätzlich setzt er ein Lächeln auf.

»Nimm doch Platz, dann können wir die Details besprechen«, bietet er an.

Lizzys Mundwinkel strecken sich angesichts ihres Erfolges nach außen. Der erste wichtige Schritt ist getan. Ihre Souveränität gewinnt an Fahrt, als sie sich hinsetzt und die Beine elegant übereinanderschlägt. Nur wenige Minuten später hat sie ihrem Mann Vorschläge für das Essen unterbreitet, die ihm mehr als zusagen.

»Danke, dass du dich um alles kümmerst. Ich weiß das zu schätzen«, gibt er zu, nachdem die Details abgesprochen sind.

»Das habe ich immer getan und werde es auch weiterhin tun, Darling. Du weißt doch, wie viel Spaß mir diese Art der Unterstützung macht.« Ihre Augen strahlen, als sie sich nach vorne beugt, um den Zettel mit den infrage kommenden Menüfolgen wieder an sich zu nehmen. Dabei streifen ihre Finger wie zufällig seine Hand.

»Lizzy, vergiss unsere derzeitige Lage nicht«, weist er sie mit hochgezogener Augenbraue zurecht. »Ich weiß deinen Einsatz zu schätzen, das ändert allerdings nichts daran, dass ich Zeit zum Nachdenken brauche.«

»Ich werde nicht aufgeben, Jason. Dazu bedeutet mir unsere Ehe zu viel«, erwidert sie mit kerzengerader Haltung. »Du kannst nicht wegen ein paar Problemen nahezu dreißig Jahre gemeinsame Zeit wegwerfen. Aber das müssen wir nicht jetzt besprechen, dazu wird es eine andere Gelegenheit geben.«

Nach einem Kopfnicken seinerseits erhebt sie sich. Er tut es ihr gleich, macht allerdings keine Anstalten, die Seite des Schreibtisches zu wechseln. Lizzy zögert kurz, als sie überlegt, ob sie das Möbelstück umrunden soll, um sich mit einem Kuss – einem harmlosen auf die Wange – von ihm zu verabschieden. Sein stählerner Blick hält sie letztlich davon ab, sodass sie sich ohne weiteren Körperkontakt von ihm abwendet.

Ihrer Haltung ist die kleine Enttäuschung beim Hinausgehen nicht anzusehen. Kaum hat sich die Tür jedoch hinter ihr geschlossen, atmet sie tief durch.

›Ich bekomme dich zurück, Jason. In mein Leben und in mein Bett!‹

*****

Mit einem Korb voller frisch gebackener Muffins macht Natessa sich gegen Mittag auf den Weg zur Werkstatt der

Hunts. Enrique schaut von seiner Arbeit an einem Motor auf, als sie mit dem Wagen auf den Hof fährt. Seine Augen fangen an zu leuchten. Die kleinen Lachfältchen an den Seiten stehen denen an den Mundwinkeln, die zu einem breiten Lächeln verzogen sind, in nichts nach. Bevor Natessa aus dem Auto ausgestiegen ist, hat er sich bereits die Hände an einem Tuch abgewischt.

»Das nenne ich mal eine gelungene Überraschung. Was führt dich hierher? Hast du Probleme mit dem kleinen Flitzer?«

Mit einem Augenzwinkern hält sie ihm den Korb entgegen, der mit einem Geschirrhandtuch abgedeckt ist. Als Natessa dieses wegzieht, steigt Enrique der Duft des Gebäcks in die Nase.

»Ich habe heute einen freien Tag und wollte endlich mein Versprechen einlösen«, erklärt sie. »Greif zu!«

Eine Aufforderung, die sie kein zweites Mal machen muss. Beherzt nimmt er sich einen Muffin, um zunächst genussvoll daran zu schnuppern.

»Mh, wenn der nur halb so gut schmeckt, wie er riecht, ist er eine Köstlichkeit. Danke, Natessa.«

Schmunzelnd beobachtet sie, wie er den kleinen Kuchen mit wenigen Bissen aufisst. Am Ende leckt er sich mit der Zunge über die Lippen, ehe er ihr ein Kompliment zu dem gelungenen Gebäck macht. Ihre Blicke treffen sich, als er mit einer Hand ihren Kopf umfasst und ihr nach einem leisen »Danke schön« einen Kuss auf die Wange gibt. Seine Lippen wandern weiter zu ihrem Mundwinkel, wo er den zweiten Kuss platziert. Natessa schließt angesichts der Zärtlichkeit, die Enriques Daumen mit einem sanften Streicheln über ihre Haut untermalt, die Augen. Einen Moment später legt er seine Stirn an ihre. Überrascht öffnet sie die Augenlider wieder. Der Zeigefinger seiner freien Hand fährt liebevoll die Kontur ihrer Oberlippe nach. Natessas Lippen öffnen sich minimal, gleichzeitig läuft ihr ein warmer Schauer den Rücken hinunter.

»Hier werde ich ein anderes Mal weitermachen«, flüstert er ihr grinsend zu. Dabei gleitet sein Finger Natessas Unterlippe entlang. »Ich möchte nicht nach Schokolade schmecken, wenn ich die hier koste.«

»Okay«, haucht sie zurück. Zu ihrer eigenen Überraschung spürt sie eine kleine Welle der Enttäuschung. Diese vergeht, als er sie in seine Arme zieht. Mit einem wohligen Gefühl schmiegt sie sich an seine Brust und genießt die Wärme des muskulösen Körpers.

Während Natessa weiter die Stärke und zugleich Ruhe auf sich wirken lässt, fällt Enriques Blick auf ihren Wagen. Stirnrunzelnd löst er die Umarmung, um sich dem Gefährt zu nähern. Einen Augenblick später fahren seine Fingerspitzen über die Beule im unteren Bereich der Fahrertür.

»Wie ist das denn passiert?«

»Ach, das ist nicht der Rede wert«, wiegelt sie ab, wofür sie nur das Missfallen des Mechanikers erntet.

»Ich beule das aus und lackiere die Tür neu.«

»Du brauchst das nicht zu tun, Rick. Man sieht die kleine Delle doch kaum«, protestiert sie, aber er lässt diesbezüglich nicht mit sich reden. Mit hochgezogener Augenbraue reicht er ihr den Autoschlüssel von seinem Wagen.

»Nimm den hier solange. Ich wusste, dass es eine gute Idee ist, mich dem Schätzchen zu widmen.« Natessas Augen weiten sich. Nebenbei beißt sie sich auf die Zunge, um nicht nachzufragen, ob er sie oder das Fahrzeug mit dem Schätzchen meint.

»Brauchst du dein Auto denn nicht?«

»Ich habe ja immer noch das Motorrad, damit kann ich alles Wichtige erledigen.«

Eine Stunde später – nachdem sie der Meinung ist, Enrique lange genug von der Arbeit abgehalten zu haben, und er zwei weitere Muffins verputzt hat – lässt Natessa sich in den weichen Fahrersitz seines Wagens fallen. Beeindruckt streicht sie mit den Fingerkuppen über das lederbezogene

Lenkrad.
»Den willst du mir wirklich anvertrauen?«, hakt sie nach. Mit einem breiten Grinsen bestätigt er es.
»So ehrfurchtsvoll wie du über das Steuer streichst, habe ich keinen Zweifel, dass du gut mit ihm umgehst. Ich wünsche dir viel Spaß. Der Tank ist voll, du kannst dir also eine Spritztour gönnen. Sobald dein kleiner Flitzer wieder hübsch ist, bringe ich ihn dir vorbei.«
»Was ist das hier?«, fragt sie mit einem Fingerzeig auf eine Stelle, die Enrique erst sehen kann, nachdem er seinen Kopf ein Stück weiter in den Innenraum gesteckt hat. Ein Umstand, den Natessa hervorrufen wollte, um ihn mit einem Kuss auf die Wange zu überraschen. »Danke«, ergänzt sie, als er sie daraufhin fragend ansieht.
»Den kleinen Trick werde ich mir merken«, erwidert er lachend, ehe er sich zurückzieht und die Tür schließt. Mit zufriedener Miene schaut er dem Fahrzeug Sekunden später hinterher.
›Da geht noch was‹, freut er sich auf dem Weg zurück in die Werkstatt, wo er seine Arbeit den Rest des Tages vor sich hinpfeifend erledigt.

Natessas Laune ist angesichts der positiven Entwicklung ihrer Freundschaft zu Enrique ebenfalls gestiegen. Das Vertrauen, welches er ihr entgegenbringt, vor allem aber seine unaufdringliche Art sorgen für Entspannung. Gut gelaunt singt sie den Song von Katy Perry mit, der im Radio gespielt wird. Das angenehm zu fahrende Auto gefällt ihr, sodass sie spontan beschließt, ihre freie Zeit mit einer Tour durch die Stadt zu verbringen.
Wie von Geisterhand lenkt sie das Fahrzeug in eine bestimmte Richtung. Selbst ein wenig davon überrascht parkt Natessa schließlich auf dem bekannten Parkplatz. Als sie aussteigt, atmet sie genüsslich die salzhaltige Luft ein. Der schmale Weg, der ein paar Meter weiter zum Strand von Malibu führt, liegt verlassen vor ihr. Nach kurzem Zögern geht sie los und hält sich rechts. Die Villen oberhalb der

Dünen beeindrucken sie immer noch genauso wie beim ersten Mal. Doch viel mehr wird sie von dem Strandhaus mit dem roten Dach angezogen, welchem sie sich Schritt für Schritt nähert.

So friedlich, wie Natessa es in Erinnerung hat, behauptet es sein Dasein zwischen den imposanten Nachbarn. Seufzend lässt sie sich auf der Düne nieder und schaut aufs Meer hinaus. Zwischendurch schweift ihr Blick jedoch auch zu dem Haus, bei dem sie mit einem Mal eine Bewegung auf der Veranda wahrnimmt. Als sie den Kopf vollends dem Lieblingsobjekt an diesem Strandabschnitt zuwendet, winkt ihr ein Mann zu. Automatisch erwidert sie den Gruß.

»Ein schöner Tag für einen Spaziergang am Strand, nicht wahr?«, ruft ihr der Unbekannte zu. Lächelnd steht Natessa auf und geht ein paar Schritte auf das Haus zu.

»Ja, die Luft ist herrlich heute, man merkt den Frühling bereits. … Ihr Haus ist wunderschön«, fügt sie hinzu, als sie nur noch wenige Meter von der Veranda entfernt ist.

Der ältere Herr lädt sie ein, zu ihm heraufzukommen. Nur zu gerne folgt Natessa der Einladung. Lächelnd wartet er auf sie, reicht ihr die Hand und stellt sich als Bernhard vor. Nachdem sie einmal auf der gepflegten Holzveranda um das Strandhaus herumgegangen sind, machen sie es sich auf zwei Schaukelstühlen gemütlich. Natessa reckt ihr Gesicht der Sonne entgegen und lässt einen zufriedenen Laut erklingen.

»Sie waren lange nicht mehr am Strand«, unterbricht er nach einer Weile die Stille. Verwundert blickt ihn seine Besucherin an.

»Woher wissen Sie das?«, fragt sie verblüfft, jedoch keinesfalls besorgt oder ängstlich. Innerhalb weniger Augenblicke hatte sie bei dem Rundgang Vertrauen zu dem älteren Herrn gefasst, der sie weiterhin freundlich anlächelt.

»Es kommt nicht oft vor, dass jemandem dieser unscheinbare Holzbau zwischen den beträchtlichen Villen auffällt.

Noch weniger geschieht es dann aber, dass die Leute sich im Sand niederlassen, um sowohl die Aussicht aufs offene Meer, als auch auf dieses Schmuckstück zu genießen. … Sie sind mit dem jungen Doktor befreundet, nicht wahr?«

»Wir waren es, aber das ist vorbei«, erklärt Natessa leise. »Vincent ist inzwischen verheiratet.«

»Oh«, gibt Bernhard zurück. »Seine Frau scheint die Gegend nicht zu mögen. Ich habe ihn in den letzten Wochen mit keiner anderen hier gesehen. Ihn selbst im Übrigen auch nicht«, fügt er nachdenklich hinzu, während er sich über das Kinn streicht.

Obwohl Natessa das Gespräch über Vincent völlig unerwartet trifft, freut sie sich insgeheim darüber, dass er diesen Platz offensichtlich noch nicht mit seiner Frau geteilt hat.

›Selbst wenn er es tut, wird es für mich immer ein besonderer Ort bleiben‹, wird ihr klar.

Wie besonders der Strandabschnitt all die Jahre für ihn war, erzählt der alte Herr in der kommenden Stunde. Beim Schwimmen im Meer an nahezu dieser Stelle hatten er und seine spätere Frau sich getroffen. Der ersten Begegnung folgten weitere, zumeist am Strand in Malibu, sodass es schließlich selbstverständlich war, bei einem Grundstücksverkauf zuzuschlagen, nachdem sie kurz zuvor geheiratet hatten.

»Wir haben viele glückliche Jahre in diesem Haus verbracht, bis der Blutkrebs meiner Louise die Kraft genommen hat«, berichtet Bernhard zum Abschluss.

Mitfühlend reicht Natessa ihm eine Hand, die er mit glänzenden Augen ergreift. Ihr Daumen streichelt über seinen Handrücken, als sie ihm ihr Mitgefühl ausspricht. Gleichzeitig erinnert sie sich daran, dass Vincent ihr seinerzeit von dem Schicksalsschlag des Strandnachbarn erzählt hatte.

»Es tut mir leid, dass man ihr nicht helfen konnte«, erklärt sie leise.

»Jason Harper hat alles in seiner Macht stehende getan«,

erwidert Bernhard mit einer hörbaren Anerkennung in der Stimme. »Doch die Krankheit war stärker. Die Medizin ist oftmals machtlos«, seufzt er.

»Ja, aber es wird viel geforscht. Ich selber arbeite mit einem Professor zusammen, der sich auf die Leukämiebehandlung spezialisiert hat.«

»Junge Dame, das ist wunderbar«, freut Bernhard sich aufrichtig. »Für meine Louise ist es zu spät, aber ich hoffe, dass Sie einmal in der Lage sein werden, einem Menschen durch Ihre Arbeit das Leben zu retten.«

»Es wäre dem Einsatz von Professor Stuart zu verdanken«, stellt Natessa lächelnd klar.

»Sie werden schon Ihren Teil dazu beitragen«, macht er ihr Mut. Dabei tätschelt er ihre Hand, die weiterhin in seine Richtung ausgestreckt ist.

Nachdem sie Bernhard versprochen hat, ihn mal wieder zu besuchen, um sich das Haus von innen anzusehen, verabschiedet Natessa sich einige Zeit später. Zurück auf dem Parkplatz hält sie nach ihrem Wagen Ausschau und zuckt zusammen, als sie ihn nicht entdecken kann. Nervös dreht sie das Schlüsselbund in ihrer Hand und lässt ihren Blick ein weiteres Mal über die geparkten Fahrzeuge schweifen. Im nächsten Moment fällt ihr ein, dass sie mit Enriques Auto hergefahren ist. Kopfschüttelnd über den Schreck, den sie sich selbst verpasst hat, geht sie zu der Stelle, wo sie den Wagen abgestellt hat. Ein Kichern entfährt ihr, als sie sich überlegt, wie Enrique reagieren wird, wenn sie ihn in den kleinen Schreckensmoment einweiht.

»Ich sehe das Strahlegrinsen, mit dem er seine Zähne enthüllen wird, geradezu vor mir«, gluckst sie vor sich hin. Dass sie ihre eigenen Zähne dabei nicht minder versteckt, wird ihr erst bewusst, als sie sich im Rückspiegel betrachtet. ›Rick, du bringst mich sogar zum Lachen, wenn du meilenweit weg bist‹, wirft sie ihm gedanklich zu. ›Das hat schon lange keiner mehr geschafft!‹

*****

Das Lächeln von Jason wirkt dagegen aufgesetzt, als er die Villa in Bel Air am Abend betritt. Lizzy, die seine Ankunft vom Fenster aus beobachtet hat, kommt ihm im Eingangsbereich entgegen. Nach einer steifen Begrüßung verstaut er seinen Autoschlüssel in der Jackentasche, anstatt ihn wie gewohnt in die Schale neben der Tür zu legen. Seiner Frau entgeht die kleine Veränderung nicht, die ihr prompt einen Stich versetzt.

»Du willst sicher noch duschen und dich umziehen«, kommentiert sie, nachdem ihr Blick an ihm hinuntergeglitten ist.

»Geduscht habe ich in der Klinik«, stellt er gleich darauf klar. »Ich suche mir nur schnell einen anderen Anzug heraus.«

»Ich habe dir den schwarzen Nadelstreifenanzug, eine Krawatte sowie ein passendes Hemd bereitgelegt«, teilt Lizzy ihm mit ihrer unvergleichlichen »Ich weiß wie du Eindruck machst«-Miene mit, bei dem sie ihren Kopf stets einen Tick zur Seite legt.

»Danke«, murmelt er, ehe er an ihr vorbeitritt und schnurstracks die Treppe hinaufgeht.

Im Schlafzimmer angekommen verdreht Jason die Augen beim Anblick des hell fliederfarbenen Hemdes, das seine Frau für den Abend auserkoren hat.

»Wann wird sie endlich einsehen, dass dieser Farbton ein Fehlkauf war«, grummelt er vor sich hin, während er das Oberhemd gegen ein graues austauscht.

Beim Binden der bordeauxfarbenen Krawatte, bei der ihm nicht auffällt, dass sie dieselbe Farbe wie Lizzys Kleid hat, schaut er sich im Zimmer um. Die Unterlagen, die er auf dem Bett zurückgelassen hatte, sind verschwunden. Den kleinen runden Tisch ziert ein großer Strauß dunkelroter Rosen. Sie sind in einer Vase angeordnet, die Lizzy und er zusammen auf der Hochzeitsreise gekauft haben. Ein Utensil, das es die Jahre zuvor nicht aus dem Schrank im Flur herausgeschafft hat. Die subtile Art seiner Frau, Erinnerungen zu platzieren, lässt ihn den Kopf schütteln.

›Es wird dir nicht viel bringen, meine Liebe‹, beschwört er, ›eine weitere Nacht im Strandhaus ist bereits gebucht!‹

Als Jason aus dem Obergeschoss wieder herunterkommt, wartet Lizzy am Fuß der Treppe auf ihn. Ihre Mundwinkel zucken kaum merklich, als sie sieht, für welche Sachen er sich entschieden hat.

›Man muss dir nur ein Teil hinlegen, das du austauschen kannst, und schon nimmst du den Rest ohne darüber nachzudenken‹, freut sie sich.

Ihr Plan ist aufgegangen, da Jason zwar – wie einkalkuliert – ein anderes Oberhemd ausgewählt, die farblich abgestimmte Krawatte jedoch umgebunden hat. Wie selbstverständlich hakt sie sich bei ihm unter, um ihn ins Esszimmer zu begleiten.

»Der Koch bereitet Filet Wellington vor«, informiert sie ihn.

›Natürlich – eines meiner bevorzugten Gerichte‹, geht es Jason durch den Kopf. ›Ich hätte mir denken können, dass sie von den Menüs, die wir in die engere Wahl gezogen haben, genau dieses auswählt.‹

»Hoffentlich ist die Frau von Mr. Beal keine Vegetarierin«, erwidert er, ohne sich seine Gedanken anmerken zu lassen.

»Nein, das ist sie nicht. So etwas bringe ich vorher in Erfahrung«, antwortet Lizzy mit einem Augenaufschlag. Bevor ihr Mann sehen kann, dass sie gleich darauf die Augen verdreht, wendet sie sich ein wenig ab, um kurz durchzuatmen. »Ich hoffe, das Arrangement des Tisches entspricht deinen Vorstellungen. Als Besitzer eines Cateringservices schaust du sicher inzwischen mit geprüftem Blick auf die Zusammenstellung. Die Hausmädchen haben alles nach meinen Vorgaben hergerichtet.«

»Du hast es also herausgefunden«, geht Jason auf ihre geschickt eingestreute Bemerkung ein.

»Darling, das war eine meiner leichtesten Übungen.«

Ein Lächeln ziert Lizzys Lippen bei den Worten, aber in ihren Augen kann er erkennen, dass sie seinen Schachzug noch nicht verdaut hat. Unwillkürlich hofft er, dass es eine Weile dauern wird, bis sie von dem Weiterverkauf des Anteils an Emilia erfährt. Große Erwartungen hat er daran jedoch nicht. Er weiß, dass ihr die Transaktion nicht lange verborgen bleiben wird.

Das Läuten der Türglocke unterbricht Jasons Überlegungen. Gemeinsam mit seiner Frau geht er in den Vorraum, wo eines der Hausmädchen den Gästen soeben die Mäntel abnimmt.

»Herzlich willkommen«, empfängt Lizzy das Paar, welches pünktlich – so wie die Gastgeberin es mag – in der Villa angekommen ist.

Auch Jason reicht den beiden die Hand. Auf dem Weg ins Esszimmer verwickelt ihn Mr. Beal sofort in ein Gespräch über seinen angeschlagenen Gesundheitszustand, zu dem er sich eine Schnelldiagnose vom Chefarzt der Harper-Klinik erhofft. Hinter den Männern begleitet Lizzy die Lebensgefährtin des Fabrikanten zum Tisch.

»Ihr Kleid ist sehr schön«, bewundert die junge Frau das Kostüm der Hausherrin. »Mir gefällt vor allem die Farbe, die auch Ihrem Mann hervorragend steht«, fügt sie mit einem Augenzwinkern hinzu, was ihr bei Lizzy gleich zu Beginn des Abends Pluspunkte einbringt.

Das Dinner selbst verläuft entspannt. Als die Begleiterin des Fabrikanten zu einem weiteren Stück des Rindfleischs greift, tauschen die Gastgeber einen vielsagenden Blick aus, der Jason den Mund zu einem Lächeln verziehen lässt. Davon inspiriert gestaltet Lizzy die Unterhaltung, bei der sie sowohl den Stiftungsrat des Krankenhauses, als auch die Forschungsambitionen ihres Mannes erwähnt. Dankbar nimmt Jason das Thema auf, um dem Gast beim Dessert seine Pläne näherzubringen.

Interessiert erkundigt sich Mr. Beal nach weiteren Unterstützern des Projekts. Die Aufzählung ihres Mannes ergänzt Lizzy um einen zusätzlichen Namen, bei dem sie zwei Tage zuvor erfolgreich vorgesprochen hat. Ein positiv verlaufenes Gespräch, das sie absichtlich verschwiegen hatte, um es zum richtigen Zeitpunkt erwähnen zu können. Das kurze Aufleuchten in Jasons Augen zeigt ihr, dass der Moment perfekt gewählt war. Lächelnd legt sie eine Hand auf seine, während sich ihr Blick auf den Gast richtet.

»Wie Ihnen sicher bekannt ist, gehe ich meinem Mann auch zur Hand, indem ich für den Stiftungsrat des Krankenhauses tätig bin. Wir wissen daher Spenden von Firmen wie der Ihren zu schätzen. Mindestens zweimal im Jahr veranstalten wir Partys, bei denen Sie Kontakte zu anderen Unterstützern knüpfen können. Was sich für den Stiftungsrat bewährt hat, werden wir auch für das Forschungsprojekt umsetzen.«

Jasons Finger, die sie immer noch bedeckt, versteifen sich, kaum dass Lizzy den letzten Satz ausgesprochen hat. Ihr Lächeln bleibt davon ungetrübt, vielmehr umfasst sie seine Hand und drückt sie zärtlich. Um den Schein vor den wichtigen Gästen zu wahren, rührt er seinen Arm nicht von der Stelle. Innerlich seufzt er jedoch wegen des Vorpreschens seiner Frau auf. Weitere Pflichttermine, um die Spender zu umgarnen. Vermutlich in der Villa, die er zurzeit nicht als Zuhause empfindet.

»Sie können bei einer dieser Veranstaltungen mit einem Scheck von mir rechnen«, sagt der Fabrikant zu, der dafür bekannt ist, kaum eine Einladung zu einer Party auszuschlagen.

»Das ist wunderbar«, freut Lizzy sich mit einem triumphierenden Seitenblick auf ihren Mann.

Nachdem die Gäste gute zwei Stunden später gegangen sind, schließt die Hausherrin die Tür. Ihre ganze Haltung strahlt Zufriedenheit aus, als sie sich zu Jason umdreht.

»Lass uns den Erfolg mit einem Brandy feiern«, schlägt sie

vor. »Das lief doch vielversprechend. Du hast ihn mit deinem Konzept überzeugt, Darling.«

»Danke für deine Hilfe, Lizzy. Du hast wie immer alles perfekt arrangiert.« Gemeinsam gehen sie ins Wohnzimmer, wo Jason seine Frau überrascht. »Für mich keinen Alkohol mehr, ich muss noch fahren.«

Die Ankündigung trifft Lizzy vollkommen unerwartet, ihre Souveränität verpufft schlagartig. Perplex wirbelt sie herum, schaut ihn mit einer Mischung aus Kränkung und Unglauben an.

»Geh nicht, Jason«, bittet sie ihn leise, »lass uns den erfolgreichen Abend weiterführen. So wie wir es früher auch immer getan haben.« Ihre Hände legen sich auf seine Schultern, fahren sanft die Arme herunter und umfassen an deren Ende seine Finger. Langsam beugt sie sich vor, ihr Blick verfolgt jede Regung in seinen Augen, die Lippen öffnen sich, als sie nur noch wenige Zentimeter von seinem Mund entfernt sind.

»Lizzy, nicht«, hält er sie auf, indem er einen Schritt zurücktritt. »Ich brauche Zeit. Der heutige Abend reicht nicht aus, um mir darüber klar zu werden, wie es weitergehen soll.«

»Was willst du denn noch?«, fragt sie mit einer großen Spur Verdruss in der Stimme.

»Vor allem Zeit zum Nachdenken«, erwidert er. »Zudem möchte ich sicher sein, dass du die Morgans künftig in Ruhe lässt. Also halte dich von ihnen fern!«

Lizzys Schultern spannen sich bei Nennung des Namens an. Mit hoch erhobenem Kopf blickt sie ihrem Mann in die Augen.

»Wir hätten kein Problem, wenn du dich von ihnen fernhalten würdest«, legt sie dar, woraufhin er den Abstand zwischen ihnen um einen zusätzlichen Schritt erweitert. »Was hast du vor, Jason? Willst du dieser Frau in Zukunft die Ausrichtung deiner Spendenpartys überlassen? Einer Frau, die sich in unseren Kreisen nicht auskennt und keinerlei Verbindungen hat?«

Genervt hebt er die Arme. »Darauf läuft es immer wieder hinaus, oder? In deinen Augen sind die Morgans nichts wert, weil sie im Valley wohnen und nicht in den Kreisen verkehren, die dir so wichtig sind. Ich verstehe nicht, woher dieser Standesdünkel kommt«, erwidert er. Resigniert wendet er sich zum Gehen, als sie ihn am Arm festhält.

»Wir haben uns etwas aufgebaut, Jason. Die Klinik, dieses Haus, unsere Familie. Ich gebe das nicht kampflos auf.«

»Ist dir an deiner Aufzählung etwas aufgefallen?«, fragt er. »Die Familie kam erst zum Schluss. Ich weiß, dass du deine Söhne liebst, Lizzy. Aber auch bei ihnen liegt dein Augenmerk auf den Karrieren – besonders bei Vincent.«

»Ich liebe auch dich, Jason«, antwortet sie völlig unerwartet für ihn. »Deshalb bitte ich dich noch mal: Geh nicht. Geh vor allem nicht zu ihr!«

*****

In der Nacht wacht Vincent auf und streckt den Arm auf die andere Bettseite aus. Tastend sucht er nach seiner Frau, doch die Matratze ist leer. Schlaftrunken knipst er die Nachttischlampe an, ehe er sich aufsetzt. Sein Blick wandert blinzelnd durch den Raum, aber Maya kann er nicht entdecken. Durch den Spalt der nur angelehnten Schlafzimmertür scheint das wesentlich hellere Licht des Flurs ins Zimmer.

Im Untergeschoss des Hauses findet Vincent seine Frau endlich. Sie hat ihre Arbeitsunterlagen auf dem Esszimmertisch ausgebreitet und tippt konzentriert einen Bericht auf dem Laptop.

»Was machst du hier?«, fragt er überrascht. Erschrocken zuckt sie zusammen. Doch ihre Haltung entspannt sich, als er von hinten die Hände auf ihre Schultern legt und ihr einen Kuss aufs Haar gibt.

»Ich will das nur schnell fertigmachen«, erklärt sie.

»Mitten in der Nacht?«, brummt er verschlafen, während seine Finger ihren Nacken massieren.

»Daddy hat eine neue Mitarbeiterin eingestellt. Ich weiß, dass sie das Magazin übernehmen soll, wenn ich scheitere. Deshalb strenge ich mich besonders an, um ihn mit der Ausgabe zu überraschen.«

Seufzend legt Vincent seine Arme um Mayas Oberkörper. Seine Nase vergräbt sich in ihrem Haar. Als er sie fragt, wie sie darauf kommt, dass eine Fremde die Zeitschrift übernehmen soll, dreht sie sich zu ihm um. Tränen sammeln sich in ihren Augenwinkeln, als sie stockend anfängt zu erzählen. Über ihren Eindruck, dass jemand die Unterlagen auf ihrem Schreibtisch durchgesehen hat. Dass es aber nicht ihr Vater gewesen sein kann, weil der an dem Vormittag gar nicht im Verlagsgebäude war. Außerdem gibt sie zu, sich heimlich die Personalakte der neuen Mitarbeiterin angesehen zu haben.

»Sie hat zuletzt eine ähnliche Zeitschrift in Boston herausgebracht. Daddy hat sie von dort abgeworben.«

»Hast du mit ihm darüber gesprochen?«, erkundigt er sich. Dabei fällt sein Blick auf die Handgelenke seiner Frau, die von breiten Ledermanschetten bedeckt sind. Stirnrunzelnd fahren seine Fingerspitzen einen von Mayas Armen entlang. An dessen Ende tippt er auf das hellbraune Leder. »Wo hast du die denn her?«

»Die habe ich gestern in der Mittagspause gekauft. Die kleinen Nieten beruhigen mich, wenn ich darüberstreiche.«

»Eine sehr schöne Idee«, lobt er sie lächelnd. »Ich bin stolz auf dich«, fügt er hinzu. Einen Moment später berühren seine Lippen sanft ihren Mund.

Nachdem sie sich voneinander gelöst haben, wiederholt Vincent seine Frage, ob sie mit Preston über ihre Vermutung gesprochen hat. Als sie den Kopf schüttelt, bietet er an, sie bei dem Gespräch zu unterstützen.

»Gemeinsam können wir die Sache bestimmt klären. Ich

glaube nicht, dass dein Vater dir die Arbeit an dem Magazin ohne deine Zustimmung entzieht.«

›Wenn er es tut, macht er einen riesigen Fehler‹, geht es ihm ergänzend durch den Kopf. ›Maya braucht die Verantwortung, das muss er doch einsehen. Wie kann ich ihm das nur klarmachen?‹

»Ich werde ihm keinen Anlass dafür bieten«, legt seine Frau mit einer Bestimmtheit fest, die ihm äußerst gut gefällt. Nur der Zeitpunkt, den sie sich für die Umsetzung ihres Entschlusses ausgesucht hat, behagt ihm nicht.

»Komm ins Bett, Babe«, haucht er mit den Lippen an ihrem Hals, auf den er sanfte Küsse verteilt. »Du kannst das morgen früh fertigmachen. Ich kann nicht einschlafen, wenn ich weiß, dass du dir hier unten die Nacht um die Ohren schlägst.«

»Wirklich?«, fragt sie überrascht. Ihre Augen fangen an zu leuchten, als Vincent sie liebevoll ansieht. Mit einem leichten Nicken bestätigt er es, bevor er ein weiteres Mal ihren Mund mit seinen Lippen verschließt. Dabei zieht er den Stuhl ein Stück vom Tisch weg. Ehe Maya sich versieht, hat er sie hochgehoben und trägt sie Richtung Treppe. Ein genussvolles Seufzen entfährt ihr. Lächelnd legt sie ihre Arme um seinen Hals, gibt ihm danach die Küsse zurück, die er kurz zuvor auf ihre Haut gedrückt hat.

»Ich bin gar nicht müde«, flüstert sie ihm zu, als sie die Schlafzimmertür erreichen. Ein kokettes Lächeln umspielt ihre Mundwinkel, mit den Fingern streicht sie durch sein Haar und über die Bartstoppeln am Kinn.

»Mir fällt bestimmt eine Maßnahme ein, um das zu ändern«, verheißt er mit einem Zwinkern.

Sekunden später stellt Vincent Maya vor dem Bett auf die Füße. Mit einem Grinsen löst er den Knoten ihres seidenen Morgenmantels, den er gleich darauf nach hinten schiebt, sodass er fast lautlos zu Boden gleitet. Als seine Finger unter die Spagettiträger ihres Nachthemds fahren, kneift sie seufzend die Oberschenkel zusammen.

›Oh ja, das ist so viel besser als der innovativste Einfall für die nächste Ausgabe des Magazins‹, stellt sie lächelnd fest.

KAPITEL 13

Ein wohliges Schaudern durchfährt Lizzy. Die Finger, die sanft über die Haut ihres Oberschenkels streicheln, hat sie vermisst. Das angenehme Prickeln, das Jasons Liebkosung auslöst, lässt sie aufseufzen. Ein Laut, der ihn zum Lächeln bringt. Zumindest glaubt Lizzy, das Verziehen seiner Lippen an ihrem Hals zu spüren. Währenddessen sucht sich seine Hand zielsicher den Weg zwischen ihre Beine, fährt von den Knien die Innenseiten ihrer Schenkel hinauf. Vorfreude breitet sich aus … bis mit einem Mal ein kühler Windzug über ihren Körper hinwegfegt.

Fröstelnd wacht Lizzy auf. Im matten Licht der Lampe auf ihrem Nachtschränkchen, die sie am Abend nicht ausgeschaltet hat, sieht sie, wie sich die Gardinen aufbauschen. Die schweren Vorhänge sind nicht zugezogen, eines der bodentiefen Fenster ist geöffnet, sodass der Wind sein Spiel mit dem feinen, spitzenbesetzten Stoff treiben kann. Der kühle Luftstrom gelangt ein weiteres Mal bis zu Lizzys Haut, die daraufhin die Decke enger um sich wickelt. Schlaftrunken dreht sie sich auf die andere Seite, um sich an Jasons warmen Körper zu schmiegen. Aber die zweite Bettseite ist leer, Kopfkissen und Laken unberührt. Wie ein Blitz kehrt die Erinnerung vom Ausklang des Abends zurück…

~ ***** ~

»Geh nicht. Geh vor allem nicht zu ihr!«, hatte sie ihn gebeten. Ihre Finger umfassten weiterhin seinen Arm, versuchten festzuhalten, was sie auf keinen Fall aufgeben wollte.

»Ich gehe nicht zu ihr«, entgegnete er ruhig. Ein Satz, der sie weiteratmen ließ. »Aber ich werde auch nicht bleiben«, fügte er hinzu.

Nur mit viel Mühe konnte Lizzy verhindern, dass ihre

Schultern herabsanken. Seine Ablehnung passte so gar nicht zu dem Verlauf des Abends, den sie geplant hatte. Alles war bis ins Detail vorbereitet worden, Mr. Beal hatte die erhoffte Zusage getroffen, die Stimmung war gut – sie mussten doch nur noch ihren Erfolg feiern, um einen Schritt in Richtung ihres alten Lebens zu machen.

»Überleg es dir noch einmal, Jason«, bat sie ihn mit einem aufgesetzten Lächeln, das ihr in dem Moment so unsagbar schwerfiel. Die Enttäuschung über seine Worte lag bleischwer auf ihr, aber um nichts in der Welt ließ sie sich das anmerken. Sie war nicht wie ihre Mutter, die einfach aufgab und tatenlos mit ansah, wie sich ihr Leben veränderte. Oh nein, sie würde kämpfen – um ihren Mann, um ihre Ehe, um ihre ganze Familie. »Wir trinken etwas und besprechen die nächsten Schritte.«

»Du hast das weitere Vorgehen doch schon über meinen Kopf hinweg entschieden, Lizzy«, erwiderte er mit müdem Blick. »Nun gut, du bist in deinem Element, also werde ich dich nicht aufhalten. Was meine Wohnsituation angeht, wird es dagegen vorerst keine Veränderung geben. Ich bleibe im Strandhaus, bis ich mir darüber im Klaren bin, wie es mit uns weitergehen soll. Wenn du darauf positiven Einfluss nehmen willst, dann halte dich von den Morgans fern!«

»Sie scheinen dir wichtiger zu sein als unsere Ehe«, hatte sie mit einem Funkeln in den Augen geantwortet.

»Zwing mich nicht, eine Wahl zu treffen«, warnte er sie, was sie entsetzt nach Luft schnappen ließ.

»Ich werde dich nicht gehenlassen«, legte sie fest, nachdem sie sich wieder gefangen hatte. »Du magst dieses Haus verlassen, aber für unsere Ehe gilt das nicht.«

»Wir werden sehen«, entgegnete er mit festem Blick. »Danke für deine Mühe, Lizzy. Du hast das Dinner hervorragend gestaltet, für mich endet der Abend jedoch hier und jetzt.«

Ihre gekränkte Miene, die sie zu seiner Überraschung nicht zu verbergen versuchte, ließ ihn nach ihrer Hand greifen. Sanft drückte er sie, während sie ihn stumm anflehte, nicht

zu gehen.
»Gute Nacht, Lizzy«, wünschte er ihr, bevor er den Kontakt löste, sich umdrehte und das Wohnzimmer verließ.
»Jason!«, rief sie ihm kaum hörbar hinterher, nachdem die Haustür bereits hinter ihm zugefallen war. Zum zweiten Mal innerhalb weniger Tage hatte er sie einfach stehen lassen.
›Daran bist nur du schuld, Emilia Morgan.‹

~ ***** ~

Der Meinung ist Lizzy auch jetzt noch, da ein paar Stunden vergangen sind. Jasons Worte; seine Unnachgiebigkeit, nicht einmal auf den Erfolg anstoßen zu wollen; vor allem aber seine Abwesenheit verursachen eine Kälte bei ihr, die von der nächtlichen Brise nicht zu übertreffen ist. Trotzdem steht Lizzy auf, um das Fenster zu schließen und die Vorhänge zuzuziehen. Danach führt sie ihr Weg jedoch nicht sofort ins Bett zurück. Zunächst holt sie aus einem der Schränke ein Fotoalbum hervor. Mit diesem macht sie es sich auf dem Bett bequem, um in positiven Erinnerungen über Zeiten zu schwelgen, in denen Jason nur Augen für sie hatte.

Am nächsten Morgen studiert sie beim Frühstück ein weiteres Mal die Berichte über die Morgans. Obwohl sich Lizzys Groll hauptsächlich gegen Emilia richtet, lässt sie die Details über die Konkurrentin außen vor. Stattdessen konzentriert sie sich auf die gesammelten Fakten über Daniel und Natessa.
›Jason will, dass ich mich von euch fernhalte‹, sinniert sie nachdenklich vor sich hin. ›Wie wäre es da, wenn ich einfach Abstand zwischen die einzelnen Familienmitglieder bringe? Du sollst am eigenen Leib erfahren, wie es ist, etwas nicht mehr um sich zu haben, das man liebt, Emilia!«
Erfüllt von diesem Gedanken greift sie zum Telefon, um Steve O'Connor anzurufen. Der Bekannte aus alten Zeiten bekommt einen weiteren Auftrag, seine detektivischen

Fähigkeiten unter Beweis zu stellen.

»Bist du inzwischen an die Verbindungsnachweise gekommen, Steve?«, fragt Lizzy zum Abschluss.

»Ja, heute Morgen. Sehr aussagekräftig sind sie nicht. Die meisten Gespräche wurden untereinander geführt. Ich schicke dir den Bericht, sobald ich alle Nummern ausgewertet habe.«

Der nächste Anruf geht an ihren Anwalt, der zu Lizzys Missfallen noch keine weiteren Erkenntnisse zu dem Vertrag zwischen Melinda Shelton und Jason sammeln konnte.

»Einer meiner Angestellten prüft, ob der Eigentümerwechsel bereits offiziell eingetragen wurde. Erfahrungsgemäß dauert es aber nahezu eine Woche, bis die Formalität im Behördenregister vorgenommen wird«, gibt der Seniorpartner der Kanzlei Auskunft. Außerdem sagt er zu, sich sofort zu melden, wenn neue Informationen vorliegen.

Unzufrieden mit der Antwort beendet Lizzy das Gespräch. Wieder einmal heißt es abwarten, bis Rückmeldungen zu den erteilten Aufträgen eintreffen. Eine Situation, die der Hausherrin mehr als nur widerstrebt.

Ein zaghaftes Klopfen am Türrahmen holt sie aus den trüben Gedanken. Ihre Lippen verziehen sich beim Anblick ihres Zweitgeborenen augenblicklich zu einem Lächeln.

»Guten Morgen«, begrüßt Aidan seine Mutter. Mit einem Nicken nimmt er das Angebot an, sich einen Kaffee einzuschenken und sich zu ihr zu setzen.

»Was kann ich für dich tun?«, fragt sie, nachdem sie die Unterlagen über die Morgans unauffällig unter den Umschlag geschoben hat.

»Ist Dad schon weg?«, wundert ihr Sohn sich. »Ich dachte, sein Dienst würde erst am späten Vormittag beginnen.«

Seufzend stellt Lizzy ihre Tasse ab. »Jason ist im Strandhaus.«

Aidan, der zunächst annimmt, dass es in der Villa in

Malibu Reparaturen oder ähnliches abzusprechen gibt, nickt. Doch dann bemerkt er bei seiner Mutter das kurze Flattern der Augenlider und sofort macht sich Besorgnis bei ihm breit.

»Mom, ist alles in Ordnung zwischen dir und Dad?«

Mit einem Kopfschütteln bestätigt sie seine Befürchtung, woraufhin er ihre Hand ergreift. Sein aufmunternder Blick bringt Lizzy dazu, ihm von der Krise in ihrer Ehe zu erzählen. Die Konkurrentin erwähnt sie dabei nicht direkt, nur die Vermutung, dass Jason sich einer anderen Frau zugewandt hat, nachdem sie ihm bei der Sitzung des Stiftungsrates nicht ihre Stimme gegeben hat.

»Aber das ist Monate her«, erzürnt Aidan sich. »So nachtragend kann Dad doch nicht sein. Mom, was ist wirklich los?«

Lizzy zieht ihre Hand aus seiner Umklammerung und steht auf. Unruhig läuft sie im Zimmer umher, während sie zugibt, die Bindung zu Jason verloren zu haben.

»Es ging Schritt für Schritt. Meine Konzentration lag auf Vincent, damit er seine Karriere voranbringt und sich nicht mit einer Frau abgibt, die keine Verbindungen hat. Diese kleine Laborantin wäre für ihn nur ein Klotz am Bein gewesen. Ich wollte nicht, dass er seine Zeit mit ihr verschwendet.«

»Erinnere mich nicht daran«, grummelt Aidan. »Stattdessen hast du ihm Maya angepriesen, die auf dem besten Weg war, sich von ihm zu lösen.«

Seufzend bleibt seine Mutter hinter ihm stehen. Als sie eine Hand auf seine Schulter legt, dreht er sich zu ihr um.

»Es tut mir leid, mein Sohn. Sie hätte auch gut zu dir gepasst, aber ihre Gefühle für deinen Bruder waren so stark. Er hätte immer zwischen euch gestanden. … Wir finden eine andere Frau für dich.«

»Oh nein, Mom, du wirst dich aus meinem Leben heraushalten. Ich habe kein Interesse daran, von dir verkuppelt zu werden. Es reicht, dass du dich bei Vincent eingemischt hast, obwohl du von meinen Gefühlen für Maya wusstest. Hat das auch zu Streit mit Dad geführt?«

»Es waren so viele kleine Dinge, aber dein Vater hat auch Fehler gemacht, Aidan«, versucht Lizzy sich zu verteidigen und dabei den wahren Gründen auszuweichen. Für einen Moment zieht ihr Sohn eine Augenbraue hoch. Doch dann besinnt er sich, atmet tief durch und steht auf. Seine Hände umfassen die ihren, als er sie aufmunternd anlächelt.

»Hol ihn dir Schritt für Schritt zurück, Mom. Selbst wenn eine andere Frau im Spiel ist, ignorier sie. Es geht um Dad, er sollte in deinem Fokus stehen. Zeig ihm, warum ihr all die Jahre glücklich wart!«

Sekundenlang schauen sich Mutter und Sohn an. Aidan wartet auf eine Reaktion, die ihm zeigt, dass er zu ihr durchgedrungen ist. Als sie die Schultern strafft, hofft er auf ihre Einsicht.

»Danke für deinen Rat, Schatz«, sagt sie mit festem Blick, in dem die gewohnte Souveränität mitschwingt. Lächelnd gibt sie ihm einen Kuss auf die Wange, ehe sie sich wieder an den Tisch setzt. Ein untrügliches Zeichen dafür, dass die Unterhaltung damit für sie beendet ist.

Seufzend nimmt er ebenfalls Platz. Schweigend trinken die beiden ihren Kaffee, bis Lizzy ihren Sohn mit einem unverfänglichen Thema ablenkt. Kaum hat Aidan wenig später das Haus verlassen, um in die Klinik zu fahren, schmiedet sie einen weiteren Plan.

*****

Einen Plan hat auch Vincent, als er Maya etwa zur selben Zeit zum Verlagsgebäude bringt. Anstatt wie gewohnt beim Eingang zu halten, stellt er den Wagen in einer Parklücke ab und löst seinen Gurt.

»Was hast du vor?«, fragt seine Frau überrascht.

»Ich begleite dich zu dem Gespräch mit deinem Vater«, antwortet er, wobei er ihr liebevoll über die Wange streicht.

»Gespräch?«

»Das über deine Zukunft in Bezug auf das Magazin«, erinnert er sie. Stirnrunzelnd fragt er sich, warum sie das vergessen hat. Verdrängung geht ihm als Erklärung durch den Kopf, als sie tief einatmet.

»Vincent, das ist lieb von dir. Aber ich werde zunächst einmal dafür sorgen, dass die nächste Ausgabe druckreif gemacht wird. Ich möchte Daddy keine Möglichkeit geben, mir ein Versäumnis vorzuwerfen. Wenn er mich loswerden will, muss er sich anstrengen, um Gründe zu finden.«

»Dann wirst du ihn nicht auf die neue Mitarbeiterin ansprechen?«, hakt ihr Mann nach.

»Doch, aber nicht gleich heute Morgen. Daddy fährt für zwei oder drei Tage geschäftlich weg, da will ich seine Vorbereitungen nicht stören«, erwidert sie. Als Vincent nickt, hebt sie eine Hand und fährt mit dem Zeigefinger die Konturen seiner Lippen nach, auf die sie wenig später einen zärtlichen Kuss drückt. »Danke, dass du mir zur Seite stehen willst.«

»Ich bin immer für dich da, vergiss das nicht«, versichert er nach einem weiteren Kuss. Seine Augenbrauen heben sich tadelnd, als sie die Worte »In guten wie…« beginnt. Bevor sie die Floskel beenden kann, verschließt er ihre Lippen mit seinem Mund. Die Zungen spielen kurz miteinander, ehe Vincent seinen Kopf zurückzieht.

»Ich wünsche dir einen erfolgreichen Arbeitstag. Melde dich, wenn du mich brauchst.«

»Das werde ich«, versichert sie, doch ihre Finger verkrampfen sich dabei um die Henkel ihrer Handtasche. Mit zittrigen Knien steigt sie aus dem Auto. Ihr Kopf schwirrt bei dem Gedanken daran, dass sie es nicht schaffen könnte.

›Wenn ich Daddy enttäusche, wird er das Magazin einstellen. Was mache ich dann nur?‹, fragt sie sich ängstlich auf dem Weg zum Eingang. Dort angekommen sieht sie sich noch einmal zu ihrem Mann um, der ihr zuwinkt, ehe er den Wagen Richtung Straße steuert.

Kurz vorm Abbiegen wirft Vincent einen letzten Blick in den Rückspiegel. Einen Moment lang wundert er sich, dass Maya ihm noch immer nachschaut. Aber dann erinnert er sich an ihre Pläne für den Tag, die für ihn viel Stärke beinhalten. Erfreut über den guten Zustand, in dem sich seine Frau in den letzten Stunden gezeigt hat, fährt er pfeifend zur Harper-Klinik.

Maya hingegen blinzelt die Träne weg, bevor sie das Verlagsgebäude betritt. Sie versucht, den Kopf aufrecht zu halten, als sie durch das Foyer in Richtung der Fahrstühle geht. Je näher sie den Aufzügen jedoch kommt, desto mehr sinkt ihr Kopf zwischen die Schultern. Sie atmet erst auf, als sich die Türen schließen und der Lift nach oben fährt.

In ihrem Büro angekommen hängt sie seufzend ihren Mantel an den Garderobenständer. Danach zieht sie die Ärmel ihrer Bluse über die dünnen Wildledermanschetten, die sie am Morgen unter Vincents lächelndem Blick angelegt hat. Die Erinnerung an den Zuspruch, den er ihr damit gegeben hat, lässt auch sie nun zaghaft lächeln. Mit gestrafften Schultern setzt sie sich an den Schreibtisch und schaltet nach einem tiefen Atemzug den Computer an. Während das Betriebssystem hochfährt, schaut sie aus dem Fenster. Das Farbenspiel am Himmel, der von der morgendlichen Sonne in verschiedene Grün- und Blautöne getaucht wird, entgeht ihr dabei völlig. Stattdessen starrt sie auf die graue Fassade des Nachbargebäudes.

Nach einer halben Stunde schafft Maya es, sich von dem düsteren Anblick, der ein Spiegelbild ihrer derzeitigen Verfassung darstellt, loszureißen. Seufzend beginnt sie, das Layout der neuen Ausgabe zu überprüfen. Die konzentrierte Arbeit lenkt sie ab, sodass sie überrascht aufschaut, als jemand gegen Mittag an ihre Tür klopft. Ihre Schwiegermutter steckt auf ihr »Ja?« den Kopf zur Tür herein.

»Lizzy«, begrüßt Maya die Frau, die – wie immer elegant

gekleidet – den Raum betritt. Stirnrunzelnd fragt sie sich, ob sie vergessen hat, dass sie verabredet sind. Als sie dies zugibt, begegnet Vincents Mutter ihr mit einem Blick, den sie nicht deuten kann. Dass sie abschätzend von oben bis unten gemustert wird, macht sie unruhig. Nervös reibt sie mit einer Hand über den Ärmel der Bluse, durch den sie die Nieten auf den Manschetten spürt.

»Ich war in der Nähe, um etwas zu erledigen. Da dachte ich spontan, dass ich bei dir vorbeischauen könnte. Schließlich haben wir uns seit der Feier bei euch nicht mehr gesehen. Wie geht es dir und dem Baby?«

Erleichtert darüber, dass sie keinen Termin vergessen hat, deutet Maya auf die Sitzecke.

»Wollen wir uns setzen?«

Mit einem leichten Kopfnicken, das von einem weiteren abschätzenden Blick begleitet wird, stimmt Lizzy zu. Nachdem die beiden Frauen Platz genommen haben, schaut sich die Besucherin im Zimmer um.

»Sehr geschmackvoll«, lobt sie die Ausstattung. Als Maya erklärt, dass ihr Vater die Einrichtung ausgesucht hat, folgt nur wieder ein Nicken der Schwiegermutter. Vincents Frau rückt ihren Sitz zurecht und zupft nervös an den Ärmeln der Bluse.

Mayas Frage, ob sie ihr etwas anbieten kann, verneint Lizzy lächelnd. Dabei streckt sie die Hand aus und tätschelt kurz den Arm der Schwiegertochter. Der breite, feste Schutz, der die halben Unterarme abdeckt, entgeht ihr nicht, allerdings verkneift sie sich eine Bemerkung darüber. Stattdessen erwähnt sie, wie leid ihr die Krankheit tut.

»Ich hoffe, die Therapie hat bereits Fortschritte gebracht. Vincent hat erzählt, dass Dr. Atheno dich behandelt. Er ist ein guter Psychiater. Ich habe selber vor Jahren dafür gesorgt, dass er an unsere Klinik kommt.«

Zögernd nickt Maya und erwidert, dass der Arzt sich viel Mühe gibt. »Ebenso wie Vincent«, fügt sie hastig hinzu.

»Natürlich tut er das, meine Liebe«, kommentiert Lizzy

den Zusatz. »Mein Sohn liebt dich und hilft dir in dieser schweren Zeit. Wir alle unterstützen dich.«

Die Worte kommen bei Maya an, aber sie verbinden sich unterschwellig in ihren Gedanken zu Vorwürfen. Vorhaltungen gegen sich selbst, weil sie ihrem Mann nicht das zurückgeben kann, was er derzeit braucht. Die Angst, dass sie Vincents Karriere durch ihre Krankheit aufhält, wenn nicht sogar gefährdet, nimmt ihr die Luft zum Atmen. Ihre Finger krallen sich in den Stoff der Bluse, der Sekunden später einreißt. Erschrocken springt sie auf. Ihre Augen suchen den Raum nach etwas ab, mit dem sie den Schaden bedecken kann, aber es findet sich nichts.

Ein Kloß bildet sich in ihrem Magen, Tränen sammeln sich in ihren Augen. In ihrer größer werdenden Angst zerrt sie an dem Ärmel, dessen Knopf daraufhin abreißt und zu Boden fällt. Hektisch schiebt sie den Stoff hoch, einen Augenblick später hinterlassen die Fingernägel Kratzspuren auf dem Wildleder.

»Maya, was ist los?«, will Lizzy wissen, die sich wundert, dass die Schwiegertochter ihr den Rücken zukehrt. Erst als sie aufsteht und zu ihr tritt, bemerkt sie das Ausmaß der Überreaktion. Besorgt versucht sie, die Frau ihres Sohnes davon abzuhalten, die Manschette zu öffnen.

»Nein!«, sagt sie schließlich energisch und packt Maya bei den Schultern. Die Schärfe des Tonfalls sowie das Funkeln in den Augen der Schwiegermutter bieten Maya tatsächlich Einhalt. Schluchzend hält sie sich einen Arm vors Gesicht, um die Tränen zu verdecken, die nun unaufhörlich hervorquellen.

Eine halbe Stunde später stürmt Vincent in den Raum. An der Türschwelle bleibt er einen Augenblick stehen, um nach Luft zu schnappen. Anstatt auf den Fahrstuhl zu warten, ist er die Treppen hinaufgestürmt.

»Was ist passiert?«, fragt er leise, während er mit ruhigen Schritten auf Maya zugeht, um sie nicht noch mehr zu erschrecken.

Lizzy, die neben ihrer Schwiegertochter auf dem Sofa sitzt und sie im Arm hält, schaut zu ihrem Sohn auf. Ihre Hand streicht weiter über Mayas Rücken.

Seine Frau selbst hat kaum Notiz davon genommen, dass er hereingekommen ist. Ihr Körper zittert, die Augen sind geschlossen, der Kopf an die Schulter der Schwiegermutter gelehnt.

Vorsichtig fährt Vincent mit dem Daumen über eine der Tränenspuren auf Mayas Gesicht. Als sie die Augen öffnet, misst er kurz ihren Puls, bevor er einen Arm um ihre Taille, den anderen um die Schulter legt. Ohne Gegenwehr lässt sie sich zu ihm ziehen. Nachdem er einen Blick mit seiner Mutter getauscht hat, steht diese auf und er nimmt ihren Sitzplatz ein. Danach gibt er ihr ein Zeichen, dass sie Dr. Atheno anrufen soll. Nach einem stummen Nicken verlässt Lizzy den Raum.

»Was ist denn los?«, flüstert Vincent seiner Frau ins Ohr, als sie alleine sind. Behutsam umfasst er ihren Kopf mit beiden Händen, schiebt ihn sanft zurück, sodass er ihr in die Augen sehen kann.

»Vincent«, antwortet sie leise, während das Zittern ihres Oberkörpers weniger wird. »Verlässt du mich?«

»Dich verlassen? Nein, natürlich nicht. Wie kommst du nur darauf?«, erwidert er irritiert. Zusätzlich fragt er sich im Stillen, was am Vormittag passiert ist, das Maya derart aus der Fassung gebracht hat. In den kommenden Minuten versucht er die Ursache für ihren Zusammenbruch zu ergründen. Doch sie wiederholt nur immer wieder, dass er die Ehe beenden wird, weil sie ihm nicht zurückgeben kann, was er für sie tut. Mit Engelszungen redet Vincent auf seine Frau ein, um sie vom Gegenteil zu überzeugen.

»Komm, ich bring dich von hier weg«, schlägt er vor, nachdem sie sich etwas beruhigt hat.

»Wohin?«, fragt sie schniefend. Als er nicht sofort

antwortet, löst sie sich ein Stück von ihm. »Nicht ins Krankenhaus«, bittet sie mit erstickter Stimme.

»Du brauchst Ruhe, Maya«, erklärt er in sanftem Ton. »Wenn es dir nachher besser geht, nehme ich dich mit nach Hause. Das verspreche ich dir.«

Im selben Moment erklingt der Nachrichtenton seines Handys. Er holt das Smartphone hervor und wirft einen kurzen Blick auf die Message, die seine Mutter ihm geschickt hat. Erleichtert nimmt er zur Kenntnis, dass Dr. Atheno Zeit hat und in der Klinik auf sie wartet.

»Kein Krankenhaus«, fleht Maya erneut, wobei das Zittern ihres Körpers wieder einsetzt. »Ich brauche nur dich, sonst nichts.«

»Okay«, willigt er schließlich ein, um sie nicht noch mehr aufzuregen. »Aber ich möchte dir etwas zur Beruhigung geben.«

Nachdem Maya dem Kompromiss zugestimmt hat, bittet Vincent seine Mutter, sie nach Hause zu bringen. Dort angekommen begleitet er seine Frau ins Schlafzimmer, wo er ihr ein Mittel spritzt, das sie nach wenigen Minuten ruhiger werden lässt. Schlafen will sie jedoch nicht, sodass er sich zu ihr setzt. Dankbar ergreift sie seinen Arm, den sie mit beiden Händen umklammert.

»Es tut mir so leid«, flüstert sie nach einer Weile.

»Das muss es nicht, Babe«, erwidert er ebenso leise. »Möchtest du mir erzählen, was dir so zugesetzt hat?«

»Ich weiß es nicht«, gibt sie stockend zurück. In ihren Augen sammeln sich Tränen, eine davon rollt wenig später ihre Wange hinunter. Vincent beugt sich vor und küsst sie weg, bevor sie am Kinn angekommen ist. Als er seinen Kopf zurückzieht, lächelt Maya zaghaft. Eine Viertelstunde später stimmt sie doch zu, sich hinzulegen. Vincent bleibt bei ihr, bis sie eingeschlafen ist.

Im Erdgeschoss findet er seine Mutter vor, die an der Terrassentür steht und in den Garten schaut. Als sie seine

Schritte hört, dreht sie sich zu ihm um.

»Wie geht es ihr?«, erkundigt sie sich. Die Antwort ihres Sohnes, dass Maya schläft, nimmt sie mit einem erleichterten Nicken zur Kenntnis.

»Mom, erzähl mir bitte ganz genau, was sich abgespielt hat. Wieso war Maya so aufgebracht? Hast du irgendetwas zu ihr gesagt?«

»Nein!«, empört Lizzy sich prompt. Sie geht auf Vincent zu und schaut ihm dabei offen in die Augen. »Ganz im Gegenteil: Wir haben darüber gesprochen, wie sehr du sie liebst und wie aufmerksam du dich um sie kümmerst.«

»Ging es um ihre Arbeit im Verlag oder ihren Vater?«, bohrt er weiter. Die Stirn seiner Mutter legt sich in Falten. Nachdenklich betrachtet sie ihren Sohn, da sie spürt, dass etwas nicht stimmt.

»Hattest du Streit mit Preston?«

»Beantworte bitte meine Fragen, Mom. Worüber habt ihr genau gesprochen?«

Als sie versichert, dass sich das Gespräch nur um Dr. Atheno und ihn drehte, bevor Maya plötzlich anfing, an ihrem Arm zu kratzen, glaubt Vincent seiner Mutter. Mit einem entschuldigenden Lächeln deutet er auf das Sofa, wo sie gemeinsam Platz nehmen.

»Wenn du zurück ins Krankenhaus musst, bleibe ich hier und passe auf Maya auf«, bietet sie an.

»Nein, ich habe Aidan gebeten, die Vertretung zu regeln. Außerdem schaut Dr. Atheno vorbei, sobald seine Schicht beendet ist«, lehnt er ab. »Ich muss nur noch einen Termin von heute Abend absagen, dann ist alles geklärt.«

»Ein Spendentermin?«, hakt sie nach, was er bejaht. »Den wirst du selbstverständlich wahrnehmen, ich kümmere mich in der Zeit um deine Frau.«

»Das ist nicht nötig. Die Verabredung kann ich verschieben, Maya ist jetzt wichtiger.«

»Dann führe ich das Gespräch für dich. Um wen handelt es sich?«, bleibt seine Mutter hartnäckig. »Ich lasse nicht zu, dass du deine Karriere derart vernachlässigst.«

Mit einem Schnauben quittiert Vincent den Vorschlag. Seine Augen sind zu Schlitzen verengt, als er sie anstarrt.

»Geht es schon wieder darum, wer oder was mich voranbringt? Ist dir Maya mit einem Mal auch nicht mehr gut genug? Weil sie Probleme hat und nicht der strahlende Stern an meiner Seite ist, den du anfangs in ihr gesehen hast? Du vertreibst keine zweite Frau aus meinem Leben, lass dir das gesagt sein, Mom.«

Schweigen senkt sich herab, als Mutter und Sohn sich anblicken. Vincents Anschuldigungen brodeln in Lizzy. Das Funkeln in ihren Augen verrät, dass sie ihren Sohn am liebsten zurechtstutzen würde. Wie kann er so mit ihr sprechen? Trauert er dieser kleinen Laborantin aus dem Valley etwa nach? Mit hoch erhobenem Kopf atmet sie tief durch, um nichts Falsches zu sagen.

»Deine Vorwürfe sind unangebracht, mein Sohn. Ich versuche lediglich, dich zu unterstützen. Es ist selbstverständlich, dass du dich um deine Frau kümmerst, und dies sehr liebevoll, wie ich beobachten konnte. Maya gehört zur Familie, also helfen wir euch. Mein Angebot steht, soll ich den Spendentermin für dich übernehmen?«

Seufzend legt Vincent eine Hand auf ihre und drückt sie.

»Gibt es in deinem eigenen Leben nicht genug, um das du dich kümmern solltest?«, fragt er leise. Als sich Überraschung in ihrer Miene widerspiegelt, gibt er zu, dass Aidan ihm am Morgen von Jasons Umzug ins Strandhaus erzählt hat. »Richte deine Energien bitte darauf, euer Leben wieder in geordnete Bahnen zu bringen. Um meines musst du dir keine Sorgen machen, das bekomme ich alleine in den Griff!«

*****

Von den Geschehnissen im Hause seines Sohnes bekommt Jason nichts mit. Seit dem späten Vormittag ist er unterwegs, um sich in einem anderen Krankenhaus der Stadt ein medizinisches Gerät anzusehen, das er für die eigene Klinik in Erwägung zieht. Nach einer ausführlichen Demonstration steigt er am Nachmittag zufrieden in seinen Wagen. Der Rückweg führt ihn an dem Viertel vorbei, in dem sich Emilias Cateringservice befindet. Einer spontanen Idee folgend stoppt er bei zwei Läden, bevor er den Parkplatz der Firma ansteuert.

Den Blumenstrauß mit den orangefarbenen Blüten hält er in das Büro, in dem Emilia verschiedene Rezepte studiert. Stirnrunzelnd betrachtet sie die Blütenpracht, die ihr entgegengestreckt wird. Als Jason mit einem Lächeln durch die Tür tritt, weiten sich ihre Augen.

»Hatten wir nicht vereinbart, dass du dir die nötige Zeit nimmst, um über deine Ehe nachzudenken, während ich mich auf meine Firma konzentriere?«, tadelt sie ihn. Ihre Freude über seinen Besuch kann sie jedoch nicht verbergen. Nachdem sie den Strauß in seiner Hand ausgiebig bewundert hat, nimmt sie ihn entgegen.

»Wie ich sehe, bin ich nicht der Erste, der die Idee für Blumen als Gratulationsgeschenk hatte«, stellt er mit einem Seitenblick auf einen weiteren imposanten Strauß fest, der den Tisch ziert, an dem sie den Vertrag unterzeichnet haben.

»Der ist von Melinda – ein Entschuldigungsversuch. Soll ich diesen hier ebenso werten?«, zieht Emilia ihn schmunzelnd auf. Zwei neue Aufträge, die sie am Morgen unerwartet bekommen hat, sorgen bei ihr für eine blendende Laune, die kaum etwas zu trüben vermag. Einen Moment lang fällt Jason auf die Bemerkung herein, aber dann bemerkt er den schelmischen Ausdruck in ihren Augen, der von zuckenden Mundwinkeln begleitet wird.

Blitzschnell legt er einen Arm um Emilias Taille und zieht sie schwungvoll zu sich heran. Sie schafft es gerade noch, die Blumen in die Höhe zu halten, damit sie nicht zerdrückt werden. Ihre Blicke treffen sich, kleben aneinander, wollen sich gar nicht wieder voneinander lösen.

»Herzlichen Glückwunsch zur Firmenübernahme«, flüstert Jason schließlich.

»Danke«, haucht sie zurück. Ihre Augen fahren unruhig hin und her, als seine Lippen sich den ihren langsam nähern. Unfähig, sich zu bewegen, erwartet sie die Berührung, die einen Moment später erfolgt. Ein sanfter Kuss, der beide alles um sie herum vergessen lässt, findet seinen Anfang.

»Jason, was tust du?«, raunt sie ihm zu, als er ihren Mund wieder freigibt.

»Etwas, das lange überfällig war«, gibt er mit einem zärtlichen Nasenstupser zurück. Seine Stirn legt sich an ihre, die Augen schließen sich, ehe er aufseufzt. »Ich habe dich vermisst, Emilia.«

»Lass uns vernünftig sein«, bittet sie ihn. Vorsichtig windet sie sich aus seiner Umarmung, sieht ihn aber weiterhin ohne Vorwürfe an. Wie gut es sich anfühlt, von einem Mann geküsst zu werden, hatte sie fast vergessen. Trotz des Knisterns, das immer noch in der Luft liegt, will sie das Richtige tun, ohne ihn dabei zu verletzen.

»Dann öffnen wir den hier, um auf deine Firma anzustoßen«, antwortet er mit einem Augenzwinkern. Grinsend hält er die Flasche hoch, die er ebenfalls mitgebracht hat. »Ist das vernünftig genug?«

Bevor sie ablehnen kann, hat er das Drahtgestell der Champagnerflasche entfernt und dreht den Korken, der sich langsam aus dem Flaschenhals schiebt. Ein leises »Plopp« ertönt, als Verschluss und Flasche sich endgültig voneinander trennen.

»Voilà«, freut Jason sich. »Hast du Gläser oder wollen wir den Dom Perignon direkt aus der Flasche trinken?«

Keine Minute später sprudelt der edle Perlwein in Champagnerflöten vor sich hin, mit denen Jason und Emilia anstoßen. Ihre Augen leuchten, als sie das Getränk probiert, das sie bisher nur vom Namen her kannte.

»Er schmeckt köstlich, danke.«

Ihm liegt auf der Zunge, dass ihm der Geschmack des Kusses besser gefallen hat, doch er verkneift sich die Bemerkung. Dass sie die Zärtlichkeit überhaupt zugelassen hat, erfüllt ihn mit Zufriedenheit. Darüber hinaus will er sein Glück vorerst nicht überstrapazieren, daher reagiert er nur mit einem Augenzwinkern.

»Hast du Hunger?«, erkundigt sie sich nach einem weiteren Schluck. »Ich habe nebenan in der Küche ein paar Rezepte ausprobiert. Magst du kosten? Da dir der Laden für wenige Stunden gehört hat, interessiert es dich vielleicht.«

»Alles, was mit dir zu tun hat, weckt mein Interesse, Emilia. Natürlich probiere ich sehr gerne.«

Gemeinsam gehen die beiden in die Küche, wo sie Jason erklärt, was es mit den einzelnen Gerichten auf sich hat. Die schonend gegarten Zutaten, die Emilia mit frischen Kräutern angereichert hat, verströmen einen Duft, der ihm das Wasser im Mund zusammenlaufen lässt. Insbesondere die Häppchen aus Blätterteig sowie die Fleischterrinen und Pasteten haben es ihm angetan. Erfreut über sein Lob stellt sie ihm einen Teller zusammen, den er bis auf den letzten Bissen leert. Satt und zufrieden reibt er sich danach den Bauch.

»Hervorragend«, lobt er sie. »Du hast ein Händchen dafür. Ich wusste, dass es genau die richtige Aufgabe für dich ist. Mach dir keine Sorgen um deinen Ruf, es wird sich schnell herumsprechen, wie köstlich alles ist.«

Mit Stolz nimmt Emilia das Kompliment entgegen, aber sie äußert auch die Bedenken, die sie immer noch wegen seiner Frau hegt.

»Weiß sie inzwischen, dass du mir die Firma verkauft hast?«

»Nein«, erwidert Jason mit einem Kopfschütteln. Behutsam ergreift er Emilias Hand und drückt sie. »Ich mache mir keine Illusionen, dass ich es lange vor ihr geheimhalten kann. Das sollte dir jedoch keine schlaflosen Nächte bereiten. Ich habe Lizzy gesagt, dass sie unsere Ehe endgültig aufs Spiel setzt, wenn sie interveniert.« Dass sich die Miene seiner Collegefreundin daraufhin verhärtet, veranlasst Jason dazu, sie ein weiteres Mal in seine Arme zu ziehen.

»Mach dir bitte keine Sorgen«, versucht er sie zu beruhigen. »Ich passe auf, dass sie sich nicht einmischt.«

Emilia, deren Zweifel trotz seiner Zusicherung bestehen bleiben, gibt sich für einen Moment dem Gefühl des Beschütztwerdens hin, das ihr seit Georges Weggang am meisten fehlt. Nach einem tiefen Atemzug, mit dem sie Jasons Geruch in sich aufsaugt, tritt sie einen Schritt zurück. Nervös schiebt sie sich eine Strähne hinters Ohr, ehe sie dem Mann, dessen Nähe sie gerne weiter genossen hätte, in die Augen sieht.

»Du solltest jetzt gehen, Jason. Wir haben vereinbart, dass wir uns auf die wichtigen Dinge konzentrieren und vorerst keinen Kontakt haben. Ich möchte nicht schuld am Scheitern deiner Ehe sein.«

»Was mich angeht, konzentriere ich mich gerade auf etwas Wichtiges«, erwidert er leise. Als sie sich daraufhin kopfschüttelnd und mit leicht ausgestreckten Armen weiter von ihm entfernt, schließt er für einen Moment die Augen. Nachdem er sich gesammelt hat, setzt er seine Erklärung fort. »Für mich geht es gar nicht mehr um das Scheitern meiner Beziehung zu Lizzy. Ich werde mir auch Gedanken darüber machen, ob sich mein Leben nicht grundsätzlich noch einmal in eine andere Richtung entwickeln sollte. Es kann kein Zufall sein, dass wir uns wieder über den Weg gelaufen sind.«

»Wir sollten das Schicksal nicht herausfordern«, dämpft sie seine Überlegung. »Deine Frau hat viel für dich getan und ihr wart sehr lange glücklich. Eine Krise ist kein Grund, eine langjährige Ehe voreilig zu beenden.«

Seufzend geht Jason wieder auf Emilia zu, bleibt kurz vor ihr stehen und sieht sie nachdenklich an.

»Ich verspreche dir, dass ich keine übereilte Entscheidung treffe. Aber wenn ich zu einem Entschluss gekommen bin und es in deine Richtung geht, möchte ich, dass du es akzeptierst. Kannst du das, Emilia?«

»Ich werde es versuchen«, sagt sie zu. Ihm ist sofort klar, dass ihm die Antwort in dem Moment genügen muss. Zu mehr wird sich die äußerst prinzipientreue Frau vor ihm nicht hinreißen lassen.

»Danke«, sagt er daher nur, bevor er ihr noch einen Kuss auf die Stirn gibt und die Küche danach verlässt.

»Auf Wiedersehen, Jason«, flüstert sie kaum hörbar, nachdem sich die Tür geschlossen hat. Dabei lässt sie den kleinen Funken Hoffnung zu, dass sie ihn tatsächlich wiedersehen wird.

KAPITEL 14

Nachdem Jason noch für zwei Stunden in der Klinik nach dem Rechten gesehen hat, macht er sich am frühen Abend auf den Weg nach Malibu. Da er nicht über Mayas Zusammenbruch informiert wurde, ist seine Laune nach dem positiven Verlauf des Besuchs bei Emilia weiterhin auf einem hohen Level. Lautstark singt er einen Song von Frank Sinatra mit, der im Radio gespielt wird. Seine Finger tippen den Takt auf dem Lenkrad mit.

»Lalala … taboo…«, trällert er den Refrain von Witchcraft mit, als er in die Auffahrt des Strandhauses einbiegt. Beim Anblick des Lichtscheins, der durch die Fenster nach draußen dringt, wird seine Stimme leiser.

›Ein Einbrecher wird kaum das ganze Erdgeschoss erleuchten‹, geht es ihm durch den Kopf. Im nächsten Augenblick entdeckt er einen bekannten Wagen, der neben dem Haus geparkt ist, und atmet erleichtert auf. ›Was für eine Überraschung!‹

Nach einem tiefen Atemzug öffnet er die Tür des Holzhauses. Die Boxen der Stereoanlage spielen leise Musik ab; Kerzen erhellen den Esstisch im Wohnzimmer, der feierlich gedeckt ist; eine Flasche Rotwein steht bereit. Aus der Küche weht der Duft von gebratenem Fleisch zu ihm herüber.

»Was machst du hier?«, fragt er an die Frau gewandt, die lächelnd auf ihn zukommt.

»Wonach sieht es denn aus?«, antwortet sie, während sie nähertritt und ihm einen Kuss auf die Wange haucht. »Ich habe uns etwas gekocht. Würdest du bitte den Wein öffnen, damit er ein wenig atmen kann?«

Wie selbstverständlich nimmt sie ihm die Aktentasche sowie den Mantel ab. Immer noch staunend sieht er ihr nach, als sie zur Garderobe geht.

»Jason, der Wein!«, erinnert sie ihn.

Kopfschüttelnd begibt er sich zum Esstisch, wo er einen Blick auf die Flasche wirft. Château Lafite-Rothschild – eine gute Wahl, wie er anerkennend feststellt.

»Was hast du gekocht?«, erkundigt er sich in Richtung Küche. Die Auswahl des Weines lässt in seinen Augen nur zwei Gerichte zu. Zumindest dann, wenn seine Besucherin ihrer Linie treu geblieben ist. In dem Moment, als er den Korken aus der Flasche zieht, legen sich von hinten Hände um seine Taille. Überrascht zuckt er leicht zusammen.

»Lammrücken mit Kräuterkruste«, raunt Lizzy ihm ins Ohr. »Ich hoffe, du hast Hunger. Wir können essen, sobald die Kartoffeln gar sind.« Die Bemerkung über den Hunger lässt Jason die Stirn krausziehen. Nach den schmackhaften Snacks, die Emilia ihm erst wenige Stunden zuvor in Fülle zum Probieren serviert hat, verlangt sein Magen noch nicht wieder nach etwas Essbarem.

»Die Kartoffeln kochst du tatsächlich selbst?«, versucht er sich mit einem Scherz von dem Gedanken abzulenken. Hinsichtlich des Lammrückens hat er keinen Zweifel, dass seine Frau wie gewohnt den Dienst eines Gourmetkochs in Anspruch genommen hat.

»Wenn du darauf anspielst, dass Philippe das Hauptgericht vorbereitet hat, liegst du richtig«, erwidert sie mit einem Augenzwinkern, ohne eine Spur von Beleidigtsein. »Setz dich, Darling, ich kümmere mich um alles Weitere.« Bei den Worten nimmt Lizzy ihm die Weinflasche aus der Hand, postiert sie im Dekantierständer und füllt zwei Gläser. Eines davon reicht sie ihrem Mann.

»Auf einen schönen Abend«, prostet sie ihm zu. Nickend hebt er ebenfalls sein Glas an, um mit ihr anzustoßen.

»Du hast ja kaum etwas gegessen«, stellt Lizzy fest, als Jason sein Besteck beiseitelegt, bevor er den Teller von sich schiebt.

»Ich habe erst spät am Nachmittag ausgiebig gespeist«, entschuldigt er den geringen Appetit. Die Nachfrage seiner Frau, wie der Besuch in der Privatklinik der Montessiers war, beantwortet er mit einem kurzen Bericht über die medizinische Apparatur, welche ihn überzeugt hat.

»Heißt das, du möchtest für unser Krankenhaus ebenfalls so ein Gerät anschaffen? Deine Augen leuchten ja regelrecht«, fügt sie mit einem Lächeln hinzu.

»Wenn ich den Stiftungsrat von den Vorteilen überzeugen kann. Für unsere Diagnostik wäre es eine Bereicherung.« Lizzys Gesicht hellt sich noch weiter auf, als sie über den Tisch greift und Jasons Hand umfasst.

»Ich helfe dir dabei, damit der Stiftungsrat eine kluge Entscheidung trifft«, sagt sie zu.

Lizzys Worte rufen eine Erinnerung an eine für Jason äußerst wichtige Sitzung hervor, bei der sie ihm ihre Unterstützung versagt hatte. Er presst die Lippen aufeinander und zieht seine Hand aus ihrem Griff. Sie schluckt, versucht aber sich nichts anmerken zu lassen. Gebannt wartet sie auf seine weitere Reaktion.

»Danke«, antwortet er schließlich ohne die Spur eines Lächelns. Im Gegenteil, seine Augen wirken wie kleine Eisblöcke, sodass Lizzy ein Frösteln über die Haut läuft. Allerdings wäre sie nicht die für alle Stimmungen erprobte Frau eines Klinikleiters, wenn sie das aus dem Konzept bringen würde. Mit kerzengerader Haltung erinnert sie sich daran, dass sie für diesen Abend Pläne geschmiedet hat.

»Möchtest du noch Wein?«, wechselt sie ohne Regung das Thema. Ihre Finger umfassen den Griff des Dekantierständers und heben ihn bereits an, als Jason dankend ablehnt.

»Nein, ich sollte einen klaren Kopf behalten, um ein paar Berichte durchzugehen, die ich heute vernachlässigt habe.

»Das hat doch bis morgen Zeit«, widerspricht sie und schenkt ihm nach, bevor er protestieren kann. Mit dem eigenen Glas in der Hand prostet sie ihrem Mann zu. Der besinnt sich auf seine guten Manieren und erwidert den Toast, tatsächlich nimmt er danach jedoch nur einen kleinen Schluck.

»Du hast gekocht, ich übernehme dafür das Abräumen«, schlägt er nach einem Moment der Stille vor. Lizzy erhebt sich mit ihm zusammen, um ihm zur Hand zu gehen. Mit einem inneren Seufzer lässt Jason es geschehen.

»Nicht die Gläser«, hält sie ihn auf, als er auch diese ergreifen will. »Die brauchen wir noch.«

»Lizzy, es ist mir ernst damit, dass ich ein paar Dinge abarbeiten möchte. Ich danke dir für die Überraschung mit dem wunderbaren Essen, wäre jetzt aber gerne allein.«

»Wie bitte?«, entfährt es ihr. Die bis dahin mühelos aufrechterhaltene Contenance bekommt nun doch Risse. »Ich wollte den Abend mit dir verbringen.«

Jason, der ahnt, worauf der Besuch hinauslaufen soll, wendet den Blick von seiner Frau in Richtung der Wanduhr ab. Einen Moment später gleicht er die Uhrzeit mit seiner Armbanduhr ab. Eine Geste, die bei Lizzy die Alarmglocken schrillen lässt.

»Du erwartest noch jemanden«, wirft sie ihm an den Kopf. »Hast du dich mit ihr verabredet? Kommt sie hierher, um die Nacht mit dir zu verbringen?« Mit einem energischen Kopfschütteln legt Jason ihr die Hände auf die Schultern.

»Lizzy, beruhige dich. Niemand kommt hierher. Ich habe den Abend sowie selbstverständlich auch die Nacht ohne Besuche geplant. Damit ich etwas arbeiten kann und um nachzudenken. Der Grund für meinen Auszug, erinnerst du dich?«

Ihre Augen wandern hin und her, als sie ihn prüfend ansieht. Sein Blick erscheint ihr aufrichtig, kein Anzeichen deutet darauf hin, dass er sich herausredet. Trotzdem fällt es ihr schwer, seinem Wunsch nach Alleinsein zu entsprechen. Es ist genau das, was sie ändern will.

»Möchtest du wirklich, dass ich gehe«, fragt sie leise. Ihre Hände fahren zärtlich über seine Oberarme, während sie sich langsam nach vorne beugt, um ihn zu küssen. »Schick mich nicht weg«, flüstert sie nahe an seinen Lippen.

Jason schließt die Augen, was Lizzy einen triumphierenden

Zug um die Mundwinkel verschafft – gefolgt von einem Zucken, als er unerwartet einen Schritt zurücktritt und seine Hände von ihren Schultern nimmt. Ihre Finger rutschen an seinen Ärmeln nach unten. Einen Moment später greift er nach ihrer Jacke, die sie über einen der Stühle gelegt hat.

Mit zusammengekniffenen Lippen schlüpft Lizzy in das Kleidungsstück von Chanel, welches er ihr hinhält. Mit einem letzten Funken Hoffnung im Blick, ob nicht vielleicht doch noch eine Chance auf eine gemeinsame Nacht möglich ist, die er mit einem leichten Kopfschütteln zunichtemacht, nimmt sie ihre Handtasche.

»Gute Nacht, Darling«, wünscht sie ihm.

»Gute Nacht«, erwidert er ohne einen Zusatz. Stattdessen öffnet er die Haustür, um sie hinaustreten zu lassen.

»Fahr vorsichtig.« Eine Floskel, die sie lediglich mit einem Nicken beantwortet, ehe sie eleganten Schrittes die Veranda überquert. Dabei spürt sie seinen Blick, dreht sich aber nicht noch einmal zu ihm um. Warum nur war er so unnachgiebig? Es hätte eine wundervolle Nacht werden können – trotz der Nähe des Meeres, dem sie nichts abgewinnen kann. Nun gut, sie würde ihm ein wenig Zeit gewähren. Doch das bedeutete nicht, dass sie keine neuen Pläne schmiedete.

*****

Am übernächsten Nachmittag beschließt Natessa, ihren Feierabend damit einzuläuten, dass sie Sarah im Krankenhaus besucht. Auf dem Parkplatz steuert sie Enriques Auto an, das er bisher nicht gegen ihren Volkswagen zurückgetauscht hat, weil er unbedingt die gesamte Seite neu lackieren wollte.

»An der Fahrerseite sind einige kleinere Kratzer, die ich mit ausbessern will«, hatte er dazu verkündet. »Behalte meinen Wagen ruhig noch ein paar Tage, er steht dir.«

Ein Umstand, der Natessa nichts ausmacht, da es ihr Spaß

bringt, mit dem sportlichen Untersatz zu fahren, bei dem sich sogar das Verdeck zurückklappen lässt.

›Wie gerne würde ich Sarah einmal damit durch die Gegend chauffieren‹, überlegt sie, als sie den Motor startet. Dabei stellt sie sich vor, wie ihre Freundin vor Freude jauchzend das Gesicht in den Wind hält, während sie an der Küste entlangbrausen.

Obwohl sie weiß, dass Vincent Dienst hat, durchquert Natessa den Eingangsbereich des Krankenhauses im normalen Tempo. Auch die Gänge hetzt sie nicht wie ein scheues Reh entlang, sondern mit erhobenem Kopf und einem Lächeln auf den Lippen. Ihre Gedanken sind immer noch bei dem fiktiven Ausflug mit Sarah.

»Eine schöne Vorstellung, dabei wäre es schon ein Fortschritt, wenn sie mal aus dem sterilen Bereich herauskäme«, murmelt Natessa vor sich hin, als sie an die Tür des Krankenzimmers ihrer Freundin klopft.

»Du strahlst ja – was ist passiert? Hast du im Lotto gewonnen?«, fragt Sarah, der Natessas gute Laune sofort auffällt.

»So ähnlich.«

»Moment«, erklärt die Patientin daraufhin. Sie drückt auf einen Knopf, mit dem sich das Kopfteil des Bettes verstellen lässt. Mit bewunderndem Blick schaut Natessa zu, wie sich der Oberkörper ihrer Freundin mehr und mehr aufrichtet. »Cool, oder?«, fügt Sarah hinzu, als sie fast aufrecht sitzt. »Seitdem meine Schmerzen beim Sitzen am unteren Limit sind, hat man mir diese Luxusausstattung von einem Bett zukommen lassen. Es fehlt nur noch der Antrieb, damit ich durch die Gegend rollen kann. Das wäre was.«

Unwillkürlich wird Natessa an ihre Idee mit der Spritztour erinnert. Als sie ihrer Freundin von Enriques Wagen erzählt und wen sie gerne als Beifahrerin hätte, fangen Sarahs Augen an zu leuchten.

»Enrique?«, fragt sie neugierig. »Sein Fahrzeug klingt ja schon mal sehr interessant, erzähl mir mehr.«

»Von dem Auto?«, zieht die Besucherin sie grinsend auf und bekommt als Reaktion einen Hieb auf den Oberarm. »Aua«, beschwert sie sich, »du hast ganz schön viel Kraft in dem Arm.«

»Ist ja auch der gesunde. Aber jetzt lenk nicht ab. Ich will alles über den Typen hören, der dir sein Schmuckstück ausleiht.«

»Da gibt es nichts Aufregendes zu berichten«, beginnt Natessa. »Wir sind Freunde, die ab und an etwas zusammen unternehmen.«

»Das kannst du dem Papst erzählen«, fährt ihre Freundin augenzwinkernd dazwischen. »Hast du eine Ahnung, wie viel natürliches Rouge deine Wangen gerade aufweisen? Du magst ihn, mir machst du nichts vor.«

»Ja, ich mag ihn«, gibt Natessa zu.

Ein wenig verlegen erzählt sie Sarah, wie wohl sie sich in der Nähe des Mechanikers fühlt. Ehrliche Freude zeigt sich bei der langjährigen Bekannten, als sie vom Picknick in den Hollywood Hills schwärmt. Einen regelrechten Jubelschrei löst am Ende die Schilderung des Moments aus, als Enrique sie ein paar Tage zuvor fast geküsst hätte.

»Wow«, entfährt es Sarah, die über das ganze Gesicht strahlt. »Er scheint ein toller Kerl zu sein. Wann lerne ich ihn kennen?«

»Ich frage ihn, ob er Lust hat, mich bei einem der nächsten Besuche zu begleiten«, verspricht Natessa. »Aber erwarte bitte nicht zu viel, Vincent nimmt immer noch einen Platz in meinem Herzen ein, auch wenn Rick sich ebenfalls inzwischen eine Ecke gesichert hat. Er ist ein toller Kerl, doch …«

»… er ist nicht Vincent«, ergänzt ihre Freundin den Satz mit einem verständnisvollen Blick. »Ich weiß … der Doc ist wirklich etwas Besonderes.« Ein weiteres Mal hebt sie ihren Arm, dieses Mal jedoch, um Natessa mitfühlend über den Arm zu streichen.

Nachdem sie sich in der darauffolgenden Stunde über verschiedene andere Dinge unterhalten haben, verlässt Natessa gut gelaunt das Krankenzimmer. Während sie den Flur entlanggeht, dreht sie den Ring, an dem der Autoschlüssel von Enriques Wagen angebracht ist, um ihren Zeigefinger. Ihre Finger umfassen den Schlüssel jedoch, als sie im Eingangsbereich Bobby Hunt entdeckt, der sich fahrig umsieht. Ein merkwürdiges Gefühl breitet sich schlagartig bei Natessa aus.

»Mr. Hunt, kann ich Ihnen helfen?«, erkundigt sie sich, nachdem sie zu ihm gegangen ist.

»Wie komme ich zur Notaufnahme?«, fragt er, während er hektisch die Informationstafel absucht.

»Der Gang dort drüben und am Ende links«, informiert sie ihn. Sein Kopf dreht sich in die angegebene Richtung, aber da seine Augen immer noch hin und her wandern, umfasst Natessa kurzerhand seinen Ellenbogen. »Ich bringe Sie hin.«

Auf dem Weg beobachtet sie aus dem Augenwinkel ihren Begleiter. Dass er ziemlich durcheinander ist, spürt sie deutlich.

»Was ist denn passiert?«, fragt sie, als sie am Ende des Ganges nach links gehen. Kaum hat sie die Worte ausgesprochen, hält sie die Luft an. Zugleich bildet sich vor lauter Vorahnung ein Kloß in ihrem Magen.

»Sie haben mich angerufen, Enrique hatte einen Unfall«, presst Bobby hervor. Seine Schritte beschleunigen sich, als er eine Schwester entdeckt. »Miss, ich brauche Ihre Hilfe … bitte.«

›Oh mein Gott, nein, nicht Rick‹, geht es Natessa derweil durch den Kopf, die ihren Blick ebenfalls hilfesuchend auf die Schwester richtet, die zu ihrer Erleichterung stehen bleibt.

Eine Viertelstunde später sitzen sie im Besucherraum der Notaufnahme und warten darauf, dass ein Arzt kommt, um ihnen Auskunft über Enriques Zustand zu geben. Natessas Hände zittern, aber sie versucht es zu verbergen, damit

Bobby nichts davon mitbekommt.

»Er war mit dem Motorrad unterwegs«, beginnt er die Frage zu beantworten, die sie ihm Minuten zuvor gestellt hat. »Ein Auto hat ihn erfasst, mehr weiß ich nicht.«

»Mit dem Motorrad?«, flüstert sie so leise, dass er es kaum hören kann. Ihr Magen dreht sich bei der Information fast um.

›Das ist alles meine Schuld‹, wirft sie sich gedanklich vor. ›Weil ich seinen Wagen habe, ist er mit dem Motorrad gefahren.‹ Mit weichen Knien steht sie auf und fängt an, im Zimmer auf und ab zu gehen. Enriques Vater reibt sich dagegen immer wieder mit den Händen über die Oberschenkel. Es vergehen kaum fünf Sekunden, in denen er nicht zur Tür schaut.

Nach einer gefühlten Ewigkeit öffnet sich diese endlich und Vincent betritt den Raum. Sein Blick richtet sich auf Bobby, der sofort aufgesprungen ist.

»Mr. Hunt?« Erst danach bemerkt er die Anwesenheit von Natessa, die ihn ebenfalls ansieht. Der unerwartete Anblick der Ex-Freundin lässt ihm den Atem stocken.

»Wie geht es meinem Sohn?«, fragt Enriques Vater und lenkt damit die Aufmerksamkeit wieder auf sich.

Vincent wendet sich ihm zu. Nach einem kurzen Räuspern erklärt er den beiden Wartenden, dass Enrique sich die Schulter ausgekugelt und ein paar Abschürfungen davongetragen hat. Wie durch ein Wunder gab es dagegen keine Knochenbrüche, sondern nur ein oder zwei Prellungen. Nach einem kurzen Seitenblick auf Natessa fährt er fort.

»Viel mehr Sorgen macht uns allerdings die Verletzung am Kopf. Ihr Sohn hat eine Subduralblutung im Gehirn erlitten, Mr. Hunt. Bisher ist sie zum Glück gering, aber wir müssen das überwachen. Aus diesem Grund haben wir ihn auf die Intensivstation gebracht.«

»Ist er bei Bewusstsein?«, erkundigt Bobby sich.

»Nein, durch die Einblutung hat sich der Gehirndruck erhöht. Es kann jedoch sein, dass er bald aufwacht, dann werden wir Ihnen auch mehr zu eventuellen Folgeschäden sagen können.«

Da Natessa bei den letzten Worten leise aufstöhnt und sich zudem die Hände vor den Mund hält, streicht Vincent ihr beruhigend über den Arm.

»Mach dir nicht so große Sorgen, es müssen keine weiteren Schädigungen vorliegen. Wir überwachen ihn rund um die Uhr.«

»Danke«, flüstert sie, dann tritt sie einen Schritt zurück, sodass Vincent seine Hand zurückzieht.

»Darf ich zu ihm?«, will Bobby wissen, woraufhin der Arzt erneut zu ihm schaut.

»Bald«, sagt er zu. »Wir machen noch ein paar Untersuchungen. Sobald diese abgeschlossen sind, komme ich wieder zu Ihnen. Wenn Sie irgendetwas brauchen, wenden Sie sich bitte an die Schwestern oder Pfleger.« Sein Blick richtet sich ein weiteres Mal auf Natessa, die zu seiner Besorgnis blass geworden ist.

»Kann ich etwas für dich tun?«, erkundigt er sich mit sorgenvoller Miene. Mit einem leichten Kopfschütteln wendet sie sich ab und geht zu den Stühlen, wo sie sich mit Tränen in den Augen hinsetzt. Enriques Vater folgt ihr und ergreift ihre Hände, die er mit seinen umschließt.

»Rick ist ein Kämpfer, er wird es schaffen«, versichert er, doch auch er ist kaum in der Lage, die Angst zu verbergen.

Etwa eine Stunde später kehrt Vincent in Begleitung von Jason in den Warteraum zurück. Der Kaffee, den eine der Schwestern auf sein Geheiß zu den beiden Wartenden gebracht hat, wurde von Natessas Seite nicht angerührt. Der Vater des Patienten scheint sich dagegen gefangen zu haben. Mit fragendem Blick steht er auf und nähert sich den Ärzten.

Nachdem Jason erklärt hat, dass sich Enriques Werte stabilisiert haben, er aber immer noch ohne Bewusstsein ist, sieht er zwischen Bobby und Natessa hin und her.

»Sie können zu ihm, allerdings bitte jeweils nur einer zurzeit. Ich begleite Sie, Mr. Hunt.«

»Darf ich mich zu dir setzen?«, erkundigt Vincent sich bei Natessa, die wieder auf einem der Stühle Platz genommen hat. Mit einem Nicken stimmt sie zu, ihr Blick bleibt jedoch auf ihre Hände gerichtet.

»Wird er es schaffen?«, flüstert sie, als er neben ihr sitzt.

»Ja, ich glaube fest daran. Natürlich gibt es keine Garantien, aber ich bin zuversichtlich, da die Einblutung sich in der letzten Stunde nicht vergrößert hat.«

»Warum wacht er dann nicht auf?« Ihre Augen sind gerötet, als sie ihn ansieht.

»Es ist ein Schutzmechanismus des Körpers. Enrique braucht Ruhe, vor allem sein Kopf. Mach dir nicht so viele Sorgen, Natessa. Wenn es an der Zeit ist, wird er aufwachen.«

Sie versucht ein Lächeln, scheitert jedoch, sodass sie den Kopf wieder senkt. Nach einer Minute des Schweigens erkundigt Vincent sich, ob sie noch Fragen hat oder er ansonsten etwas für sie tun kann.

»Ich kann meinen Vater oder einen der anderen Ärzte herschicken, wenn dir das lieber ist«, bietet er an.

»Nein, ich komme inzwischen damit klar«, erklärt sie mit fester Stimme. Dabei startet sie einen weiteren Versuch des Lächelns, der dieses Mal gelingt. Vincent erwidert es und legt eine Hand auf ihre. Dass sie ihren Arm nicht wegzieht, freut ihn. Aber es gibt ihm gleichzeitig auch einen Stich, als ihm klar wird, dass Natessa der Kontakt zu ihm leichter fällt, weil sie anfängt, sich einem anderen Mann zuzuwenden.

»Du magst ihn sehr?«, rutscht es ihm heraus. Eine Frage, die er am liebsten sofort zurücknehmen würde. Was hatte er sich nur dabei gedacht? »Es tut mir leid«, fügt er hastig hinzu, »das geht mich nichts an.«

»Ist schon okay«, versichert sie. »Am Anfang hat Enrique mir geholfen, mich abzulenken. Aber inzwischen …« Ihre

Stimme stockt, da sie Vincent nicht verletzen will. Ist er doch weiterhin der Mann, der den meisten Platz in ihrem Herzen einnimmt. Auch wenn Enrique sich seinen Anteil zwischenzeitlich erobert hat. Als ihr Ex-Freund sanft ihre Hand drückt, um sein Verständnis kundzutun, lächelt sie zaghaft. »Ich wünschte trotzdem, es wäre anders gekommen«, gibt sie leise zu.

Erneut drückt er ihre Finger. In seinen Augen flackert etwas auf, das Natessa verwundert. Für einen Moment glaubt sie, dass es ihm ebenso geht. Aber sie schüttelt den Gedanken ab. Vincent gehört nicht mehr zu ihrem Leben, Enrique dagegen schon. Er macht ihr Hoffnung, lässt sie nach vorne schauen. Fest entschlossen, ihm nun ebenfalls einen Lichtblick zu geben, atmet sie tief durch. Einen Augenblick später entzieht sie Vincent ihre Hand.

»Danke für deine beruhigenden Worte. Ich denke, ich komme jetzt alleine klar. Du hast sicher Patienten, um die du dich kümmern musst.«

»Melde dich, wenn du Rat oder Hilfe brauchst. Ich werde mir immer Zeit für dich nehmen«, versichert er mit einem liebevollen Lächeln. Nickend sagt sie es zu, obwohl sie tief in ihrem Innern weiß, dass sie es nicht tun wird.

Ihr Entschluss gerät auch dann nicht ins Wanken, als er sich vorbeugt und ihr einen sanften Kuss auf die Stirn gibt. Ein paar Sekunden später fällt die Tür hinter ihm ins Schloss. Erneut atmet Natessa tief ein und lässt die Luft mit einem Seufzer entweichen. Ihr Blick richtet sich auf die Uhr an der Wand. Wie lange wird es wohl dauern, bis Bobby eine Pause braucht, sodass sie ihn bei Enrique ablösen kann?

Die Dunkelheit zieht so langsam über die Stadt, als Natessa aus ihren Gedanken hochschreckt. Die Uhr im Warteraum verrät ihr, dass anderthalb Stunden vergangen sind, seitdem Bobby den Raum verlassen hat. Die Überlegung bringt sie zu der Erkenntnis, dass sie ihre eigene Familie informieren sollte, damit diese sich keine Sorgen macht. Nach einem Anruf bei Simone meldet sie sich als Nächstes bei ihrer Mutter, die noch in der Cateringfirma steckt. Emilia sagt zu, sofort ins Krankenhaus zu kommen.

Etwa vierzig Minuten später tritt sie durch die Tür. Nachdem sie sich bei ihrer Tochter erkundigt hat, ob es Neuigkeiten zu Enriques Zustand gibt, ergreift sie Natessas Hand.

»Wie geht es dir?«

Tränen sammeln sich in den Augen der Tochter, als diese leise zugibt, dass sie sich große Sorgen macht.

»Vincent hat versucht mich zu beruhigen. Aber da Bobby nicht wiederkommt, bin ich mir nicht mehr so sicher, ob seine Zuversicht angebracht ist.«

»Vincent?«, fragt Emilia besorgt. »Hätte er nicht einen anderen Arzt schicken können?«

»Mom, das ist schon okay, ich komme damit klar. Er hat es angeboten, doch das ist nicht nötig. Ich bin ihm lange genug aus dem Weg gegangen. Außerdem geht es hier um Enrique, alles andere ist nicht wichtig.«

»Gut, Schatz«, nimmt Natessas Mutter die positive Wendung zur Kenntnis. Mit einem Druck ihrer Finger spricht sie der Tochter zusätzlich Mut zu.

Es dauert weitere zehn Minuten, bis Bobby den Raum betritt. Verwunderung zeichnet sich auf seinem Gesicht ab, als er Emilia entdeckt. Sie und Natessa stehen auf, blicken ihn erwartungsvoll an.

»Er ist noch nicht wieder aufgewacht. Möchtest du zu ihm gehen, Natessa? Ich muss seine Mutter anrufen.« Als Nächstes streckt er die Hand nach Emilia aus, die seine sofort umfasst. »Danke, dass du hier bist.«

»Das ist doch selbstverständlich. Du würdest dasselbe für mich tun.«

Während Natessa das Zimmer verlässt, nehmen die beiden auf den Stühlen Platz. Emilia legt einen Arm um ihren alten Freund und erkundigt sich, wie er sich fühlt.

»Ich habe Angst, Emilia. Dr. Harper sagt, dass er vermutlich bald aufwachen wird, aber ich fühle mich so hilflos. Ihn so ohne jegliche Regung in dem Bett zu sehen, angeschlossen an Überwachungsmonitore, macht mich fertig. Rick war immer so lebendig, voller Kraft und Enthusiasmus. Doch jetzt liegt er da, bewegungslos, ohne seine Umgebung wahrzunehmen.«

Tief betroffen drückt sie ihn kurz an sich. Bei der Vorstellung, dass es ebenso eines ihrer Kinder sein könnte, läuft Emilia ein kalter Schauer über den Rücken. Ihr ist klar, dass es nichts gibt, was Bobby die Angst nimmt. Daher hofft sie, dass ihre Anwesenheit ihm zumindest ein wenig Trost spendet.

»Du wolltest deine Frau anrufen«, erinnert sie ihn nach ein paar Minuten der Stille. Nach einem Blick auf die Uhr nickt er.

»Sie ist auf Mauritius, dort ist es jetzt früher Morgen. Ich weiß gar nicht, was ich ihr sagen soll. Sie wird sich schreckliche Sorgen machen.«

»Aber sie muss es erfahren, Bobby. Versprich ihr, dass du sie alle paar Stunden anrufst, mehr kannst du gerade nicht tun.« Dankbar für den Rat holt er sein Handy hervor. »Ich lasse dich solange alleine«, flüstert sie ihm zu, als er den Eintrag in den Kontakten sucht.

Auf dem Gang angekommen lehnt Emilia sich an die Wand und schließt für einen Moment die Augen. Die Nachricht, dass Enrique schwer verletzt im Krankenhaus liegt, hatte sie getroffen. Natessas Anspannung war für sie deutlich zu spüren, aber Bobbys Angst um seinen Sohn setzt ihr am meisten zu. Das eigene Kind in so einer Lage zu sehen und völlig hilflos daneben zu stehen, muss eines der schlimmsten Dinge sein, das einem Elternteil widerfahren kann. In dem Wunsch, dass es Enrique bald besser gehen möge, schickt sie ein Stoßgebet gen Himmel.

Die Nennung ihres Namens holt Emilia aus den trüben

Gedanken. Als sie die Augen öffnet, blickt sie in das besorgte Gesicht von Jason.

»Geht es Enrique schlechter?«, fragt sie ängstlich. Er reagiert sofort, in dem er den Kopf schüttelt und ihr über den Oberarm streicht.

»Nein, sein Zustand ist unverändert. Bist du hier, um deine Tochter zu unterstützen? Ich wollte gerade nach ihr sehen. Sie machte einen mitgenommenen Eindruck, als wir das erste Mal mit ihr und Mr. Hunt gesprochen haben.«

»Sie hat Bobby für einen Moment bei Enrique abgelöst, damit er seine Frau anrufen kann. … Er ist ein alter Bekannter von mir, den ich schon seit meiner Schulzeit kenne«, fügt sie hinzu, als die Augen ihrer Collegeliebe sich kurz weiten.

»Du musst dich nicht rechtfertigen, Emilia«, erwidert er mit einem milden Lächeln, bei dem er weiterhin ihren Arm tätschelt. »Kommt er mit dem Zustand seines Sohnes zurecht?«

»Er versucht stark zu sein, aber die Angst schnürt ihn regelrecht ein.«

»Das ist verständlich. Ich spreche noch einmal mit ihm, vielleicht kann ich ihn ein wenig beruhigen. Enrique ist ein gesunder junger Mann. Die Verletzung ist ernst, aber derzeit nicht lebensbedrohlich. Wir passen gut auf ihn auf. Ihr solltet euch ein bisschen Ruhe gönnen.«

»Danke, Jason«, antwortet sie ermattet. »Bobby werde ich sicher nicht aus dem Krankenhaus bekommen – ich würde an seiner Stelle auch nicht gehen. Vielleicht kann ich wenigstens Natessa dazu überreden, ein paar Stunden zu schlafen.«

Zusammen betreten sie den Warteraum, in dem Bobby sein Telefonat soeben beendet. Wie erwartet ist er nicht bereit, die Klinik zu verlassen, solange Enrique nicht aufgewacht ist.

»Die Unterstützung von dir und deiner Tochter bedeutet mir sehr viel, Emilia, aber ich lasse meinen Sohn jetzt nicht alleine. Danke, dass Natessa mich kurz abgelöst hat. Bring sie ruhig nach Hause. Wenn sich etwas ändert, melde ich mich bei euch.«

Zur selben Zeit sitzt Natessa dicht an Enriques Bett und hält seine Hand. Ihr Daumen streicht unablässig über seinen Handrücken, während sie ihn nicht aus den Augen lässt.

»Du musst wieder gesund werden, Rick. Wer bringt mich denn ansonsten zum Lachen oder zeigt mir die schönsten Aussichtspunkte der Stadt?«, flüstert sie ihm zu.

Der Monitor zur Überwachung von Enriques Werten zeichnet derweil gleichmäßige Kurven. Ein stetiges leises Piepen begleitet die Tätigkeit. Natessa wirft für einen Moment einen Blick auf die Geräte und richtet ihre Aufmerksamkeit danach wieder auf den Patienten.

»Ich habe Sarah übrigens von deinem Auto vorgeschwärmt. Ein weiterer Grund warum du aufwachen musst, sie will dich nämlich kennenlernen. Dass ich nur deinen Wagen mag, hat sie mir partout nicht geglaubt – sie kennt mich halt gut«, erzählt sie weiter, in der Hoffnung, dass Enrique irgendetwas davon mitbekommt. »Ich könnte uns Muffins backen, Sarah mag die auch sehr gerne. Ja, das werde ich tun. Bei meinem nächsten Besuch bringe ich euch welche mit.«

Tränen sammeln sich in ihren Augenwinkeln, als sie das Gesicht des Freundes betrachtet, der immer noch keinerlei Regung zeigt. Seufzend beugt sie sich vor und haucht ihm einen Kuss auf den Mundwinkel.

Dass dieser Schritt nicht unbeobachtet bleibt, ist Natessa nicht klar. Von der Stelle aus, wo der stille Beobachter steht, sieht der Kuss wie einer auf die Lippen aus. Bei dem Anblick durchfährt den Mann ein kurzer stechender Schmerz. Vincent schließt für ein paar Sekunden die Augen, um das Bild loszuwerden, auf das er nicht vorbereitet war.

Eigentlich wollte er kurz vor Ende seiner Arbeit im Krankenhaus einen abschließenden Blick auf die Werte des neu eingelieferten Patienten werfen. Dass Natessa an Enriques

Krankenbett sitzt, hatte er erst bemerkt, als er in den abgetrennten Bereich schaute. Er stoppte seinen Gang und beobachtete seitdem das Geschehen.

›Jetzt weiß ich, wie du dich vor ein paar Tagen gefühlt haben musst, als du mich mit Maya auf dem Flur gesehen hast‹, sagt er gedanklich zu ihr.

Eine Schwester, die aus einem der anderen Bereiche kommt, guckt in seine Richtung. Ein Lächeln erhellt ihr Gesicht, als sie ihn erkennt. Vincent nickt ihr zu, dann öffnet er geschäftig die Patientenakte in seinen Händen. Erleichtert atmet er auf, als die Angestellte wortlos an ihm vorbeigeht. Nach einem letzten Blick auf Natessa beschließt er, zunächst nach einem anderen Patienten zu schauen, dessen Werte sich besorgniserregend verschlechtert haben.

Da sich diese Untersuchung zeitaufwendiger gestaltet, ist Natessa bei seiner Rückkehr in den Intensivbereich verschwunden. Enriques Vater hat wieder den Platz am Bett eingenommen. Er schaut bei Vincents Eintreten auf und nickt dem Arzt zu. Der kontrolliert die Werte, dreht ein wenig an der Dosierung des Tropfs, bevor er abschließend eine Notiz auf dem Krankenblatt macht.

»Alles normal, Mr. Hunt. Wir brauchen einfach Geduld«, beruhigt er den Angehörigen.

»Danke, Dr. Harper. Sie und Ihre Kollegen sind sehr aufmerksam. Wie lange darf ich bei meinem Sohn bleiben?«

»Solange Sie möchten«, versichert der Arzt ihm. Er tritt näher und legt Bobby eine Hand auf die Schulter. »Sprechen Sie mit Enrique, Mr. Hunt. Er nimmt vermutlich viel mehr wahr, als wir glauben.«

Ricks Vater rückt ein wenig dichter an das Bett seines Sohnes heran, beugt sich vor und flüstert ihm etwas zu. Um die Privatsphäre der beiden nicht zu verletzen, zieht Vincent sich zurück. Nach der Übergabe an den diensthabenden Arzt, dem er auferlegt, sich zu melden, wenn sich der Zustand des Patienten verschlechtert, macht er sich für die Heimfahrt fertig.

Maya erwartet ihn bereits an der Haustür, kaum dass er aus seinem Wagen gestiegen ist. Besorgt legt sie angesichts des trüben Blicks ihres Mannes eine Hand an seine Wange.

»Du siehst müde aus. War viel los in der Klinik?« Nach einem Kuss umfasst Vincent ihre Finger.

»Ja«, antwortet er kurz angebunden, da ihm das Bild von Natessa, die sich um Enrique Sorgen macht und ihn am Ende sogar küsst, nicht aus dem Kopf geht. Nachdem sich die Tür hinter ihnen geschlossen hat, fragt er seine Frau nach ihrem Tag im Verlag, um sich abzulenken.

Ein Versuch, der nur bedingt funktioniert. Den Abend über schafft er es, sich auf Maya zu konzentrieren. Da sie ein weiteres Mal in Büchern mit Babynamen schmökern und sich gemeinsam Gedanken über einen geeigneten Namen für ihr erstes Kind machen, gerät die Begegnung mit Natessa etwas in den Hintergrund. Später beim Einschlafen kreisen seine Überlegungen jedoch wieder in vollem Maße um sie. Die Verbindung, die er zwischen der Ex-Freundin und dem Patienten spüren konnte, lassen ihn innerlich aufseufzen. Auf der einen Seite aus Erleichterung, weil Natessas Schmerz über die Trennung vorbei zu sein scheint; auf der anderen Seite mit einer Prise Unzufriedenheit, weil es ausgerechnet Enrique ist, dem Natessa sich zuwendet. Ohne es real begründen zu können, wird Vincent klar, dass ihm ein anderer Mann lieber gewesen wäre.

Als ihn das schlechte Gewissen seiner Ehefrau gegenüber packt, zieht er sie enger an sich. Nach einem Kuss in ihren Nacken schließt er in der Hoffnung die Augen, dass sie es sein wird, von der er in der Nacht träumt.

KAPITEL 15

Am nächsten Morgen…

Schon früh geht in der Küche der Morgans das Licht an. Mit leisen Schritten bewegt sich eine der Bewohnerinnen zwischen den einzelnen Schränken und dem Tisch hin und her. Nach kurzer Zeit tröpfelt heißes Wasser durch einen Kaffeefilter, sodass sich ein aromatischer Duft im Raum ausbreitet. Mit einem Seufzer lässt Natessa sich auf einen der Stühle fallen, nachdem sie sich einen Becher von dem schwarzen Gebräu eingeschenkt hat. Sie zieht die Beine an und legt die Arme um die Knie, dann schließt sie für einen Moment die Augenlider.

»Hast du überhaupt geschlafen?«, fragt Emilia nach dem Morgengruß. Als sie die kleinen Augen ihrer Tochter sieht, die von dunklen Ringen umrandet sind, kennt sie die Antwort bereits.

»Nur ein wenig«, bestätigt Natessa. »Ich habe die ganze Zeit an Rick denken müssen.« Mitfühlend bleibt ihre Mutter hinter ihr stehen. Der kurze Druck von Emilias Fingern auf ihrer Schulter lässt sie ein weiteres Mal aufseufzen.

»Bobby hat mir vorhin eine Nachricht geschickt, Enriques Zustand ist unverändert.« Die Auskunft ruft das dritte Seufzen hervor.

»Ich fahre zu ihm, sobald ich meinen Kaffee ausgetrunken habe. Sein Vater kann bestimmt eine Pause gebrauchen, wenn er die ganze Nacht bei ihm war.«

»Eine gute Idee«, befürwortet Emilia den Vorschlag, »aber zuerst frühstücken wir zusammen.«

Fast anderthalb Stunden später stellt Natessa Enriques Wagen, mit dem sie nach wie vor unterwegs ist, auf dem Parkplatz der Harper-Klinik ab. Mit einem mulmigen Gefühl geht sie Minuten danach den Flur entlang, der zur

Intensivstation führt. Als sie eine Schwester nach Ricks Zustand fragt, schaut diese sie stirnrunzelnd an.

»Gehören Sie zur Familie?«, erkundigt sie sich.

»Nein, aber ich bin mit Enrique befreundet und war gestern Abend bereits hier. Könnten Sie seinem Vater Bescheid geben, dass ich da bin? Vielleicht braucht er eine Pause, ich würde ihn dann ablösen.«

»Miss Morgan?«, ertönt eine Stimme hinter den beiden Frauen, aufgrund derer sie sich umdrehen. Erleichterung kommt bei Natessa auf, als sie den Klinikleiter erkennt. Lächelnd ergreift sie die Hand, die er ihr reicht. »Sie sind aber früh hier.«

»Ich konnte nicht schlafen«, gibt sie zu. »Wie geht es Enrique?«

»Schauen wir doch gemeinsam«, bietet Jason an.

In dem abgetrennten Intensivbereich, in dem Bobby bei seinem Sohn sitzt, sind nur die gleichmäßigen Töne der Überwachungsgeräte zu hören. Enriques Vater steht auf, als der Chefarzt ihn begrüßt. Zu seiner sorgenvollen Miene hat sich im Laufe der Nacht auch noch Übermüdung gesellt, die ihn blass erscheinen lässt. Während Jason sich das Patientenblatt mit den in der Nacht notierten Daten ansieht, verfolgt Bobby jede Regung des Arztes. Natessas Blick richtet sich derweil auf Rick, der unverändert daliegt.

»Mr. Hunt, Sie sehen sehr erschöpft aus«, äußert Jason sich besorgt, nachdem er die Untersuchung des Patienten abgeschlossen und die neuesten Werte aufgeschrieben hat. »Der Zustand Ihres Sohnes hat sich stabilisiert. Wollen Sie sich nicht in einem unserer Besucherzimmer ein wenig ausruhen?«

»Ich schaue solange nach Enrique«, ergänzt Natessa mit einem Lächeln. »Meine Arbeit im Universitätskrankenhaus beginnt erst mittags. Ich löse Sie gerne für ein paar Stunden ab, damit Sie Schlaf bekommen.« Zunächst schüttelt Bobby den Kopf, mit zitternden Händen streicht er über den Arm seines Sohnes. Doch als sowohl der Arzt als auch Natessa weiter beruhigend auf ihn einreden und versichern, dass sie ihn sofort wecken, wenn sich etwas ändert, willigt er schließlich ein. Seine Schritte erscheinen schwer, die Schultern hängen kraftlos herab, als Jason ihn hinausbegleitet.

Natessa schaut den beiden Männern kurz nach, ehe sie ihre Aufmerksamkeit auf Enrique richtet.

»Guten Morgen, Schlafmütze«, flüstert sie ihm zu, nachdem sie ihm einen Kuss auf die Wange gegeben hat. »Heute scheint ein sonniger Tag zu werden, den willst du doch sicher nicht verpassen, oder?«

Behutsam umschließen ihre Hände Enriques Finger. Ihre Daumen streichen unablässig über den Handrücken, während sie sein Gesicht beobachtet. Wie gerne würde sie wieder in seine blauen Augen schauen, ihre Stirn an die seine legen und noch einmal Ricks Fingerspitzen auf ihrer Haut spüren.

Zwei Stunden später – Natessas Ellbogen sind auf der Matratze aufgestützt, Enriques Handinnenfläche an ihre Wange geschmiegt, die Augen weiterhin unablässig auf sein Gesicht gerichtet – spürt sie eine Bewegung hinter sich. Bevor sie den Kopf drehen kann, tritt Vincent ans Bett.

»Guten Morgen«, begrüßt er sie mit einem zaghaften Lächeln. »Konntest du ein wenig schlafen?«

»Mir geht es gut«, antwortet sie leise. Dabei richtet sie den Oberkörper auf, legt Enriques Arm auf die Matratze zurück, lässt seine Hand aber nicht los.

Vincents Blick heftet sich für einen Moment auf diesen Kontakt, doch er reißt sich davon los und überprüft stattdessen die Pupillenreaktionen des Patienten. Nachdem er auch die anderen Werte kontrolliert hat, versichert er, dass alles soweit in Ordnung ist.

»Wenn du eine Pause machen möchtest, würde ich dich gerne zu einem Kaffee einladen«, schlägt er vor.

»Nein danke. Ich habe Mr. Hunt versprochen, dass ich seinen Sohn nicht alleine lasse, solange er sich ausruht.

Außerdem hätte ich keine ruhige Minute, wenn ich wüsste, dass niemand hier ist, den Enrique kennt, falls er aufwachen sollte.«

»Natürlich, das verstehe ich«, erwidert Vincent. Trotz seines Verständnisses für Natessas Haltung kann er nicht verhindern, dass ihm die Antwort einen Stich versetzt. Wieder heftet sich sein Blick kurz auf ihre Hand, die auch weiterhin die des Patienten umfasst. Als Natessa es bemerkt, zieht sie ihren Arm weg und streicht sich mit den Fingern durch die Haare. Eine widerspenstige Locke sucht sich den Weg zurück in ihr Gesicht, bleibt dabei mit der Spitze am Kinn hängen. Vincent juckt es bei dem Anblick in den Fingern. Zu gerne würde er das Bett umrunden, um Natessa die Strähne hinters Ohr zu streichen.

›Reiß dich zusammen‹, weist er sich innerlich zurecht.

»Ich schaue später noch mal nach euch«, verspricht er.

Die Nächste, die den Bereich aufsucht, ist eine der Krankenschwestern. Sie lächelt der Besucherin, die sich inzwischen auf dem Stuhl zurückgelehnt hat, aufmunternd zu und wechselt den Tropf aus.

»Soll ich Ihnen einen Kaffee bringen?«, erkundigt sie sich. Dankbar nickt Natessa ihr zu.

Kaum hat die Schwester sich zum Gehen abgewandt, steht sie auf, um sich zu strecken. Danach rückt sie den Stuhl dicht an das Bett heran und ergreift wieder Enriques Hand.

»Wenn dir auch nach einem Kaffee ist, solltest du Bescheid geben. Auf Dauer ist die Kochsalzlösung doch bestimmt eintönig«, scherzt sie.

Ein Tränenschleier bedeckt ihre Augen und lässt die Umgebung verschwimmen. Beim Wegblinzeln der Tränen nimmt sie eine Bewegung wahr und stutzt. Hatte sie sich das gerade nur eingebildet oder war das wirklich ein Zucken von Enriques Finger? Mit der freien Hand wischt sie sich die Tränen aus den Augen. Wie gebannt starrt sie danach auf die Fingerspitzen des Freundes – in der Hoffnung, dass sie sich ein weiteres Mal bewegen.

»Enrique?«, spricht sie ihn nach ein paar Sekunden an, den Blick dabei auf sein Gesicht gerichtet. »Versuch es doch bitte noch einmal. Ich weiß, dass du es kannst.«

Nur das gleichmäßige Piepen der Überwachungsgeräte begleitet ihre Worte. Natessas Atem geht ganz flach, während sie innerlich vollkommen aufgewühlt ist. Piep … Piep … Piep … Piep – das monotone Geräusch untermalt ihr Hoffen und Bangen. Dann endlich mischt sich ein leises Stöhnen dazwischen, gefolgt von einer Regung des Zeigefingers. Dem kurzen Zucken folgen weitere Nuancen, auch an den restlichen Fingern der Hand, die immer noch auf Natessas gebettet ist. Erneut sammeln sich Tränen in ihren Augenwinkeln, dieses Mal vor Erleichterung, als seine Augenlider anfangen sich zu öffnen.

»Sehr gut, Rick, mach weiter«, spornt sie ihn an, während ihr die erste Freudenträne über die Wange rollt. Nur wenige Sekunden später richten sich blaue Augen auf sie.

»Na…tes…sa«, müht er sich ab, ehe sich seine Augen wieder für einen Moment schließen. Natessas Finger streicheln seine, die weitere leichte Bewegungen zeigen. Anstrengungen, die immer nur für ein paar Augenblicke anhalten.

»Ja, ich bin hier«, flüstert sie ihm lächelnd zu, »dein Vater ebenfalls, er ruht sich nur kurz aus.«

Als Enrique die Frage stellt, was passiert ist, kommt die Krankenschwester in den abgetrennten Bereich zurück. Mit nur einem Blick auf den Patienten und die Besucherin, deren Gesicht angefangen hat zu strahlen, erfasst sie die Situation.

»Ich hole den Arzt«, legt sie fest, nachdem sie den Becher mit Kaffee abgestellt hat.

»Würden Sie auch Mr. Hunt Bescheid geben?«, bittet Natessa, was die Schwester mit einem Nicken quittiert.

Kaum ist Natessa erneut mit Enrique alleine, richtet sie ihre Aufmerksamkeit wieder auf ihn. In wenigen Sätzen erzählt sie ihm das, was ihr von dem Unfall bekannt ist. In Bezug auf seinen gesundheitlichen Zustand erwähnt sie zunächst nur die ausgekugelte Schulter. Als er sich daraufhin bewegt, verzieht sich sein Gesicht zu einer schmerzverzerrten Miene.

»Kannst du mir nicht einfach glauben und dich ruhig verhalten?«, tadelt Natessa ihn mit einem Grinsen. »Du hast auch eine Beule am Kopf, den solltest du also ebenfalls ruhig halten«, schwächt sie seine dortige Verletzung ab, um ihn nicht mit der tatsächlichen Diagnose zu beunruhigen. Außerdem ist sie sich nicht sicher, wie viel er so kurz nach dem Aufwachen schon aufnehmen kann.

Enrique setzt soeben erneut zum Sprechen an, da biegt sein Vater um die Ecke. Dessen besorgter Ausdruck wandelt sich sofort in Erleichterung um. Natessa will aufstehen, um ihm Platz zu machen, aber Bobby winkt ab. Er geht zur anderen Bettseite und umfasst dort die Hand seines Sohnes. Enriques Blick folgt ihm, während seine Finger die der Besucherin nicht loslassen. Den sanften Druck, den Ricks Hand ausübt, erwidert Natessa umgehend.

Ein paar Mal fallen dem Patienten kurz die Augen zu. Dies dauert jedoch immer nur wenige Sekunden, die sein Vater geduldig abwartet, bevor er weiterspricht. Mit ruhiger Stimme erzählt auch er, was er von dem Unfall erfahren hat.

»Du hast sehr viel Glück gehabt, mein Junge«, fügt er soeben hinzu, als Vincent sich zu ihnen gesellt.

Obwohl er darauf vorbereitet ist, schmerzt es ihn erneut, die ineinander verschlungenen Finger von Natessa und Enrique zu sehen. Doch er lässt sich nichts anmerken, sondern beginnt stattdessen mit viel Professionalität, den Patienten zu untersuchen. Die Anwesenheit seiner Ex-Freundin versucht er dabei auszublenden.

Nachdem er verschiedene Werte kontrolliert, Enriques Reaktionen getestet und ihm ein paar Fragen zu Schmerzen, Sehvermögen sowie seinen Erinnerungen an den Unfall gestellt hat, nickt er zufrieden.

»Ruhen Sie sich aus, Enrique. Wir erhöhen das Analgetikum ein wenig, damit nicht jede Regung schmerzt. Morgen würde ich mir gerne noch einmal die Verletzung am Kopf genauer ansehen. Bis dahin behalten wir Sie hier, um Ihre Werte weiter eng überwachen zu können.« Nach dem letzten Satz sucht er den Blick von Bobby, der während der Untersuchung zur anderen Bettseite gegangen ist und nun hinter Natessa steht.

»Eine reine Vorsichtsmaßnahme, Mr. Hunt«, beruhigt er den Vater und – wie er hofft – auch Natessa, die ihn dankbar ansieht. »Sie können beide hierbleiben, aber Enrique sollte nicht so viel sprechen. Lassen Sie ihn schlafen, wenn er müde wird. Die Erhöhung des Schmerzmittels könnte ihn schnell schläfrig machen, das ist vollkommen normal. Er braucht noch Ruhe.«

»Danke, Dr. Harper«, entgegnet Bobby. »Wir werden gut auf ihn aufpassen.« Eine Äußerung, die Natessa nickend bestätigt, ehe auch sie sich bei Vincent bedankt. Der macht die letzten Notizen in der Patientenakte, erhöht die Durchflussgeschwindigkeit des Tropfs mit dem Analgetikum und verlässt nach einem abschließenden Blick in die Runde die Intensivstation.

In seinem Arztzimmer angekommen lehnt Vincent sich im Schreibtischsessel zurück und schließt die Augen. Prompt erscheinen verschiedene Bilder von Natessa in seinen Gedanken. Der Kuss, den sie Enrique am Vorabend gegeben hat; ihre fürsorgliche Miene, die allein dem Patienten galt; die ineinander liegenden Hände der beiden und wie sie jede seiner Bewegungen genau verfolgt hat.

›Das ist nicht nur Besorgnis um Enrique, sie liebt ihn‹, wird ihm schmerzhaft bewusst. ›Ist es nicht das, was du ihr immer gewünscht hast?‹, fragt er sich nach kurzer Zeit selbst.

»Ja«, murmelt er vor sich hin, »aber ich wünschte trotzdem, es wäre alles anders gekommen.«

*****

Zur selben Zeit studiert Lizzy zum wiederholten Male die Verbindungsnachweise der Morgans, die der Privatdetektiv Steve O'Connor ihr vor ein paar Tagen übersandt hat. Kopfschüttelnd fragt sie sich, ob sie etwas übersieht oder Steve nicht sauber genug gearbeitet hat.

›Kann es wirklich sein, dass sie Jason nur ein einziges Mal angerufen hat?‹, überlegt sie nach einem Blick auf die Auflistung von Emilias Handynummer sowie dem Hausanschluss der Morgans. ›Das Gespräch war so kurz, dass sie kaum etwas besprochen haben können. Habt ihr nur ein Treffen vereinbart oder hat mein Mann dich abblitzen lassen?‹

Ähnliche Fragen stellt sie sich, da es keine Anrufe von Natessas Handy zu dem ihres Sohnes gab, nachdem Vincent sich für Maya entschieden hatte. Stirnrunzelnd legt Lizzy die Listen zur Seite.

›Wenn da nichts zwischen dir und ihr ist, Jason, warum hast du dann die Anteile des Cateringservices gekauft? Ich verstehe nicht, was in dir vorgeht‹, versucht sie die Bruchstücke ihrer Erkenntnisse zusammenzusetzen.

Grübelnd steht sie auf und geht zum Fenster. Ihr Blick schweift über das Anwesen, das ihr seit Jasons Auszug nur noch halb so reizvoll erscheint. Die nächtliche Leere in ihrem Bett spürt sie während des Tages auch zunehmend in dem großen stattlichen Haus.

»Es wird Zeit, dass ich dich hierher zurückhole, Darling«, nimmt sie sich vor. Da ihr der Kalender auf Jasons Laptop im Arbeitszimmer nicht mehr zur Verfügung steht, holt sie ihr Handy hervor. Mit der App, zu der sie ersatzweise eine Synchronisierung seiner Termine eingerichtet hat, erkennt Lizzy, dass mittags ebenso wenig ein Eintrag vorliegt wie am Abend des nächsten Tages. »Perfekt«, freut sie sich.

*****

Es ist fast Mittagszeit, als Vincent nach diversen Einsätzen in der Notaufnahme wieder etwas Zeit zum Durchatmen bekommt. Die Durchsicht der Notizen, die von den Schwestern und Pflegern für ihn bereitgelegt wurden, erfordert keine dringende Aktivität bei einem der Patienten, sodass er sich mit einem frischen Kaffee in sein Arztzimmer begibt. Von dort aus ruft er Maya an, die zu seiner Erleichterung seit dem Vorfall drei Tage zuvor keinen neuerlichen Zusammenbruch erlitten hat.

»Wie war dein Tag bisher?«, erkundigt er sich, nachdem sie das Gespräch angenommen hat.

»Ich schaue mir noch schnell die Druckfahne des neuen Magazins an, bevor ich mit Daddy zum Essen in die Stadt fahre.«

»Seit wann ist Preston zurück?«

»Das Flugzeug ist heute Morgen gelandet. Seitdem sitzt er im Konferenzraum und hält eine Besprechung nach der anderen ab. Ich bin mir sicher, dass es auch um die Zukunft meines Magazins geht.«

»Glaubst du, er will das beim Mittagessen mit dir klären?«, fragt Vincent besorgt. Die Tatsache, dass seine Frau in den letzten Tagen stabil war, täuscht ihn nicht darüber hinweg, wie viel Nervosität aktuell in ihrer Stimme mitschwingt.

»Ja bestimmt«, erwidert sie zittrig. Mayas Angst ist dabei für ihn so deutlich spürbar, dass er für einen Moment die Augen schließt.

»Wo und wann seid ihr verabredet? Ich werde hinkommen, das Gespräch wirst du auf keinen Fall alleine mit ihm führen«, legt er fest. Der erleichterte Seufzer seiner Frau zeigt ihm, wie wichtig seine Anwesenheit für sie ist. »Warum hast du denn nicht angerufen, um mich zu fragen?«, fügt er mit sanfter Stimme hinzu.

»Du hast schon so viel für mich in den letzten Tagen getan, ich wollte dir eine Pause gönnen.«

»Maya«, seufzt nun auch er auf, »aber doch nicht bei einem Gespräch, das dir so zu schaffen macht. Wir meistern das zusammen, vergiss das nicht.«

»In guten wie in schlechten Tagen?«, wispert sie in heiserer Tonlage, die ihm bildlich vor Augen führt, wie sie dabei mit den Tränen kämpft.

»Ja, genauso. Ich liebe dich, das weißt du doch.«

»Ja«, flüstert sie.

»Gut. … Atme jetzt dreimal tief durch und dann sagst du mir, in welchem Restaurant ihr essen wollt.«

»Das Providence um 13 Uhr.«

›Natürlich, der Nobelschuppen in der Melrose Avenue‹, geht es Vincent durch den Kopf. ›Wenn ich deine Tochter dahin ausgeführt hätte, als wir noch nicht verheiratet waren, hättest du mir Protzerei vorgeworfen‹, führt er den inneren Monolog mit dem Schwiegervater fort. Maya verspricht er dagegen, dass er pünktlich da sein wird.

»Mach dir keine Sorgen, Babe, gemeinsam schaffen wir das.«

Beim Hinausgehen zum Parkplatz trifft er im Foyer auf Natessa, die ebenfalls den Ausgang ansteuert.

»Die Schwester behält Enriques Werte im Auge. Sie ruft mich an, falls sich sein Zustand verschlechtern sollte«, entschuldigt er das Verlassen des Krankenhauses. »Ich erwarte aber keine negative Veränderung«, fügt er schnell hinzu, damit seine Ex-Freundin sich nicht unnötig sorgt.

»Du bist mir über dein Kommen und Gehen keine Rechenschaft schuldig«, erwidert Natessa mit einem Augenzwinkern. Mit ernster Miene dankt sie ihm danach für seinen Einsatz. »Ich weiß, dass Enrique bei euch in guten Händen ist. Dein Vater hat vorhin auch noch einmal nach ihm gesehen.«

»Schlaf ein wenig, wenn du zu Hause bist«, rät Vincent ihr, dem die Schatten unter den Augen schon am Vormittag aufgefallen waren. Natessas Antwort, dass das warten muss, weil sie zunächst arbeiten geht, gefällt ihm überhaupt nicht.

»Bis wann dauert deine Schicht? Du siehst wirklich müde aus«, äußert er besorgt.

»Das Kompliment kann ich an dich zurückgeben«, kontert sie lächelnd. »Deine Forschung scheint dich ganz schön zu beanspruchen, du solltest ebenfalls etwas kürzer treten. Ich arbeite bis 22 Uhr und verspreche, danach direkt nach Hause zu fahren.«

»Das Forschungsprojekt beschäftigt mich derzeit nicht. Aber du hast recht, es gibt andere Begebenheiten, die mir einiges abverlangen. Nur kann ich die leider zurzeit nicht zurückstellen. Ich kriege das hin, mach dir darüber keine Gedanken.«

»Dasselbe gilt für mich«, hält sie erneut dagegen. »Mich um Enrique zu kümmern schaffe ich neben meinem Job. Du solltest dir deshalb keine Sorgen machen, Vincent.«

Da sie inzwischen am Auto angekommen sind, wühlt Natessa in ihrer Handtasche nach dem Schlüssel. Irritiert betrachtet Vincent das Fahrzeug.

»Hast du einen neuen Wagen?«

»Der gehört Enrique«, erklärt sie abwesend. Erst als sie zu Vincent aufschaut, erkennt sie, wie er die Bemerkung aufgenommen hat. Seine Lippen sind nur noch als schmale Linie zu erkennen, in den Augen zeichnet sich so etwas wie Unglauben ab. »Er hat ihn mir geliehen, solange er meinen repariert«, fügt sie schnell hinzu.

»Du bist mir keine Rechenschaft schuldig«, antwortet er in Anlehnung an ihre Worte zu Beginn des Gesprächs. Trotzdem spürt er, wie sich eine Spur Erleichterung bei ihm breitmacht. Alles scheint Natessa noch nicht wie selbstverständlich mit Enrique zu teilen.

»Ich muss jetzt los, sonst komme ich zu spät«, sagt sie nach einem Moment der Stille, um den intensiven Augenkontakt, der beide nicht mehr loslässt, zu unterbrechen.

»Pass auf dich auf«, fordert Vincent sie leise auf, während er ihr die Tür öffnet.

»Dasselbe gilt für dich«, entgegnet sie, ehe sie einsteigt und er die Tür zudrückt. Seine Hand bleibt an der Scheibe liegen, bis Natessa den Wagen startet. Das aufheulende Geräusch des Motors lässt ihn den Arm senken, doch sein Blick folgt den Rücklichtern, bis das Fahrzeug um die Ecke gebogen ist.

Ganz in der Nähe der Parkreihe, aus der Natessa soeben hinausgefahren ist, runzelt Lizzy die Stirn. Durch Zufall hat sie den gemeinsamen Weg ihres Sohnes und dessen Begleitung verfolgt. Mit Argusaugen beobachtete sie jede Regung der jungen Frau, von der sie dachte, dass sie aus Vincents Leben verschwunden sei.

›Was zum Teufel haben diese Morgan-Frauen nur an sich?‹, flucht sie grimmig vor sich hin. ›Ich hatte angenommen, dass ich zumindest die eine schon losgeworden wäre.‹

Dass ihr Sohn dem Fahrzeug so lange hinterhergesehen hat, missfällt ihr. Entschlossen, ihn sofort zur Rede zu stellen, steigt sie aus dem Auto aus. Bevor sie Vincent jedoch auf sich aufmerksam machen kann, ist der weitergegangen und in seinen Sportwagen eingestiegen. Mit zusammengekniffenen Augen schaut sie ihm nach, ehe sie sich auf ihre ursprüngliche Mission besinnt.

»Dieses Gespräch werden wir ein anderes Mal führen, mein Sohn. Deine Frau braucht dich jetzt. Ich dachte, das hättest du verstanden.«

Auf dem Weg zum Nebeneingang der Klinik versucht Lizzy den Ärger über die Szene, die sich vor ihren Augen abgespielt hat, hinunterzuschlucken. Den Angestellten, denen sie auf den Fluren und im Fahrstuhl begegnet, schenkt sie das gewohnte Lächeln. Ihrem Gang ist die Verärgerung nicht anzumerken. Mit kerzengerader Haltung bewegt sie sich eleganten Schrittes vorwärts. Erst bei Jasons Büro angekommen zögert sie kurz. Doch es bedarf nur eines einzigen tiefen Atemzugs, bis sie ihre Souveränität wieder vollumfänglich zurückgewonnen hat.

»Herein«, ertönt die vertraute Stimme ihres Mannes.

Lächelnd öffnet Lizzy die Tür und betritt den Raum. Das Runzeln auf Jasons Stirn schiebt sie auf ihr Klopfen, das eher ungewöhnlich für sie ist.

»Darling, ich möchte etwas mit dir besprechen. Nimmst du dir einen Augenblick Zeit dafür?«

»Wollen wir in die Cafeteria gehen?«, schlägt er vor, doch sie hat es sich bereits auf einem Sessel in der Sitzecke gemütlich gemacht und die Beine übereinandergeschlagen. Erwartungsvoll sieht sie zu ihm, was er als ein Nein auf seine Frage auffasst.

»Um was geht es?«, erkundigt er sich, nachdem er seinen Schreibtischstuhl verlassen und ihr gegenüber Platz genommen hat.

»Selbstverständlich um uns«, entgegnet sie mit offenem Blick. »Du fehlst mir, Jason. Willst du denn wirklich alles beenden, was uns fast dreißig Jahre verbunden hat?« Seufzend lehnt er sich zurück.

»Ich weiß nicht, ob noch viel von dem vorhanden ist, was uns einmal verbunden hat, Lizzy. Aber dies ist bestimmt nicht der richtige Moment, um darüber zu sprechen.«

»Das sehe ich ganz genauso«, antwortet sie zu seiner Überraschung. Ihr Arm streckt sich zu ihm herüber, mit sanftem Griff umfasst sie seine Hand. »Komm bitte morgen Abend zum Dinner nach Hause. Nur wir beide, keine Gäste, keine Gespräche über Spenden oder andere geschäftliche Dinge – es wird nur um uns gehen.« Als er zögert, drückt sie zärtlich seine Hand.

»Bitte Jason, das kannst du mir nicht abschlagen.« In ihrem Blick liegt Verletzlichkeit, die er jahrelang nicht mehr bei seiner Frau gesehen hat. Unwillkürlich erinnert ihn ihr Ausdruck an die Studentin, die auf dem College Zuflucht bei ihm gesucht hatte, nachdem ihr Ex-Freund fast auf sie losgegangen war. Dass die Begegnung an dem Abend gleichzeitig sein Schicksal mit Emilia besiegelte, versucht er zu verdrängen. Diesen Verlauf kann er Lizzy nicht anlasten, sie hatte schließlich von all dem nichts gewusst.

»In Ordnung«, willigt er ein. »Sprechen wir uns aus, so wie

jetzt kann es nicht weitergehen.«

»Dann erwarte ich dich gegen 20 Uhr in Bel Air«, erklärt sie zufrieden. »Hast du einen besonderen Wunsch für das Essen, Darling?«

»Such du etwas aus«, entgegnet er mit einem leichten Kopfschütteln. »Mir ist das Gespräch wichtiger.«

»Mir ebenfalls, aber du weißt, dass ich einen angemessenen Rahmen schätze. Ich werde dich nicht enttäuschen«, deutet sie an.

Ein Anruf, der den Chefarzt zu einem Notfall ruft, beendet die in Lizzys Augen positiv verlaufene Unterhaltung. Jason verlässt nach einer Entschuldigung den Raum, während sich seine Frau – zufrieden darüber, dass er die Einladung angenommen hat – zurücklehnt.

»Der Rahmen muss morgen Abend stimmen, dann bekomme ich dich auch zurück.«

*****

Als Vincent über den Parkplatz des Restaurants fährt, in dem Preston mit seiner Tochter die Mittagspause verbringen will, sind seine Gedanken bei Natessa. Vorm Aussteigen versucht er, die Bilder von ihr und Enrique beiseitezuschieben, um sich voll und ganz auf seine Ehe konzentrieren zu können.

›Ich habe mich aus gutem Grund für Maya entschieden, sie braucht mich jetzt‹, legt er fest, bevor er die Fahrertür öffnet.

Auf dem Weg zum Eingang des Providence biegt Prestons Limousine auf den Parkplatz ein. Die getönten Scheiben lassen keinen Blick in den Innenraum zu, aber Vincent kann sich die Miene seines Schwiegervaters auch so vorstellen. Den grimmigen Ausdruck, mit dem der Publizist in Begleitung seiner Tochter auf ihn zukommt, ignoriert er daher. Stattdessen reicht er Mayas Vater mit einem freundlichen

Lächeln auf den Lippen die Hand.
»Preston, schön dich zu sehen.«
»Vincent«, antwortet sein Gegenüber knapp. »Meine Tochter hat auf der Fahrt hierher bereits angedeutet, dass du uns Gesellschaft leisten wirst. Wir werden versuchen, dich nicht zu lange von deinen Patienten fernzuhalten.«
»Daddy!«, empört Maya sich mit einem tadelnden Blick in Richtung ihres Vaters. Der lässt den Ausruf unkommentiert und beobachtet mit starrer Miene, wie seine Tochter ihren Ehemann in eine Umarmung zieht. Zu Prestons Missfallen bleibt Vincents Arm um ihre Taille geschlungen, als sie weitergehen.

Der Smalltalk beim Warten auf das Essen verläuft schwerfällig. Maya versucht, beide Männer gleichsam einzubeziehen, doch sie findet kein passendes Thema. Vincent ergreift schließlich ihre Hand und lächelt ihr aufmunternd zu, ehe er sich an seinen Schwiegervater wendet.
»Dr. Atheno ist sehr zufrieden mit Mayas Fortschritten. Sie hat in kurzer Zeit die ersten Dinge in den Griff bekommen.«
»Einen Zusammenbruch im Büro empfindet ihr also als Fortschritt?«, antwortet Preston zur Überraschung der beiden anderen. Als seine Tochter daraufhin entsetzt die Luft anhält, legt er eine Hand auf ihre Schulter und schaut ihr tief in die Augen. »Warum hast du mich nicht angerufen, als es dir so schlecht ging? Hast du kein Vertrauen zu mir?«
»Ich weiß es nicht, Daddy«, erwidert Maya leise. Tränen treten ihr dabei in die Augen. »Vincent war sofort da. Er hat mich nach Hause gebracht, sodass es mir schnell wieder besser ging.«

Ihre Finger verkrallen sich in die Hand des Ehemanns, der die Träne, die über ihre Wange rollt, mit dem Daumen wegwischt. Der Ruck, der mit einem Mal durch Mayas Körper geht, überrascht ihn. Fragend sieht sie ihren Vater an.
»Du hast mich an dem Abend angerufen«, bemerkt sie mit einem Stirnrunzeln. »Wusstest du da bereits, was passiert

war?«

»Ja«, gibt Preston unumwunden zu, »und es hat mich sehr enttäuscht, dass du mir bei dem Telefonat oder auf der Fahrt hierher nichts von dem Vorfall erzählt hast.«

»Es tut mir leid«, entgegnet Maya, während sich die nächste Träne ihren Weg über die Wange sucht. Dieses Mal hält Vincent sie nicht auf, stattdessen zieht er seine Frau enger zu sich heran und drückt ihr einen Kuss aufs Haar.

»Es war auch mein Fehler«, entschuldigt er sich bei seinem Schwiegervater. »Wir werden dich künftig mehr einbinden. Maya braucht deine Unterstützung.«

»Die wird sie in vollem Umfang bekommen«, bestätigt der Verleger mit einem liebevollen Blick in Richtung seiner Tochter. Im selben Moment öffnet sich die Tür des kleinen Separees, das Preston reserviert hat. Ein Kellner bringt die Teller mit dem Mittagessen herein, sodass Mayas Vater nur noch kurz einen Vorschlag andeutet, den er später mit ihr besprechen möchte. »Lasst uns jetzt erst mal essen.«

Stirnrunzelnd greift Vincent nach seinem Besteck. Er versucht im Gesicht seines Schwiegervaters dessen Stimmung abzulesen. Doch in dem Pokerface des Publizisten verrät keine einzige Regung, ob der Vorschlag damit zusammenhängt, Mayas Verantwortung für das Magazin einzuschränken.

Kaum hat die Bedienung die Teller nach dem Essen wieder hinausgebracht und dafür den Kaffee serviert, bittet Vincent Preston, seine Idee vorzutragen. Das leichte Klappern von Mayas Löffel, mit dem sie in ihrer Tasse rührt, verrät ihre Anspannung. Sie hat Schwierigkeiten, ihren Vater anzuschauen. Erst als ihr Mann die freie Hand ergreift und einen Kuss auf die Fingerknöchel haucht, hebt sie den Kopf.

»Ich habe in den letzten Tagen einen Experten für Borderline aufgesucht«, beginnt der Verleger. Vincents Gefühl schwankt bei der Äußerung zwischen Erleichterung, weil Mayas Vater die Krankheit endlich zu akzeptieren scheint, und einer unguten Vorahnung. »Er behandelt seit Jahren

Patienten, die an dieser Störung leiden.«

»Möchtest du, dass er mit Maya spricht, damit du eine zweite Meinung bekommst?«, hakt Vincent nach.

»Nein«, stellt Preston klar, ehe er sich seiner Tochter zuwendet. »Der Ansatz dieses Experten ist eine Intensivtherapie. Er hat bereits außergewöhnliche Erfolge erreicht. Du könntest noch vor der Geburt des Kindes an einen Punkt kommen, für den du ansonsten Monate brauchst. Daher möchte ich, dass du es ausprobierst. Ich begleite dich selbstverständlich die ganze Zeit dabei.«

Hilfesuchend sieht Maya zu ihrem Mann, der überlegt, wie er auf den Vorschlag reagieren soll. Einige spezifische Nachfragen seinerseits führen schnell zu einer hitzigen Diskussion der beiden Männer, in dessen Verlauf Maya immer mehr in sich zusammensinkt.

»Hört bitte auf«, fleht sie schließlich. Ihre Stimme klingt heiser und durch das Zittern ihrer Hand fällt der Löffel scheppernd auf die Untertasse. Sofort verstummen ihre Begleiter. Vincent reibt beruhigend über ihren Handrücken, während Preston ihren Arm tätschelt.

»Ich weiß, dass du auch wegen mir Ängste hast, Darling, aber die sind unbegründet«, versichert der Verleger ihr. »Wie lange dauert es noch bis zum Geburtstermin?«

»Zehn Wochen«, krächzt sie.

»Schenk uns vier davon«, bittet er sie. »Vier Wochen, in denen wir alles gemeinsam machen: Die Therapie, die Arbeit für den Verlag, die Freizeitgestaltung.«

»Wie stellst du dir das vor?«, wirft Vincent verärgert dazwischen. »Soll Maya solange bei dir einziehen? Wir sind verheiratet und sie erwartet mein Kind, vergiss das nicht.«

»Vincent, ich will meiner Tochter helfen. Ja, ihr seid verheiratet – ein Umstand, der mir nur zu bewusst ist. Aber ich habe schon meine Frau verloren, bei Maya werde ich alles tun, damit es ihr besser geht.«

Bittend sieht Maya zu ihrem Mann und drückt seine Hand. »Danke«, formt sie mit den Lippen. Doch dann lässt sie Worte folgen, die ihn überraschen.

»Ich möchte gerne mehr davon erfahren.« Ihr Blick wandert zu ihrem Vater zurück, der sich erleichtert zurücklehnt. »Wer ist dieser Arzt? Wie soll das alles ablaufen? Ich kann nicht jeden Tag zur Therapie gehen und gleichzeitig das Magazin weiterführen. Wenn du mich begleitest, wirst du nicht genug Zeit für den Verlag haben.«

»Mach dir darüber keine Gedanken, Darling. Das habe ich durchdacht.« Gebannt hängt Maya an seinen Lippen, als er berichtet, welche Vorkehrungen er getroffen hat. Wie sie gemeinsam arbeiten können und wer ihnen dabei zur Seite steht.

»Hast du deshalb diese Frau aus Boston eingestellt?«

Verwunderung breitet sich angesichts der Frage auf dem Gesicht ihres Vaters aus. Dass seine Tochter davon bereits etwas mitbekommen hat, erstaunt ihn. Mit einem Nicken bestätigt er die Vermutung.

»Sie wird dir von hier aus zuarbeiten. Aber keine Sorge, jede Entscheidung bleibt in deinen Händen. Wir werden nur nicht alles von den Hamptons aus arrangieren können, daher habe ich Michelle Erikson engagiert.«

»Hamptons?«, fragt Vincent schockiert, der nur Maya zuliebe stumm zugehört hat. »Du willst sie vier Wochen an die Ostküste bringen? Wie stellst du dir das vor?«

»Sie braucht diese Therapie, Vincent«, entgegnet Preston kühl. »Du wolltest doch, dass ich mich einbringe. Aber ich mache es auf meine Weise, mit einem Experten, dem ich vertraue.«

»Ich möchte zunächst mehr über diesen Arzt erfahren, damit ich mich über ihn informieren und den Therapieansatz mit Dr. Atheno besprechen kann«, antwortet sein Schwiegersohn mit so viel Ruhe, wie er gerade noch aufzubringen in der Lage ist. Der Alleingang von Mayas Vater schürt Unverständnis und Wut in ihm.

»Dr. Atheno wurde heute Morgen bereits von mir in Kenntnis gesetzt. Er sendet seinen Bericht an Dr. Shapiro, der ihm von einem Symposium bekannt und in guter Erinnerung ist.«

»Du hast also schon alles hinter meinem Rücken arrangiert«, stellt Vincent fassungslos fest. »Was ist, wenn wir nicht zustimmen?«

»*Wir*?«, wiederholt Preston mit hochgezogener Augenbraue. »Maya allein wird festlegen, ob sie weiter monatelang deinen Weg gehen will, oder mir vertraut und mich heute Abend nach New York begleitet, damit wir morgen die erste Therapiestunde abhalten können.«

Sein Blick richtet sich auf die Tochter, während Vincent angesichts des Zeitplans nur noch ein Schnauben von sich gibt.

»Der Zeitpunkt ist günstig, Darling. Die neue Ausgabe deines Magazins – die übrigens wieder ganz wundervoll geworden ist – geht heute Nacht in den Druck«, versucht Preston sie zu überzeugen. »Das verschafft dir genügend Zeit bis zur Fortsetzung, die wir für diese andere Art der Therapie und viele gemeinsame Stunden nutzen können. … Bist du einverstanden?«

Zwei Augenpaare richten sich auf Vincents Frau, die hin- und hergerissen ist. Nervös reibt sie sich mit der Hand über den Oberschenkel, während ein Zittern ihren Körper erfasst. Erneut sammeln sich Tränen in den Augen, als sie von einem zum anderen sieht. Egal, was sie tut, einer von beiden wird sie verlassen – die Angst davor schnürt ihr die Kehle zu.

KAPITEL 16

Am nächsten Tag...

»Du bist noch hier?«, wundert Natessa sich, als sie die Freundin ihres Bruders am Morgen in der Küche antrifft. »Ist alles in Ordnung?«

»Ja«, bestätigt Rebecca, während sie Natessa einen Kaffee einschenkt. »Ich habe in einer Stunde einen Zahnarzttermin – reine Routine. Es hätte sich nicht gelohnt, vorher in die Firma zu fahren.«

»Verstehe«, erwidert die Mitbewohnerin abwesend.

»Wie geht es Enrique? Emilia hat erzählt, dass er aufgewacht ist.«

Natessa nimmt nachdenklich einen Schluck aus ihrem Becher, ehe sie antwortet.

»Ich hatte wirklich Angst um ihn«, gibt sie leise zu. Mitfühlend legt Rebecca den Arm um ihre Schultern. »Er hat eine Menge Glück gehabt, dass nicht mehr passiert ist. Heute finden weitere Untersuchungen statt. Sobald ich meinen Kaffee ausgetrunken habe, fahre ich zu ihm.«

»Hast du durch den Unfall erkannt, wie wichtig er dir ist?«, will Daniels Freundin wissen. Die Frage bestätigt Natessa mit einem schüchternen Nicken. »Dass du gestern nach deiner Arbeit nicht noch einmal zu ihm gefahren bist, hat mich gewundert.«

»Da ich die Nacht vorher kaum geschlafen, sondern mir stattdessen große Sorgen um Rick gemacht habe, war ich reichlich angeschlagen. Ich musste versprechen, direkt nach Hause zu fahren, um mich auszuruhen und Schlaf nachzuholen.«

»Sehr vernünftig von Enrique, ein paar Stunden auf dein übermüdetes Gesicht zu verzichten«, kommentiert Rebecca mit einem Augenzwinkern.

»Es war Vincent, dem ich es zugesagt hatte«, antwortet

Natessa beiläufig und mit einer betont ernsten Miene. Diese schlägt allerdings in ein Lachen um, als die Gesprächspartnerin sich fast an ihrem Kaffee verschluckt.

»Wie bitte?«, keucht Rebecca, während die Freundin ihr auf den Rücken klopft. »Seit wann habt ihr wieder Kontakt?

»Es ist kein bewusster Kontakt, ich gehe ihm nur nicht mehr aus dem Weg. Auf Dauer macht es keinen Sinn, so zu tun, als gäbe es ihn nicht. Ich war gar nicht mehr ich selbst bei dem Versuch, unsere gemeinsame Zeit zu verdrängen. Es tut immer noch weh, dass seine Gefühle nicht ausgereicht haben, um sich für mich zu entscheiden, aber ich muss lernen, das zu akzeptieren.«

»Wow«, entfährt es Rebecca. »Was für ein Schritt, ich gratuliere dir. Hat Enrique auch seinen Teil dazu beigetragen, dass du neue Wege gehst?«

»Rick bringt mich zum Lachen. Wie gut mir das tut und wie viel ich für ihn empfinde, ist mir erst durch seinen Unfall klar geworden. Außerdem fühle ich mich bei ihm sicher, weil er nur auf mich schaut. Da gibt es keine andere, die mir den Platz an seiner Seite streitig machen will.« Nachdenklich zieht Natessa bei den Worten die Stirn kraus und verstummt.

»Was ist?«

»Nichts«, weicht Natessa aus. Fragend hebt sich eine Augenbraue ihrer Freundin, was sie zum Weitersprechen animiert. »Ich könnte es nicht noch einmal ertragen, wenn eine andere Frau wie ein Damoklesschwert über mir schwebt und nur auf den passenden Moment wartet, um auf der Bildfläche zu erscheinen.«

Rebeccas Frage, ob es irgendwelche Anzeichen dafür gibt, dass Enrique noch an eine Ex-Freundin denkt, beantwortet Natessa mit einem Kopfschütteln.

»Vielleicht habe ich sie aber auch einfach bisher nicht gesehen. So viel Kontakt hatten Rick und ich in den letzten Wochen nicht«, gibt sie zu bedenken.

»Ich verstehe, dass du dir nach der Enttäuschung mit

Vincent Sorgen machst. Es bringt jedoch nichts, gleich wieder das Schlimmste anzunehmen. Sprich mit Enrique darüber, sobald es ihm besser geht. Das wird euch gegenseitig Vertrauen geben. Wenn man Simone Glauben schenken darf, ist er regelrecht vernarrt in dich. Ich bin zuversichtlich, dass du kein weiteres Mal enttäuscht wirst.«

»Ist es denn fair, mich auf ihn einzulassen, wo ich Vincent noch nicht ganz vergessen habe?«

»Ich bin sicher, Enrique weiß das. Es ist daher seine Entscheidung, wie er damit umgeht. Bisher scheint er kein Problem mit diesem Teil deiner Vergangenheit zu haben – im Gegenteil, er geht offen auf dich zu. Mach das doch auch, wenn du das kannst«, rät Rebecca.

›Diesem Teil meiner Vergangenheit‹, wiederholt Natessa im Stillen. ›Ja, das stimmt wohl, Vincent liegt hinter mir.‹ Ein Schaudern erfasst sie, als sie an die Szene im Krankenhaus denkt, in der Vincent seiner schwangeren Frau gesagt hat, dass er sie liebt. ›Das war wie ein Schlussstrich. Das nächste Kapitel werde ich Enrique schenken.‹

»Danke«, erklärt sie mit einem Lächeln an Rebecca gewandt, nachdem der Entschluss gefasst ist. »Ich fahre jetzt in die Klinik … zu Rick«, fügt sie entschlossen hinzu.

*****

Bereits im Krankenhaus angekommen ist Vincent, der sich sogleich auf den Weg zum Büro seines Bruders macht. Ohne auf dessen Sekretärin zu achten, stürmt er direkt ins Zimmer.

»Hast du es gewusst?«, poltert er los.

Aidan gibt der Assistentin ein kurzes Zeichen, die daraufhin die Tür schließt. Als sie unter sich sind, legt er die Unterlagen beiseite, in denen er gelesen hat, und weist auf den Stuhl vor seinem Schreibtisch.

»Guten Morgen«, kommentiert er das Hereinstürmen mit tadelndem Blick. »Was soll ich gewusst haben?«

»Preston hat Maya in die Hamptons gebracht, wo sie in

seiner Begleitung eine Intensiv-Therapie machen soll.«

»Wie bitte?«, fragt Aidan erstaunt. »Nein, davon hatte ich keine Ahnung. Seit meinem letzten Besuch bei Maya im Verlag habe ich ihren Vater weder gesehen noch gesprochen.«

Der offene Blick seines Bruders, in dem Irritation mitschwingt, beruhigt Vincent. Die Befürchtung, dass Aidan hinter seinem Rücken in die Sache verwickelt sein könnte, löst sich innerhalb von Sekunden in Wohlgefallen auf. Erleichtert atmet er auf und setzt sich auf einen der Stühle.

»Es ändert nichts daran, dass er damit durchgekommen ist. Trotzdem bin ich froh, dass du nicht involviert bist«, äußert er in einem wesentlichen ruhigeren Tonfall. Als er noch eine Entschuldigung für seinen Verdacht hinzufügt, nickt sein Bruder.

»Ich hatte dir zwar gesagt, dass ich dir nicht in den Rücken falle, aber es ist okay. Preston hat meistens eine derart unterschwellige Art an sich, dass man ganz automatisch das Schlimmste annimmt.« Auf die Frage, ob Vincent einen Kaffee möchte, die dieser bejaht, schenkt Aidan zwei Tassen voll. Anstatt sich dann jedoch wieder hinter den Schreibtisch zu setzen, lehnt er sich an die Tischkante neben dem besetzten Besucherstuhl. »Erzähl mir alles in Ruhe.«

Nach einem Schluck des Getränks beginnt Vincent von dem überraschenden Ablauf des Treffens im Providence zu berichten. Davon, wie sein Schwiegervater Maya mit der Möglichkeit von ein paar gemeinsamen Wochen, die sie intensiv und nur zu zweit verbringen, geködert hat.

»Sie war so erleichtert, dass er ihre Krankheit ernst nimmt und sich sogar darüber kundig gemacht sowie einen Experten aufgetrieben hat. Seine Unterstützung bedeutet ihr ungemein viel, sodass sie nicht anders konnte als zuzustimmen.«

»Was hat es mit dem Experten und dieser besonderen Therapie auf sich?«, will Aidan wissen.

»Chad kennt den Arzt von einem Symposium. Er hält einiges von ihm. Allerdings war auch er davon überrascht, wie schnell Preston alles in die Wege geleitet hat. Normalerweise ist Dr. Shapiro auf Monate hinaus ausgebucht.«

Die Brüder spekulieren einen Augenblick über die Methoden und Verbindungen, die Mayas Vater den kurzfristigen Erfolg bei der Aufnahme in das Therapieprogramm gebracht haben könnten. Kopfschüttelnd über den Alleingang des Publizisten legt Aidan Vincent eine Hand auf die Schulter.

»Hast du keine Einwände hervorgebracht? Die Therapie wird doch sicher wahnsinnig anstrengend für Maya. Kann sie das in ihrem Zustand überhaupt schaffen?«

Die Frage bringt Vincent zu dem Punkt zurück, an dem seine Frau ihn ängstlich angesehen hatte…

~*****~

»Bist du einverstanden?«, hatte Preston nach seinem Lobgesang über die neue Ausgabe des Magazins direkt gefragt.

Mit Besorgnis hatte Vincent ihre Reaktion beobachtet: Das nervöse Reiben über den Oberschenkel, das Zittern des Körpers und nicht zuletzt ihr ängstlicher Blick. Als ihre Fingernägel sich in den Stoff der Hose krallten, drückte er beruhigend ihre andere Hand, die er immer noch mit seinen Fingern umschloss.

»Sag ganz offen, wie du darüber denkst. Ich unterstütze dich, das weißt du doch«, versicherte er seiner Frau. Auch wenn ihm die in seinen Augen vollkommen übereilte Idee nicht gefiel, wollte er keinen neuen Schub bei ihr riskieren. Es war offensichtlich für ihn, dass sie Schwierigkeiten damit hatte, sich zu entscheiden, weil Preston und er so unterschiedlicher Meinung waren.

»Verlässt du mich, wenn ich Daddys Vorschlag annehme?«, hatte sie ihm leise zugeflüstert.

»Nein, natürlich nicht«, entgegnete er, um ihr Sicherheit zu geben. »Aber du musst dich auch nicht sofort festlegen. Denk in Ruhe darüber nach. Morgen ist außerdem die nächste Schwangerschaftsuntersuchung geplant, die solltest du auf jeden Fall abwarten.«

»Bei Dr. Braden?«, hatte sie mit weit aufgerissenen Augen gefragt. »Zu ihr will ich nicht.«

Der Blick von Mayas Vater sprach in dem Moment Bände. Stirnrunzelnd nahm er die Neuigkeit entgegen, dass seine Tochter eine Behandlung durch die Top-Gynäkologin der Harper-Klinik ablehnte. Vincent war sofort klar, dass sein Schwiegervater an das Foto von ihm und Lisa dachte, das Preston in einer seiner Zeitschriften veröffentlicht hatte. Ein Bild, das beweisen sollte, wie nahe sich die beiden Ärzte in Mayas Abwesenheit gekommen waren.

»In den Hamptons gibt es auch gute Frauenärzte«, warf Preston mit einem milden Lächeln in Mayas Richtung ein. »Ich kümmere mich darum, dass du keine Untersuchung verpasst.«

Den eisigen Blick seines Schwiegersohns ignorierte er gekonnt. Seine Besorgnis über die Angst in Mayas Haltung konnte er jedoch nicht verbergen. Trotzdem stellten sich bei Vincent die Nackenhaare auf, als er darüber nachdachte, was noch alles im Kopf des Publizisten vor sich ging – vor allem in Bezug auf ihn. Aidans Warnung, dass sein Schwiegervater ihm weiterhin misstraute, kam ihm in den Sinn. Doch er schüttelte sie ab und konzentrierte sich wieder auf seine Frau.

»Es ist eine Routineuntersuchung, die kann auch eine der anderen Gynäkologinnen in der Klinik vornehmen. Ich regle das«, hatte Vincent auf die Abneigung seiner Frau gegenüber Dr. Braden reagiert. Das unruhige Flattern von Mayas Augenlidern, dazu das Zittern, welches er weiterhin spüren konnte, ließen ihn dann jedoch einlenken. »Oder möchtest du schon heute Abend mit deinem Vater aufbrechen?«

»Ja«, hatte sie nur noch gehaucht und den Blick gesenkt.

Wieder krallte sie in Erwartung seiner Antwort die Fingernägel in den Stoff der Hose. Sekunden später tropfte eine Träne auf ihren Handrücken.

»In Ordnung«, hatte er daraufhin zugestimmt. Zwei Worte, die Maya hoffnungsvoll zu ihm aufblicken ließen. Lächelnd zog er sie an sich. »Ich liebe dich, vergiss das nicht. Wenn du die Zeit mit deinem Dad brauchst, hast du selbstverständlich meine Unterstützung. Wir werden viel telefonieren, damit ich wenigstens auf diese Weise bei dir sein kann. Versprich mir nur, dass du dich sofort meldest, falls du unsicher wirst oder Hilfe benötigst.«

Als Maya nickte und sich erleichtert an ihn schmiegte, wanderte Vincents Blick zu Preston. Seine Miene zeigte ganz offen eine Menge unausgesprochener Vorwürfe, die Mayas Vater jedoch unbeeindruckt von sich abprallen ließ. Die Zufriedenheit, weil sein Plan ohne große Komplikationen aufgegangen war, stand dem Publizisten ins Gesicht geschrieben. Vincent hoffte in dem Moment, dass sein Schwiegervater die vier gemeinsamen Wochen mit Maya für die Verbesserung ihres Zustandes und nicht für irgendwelche Spielchen benutzen würde.

~ ***** ~

»Verstehe«, kommentiert Aidan nachdenklich, nachdem sein Bruder den Bericht beendet hat. »Jede weitere Diskussion zwischen dir und Preston hätte Maya nur geschadet. Es war richtig, dass du zu ihrem Wohl eingelenkt hast.«

»Ich habe es einzig und allein für sie getan«, gibt Vincent zu. »Was ihren Vater angeht, bin ich mir nicht sicher, was er damit bezweckt. Chad meint, dass der Therapieansatz Vorteile bringen kann, wenn Maya sich unbeschwert darauf einlässt. Die Schwangerschaft sieht er nicht gefährdet, zumal er viel von Dr. Shapiro und dessen Erfahrungen hält.«

»Hast du ihn gefragt, warum er diese Art der Therapie dann nicht von sich aus vorgeschlagen hat?«, wirft Aidan ein. Mit einem Nicken bestätigt sein Bruder es.

»Er hat wegen der langen Warteliste keine Möglichkeit gesehen, dass Maya dort einen Termin vor der Geburt bekommt. Außerdem wollte er sich erst in Ruhe einen Überblick über den Umfang der Störung verschaffen. … Argumente, die ich nachvollziehen kann, trotzdem hätte ich gerne vor Prestons Idee von dem Therapieansatz gewusst.«

»Ich bin dennoch skeptisch, ob das neben der Schwangerschaft nicht ein wenig viel für sie ist.« Aidans Zweifel legen sich jedoch, als Vincent ihm versichert, dass Maya das Schwangersein gut bekommt.

»Alles verläuft gut, wir sprechen jeden Abend über das Baby und ich versuche uns dann auszumalen, wie es zu dritt sein wird. Ihre Augen bekommen dabei diesen besonderen Glanz – ich glaube, dass ihr die Vorstellung Kraft gibt, die Krankheit zu akzeptieren und vor allem zu bekämpfen. Maya wird es schaffen, mit Borderline zu leben – da bin ich mir ganz sicher.« Vincents Blick schweift ein wenig nachdenklich ab, nachdem er die Aussage beendet hat.

›Das ist sein Antrieb‹, geht es Aidan durch den Kopf. ›Er hat sie nicht nur geheiratet, weil sie ein Kind von ihm erwartet, sondern weil er sich für sie verantwortlich fühlt.‹

»Was sagt Dad zu dem Therapiewechsel?«, fragt Aidan, um die Stille zu beenden.

»Ich habe nachher einen Termin mit ihm und Chad, um den Therapieansatz durchzusprechen. Mom habe ich noch nicht informiert. Eigentlich haben beide auch genügend eigene Dinge zu klären, ich will sie nicht zusätzlich zu sehr mit meinen Problemen belasten. Allerdings ist mir Dads medizinische Meinung in diesem Punkt wichtig. Ich wäre dir aber dankbar, wenn du ihnen nichts von Prestons Überrumpelungstaktik erzählen würdest.«

»Du kannst dich auf mich verlassen«, versichert Aidan. »Die Details bleiben unter uns. Danke, dass du dich mir anvertraut hast. Ich wusste wirklich nichts von Prestons Plänen.«

»Ich weiß«, seufzt sein Bruder auf. »Es tut mir leid, dass

ich hier so einfach mit der Anschuldigung hereingeplatzt bin. Ich hätte wissen müssen, dass du dich an nichts beteiligst, was Maya schaden könnte.«

»Solange du ihr keinen erneuten Schmerz zufügst, hast du von mir nichts zu befürchten. Ich falle dir nicht in den Rücken, Vincent, das habe ich dir schon einmal gesagt. Meine Sorge gilt allein Mayas Wohlergehen. Ein Umstand, den Preston vermutlich auch als Rechtfertigung für sein Handeln anführen wird. Es ist daher gut, dass ihr euch arrangiert habt. Wenn Maya so sensibel auf Stimmungen und Anspannung reagiert, dürfen wir nichts riskieren.«

»Dann nimmst du meine Entschuldigung also an? Ich fürchte, dass ich ein Ventil gebraucht und deswegen zu impulsiv gehandelt habe«, versucht Vincent den Auftritt im Büro seines Bruders zu erklären.

»Ja«, bestätigt Aidan ohne zu zögern.

»Gut«, erwidert Vincent erleichtert. »Dann werde ich mich jetzt mal bei meiner Frau melden, um zu hören, wie die erste Nacht war.«

»Grüß sie bitte von mir.« Der Satz beschert Aidan einen überraschten Blick von seinem Bruder.

»Wirst du sie nicht selber anrufen?«

»Nein«, legt er fest, »vorerst nicht. Ich möchte sie nicht von ihrem Vorhaben ablenken.«

»Du überraschst mich immer wieder, kleiner Bruder«, erwidert Vincent daraufhin mit einem Lächeln.

»Dasselbe könnte ich von dir sagen.«

*****

Der Vater der beiden sitzt zu der Zeit mit einem Kaffeebecher in der Hand auf der Veranda des Strandhauses in Malibu und schaut aufs Wasser. Das Getränk in seiner Hand kühlt mehr und mehr ab, während er sich die unterschiedlichen Begegnungen mit Lizzy oder mit Emilia in Erinnerung ruft.

›Wenn ich heute Abend zu einer Aussprache nach Bel Air

fahre, sollte ich mir darüber im Klaren sein, wie es weitergeht‹, legt er fest. ›Ich kann Lizzy nicht ewig im Unklaren lassen – das hat sie nicht verdient.‹

Mit einem Seufzer lehnt Jason sich auf dem Stuhl zurück. Als er die Augen schließt, hat er das Gefühl, den süßen Geschmack von Emilias Lippen noch einmal zu schmecken. Prompt öffnet er die Augenlider wieder.

›Mach nicht den zweiten Schritt vor dem ersten!‹, ermahnt er sich. ›Zuerst geht es um die Frage, ob und gegebenenfalls wie es mit meiner Ehe weitergehen soll.‹

Ein Vorsatz, der sich nicht lange umsetzen lässt. Einen Moment schafft er es, die Gefühlsregungen zurückzuholen, die Lizzys Aktionen in ihm ausgelöst haben. Einen Augenblick später wandern die Gedanken phasenweise zu Emilia ab. Die Enttäuschung über die Enthaltung seiner Frau bei der Sitzung des Stiftungsrates wird von der Erinnerung an die Wiedersehensfreude vom Treffen mit Emilia überlagert. Das Entsetzen über Lizzys Kaltschnäuzigkeit Natessa gegenüber beim Familiendinner lässt ihn nicht los. Wie viel Mitgefühl steckte dagegen in dem besorgten Ausdruck von Emilia nach dem Zusammenbruch ihrer Tochter.

»So geht das nicht«, grummelt Jason schließlich unzufrieden. Kaffee schwappt über den Rand des Bechers, als er diesen unsanft auf dem Tisch abstellt.

Zehn Minuten später hat er sich umgezogen und joggt in mäßigem Tempo den Strand entlang. Die Bewegung tut ihm gut. Gierig saugen seine Lungenflügel die salzhaltige Luft ein. Die Schwerfälligkeit seiner Schritte in dem lockeren Sand der Dünen kommt ihm wie sein derzeitiges Leben vor. Als er sich dazu entschließt, näher am Wasser und damit auf dem angefeuchteten festeren Strandboden zu laufen, erscheint ihm das wie die Lösung für seine Situation. Was er braucht, ist etwas Standhaftes, das sich greifen lässt, und nicht der feine Sand, der einem durch die Finger rinnt.

›So ein Strandabschnitt vereint beides. Auf der einen Seite

der feste glatte Boden, den die Wellen zurücklassen, wenn sie sich ins Meer zurückziehen; auf der anderen Seite die einzelnen Sandkörner, die sich vom Wind zu Dünen auftürmen lassen und das Gehen auf ihnen erschweren. Im Leben geht diese Variante nicht, da man auf Dauer zu hohen Wellengang hervorruft. Es wird Zeit, dass ich die Wellen eindämme, bevor noch mehr Schaden angerichtet wird!‹, nimmt Jason sich vor, als er sich auf den Rückweg macht.

Während der Chefarzt eine halbe Stunde später unter der Dusche steht, wird Enrique im Krankenbett zurück in sein Zimmer geschoben. Natessas fragenden Blick beantwortet der Pfleger mit der Auskunft, dass eine Untersuchung der verletzten Schulter stattgefunden habe.

»Über die Ergebnisse kann ich Ihnen leider nichts sagen, Miss. Da müssen Sie auf den Arzt warten.«

Nachdem Natessa die Information mit einem Nicken quittiert hat, zieht sie einen Stuhl an das Bett heran und ergreift Enriques Hand. Müde Augen beobachten jede ihrer Bewegungen, können jedoch kaum noch aufgehalten werden.

»Du siehst aus, als könntest du ein wenig Schlaf gebrauchen«, sagt Natessa lächelnd nach der Begrüßung zu ihm.

»Später«, antwortet er schwerfällig, ehe ihm erneut die Augenlider zufallen.

»Ruh dich aus, ich werde noch da sein, wenn du wieder aufwachst. Meine Schicht beginnt erst mittags«, versichert sie. Enriques Augen erhellen sich bei der Zusage einen Moment, begleitet von einem Lächeln. Ein paar Sekunden danach ist er mit diesem zufriedenen Ausdruck auf den Lippen eingeschlafen. Natessas Mundwinkel heben sich ebenfalls an, als sie sich entspannt auf dem Stuhl zurücklehnt.

Nachdem sie dem Freund eine Weile beim Schlafen zugesehen hat, öffnet sich hinter ihr die Tür des Krankenzimmers. Für einen Wimpernschlag lang spürt Natessa ein Kribbeln im Nacken. Als sie den Kopf dreht, trifft ihr Blick auf den von Vincent.

»Guten Morgen«, begrüßt er sie mit einem Lächeln. Dabei

nimmt er wohlwollend zur Kenntnis, dass seine Ex-Freundin nicht mehr so einen müden Eindruck macht wie am Vortag. ›so gefällst du mir wesentlich besser, Lady‹, spricht er gedanklich zu ihr.

»Hallo, Vincent«, erwidert Natessa seinen Gruß mit einem ähnlich freundlichen Gesicht. Sekundenlang heften sich die Blicke der beiden aufeinander, ehe der Arzt sich auf seine Aufgabe besinnt. Während er Natessa versichert, dass die Werte von Enrique im Normalbereich liegen, kontrolliert er die Anzeige auf dem Überwachungsmonitor.

»Gut«, seufzt sie erleichtert auf. »Er sieht auch besser aus. Hatte er eine ruhige Nacht?«

Als Vincent dies bestätigt, kommt sie auf die Untersuchung der Schulter zu sprechen, die der Pfleger bei ihrer Ankunft erwähnt hat.

»Das war nur eine Vorsichtsmaßnahme«, versucht Vincent sie zu beruhigen. »Wir wollten sichergehen, dass beim Einrenken keine Sehne eingeklemmt wurde. Es sieht alles gut aus … aber«, fügt er nach einer kurzen Pause hinzu, die Natessa die Stirn runzeln lässt.

»Was ist?«, fragt sie ein wenig ängstlich.

»Sorry, ich wollte dich nicht verunsichern«, entschuldigt er sich, nachdem er nähergetreten und ihr eine Hand auf die Schulter gelegt hat. Der sanfte Druck seiner Finger führt dazu, dass Natessa den Atem entweichen lässt, den sie vor Schreck angehalten hat. Gleichzeitig jagt ihr die unerwartete Berührung des Ex-Freundes einen Schauer über den Rücken. Es kostet sie viel Kraft, Vincent weiter in die Augen zu sehen und sich auf seine Erläuterung zu konzentrieren. »Die Muskeln und Sehnen im Bereich der Schulter wurden bei den Folgen des Unfalls ziemlich in Mitleidenschaft gezogen. Es ist zwar zum Glück nichts gerissen, aber es wird dauern, bis der Arm wieder voll funktionsfähig ist.«

Die Augen der Besucherin weiten sich bei der Aussage. Unwillkürlich fragt sie sich, welche Auswirkungen die Verletzung für Enriques Arbeit und die Werkstatt seines Vaters hat. Ihr Blick wandert zum Gesicht des Patienten, das weiterhin eine zufriedene Miene ziert. Als sie danach erneut zu Vincent aufsieht, wandelt sich ihr Ausdruck in Entschlossenheit.

»Rick schafft das. Hauptsache, er wird wieder ganz gesund. Ich helfe ihm dabei, so gut ich kann.« Die unbeirrte Aussage löst zwiespältige Gefühle in dem Arzt aus. Aus professioneller Sicht beruhigen ihn Natessas Worte. Gleichzeitig lassen sie ihn innerlich aufstöhnen, weil sie ihre Aufmerksamkeit einem anderen Mann schenkt. Einem Mann, der ihr offensichtlich guttut. Die Hand, welche nach wie vor auf ihrer Schulter liegt, zieht Vincent bei dem Gedanken unbewusst zurück.

»Natürlich«, bestätigt er, nachdem er sich gefangen hat. Dann setzt er seinen Bericht über den Zustand des Patienten fort. »Die Einblutung im Gehirn hat aufgehört. In den nächsten Tagen machen wir noch ein paar Tests, aber auch die sind eine reine Vorsichtsmaßnahme. Das Wichtigste ist erst mal, dass Enrique sich ausruht.«

»Wir achten darauf, dass er sich nicht übernimmt«, sagt Natessa zu. »Vorhin war er so müde, dass er fast sofort eingeschlafen ist. War die Untersuchung anstrengend für ihn?«, fragt sie besorgt. Als Vincent ihr erklärt, dass Enrique vor der Kontrollmaßnahme ein Schmerzmittel bekommen hat, nickt sie beklommen.

»Das Einrenken ist noch nicht lange her, die Schmerzen sind daher normal«, fügt er hinzu. »In ein paar Tagen wird das alles schon besser aussehen.«

»Hoffentlich«, ertönt es matt aus Richtung des Patienten, sodass die Blicke der beiden zu Enrique wechseln. Während Natessa seine Hand ergreift, teilt Vincent ihm das Ergebnis der Untersuchung mit. Mit einem Nicken und einem kurzen Dank nimmt Rick es zur Kenntnis. Gleich darauf richten sich seine Augen wieder auf Natessa. »Hey, wie lange habe ich geschlafen? Musst du schon los oder haben wir noch ein paar Minuten?«

Nach einem Blick auf die Uhr streicht sie ihm beruhigend über den Handrücken.

»Du hast dir nur eine kurze Pause gegönnt. Keine Sorge, wir haben noch über eine Stunde, bevor ich mich auf den Weg machen muss. Ruh dich aus, wenn du müde bist. Dein Arzt rät dir das auch«, fügt sie mit einem Seitenblick auf Vincent hinzu.

»Die nächsten ein, zwei Tage sollten Sie möglichst ruhig liegen bleiben, Enrique. Ich bespreche das Ergebnis der Untersuchung nachher mit einem Physiotherapeuten, der zu gegebener Zeit die ersten Bewegungen des Armes koordinieren wird. Bis dahin lassen Sie den Arm am besten in der Schlinge.« Wieder erhält Vincent vom Patienten nur ein kurzes Nicken als Antwort.

Demonstrativ kreuzt Enrique die Finger der Hand mit denen von Natessa und schaut ihr tief in die Augen.

»Der eine Arm reicht uns erst mal, oder?«, fragt er mit einem Augenzwinkern, aber ohne das typische Grinsen im Gesicht. Die Botschaft kommt bei Vincent an. Mit professioneller Miene erkundigt er sich, ob noch Fragen zu den Untersuchungen oder dem weiteren Vorgehen bestehen. Als dies von beiden verneint wird, wechselt er einen letzten Blick mit Natessa und verlässt danach das Zimmer.

»Das war nicht besonders nett von dir«, murmelt Enriques Besucherin ein wenig verstimmt, als sie unter sich sind. »Wenn du lieber einen anderen behandelnden Arzt möchtest, ist das sicher kein Problem.«

»Nein, nicht nötig. Ich wollte nur endlich mit dir alleine sein. Eine Stunde hast du gesagt? Davon will ich keine Sekunde mehr verschwenden.« Dieses Mal verzieht sich sein Gesicht bei den Worten zu einem breiten Grinsen, gepaart mit einem spielerischen Hochziehen der Augenbrauen. Ein Ausdruck, der Natessas Laune sofort wieder anhebt. Ihre Mundwinkel verziehen sich zu einem Lächeln, während sie mit der freien Hand nach ihrer Tasche greift.

»Ich habe dir etwas mitgebracht«, verheißt sie. Sekunden

später holt sie einen Schokoladenmuffin hervor, den sie auf dem Weg zur Klinik in dem Laden beim Universitätskrankenhaus gekauft hat.

»Mh, meine Lieblingssorte«, lobt Enrique ihre Idee. Doch zu ihrer Verwunderung lehnt er ab, als sie anbietet, ihn auszupacken. »Nicht jetzt … sonst schmecke ich wieder nach Schokolade«, erklärt er verschmitzt. Seine Hand wandert ihren Arm hinauf, die Fingerspitzen liebkosen wenig später zärtlich ihren Hals.

»Komm her«, raunt er ihr zu, woraufhin sie sich langsam zu ihm herabbeugt. Mit jedem Zentimeter, den sich die Gesichter der beiden näherkommen, verstärkt sich das sanfte Streicheln seines Daumens in Natessas Nacken. Dann endlich berühren sich ihre Lippen, zunächst behutsam, im nächsten Moment aber schon intensiver, bis sich ein lang anhaltender Kuss entwickelt.

Natessas Augen strahlen, als sie den Kopf nach Beendigung der Zärtlichkeit anhebt. Ein Lächeln umspielt ihre Lippen.

»Das war schön.«

»Genauso habe ich es mir vorgestellt«, bestätigt Enrique. »Nicht unbedingt, dass ich dabei in einem Krankenhaus liege und dich nicht richtig umarmen kann – aber der Rest hat gepasst.«

»Mir hat nichts gefehlt«, versichert Natessa. Sie ergreift seine Hand, die an ihrer Wange ruht, und gibt einen Kuss in die Innenfläche, ehe sie sich aufsetzt. Mit einem Grinsen stellt sie die Tüte mit dem Muffin auf das Schränkchen neben seinem Bett. »Den kannst du nachher essen. Ich weiß jetzt schließlich, was mir entgeht, wenn du nach Schokolade schmeckst.«

»Ich verzichte gerne so lange. Der Geschmack dieser hier«, bei den Worten fährt er mit der Fingerspitze die Konturen von Natessas Lippen nach, »ist tausendmal besser als jede Süßspeise. Zumindest soweit ich mich erinnern kann. Vielleicht hat mein Kopf doch etwas abbekommen. Würdest du die Erinnerung auffrischen?«

Eine Bitte, der die Besucherin bis zu ihrem Aufbruch noch ein paar Mal nachkommt…

*****

Als Jason am Abend auf das Haus in Bel Air zufährt, in dem seine Frau ihn zum Essen erwartet, zieht er für einen Moment in Erwägung zu klingeln. Kopfschüttelnd verwirft er den Gedanken als viel zu provokativ. Statt einiger Unstimmigkeiten gleich zu Beginn des Treffens will er lieber ein paar ruhige Stunden mit Lizzy verbringen.

›Es muss doch möglich sein, ihr klarzumachen, was derzeit in mir vorgeht‹, hofft er.

Ganz ähnliche Gedanken gehen Lizzy durch den Kopf, während sie auf ihren Ehemann wartet. Kaum hat sie das Fahrzeug gehört, das über den Kies des Parkplatzes fährt, atmet sie zweimal tief durch und geht danach gemäßigten Schrittes zur Eingangshalle. Lächelnd begrüßt sie Jason, der es zu ihrer Erleichterung zulässt, dass sie ihm einen Kuss auf den Mundwinkel gibt.

»Guten Abend, Darling. Schön, dass du da bist. Wie war dein Tag?«, erkundigt sie sich.

Bei den Worten hakt sie sich bei ihrem Mann unter und sieht ihn erwartungsvoll an. Auf dem Weg ins Esszimmer fasst er ein paar Details aus seinem Arbeitstag im Krankenhaus zusammen. Lizzy verfolgt seinen Bericht mit Interesse und lässt sich am Tisch angekommen von ihm den Stuhl zurechtrücken. Nachdem auch Jason Platz genommen hat, deutet sie auf die abgedeckten Teller.

»Deinem Wunsch entsprechend habe ich nur einen leichten Salat mit Geflügel vorbereiten lassen. Ich möchte mich ebenfalls auf unser Gespräch konzentrieren. Aber ein Glas Wein gönnen wir uns dazu, ja?«, fragt sie hoffnungsvoll. Nickend stimmt er zu, was ihre Anspannung merklich abklingen lässt.

Während des Dinners erkundigt auch er sich nach den Geschehnissen ihres Tages. Mit einem Lächeln winkt Lizzy ab.

»Es gab ein Treffen bei einem meiner ehrenamtlichen Komitees. Das war jedoch unspektakulär und ohne Ergebnis, sodass es sich nicht lohnt, davon zu berichten.«

»Hast du mit Aidan über die nächste Sitzung des Aufsichtsrates gesprochen? Er hat dafür bereits einiges ausgearbeitet, vor allem in Bezug auf die geplante Umstellung der Papierakten in elektronische Akten.«

»Wir wollten doch alle geschäftlichen Belange an diesem Abend außen vor lassen«, erinnert Lizzy ihren Mann. »Dein Sohn hat alles im Griff, mach dir keine Sorgen. Vincents Situation beschäftigt mich viel mehr.«

Mit hochgezogener Augenbraue und einem fragenden Blick reagiert Jason auf ihre Andeutung. Als er nachhakt, ob sie damit auf Mayas Abreise in die Hamptons anspielt, schlägt ihm Irritation entgegen.

»Wovon sprichst du?«, erkundigt sie sich. Einen Moment später weiten sich Lizzys Augen, als er ihr von der Intensiv-Therapie berichtet, die Mayas Vater arrangiert hat. Dass Vincent die beiden nicht begleitet, kann sie kaum glauben. Ihre Stirn legt sich in Falten, als ihr die Szene, die sie zwischen ihrem Sohn und dem Mädchen aus dem Valley auf dem Klinikparkplatz beobachtet hat, in Erinnerung kommt.

›Ist sie der Grund, warum Vincent Preston Carter die Verantwortung für Maya überlässt? Hat sie sich wieder in sein Leben gedrängt? Was geht nur in ihm vor?‹, fragt Lizzy sich im Stillen. Jason gegenüber lässt sie sich das Missfallen über die neue Situation jedoch nicht anmerken. Sie äußert lediglich ihre Verwunderung darüber, dass ihr Sohn seine Frau nicht begleitet.

»Ich hatte keine Gelegenheit, länger mit Vincent zu sprechen, da er zu einem Notfall gerufen wurde. Wir sollten uns da aber auch nicht einmischen«, rät Jason. Der kurze tadelnde Blick in den Augen seiner Frau entgeht ihm dabei nicht. Dass sie nach einer Atempause zusagt, sich herauszuhalten, glaubt er nur bedingt. Vielmehr fragt er sich, welche Pläne nun wieder in Lizzys Kopf geschmiedet werden.

›Sie wird auch diese Situation kontrollieren wollen‹, seufzt er innerlich auf, ehe er sich schweigend dem Rest des Essens widmet.

Nach Beendigung des Dinners lotst Lizzy ihren Mann in den Wintergarten, wo bereits Kaffee bereitgestellt wurde. Auf dem Tisch aus Teakholz entdeckt Jason außerdem zwei Fotoalben. Seine Frau reicht ihm eine Tasse Kaffee und setzt sich neben ihn auf das bequem gepolsterte Sofa aus Rattan.

»Du hast ein paar Alben herausgesucht?«, fragt er mit einem Seitenblick auf die Sammlungen.

»Seitdem du dir die Auszeit im Strandhaus genommen hast, denke ich viel über frühere Zeiten nach«, erklärt sie betont ruhig. Gleichzeitig legt sie ihre Hand auf die seine und lächelt wehmütig. »Ich mag diese unklare Situation nicht, Jason. Lass uns die Differenzen aus der Welt schaffen, damit dein Ausflug ein Ende findet.«

»So einfach geht das nicht, Lizzy«, erwidert er. Die Tatsache, dass sie seinen Auszug als etwas Vorübergehendes darstellt, dessen Ende absehbar ist, stört ihn schon im Ansatz. Da er weiß, dass die Stimmung mit seiner nächsten Bemerkung kippen könnte, atmet er tief durch, bevor er weiterspricht. »Ja, es war falsch von mir, dir nichts von dem Treffen mit Emilia Morgan zu erzählen. Allerdings frage ich mich, warum du zu dem Zeitpunkt bereits Nachforschungen über sie eingeholt hast. Dazu gab es keinen Grund.«

Schnaubend rückt seine Frau ein Stück von ihm ab. Ein Gespräch über diese Familie ist das Letzte, was sie für den Abend geplant hat. In ihrem Kopf kreisen die Überlegungen, wie sie das Thema auf die wichtigen Aspekte lenken kann – ihre Ehe und Jasons Rückkehr in das gemeinsame Haus.

»Darling, wir sind doch hier, um über uns zu sprechen«, versucht Lizzy die Antwort auf seinen Vorwurf zu umgehen. Ihr tadelnder Blick wandelt sich in ein Lächeln, als sie nach einem der Fotoalben greift. »Schau nur, hier haben wir die Zeit festgehalten, als dieses Haus entstanden ist und wir es für uns eingerichtet haben.«

Mit Elan öffnet sie das Album und breitet es mittig zwischen ihnen aus. Die Bilder aus einer lang zurückliegenden Zeit rufen auch bei ihrem Mann ein Schmunzeln hervor. Mit jeder weiteren Seite schwelgen sie mehr und mehr in Erinnerungen. Die Anfänge ihrer Ehe, das Aufwachsen der Söhne, gemeinsame Urlaube – der Bildband bietet dem Paar eine Menge Gesprächsstoff. Als Lizzy jedoch nach dem zweiten Album greifen will, hält Jason sie auf.

»Ich habe all das nicht vergessen, Lizzy.«

»Dann komm zurück, wir können dieses Leben fortsetzen. Ich vermisse dich und möchte keine weitere Trennung. Was muss ich tun, damit du dem Strandhaus den Rücken zukehrst?«

Nachdenklich sieht er sie an. Ihr Blick ist offen, aber er kann eine Spur Verletzlichkeit darin entdecken, die sie verzweifelt zu unterdrücken versucht. Dabei ist es genau diese Empfindsamkeit, die er bei ihr vermisst. Seit wann das so ist, vermag er in dem Augenblick nicht zu sagen.

›Viel zu lange‹, wird ihm klar.

»Ich bin mir nicht sicher, ob ich das überhaupt noch möchte«, räumt er schließlich ein. Ihre Augen weiten sich bei seinen Worten. Die Hand, die seit ihrer Frage auf seinem Arm ruht, zieht Lizzy verletzt zurück. »In den letzten Monaten hat sich so viel verändert – wir haben uns verändert.«

»Aber das ist doch kein Grund, unsere gemeinsame Zeit zu beenden. Wir haben ein paar Schwierigkeiten, die wir jedoch überwinden können. Alles kommt wieder in Ordnung, Darling. Ich unterstütze dich, so wie ich es früher schon getan habe.«

»Darum geht es mir inzwischen nicht mehr, Lizzy«, gibt Jason zu. »Ich möchte nicht zur Tagesordnung übergehen und die Gefühle außen vor lassen.«

»Was hat das zu bedeuten, Jason?«, fragt sie entsetzt. »Dreißig Jahre, in denen wir uns gemeinsam etwas aufgebaut haben, zählen nicht mehr, weil du einem Gefühl hinterherjagst?« Ein bedrohliches Funkeln spiegelt sich bei dem letzten Satz in Lizzys Augen wider, das den verletzten Ausdruck komplett verdrängt. Verachtung tritt an die Stelle der Hoffnung, die ihren Abend bisher begleitet hat.

›Das hat sie ihm eingeredet‹, geht es ihr durch den Kopf. ›Ich verfluche den Tag, an dem diese Familie sich in unser Leben geschlichen hat.‹

»Du bist der geborene Chefarzt und hast Ambitionen. Wach auf, Jason. Dein Traum von der Leukämieforschung wird sich nicht durch ein Gefühl realisieren lassen. Willst du künftig anstelle einer Klinik eine Cateringfirma führen?«

›Sie wird sich nie ändern‹, wird Jason klar. ›Dieser Hass auf die Morgans zerstört alles, was uns verbunden hat. Aus dem aufgetürmten Sand der Dünen entwickelt sich Treibsand, der uns verschlingen wird, wenn ich dem Ganzen keinen Einhalt gebiete!‹

KAPITEL 17

Drei Tage später...

Leise schließt Preston die Tür zu Mayas Schlafzimmer, in dem sich seine Tochter auch am vierten Tag nach der morgendlichen Therapiesitzung bei Dr. Shapiro hingelegt hat.

Die ersten Sitzungen der Behandlung in den Hamptons sind nach seiner Meinung gut gelaufen, aber er fragt sich weiterhin, wie schlimm diese Störung wirklich ist. Der Auftakt der Therapie hat Ängste hervorgebracht, die ihm so irrational erscheinen. Wie kann sie annehmen, dass er sich von ihr abwendet oder sie nicht mehr im Verlag beschäftigt? Zudem geht Preston Mayas Reaktion auf die Erwähnung von Dr. Braden bei dem Mittagsessen an ihrem letzten Tag in Los Angeles nicht aus dem Kopf. Gibt es Gründe für seine Tochter, an der Treue und Unterstützung ihres Ehemannes zu zweifeln oder ist es nur ein Symptom? Ein Punkt, für den er sich neben des Therapieerfolgs Klärung erhofft.

Der Kontakt zwischen den Eheleuten ist intensiver, als Preston es erwartet hat. Die Tatsache, dass die meisten Telefonate von Vincent ausgehen, überrascht ihn. In den Augen des Publizisten ist es jedoch nicht unwahrscheinlich, dass sein Schwiegersohn nebenher Ablenkung vom Alltag sucht. Wie die aussehen könnte, hatte schon einmal ein Foto bewiesen. Vincents damalige Aktivitäten in einem Hotel waren eindeutig, vermutlich hatte sich ähnliches bereits wiederholt.

Mayas Abwesenheit wird die wahren Ambitionen ihres Mannes ans Tageslicht bringen, daran besteht für Preston kein Zweifel. Trotzdem ist es ihm wichtiger, dass seine Tochter die Möglichkeit bekommt, noch vor der Geburt Fortschritte zu machen. Dr. Shapiro hatte ihm versichert, dass die Sitzungen darauf abgestellt werden.

›Maya und ich haben in den letzten Jahren alles zusammen gemeistert. Ich habe dich seit der Hochzeit viel zu lange schalten und walten lassen‹, wirft er seinem Schwiegersohn gedanklich zu. ›Maya hat sich richtig entschieden, als sie der Reise hierher sowie dem Therapieansatz zugestimmt hat.‹

Noch über drei gemeinsame Wochen liegen vor ihnen. Eine Zeit, die Mayas Zustand wesentlich verbessern und zugleich die fehlende Loyalität ihres Ehemannes beweisen soll. Die Vorkehrungen dafür hatte er vor der Abreise aus Los Angeles getroffen. Schade nur, dass Aidan Harper nicht von einer Zusammenarbeit überzeugt werden konnte. Seine Mitarbeit wäre ideal gewesen, um Vincent auch im Krankenhaus zu beobachten. Mit seiner Hilfe hätte er der Antwort auf die Frage, was zwischen dem Schwiegersohn und Mayas Gynäkologin vorgeht, näherkommen können. Aber Aidan hatte sich für die Seite seines Bruders entschieden und somit automatisch gegen Maya.

›Wenn ich bisher geglaubt habe, dass er der bessere Mann für sie ist, bin ich davon kuriert. Ein Harper passt nicht in unsere Familie! Ich kann nur hoffen, dass meine Tochter irgendwann damit aufhört, wie magisch die falschen Männer anzuziehen. Sobald das Baby der Mittelpunkt ihres Lebens ist, wird sie hoffentlich aufwachen und erkennen, dass in ihrem Ehemann noch immer derselbe Frauenheld steckt wie vor der Trennung.‹

»Ich bin mir sicher, dass sie nicht die einzige Frau ist, die dir im Kopf herumschwirrt, Vincent«, grummelt er kaum hörbar vor sich hin. »Du hast vier Wochen Zeit, mir dafür die Beweise zu liefern. Enttäusch mich nicht!«

›Währenddessen kümmere ich mich um Maya und unterstütze sie nach Kräften, damit sie die Fortschritte macht, die Dr. Shapiro für möglich hält. Wenn sie gefestigt genug ist, ihr Leben ohne dich zu führen, werde ich sie von dir befreien.‹

*****

Während Preston die Ruhepause seiner Tochter dazu nutzt, Kontakt zu seinen Mitarbeitern im Verlag aufzunehmen, steht Lizzy gedankenverloren in ihrem Schlafzimmer. Der leere Schrank, in dem Jasons Sachen fehlen, kommt ihr wie ein großes schwarzes Loch vor. Seufzend schließt sie die Tür des Möbelstücks, aus dem ihr Mann drei Tage zuvor auch die restlichen Kleidungsstücke geräumt hat. Dem Ganzen war eine Diskussion vorausgegangen, in der Jason ihr zwar versichert hatte, dass er zunächst alleine im Strandhaus bleiben würde, doch Lizzy fiel es schwer, ihm das zu glauben.

~ ***** ~

»Was empfindest du für diese Frau?«, hatte sie ihn gefragt.
»Ich liebe sie«, war seine Antwort erschreckend ehrlich ausgefallen. Dann hatte er seine Hände um ihre Oberarme gelegt und ihr tief in die Augen gesehen. »Fast dreißig Jahre lang wusste ich nicht, was aus ihr geworden ist. Aber meine Gefühle haben sich seither nicht geändert. Es ist nicht deine Schuld, Lizzy – ihre jedoch ebenso wenig.«
»Meine Gefühle für dich sind auch immer noch dieselben, Jason. Ich will den Streit nicht fortsetzen, ich möchte, dass du bleibst.«
»Das kann ich nicht«, hatte er geseufzt. »Tu mir bitte nur einen Gefallen und lass deine Wut nicht an ihr aus. Emilia hat nichts Verwerfliches getan – im Gegenteil, sie hat mich stets ausgebremst und mir geraten, an meiner Ehe festzuhalten.«
Lizzys Bitte, diesem Rat zu folgen, beantwortete er mit einem Kopfschütteln.
»Es ist zu viel vorgefallen, Lizzy. Ich habe dich jahrelang alles nach deinen Vorstellungen regeln lassen. Das war ein Fehler. Ich weiß nicht mehr, was ich tun oder sagen soll, damit du umdenkst. Hör bitte mit deinen Überwachungen

und Einmischungen auf, bevor du deine Söhne auch noch vor den Kopf stößt. Die beiden führen ihr eigenes Leben. Ich für meinen Teil brauche Abstand, um durchzuatmen. Dräng Aidan und vor allem Vincent nicht in eine ähnliche Situation. Konzentrier dich stattdessen auf deine ehrenamtlichen Tätigkeiten. Wir werden dadurch in Kontakt bleiben.«

»Ich soll tatenlos zusehen, wie diese Frau die Früchte unserer Arbeit erntet?«, erwiderte sie entsetzt. »Das kann nicht dein Ernst sein, Jason.«

»Emilia braucht deine Früchte nicht und sie wird sie auch nicht wollen. Wann wirst du endlich erkennen, dass Geld und Ruhm keine Gefühle ersetzen? Dein Ehrgeiz ist regelrecht erdrückend, Lizzy. Ich brauche Zeit für mich, um herauszufinden, was das Leben ansonsten noch für mich bereithält.«

»Was ist, wenn du feststellst, dass deine Midlife-Crisis in eine Sackgasse führt? Soll ich solange abwarten, in der Hoffnung, dass du zu mir zurückkehrst, weil eine andere Frau deine Träume doch nicht erfüllen kann?«

»Natürlich möchte ich genau das nicht. Ich erwarte nicht von dir, dass du wartest. Leb dein Leben, Lizzy. Leb es vor allem, ohne meines oder das unserer Söhne kontrollieren zu wollen. Wir sind immer noch eine Familie und bleiben verbunden, auch wenn ich jetzt gehe.«

Diesen letzten Worten ließ er Taten folgen, indem er die beiden großen Koffer zuklappte. Nachdem er ihr noch einmal über die Wange gestrichen und einen Kuss auf ihre Stirn gedrückt hatte, umfasste er die Griffe der Gepäckstücke und verließ das Zimmer.

~ ***** ~

Seither hat Lizzy das Gefühl, sich in einem Vakuum zu befinden. Ihr Elan scheint mit ihrem Mann das Haus verlassen zu haben. Sie selbst hat nach Jasons Weggang keinen Fuß vor die Tür gesetzt. In dem leer geräumten Büro im

Erdgeschoss kann sie sich nicht auf ihre ehrenamtlichen Aufgaben konzentrieren, im Schlafzimmer raubt ihr die Abwesenheit ihres Ehemannes den Schlaf.

»Mom, ist alles in Ordnung?« Durch Aidans besorgte Stimme schreckt sie aus ihrer Melancholie hoch. »Wir haben dich gestern Abend auf der Sitzung des Aufsichtsrates vermisst.«

Als Lizzy nicht antwortet, kommt er näher und legt eine Hand auf ihre Schulter. Ein weiteres Mal fragt er, ob alles in Ordnung ist. Als sie den Kopf schüttelt, schlägt er vor, dass sie sich hinsetzen.

»Nicht hier«, entgegnet sie mit einem vagen Lächeln. »Lass uns nach unten gehen, dort können wir zusammen einen Kaffee trinken.«

Im Erdgeschoss angekommen setzt Lizzy sich aufs Sofa, während Aidan zwei Tassen füllt. Dabei beobachtet er seine Mutter aus dem Augenwinkel. Obwohl sie nach Außen den für sie üblichen eleganten Schein wahrt, fehlt ihm etwas an ihr. Die Kleidung ist wie immer makellos, die Haare sind frisiert, das Gesicht dezent geschminkt – und doch kommt sie ihm verändert vor. Als er ihr die Tasse reicht und sich ihre Blicke treffen, erkennt er den Unterschied. Ihre Augen sind glanzlos, keine Regung lässt sich aus ihnen ablesen. Ein Ausdruck, den er so bei seiner Mutter noch nie erlebt hat.

»Wie geht es dir?«, fragt er, nachdem er neben ihr Platz genommen hat. Besorgt umfasst er Lizzys Hand und drückt sie sanft. Mit einem ermutigenden Lächeln wartet er auf ihre Antwort.

»Dein Vater liebt eine andere Frau«, erwidert sie nach einem Moment des Schweigens. »Er hat seine restlichen Sachen gepackt und das Haus verlassen. Ich habe ihn seit drei Tagen nicht mehr gesprochen.«

Irritation zeigt sich auf Aidans Gesicht. Natürlich weiß er von den Problemen zwischen seinen Eltern, aber eine andere Frau? Die Vorstellung, dass sein Vater sich mit einer

Geliebten vergnügt, fällt ihm schwer.

»Bist du sicher, Mom? Wie kommst du darauf?«

»Er hat es mir selbst gesagt. Vermutlich ist sie schon zu ihm gezogen, auch wenn er mir versichert hat, dass er vorerst alleine im Strandhaus leben wird.« Erneut spürt sie den sanften Druck von Aidans Fingern. Sein Blick bleibt jedoch skeptisch.

»Wer ist diese Frau?«, fragt er. Lizzys Erläuterung, dass sie eine der Angestellten beim letzten Cateringauftrag war, ruft kein Bild bei ihm hervor. Kopfschüttelnd gibt er zu, dass er nicht auf das Personal geachtet hat. Die Ergänzung, dass es sich bei der Frau um die Mutter des Mädchens handelt, mit dem Vincent vor Mayas Rückkehr liiert war, lässt ihm dagegen den Atem stocken. »Dad trifft sich mit Natessas Mutter? Wieso? Ich meine, was hat Dad mit ihr zu tun? Die beiden haben doch gar keinen Anknüpfungspunkt, nachdem Vincent die Beziehung beendet hat.«

»Jason kennt sie vom College und aus irgendeinem Grund glaubt er, dass er all die Jahre etwas verpasst hat. Ich habe versucht, sie aus seinem Leben zu bekommen, aber er hält an ihr fest. Je mehr ich versuche, desto weiter entfernt er sich von mir. Ich verliere ihn, Aidan, und ich weiß nicht, was ich dagegen tun soll.«

Die ehrlichen Worte seiner Mutter überraschen Aidan. Das Handeln seines Vaters stellt für ihn ein Rätsel dar. Noch mehr erstaunt ihn jedoch die passive Haltung von Lizzy. Ihr hilfloser Rückzug passt so gar nicht zu der Frau, die ansonsten immer eine Antwort oder die passenden Maßnahmen für eine Situation findet.

»Ich gehe zu Dad, um zu erfahren, was hier vorgeht«, entscheidet er schließlich. »Er kann doch eure langjährige Ehe nicht für eine Romanze beenden. Es ist sicher nur ein Strohfeuer, Mom. Warum erinnerst du ihn nicht daran, was euch verbindet?«

»Das habe ich, Schatz. Aber er will das momentan nicht sehen. Ich werde einen anderen Weg finden müssen, um ihn zurückzuholen.« Der Tonfall, mit dem sie den letzten Satz sagt, lässt ihren Sohn aufhorchen. Erleichtert stellt er fest, dass sie aus ihrer Lethargie zu erwachen scheint und wieder Aktivität zeigen will. Mit einem Lächeln auf den Lippen drückt er ihr einen Kuss auf die Wange.

»Notfalls musst du ihn auf eine Reise entführen, wo euch niemand stört und ihr alte Zeiten aufleben lassen könnt. Du schaffst das, Mom«, versichert er ihr. Als er aufsteht, kommt ihm ein Gedanke. »Weiß Vincent von Dads Verbindung zu dieser Frau?«

»Ich habe es ihm vor Monaten erzählt, als ich es herausfand. Dieses Mädchen hat ihn vermutlich davon abgebracht, etwas zu unternehmen. Er war ja vollkommen in ihrem Bann. Gut, dass das vorbei ist. Trotzdem möchte ich ihn da jetzt nicht mit hineinziehen. Wir brauchen keinen weiteren Kontakt zu dieser Familie!« Wie ein Blitz erscheinen die Bilder von ihrem Sohn und der Tochter ihrer Kontrahentin auf dem Parkplatz der Klinik vor Lizzys geistigem Auge. Ein Zusammentreffen, das ihr nach wie vor missfällt. Sie wird ihrem Sohn keinen Grund liefern, weitere folgen zu lassen.

»Verstehe«, kommentiert Aidan die Aussage. ›Nachdem sie die in ihren Augen richtige Frau an Vincents Seite bekommen hat, will sie ihn nicht von Maya ablenken‹, wird ihm klar. Die Erkenntnis behält er jedoch für sich. Stattdessen sagt er zu, seinem Bruder vorerst nichts zu erzählen.

»Danke, Schatz«, erwidert seine Mutter. Sie erhebt sich ebenfalls, legt eine Hand auf seinen Arm und lächelt ihn an. »Ich hoffe, dass du recht hast und Jason sich besinnt. Er fehlt mir.«

»Dann sag ihm das, Mom.«

»Er weiß es«, seufzt sie, »aber das ändert momentan rein gar nichts. Dein Vater ist auf einer Mission und ich weiß nicht, was ihn davon abbringen kann.«

»Gib ihm etwas Zeit«, versucht Aidan sie zu beruhigen, »bestimmt ist noch nicht alles verloren.«

*****

Nachdem Vincent in seinem Arztzimmer das morgendliche Telefonat mit Maya beendet hat, legt er nachdenklich das Handy auf den Schreibtisch. Trotz des Versprechens seiner Frau, die Therapie in Ruhe anzugehen, spürt er von Tag zu Tag mehr, dass sie sich viel zumutet. Zu viel? Er ist sich nicht sicher und überlegt zum wiederholten Male, spätestens am Wochenende in den nächsten Flieger Richtung Ostküste zu steigen.

›Beruhige dich, Harper, es geht ihr und dem Baby gut. Sie braucht die Zeit mit ihrem Vater.‹ Vincent gibt es nur ungern zu, aber er weiß, dass Preston auf Maya aufpassen wird. Ihm gegenüber mag sein Schwiegervater nur Abneigung empfinden, die Tochter liebt er jedoch. ›Sie ist bei ihm in guten Händen. Wenn ihr die Ängste in Bezug auf ihren Vater genommen werden können, wird sie das einen großen Schritt voranbringen.‹

Um sich von den Gedanken an seine Frau abzulenken, beschließt er, die freie Zeit vermehrt für seine Projekte zu nutzen. Das Pro-Bono-Programm benötigt Schwung und hinsichtlich seiner Forschungsambitionen für die Verbesserung der Behandlung von Verbrennungen sowie die Durchführung von Hautverpflanzungen will er eine Entscheidung treffen. Obwohl Vincent bereits eine stattliche Summe an Spendengeldern sammeln konnte, ist er sich nicht mehr sicher, ob das zweite Projekt derzeit eine sinnvolle Idee ist.

»Forschung braucht Zeit, die ich nicht habe, wenn ich mich weiterhin um Maya und bald auch um das Baby kümmern will. Schade um das gesammelte Geld, vielleicht kann ich es in die Stiftung des Krankenhauses umleiten«, murmelt er vor sich hin.

Ein Klopfen an der Tür lässt ihn eine Stunde später von den Unterlagen auf dem Schreibtisch aufblicken. Nach Vincents »Herein« betritt der Assistenzarzt Ted das Zimmer und reicht ihm die Berichte der letzten Untersuchungen von einigen Patienten. Darunter ist auch das Ergebnis von Enriques neuestem CT. Zusammen mit dem Assistenten studiert Vincent die Bilder sowie die Einschätzung des Neurologen, der die Maßnahme durchgeführt hat.

›Natessa wird erleichtert sein‹, geht es ihm durch den Kopf. Der Gedanke beschert ihm ein Meer aus Bildern von Situationen, die sich in den letzten Tagen ereignet haben. Es war, als hätte es ihn und seine Ex-Freundin wie magisch in denselben Flur gezogen. Mindestens einmal am Tag trafen sie sich, wenn Natessa kam oder das Krankenhaus nach ihren Besuchen wieder verlassen wollte. Den Wermutstropfen, dass ihre Aufenthalte in der Klinik mit Enrique zusammenhingen, versucht er bei der Rückschau zu verdrängen. Stattdessen konzentriert er seine Erinnerungen auf ihr Lächeln und die freundlichen Blicke, mit denen sie ihm begegnet war.

›Ihr geht es durch die Gegenwart eines anderen Mannes besser‹, wird ihm schmerzlich bewusst. ›Ich wünschte allerdings, bei ihr wäre es ebenfalls der Vater, der ihr guttut.‹

Teds Hinweis, dass die Visite ansteht, beendet Vincents Überlegungen. Einen Augenblick später machen sich die beiden Ärzte gemeinsam auf den Weg zu den Patienten.

Als sie das Krankenzimmer erreichen, in dem Enrique untergebracht ist, biegt Natessa am Ende des Flurs um die Ecke. Das perfekte Timing bringt Vincent für einen Moment zum Schmunzeln. Während Ted den Raum bereits betritt, bleibt er an der Tür stehen, um auf seine Ex-Freundin zu warten. Natessas Schritte beschleunigen sich, als sie sein Ausharren bemerkt. Sekunden später steht sie mit einem Lächeln auf den Lippen vor ihm. Er erwidert ihren freundlichen Ausdruck und macht eine einladende Geste.

»Du kommst gerade rechtzeitig. Wir wollen mit Enrique die Ergebnisse der neurologischen Untersuchung besprechen.«

»Darf ich denn dabei sein?«, fragt sie erstaunt.

»Natürlich. Es sei denn, der Patient hat etwas dagegen. Wir sind keines dieser altmodischen Krankenhäuser, in denen Besucher bei jeder Kleinigkeit außen vor bleiben müssen«, entgegnet Vincent mit einem Augenzwinkern. »Er würde dir doch sowieso später alles erzählen, dann kannst du es auch gleich aus erster Hand erfahren.«

Die durchschlagenden Argumente überzeugen Natessa, die daraufhin an ihm vorbeitritt und auf das Bett zugeht. Während Vincent Enrique fragt, ob ihm Natessas Anwesenheit recht ist, hat dieser nur Augen für seine Besucherin. Als sie ihm zur Begrüßung einen Kuss auf die Wange gibt, erwidert er ihn blitzschnell, indem er ihre Lippen mit den seinen berührt. Irritiert zieht Natessa den Kopf zurück.

»Rick, nicht jetzt«, flüstert sie ihm zu. Ein tadelnder Ausdruck zeigt sich dabei in ihren Augen, der von Enrique ignoriert wird. Stattdessen verziehen sich seine Mundwinkel zu einem Grinsen.

»Ich habe nichts dagegen, Doktor. Ihnen ist es hoffentlich auch recht«, beantwortet er Vincents Frage mehr als förmlich. »Entschuldigen Sie, dass ich zunächst meine Freundin begrüßt habe, aber wir haben uns ein paar Stunden nicht gesehen. Die Zeit ohne sie ist immer sehr lang. Zum Glück besucht sie mich täglich.«

»Rick!«, zischt Natessa ihm leise zu. Als sie einen Schritt zurücktreten will, umfasst er ihre Hand und sieht sie entschuldigend an.

»Okay«, murmelt er ebenso leise, woraufhin sich ihre Anspannung teilweise legt.

Vincent, der das Ganze mit ausdrucksloser Miene beobachtet hat, richtet den Blick auf die Patientenakte, die Ted ihm reicht. Dass es in seinem Innern brodelt, versucht er sich nicht anmerken zu lassen – schon gar nicht vor dem Assistenzarzt. Nach einem tiefen Atemzug hat er seine Professionalität zurückerlangt, sodass er mit ruhigen Worten das Untersuchungsergebnis anspricht.

»Der Neurologe hat sich die neuesten CT-Aufnahmen des vom Subduralhämatom betroffenen Bereichs angesehen und befürchtet keine Erhöhung des Gehirndrucks mehr. Es bleibt daher dabei, dass wir nicht operativ eingreifen müssen.« Vincents Blick wandert bei den Worten kurz zu Natessa, die erleichtert die Luft entweichen lässt. Mit einem Strahlen in den Augen greift sie nach Enriques Hand und drückt diese.

»Wann kann ich nach Hause?«, erkundigt Enrique sich.

»Das wird noch ein paar Tage dauern«, bremst Vincent seine Hoffnung. »Es besteht weiterhin die Gefahr von Krampfanfällen. Die medikamentöse Behandlung, die das verhindern soll, werden wir zunächst fortsetzen. Sie können sich jedoch ab und an aufsetzen, solange Ihnen dabei nicht schwindelig wird.« Dass Natessa ihre Freude über die Fortschritte erneut durch Drücken von Enriques Hand kundtut, entgeht Vincent nicht. Trotzdem setzt er seine Erläuterungen fort. Die gute Nachricht, dass ein Physiotherapeut mit leichten Übungen für die Schulter beginnen wird, nimmt der Patient mit einem Nicken zur Kenntnis.

»Ich kann es kaum erwarten«, brummt er. »Mein Vater kann die Werkstatt nicht auf Dauer alleine führen.«

»Sie sollten über eine Aushilfe nachdenken«, rät der Arzt ihm daraufhin. »Bis Sie den Arm wieder vollkommen belasten können, werden ein paar Wochen vergehen.«

»Das schaffe ich schon«, entgegnet Enrique mit entschlossener Miene. »Zum Glück ist es nur der linke Arm. Meine Fingerfertigkeit liegt sowieso hauptsächlich in der rechten Hand«, fügt er mit einem Seitenblick auf Natessa hinzu, bei dem er aufreizend eine Augenbraue hochzieht.

»Lassen Sie es ruhig angehen und warten Sie die ersten Bewegungsübungen ab«, kommentiert Vincent den Einwand nach außen unbeeindruckt. Da aus seiner Sicht keine weiteren Punkte geklärt werden müssen, klappt er die Patientenakte zu. Nachdem Natessa sich bei ihm bedankt hat, verlässt er zusammen mit seinem Assistenten das Zimmer.

›Ich hoffe, du schaffst es, ihn ein wenig auszubremsen,

Lady‹, überlegt er sich beim Schließen der Tür in Natessas Richtung. Ein Wunsch, der sich tief in seinem Innern nicht nur auf die Schonung der Schulter bezieht.

»Das war ein weiteres Mal nicht besonders nett von dir«, kritisiert Natessa, nachdem die Tür des Krankenzimmers geschlossen wurde und sie mit Enrique alleine ist. »Warum nur bist du in seiner Gegenwart immer derart angriffslustig und besitzergreifend?«

»Er hätte es genauso gemacht«, versucht Rick sich zu verteidigen. »Die Blicke, die er dir zuwirft, gefallen mir nicht.«

»Bist du etwa eifersüchtig?«, fragt sie überrascht. »Vincent ist verheiratet, Rick, vergiss das nicht. Uns verbindet nichts mehr, aber wir versuchen trotzdem, normal miteinander umzugehen. Bitte mach das ebenfalls. Ich möchte keinen Streit zwischen euch, dazu gibt es keinen Grund.«

»Freunde werden wir sicher nicht mehr«, grummelt Enrique. »Dass ihr eine gemeinsame Vergangenheit habt, muss ich wohl akzeptieren.«

Seine Antwort erinnert Natessa an das Gespräch, welches sie wenige Tage zuvor mit Rebecca geführt hat. Wie Rick sich fühlt, weiß sie nur zu genau. Die Zweifel, ob es fair ist, den Mann vor ihr schon in ihr Herz zu lassen, kehren unvermittelt in ihr Bewusstsein zurück.

»Es ist nicht einfach für mich, die Zeit mit Vincent zu vergessen. Ich würde es daher verstehen, wenn du damit Schwierigkeiten hast und dich lieber zurückziehen möchtest.«

»Wie bitte?« Perplex greift Enrique nach Natessas Hand. Als er sie vorsichtig zu sich zieht, setzt sie sich auf die Bettkante, wendet den Blick jedoch ab. »Das ist das Letzte, was ich tun werde«, versichert er ihr leise. Der sanfte Druck seiner Finger bringt sie dazu, ihn wieder anzusehen.

»Ich weiß, wie sich das anfühlt«, flüstert sie, während sich Tränen in ihren Augen sammeln. »Als seine Ex-Freundin damals zurückkam, hat sich alles verändert.«

»Er ist ein Dummkopf, weil er dich gehen ließ. Ich werde diesen Fehler sicher nicht machen. Wir meistern das zusammen und irgendwann wirst du ihn vergessen!« Die Entschlossenheit in Enriques Blick lässt Natessa nicken. Ein zaghaftes Lächeln erscheint auf ihren Zügen, als er die Hand hebt und ihr über die Wange streicht. »Besiegeln wir es mit einem Kuss?«

Nickend beantwortet sie die Frage, während sie sich nach vorne beugt. Eine Träne tropft auf Ricks Gesicht, die sich – diesmal aus Erleichterung und Freude – bei Natessa gebildet hat. Einen Moment später berühren sich die Lippen des Paares.

»Ich bin froh, dass wir das geklärt haben«, raunt Enrique ihr zu, nachdem sie sich voneinander gelöst haben. »Du bedeutest mir sehr viel, Natessa Morgan.« Er betrachtet sie aufmerksam, saugt dabei jede ihrer Regungen in sich auf. Die Zuversicht, die ihm aus ihren Augen entgegenstrahlt, verschafft ihm Mut. Zum ersten Mal spricht er die Worte aus, von denen er weiß, dass Natessa sie nicht sofort erwidern wird.

»Ich liebe dich«, gesteht er ihr dennoch.

»Was?«, gibt sie ein wenig erschrocken zurück. »Sag das nicht leichtfertig, Rick.«

»Es ist nicht leichtfertig«, versichert er mit einem liebevollen Blick. »Du spukst mir seit unserer ersten Begegnung im Kopf herum. Meine Gefühle sind echt, Natessa, glaub mir.«

»Trotz meiner Vergangenheit mit Vincent?«

»Ja, und es ist mir auch klar, dass er noch Teil deiner Gegenwart ist. Es macht die Sache nicht einfach, ändert aber gleichwohl nichts daran, dass du die faszinierendste Frau bist, die mir bisher über den Weg gelaufen ist.«

»Können wir es trotzdem langsam angehen lassen?«, bittet sie. Obwohl Enrique ihre Angst, wieder verletzt zu werden, eindämmt, hält sie etwas davon ab, sich blindlings in seine Arme zu stürzen. Als er bejaht, legt sie eine Hand an seine Wange. Ein zögerliches Lächeln erscheint auf ihren Zügen.

»Danke«, flüstert sie, ehe sie sich ein weiteres Mal vorbeugt und ihn zärtlich küsst.

*****

Zur Mittagszeit sitzt Jason an seinem Schreibtisch, als ihn ein Magengrummeln darauf aufmerksam macht, dass er noch nichts gegessen hat. Mit einem Lächeln erinnert er sich an die Verköstigung in Emilias Cateringfirma während seines Besuchs kurz nach dem Anteilsverkauf. Obwohl ihm nach einer Wiederholung des Moments ist, verwirft er den Gedanken, die Mittagspause mit seiner ehemaligen Collegeliebe zu verbringen. Das erste Treffen nach der Trennung von Lizzy und dem endgültigen Auszug aus dem Haus in Bel Air möchte er anders gestalten.

›Ein Essen in einem der separaten Räume des Clubs wäre ein geeigneter Rahmen‹, geht es ihm durch den Kopf. Es ist die perfekte Mischung zwischen Öffentlichkeit und Privatsphäre, von der er glaubt, dass sie Emilia lieber wäre. Von der Idee überzeugt greift er zum Telefon.

Sekunden später schallt ihre Stimme durch den Hörer. Nachdem sie sich begrüßt und kurz über die jeweiligen Ereignisse der letzten Tage ausgetauscht haben, unterbreitet Jason ihr den Vorschlag mit dem Essen in einem der Clubs, in denen er Mitglied ist.

»Bist du dir sicher, dass du so kurz nach der Trennung von deiner Frau mit mir ausgehen möchtest?«, fragt sie skeptisch.

»Ganz sicher, Emilia«, bekräftigt er ohne Zögern. »Meine gemeinsame Zeit mit Lizzy ist vorbei. Durch unsere Söhne und das Krankenhaus werden wir verbunden bleiben, aber für mein Privatleben wünsche ich mir etwas anderes.«

Eine Aussage, die bei seiner Gesprächspartnerin ein Lächeln auf die Lippen zaubert. Die Schmetterlinge in ihrem Bauch beginnen Flugübungen und zum ersten Mal seit einer langen Zeit lässt Emilia dieses Gefühl zu.

»Es ist doch nur ein Essen, sag bitte nicht nein«, fügt Jason hinzu, der die Stille als Unentschlossenheit oder gar Ablehnung auslegt.

»Ich freue mich darauf, dich zu sehen«, erwidert sie zu seiner Überraschung. Vor allem ihr sanfter Tonfall gefällt ihm, der Erinnerungen in ihm hervorruft. Bilder und Empfindungen von Momenten, in denen sie ihm in dieser Stimmlage etwas ins Ohr geflüstert hatte, während ihre Finger auf seinem Körper eine Entdeckungsreise begannen.

»Heute Abend?«, schlägt er hoffnungsvoll vor. »Oder musst du dich da um Aufträge deiner Firma kümmern?« Als Emilia antwortet, dass es am Abend passen würde, lehnt Jason sich erleichtert auf seinem Stuhl zurück. In Gedanken geht er bereits eine passende Menüfolge durch, bis ihm einfällt, dass er diesen Part besser seiner Begleiterin überlassen sollte. »Ich bestelle uns für 20 Uhr ein Separee im Soho House. Ist es dir recht, wenn ich dich abhole?«

»Vermutlich lässt du den Umweg nicht als Ablehnungsgrund gelten, oder?«, erkundigt Emilia sich. Einen kurzen Moment lang zieht sie in Erwägung, sich nach West Hollywood zu dem exklusiven Club bringen zu lassen. Dann würde er zumindest eine Fahrt ins Valley sparen. Aufgrund von Jasons leichtem Schnauben verwirft sie den Gedanken jedoch sofort wieder. Bevor er noch etwas sagen kann, erklärt sie sich damit einverstanden.

»Ich freue mich auf dich, Emilia«, gibt Jason zu, ehe sie das Telefonat wenig später beenden.

Kaum hat der Chefarzt sein Handy zurück auf den Schreibtisch gelegt, steckt Aidan nach einem kurzen Klopfen den Kopf zur Tür herein. Gut gelaunt macht Jason eine Geste, die seinen Sohn zum Eintreten einlädt.

»Was kann ich für dich tun?«, erkundigt er sich, nachdem er auf einen der Stühle vor dem Schreibtisch gedeutet hat. Aidan nimmt Platz, schaut seinen Vater einen Moment nachdenklich an und offenbart dann, worüber er sprechen möchte.

»Ich war heute Morgen bei Mom, um zu fragen, warum sie die gestrige Aufsichtsratssitzung verpasst hat. Ihr Zustand macht mir Sorgen, Dad. Ist dir klar, dass ihr dein Auszug ungemein zusetzt? Hast du sie wirklich wegen einer anderen Frau verlassen?«

Jasons Stimmung verschlechtert sich schlagartig bei den Fragen. Mit einem Ruck setzt er sich aufrecht hin und reibt sich seufzend übers Gesicht.

»Ganz so einfach ist das nicht, mein Sohn«, beginnt er danach seine Sicht der Dinge zu schildern. »Ja, es gibt eine Frau, die ich durch Zufall nach vielen Jahren wiedergetroffen habe. Der Auslöser für meinen Auszug war aber vielmehr das manipulative Verhalten von Lizzy, das kein Ende zu nehmen scheint.«

»Sie hat Angst, dich zu verlieren«, verteidigt Aidan das Vorgehen seiner Mutter.

»Ihre Einmischungen haben erst dazu geführt, dass ich über einen Auszug nachgedacht habe. Davor gab es überhaupt keinen Grund, an unserer Ehe zu zweifeln. Die fehlende Unterstützung bei der Sitzung des Stiftungsrates hätte ich ihr irgendwann verziehen, aber deine Mutter hat mein Vertrauen in sie und ihre Handlungen immer mehr zerstört.«

»Vermutlich hat sie es für unsere Familie getan. Du weißt doch, wie viel ihr das alles bedeutet.«

»Ihr Vorgehen im Namen der Familie ist leider manchmal sehr einseitig. Hast du schon vergessen, wie sie beim Familiendinner agiert hat, um Vincent in Mayas Nähe zu bringen? Das war nur ein kleiner Teil ihrer Manipulationen, von denen selbst du betroffen warst und immer noch bist. Sie hat dich damit gegen deinen Bruder aufgebracht, eine unschuldige junge Frau mehrmals vor den Kopf gestoßen und Maya wie eine Marionette aussehen lassen.«

»Dass Maya an dem Abend den Moment genutzt hat, um ihre Schwangerschaft zu offenbaren, kannst du Mom nicht ankreiden«, wirft Aidan ein. An den für ihn so verhängnisvollen Verlauf des Dinners will er nur ungern erinnert werden.

»Nein, vermutlich nicht – obwohl ich mir nicht mehr sicher bin, wie viel eure Mutter im Vorfeld gewusst oder zumindest geahnt hat«, entgegnet sein Vater. »Das alles ist wesentlich komplizierter, als es aussieht, mein Sohn. Ich weiß, dass du dir Sorgen um sie machst. Aber Lizzy ist eine starke Frau, sie wird darüber hinwegkommen. Vielleicht hilft ihr die Trennung sogar dabei, ihre Aktionen künftig vorher in alle Richtungen zu überdenken. Sie handelt oftmals derart impulsiv, dass sie damit eine regelrechte Lawine ins Rollen bringt.«

»Dann gibt es keine Chance mehr, dass du deinen Schritt rückgängig machst?«, hakt Aidan nach, obwohl ihm die Antwort bereits klar ist.

»Sie ist zu weit gegangen, mein Sohn. Ich weiß, dass ich ihre Manipulationen mit der Trennung nicht stoppen werde, aber ich kann nicht an ihrer Seite bleiben und alles mit ansehen. Sämtliche Bitten und Forderungen um Zurückhaltung hat sie ignoriert, meine Geduld ist damit am Ende.«

Mit der für ihn typischen Ruhe lässt Aidan die Worte seines Vaters auf sich wirken. Sie erscheinen ihm plausibel, als er sich vor Augen führt, welchen Einfluss seine Mutter auf die Beziehung von Vincent und ihm zu Maya genommen hat. Ihre Andeutungen, dass sie eine andere Frau für ihn finden wird, kommen ihm in den Sinn. Zweimal hatte sie ihm dieses Vorhaben bereits prophezeit, obwohl er ihr schon bei der ersten Erwähnung deutlich zu verstehen gegeben hatte, dass sie sich aus seinem Privatleben heraushalten soll.

›Dad hat recht, wenn Mom sich etwas in den Kopf gesetzt hat, ist sie nur schwer aufzuhalten‹, konstatiert er für sich.

»Ich verstehe dich, Dad. Trotzdem hoffe ich, dass du sie nicht noch mehr verletzt«, erklärt er seufzend in Richtung seines Vaters. »Sie leidet vor allem darunter, dass du Gefühle für eine andere Frau hast. Mom hat mir erzählt, dass es sich um Natessa Morgans Mutter handelt. Wieso ausgerechnet sie?«

»Emilia und ich kennen uns bereits vom College. Momentan weiß ich noch nicht, ob wir in irgendeiner Form an die Gefühle von damals anknüpfen können«, gibt Jason zu. Er blickt Aidan offen in die Augen, als er fortfährt. »Ich würde es jedoch gerne versuchen. Ich will Lizzy damit nicht vor den Kopf stoßen, aber ich werde ihr zuliebe auch nicht auf ein mögliches Glück verzichten!«

»Du klingst sehr entschlossen«, bemerkt sein Sohn, der diesen Zug eher von dem Chefarzt der Klinik, als von der privaten Rolle des Vaters kennt.

»Das bin ich, mein Sohn.«

Nickend nimmt Aidan die Antwort zur Kenntnis. Nach einem Moment der Stille dankt er Jason für dessen Offenheit. Die Situation zwischen seinen Eltern behagt ihm auch weiterhin nicht, aber er beschließt, sich nicht einzumischen. Als er dies seinem Vater zusagt, atmet der erleichtert auf.

»Mom wird jemanden brauchen, dem sie sich anvertrauen kann. Ich werde mich um sie kümmern und versuchen, sie zu beruhigen. Weiß Vincent bereits von eurer Trennung?«

Jason quittiert die Frage mit einem Kopfschütteln. »Es gab noch keine passende Gelegenheit, ihn darüber zu informieren. Ich möchte erst abwarten, wie sich die Situation mit Mayas Therapie in den Hamptons entwickelt. Dein Bruder kann ein wenig Abwechslung gebrauchen, aber sicher nicht in Form von Familienproblemen.«

»Über kurz oder lang wird er es sowieso erfahren«, gibt Aidan zu bedenken.

»Du hast recht«, erwidert der Chefarzt stirnrunzelnd. »Ich spreche in den nächsten Tagen mit ihm darüber, bevor er auf anderem Wege davon hört.«

Der Eingang einer Nachricht auf dem Handy des Verwaltungschefs beendet das Vater-Sohn-Gespräch einen Augenblick später. Mit nachdenklicher Miene macht Aidan sich auf den Weg zu seinem Büro im Verwaltungstrakt.

›Wenn wir so weitermachen, wird von unserer Familie nicht mehr viel übrig bleiben‹, resümiert er die aktuelle Lage.

›Es muss doch etwas geben, um das zu verhindern!‹

*****

Während ihr Sohn darüber nachdenkt, wie er dem Auseinanderbrechen der Familie entgegenwirken kann, erhält Lizzy einen Anruf ihres Anwalts. Sie runzelt die Stirn, als der Seniorchef der Kanzlei offenbart, dass sich die Anteile der Cateringfirma nicht mehr in Jasons Besitz befinden.

»Wer hat sie gekauft?«, will sie wissen. Die Antwort lässt ihr für einen Moment den Atem stocken, holt sie jedoch zugleich schlagartig aus ihrer Lethargie heraus. »Kann ich die Übertragung anfechten?«, erkundigt sie sich, nachdem sie sich gefangen hat.

»Dafür sehe ich keine Punkte, die als Begründung herhalten würden, Mrs. Harper«, nimmt ihr der Anwalt sogleich jede Hoffnung.

Unzufrieden mit der Einschätzung beendet Lizzy das Telefonat und geht zum Fenster hinüber.

»Das hättest du nicht tun dürfen, Jason«, zischt sie aufgebracht mit vor der Brust gekreuzten Armen. ›Ich werde nicht zulassen, dass du dieser Frau unser Geld in den Rachen wirfst. Du hast mir versichert, dass sie nicht die Früchte unserer jahrelangen Arbeit ernten wird. Womöglich soll sie auch noch meinen Platz an deiner Seite in den Gesellschaftskreisen einnehmen. Das werde ich zu verhindern wissen!‹

KAPITEL 18

Am Abend steht Jason im Strandhaus vor dem Spiegel und rückt seine Krawatte zurecht. Das feurige Rot des Stoffes verleiht dem Outfit aus weißem Hemd und grauem Anzug einen Farbtupfer, der Jasons Gemütszustand hervorragend widerspiegelt. Der neu aufgeblühte Kontakt zu Emilia kommt ihm wie das bunte Farbenspiel eines Neustarts seines Lebens vor, das rückblickend in den letzten Jahren viel zu grau und eintönig war.

Der Glanz in den Augen verstärkt sich, die Lippen ziert ein Lächeln – seine ganze Haltung strahlt Vorfreude aus, als er die einzelne rote Rose ergreift, die er für Emilia gekauft hat.

Eine gute Stunde später parkt er den Wagen vor dem Haus im Valley, bei dem ihm die farbenfrohen Bezüge der Sitzmöbel auf der Veranda trotz der aufziehenden Abenddämmerung leuchtender denn je vorkommen. In den Beeten und Blumenkästen strecken die Frühlingsblumen ihre bunten Blüten in die Höhe. Sekundenlang betrachtet Jason das harmonische Bild, ehe er mit der Rose in der Hand aus dem Auto steigt.

»Für dich«, erklärt er mit liebevollem Blick, nachdem Emilia ihm die Tür geöffnet und ihn begrüßt hat. Eine leichte Röte ziert die Wangen seiner Collegeliebe, als sie die Blume mit einem Lächeln entgegennimmt.

»Danke«, haucht sie überrascht. »Möchtest du hereinkommen? Ich stelle die Rose schnell in eine Vase, damit ich lange etwas davon habe.« Nickend tritt Jason durch den Türrahmen und schaut ihr nach, als sie Richtung Küche geht.

Dort nimmt Simone ihrer Tante das Mitbringsel mit einem breiten Grinsen aus der Hand.

»Ich mache das, Tantchen. Soll ich sie dir auf den

Nachtschrank stellen?«, fragt sie augenzwinkernd. »Übrigens eine sehr schöne Farbe.«

»Jason übertreibt«, seufzt Emilia. Das Strahlen in ihren Augen verrät jedoch die Freude, die seine Geste bei ihr ausgelöst hat. Nachdenklich schaut sie von Simone zu Daniel. »Wollt ihr ihn kurz begrüßen?«

»Ein anderes Mal, Mom«, antwortet ihr Sohn, der kaum von seinen Unterlagen aufschaut. »Genießt euren Abend.«

»Gut, dann gehe ich jetzt«, legt sie fest. Nervös streicht sie über ihren Rock und wirft einen letzten Blick auf ihre Nichte.

»Viel Spaß«, wünscht diese ihr mit einem aufmunternden Lächeln. Eine flapsige Bemerkung, die ihr loses Mundwerk in anderen Situationen häufig von sich gibt, verkneift Simone sich an diesem Abend. Stattdessen betrachtet sie fasziniert ihre Tante, deren gesamte Haltung eine Lebensfreude ausstrahlt, die sie bei ihr noch nie erlebt hat.

›Sie blüht ja regelrecht auf und wirkt um Jahre jünger‹, geht es ihr durch den Kopf, als Emilia die Küche wieder verlässt.

Jason hält seiner Begleiterin die Haustür auf und lässt ihr den Vortritt. Auf dem Weg zum Auto gehen sie dicht beieinander, ohne sich zu berühren. Trotzdem spüren beide ein Knistern, das wie aufgeladene Luft zwischen ihren Körpern Funken zu versprühen scheint.

»Danke«, haucht Emilia, als Jason ihr auch am Wagen mit einem charmanten Lächeln die Tür öffnet. Das leichte Zittern ihrer Knie vergeht, sobald sie sich in das weiche Lederpolster des Beifahrersitzes zurücklehnt.

Bevor er das Fahrzeug startet, greift Jason nach Emilias Hand und drückt sie sanft.

»Ich freue mich, dass du dem gemeinsamen Abend zugestimmt hast. Lass ihn uns ganz unbefangen genießen«, schlägt er vor.

»Ja, das sollten wir«, erwidert sie mit einem zaghaften Lächeln.

Beim Soho House angekommen bittet Jason seine Beifahrerin sitzen zu bleiben, als er selber aussteigt. Mit wenigen Schritten hat er den Wagen umrundet und die Beifahrertür geöffnet. Die Hand, die er Emilia reicht, ergreift sie ohne zu zögern. Ihre Stimme klingt leicht rau, als sie nach dem Verlassen des Fahrzeuges vor ihm steht und sich bedankt. Während Jason die Wagentür zuschlägt, atmet sie einmal tief durch. Doch das Flattern in ihrem Magen und der durch Jasons Nähe erhöhte Herzschlag lassen sich davon nicht eindämmen. Das aufmunternde Lächeln, das Emilia von ihrem Begleiter entgegenstrahlt, erwidert sie zaghaft. Erst die anhaltende Berührung seiner Finger, die auf dem Weg zum Eingang des Clubs weiterhin zärtlich ihre Hand umfassen, verschafft ihr ein wenig Entspannung.

»Madam«, bringt Jason lächelnd eine Erinnerung zurück, als er mit einer galanten Verbeugung die Tür des Gebäudes öffnet. Genauso hatte er es während ihrer Collegezeit auch immer getan, wenn sie ein Restaurant betraten. Wie selbstverständlich kommt ihr »Merci, Monsieur« als Antwort über die Lippen, was seine Augen vor Freude leuchten lässt.

»Du hast es nicht vergessen«, raunt er ihr zu, während sie an ihm vorbeigeht. »Das macht mich glücklich.«

Der sanfte Hauch seines Atems an ihrem Ohr und Nacken lässt Emilia aufs Angenehmste erschaudern. Die Bedenken, die sie wegen des gemeinsamen Abends hat, lösen sich mehr und mehr auf.

›Es ist wie vor dreißig Jahren, wenn wir ein neues Lokal ausprobierten‹, geht es ihr durch den Kopf. Als ihnen ein Mann entgegenkommt, der Jason mit Namen begrüßt und ihr danach freundlich die Hand reicht, wird sie jedoch in die Wirklichkeit zurückgeholt. Ihr Begleiter ist in diesem Restaurant kein Unbekannter. Unwillkürlich verkrampft sich Emilias Haltung wieder. Fieberhaft überlegt sie, wie sie reagieren soll, wenn jemand den Chefarzt an ihrer Seite erkennt und diesen womöglich auf die Arbeit, das Krankenhaus – oder schlimmer noch – auf seine Ehefrau anspricht. Jason, der ihre Gedanken zu erraten scheint, drückt sanft ihre

Hand, während sie dem Bediensteten folgen.

»Entspann dich, ich habe uns ein Separee reserviert. Dieser Abend gehört uns allein.«

»Ich danke dir«, flüstert sie beruhigt. Die angespannten Schultern sacken herab, gleichzeitig hebt sich ihr Kopf und das Lächeln kehrt auf Emilias Züge zurück. Dankbar für die vorausschauende Reservierung erwidert sie den zärtlichen Druck seiner Finger.

Der separate Raum entpuppt sich zu Emilias Überraschung als gemütlich eingerichtetes Zimmer mit einem Tisch, der für zwei Personen gedeckt ist, sowie einer Sitzecke, die auf die bodentiefen Fenster ausgerichtet ist. Neben einer kleinen Musikanlage, aus deren Boxen leise Klaviermusik erklingt, steht Champagner in einem Eiskübel bereit.

»Sehr beeindruckend«, gibt Emilia offen zu, nachdem der Bedienstete als Folge einer kurzen Geste ihres Begleiters das Separee zunächst wieder verlassen hat. Ihr Blick schweift durch den Raum, als sie ein Glas Champagner entgegennimmt, das Jason ihr reicht.

»Ist es zu viel?«, fragt er besorgt. Eine Furche bildet sich auf seiner Stirn, die bei Emilias Kopfschütteln genauso schnell wieder verschwindet, wie sie gekommen ist. Das erleichterte Aufseufzen bringt seine Collegeliebe zum Lachen.

»Lass uns den Abend genießen. Du hast alles so perfekt geplant, dass es einfach nur wundervoll werden kann«, beruhigt sie ihn. »Ich brauche bloß einen kleinen Moment, um mich an dieses Arrangement zu gewöhnen.«

Mit einem Nicken stimmt Jason dem Vorschlag zu und zieht ihr einen Augenblick später einen der Stühle am Tisch zurück.

Die gelöste Stimmung geht den gesamten Abend nicht mehr verloren. Emilias Augen überzieht ein stolzer Glanz, als Jason sie bittet, das Essen für beide auszuwählen. Mit Interesse studiert sie die Karte, ehe sie ein Gericht aus verschiedenen Zutaten zusammenstellt. Den dazu passenden

Wein lässt sie jedoch ihren Begleiter bestimmen. Eine Aufgabenteilung, die ihm zusagt und der er mit einem Lächeln nachkommt.

Nachdem beide ihren Teller geleert und das Besteck beiseitegelegt haben, verlagert das Paar seinen Standort in die aus Leder bezogene Sitzecke an der Fensterfront. Jason erkundigt sich, wie die Cateringfirma läuft, was Emilias Augen ein weiteres Mal zum Strahlen bringt. Die Freude, die das Thema bei ihr auslöst, bestätigt ihm, wie glücklich seine Collegeliebe mit ihrer neuen beruflichen Situation ist.

»Die Auftragslage ist besser, als ich erhofft habe. Melinda hat mir vor dem Umzug zu ihrer Schwester noch einen neuen Kunden vermittelt. Ihr schlechtes Gewissen wegen des Vertrauensbruchs beim Firmenverkauf hat sie vermutlich nicht losgelassen.«

»Das sollte es auch nicht«, legt Jason entschieden fest. Sein Ausdruck wird jedoch milder, als er Emilia tief in die Augen sieht. »Zum Glück hat uns das Ganze letztlich nähergebracht.«

»Ja, das hat es. Trotzdem bereiten mir die Verkettungen der letzten Monate immer noch Unbehagen. Jason, hätten wir all das verhindern können?«, fragt sie unsicher.

Mit einem Kopfschütteln verneint er die Frage. Lizzys Veränderungen gehen ihm durch den Kopf. Ja, sie war schon immer zielstrebig in ihrem Vorgehen, wovon er in all den Jahren profitiert hatte. Ihre Ausstrahlung beim Betreten eines Raumes, ihre makellose Haltung, die wohlformulierten Worte, der energische Blick, der nur selten Widerspruch duldete – all das hatte ihn jahrelang begleitet und beeindruckt. Es machte Lizzy anziehend für ihn, zumal er auch die liebevolle, zärtliche Seite von ihr kannte, die sie nur wenigen Menschen offen zeigte. Doch die positiven Gefühle für sie ebbten immer mehr ab, je öfter sich ihr Vorgehen gegen die Familie richtete.

›Nicht nur gegen die eigene Familie – vor allem auch gegen Emilias und dies auf eine unentschuldbare Weise‹, beendet er die Überlegungen, ehe seine Hand sich an die Wange der

Abendbegleitung legt. Mit dem Daumen streicht er zärtlich über die Haut, woraufhin sich die Augenlider seiner Collegeliebe für einen Moment schließen.

»Es sollte einfach so sein, dass wir uns wiederbegegnen. Meine Ehe hatte zu der Zeit bereits einen Riss bekommen. Trotzdem hat mir erst Lizzys überzogenes Verhalten den Weg zu dir geebnet. Nenn es Schicksal, aber ich glaube fest daran, dass wir etwas nachzuholen haben.«

»Bist du dir ganz sicher, was deine Ehe angeht?«, hakt sie leise nach. »Deine Frau liebt dich, nur deshalb kämpft sie so verbissen.«

»Ihre Verbissenheit hat sie zu stark verändert. Ich erkenne die Frau nicht wieder, die ich vor langer Zeit geheiratet habe. Stattdessen fühle ich mich von Minute zu Minute mehr zu der Collegestudentin von damals hingezogen, die mein Herz im Sturm erobert hat.« Nach einem sanften Kuss auf Emilias Stirn fährt er fort. »Du hast mich gebeten, diesen Abend einfach zu genießen. Dasselbe bitte ich dich in Bezug auf uns. Schieb die Gedanken an Lizzy und die moralischen Bedenken beiseite. Es ist gut so, wie es jetzt ist. Wir haben eine zweite Chance bekommen, lass sie nicht vorüberziehen. Kannst du das?«

Jasons deutliches Bekenntnis zu ihr gibt Emilia Sicherheit. Ein zaghaftes Nicken, gepaart mit dem Versprechen, dass sie es versuchen wird, folgt als Antwort. Eine Zustimmung, die ihrem Gegenüber ausreicht. Voller Elan springt er auf und zieht sie dabei mit hoch. Seine Augen funkeln, als er Emilia zu sich heranzieht.

»Lass uns tanzen. Ich möchte dich für den Rest des Abends in meinen Armen halten.«

*****

Immer noch in Hochstimmung angesichts der gemeinsam mit Emilia verbrachten Zeit im Soho House, die am Ende auch zu einigen zärtlichen Küssen geführt hat, setzt Jason sich am nächsten Morgen an seinen Schreibtisch. Das verliebte Lächeln lässt nach, als er sich vornimmt, mit seinem Ältesten über die familiäre Situation zu sprechen und ihn über die Trennung von Lizzy zu informieren. Den Gedanken, Vincent zu sich zu rufen, verwirft er kurzerhand wieder. Stattdessen begibt er sich auf den Weg zum Arztzimmer seines Sohnes.

»Kann ich dich kurz sprechen?«, fragt er, nachdem er die Tür hinter sich geschlossen hat.

»Geht es um einen Patienten?«, erkundigt Vincent sich, während er mit irritiertem Gesichtsausdruck nach dem Stapel Krankenakten auf seinem Schreibtisch greift. Die ernste Miene des Chefarztes lässt ihn nichts Gutes erahnen. Umso erleichterter ist er, als sein Vater zugibt, dass es sich um eine private Angelegenheit handelt.

›Es geht hoffentlich nicht um Maya und mich. Momentan weiß ich selber nicht, wie ich mich am besten verhalte‹, geht es ihm durch den Kopf, während er auf einen der Sessel vor seinem Schreibtisch weist.

»Wie geht es dir?«, beginnt Jason das Gespräch, was Vincent innerlich aufstöhnen lässt. Dennoch beantwortet er die Frage ehrlich, indem er zugibt, dass er sich Sorgen um Maya macht und sie ihm fehlt.

»Ich weiß, dass diese Therapie wichtig für sie ist. Dr. Shapiro hat mir heute Morgen bestätigt, wie gut Maya mitarbeitet und dass es große Fortschritte zu verzeichnen gibt. Trotzdem habe ich das Gefühl, sie mutet sich mit all dem zu viel zu. Ich überlege, am Wochenende zu ihr zu fliegen.«

Mit einem Nicken signalisiert sein Vater, dass er ihn versteht. Als er nachhakt, was Maya von seinen Besuchsplänen hält, schließt Vincent für einen Moment die Augen und reibt sich über den Nasenrücken.

»Sie weiß bisher nichts davon. Ich hadere noch mit mir, ob ich abwarte und darauf vertraue, dass Preston auf sie aufpasst, oder ob ich mir selbst ein Bild von ihrem Zustand mache.«

»Hast du mit Preston darüber gesprochen oder wenigstens mit ihrem Arzt?«

»Pff«, entfährt es Vincent bei der Erwähnung seines Schwiegervaters. »Preston würde meinen Anruf vermutlich nicht einmal annehmen. Aber du hast recht, ich werde Dr. Shapiro fragen, was er von einem Besuch hält. Danke, Dad.«

Nach einem kurzen Moment des Schweigens kommt Jason auf das eigentliche Thema zu sprechen. Die Augen seines Sohnes weiten sich, als er vom endgültigen Umzug ins Strandhaus erfährt.

»Wie geht es Mom?«, will er sogleich besorgt wissen. Der leise Seufzer seines Vaters veranlasst ihn dazu, die Frage auszuweiten. »Und wie kommst du damit klar? Gab es keinen anderen Ausweg? Ich weiß zwar nicht genau, was dahintersteckt, aber bist du sicher, dass du nicht übereilt handelst?«

Jason lehnt sich im Sessel zurück, während er langsam den Kopf schüttelt. Seine Arme liegen entspannt auf den Lehnen, als er seinem Sohn die Situation mit Lizzy erklärt, ohne dabei zu sehr in Details über den Hass seiner Frau gegen die Morgans zu gehen.

»Ich erkenne eure Mutter nicht wieder. Ihre Lebensaufgabe scheint darin zu bestehen, alles nach ihren Ansichten zu lenken.« Vincents nachdenkliche Miene und das erneute kurze Schließen der Augen zeigt ihm, dass sein Sohn ihn versteht. Das gibt ihm den Mut, auch das Wiedersehen mit Emilia zu erwähnen.

»Dann hat Natessa sich also geirrt, als sie mir versicherte, dass ihre Mutter sich niemals in eine Ehe einmischen würde.«

»Nein, mein Sohn, das hat sie nicht. Im Gegenteil: Emilia hat mich immer darin bestärkt, an meiner Ehe festzuhalten, und alle Avancen von mir vehement abgewehrt. Erst jetzt, nach der endgültigen Trennung von Lizzy lässt sie sich langsam auf eine gemeinsame Zeit ein.«

Der schwärmerische Ausdruck sowie der leicht entrückte Blick, der die Worte seines Vaters begleiten, bringen Vincent zum Schmunzeln.

»Dich hat es ja ganz schön erwischt«, kommentiert er trocken. »Ich wünsche dir viel Glück, Dad, trotzdem mache ich mir Sorgen um Mom. Sie ist die große Verliererin in dem Ganzen. Dabei wollte sie nur ihre Ehe schützen.«

»Dazu gab es keinen Grund«, schnaubt Jason auf, den es nervt, immer wieder dieselbe Entschuldigung für Lizzys Verhalten zu hören.

»Bist du dir da sicher?«, bohrt Vincent nach. »Für mich hört es sich so an, als wären deine Gefühle für Natessas Mutter sehr stark – stärker als die für Mom. Ich will dich nicht verurteilen, Dad, aber in meinen Augen trägt Mom nicht die alleinige Schuld am Scheitern eurer Ehe. Es ist unfair, ihr den schwarzen Peter zuzuschieben.«

»Ich hätte an unserer Ehe festgehalten«, beharrt Jason. »Ich habe eure Mutter geliebt und war glücklich mit ihr. Sie hat mir zwei Söhne geschenkt, meine Karriere begleitet und jede Gefühlslage mit mir geteilt. Trotzdem ist da jetzt eine Kluft zwischen uns, die ich nicht mehr überwinden kann.«

»Die du auch nicht mehr überwinden musst, weil auf deiner Seite der Kluft Natessas Mutter steht«, philosophiert Vincent nachdenklich. »Wenn es das Richtige für dich ist, dann freue ich mich. Ich hoffe nur, dass Mom nicht zu sehr leiden wird.«

»Ich breche den Kontakt zu ihr ja nicht gänzlich ab und sie hat immer noch die Unterstützung ihrer Söhne. Eure Mutter ist eine starke Frau, Vincent, sie wird mit der Trennung zurechtkommen.«

»Nimmt sie heute Nachmittag an dem Termin teil, bei dem wir die nächste Sitzung des Stiftungsrates vorbereiten wollen?«, erkundigt Vincent sich. »Gerüchten zufolge war das bei der letzten Tagung des Aufsichtsrates nicht der Fall.«

Sein Vater bestätigt, dass die Gerüchte stimmen. Aber er ist auch der Meinung, dass der verpasste Termin nur eine Ausnahme war.

»Ein Zusammentreffen der Familie wird sie sicher nicht versäumen«, ist er überzeugt.

*****

Im Hause der Morgans finden Daniel, Natessa und Emilia zur selben Zeit zum Frühstück zusammen. Natessa entnimmt dem entspannten, aber leicht abwesenden Auftreten ihrer Mutter, dass der gemeinsame Abend mit Mr. Harper gut gelaufen ist. Als sie danach fragt, verziehen sich Emilias Mundwinkel zu einem verzückten Lächeln. Der verträumte Blick der Augen verrät, dass sie durch die Frage an einen schönen Moment vom gestrigen Treffen erinnert wurde.

»Du brauchst nichts weiter zu sagen«, prustet Natessa los, als ihre Mutter mit einem zerstreuten Ausdruck in ihre Richtung schaut und nachfragt, was sie gesagt hat. »Der Abend war also ein voller Erfolg.«

Röte zieht auf Emilias Wangen, als sie bestätigt, dass sie die Zeit mit Jason genossen hat. Ein kurzer Umriss der Geschehnisse bringt am Ende sogar ihren Sohn dazu, anerkennend zu nicken.

»Ein Essen im Soho House – beeindruckend. Wie ist der Laden so?«, fragt er interessiert.

»Ich habe nicht viel davon gesehen. Jason hatte ein Separee für uns reserviert«, gibt sie verlegen zu. Der Rotton in ihrem Gesicht wird dunkler, woraufhin ihre Kinder einen vielsagenden Blick austauschen und zu grinsen anfangen.

»Ein Raum nur für euch alleine?« Mit gespieltem Entsetzen lässt Natessa ein »tz tz tz« folgen. »Dr. Harper zieht wirklich alle Register.«

Daniel, der die Verlegenheit der Mutter nicht noch weiter schüren will, streckt seine Hand aus und streicht Emilia über den Arm.

»Du siehst glücklich aus, Mom, und das hast du mehr als verdient. Wir gönnen es dir.« Mit einem Seitenblick auf seine Schwester fügt er »nicht wahr, Tess?«, hinzu, was diese mit einem kräftigen Nicken bestätigt.

»Niemanden steht ein bisschen Glück mehr zu als dir, Mom. Genießt die Zeit zusammen«, bekräftigt sie. »Wann seht ihr euch wieder?«

»Du wirst es früh genug erfahren«, weicht ihre Mutter der Antwort mit einem Lächeln aus. »Wir wollen es langsam angehen lassen.« Während sie sich Kaffee nachschenkt, wechselt sie geschickt das Thema, indem sie ihre Tochter nach Enrique fragt. Die guten Nachrichten freuen sie und sie nimmt sich vor, Enriques Vater in den nächsten Tagen zu besuchen. Im weiteren Verlauf des Frühstücks schweifen ihre Gedanken jedoch immer wieder zu dem mit Jason verbrachten Dinner ab. Als sie sich unbeobachtet fühlt, streicht sie mit den Fingerspitzen über ihre Lippen. Die zarte Berührung bringt das Prickeln zurück, das sie am Abend zuvor bei den zärtlichen Küssen gespürt hatte.

*****

Am Nachmittag sitzen Jason, Vincent und Aidan im Chefzimmer bereits am Konferenztisch zusammen, als die Tür schwungvoll geöffnet wird. In einem perfekt aufeinander abgestimmten Ensemble betritt Lizzy den Raum. Mit gerader Haltung schließt sie die Tür hinter sich und geht dann zielstrebig auf ihre Familienmitglieder zu. Ihre Lippen ziert ein unscheinbares Lächeln, doch die kleine Furche auf der Stirn verrät die Spur von Anspannung, die sie erfasst hat. Nachdem sie Vincent und Aidan jeweils mit einem Kuss auf die Wange begrüßt hat, konzentriert sich ihr Blick auf Jason.

»Schön, dass du dich zu uns gesellst«, empfängt er sie. Anstatt sie wie üblich in den Arm zu nehmen oder ihr einen Kuss zu geben, streckt er ihr nur die Hand entgegen. Obwohl das Aufblitzen in Lizzys Augen ihren Unmut über die Begrüßung dokumentiert, ergreift sie seine Hand.

»Es gibt viel zu besprechen und vorzubereiten, verlieren wir keine Zeit!«, lenkt sie das Thema entschlossen auf die anstehende Tätigkeit. Nachdem sie Platz genommen hat, schaut sie von einem zum anderen. Die besorgten Blicke ihrer Söhne lösen gemischte Gefühle in ihr aus.

›Er weiß also inzwischen auch über Jasons endgültigen Auszug und die damit verbundene Trennung Bescheid‹, wird ihr klar, als Vincent seine Hand ausstreckt, ihre Finger umschließt und diese mit einem aufmunternden Lächeln kurz drückt. Seine Frage, wie es ihr geht, untermauert das Ganze weiter.

»Ich komme zurecht. Konzentrieren wir uns auf die Stiftung«, wiegelt sie die Anteilnahme ab. »Die privaten Themen können wir zu einer anderen Zeit in einem angemesseneren Rahmen besprechen.« Mit einem Nicken zieht Vincent seinen Arm zurück. Engagiert greift er zu der vorläufigen Tagesordnung, die Aidan verteilt hat. Die beiden anderen Familienmitglieder tun es ihm gleich, sodass Lizzy Sekunden später innerlich aufatmet.

Während die Vorbereitung der Sitzung vorangeht, wirft sie immer wieder einen Seitenblick auf ihren Mann. Unwillkürlich sucht sie nach Veränderungen – im Aussehen, dem Auftreten, seinen Gesten. Irgendetwas, das darauf hindeutet, ob ihre Kontrahentin bereits Einfluss auf ihn nimmt. Zu ihrem eigenen Erstaunen findet sie nichts. Ihr Ehemann verhält sich so, wie sie es jahrelang von ihm kennt. Das unveränderte Agieren, der zwanglose Umgang, seine freundlichen Blicke in ihre Richtung versetzen ihr dennoch einen Stich.

›Er lebt sein Leben einfach wie gewohnt weiter und ich zahle die Rechnung. Aber nicht mit mir, mein Lieber!‹, wirft sie ihm gedanklich zu. Ihre Mundwinkel verziehen sich kaum merklich nach oben, als sie an das vorbereitete Mittel denkt, das ihn wachrütteln soll.

»Wenn du mir noch die Aufstellung über die neuen Spenden zukommen lässt, Mom, kann ich die Unterlagen für die Sitzung vorbereiten und versenden«, reißt Aidans Stimme sie aus den Überlegungen. Seine professionelle Stimmlage spiegelt dabei wider, wie ernst er die Vertretung von Ernest

Sloan, dem Vorsitzenden des Stiftungsrates, nimmt.

»Ich sorge dafür, dass du sie spätestens heute Abend erhältst«, sagt Lizzy zu, was ein Stirnrunzeln bei ihrem Zweitgeborenen hervorruft. In all den Jahren ist es nie vorgekommen, dass sie ohne die notwendigen Berichte zu einer Vorbesprechung gekommen ist. Eine Premiere, die einem besonderen Plan geschuldet ist. »Es gibt ein paar Punkte in der Aufstellung, die ich zunächst mit eurem Vater besprechen möchte«, fügt sie als Erläuterung hinzu.

Während die Erklärung dafür sorgt, dass sich die Stirn ihres Sohnes glättet, der nickt und sich eine Notiz macht, erscheint nun bei Jason eine tiefe Furche zwischen den Augenbrauen. Irritiert schaut er zu Lizzy, die seinen Blick mit undurchschaubarer Miene erwidert.

»Du hast doch sicher gleich noch etwas Zeit, damit wir die Zielrichtung der einen oder anderen Spende festlegen können«, begründet sie das Vorhaben. »Oder musst du direkt nach dieser Besprechung zu einem Patienten?«

Jason ist klar, dass die Frage nur rhetorisch gemeint ist. Der Ausdruck seiner Frau lässt keine andere Antwort zu. Eine Haltung, die er sehr gut von ihr kennt, die aber bisher nur selten ihm selbst galt. Ein merkwürdiges Gefühl macht sich bei ihm breit, dennoch antwortet er mit einem Lächeln.

»Ich nehme mir die Zeit«, willigt er ein.

Eine halbe Stunde später sind alle weiteren Punkte besprochen. Jason dankt den Söhnen für die gute Zusammenarbeit und lobt besonders seinen Zweitgeborenen für die Vertretung des Stiftungsratsvorsitzenden. Aidan sagt zu, Ernest Sloan zu informieren, sobald dieser aus dem Urlaub zurückgekehrt ist. Während er seine Unterlagen zusammenpackt, erhält sein Bruder einen Anruf.

»Maya«, erklärt Vincent kurz, bevor er aus dem Zimmer geht, um in Ruhe mit seiner Frau zu sprechen.

Nachdem auch Aidan den Raum verlassen hat, wendet Jason sich Lizzy zu.

»Du hast zwar gesagt, dass wir die privaten Dinge in einem anderen Rahmen besprechen sollten, trotzdem möchte ich wissen, wie es dir geht«, beginnt er das Gespräch unter vier Augen.

»Du fehlst mir«, gibt sie leise zu. Als sie ihre Hand mit der Innenfläche nach oben ausstreckt, legt Jason seine aus alter Gewohnheit sofort hinein. »Ich wünsche mir, dass wir noch einen Versuch starten, die Missverständnisse hinter uns zu lassen.«

»Es ist zu spät, Lizzy«, erwidert er seufzend. Gleichzeitig löst er den Kontakt ihrer Hände, sieht ihr dabei aber weiterhin in die Augen. »Ich habe das Vertrauen zu dir – zu uns – verloren. Akzeptiere bitte, dass sich mein Leben in eine andere Richtung bewegt.«

»Du weißt, dass ich das nicht kann – nicht nach all den Jahren, nicht nach allem, was wir zusammen aufgebaut haben«, entgegnet sie.

»Ich hoffe, das ändert sich mit der Zeit. Du musst dein Leben weiterleben, Lizzy. Versprich mir, dass du dir einen anderen Lebensinhalt suchst. Ich weiß, dass die Trennung für dich ungleich schwerer ist. Aber ich glaube fest daran, dass du wieder glücklich werden wirst.«

»Ist das bei dir bereits der Fall? Bist du glücklich mit deinem neuen Leben?«

Nachdenklich mustert Jason seine Frau. In ihren Augen entdeckt er einen Hauch von Furcht vor seiner Antwort. Eine Erkenntnis, die es ihm schwer macht, offen zuzugeben, wie gut es zwischen Emilia und ihm angelaufen ist.

»Es war die richtige Entscheidung«, beantwortet er die Frage schließlich ausweichend. Nachdem sie zwar genickt hat, aber nichts weiter sagt, wechselt er das Thema. »Welche Spenden möchtest du mit mir besprechen?«

Wortlos reicht Lizzy ihm die Aufstellung der Zusagen, die sie seit der letzten Sitzung des Stiftungsrates eingeholt hat. Am Ende sind – mit etwas Abstand zu den restlichen Auflistungen – zwei hohe Beträge aufgeführt. Konzentriert schaut Jason sich die Liste von oben bis unten an.

Zur selben Zeit beendet Vincent das Gespräch mit Maya, das er am Ende des Flurs geführt hat. Obwohl er besorgt ist, weil seine Frau am Abend nach New York fährt, um ihren Vater zu einem Geschäftsessen in Manhattan zu begleiten, hat er nicht versucht, ihr den Termin auszureden.

›Preston wird auf sie aufpassen und nicht zulassen, dass sie sich zu viel zumutet‹, beruhigt er sich. Dennoch ist er in Gedanken versunken, als er sich auf den Rückweg zum Chefarztzimmer macht.

Im Zimmer selbst runzelt Jason beim Anblick der letzten zwei Zeilen der Aufstellung die Stirn. Sein Blick bleibt an den Namen der Spender hängen, die Lizzy ebenfalls für sein Forschungsprojekt als Unterstützer gewinnen konnte.

»Green Limited und Mr. Beal stellen auch der Stiftung so hohe Beträge zur Verfügung?«, fragt er erstaunt.

»Nein, das tun sie nicht«, entgegnet seine Frau mit starrer Miene.

»Warum sind sie dann in deiner Liste enthalten?«

»Weil sie ihre Spendenzusage auf die Stiftung ändern werden, und zwar nur auf die Stiftung. Einige deiner anderen Spendengeber werden sich daraufhin vermutlich anschließen«, erklärt Lizzy seelenruhig, während sie die Reaktion von Jason genau beobachtet.

»Wie bitte?«, presst dieser hervor, als er entsetzt aufspringt. »Die Gelder dieser beiden Firmen sind ungemein wichtig für meine Forschung. Sie stellen ein Drittel der geschätzten Ausgaben für das erste Jahr dar. Was hast du getan?«

»Das, was du mir geraten hast. Du wolltest, dass ich meine Konzentration auf die ehrenamtlichen Tätigkeiten lenke. Als du an meiner Seite warst, habe ich deine Ambitionen gefördert. Nichts war mir wichtiger als du und unsere Familie. Doch du hast mir diesen Lebensinhalt genommen, Jason. Warum soll ich deinen Traum weiter unterstützen, wenn du meinen einfach beiseiteschiebst, als hätte es die letzten dreißig Jahre nicht gegeben?« Dass die Tür, die nur angelehnt ist, in dem Moment aufgeschoben wird, bemerkt

Lizzy ebenso wenig wie Jason. Ungerührt spricht sie weiter: »Du kannst das alles ändern, indem du deine Entscheidung noch einmal überdenkst, Darling.«

»Soll das heißen, wenn ich ins Haus zurückkehre, gehen die Gelder an meine Forschung, andernfalls verliere ich die Spendengeber? Das ist Erpressung, Lizzy.«

»Nein, es ist ein Anreiz, unsere gemeinsame Vergangenheit nicht für eine andere Frau wegzuwerfen, Jason. Mit diesen Spenden habe ich dir gezeigt, wie viel du mir bedeutest. Wenn das für dich nicht genug ist, tragen wir beide die Konsequenzen einer Trennung, die ich nie wollte.«

»Mom, ist das dein Ernst?«, ertönt es von der Tür aus. Erstaunt drehen sich sowohl Lizzy als auch Jason in die Richtung, aus der Vincents Stimme gekommen ist.

»Vincent, diese Angelegenheit möchte ich alleine mit deinem Vater klären«, bestimmt sie, scheinbar unbeeindruckt von der unerwarteten Rückkehr einer ihrer Söhne. Ihre gerade Haltung, der Ausdruck in ihren Augen; die Tonlage, die sie für ihre Worte gewählt hat, sprechen eine deutliche Sprache: Widerspruch oder weitere Störungen des Gesprächs sind nicht erwünscht!

Der Blick ihres Sohnes wandert weiter zu seinem Vater, der ihm mit einem Kopfschütteln zu verstehen gibt, dass er sich nicht einmischen soll. Seufzend geht Vincent zum Tisch, um seine Unterlagen zu holen. Mit einem besorgten Gesichtsausdruck wendet er sich jedoch beim Hinausgehen noch einmal an seine Mutter.

»Ich kann mir vorstellen, dass die Situation schwer für dich ist, Mom. Aber du verbesserst die Lage nicht auf diese Weise. Wenn du mit jemandem in Ruhe über alles sprechen möchtest, bin ich für dich da.«

Ohne eine Regung auf Vincents Warnung zu zeigen, nickt seine Mutter ihm kurz zu, ehe sie sich wieder auf Jason konzentriert. Der wartet, bis die Tür hinter dem Sohn zugeht. Kaum ist sie ins Schloss gefallen, tritt er schnaubend einen

Schritt zurück.

»Mach mit den Spenden, was du willst, Lizzy. Kein Geld der Welt wird mich zu einer derart manipulativen Frau zurückbringen. Wann wirst du endlich begreifen, dass uns genau dieses Verhalten immer weiter voneinander entfernt?«

»Du hast die Entfernung herbeigeführt, Jason. Zuerst emotional, als du dich dieser Frau zugewandt hast; danach real durch deinen Umzug ins Strandhaus. Ich gebe dich – uns – nicht einfach auf. Du weißt, dass ich das nicht kann. Dafür bedeutest du mir zu viel.«

»Lizzy«, mit einem milden Gesichtsausdruck, der die aufgeflammte Wut in den Hintergrund schiebt, geht Jason wieder auf seine Frau zu. Behutsam ergreift er ihre Hände, ehe er weiterspricht. »Du kannst mich nicht zwingen, zu dir zurückzukehren. Es sind so viele Dinge vorgefallen, über die ich nicht mehr hinwegsehen kann. Das Umleiten der Spendengelder ist nur ein weiterer Punkt auf einer langen Liste. Hör auf damit, bevor du dich noch mehr isolierst.«

»Nein!« Dieses Mal ist es Lizzy, die einen Schritt zurücktritt. Mit zusammengekniffenen Augen stößt sie Jasons Hände von sich. »Erwarte nicht von mir, dass ich dein Weglaufen aus unserer Ehe hinnehme. Ich kämpfe, Jason. Das habe ich immer getan: Für unsere eigene Klinik, für das Wohl unserer Söhne und jetzt erst recht um unsere Ehe. Du hast die Wahl, ob ich dir den Rücken stärke oder dir Steine in den Weg lege, damit du aufwachst. Entscheide dich!«

Mit einem Kopfschütteln quittiert Jason ihre Forderung. Ungläubigkeit zeichnet sich in seinem Blick ab, als er zur Tür geht. Seine Hand legt sich auf die Klinke, doch bevor er sie herunterdrückt, dreht er sich noch einmal zu Lizzy um.

»Behalte die Spendengelder, ich will sie nicht. Mein Platz ist jetzt an der Seite von Emilia, das hast du mir soeben auf eindrucksvolle Weise bewiesen.« Dass sich Lizzys Augen bei seinen Worten weiten, ignoriert er. Die Wut, die er für kurze Zeit in den Hintergrund geschoben hat, tritt wieder hervor.

»Ursprünglich wollte ich nichts überstürzen, aber momentan wünsche ich mir nichts mehr, als diese warmherzige Frau in meine Arme zu schließen. Geh jetzt, Lizzy, wir haben uns vorerst nichts mehr zu sagen.«

Zeitgleich mit dem letzten Satz zieht er die Tür auf. Einer der Ärzte, der gerade anklopfen will, blickt ihm erstaunt entgegen.

»Jetzt nicht!«, fährt der Chefarzt seinen Angestellten an, der daraufhin schulterzuckend den Rückzug antritt.

Einen Moment später setzt Lizzy sich in Bewegung. Die Luft ist zum Zerreißen gespannt, als sie an ihrem Mann vorbeitritt. Verachtung blitzt in ihren Augen auf, die von Jason in gleichem Maße zurückgefeuert wird. Doch kaum hat sie sein Büro verlassen und er die Tür hinter ihr geschlossen, lässt er sich erschöpft auf den nächsten Stuhl fallen.

›Wie konnte es nur so weit kommen?‹

Auf dem Parkplatz beim Auto angekommen zerrt Lizzy ihr Handy aus der Handtasche. Ihre Hand zittert, als sie die Nummer des Privatdetektivs Steve O'Connor wählt. Nach wenigen Sekunden nimmt dieser das Gespräch an.

»Ich will die Berichte über die Morgans. *Sofort*! In spätestens einer Stunde bringst du mir alles vorbei, was du bisher herausgefunden hast!« Ohne eine Antwort ihres Gesprächspartners abzuwarten, beendet sie danach das Telefonat.

›Du hast mir meinen Mann gestohlen und dadurch meine Familie auseinandergerissen, Emilia Morgan. Das zahle ich dir heim. Jetzt wirst du am eigenen Leib erfahren, wie sich Trennungen anfühlen!‹

KAPITEL 19

Am späten Nachmittag treffen Vincent und Jason noch einmal in einem der Fahrstühle des Krankenhauses aufeinander. Als sich die Türen des Lifts hinter ihnen geschlossen haben, wirft Vincent einen Seitenblick auf seinen Vater.

»Hat Mom es wirklich ernst gemeint?«

»Ja«, erwidert der Chefarzt knapp. »Lass es gut sein, mein Sohn, das ist eine Sache zwischen deiner Mutter und mir.«

»Es ist nicht richtig, was Mom tut«, beharrt Vincent dennoch. Seufzend wendet Jason sich seinem Sohn zu.

»Lizzy hat Schwierigkeiten mit unserer Trennung. Auf ihre spezielle Art versucht sie, das Unvermeidliche doch noch umzukehren. Sie geht dabei den falschen Weg, aber niemand wird sie momentan dazu bringen, das einzusehen.«

»Das Unvermeidliche ...«, wiederholt Vincent grübelnd, »du bist dir also ganz sicher, was die Trennung angeht?«

»Wenn ich bis heute Morgen noch den Funken eines Zweifels gehabt habe, dann hat eure Mutter den auf eindrucksvolle Weise im Keim erstickt. Ja, Vincent, ich bin mir sicher. Das gemeinsame Leben mit Lizzy ist vorbei.«

»Und Natessas Mutter gehört die Zukunft?«

»Das hoffe ich. Auf Dauer möchte ich nicht alleine bleiben und sie hat mein Herz bereits vor langer Zeit erobert.«

Das Pling des Fahrstuhls ertönt, ehe sich die Türen öffnen. Bevor Jason den Lift verlässt, legt er seinem Sohn eine Hand auf die Schulter.

»Ich will keinen weiteren Streit in der Familie. Es ist gut, dass du deiner Mutter das Angebot gemacht hast, sich bei dir auszusprechen. Aber lass dabei den Punkt mit den Spendengeldern außen vor. Das geht nur sie und mich etwas an. Letztlich kommt das Geld dem Krankenhaus zugute, nur das alleine zählt. Ich werde andere Wege für mein Forschungsprojekt finden.« Jasons Stimme klingt entschlossen, aber Vincent fällt auf, dass die Augen seines Vaters eine andere Sprache sprechen.

›Er ist enttäuscht, weil sich sein Traum von der Leukämieforschung verzögert‹, wird ihm klar. Trotzdem nickt er.

Zufrieden mit der Zustimmung seines Sohnes dreht Jason sich um und geht aus dem Aufzug. Die Fahrstuhltüren schließen sich hinter dem Chefarzt, einen Augenblick später fährt Vincent in Gedanken versunken in die nächste Etage.

Auf der chirurgischen Abteilung angekommen denkt er über eine Idee nach, die ihn seit des Anblicks von Enttäuschung in den Augen seines Vaters nicht mehr loslässt. Daher bemerkt er Lisa Braden, die ihm auf dem Flur entgegenkommt und anstrahlt auch erst, als sie ihm den Weg versperrt.

»Hallo Vincent«, begrüßt sie ihn. »Gerüchten zufolge bist du momentan Strohwitwer. Meine Arbeit hier endet wie deine in gut einer Stunde, gehen wir doch zusammen etwas trinken. Dann musst du den Abend nicht alleine verbringen«, bietet sie an. ›Von der Nacht ganz zu schweigen‹, fügt sie voller Hoffnung gedanklich hinzu.

›Woher weiß sie, dass Maya nicht in der Stadt ist?‹, überlegt Vincent. Ohne der Frage nachzugehen, schüttelt er den Kopf. »Tut mir leid, Lisa, aber ich habe schon etwas vor«, lehnt er ab. ›und auch an jedem anderen Abend, an dem du dir etwas erhoffst, das niemals passieren wird‹, prophezeit er im Stillen.

»Schade«, kommentiert Lisa, wobei sie versucht, sich ihre Enttäuschung nicht anmerken zu lassen. »Heute ist einer der wenigen Tage, an denen wir zur selben Zeit arbeiten. Da hätte eine gemeinsame Unternehmung gut gepasst. Ich werde auf unsere Dienstpläne schauen, vielleicht klappt es nächste Woche besser.«

»Mach das«, erwidert Vincent mit desinteressierter Miene. »Entschuldige, aber ich habe wenig Zeit – ein Patient wartet auf mich«, beendet er die Unterhaltung mit der ungeliebten Kollegin.

Während er seinen Weg zügig fortsetzt, schaut Lisa ihm nach. Ihre Augen weiten sich, als er am Ende des Flurs stehen bleibt, um eine Frau zu begrüßen. Obwohl Vincent seine Gesprächspartnerin zum Teil verdeckt, erkennt Lisa die Brünette.

›Verbringt er die Abende etwa mit seiner Ex-Freundin?‹, grübelt sie, während sie die beiden eifersüchtig beobachtet. Ihr Unmut wächst mit jeder Minute, die Vincent der jungen Frau widmet. ›Mich lässt er stehen, weil ein Patient wartet, und ihr schenkt er seine ganze Aufmerksamkeit. Ich frage mich, ob das etwas zu bedeuten hat?‹

Natessa und Vincent, die sich über Enriques Zustand austauschen, bekommen gar nicht mit, wie intensiv sie von der Gynäkologin betrachtet werden. Die Körperhaltung beider, jede Geste und sogar das kleinste Lächeln von Natessa werden von Lisa aufgesaugt. Schnaubend wendet sie sich schließlich von dem in ihren Augen widerlichen Schauspiel ab.

In einem der Behandlungszimmer der Ambulanz findet sie Max Harris. Sie nimmt ihm die Krankenakte aus der Hand, in die er soeben etwas notiert hat, und zieht ihn in das nächste freie Zimmer. Dort echauffiert sie sich über Vincent, der sie kaum beachtet, seiner Ex-Freundin dagegen viel Aufmerksamkeit geschenkt hat.

»Mich speist er ab, weil ein Patient auf ihn wartet, und für sie nimmt er sich alle Zeit der Welt.«

»Vielleicht ging es in ihrem Gespräch um den Patienten«, versucht Max sie zu beruhigen. »Soweit ich das mitbekommen habe, ist sie mit dem Motorradfahrer liiert, der vor einigen Tagen eingeliefert wurde.«

»Bist du dir sicher?«, hakt Lisa nach, woraufhin er nickt.

»Sie hat während des Komas so oft am Krankenbett gesessen und seine Hand gehalten, dass da etwas zwischen den beiden laufen muss.«

Erleichtert lässt seine Kollegin die Luft entweichen, die sie angehalten hat. Die zusammengekniffenen Lippen öffnen sich leicht und die bis dato verkrampft hochgezogenen Schultern sacken herab.

»Gut«, kommentiert Lisa ein wenig gelöster. »Ich habe schon befürchtet, dass sich zu seiner Frau noch eine andere gesellt, die mir im Wege steht.«

Ungläubig betrachtet Dr. Harris die Gynäkologin, mit der er in den letzten Wochen beruflich viel Zeit verbracht hat. Die Zusammenarbeit bei ihrer Forschung und die Teilnahme an schwierigen Operationen haben ihn in der Fachrichtung Gynäkologie weitergebracht. Hinsichtlich seiner Gefühle für die blonde Frau tritt er aber weiterhin auf der Stelle. Wieder einmal ist es Vincent Harper, der ein Weiterkommen verhindert. Nicht genug, dass er als Sohn des Klinikleiters Vorzüge genießt, die in den Augen von Max unverdient sind – nein, auch bei Lisa ist er die Nummer eins.

»Du solltest dir den Gedanken, dass Vincent sich von seiner Frau trennt, aus dem Kopf schlagen«, bringt er mit Ruhe hervor, obwohl es in ihm rumort. »Das wird vermutlich nie passieren. Du verschwendest nur deine Zeit und wirst am Ende enttäuscht.«

»Vielleicht verlässt sie ja ihn«, erwidert Lisa prompt. Ihre Mundwinkel verziehen sich zu einem siegessicheren Lächeln, als sie hinzufügt, dass nur jemand die Unsicherheit, die Vincents Ehefrau mit sich herumträgt, schüren muss. »Wer weiß, ob die nächste Schwangerschaftsuntersuchung dafür nicht schon eine Gelegenheit bietet. Diese Frau hat auf mich so einen labilen Eindruck gemacht, dass es ein Kinderspiel werden könnte …«

*****

Indes beenden Natessa und Vincent ihr Gespräch über Enriques Fortschritte durch die Physiotherapie. Erfreut über die Aussicht, dass ihr Freund in den nächsten Tagen entlassen wird, bedankt Natessa sich bei ihrem Ex-Freund.

»Das sind gute Nachrichten. Ich glaube, ich werde noch

einmal zu ihm zurückgehen, um ihn mit der Neuigkeit aufzumuntern. Er war heute ein wenig deprimiert, vielleicht baut ihn das wieder auf.«

»Soll ich dich begleiten?«, bietet Vincent an, während er sich – wie so häufig bei ihren Begegnungen – zusammenreißen muss, Natessa nicht eine Strähne hinters Ohr zu streichen, die ihr ins Gesicht gefallen ist. Ohne es bewusst wahrzunehmen, reibt er sich mit den Händen über die Hose. Sein Blick bleibt dabei wie magisch auf die Locke gerichtet, die sich ans Kinn seiner Ex-Freundin schmiegt. Erst als Natessa die Hand hebt und die Strähne beiseiteschiebt, erwacht er aus der kurzzeitigen Abwesenheit.

»Nein, nicht nötig«, versichert sie. Angesichts der angespannten Stimmung, die bei den bisherigen Zusammentreffen zwischen den Männern vorgeherrscht hat, will sie ihren Freund nicht zusätzlich provozieren, indem sie zusammen mit Vincent ins Krankenzimmer zurückkehrt. ›Sein Platzhirschgehabe vom letzten Mal reicht mir‹, geht es ihr durch den Kopf.

Mit einem Nicken reagiert Vincent auf Natessas Antwort. Einen Moment überlegt er, sie auf die Beziehung zwischen ihrer Mutter und seinem Vater anzusprechen, verwirft den Gedanken aber wieder. Sekundenlang sehen sich die beiden nur an, bis Natessa den stillen Augenkontakt mit einem Räuspern beendet.

»Ich habe dich lange genug aufgehalten.«

»Hast du nicht«, widerspricht er. Ohne weiter darüber nachzudenken, ergreift er ihre Hand. »Du kannst mit allem zu mir kommen.«

»Danke«, erwidert sie leise. Ihr Ausdruck in den Augen und das minimale Kopfschütteln zeigen Vincent jedoch, dass sie sein Angebot nicht annehmen wird. Nachdem er ihre Finger kurz gedrückt hat, löst er den Kontakt.

»Wir sehen uns«, verspricht er zum Abschied, ehe er seinen Weg fortsetzt.

*****

In den Hamptons findet ein paar Tage später ein weiterer Termin bei Dr. Shapiro statt. Mayas Fingerspitzen kratzen über die Ledermanschette an ihrem Unterarm, als der Therapeut vorschlägt, in der Sitzung über das Verhältnis zu ihrem Vater zu sprechen. Preston, der sich wie immer entspannt in einem der Sessel zurückgelehnt hat, um das Gespräch zu verfolgen, rückt seinen Sitz in eine aufrechtere Position.

»Das Verhältnis zwischen mir und meiner Tochter könnte nicht besser sein.«

Interessiert beobachtet der Psychiater die Reaktion von Prestons Tochter auf diese Aussage. Das Geräusch von Fingernägeln, die über Leder schaben, übertönt die Stille.

»Maya!«, zischt Preston mit einem mahnenden Kopfschütteln, woraufhin das Kratzen aufhört.

»Warum ist das Thema so schwierig für Sie, Mrs. Harper?«, erkundigt sich Dr. Shapiro.

»Weil es so schwer geworden ist, Daddy zufriedenzustellen«, wirft die Angesprochene kaum hörbar in den Raum. Die Augen ihres Vaters weiten sich und er setzt bereits zu einer Antwort an, als der Therapeut die Hand hebt, um ihn zu stoppen. Mit einem aufmunternden Kopfnicken animiert Dr. Shapiro die Patientin dazu weiterzusprechen. »Meine Angst besteht darin, dass er mich über kurz oder lang im Verlag ersetzen wird, weil ich einen Mann geheiratet habe, mit dem er nicht einverstanden ist«, gibt Maya zu, wobei sie dem Blick ihres Vaters ausweicht.

Preston dementiert die Befürchtung, wird jedoch ein weiteres Mal vom Arzt mit einer Geste gestoppt und verstummt. Mit viel Feingefühl bringt Dr. Shapiro seine Patientin im Laufe des weiteren Gesprächs dazu, deren frühere Beziehung zum Vater zu schildern, sowie, was sich ihrer Meinung nach verändert hat. Die Nichtakzeptanz des Verlegers gegenüber dem Schwiegersohn klingt dabei immer wieder durch. Vor allem aber auch, wie sehr Maya sich dadurch überfordert fühlt.

»Ich fürchte, dass ich mich irgendwann zwischen Daddy und meinem Ehemann entscheiden muss. Das will ich auf keinen Fall und für das Baby wäre es sicher auch nicht gut«, beendet sie unter Tränen den Bericht über ihre Gefühlslage. Ein wenig nach Luft schnappend angesichts der ehrlichen Worte seiner Tochter starrt Preston den Therapeuten an.

»Sie glauben doch nicht etwa, dass ich meine Tochter vor so eine Wahl stellen würde?«

»Was ich für möglich halte, ist nicht wichtig, Mr. Carter. Es geht hier einzig und allein darum, was ihre Tochter empfindet. Sie scheint sehr unter der angespannten Situation zwischen Ihnen und Ihrem Schwiegersohn zu leiden. Wie können Sie dazu beitragen, ihr diesen Druck zu nehmen?«

»Soll das heißen, ich bin schuld an der Borderline-Erkrankung von Maya?«, schnaubt Preston entsetzt. »Ich liebe meine Tochter und tue alles, um sie zu beschützen. Ihr Ehemann ist nicht gut für sie. Er gibt ihr nicht die Sicherheit, die sie braucht. Deswegen vertraue ich ihm nicht. Vincent Harper ist ein Frauenheld, der nur auf sich selbst fixiert ist. Mit ihm kann sie nicht glücklich werden, daran ändert auch das Baby nichts!«

»Vincent liebt mich«, flüstert Maya. Ihr Kopf ist gesenkt, der Blick auf die Hände gerichtet, während sie den Ehering stetig um ihren Finger dreht.

»Zunächst einmal halten wir fest, dass niemand an der Borderline-Erkrankung von Mrs. Harper schuld ist. Weder Sie, Mr. Carter, noch Mrs. Harper selbst oder ihr Ehemann. Es ist eine Störung, die nicht wegen eines Fehlverhaltens irgendeiner Person ausbricht, sondern eine Krankheit, die sich ihren Weg sucht.« Die Worte, die er hauptsächlich an Mayas Vater richtet, lässt Dr. Shapiro einige Sekunden wirken, bis sich bei Preston die Anspannung legt. Erst dann spricht der Psychiater weiter. »Borderline kann wie ein Leben ohne feste Wurzeln sein. Lassen Sie uns also gemeinsam erarbeiten, welche Möglichkeiten es gibt, Mrs. Harper einen sicheren Stand in ihrem Leben zu geben.«

Im weiteren Verlauf der Therapiesitzung arbeitet Dr. Shapiro heraus, wie wichtig Rückhalt für Maya ist. Das mangelnde Vertrauen des Vaters in ihren Ehemann überträgt sie auf sich, was die Ängste in ihr schürt. Mit Betroffenheit erkennt Preston, dass seine Tochter nicht nur von der Verlustangst in Bezug auf Vincent gequält wird. Dennoch fällt es ihm schwer, einzugestehen, dass sein Misstrauen in den Schwiegersohn ein Faktor des Problems ist.

›Ich könnte ihr viel besser helfen, wenn Harper kein Teil ihres Lebens wäre. Wenn ich ihm doch nur vertrauen könnte…‹, geht es ihm durch den Kopf, als er sich am Ende des Termins von dem Psychiater verabschiedet.

»Ihre Tochter baut auf Sie«, versichert der Arzt ihm, »aber sie braucht auch ihren Ehemann.«

Prestons Augen verengen sich angesichts des letzten Halbsatzes zu Schlitzen. Ein Ausdruck, der bei Dr. Shapiro den gewonnenen Eindruck bestärkt, dass der Vater der Patientin einen schweren Schritt vor sich hat.

›Er wird über seinen Schatten springen müssen, wenn er ihr helfen will.‹

*****

In Bel Air beendet Lizzy zufrieden ein Telefonat, das sie ihrem Ziel ein Stück nähergebracht hat. Ein Lächeln hellt ihre Miene auf, als sie sich mit ihrer Kaffeetasse zum Fenster begibt. Von dort lässt sie den Blick über das Anwesen schweifen. Die Sträucher sind akkurat geschnitten, so wie sie es mag; der Rasen erstrahlt in einem satten Grün und die üppig gepflanzten Frühlingsblumen setzen die farblichen Akzente in den gepflegten Beeten. Das Kratzen einer Harke, mit der einer der Gärtner den Kiesweg glättet, dringt zu Lizzy herüber. Im Haus selber ist es ruhig. Eine Stille, die bisher von der Hausherrin genossen wurde. Aber seit Jasons

Auszug kommt sie ihr immer häufiger nahezu unerträglich vor. Als Lizzy einen Wagen hört, der auf den Parkplatz vor dem Haus einbiegt, geht sie zum Tisch, auf dem sie ihre Tasse abstellt. In der Hoffnung, dass es Jason ist, der gleich das Haus betreten wird, schaut sie in Richtung Flur.

»Vincent«, begrüßt sie ihren Sohn mit einem erzwungenen Lächeln, das ihre Enttäuschung kaschieren soll.

»Hallo Mom«, erwidert er, als er sich ihr nähert. »Ich mache mir Sorgen um dich. Wie geht es dir nach Dads endgültigem Auszug?«

»Er ist nicht endgültig«, widerspricht Lizzy mit hochgezogener Augenbraue. »Dein Vater wird seine Midlife-Crisis überwinden und zu mir zurückkehren.«

Seufzend ergreift Vincent ihre Hand und führt sie zu einem der Sofas hinüber. Er umfasst ihre Finger auch noch, nachdem sie gemeinsam Platz genommen haben.

»Ich werde diese Trennung nicht ohne Gegenwehr hinnehmen. So wie…« Im letzten Moment stoppt sie die Aussage, da sie den Vergleich nicht über die Lippen bekommt.

»Wen meinst du?«, hakt Vincent nach. Der verletzte Ausdruck, der nur einen Wimpernschlag lang angehalten hat, ist ihm nicht entgangen. Irritiert fragt er sich, um was für einen Vorfall es sich gehandelt haben könnte.

»Es ist nicht wichtig, ich hätte das gar nicht erwähnen sollen. Mach dir keine Gedanken darüber, Schatz.« Die beherrschte Fassade, die nur für einen kurzen Augenblick gebröckelt hat, ist zurückgekehrt und lässt keinen Einblick mehr in Lizzys Innerstes zu. Als sich dennoch eine Furche auf der Stirn ihres Sohnes bildet und er zu einer Nachfrage ansetzt, reicht ein strenger Blick aus, um ihn davon abzuhalten. Das Thema ist für sie erledigt, das macht sie Vincent mehr als deutlich klar. »Zwischen Deinem Vater und mir steht es gerade nicht zum Besten, aber über eine Trennung ist das letzte Wort noch nicht gesprochen worden«, wechselt sie den Tenor des Gesprächs.

»Bitte versuch nicht, irgendetwas zu erzwingen, Mom«, versucht Vincent, ihre Aktionen einzudämmen, ohne dabei direkt den Vorfall mit den Spendengeldern anzusprechen. »Vielleicht solltest du dir eine Reise gönnen, um durchzuatmen und über deine Zukunft nachzudenken.«

»Ich soll weglaufen? Damit würde ich dieser Frau weiteren Spielraum geben, um sich in meine Ehe zu drängen. Das werde ich niemals zulassen!«

»Du läufst nicht weg, du organisierst dein Leben neu.«

»Neu soll dann wohl ohne euren Vater bedeuten«, konstatiert Lizzy mit vorwurfsvollem Blick. »Ich werde nicht kommentarlos nach dreißig Jahren Ehe zur Seite treten, Vincent. Jason und ich haben uns in all der Zeit viel aufgebaut. Wir mussten kämpfen, um an diesen Punkt zu kommen – all das gebe ich nicht auf.«

»Verlier dich nicht in diesem Kampf, Mom. Da muss doch noch mehr sein, das dir in deinem Leben etwas bedeutet? Darauf solltest du dich konzentrieren.«

»Das tue ich bereits, Vincent. Euer Vater fehlt mir, aber deswegen ist mein Leben kein Scherbenhaufen. Es ist schön, dass dir und Aidan all das nicht gleichgültig ist. Aber ihr müsst euch keine Sorgen machen, ich werde zurechtkommen. Das habe ich immer getan.«

»Aidan und ich sind für dich da, wenn du uns brauchst. Auch wenn wir uns aus den Schwierigkeiten zwischen dir und Dad heraushalten werden. Das verstehst du sicher. Ich hoffe nur, dass du und Dad euch durch eure entgegengesetzte Entschlossenheit nicht verletzt.« Als Antwort bekommt er lediglich ein vages Nicken von seiner Mutter.

»Wie geht es Maya?«, wechselt Lizzy ein weiteres Mal das Thema.

Vincent lässt sie gewähren, obwohl er lieber das Problem mit den Spendengeldern angesprochen hätte. Da er der Bitte seines Vaters, sich nicht einzumischen, nachkommen möchte, unterdrückt er den Wunsch jedoch. Stattdessen gibt er mit Bedacht einiges von dem weiter, was seine Frau ihm von den Therapien erzählt hat, ohne dabei Mayas Intimsphäre zu verletzen. Als er seine Überlegung erwähnt, in die Hamptons zu fliegen, spürt er den Druck von Lizzys Hand.

»Es freut mich zu hören, dass deine Prioritäten trotz allem noch bei Maya liegen«, erklärt sie. Mit einer deutlich irritierten Miene reagiert Vincent auf die Bemerkung. Er kennt seine Mutter zu gut, deren durchdringender Blick ihm zeigt, dass sich ein tieferer Sinn hinter der Feststellung befindet. »Ich habe dich zusammen mit diesem Mädchen gesehen, mein Sohn«, klärt sie ihn auf.

»Sprichst du von Natessa?«, vergewissert er sich.

»Natürlich spreche ich von dem Ding aus dem Valley oder triffst du dich auch noch mit anderen Frauen, während Maya weit weg in Therapie ist?«

»Falls du damit andeuten willst, dass ich meine Frau betrüge, weise ich das zurück«, erwidert Vincent in einem scharfen Tonfall, der Lizzy zu einem missbilligenden Blick veranlasst. Als Folge fährt ihr Sohn in einem gemäßigten Ton fort. »Natessa und ich treffen uns ab und an im Krankenhaus, wenn sie dort einen Patienten auf meiner Station besucht. Unsere Begegnungen sind eher zufällig. Wenn du uns zusammen gesehen hast, dann bei einer dieser Begebenheiten. Ich date weder sie noch irgendeine andere Frau.«

»Du solltest sie gar nicht mehr treffen«, legt Lizzy fest. »Was findet ihr bloß an den Frauen dieser Familie?«

»Mom! Hör bitte auf damit. Du steigerst dich viel zu sehr in den Hass auf die Morgans hinein. Natessa und ich sind Freunde, mehr nicht … aber auch nicht weniger.«

Lizzys Augen verengen sich, als sie ihren Sohn betrachtet und dabei versucht, die Situation einzuschätzen. Vor ihrem geistigen Auge laufen die Bilder der Begegnung zwischen Vincent und dem Mädchen aus dem Valley erneut ab. Berührungen gab es keine, aber an den langen Blick, den Vincent dem Auto hinterhergeworfen hatte, erinnert sie sich nur zu gut.

»Empfindest du noch etwas für sie?«

Eine Frage, die er mit einem Kopfschütteln verneint, obwohl es eine Lüge ist. Doch Vincent weiß, dass seine Mutter die Wahrheit im Gegensatz zu seinem Vater besser nicht erfahren sollte.

›Sie hat genug Geschütze gegen Natessa aufgefahren‹, rechtfertigt er die Unaufrichtigkeit vor sich selbst. »Ich liebe Maya, Mom. Ihr gilt meine ganze Zuneigung und Aufmerksamkeit. Ich bin ihr treu, glaub mir das bitte.«

»Geh diesem Mädchen trotzdem aus dem Weg. Ich will nicht, dass sie auf dieselben dummen Gedanken kommt wie ihre Mutter und sich ebenfalls in eine Ehe einmischt.«

»Das wird nicht geschehen. Sie ist liiert – mit dem Patienten, den ich erwähnt habe. Bei ihm liegt ihr Interesse. Die beiden scheinen glücklich miteinander zu sein.« Eine Erkenntnis, die ihm beim Aussprechen den Magen zusammenzieht. Ohne sich etwas anmerken zu lassen, spricht er weiter. »Natessa stellt keine Gefahr für Maya dar, egal ob wir uns ab und an zufällig begegnen oder nicht.«

»Ich vertraue dir, Schatz. Aber ich glaube auch, dass es besser für deine Frau ist, wenn du zu Miss Morgan so wenig Kontakt wie möglich hast. Schließlich bringt Maya bald dein erstes Kind zur Welt. Ihre Krankheit ist genug Belastung für dich und deine Karriere. Lass nicht zu, dass sich ein weiteres unnützes Problem auftürmt.«

»Dazu wird es nicht kommen, Mom«, beruhigt Vincent sie.

Nachdem er sich von seiner Mutter verabschiedet hat, verlässt Vincent die Villa. Anstatt sich jedoch auf den Heimweg zu machen, beschließt er, bei seinem Bruder vorbeizuschauen. Aidan sitzt auf der Terrasse seines Bungalows und ist in Unterlagen vertieft, die er aus dem Krankenhaus mit nach Hause genommen hat. Erst als der Besucher die Holzstufen der Veranda hinaufgeht, blickt er auf.

»Hey, Kleiner«, begrüßt Vincent ihn. »Kannst du mal wieder nicht genug von deiner Arbeit bekommen?«

»Die Zahlen sind so interessant, ich kann mich einfach

nicht davon losreißen«, kommentiert Aidan die Bemerkung gut gelaunt. »Möchtest du ein Bier?«, erkundigt er sich, nachdem sein Bruder auf einem der Korbsessel Platz genommen hat.

»Gerne«, geht Vincent auf das Angebot ein.

»Im Kühlschrank befindet sich ein Sechserpack, bring mir bitte auch eines mit«, scherzt Aidan mit einem Augenzwinkern. Bevor sein Bruder sich erhebt, hat er seine Unterlagen jedoch bereits zugeklappt und steht auf. »Bleib bloß sitzen, wenn Mom uns beobachtet, wird sie meine nicht vorhandenen Gastgeberqualitäten bei nächster Gelegenheit beanstanden. Auf die Standpauke kann ich verzichten.«

»Ich kann dich beruhigen, Moms Gedanken kreisen momentan um andere Dinge als unsere guten Manieren. Dads Auszug nimmt sie mehr mit, als sie zugibt.«

»Über das Thema wollte ich auch schon mit dir sprechen«, schließt Aidan sich der Aussage an. »Aber erst mal kümmere ich mich um die Getränke, danach können wir gemeinsam überlegen, wie wir mit der Trennung umgehen wollen.«

Mit zwei Flaschen Budweiser kehrt er auf die Terrasse zurück. Die Arbeitsunterlagen sind fix beiseitegeräumt, die Stühle näher zusammengestellt, sodass es nicht lange dauert, bis ein klirrendes Geräusch ertönt, als die Flaschen aneinandergestoßen werden, und die Brüder ihre ersten Schlucke genießen.

»Wie geht es Mom wirklich?«, wendet sich Aidan an seinen älteren Bruder.

»Genau das habe ich sie gefragt«, erwidert Vincent. »Sie hat zugegeben, dass Dad ihr fehlt. Aber natürlich lässt sie sich ansonsten nichts anmerken, sondern behauptet, dass sie zurechtkommt.«

Als Aidan zu bedenken gibt, dass ihre Mutter bisher immer mit allem fertig geworden ist, schüttelt sein Bruder den Kopf.

»Irgendetwas nagt an ihr.«

Eine Bemerkung, die bei seinem Gesprächspartner die

Frage hervorbringt, was er damit meint. Als Vincent daraufhin den abgebrochenen Satz wiedergibt, mit dem ihre Mutter einen Vergleich mit einer anderen Person oder Situation angedeutet hat, legt sich die Stirn seines Bruders in Falten.

»Was könnte sie damit gemeint haben?«

»Das wüsste ich auch zu gerne, aber sie wollte nicht darüber sprechen, daran hat sie mit ihrem Spezialblick keinen Zweifel gelassen.« Mit einem Nicken lässt Aidan die Nachricht auf sich wirken.

»Wie gehen wir mit der Sache um? Ich kann Dad verstehen, Mom hat es ihm – uns – in letzter Zeit nicht gerade leicht gemacht. Trotzdem tut sie mir leid, weil sie die Trennung mit Sicherheit nicht erwartet hat. Müssen wir uns Sorgen um sie machen?«, hakt er nach.

»Dad ist momentan ebenfalls nicht zu beneiden…« Mit diesen Worten leitet Vincent die Schilderung von Lizzys Rachezug ein, den sie mit dem Umleiten der Spendengelder ins Rollen gebracht hat. Sein Bruder verschluckt sich fast an seinem Bier, als er von der Aktion erfährt.

»Das wird sie doch nicht wirklich tun?«, fragt er fassungslos. »Es geht schließlich um die Verwirklichung von Dads Lebenstraum. Trennung und verletzte Gefühle hin oder her, aber das können wir nicht zulassen!«

»Ich habe Dad versprochen, dass wir uns aus der Sache heraushalten. Er möchte nicht noch mehr Zwist in der Familie. Wahrscheinlich heißt er es nicht einmal gut, dass ich dich eingeweiht habe.«

»Du willst Mom also nicht darauf ansprechen?«, erkundigt Aidan sich.

»Nein, vielmehr überlege ich etwas anderes.« Nachdem er sich ein wenig vorgebeugt hat, vertraut er seinem Bruder die Idee an, die ihn seit dem Ende des Familientermins nicht mehr loslässt. Überrascht von Vincents Vorhaben lehnt Aidan sich in seinem Stuhl zurück.

»Bist du dir sicher?«

»Vom Grundgedanken her schon. Oder hältst du es für

falsch?«

»Lass mich ein oder zwei Nächte darüber schlafen. Ich würde gerne in Ruhe über das Für und Wider nachdenken.«

»Geht mir genauso.«

Ein weiteres Mal stoßen die Brüder mit ihren Flaschen an, ehe sie das Gespräch über die Situation zwischen ihren Eltern fortsetzen.

Nach einer Stunde beschließt Vincent, sich auf den Heimweg zu machen. Aidans Frage, wie es Maya geht, lässt ihn beim Aufstehen innehalten.

»Die Therapie ist sehr anstrengend, aber sie scheint sich dennoch gut dabei zu fühlen. Trotzdem werde ich die Befürchtung nicht los, dass sie sich übernimmt. Darauf zu vertrauen, dass Preston auf sie aufpasst, fällt mir schwer«, gibt Vincent offen zu.

»Da er dir misstraut, ist es wohl nur legitim, dass auch du deine Zweifel ihm gegenüber hegst. Allerdings bin ich trotz allem der Meinung, dass ihr euch Maya zuliebe zusammenreißen solltet.«

»Sag das mal Preston.«

»Nein, ich sage es dir. Einer von euch muss doch den Anfang machen. Hast du mit ihm über deine Befürchtung gesprochen?«, fragt Aidan mit einem durchdringenden Blick, der seiner Mutter alle Ehre gemacht hätte.

»Ich denke darüber nach, Sir«, erwidert Vincent mit einer Salutbewegung der Hand, bevor er sich augenzwinkernd erhebt. »Lass uns die Tage einen trinken gehen. Wir waren schon ewig nicht mehr gemeinsam im Club. Ich arbeite morgen und übermorgen noch, habe dann jedoch zwei Tage frei, da würde es gut passen.«

Nachdem Aidan einen Blick in seinen Terminkalender geworfen hat, vereinbaren die beiden Männer das Unterfangen für den übernächsten Abend. Mit einem zufriedenen Lächeln verabschiedet Vincent sich von seinem Bruder. Auf dem Weg zum Wagen zeigt sich Vorfreude auf seinem Gesicht.

›Einfach nur abfeiern ist genau das, was wir als Ablenkung von den ganzen Problemen brauchen. Wer weiß, ob ich dazu nach der Geburt des Babys überhaupt noch die Gelegenheit bekomme.‹

*****

Knapp achtundvierzig Stunden später greift Natessa nach der Sporttasche, die auf Enriques Bett steht.

»Oh nein, die nehme ich selber«, protestiert Enrique und nimmt ihr die Tasche aus der Hand. »Es ist schlimm genug, dass du mich fahren musst, aber du wirst nicht auch noch meine Sachen schleppen.«

»Dann hast du keinen Arm mehr frei, den du um mich legen kannst«, zieht Natessa ihn mit einem breiten Grinsen auf. »Schließlich hast du dem Arzt versprochen, die Schlinge ein paar Tage zu tragen, um die Schulter zu schonen.«

»Lass uns nur einfach so schnell wie möglich hier verschwinden. Die Umarmung hole ich doppelt und dreifach nach, wenn wir bei mir sind«, verspricht er. Doch dann stellt er das Gepäckstück zurück aufs Bett, um gleich darauf den Arm um Natessas Taille zu legen und sie dicht an sich heranzuziehen. »Danke – für alles.«

Langsam neigt er den Kopf, schaut ihr dabei tief in die Augen. Kurz bevor sich seine Lippen auf Natessas legen, schließt sie die Lider und öffnet den Mund einen Spalt weit. Ricks Griff verstärkt sich, um sie noch enger an seinem Körper zu spüren. Schmerz schießt durch seine Schulter, als sie sich gegen ihn lehnt, aber das hält ihn nicht ab. Einen Augenaufschlag später sucht sich seine Zunge den Weg zu ihrer und lässt ihn für einen Moment die Zeit im Krankenhaus vergessen.

Indes zieht Vincent sich in seinem Arztzimmer für den gemeinsamen Abend mit seinem Bruder um. Gut gelaunt pfeift er vor sich hin. Der Grund dafür liegt auch an dem Telefonat, das er zwei Stunden zuvor mit Maya geführt hat.

Sie klang zuversichtlich und weniger müde als es sonst immer der Fall war.

›Ich gebe Preston noch ein paar Tage. Wenn der positive Eindruck bleibt und ich das Gefühl habe, dass Maya sich nicht übernimmt, warte ich mit meinem Überraschungsbesuch bis nächste Woche. Vielleicht tut ihr die Zeit mit ihrem Vater doch ganz gut‹, überlegt Vincent, während er sich die Schuhe zubindet.

Als er eine Minute später auf den Flur tritt, entdeckt er in der Richtung, die zum Verwaltungstrakt führt, Lisa Braden. Genervt verdreht er die Augen. Auf eine Begegnung mit der Gynäkologin hat er keine Lust, also dreht er sich zur anderen Seite und nimmt damit den kleinen Umweg über die Station in Kauf. Eine Entscheidung, die er auf dem nächsten Flur prompt bereut.

Sein Lächeln friert ein, die Schritte verlangsamen sich, als er Natessa und Enrique bemerkt, die ihm entgegenkommen. Zum ersten Mal seit Tagen – genauer seit Mayas Abreise in die Hamptons – verflucht er das unerklärliche Timing, das Natessa und ihn fast täglich irgendwo im Krankenhaus zusammenführt. Seine Augen verengen sich, als er Natessas Begleiter betrachtet, der ihm selbstsicher entgegentritt.

›An den Anblick werde ich mich nie gewöhnen‹, schießt es ihm durch den Kopf. ›Lady, warum muss es ausgerechnet *er* sein?‹

Im ersten Moment will Vincent mit einem Nicken an den beiden vorübergehen, aber Natessas Blick hält ihn aus einem unerfindlichen Grund davon ab. Also bleibt er kurz stehen, begrüßt das Paar und wünscht dem Patienten alles Gute. Den Ratschlag, dass er sich noch schonen soll, verkneift er sich. Enrique stellt die Tasche auf den Boden und reicht dem Arzt die Hand.

»Danke, Vincent«, sagt er zu Natessas Erstaunen. »Nehmen Sie es mir nicht übel, aber trotz der guten Behandlung, bin ich froh, endlich aus dem Kasten herauszukommen.«

Als er die Hand des Arztes loslässt, greift er nicht wieder nach dem Griff der Tasche, sondern umschließt stattdessen Natessas Finger.

»Das verstehe ich durchaus«, entgegnet Vincent betont freundlich, während er versucht, das Händchenhalten zu ignorieren. »Dann will ich Sie auch nicht weiter aufhalten. Machen Sie es gut, aber melden Sie sich, wenn Kopfschmerzen auftreten oder die Schulter Probleme bereitet.«

Enrique bestätigt die Aufforderung mit einem Nicken. Sein Daumen streicht unaufhörlich über Natessas Handrücken, als ein kurzer Moment peinlicher Stille eintritt.

»Wollen wir gehen?«, beendet Natessa die Situation. An Vincent gewandt wünscht sie einen schönen Feierabend. Eine Floskel, die er im gleichen Maße erwidert. Nach einem letzten Blick auf Enrique, der keine Anstalten macht, die Hand seiner Freundin loszulassen, tritt Vincent an den beiden vorbei und setzt seinen Weg fort. Mit einer Mischung aus Erleichterung, weil er die Vertrautheit zwischen Natessa und Enrique nicht mehr beobachten muss, und Bedauern, weil es vorerst keine zufälligen Begegnungen mehr mit seiner Ex-Freundin im Krankenhaus geben wird, klopft er wenig später an Aidans Bürotür.

Im Club angekommen schüttet Vincent den ersten Scotch in einem Zug hinunter und bestellt gleich den nächsten. Aidan schaut seinen Bruder verwundert an, nachdem er sein Bierglas auf den Tresen zurückgestellt hat.

»Hey, was ist denn mit dir los? Lass es ruhig angehen, wir haben noch nicht einmal gegessen«, versucht er Vincent auszubremsen.

»Essen wird in manchen Situationen völlig überbewertet«, kommentiert sein Bruder unbeeindruckt. Als er nach dem Glas greifen will, hält Aidan sein Handgelenk fest.

»Ist etwas mit Maya?«, fragt er besorgt. »Hattest du Streit mit Preston?«

»Nein, Maya geht es gut. Um sie mache ich mir wesentlich

weniger Sorgen als am Anfang. Die Therapie scheint Fortschritte zu bringen. Vermutlich muss ich Preston demnächst danken, dass er diesen Psychiater aufgetrieben und seine Tochter dort untergebracht hat.« Als Aidan ihn weiterhin mit fragendem Blick ansieht, winkt Vincent ab. »Ich will einfach nur mal Spaß haben und einen über den Durst trinken. Bist du dabei oder wirst du zum Spielverderber, kleiner Bruder?« Als Antwort hebt Aidan sein Glas zum Toast an. Grinsend prostet er Vincent zu.

»Okay, dann lassen wir es heute mal wieder so richtig krachen…«

Nachdem sich die beiden an einem der Tische beim Essen eine solide Grundlage für den Abend geschaffen haben und die Bedienung die Teller gegen frische Gläser getauscht hat, schaut Aidan sich um. Am Ende des Raumes trifft sein Blick den einer Blondine, die ihn freundlich anlächelt.

›Genau Vincents Geschmack‹, geht es ihm durch den Kopf, als er das Lächeln erwidert.

Die Frau flüstert ihrer Begleiterin etwas zu, die daraufhin ebenfalls zu ihm sieht. Einen Augenblick später erheben sich die beiden und gesellen sich zum Tisch der Harper-Brüder.

»Dürfen wir euch Gesellschaft leisten?«, fragt eine von ihnen. Mit einem abschätzenden Blick scannt Vincent die Frauen von oben bis unten, ehe er den Kopf schüttelt.

»Sorry Mädels, kein Tag für Blond. Das ist heute die Farbe unserer Begleiter«, lehnt er mit einem Fingerzeig auf sein Glas mit Scotch und das Bierglas von Aidan ab. »Oder hast du Interesse?«, fügt er an seinen Bruder gewandt hinzu.

»Er meint es nicht so«, entschuldigt sich Aidan bei den Frauen.

»Doch das tue ich«, widerspricht Vincent mit einem breiten Grinsen in Richtung der beiden Blondinen, die daraufhin ihre Lockenmähnen in den Nacken schmeißen und hocherhobenen Hauptes an den eigenen Tisch zurückkehren.

»Beeindruckend«, kommentiert Aidan trocken. »Seit wann lässt du dir solch eine Gelegenheit entgehen? Früher hätte eine von ihnen innerhalb eines Wimpernschlags auf deinem Schoß gesessen.«

»Die blonden Püppchen passen heute nicht auf meinen Schoß. Ich bin auf braun fixiert«, begründet Vincent die Ablehnung, während er sich einen weiteren Scotch einschenkt. Als der bernsteinfarbene schottische Whiskey einen Augenblick später seine Kehle hinunterrinnt, erscheint das Bild einer bestimmten Brünetten vor seinem inneren Auge, deren Hand liebevoll von den Fingern eines anderen Mannes umschlossen wird. Gequält schließt er die Lider und schüttelt leicht den Kopf, um die Erinnerung zu verbannen.

Zwei Stunden später beschließt Aidan, das Saufgelage seines Bruders zu beenden. Die Flasche mit Scotch, die Vincent gleich nach dem Essen bestellt hat, ist nur noch zur Hälfte gefüllt; die Aussprache seines Bruders wird von Minute zu Minute undeutlicher. Kopfschüttelnd nimmt er ihm das Glas aus der Hand, nachdem Vincent dieses zum wiederholten Mal geleert hat.

»Komm, es wird Zeit, dass du deinen Rausch ausschläfst«, fordert er ihn auf. »Ich rufe uns ein Taxi. Du hast genug für heute.«

Brummender Widerstand schlägt ihm entgegen, nachdem er die Rechnung bezahlt hat und den Arm seines Bruders umfasst, um ihm aufzuhelfen. Die unkoordinierte Gegenwehr Vincents verliert sich in einem Taumeln, als dieser auf den Beinen steht.

»Ui«, lallt er, »staaarker Seegang.« Mit glasigen Augen tätschelt er Aidans Wange. »Bring mich an Deck, Captain.«

»Angesichts deines Zustandes halte ich die Koje für angebrachter.«

Es kostet ihn einige Anstrengung, doch am Ende schafft Aidan es, seinen torkelnden Bruder zuerst Richtung Ausgang und von dort mithilfe des Fahrers auf den Rücksitz eines Taxis zu verfrachten.

Das umgekehrte Spiel wiederholt sich eine halbe Stunde später vor Vincents Haus. Der Taxifahrer hilft Aidan, den Bruder, der inzwischen wie ein nasser Sack in seinen Armen hängt, bis zur Eingangstür zu bringen. Dort nimmt er das Fahrgeld sowie ein großzügiges Trinkgeld entgegen, ehe er die Brüder ihrem Schicksal überlässt.

Als er Vincent endlich aufs Sofa im Wohnzimmer verfrachtet hat – den Weg die Treppe hinauf bis ins Schlafzimmer hatte er sofort verworfen – atmet Aidan erleichtert auf. Nachdem er seinem Bruder die Schuhe ausgezogen hat, will er gerade eine Decke über ihm ausbreiten, als dieser anfängt, sich zu regen und nach etwas in seinen Hosentaschen zu suchen.

»Was hast du vor?«, will Aidan wissen.

»Ich will die Lady anrufen«, begründet der Arzt die Suche lallend. »Die Lady«, wiederholt er, als er das Handy endlich gefunden hat.

»Wie bitte?«, fragt sein Bruder entsetzt.

KAPITEL 20

Am nächsten Morgen...

Zufrieden stellt Enrique beim Aufwachen fest, dass er nicht mehr im Krankenhaus ist, sondern endlich wieder in seinem eigenen Bett liegt. Obwohl die Schulter schmerzt, dreht er sich auf die Seite, um einen Blick auf Natessa zu werfen, die er am vorherigen Abend davon überzeugen konnte, nicht mehr nach Hause zu fahren. Zu seiner Enttäuschung ist die andere Bettseite leer – die Freundin, die sich noch Stunden zuvor an ihn gekuschelt hat, nicht zu entdecken.

Hatte er sich das alles nur eingebildet? Nein, sein Mädchen war bei ihm geblieben, nachdem er sie mit einem zärtlichen Kuss überzeugt hatte. Diese verdammten Medikamente – sie hatten ihn müde gemacht und in einen tiefen, langen Schlaf fallen lassen. Im Krankenhaus kam ihm das entgegen, da er dann nicht jedes Mal aufgewacht war, wenn er die Schulter im Schlaf unkontrolliert bewegt oder gar belastet hatte. Hier zu Hause hatte ihn das Mittel jedoch davon abgehalten, die Frau zu beobachten, deren Nasenspitze direkt vor seiner lag und deren Lippen so verführerisch nah waren.

Wann war Natessa überhaupt gegangen? Noch am Abend, nachdem er eingeschlafen war? Mitten in der Nacht oder doch erst am Morgen? Warum zum Teufel war sie schon weg und das, ohne ihn geweckt zu haben?

Kurz bevor er aus dem Bett springen will, in der Hoffnung, sie im Bad vorzufinden, bemerkt er den Zettel, der an die Lampe auf dem Nachtschränkchen gelehnt ist. Hektisch greift er danach, was einen stechenden Schmerz durch seine Schulter schießen lässt.

»Verflucht«, schimpft er vor sich hin. Mit einer kontrollierten Bewegung streckt er den Arm ein weiteres Mal aus, sodass er die Nachricht von Natessa endlich lesen kann.

Du hast so friedlich ausgesehen im Schlaf, daher habe ich dich nicht geweckt.
Meine Schicht beginnt um 7 Uhr. Treffen wir uns zum Mittagessen? Natessa

Kaum hat Enrique die Worte gelesen, breitet sich ein Lächeln auf seinen Zügen aus. Sie ist also nicht mitten in der Nacht geflüchtet. Vielmehr ist ihr frühes Verschwinden ganz einfach mit Dienstbeflissenheit zu erklären. Ein weiteres Mal liest er die Nachricht, die sie ihm dagelassen hat. Sie will ihn sehen, mit ihm gemeinsam zu Mittag essen – weil er jetzt eine wichtige Rolle in ihrem Leben spielt. Die Entwicklung, die sein Kontakt zu Natessa genommen hat, gefällt ihm jeden Tag besser.

›Natürlich sehen wir uns heute Mittag.‹

Als er in die Küche kommt, sitzt sein Vater bereits am Tisch und liest Zeitung. Lächelnd begrüßt Bobby seinen Sohn, den er wegen eines geschäftlichen Termins außerhalb der Stadt am Tag zuvor nicht mehr gesehen hatte.

»Schön, dass du wieder zu Hause bist. Hast du gut geschlafen? Was macht die Schulter? Solltest du den Arm nicht vorerst in der Schlinge tragen? Brauchst du deine Medikamente?«, überfällt er ihn regelrecht mit Fragen.

»Ich komme ohne Schmerzmittel klar«, erwidert Enrique. »Die Schlinge lege ich nach dem Frühstück um – dann musst du mich nicht füttern«, fügt er mit einem Augenzwinkern hinzu.

»Sehr aufmerksam von dir«, antwortet Bobby amüsiert. Doch gleich darauf nimmt sein Ausdruck wieder ernste Züge an. »Ich bin froh, dass alles so glimpflich ausgegangen ist. Du hättest wesentlich schlimmere Verletzungen davontragen oder dein Leben verlieren können.«

»Habe ich aber nicht«, versucht sein Sohn ihn zu beruhigen. »Ganz im Gegenteil, ich habe sogar etwas

dazugewonnen.«
»Dazugewonnen?«
»Natessa!«
»Dann lag Emilia also richtig, als sie mir versichert hat, es habe eine tiefere Bedeutung, wenn ihre Tochter so viel Zeit an deinem Krankenbett verbringt«, antwortet Bobby mit nachdenklicher Miene.

Bei den Worten seines Vaters bilden sich kleine Falten auf Enriques Stirn. Dass er und Natessa ein Gesprächsthema bei den Eltern sind, überrascht ihn. Auf der anderen Seite bestärkt ihn die Wertung der Situation durch Natessas Mutter darin, den eingeschlagenen Weg genauso fortzusetzen – mit Ruhe und Geduld.
›Wenn der Unfall dazu führt, dass mein Mädchen endlich in die richtige Richtung läuft – weg von diesem verlogenen Arzt –, dann war er wenigstens zu etwas gut.‹

Ein verschmitztes Grinsen ziert seine Lippen, als er sich wieder auf Bobby konzentriert.
»Wie mir scheint, genießt auch du mehr Aufmerksamkeit durch die Morgans – insbesondere durch Natessas Mutter. Bei welcher Gelegenheit habt ihr euch über Natessa und mich ausgetauscht? Oder, was viel wichtiger ist: Über was habt ihr euch ansonsten unterhalten?«
»Emilia war die Tage für einen kurzen Besuch hier. Wir haben zusammen Kaffee getrunken und uns an vergangene Zeiten erinnert, mehr nicht. Sie ist eine alte Freundin, mehr nicht.«
»So so, mehr nicht also«, wiederholt Enrique die Floskel seines Vaters. »Klingt für mich, als wolltest du dir das partout einreden. Wenn ich bei Natessa ebenso anspruchslos wäre, hätte sie heute Nacht nicht hier geschlafen. Bist du sicher, dass deine Gefühle für die alte Freundin nicht doch etwas weiter gehen?«
»Ja, da bin ich mir ganz sicher!«, bestätigt Bobby. »Wird Natessa mit uns frühstücken?«, wechselt er danach das

Thema. Als sein Sohn verneint und erklärt, dass die Freundin zur Arbeit gefahren ist, nickt er kurz und wendet sich wieder der Zeitung zu. Ein erleichtertes Lächeln ziert seine Lippen, als er aus dem Augenwinkel beobachtet, wie Enrique mit der linken Hand vorsichtig Müsli in eine Schüssel schüttet.

›Um sein Seelenheil muss ich mir offenbar keine Sorgen machen, auch dank Emilias Worten. Wenn jetzt noch die Aushilfe in der Werkstatt gute Arbeit leistet, damit Enrique seine Schulter schont, ist das Schreckensszenario des Unfalls bald vergessen.‹

*****

Im Haus in Bel Air wacht Vincent auf, als neben ihm klappernd eine Tasse auf den Wohnzimmertisch gestellt wird. Kaffeeduft steigt ihm in die Nase, was ihn den Kopf heben lässt. Keine gute Idee, wie ihm eine Sekunde später bewusst wird, als ein dumpfer Schmerz durch seinen Schädel fährt. Stöhnend richtet er sich auf. Seine Augen sind nur einen winzigen Spalt geöffnet, als er sich verwirrt im Raum umsieht.

»Was mache ich hier unten?«, fragt er seinen Bruder, der für den Kaffee gesorgt hat.

»Da ich dich kaum aus dem Taxi bis ins Haus bekommen habe, war mir der Weg die Treppe hinauf zu riskant. Daher habe ich dich kurzerhand aufs Sofa verfrachtet, damit du deinen Rausch ausschläfst«, erwidert Aidan seelenruhig und zu Vincents Erleichterung mit leiser Stimme.

»Ich kann mich an nichts erinnern«, gibt Vincent offen zu. »Wohin hat es uns nach dem Club verschlagen?«

Als sein Bruder ihn aufklärt, dass sie es nicht einmal in eine andere Bar geschafft haben, weil er sich schon im Club die Kante gegeben hat, fährt Vincent sich mit den Händen durch die Haare. Aidans weitere Ausführung, dass er sogar zwei fesche Blondinen abblitzen ließ, lässt ihn ruckartig den Kopf heben und schmerzerfüllt aufstöhnen.

»Was für Blondinen?«, will er wissen, nachdem das Pochen in seinem Kopf ein wenig nachgelassen hat. Die Packung Schmerzmittel, die Aidan ihm reicht, nimmt er dankbar entgegen. Während er zwei der Kapseln mit Kaffee runterspült, berichtet sein Bruder von der Begegnung mit den gut aussehenden Frauen im Club.

»Du hast ihnen eine Abfuhr erteilt, als wären Frauen für dich nie ein Thema gewesen. Die beiden haben mir fast leidgetan, als sie hocherhobenen Hauptes zu ihrem Tisch zurückstolziert sind. Dabei hätte die eine von ihnen durchaus Potenzial für einen amüsanten Abend gehabt«, beendet Aidan seine Erzählung.

»Sorry, dass ich dir einen Strich durch die Rechnung gemacht habe. Oder hast du sie am Ende doch noch abgeschleppt und sie kommt gleich nur in ein Handtuch gehüllt die Treppe herunter?«, floskelt Vincent trotz seines Brummschädels, zu dem der Wirkstoff der Schmerztabletten noch lange nicht vorgedrungen ist.

»Nein, ich war zu sehr damit beschäftigt, auf dich aufzupassen und dich von Dummheiten abzuhalten.«

»Dummheiten?«, wiederholt Vincent mit schmerzverzerrtem Gesicht. »Gab es außer Unhöflichkeiten gegenüber abenteuersuchenden Frauen und zu viel Alkohol weitere? … Will ich das überhaupt wissen?«, fügt er hinzu, bevor Aidan sein Grinsen in den Griff bekommt und zu einer Antwort ansetzt.

»Nichts weiter, mal abgesehen davon, dass du unbedingt deine Lady anrufen wolltest«, kommentiert er mit gespielt schockiert hochgezogenen Augenbrauen.

»Was?«, fragt Vincent mit weit aufgerissenen Augen, sodass die nächste Schmerzsalve durch sein Haupt geschickt wird. Der Blick wandert durch den Raum, seine Hände tasten die Hosentaschen ab. »Wo ist mein Handy? Habe ich das wirklich getan? Oh mein Gott, was wird sie jetzt von mir denken?«

Als er zu Aidan sieht, wird dessen Grinsen noch breiter.

Irritiert schaut Vincent seinen Bruder sekundenlang an. Die viel zu gute Laune ist ihm ein Rätsel.

›Müsste er nicht stinksauer sein, weil ich, kaum dass meine Frau nicht hier ist, Kontakt zu Natessa aufgenommen habe?‹, überlegt er, während er ein weiteres Mal in seinen Taschen nach dem Telefon sucht. ›Oder ist es Vorfreude, weil er glaubt, dass seine Chancen bei Maya wieder steigen werden?‹

»Ich habe dein Handy in die Ladestation gestellt«, informiert Aidan ihn, um die Suche zu verkürzen. »Außerdem kannst du dich beruhigen, ich habe dich daran gehindert, den Anruf zu tätigen. Glaubst du im Ernst, dass ich tatenlos danebenstehe, während du so einen Fehler machst?«

Erleichtert lässt Vincent die Luft entweichen, die er beim Nachdenken über die Folgen seines Handelns unwillkürlich angehalten hat.

»Danke«, brummt er, als er sich gegen die Rückenlehne der Couch fallen lässt. Die Muskeln seines Körpers verkrampfen sich, als er Aidan in die Augen sieht, um dessen Standpauke über sich ergehen zu lassen. Die nicht kommt…

»Auch wenn ich es ganz amüsant gefunden hätte, zu erfahren, wie Maya auf deinen Anruf reagiert, konnte ich nicht zulassen, dass du sie mitten in der Nacht aus dem Schlaf holst«, beginnt sein Bruder die Erklärung.

Vincents Anspannung fängt an zu bröckeln, kaum dass die Bedeutung von Aidans Worten zu ihm durchgedrungen ist. Ein weiterer Erleichterungsschub durchfährt seinen Körper, als ihm klar wird, wen sein Gegenüber für die Lady hält. Nachdem er einmal tief durchgeatmet hat, bedankt er sich erneut für die Hilfe.

»Ich war nicht Herr meiner Sinne«, versucht er das Vorhaben zu entschuldigen.

»Nein, das warst du ganz sicher nicht mehr«, bestätigt Aidan mit einem Schmunzeln. »Aber es spricht für dich, dass du in dem Zustand noch deine Frau im Kopf hattest. Ein Umstand, den ich dir ehrlich gesagt nicht zugetraut habe. Du hast mich gestern wirklich überrascht – zuerst lässt du die Blondinen abblitzen, die genau deinem Beuteschema entsprechen, und dann kriegst du trotz einem Übermaß an Alkohol deine Frau nicht aus dem Kopf. Respekt, großer Bruder, du hast dich verändert. Maya kann sich glücklich schätzen. Ich hätte nicht gedacht, dass ich das mal offen zugeben würde.«

»Du weißt gar nicht, wie sehr mich deine Erklärung erleichtert«, räumt Vincent ein, ohne den Hintergrund aufzuklären. Froh darüber, dass er weder seine Frau verletzt hat, noch die unterdrückten Gefühle für Natessa aufgeflogen sind, schließt er die Augen und reibt sich über die Stirn. »Ich könnte jetzt ein bisschen Ruhe gebrauchen. Musst du nicht arbeiten? Es ist fast Mittag und du wolltest doch nur einen halben Tag freinehmen.«

Nach einem Blick auf die Uhr nickt Aidan.

»Soll ich dir später irgendetwas besorgen? Drüben auf dem Esszimmertisch stehen Wasser und Orangensaft. Wenn ich jetzt losfahre, schaffe ich es sogar, mich vor dem Mittagstermin umzuziehen, bei dem der Architekt die Pläne für den Anbau des Westflügels präsentieren will.«

»Lass dich nicht aufhalten, ich habe alles, was ich brauche. … Hast du denn gestern gar nichts getrunken?«, fügt Vincent hinzu, als sein Bruder sich erhebt.

»Doch, aber im Gegensatz zu dir kenne ich meine Grenzen«, erwidert Aidan augenzwinkernd. »Schlaf deinen Rausch aus, wir sehen uns die Tage.«

*****

Nachdem Enrique den halben Vormittag versucht hat, sich mit Lesen oder Zappen durch die Fernsehkanäle abzulenken, gibt er schließlich auf und schlendert zur Werkstatt. Auf dem Weg dorthin kommt er an Natessas Wagen vorbei, der zu seiner Verwunderung blitzblank poliert ist. Als er die Fahrertür inspiziert, kann er dort keine Beule mehr erkennen, außerdem beeindruckt ihn die perfekte Lackierarbeit.

»Bist du zufrieden?«, ertönt Bobbys Stimme hinter ihm.

»Hast du das gemacht?«, fragt Enrique seinen Vater verwundert.

»Natürlich! … Ich brauchte ein wenig Abwechslung, um mich abzulenken. Da kam mir das Ausbeulen und Lackieren ganz recht.«

»Gute Arbeit, danke.«

»Wir können Natessa den Wagen heute Abend vorbeibringen«, schlägt Bobby vor. »Oder übernachtet sie wieder hier?«

»Wir?«, wiederholt Enrique mit einer steil nach oben gezogenen Augenbraue.

»Du wirst sicher nicht fahren, solange du den Arm in der Schlinge tragen sollst.«

»Deswegen opferst du dich und fährst mich zu den Morgans?«, spottet sein Sohn grinsend. »Dann hoffen wir mal, dass alle Familienmitglieder der Morgans zu Hause sein werden, wenn wir dort auftauchen.«

»Emilia ist…«, setzt Bobby an.

»… nur eine alte Freundin. Ich weiß, Pa«, vollendet Enrique den Satz lachend. Nachdem er sich wieder beruhigt hat, klärt er seinen Vater darüber auf, dass er Natessa in deren Mittagspause treffen wird. »Sie kann die Fahrzeuge tauschen oder weiterhin mein Auto fahren, solange ich außer Gefecht gesetzt bin.«

»Eine gute Idee«, stimmt Bobby zu. »Die Aushilfe kann dich nachher zum Krankenhaus bringen. Er muss sowieso in die Stadt, um ein paar Ersatzteile zu besorgen.«

»Dann stell mich der Aushilfe mal vor«, erwidert Enrique. »Je eher der Kerl weiß, dass ich ihm ab heute über die Schulter schaue, desto besser.«

Eine gute Stunde später hält der Werkstattwagen der Hunts vor dem Universitäts-Krankenhaus. Alec, der vorübergehend in der Werkstatt arbeitet, wünscht dem Juniorchef augenzwinkernd viel Spaß, bevor der aus dem Fahrzeug steigt.

»Ich brauche etwa neunzig Minuten, um die Teile zu besorgen. Wenn du dich bis dahin von deiner Freundin losreißen kannst, nehme ich dich wieder mit zurück.«

»Es gibt ja auch noch den Bus«, lehnt Enrique dankend ab. Als er sich dem Eingang des Gebäudes nähert, schüttelt er schmunzelnd den Kopf über Alecs Vorschlag. »Ich verzichte doch nicht auf eine Sekunde von Natessas Mittagspause. Was denkt der Kerl sich nur?«

Jeden weiteren Gedanken an den Angestellten vergisst er, als seine Freundin ein paar Minuten später durch die Tür kommt. Mit einem Strahlen im Gesicht begrüßt sie ihn.

»Hey! Was macht die Schulter?«, erkundigt sie sich, ehe sie ihm wie selbstverständlich einen Kuss auf die Lippen drückt.

»Was für eine Schulter?«, fragt er mit leuchtenden Augen, die sich gleich wieder schließen, als er sich einen weiteren Kuss abholt, der ihn jeglichen Schmerz vergessen lässt. »Du bist die beste Medizin für mich. Tu mir bitte nur einen Gefallen…«

»Jeden«, haucht Natessa ihm zu.

»Geh nie wieder, ohne dich von mir zu verabschieden. Weck mich, egal wie früh es ist. Du hast mir heute Morgen gefehlt.«

Als seine Freundin den Kopf schief legt, hat er für einen Moment Angst, dass er zu forsch vorgegangen ist. Aber dann zeigt sie ihre weißen Zähne und nickt, was augenblicklich die Felsbrocken von seinem Herzen stürzen lässt.

»Versprochen«, sagt sie zu.

Auf Natessas Frage, ob sie in das kleine Café gehen wollen, das sich neben dem Krankenhaus befindet, heben sich Enriques Augenbrauen. Dass sie das Lokal aufsuchen will, mit dem bisher zu viele Erinnerungen an Harper verbunden waren, wundert ihn. Die Möglichkeit, dort eigene Erinnerungen zu produzieren, die die anderen überdecken, reizt ihn jedoch so sehr, dass er zustimmt.

Dennoch meidet Enrique instinktiv den Tisch, an dem Natessa einst mit dem Harper-Arzt gesessen hatte, als er ihr nach einem Check ihres Autos den Schlüssel zurückbrachte. In einer Ecke des gemütlichen Innenhofs ist eine Sitzgelegenheit frei, die er zielstrebig ansteuert. Auf dem kleinen runden Tisch stehen Blumen in einer Vase, an denen Natessa schnuppert, ehe sie sich hinsetzt.

»Herrlich«, schwärmt sie und hält das Gesicht in die Sonne. »Im Labor werde ich den ganzen Tag von kaltem Neonlicht angestrahlt, da ist es eine Wonne, hier zu sitzen – mit dir – und das Sonnenlicht zu genießen.«

»Das kannst du jeden Tag haben«, erwidert Enrique, als er ihre Hand ergreift. Seine Finger kreuzen sich mit den ihren, als er vorschlägt, die Mittagspausen gemeinsam zu verbringen.

»Du meinst, solange du deine Schulter noch schonen musst und daher nicht in der Werkstatt arbeitest?«, fragt sie lächelnd, ohne dabei das Gesicht aus der Sonne zu nehmen. Ihre Augen sind weiterhin geschlossen, während Enrique den Blick keine Sekunde von ihr abwendet. »Eine gute Idee, das lenkt dich ein wenig ab.«

»Nein, ich meine immer«, antwortet er. Als sie sich ihm daraufhin zuwendet und erstaunt ansieht, haucht er ihr einen Kuss auf die Finger. »Wenn ich wieder arbeite, muss ich schließlich auch eine Pause machen. Nichts liegt näher, als sie dann hier mit dir zu genießen.«

»Nichts liegt näher?«, wiederholt sie verblüfft. »Enrique, du brauchst eine gute halbe Stunde von der Werkstatt hierher. Das ist viel zu aufwendig, für fünfundvierzig bis sechzig Minuten, die ich mich aus dem Labor loseisen kann. Zumal sich meine Pause häufig kurzfristig verschiebt, weil noch eine Probe fertiggemacht werden muss.«

»Für dich wäre es mir das wert. Mit dem Motorrad kann

ich die Strecke außerdem locker unter dreißig Minuten schaffen.« Eine Bemerkung, bei der sich Natessas Miene verfinstert, weil die Erinnerung an seine letzte Fahrt mit dem Motorrad in ihr hochkommt. Die Angst in ihren Augen verrät Enrique, welche Bilder er durch das unbedarfte Zusatzargument hervorgerufen hat. Innerlich verflucht er seine Gedankenlosigkeit, während er ein Lächeln aufsetzt. »Hey«, versucht er sie zu beruhigen. »Mir passiert schon nichts. Der Unfall war einfach Pech und wird sich nicht wiederholen.«

»Wir müssen das ja nicht jetzt entscheiden«, wiegelt Natessa ab, die das Thema nicht weiter vertiefen will. Zu ihrer Erleichterung tritt im selben Moment die Bedienung zu ihnen an den Tisch, um die Bestellung aufzunehmen. Entschlossen greift sie daher zur Karte. Seufzend tut Enrique es ihr gleich.

›Shit, es lief so gut‹, ärgert er sich über den Stimmungsumschwung. ›Lass dir schnell etwas einfallen, um das Lächeln auf ihre Lippen zurückzuholen.‹

*****

Die Tage vergehen, in denen Lizzy ungeduldig auf eine Bestätigung wartet. Endlich erhält sie den Anruf, der sie wie erhofft weiterbringt. Zufrieden lehnt sie sich nach dem Telefonat in der Villa in Bel Air auf ihrem Stuhl zurück.

›Das Spiel kann beginnen, Emilia Morgan«, wirft sie ihrer Kontrahentin zu. ›Das heute ist nur der Anfang! Du wirst dich noch wundern und es bereuen, dich in mein Leben eingemischt zu haben, um mir den Mann zu stehlen. Wenn ich deinen Cateringservice sabotiere, ist das zu auffällig. Den Schritt behalte ich mir als letztes Mittel vor. Dieses hier ist erst mal so viel besser…‹

*****

Als Daniel ein paar Abende später nach Hause kommt,

empfängt Rebecca ihn überschwänglich mit einer Umarmung. Nach einem langen intensiven Kuss schiebt er seine Freundin ein Stück von sich.

»Daran könnte ich mich gewöhnen«, flachst er, während seine Fingerspitzen liebevoll über ihre Wange und weiter den Hals hinab streichen.

»Heute ist so ein toller Tag«, schwärmt Rebecca mit leuchtenden Augen. Von seinem Lächeln ermuntert berichtet sie von den guten Neuigkeiten. »Sarahs Werte sind trotz der Verlegung auf ein normales Krankenzimmer unverändert. Die Ärzte sind so zufrieden mit ihr, dass Dr. Harper in Aussicht gestellt hat, sie in zwei bis drei Wochen zu entlassen. Vorausgesetzt wir finden eine geeignete Wohnung für sie und halten alles so steril wie möglich.«

»Becky, das ist super. Ich freue mich für euch beide«, lässt Daniel sich von der Freude anstecken. »Wann gehen wir auf Wohnungssuche für deine Schwester?«

Als sie ihm freudestrahlend eine Zeitung unter die Nase hält, in der sie bereits einige Wohnungsanzeigen markiert hat, legt er den Arm um ihre Taille, drückt ihr einen Kuss aufs Haar und geht mit ihr ins Esszimmer. Dort setzen sie sich an den Tisch, um die Inserate zu studieren.

Nachdem sie sich eine Weile nur auf die anstehende Wohnungssuche konzentriert haben, fällt Daniels Blick auf die Post, die am Ende des Tisches liegt. Während Rebecca sich in die Küche begibt, um etwas zu trinken zu holen, schaut er den kleinen Stapel Briefe durch. Darunter ist ein Kuvert, das als Absender seine Kanzlei aufweist – allerdings nicht mit der Adresse in Los Angeles. Stirnrunzelnd betrachtet er den Umschlag von allen Seiten.

»Was ist das?«, fragt seine Freundin, als sie mit zwei gefüllten Gläsern ins Esszimmer zurückkehrt.

»Das frage ich mich auch« erwidert Daniel nachdenklich. »Der ist von der Kanzlei.«

»Warum schicken sie ihn mit der Post, anstatt ihn dir persönlich auszuhändigen?«

»Weil er vom Hauptsitz in Atlanta kommt«, erläutert er.

»Oh wie spannend, zeig her«, fordert Rebecca ihn auf. »Vermutlich geht es um den Antrag auf Spezialisierung, den du vor einiger Zeit gestellt hast.«

Daniel zieht die Idee kurz in Erwägung, schüttelt dann aber den Kopf.

»Das ist drei Monate her und man hat mir vor einigen Wochen schon gesagt, dass es dafür zu früh ist«, wiegelt er ab.

»Herrgott noch mal, nun mach ihn endlich auf. Sonst tue ich es«, droht sie mit einem Augenzwinkern.

Als seine Freundin nach dem Umschlag greifen will, zieht Daniel ihn blitzschnell weg. Nachdem er den Brief ein weiteres Mal andächtig hin und her gedreht hat, reißt er ihn schließlich auf. Rebeccas Finger trommeln leise auf der Tischplatte, während ihr Freund das Schreiben liest und sich seine Augen immer mehr weiten.

»Was ist?«, fragt sie ungeduldig.

»Sie bieten mir eine Fortbildung für Firmenbetreuungen an«, gibt er den Inhalt wieder.

»Was bedeutet das?«

»Dass ich exklusiv für eine große Firma zuständig bin – für alle rechtlichen Fragen und für die Ausarbeitung sämtlicher Verträge«, erklärt er leise. »Es wäre der einzige Mandant, den ich betreue – ich alleine, jeweils in Rücksprache mit einem der Seniorpartner. Alles im Rahmen einer Weiterbildung, die von der Kanzlei gefördert wird.«

»Das klingt toll«, freut Rebecca sich. Als sie jedoch das Gesicht ihres Freundes betrachtet, dessen Stirn tiefe Furchen aufweist, verebbt ihr Lachen. »Oder nicht?«

»Es ist genau das, was ich mir als Tätigkeit in ein paar Jahren erträumt habe«, gibt er zu.

»Warum freust du dich dann nicht?«, fragt sie skeptisch.

»Weil die Stelle in Atlanta ist…«

»Was?«, ruft sie erschrocken aus. Im nächsten Moment lässt sie sich auf den nächstbesten Stuhl fallen und fährt sich mit den Händen durch die Haare. »Das darf doch nicht wahr sein – Atlanta in Georgia?«

»Kennst du noch ein anderes?, stellt er die Gegenfrage, woraufhin sie niedergeschlagen den Kopf schüttelt.

Nach dem Abendessen sitzt die gesamte Familie zusammen mit Rebecca und Daniel in der Küche, um über das Schreiben der Kanzlei zu sprechen. Rebecca, die beim Essen kaum einen Bissen herunterbekommen hat, kaut an einem Fingernagel, während Daniel den Inhalt des Briefes näher erläutert.

»Eine fabelhafte Chance, Schatz«, kommentiert Emilia das Angebot. Ihre Lippen ziert ein Lächeln, aber das Ganze wirkt verkrampft.

»Ist es nicht ein bisschen verrückt, dass du so eine Fortbildung in Atlanta bekommst?«, wirft Simone dazwischen. »Warum bieten sie dir das Programm nicht hier in L.A. an? Wo man dich kennt, wo du lebst, wo man dich verpflichtet hat.«

»Simy«, versucht Emilia ihre Nichte zu beruhigen. Als sie ihre Hand auf die von Simone legt, bemerkt diese das leichte Zittern bei ihrer Tante. Besorgt schaut sie ihr in die Augen. Stolz gemischt mit Furcht ist darin zu lesen. »Es ist bestimmt eine Auszeichnung, dass man Dan diese Chance geben will. Oder?«, fügt sie an ihren Sohn gewandt hinzu.

»Ja«, antwortet er einsilbig. Sein Blick wandert dabei zu seiner Freundin, die zusammengesunken auf ihrem Stuhl kauert. »Das heißt aber nicht, dass ich das Angebot auch annehmen muss.«

»Wie stehst du denn dazu?«, will Natessa von Rebecca wissen. »Könntest du dir vorstellen, nach Atlanta umzuziehen?«

»Nein, auf keinen Fall«, protestiert die Angesprochene sofort. Ihre Augen weiten sich, Empörung steigt angesichts der Frage in ihr auf. »Glaubst du allen Ernstes, dass ich meine Schwester verlasse? Gerade jetzt, da sie kurz vor der

Entlassung aus dem Krankenhaus steht?«

Als Natessa vorsichtig anbringt, dass sie und die Familie sich um Sarah kümmern könnten, springt Rebecca von ihrem Stuhl auf. Mit Tränen in den Augen schaut sie von einem Familienmitglied der Morgans zum nächsten.

»Warum muss das ausgerechnet jetzt passieren? Eben haben wir noch Pläne für die Zeit nach Sarahs Krankenhausaufenthalt geschmiedet und einen Augenblick später bricht alles zusammen. Ich will nicht der Grund dafür sein, dass du die Chance nicht ergreifst, die du dir beruflich erträumt hast. Aber ich kann meine Schwester unmöglich im Stich lassen«, ersucht sie um Verständnis bei ihrem Freund. Der steht auf und nimmt sie wortlos in die Arme. Seine Hände streichen beruhigend über ihren Rücken, als er ihr versichert, dass er sie versteht.

»Wir finden eine Lösung«, flüstert er ihr zu, während Rebeccas Tränen den Kragen seines Hemds durchnässen.

»Was für eine Lösung soll das sein?«, fragt sie, nachdem das Zittern ihres Körpers nachgelassen hat und die Tränenflut weniger wird.

»Ich weiß es momentan nicht«, gibt er zu. »Notfalls fliege ich jedes zweite Wochenende hierher, um dich zu sehen.« Über die Schulter seiner Freundin hinweg, wirft er den Familienmitgliedern einen Blick zu, der ihnen bedeuten soll, dass sie ebenfalls in die gelegentlichen Besuche eingeschlossen wären.

Obwohl für alle die sackgassenähnliche Situation immer deutlicher wird, bricht eine Diskussion darüber los, wie weit berufliche Wünsche oder Träume private Belange eingrenzen sollten. Liebe oder Karriere – darauf gibt es am Ende keine klare Aussage. Simone, der die Familie nach dem Tod ihrer Eltern über alles geht, schaut ihren Cousin resigniert an und schüttelt nur noch stumm den Kopf.

Seufzend steht Emilia schließlich auf. Ihre Hände legen sich auf die Schultern von Natessa und Simone, die beide zu ihr aufschauen. Ihre Haltung strahlt Entschlossenheit aus, als sie von einem zum anderen blickt.

»Ich habe euch sicher nicht studieren lassen, damit ihr eine Chance ausschlagt, nur weil diese mit einem Umzug in eine andere Stadt verbunden ist. Georgia ist weit weg, aber nicht aus der Welt. Du solltest hinfliegen und dir erst einmal die Konditionen des Angebots genau ansehen, Schatz«, schlägt sie ihrem Sohn vor. Erneut versucht sie zu lächeln und den Gedanken, ihn nicht mehr täglich um sich zu haben, zu verdrängen. »Es ist wichtig, alle Aspekte zu kennen, bevor man so eine einschneidende Entscheidung trifft.«

Als Daniel nickt, richtet Emilia ihre Aufmerksamkeit auf Rebecca.

»Es ist richtig von dir, dass du deine Schwester unterstützen und sie nicht verlassen willst. Wir werden euch helfen, schließlich bist du inzwischen so etwas wie eine Tochter für mich. Egal, wie ihr euch am Ende entscheidet, wird sich an deiner Stellung in dieser Familie nichts ändern.«

Ein zaghaftes Lächeln erscheint auf Rebeccas Lippen. Sie löst sich aus der Umarmung ihres Freundes und tritt seiner Mutter entgegen, die tröstend die Arme um sie schließt.

»Danke«, wispert sie ihr zu. »Ich bin froh, dass ich euch begegnet bin.«

*****

Während Daniel sich am nächsten Tag auf den Weg nach Atlanta macht, fahren Maya und ihr Vater von der nachmittäglichen Therapiesitzung zurück in das Haus, welches Preston für den Aufenthalt in den Hamptons angemietet hat. Besorgt wirft der Verleger aus dem Augenwinkel einen Blick auf seine Tochter, die ihren Kopf an die Scheibe gelehnt hat. Eine Hand liegt auf der Wölbung ihres Bauches, die ihm jeden Tag deutlich vor Augen führt, welche Verantwortung Maya bald tragen wird. Sie wirkt abwesend und müde. Vor allem die Müdigkeit, die sie von Tag zu Tag mehr einnimmt, bereitet Preston Sorgen. Unwillkürlich fragt er sich, ob er ihr durch die intensive Therapie nicht doch zu viel zumutet.

Er weiß, nicht zuletzt durch die Gespräche unter vier Augen mit Dr. Shapiro, dass seine Tochter große Fortschritte macht. Die stille Hoffnung, dass sie Abstand von ihrem Ehemann gewinnt, ihr Vertrauen damit gleichzeitig wieder vermehrt auf ihn selbst setzt, hat sich dagegen nicht erfüllt. Im Gegenteil: Die regelmäßigen Telefonate mit Vincent lassen Maya jedes Mal regelrecht aufblühen. Die beiden scheinen sich trotz der Entfernung näher zu sein als jemals zuvor.

›Verdammt, dabei habe ich gehofft, dass er sich Abwechslung sucht und Maya vernachlässigt, wenn ich sie aus der Stadt schaffe«, flucht er vor sich hin. ›Mit dem Therapieerfolg im Rücken wäre es ein Leichtes, ihn dann aus ihrem Leben zu verbannen. Ich dachte, sie würde sich von ihm abwenden, wenn sie die Störung in den Griff bekommt. Stattdessen scheint die beiden jeder Fortschritt noch mehr zusammenzuschweißen. Als wenn das Kind nicht schon genug ist, was sie verbindet, ohne dass ich etwas dagegen tun kann‹, überlegt er weiter.

»Mrs. Harper, wie fühlen Sie sich in Bezug auf Ihren Ehemann?« Die Worte des Psychiaters aus der heutigen Sitzung drängen sich in Prestons Gedanken. Obwohl er versucht, Mayas Antwort zu vergessen, hallt sie in seinem Kopf wider.

»Meine Angst, dass er mich verlässt, weil ich ihm so viel Mühe mache, wird kleiner.«

Nur schwerlich kann Preston bei der Erinnerung an ihre Worte ein Schnauben unterdrücken. Noch immer sieht sie ihre Krankheit als Mühe für die anderen an. Eine Einstellung, von der er hofft, dass sie sich im Verlauf der Therapie relativieren wird. Die Einschätzung von Dr. Shapiro, dass er dazu beitragen kann, indem er die Beziehung seiner Tochter zu ihrem Ehemann unterstützt, teilt er nicht. Mit einem Kopfschütteln versucht er den Vorschlag aus seinen Gedanken zu vertreiben. Stattdessen nimmt er sich vor, in Erfahrung zu bringen, wie sich sein Schwiegersohn in den letzten Tagen in der Freizeit verhalten hat.

›Im Krankenhaus habe ich ihn dank der Feigheit seines Bruders nicht im Blick, aber vielleicht hat er außerhalb sein wahres Womanizergesicht gezeigt. Ich brauche dringend ein Update von meinen Leuten!‹

»Ich nehme ein Entspannungsbad«, teilt Maya ihrem Vater mit, nachdem sie das Haus betreten haben.

»Willst du dich nicht lieber hinlegen? Du siehst müde aus«, schlägt er besorgt vor.

»Nein, ich kann nicht immer nur schlafen«, wiegelt sie ab. »Das Baby wird noch vollkommen eingelullt von meinen ewigen Ruhephasen. Es bewegt sich viel weniger, seitdem wir hier sind. Am Ende wird es eine richtige Schlafmütze und von den anderen Kindern gehänselt. Das wollen wir doch nicht«, erwidert sie mit einem Augenzwinkern.

»Machst du dir Sorgen um das Baby?«, hakt Preston nach.

»Daddy, ich mache mir um alles Mögliche Sorgen«, spottet sie. »Deswegen sind wir doch hier.«

»Sollen wir einen Arzt aufsuchen, der dich gründlich untersucht?«

»Nein, nicht nötig. Ich brauche nur ein warmes Lavendelbad«, lehnt sie ab. Ohne eine Antwort ihres Vaters abzuwarten, dreht sie sich um und begibt sich in Richtung Bad, während Preston ihr stirnrunzelnd nachsieht.

›Ob Spott ein gutes Zeichen ist? Bevor ich meine Leute kontaktiere, muss ich mit Dr. Shapiro Mayas merkwürdige Reaktion besprechen‹, beschließt er und geht in das angrenzende Zimmer, welches er sich provisorisch als Büro eingerichtet hat.

Beruhigt durch die Rücksprache mit dem Therapeuten beendet Preston eine halbe Stunde später das Telefonat. Nachdem er das Display des Laptops entsperrt hat, lehnt er sich im Schreibtischstuhl zurück und scrollt durch das Mailpostfach. Einige der Mails erfordern eine rasche Entscheidung von ihm, die er umgehend trifft und zurücksendet. Was ihm jedoch fehlt, ist ein aktueller Bericht über Vincents Aktivitäten.

Unzufrieden über die mangelnden Informationen greift er zum Telefon und wählt eine Nummer. Sein Tonfall ist harsch, als er einen Abriss der letzten Vorkommnisse in Bezug auf seinen Schwiegersohn verlangt.

»Er war den ganzen Abend im Club und hat sich keiner einzigen Frau genähert? Sind Sie sicher?«, fragt er nach. »Wer hat ihn begleitet? Sein Bruder? … Ich kann nicht glauben, dass das alles gewesen sein soll. Nur zu viel Alkohol, keine Frauen auf seinem Schoß oder als Begleiterin auf dem Nachhauseweg?«

›Kann es sein, dass der Kerl wirklich keinen Fehler macht?‹, geht es ihm durch den Kopf, als er das Handy beiseitelegt.

»Daddy!«, ertönt es im selben Moment von der Tür aus. Als er zur Seite blickt, entdeckt er Maya, die mit in die Hüften gestemmten Händen zu ihm schaut. Ihre Augen funkeln, als sie ihn fragt, was der Anruf zu bedeuten hat.

»Nur etwas Geschäftliches, Darling. Nicht weiter wichtig für dich.«

»Es ging um Vincent, richtig? Er war vor zwei Tagen mit Aidan im Club, das hat er mir gestern Abend selbst erzählt. Ich kann nicht glauben, dass du ihn überwachen lässt«, faucht sie entrüstet.

»Du verstehst das vollkommen falsch, Darling. Ich will dich nur beschützen«, versucht ihr Vater sie zu beruhigen.

»Nenn mich nicht Darling! Ich bin kein kleines Kind mehr, das du von allem abschirmen musst. … Gott, wie ich das hasse. Warum kannst du Vincent nicht vertrauen?«

Als er aufsteht und auf sie zugeht, weicht sie zurück. Ihr Körper zittert, mit den Armen nimmt sie eine abwehrende Haltung ein, damit er sie ja nicht berührt.

»Blas die Überwachung meines Ehemannes ab – sofort!«, verlangt sie mit scharfem Tonfall. »Ich will, dass du deine Leute anrufst und diesen Unsinn ein für alle Mal beendest«, fügt sie hinzu, als er nicht reagiert. »Andernfalls rufe ich mir ein Taxi und fliege noch heute zu Vincent zurück.«

Von dem resoluten, kraftvollen Auftritt seiner Tochter überrascht, beschließt Preston, ihrer Forderung nachzukommen. Ein weiteres Mal wählt er die Nummer des Angestellten und veranlasst die Beendigung der Überwachung.

»Können wir uns nun in Ruhe darüber unterhalten?«, fragt er Maya, nachdem er das Telefon auf den Schreibtisch zurückgelegt hat. Entsetzen zeigt sich jedoch angesichts ihres Anblicks auf seiner Miene. Ihre Unterarme, die nach dem Bad noch nicht wieder von den Ledermanschetten umfasst werden, sind blutüberströmt. Die perfekt manikürten Fingernägel seiner Tochter bohren sich nach wie vor in die geschundene Haut und reißen diese weiter auf. Gleichzeitig taumelt sie rückwärts, stößt gegen den Türrahmen und verliert fast das Gleichgewicht.

»Maya, was machst du denn da?«, fragt er fassungslos. Mit schnellen Schritten überwindet er die Distanz zwischen ihnen und fängt sie auf, bevor ihr die Balance des Körpers gänzlich entgleitet. Blut läuft in Rinnsalen über ihre Hände und tropft zu Boden, als er sie fest mit seinen Armen umschließt.

KAPITEL 21

Am nächsten Tag...

»Komm her!«, fordert Jason seine Collegeliebe auf, die sich eine Träne aus dem Gesicht wischt. »Vor mir brauchst du deine Gefühle doch nicht zu verbergen.«

Mit gesenktem Kopf lässt sie sich in seine Arme ziehen. Eine weitere Träne bahnt sich ihren Weg, als Emilia sich seufzend an Jasons Schulter schmiegt.

»Es ist so egoistisch von mir, ihn hierbehalten zu wollen«, schluchzt sie leise. »Ich werde ihn schrecklich vermissen, wenn er nach Atlanta geht.«

»Nein, das ist nicht egoistisch. Ihr habt viel durchgemacht und das hat euch als Familie zusammengeschweißt. Ich kann sehr gut nachvollziehen, dass du keine zweitausend Meilen zwischen dir und deinem Sohn haben möchtest«, zeigt er Verständnis für ihre Gefühlslage. Sein Griff wird fester, mit den Händen streicht er ihr beruhigend über den Rücken.

Dankbar dafür, dass seine Collegeliebe ihn an dieser für sie schwierigen Situation teilhaben lässt, schließt Jason für einen Moment die Augenlider. Emilias leise Stimme hatte ihn am Morgen bei seinem Anruf gleich in Alarmbereitschaft versetzt. So völlig ohne Euphorie hatte er sie bisher noch nie erlebt, seitdem sie wieder in Kontakt getreten waren. Nur zu deutlich konnte er spüren, dass etwas vorgefallen war, von dem sie aber zunächst nichts berichten wollte. Besorgt war er nach der Visite zur Cateringfirma gefahren, wo er ihr unter vier Augen die Neuigkeiten über Daniels berufliches Angebot entlockte.

»Ich bin stolz auf ihn, weil er nach so kurzer Zeit für das Förderprogramm ausgewählt wurde. Aber warum muss es am anderen Ende des Landes sein?«, fragt Emilia, während sie versucht, ihre Gefühle unter Kontrolle zu bringen. Unsicher sieht sie zu Jason auf.

»Du weißt doch noch gar nicht, wie er sich entscheidet. Vielleicht ist ihm der Abstand von der Familie und seiner Freundin auch zu groß, sodass er das Angebot ablehnt. Hast du ihm gesagt, wie du zu der Sache stehst?«, will er wissen.

»Jason, was denkst du von mir?«, nimmt sie an der Frage Anstoß. »Glaubst du im Ernst, dass ich durch meine Rührseligkeit Daniels Karriere verhindere? Er hat hart für seine Ausbildung gearbeitet, da werde ich ihm die Entscheidung doch jetzt nicht noch schwerer machen.«

»Ich will nicht, dass du leidest, und bin daher der Meinung, du hättest es ihm sagen sollen. Auf der anderen Seite verstehe ich, warum du es nicht getan hast«, bestätigt er. Einen Moment später zieht er sie wieder in eine Umarmung, in der sie eine Weile verharren.

»Genug von mir«, beschließt Emilia nach ein paar Minuten. Mit entschlossener Miene tritt sie einen Schritt zurück und richtet ihr Haar. Ihre Augen sind noch leicht gerötet, als sie Jason anblickt. »Wie ist es in den letzten Tagen mit deiner Frau gelaufen? Sie macht die Drohung mit den Spendengeldern doch nicht wahr, oder?«

»Lizzy ist auf dem Kriegspfad, Emilia. Nichts und niemand wird sie davon abhalten, das durchzuziehen.«

»Du könntest es«, wirft Emilia ein. Vorsichtig geht sie einen weiteren Schritt zurück. Tränen schimmern in ihren Augen, von denen er nicht weiß, ob sie noch von der Gefühlslage wegen Daniel stammen oder gerade neu entstanden sind. Als sie weiterspricht, kennt er die Antwort. »Zieh wieder bei ihr ein, Jason. Ich will nicht der Grund dafür sein, dass du deine Forschung aufgeben musst.«

»Deine selbstlose Art ehrt dich, aber ich werde dich nicht verlassen«, weist er den Vorschlag zurück.

»Du träumst seit Jahren von diesem Projekt. Ich könnte es nicht ertragen, wenn du meinetwegen davon abgebracht wirst.«

»Das werde ich nicht. Es gibt zwei Träume in meinem Leben: Ein kleiner ist die Leukämieforschung, doch der weitaus größere bist du, Emilia«, beteuert er. »Es würde mir das Herz brechen, auf dich und deine warmherzige, fürsorgliche, ja sogar selbstlose Art zu verzichten. Willst du das?«

»Nein, aber …«

»Kein aber, Emilia«, schneidet er ihr jedes weitere Argument ab. »Ich liebe dich. Dieses Gefühl war immer hier drin«, bei den Worten tippt er sich auf seine linke Brustseite, »tief verborgen, von anderen Empfindungen verdrängt. Doch jetzt ist es wieder an die Oberfläche gekommen und ich werde es kein weiteres Mal verbannen. Nicht für eine andere Frau, nicht für die Karriere und auch nicht für meinen Traum von der Leukämieforschung. Die Gelder dafür treibe ich auf anderem Wege auf. Dich dagegen kann man nicht ersetzen, also verlang bitte nicht von mir, dass ich zu einer Frau zurückkehre, für die ich nichts mehr empfinde.«

Der Glanz ist bei Jasons Predigt in die Augen von Emilia zurückgekehrt. Er vermischt sich mit den Tränen der Rührung, die seine Worte bei ihr ausgelöst haben. Zitternd ergreift sie die Hände des Mannes, der sie liebevoll ansieht.

»Ich liebe dich auch«, haucht sie, ehe sie den Abstand zwischen ihnen wieder verringert und sich ihre Lippen seinem Mund nähern.

*****

Es ist schon Mittag, als Vincent aus dem OP kommt. Eine mehrstündige, schwierige Operation liegt hinter ihm, bei der ihm das Unfallopfer fast unter den Händen weggestorben wäre.

›Die Verbrennungen am Bein werden den Mann noch lange beschäftigen‹, geht es ihm durch den Kopf. ›Für meine Forschung wäre er neben Sarah Kandell der ideale Patient.‹ Kopfschüttelnd läuft er weiter.

»Nein, es ist richtig, meine Zeit nicht in etwas zu investieren, das mich viel zu sehr davon ablenken wird, mich um Maya zu kümmern. Sie braucht diese Zeit – sie ebenso wie unser Baby, das in weniger als sieben Wochen auf die Welt kommen wird«, murmelt er auf dem Weg in sein Arztzimmer vor sich hin.

Dort angekommen ist er mit dem Vervollständigen der Patientenakte beschäftigt, als das Handy klingelt. Ein Lächeln erscheint angesichts der Ablenkung auf seinem Gesicht.

»Hey Babe, wie geht es dir?«, begrüßt er seine Frau, mit der er zuletzt am Nachmittag des Vortages telefoniert hat.

»Gut, mach dir keine Sorgen. Vincent, bist du in der Klinik?«

»Ja natürlich, wo sollte ich denn sonst sein?«, antwortet er verwundert. Ein ungutes Gefühl macht sich bei ihm breit. Bahnt sich da eine neue Intrige seines Schwiegervaters an? Der tiefe Atemzug, den er durch das Telefon vernimmt, verstärkt die Vermutung weiter. Unwillkürlich ballt er die freie Hand zur Faust. ›Was soll das Preston? Was hast du ihr eingeredet?‹

»Wir fahren soeben auf dem Parkplatz vor. Vincent, kannst du uns entgegenkommen?«

»Was ist passiert?«, fragt er entsetzt, während er bereits vom Schreibtischstuhl aufspringt. »Ich bin sofort da, bleib ganz ruhig, Maya.«

»Es tut mir so leid«, hört er ihre tränenerstickte Stimme, die ihn nur noch schneller Richtung Haupteingang laufen lässt. Einer Krankenschwester, die seinen Weg kreuzt, ruft er zu, dass sie mitkommen und ihm bei einem Notfall helfen soll. Keine zwei Minuten später erreichen die beiden gemeinsam das Foyer der Klinik, wo Maya sich suchend nach ihm umsieht.

Die Verbände an den Unterarmen und die blasse Gesichtsfarbe lassen Vincent die Luft anhalten. Mit einer Handbewegung deutet er auf Maya.

»Es geht um meine Frau«, informiert er die Schwester. »Ich weiß noch nicht genau, was passiert ist.«

»Verstehe«, kommentiert die Angestellte, deren Blick sich ebenfalls auf die verbundenen Arme heftet. »Ich hole eine Trage.«

Während die Krankenschwester in einen Gang abbiegt, bleibt Vincent vor seiner Frau stehen. Mit Tränen in den Augen legt Maya ihre Arme um seinen Hals und lehnt sich gegen ihn. Automatisch stützt er sie, bevor er ein weiteres Mal fragt, was passiert ist. Dabei erfassen seine Augen Preston, der das Geschehen ungewöhnlich stumm beobachtet. Tiefe Ringe zeichnen sich unter seinen Augen ab, die Stirn ist von Sorgenfalten durchzogen.

»Sie hat sich alles aufgerissen«, informiert sein Schwiegervater ihn sichtlich betroffen. »Wir waren die ganze Nacht im Krankenhaus.«

»Was? Aber warum?«, fragt Vincent. Vorsichtig löst er sich aus Mayas Umarmung, um sie ansehen zu können. »Wieso hast du das getan? Was hat dich so verängstigt?«

Im selben Moment rollt die Krankenschwester eine Trage heran, auf die Vincent seine Frau bettet. Er versucht Ruhe auszustrahlen, als er Maya eine Strähne aus dem Gesicht streicht.

»Jetzt wird alles wieder gut. Wir schauen uns deine Arme an, untersuchen dich gründlich und dann erzählst du mir in Ruhe, was vorgefallen ist, okay?«

»Ich wollte nur wieder zu dir«, flüstert sie unter Tränen. »Bitte verlass mich nicht, Vincent.«

»Nein, das tue ich nicht, das weißt du doch. Hab keine Angst, Babe, wir bringen alles in Ordnung.« Mit der Hand umschließt er ihre Finger, die sich eiskalt anfühlen. Dieselbe Kälte breitet sich auch in seiner Brust aus, als er neben der Trage herläuft, die in Richtung Notaufnahme geschoben wird. Im Kopf laufen derweil Schreckensszenarien ab, als er sich fragt, was Maya so in Panik versetzt hat.

›Warum zum Teufel bin ich nicht zu ihr geflogen? Ich hätte

auf mein Gefühl und nicht auf Dr. Shapiros Rat hören sollen. Wie konnte ich ihm nur glauben, dass der Zeitpunkt ungünstig ist, weil Maya einen wichtigen Punkt der Intensivtherapie erreicht hat?‹, macht Vincent sich Vorwürfe, während er die Augen keinen Moment von seiner Frau abwendet.

Eine Stunde später hat er sich die Wunden am Arm genau angesehen, einige Stellen vorsichtig gesäubert und die Verbände eigenhändig neu angelegt. Nach dem Check der Körperfunktionen wie Puls, Herztöne, Blutdruck und Pupillenreaktion drückt er Maya einen Kuss auf die Stirn.

»Dein Blutdruck ist ein bisschen niedrig, was am Blutverlust liegen könnte. Aber das bekommen wir wieder hin«, versichert er ihr. »Wie fühlst du dich?«

»Was ist mit dem Baby?«, fragt sie, während sie eine seiner Hände umklammert. »Habe ich ihm geschadet? Es war doch sowieso schon so müde in den letzten Tagen?«

»Wir machen nachher noch eine Ultraschalluntersuchung und hören uns die Herztöne des Babys an. Ich habe dich dafür bereits angemeldet«, entgegnet er ruhig. Der letzte Satz seiner Frau lässt Vincent jedoch stutzig werden, zumal er den Grund für Mayas erneute Selbstverletzung bisher nicht in Erfahrung gebracht hat, weil er sie während der Untersuchung nicht aufregen wollte. »Was meinst du damit, dass das Baby müde war?«

»Es bewegt sich so wenig. Vor einem Monat hat es viel mehr gestrampelt und mich getreten«, erklärt sie. Tränen sammeln sich in ihren Augenwinkeln, als sie dem Blick ihres Ehemannes ausweicht. »Vincent, habe ich ihm geschadet, weil ich jeden Tag bei der Therapie war?«, fügt sie ängstlich hinzu. Der Druck, den sie auf Vincents Finger ausübt, zeigt ihm ihre Angst zusätzlich.

»Nein«, beruhigt er sie. »Du hast es für dich und das Baby getan. Natürlich hat ihm das nicht geschadet.«

»Ich habe es auch für dich getan.«

»Ja, das weiß ich, Babe, und dafür bin ich dir unendlich

dankbar.« Als sich ein vages Lächeln auf ihren Zügen abzeichnet, gibt er ihr einen Kuss. Danach legt er die freie Hand an ihre Wange und streicht mit dem Daumen über die weiche Haut. »Hat man denn gestern im Krankenhaus in den Hamptons keine Schwangerschaftsuntersuchung gemacht?«, erkundigt er sich vorsichtig.

»Doch, sie haben die Herztöne abgehört.«

»Und?«

»Sie waren kräftig und regelmäßig«, gibt Maya das Ergebnis wieder. Erleichterung macht sich bei Vincent breit. Unauffällig atmet er einmal tief durch.

»Na bitte, das klingt doch gut. Wir werden das gleich ebenfalls machen, dazu noch einen Ultraschall, damit du sehen kannst, dass es dem Kleinen gut geht. Es will bestimmt nur Rücksicht nehmen und boxt dich deshalb nicht mehr dauernd. Wenn es ein Junge ist, wird es später ein Gentleman«, versucht er mit einem Lächeln zu scherzen.

»Danke«, flüstert sie leise. »Ich liebe dich, Vincent.«

»Ich liebe dich auch. Ruh dich ein wenig aus. In der Zwischenzeit gebe ich deinem Vater Bescheid.«

Als Vincent aus dem Behandlungszimmer auf den Gang tritt, kommt sein Schwiegervater sofort auf ihn zu.

»Wie geht es ihr und dem Baby?«, fragt er besorgt.

»Maya ist durch den Blutverlust ein wenig schwach, aber das kriegen wir wieder hin. Eine Gynäkologin macht später einen Ultraschall, um sicherzugehen, dass dem Baby durch die Aktion nichts passiert ist.« Die Erleichterung, die sich bei Preston abzeichnet, entgeht Vincent nicht. Gleichwohl hat er nicht vor, Mayas Vater zu schonen. Demonstrativ baut er sich kerzengerade vor ihm auf.

»Was zum Teufel ist gestern vorgefallen? Als ich am Nachmittag mit Maya telefoniert habe, ging es ihr noch gut und ein paar Stunden später reißt sie sich die Arme wieder auf? Hast du etwas damit zu tun?« Ein Ausdruck von Schuld drängt sich in Prestons Augen, der Vincents Ärger weiter anfacht. »Natürlich, genauso ist es. Was hast du ihr angetan?«

Die Schultern des Verlegers straffen sich, der Blick wird kälter, als er dem ungeliebten Ehemann seiner Tochter entgegentritt. Schlagartig wird ihm klar, dass Maya Vincent nichts von seiner Überwachungsaktion erzählt hat.

»Es war eine Meinungsverschiedenheit. Ich war für einen Moment abgelenkt und als ich mich ihr wieder zugewandt habe, hatten sich ihre Finger bereits in die Haut gebohrt.«

»Das ist doch Bullshit«, fährt Vincent ihn an. »Da steckt mehr dahinter. Nach all den Fortschritten, die Dr. Shapiro mir bestätigt hat, hätte das niemals passieren dürfen.«

»Was weißt du schon«, kontert Preston. »Als Arzt solltest du wissen, wie unberechenbar diese Störung ist. Mayas Ängste stecken so tief in ihr, dass eine Kleinigkeit reicht, um ihre Selbstzerstörung die Oberhand gewinnen zu lassen.«

Obwohl Vincent weiß, dass Mayas Vater recht hat, schüttelt er den Kopf. Mit einem Blick, der einem Giftpfeil gleichkommt, starrt er sein Gegenüber an.

»Du hättest mich informieren müssen. Ich bin ihr Mann, verdammt noch mal. Meine Frau liegt schwer verletzt im Krankenhaus, aber dir kommt nicht in den Sinn, mir Bescheid zu geben? Ich verstehe dich nicht, Preston. Wie kannst du Maya das antun?«

»Sie wollte nicht, dass ich dich anrufe«, erwidert der Publizist ruhig. »Maya hat das mehrmals wiederholt. Um sie zu beruhigen, habe ich ihr schließlich versprochen, dass wir heute Morgen den ersten Flug hierher nehmen.«

Die pure Ungläubigkeit strahlt Preston von seinem Schwiegersohn entgegen, der versucht, Gründe für Mayas Verhalten zu finden.

»Dr. Harper?« Die Stimme eines Pflegers schallt über den Flur und unterbricht das Gedankenwirrwarr. »Auf der Gynäkologie ist jetzt ein Termin frei. Wenn Sie einverstanden sind, bringen wir die Patientin nach oben.«

»Ich begleite Sie«, antwortet Vincent mit einem Nicken.

Bevor er sich zum Gehen wendet, richtet er die Aufmerksamkeit jedoch noch einmal auf seinen Schwiegervater. »Halte dich von ihr fern. Solange ich nicht weiß, was zwischen euch vorgefallen ist, wirst du sie nicht mit deiner Gegenwart aufregen.«

»Das hast nicht du zu entscheiden«, protestiert Preston.

»Doch das habe ich. Als ihr Arzt lasse ich nicht zu, dass sie weiteren Stimmungsschwankungen ausgesetzt wird. Mir ist bei eurer Ankunft aufgefallen, wie Maya deinen Arm wegstieß, kaum dass sie mich erblickt hatte. Du wirst nicht zu ihr gelassen, bis sie ausdrücklich nach dir verlangt. Ich informiere dich über ihren Zustand, mehr jedoch nicht.«

»Ich werde das Krankenhaus nicht verlassen, solange ich nicht mit ihr gesprochen habe.«

»Tu, was du willst, aber halte dich von ihr fern«, legt Vincent fest. Ohne seinen Schwiegervater eines weiteren Blickes zu würdigen, dreht er sich um und geht zum Behandlungsraum zurück.

Als sie auf der gynäkologischen Abteilung angekommen sind, begrüßt Vincent seine Kollegin mit einem Lächeln.

»Steph, danke dass Sie meine Frau dazwischenschieben. Wir machen uns ein wenig Sorgen, weil Maya gestern einen kleinen Unfall mit einem leichten bis mittleren Blutverlust hatte«, erklärt er die Situation. »Sprechen Sie sie bitte nicht auf das Vorkommnis an«, fügt er so leise hinzu, dass nur die Ärztin ihn hören kann. Mit einem Nicken bestätigt sie seinen Wunsch.

»Mrs. Harper, es freut mich, Sie wiederzusehen. Erinnern Sie sich an mich? Ich bin Dr. Monroe und habe Sie vor einigen Wochen schon einmal untersucht.«

Nachdem Maya bejaht hat, dass sie sich an die vergangene Untersuchung und an die Ärztin entsinnt, erläutert Dr. Monroe das anstehende Prozedere.

»Wir machen zunächst einen ausführlichen Ultraschall, bei dem Sie Ihrem Baby Hallo sagen können. Danach hören wir uns mit dem Doppler die Herztöne des Kindes an.«

»Danke«, erwidert Maya müde. Ihr Blick sucht den von Vincent, der dicht neben dem Krankenbett steht. Mit einem aufmunternden Lächeln ergreift er ihre Hand und drückt sie leicht.

»Ich bleibe die ganze Zeit hier, entspann dich«, spricht er ihr Mut zu.

Die Untersuchung per Ultraschall beginnt und die Ärztin deutet nach wenigen Sekunden auf den Monitor, um Maya zu erklären, was zu sehen ist.

»Da ist der Kopf«, erklärt sie lächelnd, »oh, und schauen sie nur, es sieht aus, als würde das Kleine am Daumen lutschen«, fügt sie hinzu. Eine Bemerkung, die auch Mayas Mundwinkel zur Seite huschen lassen. Zufrieden beobachtet Vincent, wie sich die Anspannung bei seiner Frau löst.

»Sollen wir gucken, ob wir das Geschlecht erkennen können?«, erkundigt Dr. Monroe sich. »Oder wissen Sie es schon?«, fragt sie an Vincent gewandt.

»Nein, bisher nicht. Möchtest du es erfahren, Maya?«, hakt er bei seiner Frau nach, die mit einem strahlenden Nicken antwortet.

Die Gynäkologin fährt mit dem Ultraschallkopf weiter nach unten, dreht das Gerät hierhin und dahin, dann wieder in eine andere Richtung und fängt schließlich an zu grinsen.

»Da will uns jemand nicht verraten, ob es ein Junge oder ein Mädchen ist«, erläutert sie die Darstellung. Während das Ehepaar sich von der guten Stimmung anstecken lässt, verändert sich plötzlich der Ausdruck der Ärztin. Schnell tauscht sie einen Blick mit Vincent aus, der daraufhin konzentriert die Bilder auf dem Monitor verfolgt. Seine Stirn legt sich in Falten, als er das körnige Abbild auf dem Display betrachtet.

»Was ist denn?«, reißt ihn die Stimme seiner Frau aus der Starre. »Vincent? Sag doch was, du machst mir Angst.«

»Bleib ganz ruhig, Schatz«, erwidert er mit einem

aufgesetzten Lächeln. »Da ist etwas, das erklären könnte, warum sich das Baby in letzter Zeit weniger bewegt hat. … Wie lange spürst du schon keine starken Tritte mehr?«

»Ich weiß es nicht genau«, antwortet sie. Ihr Kopf dreht sich von einer Seite zur anderen, während sie panisch zwischen ihrem Mann und der Ärztin hin- und herschaut. »Seit zwei Wochen oder mehr. Was ist los? Was seht ihr?« In ihrer Panik versucht sie sich aufzusetzen, aber Vincent drückt ihren Oberkörper sanft zurück.

»Holen Sie Lisa«, fordert er Dr. Monroe auf, bevor er sich Maya wieder zuwendet und ihr beruhigend über die Oberarme streicht. »Es sieht so aus, als hätte sich etwas um die Beine des Babys gewickelt. … Das muss aber nichts Schlimmes sein«, fügt er sofort hinzu, als sich Furcht in die Augen seiner Frau schleicht. »Dr. Braden wird sich das ansehen.«

Schlagartig verändert sich trotz all der Ruhe, die er in seine Stimme gelegt hat, Mayas Atmung. Zusätzlich fangen erst ihre Hände an zu zittern, dann der ganze Oberkörper. Um der Panikattacke entgegenzuwirken, gibt er der Schwester eine Anweisung für ein Beruhigungsmittel. Gerade als Lisa Braden im Beisein von Dr. Monroe das Behandlungszimmer betritt, zeigt das Medikament seine Wirkung und Maya wird ruhiger.

»Nimm ja Rücksicht«, zischt er Dr. Braden leise zu. »Sie ist kurz vor einem Zusammenbruch, also sei zurückhaltend mit deinen Aussagen.«

»Ich weiß schon, was zu tun ist«, weist die blonde Ärztin seine Aufforderung zurück. Mit einem Lächeln begrüßt sie Maya, ehe sie sich auf den Ultraschall konzentriert. »Eindeutig Amnionstränge«, diagnostiziert sie schließlich.

»Was willst du dagegen tun?«, fragt Vincent, während er seiner Frau weiterhin über den Arm streicht.

»Wir können nicht warten«, erläutert Lisa mit einem Seitenblick auf die Patientin. »Schau dir an, wie dünn die Beine an der einen Stelle und wie geschwollen sie gleich daneben sind. Das Abschnüren muss vor Tagen begonnen haben. Vielleicht kann man nichts mehr machen, aber ich probiere es natürlich.«

»Was hat das zu bedeuten?«, flüstert Maya benommen von dem Beruhigungsmittel.

»Die Ärzte müssen einen kleinen Eingriff vornehmen, damit die Beine des Babys besser durchblutet werden«, verharmlost Vincent die Operation, von der er weiß, wie viele Risiken sie birgt. Verkrampft lächelt er Maya zu, während er den beiden Gynäkologinnen mit einem Nicken sein Einverständnis signalisiert. »Ich werde dir assistieren«, informiert er Lisa, die ihn daraufhin kopfschüttelnd anstarrt.

»Oh nein, auf keinen Fall. Was ich ganz sicher nicht im Operationssaal gebrauchen kann, ist ein nervöser Vater, der mich durcheinanderbringt. Dr. Harris wird mir helfen. Bleib du bei deiner Frau, bis sie vorbereitet wird.«

›Halleluja, was für ein Tag‹, freut Lisa sich, als sie sich auf die Suche nach Max Harris begibt. Ihre Augen leuchten wie schon lange nicht mehr und das Grinsen auf ihrem Gesicht ist breiter als jemals zuvor. ›Diese amniotischen Schnürfurchen hat mir der Himmel geschickt. Jetzt bekomme ich ihn endlich – Vincent Harper wird in kürzester Zeit mir gehören!‹

In einem der Behandlungszimmer der chirurgischen Ambulanz wird sie nach ein paar Minuten fündig. Ungeduldig wartet sie ab, bis Max die Untersuchung abgeschlossen hat, ehe sie ihn in das nächstbeste leere Zimmer zieht und die Tür hinter ihnen verschließt.

»Was ist denn los?«, kommentiert er ihr Verhalten überrascht. »Du siehst aus, als hättest du im Lotto gewonnen.«

»Ja, so könnte man es auch bezeichnen«, antwortet sie mit einem strahlenden Lächeln. »Aber eigentlich ist es viel besser.«

Da Max sie nur fragend ansieht und er sich dabei im Stillen fragt, wer oder was so eine Euphorie in ihr ausgelöst hat, geht sie auf ihn zu. Dicht vor ihm stellt sie sich auf die

Zehenspitzen, fixiert ihn mit ihrem Blick und legt schließlich ihre Lippen auf seine. Völlig überrascht, schlingt er die Arme um ihre Taille. Seine Zunge fordert Einlass in ihren Mund, den sie ihm kurz gewährt, ehe sie den Zauber genauso abrupt beendet, wie sie ihn begonnen hat.

»Du bekommst mehr, aber erst musst du mir bei einer Operation helfen«, flüstert Lisa Max verführerisch zu. Ohne näher auf die Identität der Patientin einzugehen, erzählt sie ihm von den klebenden fibrösen Bändern, die sich um die Beine eines Ungeborenen gewickelt haben und dabei die Blutzirkulation so stark eindämmen, dass die Körperteile kurz vorm Absterben sind.

»Verstehe«, entgegnet er mit einem wissenden Schmunzeln. »Eine nahezu aussichtslose Situation, die du mit einem Wundereingriff, den kein anderer schaffen würde, beseitigst. Dein Vater sorgt dann dafür, dass es publik wird, sodass sich weitere Türen deiner Karriere wie durch Zauberhand öffnen.«

»Deine Fantasie geht ein wenig mit dir durch«, prustet sie los. »Ja okay, die Operation ist nicht einfach und sollte nur von erfahrenen Chirurgen durchgeführt werden, die etwas ähnliches schon einmal gemacht haben. Trotzdem ist es viel glorreicher als irgendein Ruhm, den ich dadurch bekommen kann.«

Um die Spannung ins Unendliche zu steigern, macht Lisa eine Pause, in der sie Max mit der Spitze ihres Zeigefingers über die Brust streicht.

»Du kannst dabei sein, denn ich brauche dich als Assistenten, vor allem aber als unerlässliche Hilfe bei meinem Plan … und als Rückendeckung«, deutet sie an.

Stirnrunzelnd betrachtet er sie. Seine Neugier steigt von Sekunde zu Sekunde, während ihn das Feuer in den Augen der befreundeten Ärztin regelrecht antörnt und berauscht.

»Sag mir, was ich tun soll«, sprudeln schließlich die Worte aus seinem Mund hervor, welche sie sich erhofft hat.

»Gut, dann hör mir genau zu«, beginnt sie, ihn in ihren Plan einzuweihen. »Vincents Frau ist hier im Krankenhaus. Sie ist die schwangere Patientin, deren Baby von Amnionsträngen geplagt wird.«

»Harpers Kind ist betroffen?« Irritiert fährt Max sich durch die Haare. »Also stimmen die Gerüchte nicht, dass sie ihn verlassen hat. Oder ist sie ohne sein Wissen hier?«

»Nein, er selbst hat die Untersuchung eingeleitet. Die beiden sind ein Herz und eine Seele – aber nicht mehr lange…«, prophezeit sie mit einem eiskalten Blick, der bei ihrem Kollegen eine Gänsehaut auslöst.

»Was hast du vor?«, fragt er mit einem unguten Gefühl.

»Ich werde den Eingriff machen. Ganz vorsichtig und mit äußerster Professionalität durchschneide ich die Schnürringe, die vermutlich fest mit der Haut an den Beinen des Fötus' verklebt sind.«

»Wenn es so schlimm ist, wie du es darstellst, besteht ein unglaubliches Risiko für das Baby. Die Oberschenkelarterie könnte hauchdünn unter der Haut liegen und durch die Schnitte verletzt werden«, gibt er zu bedenken.

Der fast diabolische Ausdruck in Lisas Gesicht verstärkt sich, als sie nickt.

»Faszinierend, nicht wahr?«, bestätigt sie mit vor Freude glänzenden Augen. »Ein Bein könnte sich außerdem so abgespreizt haben, dass die Stelle, die zu durchtrennen ist, zusätzlich ganz nah an einer Arterie im Bauchraum der Mutter liegt. Uh, doppelte Gefahr – nicht nur für das Baby, sondern auch noch für die Mutter. Das ist ein Hauptgewinn!«

»Wenn du einen Fehler machst, können beide sterben«, spricht Max die Warnung aus, von der er sicher ist, dass sie Lisa nur allzu bewusst ist. »Vincent würde dir das nie verzeihen.«

»Oder es ist die Chance meines Lebens, ihn aus seiner ausweglosen Situation zu befreien«, deutet sie etwas an, das er nicht auszusprechen, ja nicht einmal zu denken wagt.

Stille legt sich über den Raum, als Max die Anspielung sacken lässt. Seine Hände verkrampfen sich, das Atmen fällt ihm schwer, während Lisas Blick ihn regelrecht durchbohrt.

»Lisa, was redest du da – das ist Mord!«

Die Augen der Ärztin verengen sich zu Schlitzen, als sie den Kollegen für ein, zwei Sekunden intensiv betrachtet. Dann verziehen sich ihre Mundwinkel zu einem wissenden Lächeln.

»Mord?«, das Wort wird von einem heiseren Lachen begleitet, »man wird mir nicht einmal einen Kunstfehler nachweisen können. Dieser Eingriff ist hochriskant, ein Millimeter zu weit geschnitten und das Unheil nimmt seinen Lauf. Natürlich werden wir alles tun, um das Leben von Mutter und Kind zu retten – aber das Schicksal will es am Ende anders.«

»Wir?«, fragt Max entsetzt. »Ist das dein Plan? Ich gebe dir Rückendeckung, während du ein unschuldiges Baby im Mutterleib tötest? Wie kannst du glauben, dass ich dir bei so etwas helfe?«

Als er einen Schritt zurückgeht, hakt sie ihren Finger in eine der Gürtelschlaufen seiner Hose ein. Im nächsten Moment schiebt sie sich so dicht an ihn heran, dass er ihren Atem an seinem Kehlkopf spüren kann.

»Weil es die Chance deines Lebens ist«, haucht sie ihm zu. »Vincent wird dort sein, wo du ihn schon immer haben wolltest – am Boden. Wer weiß, vielleicht kann er monatelang nicht arbeiten oder gar die Klinik betreten. Das wird deine Stellung beim Chefarzt stärken wie nie zuvor. Außerdem sorge ich dafür, dass dein Name direkt neben meinem steht, wenn ich im nächsten Monat die Ergebnisse der ersten Teilstudie veröffentliche. Meinen Vater wird das so beeindrucken, dass er dir eine Position verschafft, die du dir frühestens in fünf bis zehn Jahren erhofft hast.«

Mit der Hüfte reibt sie sich an seiner Mitte – ein letztes Argument, für das es keine Worte braucht. Sein Körper reagiert auch so auf die Andeutung, die ihm den Verstand vernebelt. Er muss nur weggucken, sie einen Moment still gewähren lassen… Die Verlockung greift nach Max. Vor seinem geistigen Auge öffnet sich die Karrieretür ganz weit und Lisa empfängt ihn bereitwillig dort, wo er schon länger Einlass bekommen möchte.

»Such dir jemand anderen«, bringt ihn die Vernunft schließlich dazu, den Kopf aus der Schlinge zu ziehen.

»Ich vertraue aber niemandem so sehr wie dir«, wispert sie an seinem Hals. Nur mühsam kann er das aufreizende Spiel ihrer Zungenspitze auf seiner Haut unterbinden, indem er sie an den Schultern packt und eine Armlänge von sich schiebt. »Du musst mir helfen, weil du gar keine andere Wahl hast.«

»Keine andere Wahl?«, wiederholt er irritiert. »Ich könnte zu Vincent gehen und ihm von deinem wahnsinnigen Vorhaben berichten.«

»Meinst du, dass er dir glauben wird? Dass er dir überhaupt zuhören wird?«, kontert Lisa den Vorschlag. Die Miene von Max wird starr, als sie anfängt, ihm ein Bild davon zu zeichnen, wie das Gespräch mit Vincent ablaufen würde…

~ ***** ~

Schon allein Vincents Blick, als er in das Behandlungszimmer kommt, spiegelt die Verachtung wider, die der Sohn des Chefarztes dem Kollegen entgegenbringt. Doch Max lässt sich davon nicht beeindrucken, sondern geht entschlossen auf ihn zu. Sein ernster Gesichtsausdruck, gepaart mit dem Hinweis, dass es mit Lisa und der Operation zu tun hat, bringt Vincent tatsächlich dazu, ihm auf den Gang zu folgen.

Als Max ihn dort jedoch über die Gefahr informiert, die von Dr. Braden ausgeht, packt dieser ihn am Kragen und stößt ihn gegen die Wand.

»Was soll das, Max?«, faucht er ihn an. »Da drin liegt meine Frau, die eine riesige Angst vor dem Eingriff hat. Doch anstatt ihr beizustehen, soll ich mir diesen Schwachsinn anhören? Was willst du damit erreichen? Dass wir Lisa von der OP abziehen, damit die Beine des Babys in ein paar Stunden gänzlich abgestorben sind und amputiert werden müssen?«

»Ich versuche dich lediglich zu warnen, dass deine Frau und dein Kind in Gefahr sind«, entgegnet er, was Vincent jedoch nur noch wütender macht.

»Sie ist die Einzige, die genug Erfahrung hat, um dem Baby helfen zu können, seine Beine zu behalten. Außerdem liebt sie mich und würde mir daher niemals schaden. Du dagegen lässt offensichtlich keine Gelegenheit aus, dich in meine Angelegenheiten einzumischen. Aber dieses Mal bist du zu weit gegangen, Max. Ich werde meinem Vater von deiner Anschuldigung berichten und dafür sorgen, dass du noch heute deine Sachen packst.«

Eine Drohung, die vor dem geistigen Auge von Max tatsächlich eintrifft. Während Vincent sich für die Operation umzieht, an der er nun anstelle von Max teilnimmt, händigt Jason Harper ihm die fristlose Kündigung aus.

»Sie sind zu weit gegangen, Dr. Harris«, erklärt er mit wütendem Blick. »In meiner Klinik lasse ich es nicht zu, dass die Verleumdung von Kollegen, noch dazu von geschätzten Ärzten, ohne Folgen bleibt. Sie hatten eine Zukunft vor sich, die Sie leichtfertig aufs Spiel gesetzt haben.«

~ ***** ~

»Hör auf!«, hält Max Lisa davon ab, mit der lebhaften Schilderung des Schreckensszenarios fortzufahren. »Du hast recht, Vincent würde mir nicht glauben.«

»Ganz genau«, erwidert sie mit sanfter Stimme, während sie ihn wieder näher zu sich heranzieht. »Ich dagegen eröffne dir ungeahnte Möglichkeiten für deine Karriere, wenn du mitspielst. Wir ziehen das durch und beenden den Abend später in meinem Appartement. Du bekommst, was du verdienst«, lockt sie ihn.

»Diesen Vorschlag hättest du mir gleich machen sollen, meine Liebe. Darauf hoffe ich schon so lange«, offenbart er seine Gefühle.

»Ich habe auf den richtigen Moment gewartet«, erklärt sie mit einem siegessicheren Lächeln. »Heute ist es endlich soweit.«

»Ja, das Warten hat ein Ende«, flüstert er leise, bevor sich seine Lippen sanft auf ihren Mund legen.

KAPITEL 22

Ein Klopfen an der Tür des Krankenzimmers lässt Sarah von der Zeitschrift aufschauen, in der sie geblättert hat. Nach ihrem gut gelaunten »Herein« öffnet sich die Tür und ein mit Helium gefüllter Luftballon in Form eines vierblättrigen Kleeblatts schwebt ins Zimmer.

»Natessa!«, ruft die Patientin erfreut aus, ehe ihre Freundin den Raum auch nur betreten hat.

»Woher wusstest du, dass ich es bin?«, fragt diese verwundert, nachdem sie die Tür hinter sich geschlossen hat.

»Du hast an der Uni unzählige Kleeblätter in deine Blöcke gemalt, vor allem, wenn dir in einer Vorlesung langweilig war. Wer sonst außer dir käme zudem auf die Idee, mir einen Luftballon mitzubringen? Gab es keine Bücher mehr im Krankenhausshop?«

»Bücher? Die kann ich dir in Massen von zu Hause mitbringen. Meine Mutter hat bestimmt wieder ein paar aussortiert und Simone schleppt auch öfter welche aus der Bibliothek an.« Nachdem sie das Geschenk an den Bettpfosten geknotet hat, begrüßt Natessa die Freundin mit einer vorsichtigen Umarmung. »Du siehst gut aus.«

»Seitdem ich aus dem sterilen Zimmer raus bin, fühle ich mich wie neugeboren. Endlich darf ich aufstehen, das Fenster weit öffnen und ohne Bedenken Zeitschriften lesen, die Becky mir fast täglich mitbringt.« Trotz der Euphorie mustert sie Natessa mit besorgtem Blick. »Wie geht es Enrique? Rebecca hat mir von seinem Unfall erzählt und ich verstehe, dass dich das mitgenommen hat.«

Erleichterung huscht auf Sarahs Züge, als Natessa ihr berichtet, dass Enrique das Krankenhaus inzwischen verlassen durfte.

»Ich beneide ihn«, gibt sie ehrlich zu.

»Du darfst doch auch bald hier raus«, versucht die

Freundin sie aufzumuntern. Gemeinsam fangen sie an, Überlegungen zu spinnen, was sie alles unternehmen werden. Vor allem die Aussicht, Enrique endlich persönlich kennenzulernen, gefällt Sarah.

»Bist du glücklich mit ihm?«, will sie von ihrer Freundin wissen.

»Ja«, bekundet diese aus vollem Herzen.

»Das sieht man dir an«, bestätigt Sarah mit einem Lächeln. Einen Augenblick später verstärkt sich der freudige Ausdruck, als Natessa sie ein weiteres Mal umarmt.

*****

Währenddessen betritt Vincent das Chefarztzimmer von Jason, in dem zu seiner Verwunderung noch drei weitere Personen, darunter Aidan und Lizzy, anwesend sind.

»Was ist los?«, fragt er kurz angebunden. »Ihr habt sicher schon von Mayas Zustand und der Lage des Babys erfahren. Deswegen habe ich auch nicht viel Zeit, sondern möchte gleich wieder zu ihnen zurück, bevor meine Frau in den OP gebracht wird.«

»Genau darum geht es, mein Sohn. Bitte setz dich einen Moment und hör dir an, was Max zu sagen hat«, bittet Jason ihn.

Als seine Mutter aufsteht, sich zu ihm gesellt und eine seiner Hände umfasst, zieht er irritiert die Stirn kraus. Ihre leise Frage, ob Preston bei Maya ist, um auf sie aufzupassen, beantwortet er mit einem Nicken. Eine Tatsache, die ihm einen weiteren Grund liefert, möglichst schnell zu seiner Frau zurückzukehren. Nur ungern hat er den Schwiegervater in das Behandlungszimmer gelassen, in dem seine Frau sich immer noch befindet. Da sie aber nicht alleine bleiben wollte und sogar nach ihrem Vater gefragt hatte, war er über seinen Schatten gesprungen. Um es Maya leichter zu machen, ist er momentan zu allem bereit.

»Um was für einen Notfall geht es?«, will er wissen. »Hat

er etwas damit zu tun?«, fügt er mit einem Blick auf Max hinzu. Warum der Kerl anwesend ist, erschließt sich ihm nicht.

»Dr. Harris, jetzt ist der Zeitpunkt gekommen, ganz genau zu erklären, was Sie meinem Mann gegenüber bereits angedeutet haben«, fordert Lizzy den Arzt auf.

Obwohl sie und Aidan vor Vincents Ankunft andeutungsweise erfahren haben, um was es geht, weiten sich ihre Augen bei der Anschuldigung, die Max hervorbringt. Fast bis ins Detail gibt er Lisas Plan wieder. Entsetzen macht sich angesichts des Gehörten bei den Anwesenden breit, das zunächst allen die Sprache zu verschlagen scheint.

»Ich kann mir nicht vorstellen, dass sie so etwas tun würde«, erklärt Jason, der den Bericht des Arztes bereits ein zweites Mal vernommen hat.

»Oh, ich dagegen glaube ihm jedes Wort«, kommentiert Vincent. Erstaunt richtet sein Kollege den Blick auf ihn. Erleichterung durchströmt Max, weil sich die prophezeite Reaktion als vollkommen falsch herausstellt.

»Danke«, erwidert er knapp.

»Ich frage mich jedoch zwei Dinge«, äußert Vincent eine Spur von Zweifel. »Warum sollte sie das tun und was hat sie dir geboten, damit du einwilligst? Denn genau das hast du doch getan, oder?«

»Nur, um sie in Sicherheit zu wiegen«, verteidigt Max sein Verhalten. »Mein Weg hat mich direkt hierher geführt, nachdem sie losgegangen ist, um den Eingriff vorzubereiten.«

»Nun, dann lassen wir Dr. Braden am besten herholen, um von ihr zu erfahren, was hinter der ganzen Sache steckt«, schlägt Lizzy vor.

Wie zu erwarten, streitet Lisa ein paar Minuten später alles ab. Ein vernichtender Blick schießt in die Richtung von Max.

»Das Wohl deines Kindes liegt mir am Herzen, warum sollte ich also so etwas tun?«, fragt sie Vincent.

»Genau das glaube ich dir nicht, Lisa. Ich habe dich beobachtet. Sowohl heute als auch vor ein paar Wochen war dir der Zustand meiner Frau vollkommen egal. Maya hat das gleich gespürt und wollte deswegen auch nicht, dass du sie weiterhin behandelst. Bisher habe ich nicht verstanden, wie sie darauf kommt, aber jetzt ergibt alles einen Sinn. Du wirst dich von ihr fernhalten!«

»Ich bin die Einzige in diesem Haus, die zu der Operation imstande ist«, wendet sich Dr. Braden an den Chefarzt. »Wollen Sie die Gesundheit Ihres Enkelkindes riskieren, weil *er*«, dabei weist sie mit dem Kopf auf Max, »Ihnen einen Bären aufbindet?«

»Es ist die Wahrheit«, wirft Max dazwischen. »Herrgott, Lisa, wir haben den hippokratischen Eid geschworen und es geht um das Leben eines unschuldigen Kindes. Ist dir denn gar nichts heilig?«

Eine Flut von Beschuldigungen, Zurückweisungen, versteckten Drohungen, Gegenargumenten und Erklärungen bricht los, die Jason schließlich unterbindet. Wütend wechselt sein Blick zwischen den Ärzten hin und her.

»Das hier ist eine Klinik, kein Schlachtfeld!«, donnert er los. »Wir werden uns in der Familie beraten, wem wir Glauben schenken«, legt er in einem etwas ruhigeren Ton fest. »Solange halten Sie sich von jeglichen Patienten fern. Sie bleiben jedoch beide in der Klinik, bis wir verkünden, was weiter geschieht.«

»Sie finden mich im Aufenthaltsraum der Ärzte, wenn Sie sich bei mir entschuldigen wollen«, teilt Lisa unbeeindruckt mit. »Ich werde mir derweil überlegen, ob ich meinem Vater von dieser Intrige berichte«, droht sie mit zusammengekniffenen Augen, ehe sie den Raum verlässt. Lautstark knallt die Tür hinter ihr ins Schloss, was von den Zurückgebliebenen allerdings kaum wahrgenommen wird.

»Ich warte auf dem Gang«, kommt es leise von Dr. Harris, bevor auch er der Anweisung von Jason folgt und aus dem Zimmer geht.

»Wie gut, dass ich gerade bei Aidan war, als dein Anruf kam«, durchbricht Lizzy die Stille, die sich über den Raum gelegt hat. »Ich brauche wohl nicht zu betonen, wie sehr diese Geschichte unserem Ruf schaden kann.«

»Im Grunde sind beide für die Klinik nicht mehr tragbar«, wirft Aidan ein.

»Das sehe ich nicht so«, entgegnet Vincent. »Max hat das einzig Richtige getan. So viel Courage hätte ich ihm nicht zugetraut.«

»Du glaubst ihm also wirklich jedes Wort?«, fragt sein Bruder überrascht. »Ich dachte immer, dass ihr euch nicht leiden könnt.«

»Genau das ist der Grund«, erklärt Vincent. »Max hasst mich und neidet mir die Stellung, seitdem er hier angefangen hat. Mit Lisa hat ihn vom ersten Tag etwas verbunden – weiß der Himmel, was das war. Dass er sie nun derart beschuldigt, kann nur der Wahrheit entsprechen. Für mich gibt es keinen Zweifel, dass so eine kranke Geschichte einzig und allein von Lisa ausgeht.«

»Ich teile deine Meinung«, bestätigt Jason. »So schwer es mir auch fällt, aber ich fürchte, dass wir mit der Verpflichtung von Lisa Braden einen großen Fehler gemacht haben.«

»Rein rechtlich haben wir nichts Bewcisbares gegen sie in der Hand«, schätzt Aidan die Situation ein.

»Trotzdem werden wir sie jetzt sofort loswerden«, beschließt Lizzy. »Ich kümmere mich darum.«

»Warte, wir sollten uns erst mit einem Anwalt in Verbindung setzen, um uns abzusichern«, will Jason sie aufhalten. Der Blick seiner Frau verrät jedoch, dass sie rein gar nichts von seinem Vorschlag hält.

»Ihr Ruf wird ihr wichtiger sein. Kein Krankenhaus im Land wird sie verpflichten, wenn publik wird, was sie geplant hatte. Davor kann sie auch kein Marc Braden beschützen oder mit seinem Geld freikaufen.«

»Wenn das an die Öffentlichkeit gerät, wird unsere Klinik ebenfalls Schaden nehmen. Das weißt du genau, Lizzy«, warnt er sie.

»Keine Sorge, Darling, ich werde ihr klarmachen, wer mehr zu verlieren hat«, versichert sie selbstbewusst. Als kein weiterer Einwand kommt, auch nicht von den Söhnen, nickt Lizzy allen noch einmal zu und macht sich dann auf den Weg, um ihre Mission zu starten. Dass sie dabei in ihrem Element ist, geht nicht nur Jason durch den Kopf, während drei Augenpaare ihr nachsehen.

»Ich gehe zurück zu Maya«, beschließt Vincent wenig später und öffnet die Tür.

»Moment«, bittet Aidan ihn, bevor sein Bruder auf den Gang tritt. »Etwas Wichtiges haben wir bisher außer Acht gelassen. Wer führt die Operation durch?«

»Das mache ich selber«, erwidert Vincent ohne zu zögern.

»Auf keinen Fall«, protestiert Jason. »Du bist viel zu sehr involviert, ich kann das nicht zulassen.«

»Willst du es etwa tun?«, giftet sein Sohn ihn daraufhin an. »Es geht um meine Frau und mein Kind.«

»Sei doch vernünftig, Vincent, niemand von uns hat genügend Erfahrung mit so einem Eingriff. Die Stränge könnten mit der Haut des Babys verwachsen sein, ein falscher Schnitt würde fatale Folgen haben. Ein anderer Chirurg wird das machen und ich assistiere ihm. Du bleibst dem OP fern, das ist mein letztes Wort.«

»Wenn du weißt, wer operieren soll, reden wir noch einmal darüber«, beendet Vincent die Diskussion. »Ich will jetzt zu meiner Frau, sie braucht mich.«

Ein paar Sekunden nachdem er gegangen ist, klopft es leise. Jason tauscht kurz einen Blick mit Aidan aus, bevor er genervt die Klinke herunterdrückt und die Tür aufzieht. Seine Augenbrauen schnellen nach oben, als er Dr. Harris vor sich erblickt.

»Hatte ich mich nicht klar genug ausgedrückt?«, fährt er ihn an. »Warten Sie, bis wir Ihnen Bescheid geben.«

»Entschuldigen Sie, Dr. Harper, aber es geht um einen möglichen Arzt für den Eingriff. Ich kam nicht umhin, Ihr

Gespräch mit anzuhören, und habe eine Idee.«
»Welche?«, ertönt es aus dem Hintergrund von Aidan.
»Kommen Sie kurz herein«, erlaubt Jason.

Gebannt richten Vater und Sohn ihre Augen auf Dr. Harris während sie auf den Vorschlag warten. Mit ruhiger Stimme erläutert Max, dass er vor zwei Monaten einen Bericht über einen bekannten Kinderchirurgen gesehen hat, der ähnlich gelagerte Fälle bereits mehrfach erfolgreich operiert hat.
»Ich weiß, dass Professor Dawson momentan für ein Symposium in der Stadt ist«, beendet er seine Erklärung.
»Wo genau?«, hakt Aidan nach. Einen Augenblick später hängt er am Telefon, um einen Kontakt herzustellen.
»Danke, Max. Gehen Sie nach Hause und ruhen Sie sich aus. Morgen sprechen wir ein weiteres Mal über alles. Bis dahin hoffe ich, dass Dr. Braden die Klinik verlassen hat.«
»Dann habe ich also noch einen Job?«
»Ja«, bestätigt Jason. »Halten Sie sich nur von Lisa fern. Das ist meine einzige Bedingung.«
»Werde ich, Sir«, versichert der Arzt erleichtert. »Aber ich würde gerne hierbleiben, um zu erfahren, wie es mit dem Baby weitergeht. Die ganze Sache beschäftigt mich sehr.«
»In Ordnung. Gehen Sie zur Ambulanz, dort können Sie Vincents Tätigkeit übernehmen. Das hilft uns weiter.«
»Mache ich. Danke, Sir.«

*****

Mitten in der Nacht sitzt Vincent im Aufwachraum neben dem Bett seiner Frau. Mit beiden Händen hat er Mayas linke Hand umklammert, sein Kopf ruht auf ihrem Arm. Die Lider flattern vor Anspannung, während er darauf wartet, dass sich die Augen der Patientin öffnen. Im Augenwinkel sammelt sich eine Träne, die er kaum bemerkt. Erst als sie sich ihren Weg über seine Haut sucht und auf Mayas Arm landet, nimmt er sie wahr.

»Wach auf, Babe«, flüstert er der Frau zu, welche die mehrstündige chirurgische Prozedur zwar überstanden hat, aber noch nicht wieder zu sich gekommen ist. Als sich von hinten eine Hand auf seine Schulter legt, schreckt er hoch.

»Geben Sie Ihr Zeit, Dr. Harper«, rät ihm Professor Dawson. »Je länger sie schläft, desto besser ist es. Sie wird in den kommenden Wochen viel Ruhe brauchen, um das alles zu verkraften.«

Trotz seiner Abgeschlagenheit steht Vincent auf, um dem Arzt, der die schwierige Operation durchgeführt hat, die Hand zu reichen.

»Danke, Professor, für alles.«

»Danken Sie vor allem Ihrem Bruder. Ich weiß nicht, wie er es geschafft hat, innerhalb von ein paar Stunden die Genehmigung aufzutreiben, damit ich hier tätig werden durfte.«

»In solchen Dingen ist er ein Meister«, bestätigt Vincent mit einem müden Lächeln. »Darf ich einen Blick auf die Werte meiner Frau werfen?«, wechselt er das Thema.

»Natürlich, aber ich kann Sie beruhigen, es sieht alles gut aus. Bestimmt wacht sie im Laufe der nächsten Stunde auf. Ich muss mich jetzt leider verabschieden. Ihr Vater hat zugesagt, dass er mich auf dem Laufenden hält.« Nach einer kurzen Pause, in der Vincent zustimmend genickt hat, spricht der Professor weiter. »Sie und Ihre Frau werden das meistern. Sollte es dennoch Probleme geben, scheuen Sie sich nicht, mich zu kontaktieren.«

Nachdem Vincent Dr. Dawson verabschiedet hat, nimmt er den Platz an Mayas Krankenbett wieder ein. Ein Schaudern erfasst ihn, als er an die Dramatik des Eingriffs zurückdenkt, die er von seinem Beobachtungsposten außerhalb des Operationssaals hilflos mit ansehen musste.

›Fast wäre es zu spät gewesen und ich hätte alles verloren‹, wird ihm klar. »Den Rest schaffen wir auch noch«, verspricht er Maya leise. »Du musst nur aufwachen.«

Es dauert fünfundvierzig Minuten – fünfundvierzig endlos erscheinende Minuten – bis sie ihm endlich den Gefallen tut und die Lider schwerfällig öffnet. Vincents Lippen liebkosen ihre Fingerspitzen, das Lächeln in seinem Gesicht wird breiter, als sie sich im Zimmer umsieht und schließlich in seine Augen blickt.

»Hey«, begrüßt er sie leise, »da bist du ja wieder.«

»Durst«, murmelt sie, während sie sich mit der Zunge über die Lippen fährt. Ihr Blick ist noch nicht ganz klar, eher in die Ferne gerückt. Doch er erhellt sich Stück für Stück, als Vincent ihr das Ende eines Strohhalms in den Mund schiebt, damit sie etwas trinken kann. Sein Daumen streichelt derweil sanft ihre Wange.

Die Sekunden vergehen, bis Maya von der Trinkhilfe ablässt und anfängt, sich ein weiteres Mal im Zimmer umzusehen. Falten bilden sich auf ihrer Stirn, als sie wieder den Kontakt zu seinen Augen findet.

»Was ist mit dem Baby?«, fragt sie ängstlich. Die freie Hand wandert zitternd über die Bettdecke, sucht sich den Weg zu der Wölbung an ihrem Bauch.

»Es schläft«, beruhigt Vincent sie. Tränen sammeln sich in seinen Augen, als er ihr versichert, dass die Operation ein Erfolg war und die Schnürbänder von den Beinen des Babys entfernt werden konnten.

»Wirklich?«, hakt sie nach, während auch ihr die Tränen kommen.

»Ja, ganz bestimmt«, bekräftigt er. »Alles ist so, wie es sich für ein gesundes heranwachsendes Baby im Mutterleib gehört. Jetzt versorgst du es wieder mit allem, was es braucht. Wenn es auf die Welt kommt, wird man nichts mehr von den kleinen Schwierigkeiten sehen.«

»Versprichst du es?«, flüstert sie.

»Ja!«, erwidert er. Sein Kopf nähert sich ihrem, der Augenkontakt wird tiefer, sein Atem streift ihre Haut, bevor er die Worte mit einem Kuss besiegelt.

Obwohl die Schläfrigkeit Maya in der folgenden Stunde immer wieder übermannt, weigert sie sich, die Lider zu schließen, um sich auszuruhen. Stattdessen bittet sie Vincent, ihr alles genau zu erzählen und zu erklären. Geduldig findet er einfache Begriffe, um seiner Frau die medizinischen Abläufe näherzubringen. Als sie erfährt, dass die Amnionstränge durch Einreißen der inneren Eihaut entstanden sind, weiten sich ihre Augen.

»Ich bin dafür verantwortlich, ich habe nicht gut genug aufgepasst!«, gibt sie sich die Schuld. Als er den Kopf schüttelt, fragt sie, ob ihre Krankheit dem Baby geschadet hat.

»Nein«, antwortet er ohne Zögern. »Borderline verursacht keine derartigen Veränderungen an der Eihaut. Gib dir nicht die Schuld, Maya, es ist einfach passiert, niemand kann etwas dafür.«

Seine Worte beruhigen die Patientin, deren Hand dennoch unaufhörlich über ihren Bauch streicht. Vincent weiß, dass er die Wahrheit gesagt hat – weder Borderline noch andere psychische Störungen wurden bisher mit der Bildung von amniotischen Bändern in Verbindung gebracht. Der Gedanke, dass dies vielleicht nicht für ihre Selbstverletzungen gilt, behält er jedoch für sich.

›Es kann ebenso gut sein, dass es sich bei Maya um eine vererbte Anfälligkeit handelt‹, beschwichtigt er sich selbst. Mit einem leichten Kopfschütteln schiebt er die Überlegungen beiseite. Stattdessen versucht er, sich und seine Frau mit einer schöneren Nachricht abzulenken.

»Dr. Dawson hat während des Eingriffs einen Blick auf das Geschlecht des Babys werfen können«, berichtet er mit einem triumphierenden Lächeln. »Willst du es wissen?«

Da sie freudestrahlend nickt, rückt er dicht an Maya heran, bringt seine Lippen an ihr Ohr und flüstert ihr das Ergebnis zu.

»Wie schön«, jubelt sie. »Das habe ich mir gewünscht. Weiß es sonst noch jemand?«

»Nein, ich habe es niemandem gesagt und wir können es

auch bis zur Geburt für uns behalten«, versichert er.

»Ja, das werden wir. Aber ich habe schon eine Idee für einen Namen«, erwidert sie gut gelaunt. Dieses Mal sind es ihre Lippen, die sich in Richtung von Vincents Ohrmuschel bewegen. Leise weiht sie ihn in das Geheimnis ein.

»Das klingt wunderbar.«

»Dann gefällt er dir also, obwohl es nicht der Name ist, den wir als Letztes in Erwägung gezogen haben?«, will sie trotz seiner Bestätigung wissen. Mit einem Kuss nimmt er ihr die Zweifel.

»Natürlich«, bekräftigt er, was sie endgültig erleichtert aufseufzen lässt.

Eine halbe Stunde später stört Jason die traute Zweisamkeit. Nachdem er Sohn und Schwiegertochter ein paar Minuten unbemerkt von der Tür aus beobachtet hat, tritt er an das Krankenbett. Sein Blick überfliegt die Werte am Monitor, dann wendet er sich Maya zu.

»Wie ich sehe, hast du alles gut überstanden«, begrüßt er sie. »Auch das Baby ist wohlauf«, fügt er hinzu. »Bald wirst du seine strampelnden Beine wieder spüren.«

»Danke«, erwidert sie mit feucht schimmernden Augen. »Vincent hat mir erzählt, dass du bei der Operation geholfen hast.«

»Ich hätte niemand anderen als Assistenten zugelassen. Die Hauptarbeit hat jedoch Professor Dawson gemacht«, spielt er seine Beteiligung mit einem Augenzwinkern herunter. »Nur die besten Ärzte kommen für mein Enkelkind infrage.«

»Aber Vincent war gar nicht dabei«, scherzt sie, woraufhin beide Männer anfangen zu lachen.

»Er hat außerhalb des OPs über eine Kamera alles im Auge behalten«, wertet Jason die Rolle des Sohnes auf, was die Schwiegertochter zufriedenstellt. Vincent hingegen erinnert sich daran, dass er von seinem Standort aus tausend Tode gestorben ist, weil er zum Zusehen verdonnert war und zu keiner Zeit aktiv eingreifen konnte.

»Maya, dein Vater möchte nach dir sehen. Bist du einverstanden?«, teilt Jason mit. »Auch er hat sich große Sorgen um euch gemacht, sodass es ihn sicher beruhigen wird, kurz mit dir zu sprechen. Natürlich nur, wenn du dich stark genug dafür fühlst.«

»Daddy ist immer noch hier?«, fragt sie überrascht nach. Eine Reaktion, die Vincent aufhorchen lässt. Die Erleichterung, die er in den Augen seiner Frau ausmachen kann, hält ihn jedoch davon ab, auf den Streit zwischen ihr und Preston einzugehen. So gerne er auch Details erfahren möchte, will er so kurz nach der Operation jede negative Aufregung bei Maya vermeiden.

»Wo soll er denn sonst sein?«, unterstützt er das Vorhaben daher. »Dein Vater hat genauso gebannt auf das Ergebnis gewartet, wie alle anderen. Ich hole ihn für einen Moment herein, okay?«

»Ja«, erklärt sie ihr Einverständnis.

Als Vincent den Aufwachraum verlässt, kommt Preston ihm vom Ende des Ganges sofort entgegen. Seine Haare sind zerzaust und der Bartschatten überdeckt den sonst so strengen Ausdruck, den der Verleger gerne zur Schau stellt. Zu Vincents Überraschung legt ihm sein Schwiegervater eine Hand auf die Schulter, als er vor ihm steht.

»Ist sie wach? Kann ich zu ihr? Jason hat gesagt, dass sie und das Baby alles gut überstanden haben.«

»Ja, sie ist wach und beiden geht es gut. Maya will dich auch sehen, aber reg sie bitte nicht auf. Sie braucht sehr viel Ruhe nach dem schweren Eingriff.«

»Sie bedeutet mir genauso viel wie dir, Vincent«, lässt Preston verlauten, womit er seinen Schwiegersohn zum zweiten Mal erstaunt. »Danke.«

Ein Wort, das Vincent zum Hochziehen einer Augenbraue bringt. Hatte er das gerade richtig verstanden? Preston Carter, der ihm bisher nur Misstrauen entgegengebracht hat, bedankt sich bei ihm?

›Die Angst um Maya scheint etwas bei ihm zu bewirken.

Vielleicht akzeptiert er endlich, dass er nicht der einzige wichtige Mann in ihrem Leben ist‹, überlegt Vincent, während er kurz nickt und seinem Schwiegervater die Tür zum Aufwachraum öffnet.

»Ich lasse euch einen Moment alleine«, sagt er zu.

*****

Nachdem Jason noch in der Nacht vergeblich versucht hat, seinen Sohn dazu zu bewegen, sich auszuruhen, startet er am Morgen einen neuen Anlauf. Maya, die inzwischen auf ein Krankenzimmer gebracht wurde, ist Minuten zuvor eingeschlafen, trotzdem weicht Vincent ihr nach wie vor nicht von der Seite.

»Du musst dich ausruhen«, argumentiert er. »Maya wird ein paar Stunden schlafen. Erst der Blutverlust durch das Aufreißen der Narben, später die Angst um das Baby und schließlich der lange, schwere Eingriff haben ihrem Körper zugesetzt. Du hilfst deiner Frau am besten, wenn du frisch und erholt für sie da bist. Geh nach Hause, leg dich hin, gönn dir danach eine Dusche und dann kommst du wieder hierher. Wir passen auf Maya auf. Wenn sich etwas tut, rufe ich dich sofort an, versprochen!«

Nachdenklich reibt sein Sohn sich das Kinn. Die Bartstoppeln kratzen an seinen Fingerspitzen, untermalen die Aufforderung des Vaters, sich frisch zu machen. Dennoch fällt es Vincent schwer, sich loszureißen.

»In Ordnung, aber höchstens für ein paar Stunden. Spätestens heute Mittag bin ich wieder hier. Sag ihr das bitte, falls sie vorher aufwacht«, stimmt er schließlich zu.

Bevor er endgültig geht, drückt er seiner Frau zärtlich einen Kuss auf die Lippen, flüstert ihr zu, dass er sie liebt, und verlässt nach einem »Danke« in Jasons Richtung den Raum.

*****

Im Hause der Morgans überlegt Natessa am Morgen, wie

sie ihren freien Tag gestalten will. Zunächst einmal geht sie mit dem Kaffeebecher auf die Veranda, wo sie es sich in der Hollywoodschaukel gemütlich macht. Langsam aber stetig finden die ersten Sonnenstrahlen den Weg um die Ecke des Hauses und wärmen Natessas Haut. Zufrieden blickt sie in den strahlendblauen Himmel, als ihr eine Idee kommt.

›Genau das mache ich. Darüber wird er sich bestimmt freuen‹, begeistert sie sich für den Einfall. Eine Viertelstunde später rollt ihr Volkswagen die Auffahrt des Grundstücks herunter und schlägt den wohlbekannten Weg ein.

Der Parkplatz am Strand von Malibu ist kaum gefüllt, als Natessa ihr Auto dort abstellt. Mitten in der Woche und so früh am Morgen hat es noch nicht viele Menschen an den Strandabschnitt verschlagen. Da das Wasser nur träge auf den weißen Sand schwappt, hat sich auch kein Surfer auf den Weg dorthin gemacht.

Natessa saugt den salzigen Geruch des Meeres ein, hält ihr Gesicht in die Sonne und genießt die Stille. Immer mehr Vorfreude zeichnet sich auf ihren Zügen ab, als sie dem Strandhaus mit dem roten Dach näherkommt. Ein ruhiges Gespräch mit Bernhard, gepaart mit dem weiten Blick aufs Wasser, den man von seiner Veranda aus geboten bekommt, beschwingt ihre Schritte.

›Warum habe ich Enrique eigentlich noch nie mit hierher genommen?‹, geht es ihr durch den Kopf. Die Antwort darauf ist ihr im selben Moment klar. ›Weil es unser Ort ist – Vincents und meiner. Er hat ihn mir gezeigt, hier hat uns immer etwas Besonderes verbunden. Außerdem birgt dieser Strandabschnitt so viel Ruhe, dass ich ohne schlechte Gefühle an unsere gemeinsame Zeit zurückdenken kann.‹

Nur noch ein kleines Stück trennt Natessa von der vollen Sicht auf Bernhards Unterkunft, die ihr seit dem ersten Spaziergang an diesem Teil des Strands am besten gefällt. Die Düne davor, auf der sie schon oft gesessen und aufs Meer hinaus geschaut hat, liegt einladend von der Sonne angestrahlt vor ihr. Als sich etwas zwischen den Erhebungen des Sands bewegt, zuckt sie zusammen. Die Erkenntnis, dass sich ein Fremder ausgerechnet diesen speziellen Platz ausgesucht hat, irritiert sie für einen kurzen Augenblick, obwohl es dafür keine rationale Erklärung gibt.

›Egal, ich will ja sowieso zu Bernhard‹, lenkt sie sich von dem unerwarteten Anblick ab. Ihre Schritte zeigen bereits in Richtung des Strandhauses mit dem roten Dach, als die Person sich erhebt und zu ihr herübersieht.

Mit stockendem Atem bleibt Natessa stehen. Völlig bewegungslos verharrt sie an der Stelle, während der Mann, an den sie Minuten zuvor noch gedacht hat, auf sie zukommt.

»Was tust du hier?«, fragt er verwundert, als er sie erreicht hat.

»Dasselbe könnte ich dich fragen«, entgegnet sie mit einem verlegenen Lächeln. Die Spitze einer Haarsträhne, die durch den Windhauch an ihrem Kinn kitzelt, schiebt sie sich hinters Ohr, bevor er dem Reiz nachgibt, es für sie zu tun. »Ich habe heute frei und wollte Bernhard besuchen«, fügt sie als Erklärung hinzu.

»Oh«, Vincents Blick wandert zum Strandhaus, dessen Fensterläden alle geschlossen sind, »wie es aussieht, ist er nicht zu Hause. Seit wann kennt ihr euch?«

Enttäuschung macht sich auf Natessas Gesicht breit, als auch sie den abgeschotteten Zustand des sonst so einladenden Holzhauses betrachtet. Ihre Miene hellt sich jedoch bei der Erinnerung an das Kennenlernen von Bernhard auf. Bereitwillig erzählt sie Vincent von ihrer ersten Begegnung mit dem älteren Herrn. Aufmerksam hört er ihr zu, während er mit der Hand eine Geste in Richtung Düne macht. Mit einem Nicken folgt sie dem Vorschlag, sich dort in den Sand zu setzen.

»Du siehst müde aus«, stellt sie fest, nachdem sie eine Weile aufs Meer geschaut haben. »Warum bist du hier, anstatt dich auszuschlafen?«

»Ich brauchte etwas, um runterzukommen. Also bin ich zum Strandhaus gefahren. Auf der Veranda hat mich aber nichts gehalten, daher bin ich durch die Dünen gelaufen. Dieser Ort hier hat so viel Beruhigendes an sich: Die leichte Brise, die das Strandgras bewegt; das Meer, das ruhig daliegt, als könnte nichts ihm etwas anhaben; der für diese Jahreszeit erstaunlich warme Sand, der zum Verweilen einlädt. … Nicht zu vergessen, die unerwarteten Begegnungen, die einen ereilen und ablenken können.«

Bei Vincents letzter Bemerkung horcht sie auf. »Möchtest du darüber sprechen, warum du Ablenkung brauchst?«, bietet sie an. Sekundenlang vertiefen sich ihre Blicke. Der müde Ausdruck in seinen Augen weicht einem sorgenvollen.

Obwohl er tief in seinem Inneren weiß, dass er Natessa nicht von Maya und vor allem nicht von dem Baby erzählen sollte, suchen sich die Worte dennoch ihren Weg nach draußen. Stockend und mit leiser Stimme berichtet er von der dramatischen Situation, in dem sich sein ungeborenes Kind vor über zwölf Stunden befunden hat. Unwillkürlich umfasst Natessa Vincents Hand, als sie die Angst spürt, die ihn vor sowie während des Eingriffs erfasst hatte, und die ihn auch jetzt noch nicht wieder ganz loslassen will.

»Das tut mir alles so leid«, äußert sie mit ehrlicher Betroffenheit.

»Ich hatte schreckliche Angst um die beiden«, flüstert er, woraufhin sie tröstend seine Finger drückt.

»Ich weiß genau, was du meinst«, bestätigt sie.

Die Bilder, wie sie an Enriques Bett gesessen, seine Hand gehalten und auf das Aufwachen gewartet hat, laufen parallel in ihren Köpfen ab.

»Enrique hat es geschafft.«

»Maya und euer Baby werden das ebenfalls«, macht sie ihm Mut. Ein vages Lächeln ziert seine Lippen, als er zustimmend nickt.

»Ja, zum Glück ist alles gut gegangen, sowohl für Enrique

als auch für Maya und das Kind.« Ein Schaudern überfällt ihn, als er an die Aktion zurückdenkt, die Lisa Braden geplant hatte. Wenn Max ihr Vorhaben nicht aufgedeckt hätte, würde es für ihn keine Frau und kein Kind mehr geben.

Natessa, die spürt, dass ihn etwas quält, streicht mit der Hand über seinen Arm.

»Ihr habt das Schlimmste überstanden«, versichert sie ihm. »Es wird euch noch mehr zusammenschweißen.« Worte, die nicht nur ihr vor Augen führen, wie weit sie sich inzwischen voneinander entfernt haben.

»Bist du glücklich mit ihm?«, erkundigt er sich plötzlich. Dabei versucht er zu ignorieren, wie warm sich ihre Hände anfühlen und wie viel Trost ihm der Kontakt spendet. Eine Berührung, die Natessa in den letzten Wochen einem anderen Mann gegeben hat und dies auch in Zukunft tun wird.

»Ja«, antwortet sie leise. »Sein Unfall hat mir erst richtig klargemacht, wie viel er mir bedeutet. … Er ist nicht wie du, Vincent, aber mit ihm ist alles so leicht und unbeschwert.«

»Ich verstehe, was du meinst. Zwischen uns war etwas Besonderes, das man nicht so einfach vergisst«, erwidert er zu ihrem Erstaunen. Das Zusammenziehen der Augenbrauen lässt eine Furche auf ihrer Stirn erscheinen, als sie ihn intensiv ansieht. Ihre Gefühle geraten angesichts der Andeutung in seinen Worten völlig durcheinander. Geht es ihm genauso? Vermisst auch er sie immer noch? Hin- und hergerissen zwischen stiller Hoffnung und Vernunft bricht sie schließlich ihr Schweigen.

»Ich wäre lieber den schweren Weg gegangen«, gibt sie kaum hörbar zu. Entsetzt über ihre Offenheit schlägt sie sich die Hand vor den Mund und versucht aufzustehen.

»Lauf jetzt nicht weg, Natessa. Es ist gut, dass wir darüber sprechen«, beruhigt er sie.

Dennoch ist ihr der Kontakt mit einem Mal viel zu eng. Mit einem Kopfschütteln erhebt sie sich und tritt einen Schritt zur Seite. Doch Vincent verringert den Abstand sofort wieder, nachdem er ebenfalls aufgestanden ist. Sanft umfasst er mit der einen Hand ihre Finger, während er mit der anderen ihr Kinn anhebt, um ihr in die Augen sehen zu können.

»Wir dürfen das nicht«, fleht sie ihn an.

»Hör mir nur einen Augenblick zu«, bittet er. »Dieser Moment kommt vielleicht nie wieder.« Mit dem Daumen streicht er ihr sanft übers Kinn, bevor er es loslässt. Zu seiner Erleichterung wendet sie den Blick nicht ab, sodass er weiterspricht. »Du wirst immer einen Platz in meinem Herzen einnehmen und mir ist gerade überaus deutlich klar geworden, dass du diesen Platz auch für mich reserviert hast. Darin darfst du nichts Verwerfliches sehen, Natessa.«

»Wie kann ich das, ohne Enrique damit zu verletzen?«, fragt sie mit weit aufgerissenen Augen, in denen er den Konflikt erkennt, den sie durchmacht. Mit Bedauern begreift er, dass es für sie ungleich schwerer ist, ihren Weg ohne ihn zu gehen, als umgekehrt.

›Ich konnte gar nicht anders als mich für Maya zu entscheiden‹, geht es ihm durch den Kopf. ›Sie dagegen wurde vor vollendete Tatsachen gestellt und versucht nun, sich ebenfalls jemand anderem zuzuwenden.‹ Fieberhaft sucht er nach einer Lösung, ihr einen Weg aufzuzeigen, um ihn loszulassen. Etwas, das er im Grunde nicht will, von dem er aber weiß, dass sie es braucht. Am Ende seiner Überlegungen sieht er nur einen Weg. Wehmütig schließt er die Augen.

»Indem wir es akzeptieren und uns goodbye sagen«, sagt er leise.

Ihre Augen werden von Tränen überschwemmt, als sie die Worte verinnerlicht. Zitternd löst sie ihre Hand aus seiner und sieht ihn fragend an. Er ahnt sofort, was in ihr vorgeht. Mit einem Nicken breitet er die Arme aus und lässt zu, dass sie ihn sanft umarmt.

»Goodbye, Vincent«, raunt sie ihm mit tränenerstickter Stimme ins Ohr. »Ich wünsche dir, Maya und eurem Kind alles Glück der Welt.«

Seine Bartstoppeln kratzen an ihrem Hals, als auch er die

Lippen in Richtung ihres Ohrs bewegt. Der Griff seiner Arme um ihren Körper wird fester, noch einmal saugt er ihren Duft ein, um sich immer daran zu erinnern.

»Goodbye, Natessa, genieße dein Leben mit Enrique. Du hast es verdient.«

Sekundenlang stehen sie eng beieinander, dann löst Vincent vorsichtig den Kontakt zwischen ihnen. Ein letztes Mal wischt er ihr eine Träne aus dem Gesicht und schiebt eine Strähne hinter ihr Ohr.

»Goodbye«, formen seine Lippen lautlos.

»Leb wohl«, gibt sie auf gleichem Wege zurück. Ihre Mundwinkel verziehen sich zu einem zaghaften Lächeln, das er erwidert.

›So will ich sie in Erinnerung behalten‹, nimmt Vincent sich vor. Im nächsten Moment wendet sie sich ab und geht über den weichen Sand davon. Wegen der Tränen, die er nicht sehen soll, dreht Natessa sich nicht noch einmal zu ihm um. Er jedoch schaut ihr nach, bis sie auf den Weg zum Parkplatz hinter den Dünen abbiegt. Erst dann verlässt auch er seinen Standort und läuft zum Strandhaus zurück, vor dem er seinen Wagen geparkt hat.

KAPITEL 23

»Ich wüsste gerne, was dich beschäftigt«, kommentiert Jason schmunzelnd die Tatsache, dass Emilia es mit dem Salz im Essen etwas zu gut gemeint hat. »Man sagt, dass verliebte Köche ihre Gerichte versalzen. An wen hast du dein Herz verloren, meine Liebe?«

Gemeinsam sitzen die beiden in Emilias Büro der Cateringfirma. Eine spontane Idee von ihm, welcher sie am Telefon begeistert zugestimmt hatte. Die Euphorie ist ihr jedoch abhandengekommen, bis er sich zur Mittagszeit von der Klinik aus auf den Weg zu ihr gemacht hat. Mal abgesehen von dem zu gut gewürzten Essen ist Emilia zudem unaufmerksam und mit ihren Gedanken woanders.

»Wie bitte?«, fragt sie, als er über den Tisch greift und ihre Hand berührt.

»Worüber denkst du nach? Irgendetwas beschäftigt dich doch.«

»Daniel hat sich gemeldet…«, fängt sie an zu erklären. Das Weitersprechen fällt ihr schwer, sodass Jason seinen Teller beiseiteschiebt und mit beiden Händen die ihren umfasst.

»Hat er mit den Verantwortlichen der Kanzlei gesprochen?«, versucht er sie zu animieren, ihm alles zu erzählen.

Mit einem Nicken bestätigt Emilia seine Annahme. Seufzend fügt sie hinzu, dass Begeisterung in seiner Stimme mitschwang, obwohl er sich bemühte, ihr möglichst neutral mitzuteilen, dass er auf dem Rückweg sei.

»Auf der einen Seite wünsche ich ihm den Erfolg, denn er hat ihn verdient. Aber auf der anderen Seite ist da die viel zu große Entfernung. Wie oft werde ich meinen Sohn noch sehen, wenn er nach Atlanta geht?«, spricht sie ehrlich ihren inneren Zwiespalt aus.

Jason, der die Empfindungen nachvollziehen kann, steht auf, tritt neben ihren Stuhl und zieht sie in seine Arme.

Dankbar lehnt sie sich an ihn und nimmt den Trost entgegen, der ihr viel bedeutet. Trotzdem löst sie sich wenig später aus der Umarmung.

»Entschuldige meine Rührseligkeit. Ich sollte uns damit nicht die gemeinsame Zeit verderben.« Kopfschüttelnd streicht er ihr über die Wange.

»Ich möchte alles erfahren, was dich bewegt, Emilia. Natürlich machst du dir Gedanken über Daniels Zukunft. Deine Zerrissenheit ist nur zu verständlich und zeigt, was für ein fürsorglicher Mensch du bist. Lass mich bitte auch weiterhin an jeder Gefühlsregung teilhaben. Dass negative Dinge oder Gedanken vor mir verborgen werden, habe ich lange genug erlebt. In unserer Beziehung möchte ich etwas anderes – etwas Gefühlvolleres, etwas Gemeinsames. Komm nicht nur zu mir, wenn dir zum Lachen zumute ist, sondern auch und vor allem, wenn du Trost oder Zuspruch brauchst. Einverstanden?«

»Unsere Beziehung?«, wiederholt sie leise.

»Ja!«, bekräftigt er. Ein kurzes Wort der Bestätigung, das ihre Augen aufhellt, die Mundwinkel zu einem Lächeln verzieht und ihre Haltung aufrechter werden lässt. »Genau das ist es, meine Liebe. Ein zweiter Anlauf, eine neue Chance, um es diesmal richtig zu machen. Ich liebe dich, Emilia Morgan, und ich habe nicht vor, dich wieder gehen zu lassen.«

Staunend sieht sie ihn an, unfähig, verbal auf die Klarheit seiner Aussage zu reagieren. Stattdessen legt sie ihre Hände um sein Gesicht, sieht ihm tief in die Augen und küsst ihn zärtlich. Nachdem der Kuss beendet ist, reibt sie ganz sanft mit den Daumen über seine Wangenknochen. Ihre eigenen Wangen glühen, als sie ihm sagt, dass sie ihn ebenfalls liebt.

*****

Währenddessen sitzt Natessa beim Y des Hollywoodzeichens. Tränenspuren im Gesicht zeugen von dem Versuch, das Geschehen am Strand von Malibu zu verarbeiten.

Immer wieder versichert sie sich, dass Vincent recht hat, doch ihr Herz will ihn nicht loslassen.

»Indem wir es akzeptieren und uns goodbye sagen.« Vincents Worte klingen in ihren Ohren nach. *»Goodbye, Natessa, genieße dein Leben mit Enrique.«*

Ist sie nicht deshalb hier? Genau an dem Ort, der Enrique und ihr gehört. An dem er sie getröstet und auf andere Gedanken gebracht hat. Sie ist bewusst in die Hollywood Hills gefahren, in der Hoffnung, an diesem Platz den Fokus auf den richtigen Mann lenken zu können. Doch vergebens…

›Das hat er nicht verdient, hier sollte ich nur an ihn denken!‹, beendet Natessa ihre Grübeleien. Mit einer energischen Bewegung fährt sie sich mit den Fingern übers Gesicht, um alle Spuren ihrer Trauer zu beseitigen. Danach springt sie auf, um das Richtige zu tun. Ein Blick auf die Uhr lässt sie zusammenzucken. Schon so spät? Fieberhaft überlegt sie, wann Enriques Physiotherapie beginnt, zu der sie ihn fahren will. Im selben Moment ertönt das Signal ihres Handys, um sie daran zu erinnern, dass ein Termin in ihrem Kalender näher rückt.

»Verdammt!«, flucht sie vor sich hin, während sie in ihrer Tasche nach dem Autoschlüssel sucht und Sekunden später zum Wagen sprintet.

Eine gute Stunde dauert Natessas Weg zum Haus der Hunts. Mit einem schlechten Gewissen, weil sie die Begegnung mit Vincent so sehr aus dem Konzept gebracht hat, parkt sie das Auto vor der Werkstatt.

Das Strahlen in Enriques Gesicht, als sie das Gebäude betritt, verstärkt ihr Schuldbewusstsein noch mehr. Umständlich wischt er sich die Finger an einem Tuch ab, was sich schwierig gestaltet, weil sein rechter Arm in der Schlinge steckt.

»Du kannst es einfach nicht lassen, oder?«, begrüßt Natessa ihn betont fröhlich. Als er vor ihr steht und sie zu ihm aufsieht, versucht sie, sich nur auf ihn zu konzentrieren.

Obwohl sie ihn anlächelt, bildet sich ein Runzeln auf seiner Stirn.

»Ist alles in Ordnung? Du siehst abgehetzt aus«, erkundigt er sich.

»Ich habe nur die Zeit vergessen«, redet sie sich heraus. Ein Schmunzeln überzieht Enriques Gesicht, als er verständnisvoll nickt.

»Natürlich – so etwas passiert mir auch immer an meinen freien Tagen«, scherzt er. »Schön, dass du jetzt da bist«, raunt er ihr dann jedoch zu, bevor er sie außer Sichtweite der Aushilfe bringt, um ihr einen Kuss zu geben. »Ich habe dich vermisst.«

Der Klingelton ihres Handys rettet sie vor einer Antwort. Erleichtert holt sie das Telefon aus der Tasche und liest die Nachricht.

»Daniel ist bereits am Flughafen in Atlanta. Er kommt heute zurück … Außerdem bittet er mich, am Abend zu Hause zu sein«, fügt sie mit einem Stirnrunzeln hinzu.

»Klingt nach einer Entscheidung, die er getroffen hat«, interpretiert Enrique. »Soll ich dich zu dem Gespräch begleiten?«

»Ich weiß es nicht«, antwortet sie halbherzig, während sie noch darüber grübelt, ob es ein gutes oder doch eher ein schlechtes Zeichen ist, dass ihr Bruder am Abend die ganze Familie sehen will. Als Enrique ihr über den Rücken streicht, schiebt sie den Gedanken beiseite. Lächelnd sieht sie ihn an. »Lass uns losfahren, deine Schulter braucht geschulte Bewegung, damit du hier bald wieder uneingeschränkt herumwerkeln kannst.«

»Vor allem auch, damit mir das hier besser gelingt«, deutet er an. Im nächsten Moment legt er den freien Arm um ihre Taille und zieht sie eng an seinen Körper. »Danke«, flüstert er ihr zu, bevor er sie ein weiteres Mal zärtlich küsst.

*****

Ohne Enriques Begleitung parkt Natessa ihren Wagen am frühen Abend auf der Auffahrt des Familiengrundstücks. Als sie das Haus durch den Hintereingang betritt, schlägt ihr eine angespannte Stimmung entgegen. Vier Augenpaare richten den Blick auf sie, darunter der sorgenvolle ihrer Mutter und der niedergeschlagene von Rebecca. In Daniels Augen kann sie dagegen Erleichterung entdecken. Er scheint froh zu sein, dass nunmehr alle Hausbewohner in der Küche versammelt sind.

»Willkommen zurück«, begrüßt Natessa ihn.

Ungeduldig nimmt Simone ihr die Jacke ab, um sie an die Garderobe zu hängen. Als sie aus dem Flur zurückkehrt und feststellt, dass ihre Cousine noch immer an derselben Stelle steht, verdreht sie die Augen.

»Setz dich endlich«, zischt sie Natessa zu. Selbst schlüpft sie auf den Platz neben Rebecca. Erwartungsvoll schaut sie zu Daniel, damit der mit seinem Bericht über das Gespräch in Atlanta beginnt. Zu ihrer Freude lässt ihr Cousin nicht mehr länger auf sich warten.

»Der Hauptsitz in Atlanta vertritt ein Firmenkonsortium, das in mehreren Staaten Tochterfirmen oder Beteiligungen an großen Gesellschaften besitzt«, leitet er seine Schilderung ein. Es folgt eine Wiedergabe der Möglichkeiten, die man ihm geboten hat. Alleine die Erwähnung, dass ihm viel Verantwortung bei den vertraglichen Angelegenheiten bei einer der Teilfirmen übertragen werden könnte, lässt Emilia die Luft anhalten. Als er fortfährt, den Plan für die nächsten zwölf bis vierundzwanzig Monate aufzuzählen, der eine Menge wichtiger Fortbildungen beinhaltet, ahnt sie bereits, dass die Stunde des Abschieds gekommen ist.

»Eine hervorragende Chance für deine Karriere. Ich gratuliere dir, Schatz«, freut sie sich trotz aller Schwermut, die sie gleichzeitig erfasst.

»Ja, das ist es«, gibt er mit einem Lächeln zu, in dem Stolz mitschwingt. »Gleichwohl habe ich einen kühlen Kopf bewahrt und angefragt, ob die Möglichkeit in ähnlicher Weise auch für den Standort Los Angeles besteht.«

»Wow«, entfährt es Simone. »Ich weiß nicht, ob ich mich das an deiner Stelle getraut hätte.«

Natessas Blick bleibt indes an Rebecca hängen, die den letzten Satz ihres Freundes ohne Regung verfolgt hat. Als Daniel weiterspricht und mit Bedauern erklärt, dass das Angebot nur für Atlanta gilt, wird ihr klar, warum.

›Er hat sie bereits im Vorfeld dieses Familiengesprächs informiert. Dann haben sie gemeinsam sicher schon eine Entscheidung getroffen‹, geht es ihr durch den Kopf.

»Du nimmst es aber trotzdem an?«, vergewissert sie sich. »Auch wenn das für Rebecca und dich eine Fernbeziehung nach sich zieht?«

»Die Möglichkeit kann er unmöglich ablehnen. Wer weiß, ob ihm die Kanzlei noch einmal ein Angebot für eine Fortbildung machen wird«, kommt Rebecca ihrem Freund zuvor. Mit Tränen in den Augen fügt sie hinzu, dass sie ihm auf keinen Fall im Wege stehen wird. Daniel, der seiner Mutter tröstend eine Hand auf die Schulter gelegt hatte, nimmt nun die Freundin in den Arm.

»Wir kriegen das hin«, flüstert er ihr zu. »Wir alle werden damit zurechtkommen«, wiederholt er an die Familienmitglieder gerichtet.

Noch eine Stunde später sitzen die fünf zusammen in der Küche und sprechen über die anstehende Neuerung in ihrem Leben. Die Tränen sind versiegt, alle freuen sich letztlich über Daniels Karrieresprung, sodass die Stimmung nicht mehr getrübt ist. Als er das etwas höhere Gehalt sowie das Appartement erwähnt, welches die Kanzlei ihm stellt, pfeift Natessa anerkennend durch die Zähne.

»Dann wirst du Mom weiterhin ein wenig finanziell unterstützen, bis wir wissen, wie viel die Cateringfirma nach Abzug aller Kosten einbringt?«, fragt sie ihn ganz leise, sodass nur er es hören kann. Dass Emilia sich zur selben Zeit mit Simone unterhält, kommt ihr dabei entgegen. Ihr Bruder nickt zustimmend und versichert, dass sich daran nichts ändern wird.

»Es bleibt genug übrig, damit ich ab und an hierher oder Becky zu mir fliegen kann. Freizeit für Unternehmungen, die mir das Geld aus der Tasche ziehen, werde ich neben der Arbeit und den Weiterbildungen sowieso nicht haben«, fügt er scherzend hinzu. Eine Prophezeiung, die Natessa dazu veranlasst, ihm mit gespieltem Bedauern auf die Schulter zu klopfen.

»Wir werden eine Abschiedsfeier für dich geben«, beschließt Emilia plötzlich. Obwohl ihr Sohn protestiert, lässt sie sich nicht von der Idee abbringen. »Nur die Familie und die engsten Freunde«, legt sie fest. Begeistert über den Vorschlag klatscht Simone in die Hände und selbst Rebecca zaubert er das erste Lächeln des Abends ins Gesicht.

»Abgemacht«, gibt Daniel sich geschlagen. Erleichtert darüber, dass die Familie seinen baldigen Umzug besser aufnimmt als von ihm erwartet, lehnt er sich auf seinem Stuhl zurück und beobachtet lächelnd, wie die ersten Pläne geschmiedet werden.

*****

Zwei Tage später kommt Vincent in Begleitung der Gynäkologin Dr. Monroe in Mayas Krankenzimmer. Mit einem Nicken begrüßt er seinen Schwiegervater, der neben dem Bett sitzt. Unbeeindruckt von Prestons Anwesenheit gibt er Maya einen Kuss.

»Wie geht es dir heute Morgen?«, fragt er liebevoll. »Ist dir noch schwindelig?«

»Nein«, bestätigt sie, woraufhin er einen Blick auf den Monitor wirft, der Herzschlag und Puls anzeigt. Zufriedenheit über die Werte zeigt sich auf seinem Gesicht.

»Prima, das sieht alles gut aus«, kommentiert er. »Dr.

Monroe ist hier, damit wir uns noch einmal die Herztöne des Babys anhören können. Bist du einverstanden?« Eine Frage, die seine Frau umgehend bejaht. Nur einen Augenblick später verdüstert sich jedoch ihr Ausdruck.

»Stimmt etwas nicht?«, fragt sie ängstlich. Ihr unerwarteter Stimmungsumschwung veranlasst Preston, ihre Hand zu ergreifen. Auf der anderen Seite macht Vincent dasselbe.

»Reine Routine«, beruhigt er sie gleichzeitig. Erleichtert schließt Maya daraufhin für einen kurzen Moment die Lider. Als sie die Augen wieder öffnet, sieht sie zwischen ihrem Vater und dem Ehemann hin und her. Dass beide ihre Hand halten, schickt ein zaghaftes Lächeln auf ihre Lippen. Stille Hoffnung keimt in ihr auf, weil es zum ersten Mal keine feindseligen Blicke zwischen den Männern gibt, die ihr so wichtig sind.

»Darf Daddy während der Untersuchung hierbleiben?«

»Selbstverständlich«, erklärt sich Dr. Monroe einverstanden und auch Vincent nickt zustimmend.

Nach der Kontrolle mit dem Doppler, die ein kräftig schlagendes Herz hervorgebracht hat, schlägt die Ärztin für die nächsten Tage eine ausführliche Ultraschalluntersuchung vor.

»Dann können Sie Ihr Baby noch einmal auf dem Monitor sehen, anstatt nur die Herztöne zu hören«, fügt sie hinzu, damit die Patientin sich nicht wieder unnötig ängstigt. Trotzdem wird deren Griff um die Hände der Männer an ihrer Seite stärker. Der Druck erhöht sich weiter, als die Gynäkologin behutsam das Thema eines Kaiserschnitts anspricht. »Angesichts des schweren Eingriffs empfiehlt auch Professor Dawson, der die Operation durchgeführt hat, diese Geburtsmethode. Für Ihr Baby würde es weniger Stress bedeuten und es besteht keine Gefahr für die Beine, die eventuell noch etwas geschwächt sind.«

Ängstlich schaut Maya zuerst ihren Vater, danach Vincent an. Der furchtsame Ausdruck in ihrem Gesicht wandelt sich mit den aufsteigenden Tränen in Entsetzen.

»Ich darf es nicht auf natürlichem Wege auf die Welt bringen?«, schluchzt sie völlig aufgelöst. »Nicht einmal das kann ich für unser Baby tun!«

Bevor Vincent etwas sagen kann, kommt Preston ihm zuvor. Der Kopf seiner Tochter dreht sich zu ihm, als er anmerkt, dass er den Kaiserschnitt für eine gute Idee hält. Verwundert sieht sein Schwiegersohn ihn an.

»Du bist auch auf diese Weise zur Welt gekommen«, ergänzt Preston seine Worte. Überraschung zeigt sich im Blick seiner Tochter. Lächelnd spricht er weiter: »Hattest du jemals das Gefühl, dass deine Mutter deswegen zu wenig für dich getan hat?«

»Nein, niemals«, gibt sie zu.

»Dann solltest du den Rat der Ärzte befolgen. Zumal dein Mann diese Geburtsmethode ebenfalls als richtig erachtet«, argumentiert ihr Vater zusätzlich. »Das ist doch so, Vincent?«, fügt er mit einem freundlichen Blick in Richtung seines Schwiegersohns hinzu.

»Auf jeden Fall«, antwortet Vincent. Seine Überraschung über Prestons Zustimmung und vor allem darüber, wie er sie gegeben hat, ist ihm anzusehen. Bei Maya sorgt die übereinstimmende Meinung zudem dafür, dass sie sich entspannt. Als ihr Ehemann dann versichert, dass sie sehr fürsorglich mit dem Baby umgeht, wenn sie dem Kaiserschnitt zustimmt, lichten sich ihre düsteren Gesichtszüge zu einem Lächeln.

Nachdem Dr. Monroe sich erkundigt hat, ob noch Fragen bestehen, was von Maya verneint wird, verabschiedet sie sich. Kurz danach deutet Vincent an, dass es Zeit für die Visite bei seinen Patienten ist.

»Ich schaue so oft es geht bei dir rein«, versichert er Maya. Mit den Fingerspitzen streicht er sanft über ihre Wange und gibt ihr dann einen Kuss auf die Lippen. Als er sich zum Gehen wendet, schließt Preston sich ihm an.

»Es dauert nur einen Moment. Ich möchte kurz mit

deinem Mann sprechen«, beruhigt er seine Tochter. Auf dem Gang angekommen zieht er die Tür von Mayas Krankenzimmer ins Schloss und reicht Vincent die Hand.

»Danke«, beginnt er, nachdem sein Schwiegersohn sie überrascht, aber auch mit einer Spur Misstrauen ergriffen hat. »Danke für alles, was du für Maya tust. Sie vertraut dir und du gibst ihr Kraft. Es tut mir leid, dass ich das erst jetzt erkannt habe.«

Perplex sucht Vincent nach einer passenden Antwort. Die freundliche Stimmung, die der Publizist ihm entgegenbringt, erscheint ihm unwirklich. Im Gesichtsausdruck des Schwiegervaters kann er jedoch nichts Aufgesetztes erkennen, sodass sich seine Mundwinkel heben.

»Ich weiß, dass ich in der Vergangenheit Fehler gemacht habe, Preston. Aber ich liebe Maya. Sie und das Baby sind mir wichtig. Ich würde alles dafür tun, damit es ihnen gut geht.«

Mit einem Nicken signalisiert sein Gegenüber, dass er ihm glaubt. Als Preston ihn dann auch noch kurz an sich zieht und ihm mit der Hand auf den Rücken klopft, fehlen Vincent endgültig die Worte. Mit einem Räuspern versucht er sich zu sammeln. Ein Punkt, den er bisher nicht klären konnte, drängt sich in seine Gedanken und er beschließt, ihn dem Schwiegervater gegenüber anzusprechen.

»Was ist in den Hamptons vorgefallen? Hatte es etwas mit mir zu tun? Wenn ich weiß, wie es zu der Selbstverletzung von Maya gekommen ist, kann ich ihr besser helfen.«

»Das ist nicht mehr wichtig, Vincent«, wiegelt der Verleger ab. »Maya und ich haben uns vor der Operation ausgesprochen und beschlossen, das Ganze ad acta zu legen. Wir wollen den Vorfall vergessen, daher möchte ich dich bitten, das Thema ebenfalls ruhen zu lassen.«

Eine Bitte, die bei seinem Schwiegersohn ein leichtes Kopfschütteln hervorruft. Maya hatte sich zu dem Geschehnis ähnlich geäußert, als er sie in einem ruhigen Moment darauf ansprach. Nichtsdestotrotz ist er davon überzeugt, dass es für seine Frau besser sein wird, wenn sie die Thematik – um was es sich dabei auch immer handeln mag – aufarbeitet.

»Ihr seid euch offensichtlich einig, mich an der Sache nicht zu beteiligen. Ich respektiere das, weil ich Maya nicht bedrängen will. Obwohl ich andererseits der Meinung bin, dass wir keine Geheimnisse voreinander haben sollten«, erklärt er. »Dr. Atheno wird in den nächsten Tagen die Therapie wieder aufnehmen. Denk bitte darüber nach, zumindest ihn in Kenntnis zu setzen, damit er darauf eingehen kann. Mayas Selbstverletzung war ein Hilfeschrei – ignorier das nicht!«

Kaum hat Vincent die Bitte ausgesprochen, verändert sich Prestons Miene. Mit zusammengepressten Lippen starrt er seinen Schwiegersohn an. Nach einigen Sekunden verschwindet der verkniffene Ausdruck jedoch genauso schnell wieder, wie er gekommen ist. Tief in seinem Innern weiß Preston, dass viel Wahrheit in Vincents Worten steckt. Wenn Maya seinen Vertrauensbruch nur verdrängt, werden die unverarbeiteten Gefühle irgendwann durch ihre Erkrankung erneut zum Vorschein kommen. Die Folgen davon will er sich nicht ausmalen. Dafür liegt ihm die Verletzung, die sich seine Tochter aufgrund des Streits zugefügt hat, zu schwer im Magen.

»Du hast recht! Ich spreche mit Maya darüber und bitte sie, sich Dr. Atheno anzuvertrauen«, schließt er sich daher dem Ratschlag an.

*****

In der Küche der Morgans bereitet sich Simone ihr Frühstück zu, während Emilia durch eine Sammlung von Rezepten blättert und sich Notizen macht. Interessiert schaut Simone ihrer Tante über die Schulter.

»Na, wenn das mal nicht die Lieblingsspeisen von Dan sind«, stellt sie schmunzelnd fest. »Glaubst du, dass er noch in der Lage sein wird zu gehen, wenn du ihn mit diesen Köstlichkeiten vollstopfst?«

»Falls das so einfach wäre, würde ich ihm jeden Tag seine Leibspeisen zubereiten«, seufzt Emilia niedergeschlagen auf.

»Ach, Tantchen«, ruft ihre Nichte mitfühlend aus. Sie stellt ihre Tasse auf den Tisch und schlingt ihre Arme um Emilias Hals. »Ich werde ihn auch schrecklich vermissen. Ihr seid doch die einzige Familie, die ich noch habe. Wir bekommen das hin. Es gibt so viele Möglichkeiten, in Kontakt zu bleiben. Beispielsweise können wir über Skype telefonieren, dann sehen wir Dan, als würde er mit uns am Tisch sitzen.«

»Mit dem neumodischen Kram kann ich nichts anfangen.«

»Du gewöhnst dich ganz schnell daran, glaub mir«, prophezeit Simone. »Nachrichten schreibst du inzwischen doch auch auf dem Handy, als hättest du nie etwas anderes getan.«

Ein weiteres Mal drückt sie ihre Tante und gibt ihr einen Kuss auf die Wange. Als sie sich wieder ihrem Frühstück zuwendet, reibt Emilia sich verstohlen eine Träne aus dem Augenwinkel.

»Alle müssen mich für eine alte Glucke halten, die ihre erwachsenen Kinder nicht loslassen will«, murmelt sie vor sich hin.

»Niemand tut das, Mom«, widerspricht Natessa, die in dem Moment die Küche betritt. Mit einem Kuss auf die Wangen begrüßt sie Mutter und Cousine betont herzlich. »Im Grunde möchten wir Dan genauso wenig gehen lassen. Also mach dir keine Sorgen, weil es dir als Mutter besonders schwerfällt. Wenn es anders wäre, würde ich mir Gedanken über uns als Familie machen.«

»Das beruhigt mich«, gibt Emilia zu. »Seit Georges Weggang war automatisch Dan der Mann im Haus. Ohne ihn wird es nicht mehr dasselbe sein. Ich hätte euch eben am liebsten für immer um mich herum.«

»Wir bleiben dir ja vorerst erhalten«, versucht Simone ihre Tante zu trösten. Als beide Natessa anschauen, bejaht diese die Aussage ohne Umschweife, was Emilia zaghaft lächeln lässt.

Als die drei Frauen ein paar Minuten später gemeinsam am Tisch sitzen und ihren Kaffee genießen, erkundigt Simone sich, ob es schon einen Termin für die Abschiedsparty gibt. Ihre Tante deutet daraufhin im Kalender auf einen Samstag Ende April.

»Daniel muss Anfang Mai in Atlanta sein. Daher dachte ich, dass dieser Tag gut passen würde. Was meint ihr?« Nickend stimmen Natessa und Simone zu. »Gut, dann also in vier Wochen. Bis dahin haben wir noch viel zu tun!«

*****

Am frühen Nachmittag kehrt Vincent von einem Notfall in sein Arztzimmer zurück. Auf dem Schreibtisch findet er einen Umschlag vor, der das Protokoll der Stiftungsratssitzung vom vorherigen Abend beinhaltet. Interessiert fängt er an, es zu lesen. Da er selbst nicht an der Sitzung teilgenommen hat, weil ihm ein Aufenthalt bei Maya wichtiger war, sind ihm die Ergebnisse der Tagesordnungspunkte noch nicht bekannt.

»Oh gut, du studierst bereits das Protokoll«, stellt Aidan fest, als er den Raum nach einem Klopfen betritt. »Was sagst du zu den Entwicklungen mit den Spendengeldern?«

»Bin fast fertig«, teilt sein Bruder mit, nachdem er ihm mit einer beiläufigen Geste einen Sitzplatz angeboten hat. Konzentriert liest er danach weiter. Als sich seine Augenbrauen zusammenziehen, ist Aidan sich sicher zu wissen, an welcher Stelle Vincent beim Lesen angekommen ist. Ruhig wartet er ab, bis sein Gegenüber die zusammengehefteten Blätter beiseitelegt.

»Marc Braden hat also sofort reagiert und die Zusage für weitere Spendengelder zurückgezogen«, kommentiert er einen in seinen Augen negativen Punkt. »Da war der

Stiftungsrat Mom sicher dankbar, dass sie im Gegenzug neue Spender mit hohen Summen hinzugewinnen konnte. Dumm nur, dass es sich dabei um die Gelder handelt, die Dad für sein Forschungsprojekt zustanden.«

»Dad hat den Wechsel nach außen hin gelassen hingenommen. Aber ich glaube, dass ihn Moms Aktion doch sehr getroffen hat«, schildert Aidan seinen Eindruck.

»Ein Vorteil hat Lisas Weggang«, wirft Vincent nachdenklich ein. »Es sind dadurch Laborkapazitäten freigeworden. Die kann Dad für seine Forschung in Anspruch nehmen.«

»Du machst es also?«, will Aidan in Bezug auf den Plan wissen, den sein Bruder ihm bereits anvertraut hat.

»Natürlich, es ist die einzig vernünftige Lösung«, bestätigt Vincent. »Ich werde nachher mit Dad darüber sprechen.«

Für das Gespräch bietet sich letztlich erst nach seiner Schicht eine Gelegenheit. Bevor Vincent zu seiner Frau geht, macht er sich auf den Weg zu Jasons Chefarztzimmer. Mit einer Mappe in der Hand betritt er das Büro seines Vaters, der ihn mit einem Lächeln begrüßt. Nachdem sie sich über Mayas Zustand ausgetauscht haben, berichtet Vincent von der wundersamen Wandlung, die sein Schwiegervater ihm gegenüber zeigt. Auf dem Gesicht von Jason breitet sich Verwunderung aus.

»Das sind gute Nachrichten, mein Sohn. Ich freue mich, dass es zwischen Preston und dir besser läuft. Es ist genau das, was Maya jetzt braucht. Sie macht einen stabilen Eindruck, aber laut Dr. Shapiro war sie das kurz vor ihrem Zusammenbruch in den Hamptons ebenfalls«, gibt er zu bedenken.

»Du hast mit ihrem Psychiater gesprochen?«, wundert Vincent sich.

»Nicht direkt, ich war jedoch dabei, als Chad ihn kontaktiert hat.«

»Weder Maya noch ihr Vater wollen über den Vorfall sprechen, der zu der schweren Selbstverletzung geführt hat. Von Dr. Shapiro habe ich dasselbe gehört, wie du und Chad. Ich bin mir allerdings sicher, dass es etwas mit mir zu tun hat. Aber egal, was es war, bei Preston scheint es ein Umdenken hervorgerufen zu haben.«

»Irgendwann wird deine Frau dir bestimmt davon erzählen«, versucht Jason seinen Sohn zu beruhigen. »Gib ihr Zeit. Vielleicht ist es sogar besser, wenn du keine Details kennst, weil das gute Verhältnis, welches sich zwischen dir und ihrem Vater endlich anbahnt, nicht durch neue Feindseligkeiten belastet wird.«

»Ich soll es also kommentarlos hinnehmen, dass Preston vermutlich eine Mitschuld an Mayas erneutem Zusammenbruch hat?«, echauffiert Vincent sich.

»Ja, zum Wohle deiner Frau! Manchmal bringen Kämpfe einfach nichts.«

Nachdenklich lehnt Vincent sich auf seinem Stuhl zurück. Dass er den Rat in Erwägung zieht, erkennt Jason, als sein Sohn sich kurzzeitig die Schläfen massiert.

»Ich hasse diese taktischen Spielchen«, äußert Vincent Sekunden später seinen Unmut, »obwohl ich früher selber ein Meister darin war. Doch für Mayas Gesundheit und die des Babys tue ich alles, was notwendig ist. Auch wenn das bedeutet, über das Geheimnis zwischen ihr und Preston hinwegzusehen.«

»Für ein anderes Verhalten gilt das jedoch nicht«, spricht Vincent das Thema an, welches ihn ursprünglich zu seinem Vater geführt hat. »Ich habe das Protokoll der Sitzung gelesen. Mom hat ihre Drohung also wahr gemacht und deine Spenden für die Forschung auf die Stiftung umgeleitet.«

»Dann weißt du sicher auch, dass Marc Braden uns nicht weiter unterstützt«, wirft der Chefarzt ein. »Der Rückzug gefährdet jahrelange Projekte der Stiftung. Es ist besser, diese vorrangig zu fördern, als ein komplett neues zu beginnen.«

Seine Aussage ruft ein ungläubiges Kopfschütteln, gepaart mit einem Schmunzeln hervor.

»Dad, ich bin kein Mitglied des Stiftungsrates, dem eine

gesicherte Weiterführung des Krankenhausbetriebes wichtig ist. Du sprichst mit einem deiner Söhne, die beide wissen, wie lange du schon auf den Traum von einer eigenen Leukämieforschung zusteuerst.« Nach einer bedeutungsvollen Pause, in der sich die Haltung von Jason entspannt, fährt er fort. »Aidan und ich sind nicht mit Moms Reaktion auf eure Trennung einverstanden, aber wir respektieren deinen Wunsch, uns nicht einzumischen. Trotzdem habe ich hier eine Lösung für das Problem.«

Das Erstaunen ist dem Chefarzt deutlich ins Gesicht geschrieben, als er die Mappe ergreift, die sein Sohn ihm reicht. Wortlos sieht er sich die Aufstellung an, die darin enthalten ist.

»Ich verstehe nicht«, konstatiert er, nachdem er die Zahlen betrachtet hat.

»Mein Pro-Bono-Projekt ist erfolgreich angelaufen. Ich konnte bereits einigen Patienten mit kosmetischen Operationen helfen, bei denen die Krankenversicherung den Eingriff nicht übernehmen wollte und ihnen selbst die finanziellen Mittel dafür fehlten. Wie erhofft, ist die Akzeptanz der ästhetischen Chirurgie gestiegen, sodass wir einen Zuwachs an Faceliftings sowie anderen kosmetischen Korrekturen von gut situierten Patienten verzeichnen können.«

Mit einem kurzen Nicken bestätigt Jason Vincents Worte. Als Klinikleiter ist ihm all das bekannt, zumal in der Sitzung des Stiftungsrates ein Zwischenbericht des Projekts vorgestellt wurde. Als sein Sohn erwähnt, dass er mit der Pro-Bono-Aktion, den zusätzlichen Schönheitsoperationen und der Sorge um seine Frau vollends ausgelastet ist, zeigt er Verständnis.

»Die Aufstellung, die du in der Hand hältst«, erläutert Vincent weiter, »beinhaltet Spender, die ich für mein Forschungsprojekt zur Verbesserung von Hautverpflanzungen gewinnen konnte. Bis auf wenige Ausnahmen sind die Unterstützer auch gegenüber medizinischen Forschungen, die der Bekämpfung von Krankheiten dienen, aufgeschlossen.

Ich selber werde meine Forschung vorerst nicht beginnen, da ich den Fokus auf Maya und unser Baby legen will. Daher wäre ich bereit, das Einverständnis der Spender einzuholen, um die Gelder auf dein Projekt umzuleiten. Mit Aidan habe ich darüber gesprochen, er hält es ebenfalls für eine gute Idee.«

Tröpfchenweise sickert die Erkenntnis bei Jason durch, welche Chance sein Sohn ihm anbietet. Der Traum von der Leukämiebekämpfung, der durch Lizzys Eingreifen in weite Ferne gerückt ist, bekommt völlig unerwartet neuen Auftrieb. Trotzdem ringt Jason mit sich.

»Ich kann das unmöglich annehmen, mein Sohn. Aber ich danke dir für dein uneigennütziges Vorhaben.«

»Dad, diese Gelder gehen vielleicht auf Dauer verloren, wenn sie nicht für ein medizinisches Forschungsprojekt eingesetzt werden. Du selbst hast mir vor Wochen geraten, mich nicht zu übernehmen, und damit hattest du recht. Ich kümmere mich in den nächsten Jahren um meine Familie. Für dich hingegen kann endlich ein lang gehegter Traum beginnen. Wie viel mehr Win-Win kann es für alle Beteiligten geben?«

»Deine Argumentation ist schlüssig und stichhaltig, sodass ich dem nichts entgegenzusetzen habe«, erwidert sein Vater nach einer Bedenkpause. »Aber bist du dir wirklich sicher, Vincent? Es ist noch gar nicht so lange her, dass du dem Stiftungsrat mit viel Überzeugungskraft deine Projekte vorgetragen hast. Dein Herzblut für die Forschung stand meinem zu dem Zeitpunkt in keiner Weise nach.«

Jasons Worte rufen bei Vater und Sohn ähnliche Erinnerungen hervor. Wie sie als Kontrahenten dem Stiftungsrat ihre Ideen präsentierten, aber nur einer die Zusage für sein Vorhaben erhielt. Die Tatsache, dass Lizzys Einwirken letztlich dazu beigetragen hatte, den Zuschlag für die zu vergebenen Stiftungsgelder in seine Richtung zu lenken, stößt Vincent übel auf. Zu dem Zeitpunkt war er noch dankbar für die Unterstützung seiner Mutter, inzwischen sieht er eher das Manipulative hinter ihrem Verhalten. Nicht zuletzt ihr Erpressungsversuch, mit dem sie ihren Mann zur Rückkehr in das gemeinsame Haus bewegen wollte, bestärken ihn darin, einen Ausgleich zu schaffen.

»Du sagst es doch selbst, Dad – ich bin erwachsen geworden. Meine Prioritäten haben sich verschoben. Der Wunsch, für meine Familie da zu sein, Maya bei ihrem Problem zu helfen und unserem Kind einen guten Start ins Leben zu verschaffen, steht an allererster Stelle. Für ein zweites Forschungsprojekt bleibt … – wie hast du es genannt? – … nicht genügend Herzblut übrig, also nimm den Vorschlag bitte an!«

Anstelle einer mündlichen Antwort erhebt Jason sich vom Stuhl und geht um den Schreibtisch herum. Als er vor Vincent stehen bleibt, stellt der sich ebenfalls hin. Ohne Umschweife zieht sein Vater ihn in eine Umarmung, bei der er ihm auf den Rücken klopft und sich mehrmals bedankt. Als die beiden sich voneinander lösen, schimmern Tränen der Rührung in den Augen des Chefarztes.

»Deine Mutter wird nicht begeistert sein, dass du ihren Plan durchkreuzt hast«, gibt er zu bedenken.

»Reservier dir die Laborzeiten, die durch Lisas Weggang freigeworden sind. Die erste Zeit der Forschungsarbeit kannst du durch eigene Gelder finanzieren, alles Weitere muss Mom nicht erfahren«, rät Vincent seinem Vater.

»Ich möchte nicht, dass du Geheimnisse vor deiner Mutter hast«, wirft der daraufhin ein.

»Dad!«, amüsiert Vincent sich. »Aus dem Alter, in dem Aidan und ich ihr alles erzählt haben, sind wir lange raus. Mom hat unfair gespielt, da muss sie sich nicht wundern, dass sie bei einem Gegenzug außen vor gelassen wird.«

»Danke, mein Sohn«, erklärt Jason, bevor er Vincent noch einmal in die Arme schließt.

KAPITEL 24

Drei Wochen später...

Mit blassem Teint verlässt Natessa das Büro von Professor Stuart. Noch immer ist sie geschockt von dem, was sie soeben erfahren hat.

›Warum ausgerechnet jetzt?‹, fragt sie sich zum wiederholten Mal. Aber wie bei den vorherigen Überlegungen findet sie keine Antwort. Sie weiß nur, dass das Timing nicht schlechter sein könnte. ›Lenk dich ab, damit du gar nicht erst weiter darüber nachdenkst‹, nimmt sie sich vor. Etwas, das gar nicht so einfach umzusetzen ist.

In der restlichen Stunde ihrer Schicht im Krankenhaus übernimmt sie alle komplizierten Tests, die im Labor für verschiedene Proben anstehen. Das konzentrierte Arbeiten bringt sie zeitweilig von ihren Grübeleien weg. Trotzdem sucht sich die Neuigkeit von Professor Stuart in jeder Sekunde, die sie nicht durch das Mikroskop schaut oder die Ergebnisse in den Computer eingibt, den Weg in Natessas Gedanken.

Als sie nach Feierabend im Wagen sitzt und über den Parkplatz des Universitäts-Krankenhauses fährt, beschäftigt sie endgültig nichts anderes mehr. Einer spontanen Idee folgend beschließt sie, sich jemandem anzuvertrauen.

»Er wird das hoffentlich verstehen und mir einen Rat geben«, murmelt sie vor sich hin.

Das Tor der Werkstatt steht offen, als Natessa auf den Hof der Hunts einbiegt. Kaum hat sie das Auto geparkt, kommt Enrique auf sie zu. Wie immer wischt er sich die Hände an einem Tuch ab, bevor er sie in den Arm nimmt und mit einem zärtlichen Kuss begrüßt.

»Sehnsucht nach mir oder ein letzter Kontrollbesuch?«,

scherzt er. Der irritierte Blick seiner Freundin amüsiert ihn sichtlich. »Heute findet der Junggesellenabschied von Alec statt«, erinnert er sie breit grinsend.

»Das habe ich total vergessen«, gesteht Natessa. »Entschuldige, ich bin schon weg.« Sie hat sich kaum umgedreht, da greift Enrique bereits nach ihrer Hand.

»Mooooment«, hält er sie auf. »Warum bist du so durcheinander?«, fragt er besorgt. Mit einer sanften Bewegung zieht er sie wieder zu sich heran. »Hier stimmt doch irgendetwas nicht!«

»Es ist alles in Ordnung. Ich hatte nur einen anstrengenden Tag und wollte dich daher kurz zur Aufmunterung sehen. Mir geht es schon viel besser«, redet sie sich mit einem aufgesetzten Lächeln heraus. »Amüsier du dich heute Abend, ich wünsche euch eine Menge Spaß.«

Mit einem durchdringenden Blick betrachtet Enrique sie, am Ende schüttelt er den Kopf.

»Wen willst du überzeugen – mich oder doch eher dich selbst? Natessa Morgan, ich kenne dich zu gut, um das zu glauben. Komm, lass uns ins Haus gehen. Dort kannst du mir in Ruhe erzählen, was in dir vorgeht.«

Einige Minuten später steht vor Natessa ein Becher mit dampfendem Tee. Mehrmals pustet sie die aufsteigenden Schwaden des frisch aufgegossenen Getränks weg, ehe sie vorsichtig einen Schluck davon trinkt. Enrique beobachtet sie wortlos. Geduldig wartet er ab, bis sie so weit ist, ihm von dem Gespräch mit Professor Stuart zu berichten.

»Er verlegt seine Leukämieforschung in ein anderes Klinikum, das ihm mehr Geld zur Verfügung stellt.«

»Welches Klinikum?«, fragt Enrique mit einem unguten Gefühl, weil ihm noch nicht ganz klar ist, warum Natessa die Nachricht so durcheinandergebracht hat.

»Ins Rush University Medical Center in Chicago. Das ist eines der besten Universitäts-Krankenhäuser in Illinois, in dem er nebenbei lehren kann«, antwortet sie leise. Nach einer kurzen Pause, in der Enrique liebevoll eine ihrer Hände umfasst und drückt, beichtet sie das Entscheidende an den Wechselabsichten des Forschers. »Er hat mir angeboten, mit ihm zu gehen und Vollzeit für ihn zu arbeiten.«

Kaum ist der letzte Satz ausgesprochen, hält sie vor Anspannung die Luft an. Besorgt wartet sie auf die Reaktion ihres Freundes. Dessen Züge hellen sich jedoch auf, was Natessa verwirrt. Hatte er ihr überhaupt zugehört? Der Professor, für den sie mehrere Stunden in der Woche unentgeltlich tätig ist, um möglichst viel in der Forschungsarbeit zu lernen, hat vor, seine Studie in den mittleren Westen zu verlegen und sie dorthin mitzunehmen.

»Ich halte das für einen Wink des Schicksals«, erklärt Rick. Im nächsten Moment steht er auf, um von der Anrichte eine Zeitschrift zu holen, die er auf den Tisch legt. Auf dem Cover kann Natessa Motorräder und Rennwagen erkennen. Stirnrunzelnd sieht sie Enrique an. »Darin ist etwas sehr Interessantes«, deutet er an. Zügig blättert er durch das Magazin, bis er die Seite gefunden hat, die ihn am Nachmittag bereits in ihren Bann gezogen hat.

Mit dem Finger tippt er auf eine halbseitige Anzeige, deren Inhalt seine Freundin daraufhin studiert.

»Dale Coyne Racing Team – muss mir das was sagen?«, erkundigt sie sich.

»Nicht unbedingt, es sei denn, man interessiert sich für Motorsport«, legt Enrique dar. »Dale Coyne ist ein ehemaliger Rennfahrer, der später ein eigenes Team gegründet und an der IndyCar-Serie teilgenommen hat. Der Rennstall befindet sich im Neuaufbau und sucht daher Mechaniker«, ergänzt er.

»Tut mir leid, aber der Zusammenhang zu Professor Stuart ist mir immer noch nicht klar«, gibt Natessa zu. Daraufhin zeigt ihr Freund mit dem Finger auf die Adresse, die am Ende der Anzeige genannt wird.

»Der Firmensitz ist in Illinois, genauer gesagt in Minooka. Das ist ein kleiner Ort in der Nähe von Chicago. Ich könnte bei Coyne Racing meinem Traum, an Rennwagen herumzuschrauben, nachgehen, während du ein paar Meilen entfernt für deinen Professor tätig bist.«

»Du willst dich dort bewerben?«, fragt sie ungläubig. Eine Frage, die Enriques Augen zum Leuchten bringt und seine Mundwinkel in die Breite zieht. Ehrfürchtig wiederholt er den Namen des Rennfahrers und die Motorsportserien, an denen er teilgenommen hat. Die Schwärmerei zaubert Natessa ein Schmunzeln ins Gesicht.

»Die Anzeige hat heute Morgen sofort mein Interesse geweckt, aber wegen der Entfernung habe ich die Idee gleich wieder verworfen. Ich würde nie ohne dich aus L.A. weggehen. … Wenn du jedoch nach Chicago gehst, stellt sich das natürlich ganz anders dar.«

»Hättest du wirklich für mich darauf verzichtet?«, staunt sie gerührt. Eine Frage, die er damit beantwortet, dass er aufsteht, sie in seine Arme zieht und in einen zunächst zärtlichen, dann leidenschaftlicheren Kuss verwickelt. Beide schnappen nach Luft, als er von ihr ablässt.

»Ist das Antwort genug?«, haucht er ihr zu.

»Ja«, bestätigt sie mit einem Lächeln. »Ich liebe dich, Enrique.«

»Ich liebe dich auch«, erwidert er glücklich.

*****

Zweiundsiebzig Stunden später – am Tag von Daniels Abschiedsfeier – hat Natessa trotz des gut verlaufenen Gesprächs mit Enrique immer noch keine Entscheidung über ihre berufliche Zukunft getroffen. Bei jeder Begegnung mit ihrer Mutter fiel ihr deren zunehmende Niedergeschlagenheit auf, sodass sie es nicht übers Herz brachte, das Thema anzusprechen. Selbst den anderen Familienmitgliedern hat sie sich bisher nicht anvertraut.

»Kann ich dir helfen?«, bietet sie Emilia an, die in der Küche die letzten Vorbereitungen trifft. Das Zusammenzucken ihrer Mutter, die mit den Gedanken meilenweit weg war, lässt sie innerlich aufseufzen. »Es ist doch nicht von Dauer, Mom. Die Zeit, die Dan in Atlanta an seiner Karriere bastelt, wird wahrscheinlich im Fluge vergehen.«

»Ich weiß das … Jason sagt es mir auch fast täglich. Er hat sogar angeboten, mir einmal im Monat ein Flugticket nach Atlanta zu buchen. Ihr müsst mich alle für total labil halten, weil ich mich so anstelle.«

»Nein, niemand sieht dich so. Wir wissen alle, was dir die Familie bedeutet«, widerspricht Natessa. »Ohne dich wären wir nie so weit gekommen. Du hast uns trotz aller Widrigkeiten studieren lassen, damit wir unseren beruflichen Traum verwirklichen können. Die Feier heute ist auch für dich, Mom.«

Mit einem vagen Lächeln nimmt Emilia die Aussage entgegen. Gleichzeitig sammeln sich in ihren Augenwinkeln Tränen, die sie wegblinzelt, bevor sie ihre Tochter in die Arme schließt.

»Gut, dass es erst mal nur Daniel ist, den es in die Ferne zieht. Wenn du und Simy auch noch in alle Himmelsrichtungen verschwinden würdet, wäre ich vermutlich jedes Wochenende unterwegs, um einen von euch zu besuchen.«

»Das wird nicht passieren«, versichert Natessa, die in dem Moment weiß, wie sie auf das Angebot von Professor Stuart reagieren wird. Als sie merkt, dass bei ihr ebenfalls die Tränen aufsteigen, wendet sie sich ab. Hektisch greift sie nach einer der Schüsseln auf dem Tisch und flüchtet aus der Küche, bevor der Spürsinn ihrer Mutter Alarm schlägt.

Die Feier ist in vollem Gange, als Jason ankommt. Alle Gäste – unter ihnen viele Freunde und einige Kollegen von Daniel – amüsieren sich bestens. Nachdem er Emilia mit einer festen Umarmung begrüßt hat, schaut Jason sie prüfend an.

»Wie geht es dir?«

»Ich gewöhne mich an den Gedanken«, entgegnet sie. Zufrieden lässt sie den Blick über die Gästeschar schweifen.

»Sieh nur, wie glücklich er aussieht. Er freut sich auf die Herausforderung. Ich bin unheimlich stolz auf ihn – auf all meine Kinder.«

»Das kannst du auch sein, ihr seid eine wundervolle Familie«, bestätigt Jason. Wehmut steigt ihn ihm auf, als er an Lizzy denkt, und wie sich die Beziehung zu ihr in den letzten Monaten verändert hat. Doch dann kommen ihm seine Söhne in den Sinn. Hier hatte er soweit alles richtig gemacht, selbst Vincent war zu einem verantwortungsvollen jungen Mann geworden, der mit der Überlassung der Spendengelder einfühlsam und uneigennützig gehandelt hatte. »Wenn du mich kurz entbehren kannst, würde ich deinem Sohn gerne zu seiner neuen Aufgabe gratulieren.«

In einer anderen Ecke des Gartens lehnt Natessa sich mit dem Rücken an Enrique, der sie bereitwillig mit seinen Armen umfängt. Gemeinsam betrachten sie Daniel, der über irgendetwas lacht, das einer seiner Kumpel ihm zugeflüstert hat. Als Mr. Harper sich zu ihm gesellt, begrüßt er ihn herzlich mit einem festen Handschlag.

»Deine Mutter und der Arzt der Harper-Klinik – verstehen die sich gut?«, will Enrique wissen. Erstaunt dreht Natessa den Kopf, damit sie ihn ansehen kann.

»Was ist das denn für eine merkwürdige Frage?«, erwidert sie. »Ja, die beiden sind glücklich miteinander. Sie waren bereits auf dem College ein Paar und haben nun wieder zueinandergefunden. Ich habe Mom lange nicht mehr so entspannt gesehen. … Wenn man mal davon absieht, dass ihr Dans Umzug zu schaffen macht.«

»Hast du schon den Mut gefunden, das Angebot von Professor Stuart anzusprechen?« Ein vehementes Kopfschütteln folgt auf die Frage. Zugleich verdüstert sich der Blick seiner Freundin, sodass Enrique sie fester umarmt und sein Gesicht in ihrem Haar vergräbt. »Der richtige Augenblick wird noch kommen«, raunt er dicht an ihrem Ohr.

»Ich werde es nicht annehmen«, gibt sie leise zu. Schlagartig zieht Enrique den Kopf zurück. Im nächsten Moment

legt er die Hände auf Natessas Schultern und dreht sie zu sich herum.
»Wie bitte?«, stößt er ungläubig hervor. »Heute Morgen habe ich die Bewerbung für die Stelle bei Coyne Racing abgeschickt. Wann hast du beschlossen, dass wir nicht mehr nach Illinois gehen?«

Seufzend schmiegt Natessa ihre Hände um Enriques Gesicht und gibt ihm einen zärtlichen Kuss. Danach erzählt sie ihm von ihren Beobachtungen der vergangenen Tage. Vor allem, wie sehr man ihrer Mutter ansieht, dass ihr der Abschied von Daniel schwerfällt. Als sie Emilias letzte Bemerkung wiedergibt, zieht Rick lautstark Luft durch die Zähne.
»Okay, dagegen kann ich nichts sagen. Wenn beide Kinder fast zeitgleich das Haus verlassen, wäre das für deine Mom ein schwerer Schlag. Aber willst du wirklich auf einen Vollzeitjob in der Forschung verzichten? Die Arbeit für den Professor bringt dir doch so viel Spaß.«
»Es werden sich andere Möglichkeiten ergeben«, versucht Natessa das Thema wie eine Lappalie abzutun. Mit einer beiläufigen Geste der Hand unterstreicht sie ihre Worte. Eine Äußerung, die Enrique den Kopf schütteln lässt. Trotz allem sagt er nichts, sondern nimmt sie stattdessen wieder in den Arm.
»Ich rufe bei Coyne Racing an und ziehe meine Bewerbung zurück«, beschließt er.
»Nein, warum das denn?«, protestiert sie. »Es ist doch ein Traum von dir.«
»Natessa, *du* bist mein Traum. Ich verlasse die Stadt nicht ohne dich«, beharrt er. »Es wird sich etwas anderes ergeben«, wiederholt er ihr Argument, woraufhin sie nickt und sich ihm für einen weiteren Kuss entgegenstreckt.

Ein paar Meter entfernt sind Jason und Daniel inzwischen in eine Unterhaltung vertieft. Dass sie dabei von Emilia beobachtet werden, bemerken sie nicht, obwohl diese ein

Thema des Gesprächs ist.

»Eine schöne Feier, die eindeutig die Handschrift Ihrer Mutter trägt«, stellt Jason fest, während er einen Blick in die Runde wirft.

»Sagen Sie ruhig du, Dr. Harper«, bietet Daniel an. Sein Gesprächspartner ist einverstanden und offeriert das Du im Gegenzug ebenfalls. Lächelnd prosten sich die Männer zu.

Als Emilia von ihrem Standort aus dabei zusieht, wie Jason ihrem Sohn zusätzlich auf die Schulter klopft und beide lachen, wischt sie sich verstohlen eine Träne aus dem Augenwinkel.

»Ich verspreche, dass ich gut auf deine Mutter aufpassen werde«, bekundet Jason derweil. »Die Entfernung macht ihr zu schaffen, aber sie ist mächtig stolz auf dich. Zu Recht, wie ich finde. Es ist ein gutes Angebot, das dir die Kanzlei gemacht hat.«

Daniel bestätigt es, gibt aber gleichzeitig zu, dass ihn der frühe Zeitpunkt überrascht hat. Seine Erwähnung, dass die Kanzlei zuvor noch nie im ersten Anstellungsjahr eine so umfangreiche Fortbildung bewilligt hat, weckt Jasons Interesse. Neugierig fragt er nach Daniels Vorstellungen von der Arbeit in Atlanta.

»Bei der Firma, die ich allumfassend beraten werde, handelt es sich um ein stattliches Konsortium«, erklärt sein Gegenüber. »Sie besitzen auch in Los Angeles eine Firmenbeteiligung, die mich hoffen lässt, nach der Fortbildung hierher zurückkehren zu können.«

»Welche Firma?«, hakt Jason nach, »Oder ist das vertraulich? Ich will dich nicht in Schwierigkeiten bringen, indem du Firmeninterna weitergibst.«

»Nein, das ist kein Problem«, winkt Daniel ab. »Die Anteilsverteilung kann man offiziell auf der Homepage von Green Limited nachlesen.«

»Green Limited?«, horcht der Chefarzt auf. Ein Name, der ihm nur zu gut bekannt ist, hatte er doch selbst mit dem Inhaber über Spendengelder gesprochen. »Dieser Konzern ist mir ein Begriff. Ein erfolgreiches Unternehmen, das mit Sicherheit einen guten ortsansässigen Firmenanwalt gebrauchen kann.«

»Das wäre schön«, gibt Daniel zu. Dabei fällt sein Blick auf Rebecca, die ein wenig verloren mit einem Getränk in der Hand abseits aller Gäste steht. Mit einem Winken holt er sie zu sich und beendet damit das Gespräch unter Männern.

Zur selben Zeit stellt Simone sich zu ihrer Tante. Mit einem schelmischen Grinsen beugt sie sich zu Emilia herüber.

»Kannst du dich nicht von seinem Anblick losreißen?«, raunt sie ihr zu. Irritation spricht aus Emilias Augen, als sie ihre Nichte ansieht.

»Wen genau meinst du?«, fragt sie nach. Während Simone vor Lachen aufprustet, atmet Emilia einmal tief durch, um sich zu sammeln.

»Wenn du mich so direkt fragst, Tantchen«, überlegt die Nichte mit nachdenklicher Miene, »eigentlich beide. Zwei stattliche Kerle, die sich zudem gut zu verstehen scheinen. Was will man mehr?«, flachst sie augenzwinkernd. »Ich finde es gut, dass du Mr. Harper eingeladen hast. Da er jetzt quasi zur Familie gehört…«

»Simy, du bist unmöglich«, schimpft Emilia kopfschüttelnd. »Mach, dass du unter die Leute kommst, ich schaue derweil beim Buffet nach dem Rechten.« Mit einem Klaps auf den Hintern ihrer Nichte untermauert sie die Aufforderung, der Simone lachend nachkommt.

Jasons nächster Gang führt ihn zu Natessa und Enrique, die weiterhin in harmonischer Eintracht das Geschehen im Garten beobachten. Er hebt sein Glas und prostet ihnen zur Begrüßung zu, was beide erwidern.

»Danke, dass Sie gekommen sind, Dr. Harper. Das bedeutet Mom sehr viel«, startet Natessa das Gespräch.

»Oh, das beruht auf Gegenseitigkeit«, erwidert er lächelnd. Gleich darauf bietet er dem Paar das Du an und erwähnt dabei, dass er mit Daniel ebenfalls auf die vertrauliche Basis gewechselt hat. Natessas Mundwinkel ziehen sich vor Freude nach oben, als sie das Angebot annimmt. Bei Enrique zeigt sich im ersten Moment Überraschung, aber auch er tippt sein Glas an das von Jason.

Der Chefarzt, der durch zahlreiche Feiern geübt in Smalltalk ist, verwickelt Enrique im Handumdrehen in ein Gespräch. Es dauert nur wenige Minuten, bis die beiden Männer über Autos und Motorräder fachsimpeln. Obwohl Natessa dem Inhalt nicht ganz so viel abgewinnen kann, verfolgt sie die Unterhaltung dennoch. Dabei gefällt ihr vor allem, wie ihr Freund zunehmend ungezwungener mit Jason umgeht.

»Wie läuft die Zusammenarbeit mit Professor Stuart?«, wechselt der Arzt schließlich das Thema, um auch die Tochter seiner Collegeliebe in die Konversation einzubeziehen. Als Folge legt sich ein Schatten auf Natessas Miene.

»Der Professor verlegt seine Forschung nach Chicago an das Rush University Medical Center«, klärt sie ihn auf. »Dort steht ihm ein hoher Etat zur Verfügung, der für einen Wechsel spricht.«

»Davon hat mir Emilia gar nichts erzählt«, antwortet Jason stirnrunzelnd.

»Ich habe es ihr noch nicht gesagt«, gibt Natessa leise zu. »Daniels Weggang hat Mom schon so sehr beschäftigt, da wollte ich sie nicht zusätzlich mit meinen Neuigkeiten belasten.«

Mit einer nickenden Kopfbewegung kommentiert der Klinikleiter die Mitteilung, während sich eine spontane Idee bei ihm bildet. Sein Anstand hält ihn jedoch davon ab, sofort damit herauszurücken. Stattdessen erkundigt er sich nach den Details des Wechsels: Wann der Professor nach Chicago geht, ob er Mitarbeiter dorthin mitnimmt und ob er an dem neuen Ort ebenfalls einen Lehrstuhl an einer der Universitäten übernimmt.

In einem Anflug von Vertrauensseligkeit rückt Natessa näher an Jason heran und flüstert ihm zu, dass Professor Stuart ihr angeboten hat, in Illinois Vollzeit für ihn zu arbeiten.

»Sag es bitte nicht Mom«, fügt sie gleich darauf hinzu. »Ich werde nicht weggehen, da ich es nicht übers Herz bringe. Mom leidet schon genug, weil es Daniel nach Atlanta verschlägt. Ich kann ihr das nicht auch noch antun.«

Enrique, der aufmerksam Jasons Reaktion verfolgt, bemerkt dessen Erstaunen. In der Annahme, dass ein erfolgreicher Inhaber und Leiter einer Klinik viel Wert auf Karriere legt, wendet er sich an ihn. Natessas Entscheidung ist so frisch, dass er keine Möglichkeit hatte, sie zu verdauen. Es wäre ein Traum, gemeinsam mit ihr nach Chicago zu gehen. Dort könnten sie beruflich das machen, was ihnen am meisten Freude bereitet. Eine Chance, die seine Freundin aus einem verständlichen, aber eventuell übereilten Grund nicht ergreifen will.

»Wie denkst du darüber, dass Natessa das Angebot von Professor Stuart ausschlagen will? In L.A. wird es keine vergleichbare freie Stelle geben, sodass sie vielleicht vorschnell auf ihre liebste Tätigkeit verzichtet.«

Dankbar über das Stichwort, welches Enrique ihm geliefert hat, lächelt Jason.

»In meinem Leben hat sich viel um die Karriere gedreht. Teilweise so sehr, dass ich jetzt mit Neid auf Emilias Familie schaue, deren Zusammenhalt seinesgleichen sucht«, verblüfft er seine Gesprächspartner. »Ich verstehe Natessas Entscheidung, die im Übrigen nicht ins Leere laufen muss.«

Die fragenden Blicke, die ihn daraufhin treffen, lässt er einen Moment auf sich wirken, bevor er weiterspricht.

»Könntest du dir vorstellen, für mich zu arbeiten?«, wendet er sich an Natessa. »Ich beginne in naher Zukunft mit meiner Leukämieforschung und brauche eine erfahrene Laborantin, die mich unterstützt. Da ich Jeremiah Stuart gut kenne, würde ich mit ihm sprechen, damit es keine Bedenken wegen unlauterer Weitergabe seiner bisherigen Forschungsergebnisse gibt. Wir werden zwar auf demselben Tätigkeitsfeld agieren, aber ich bin davon überzeugt, dass unsere Ansätze unterschiedlich sind. Von daher glaube ich nicht, dass es einen Interessenskonflikt geben wird.«

»Wow«, entfährt es Natessa, die völlig überrumpelt von dem Angebot ist. Ihre Augen strahlen, doch das verfliegt schlagartig, als ihr etwas klar wird. »Ich soll in derselben Klinik wie Vincent arbeiten?« Verschreckt über den Gedanken wechselt sie einen Blick mit Enrique. Der schüttelt mit dem Kopf, legt den Arm um ihre Schulter und gibt ihr einen Kuss aufs Haar.

»Das musst du dir nicht antun«, rät er ab.

»Entschuldige, das habe ich nicht bedacht«, entgegnet Jason. »Allerdings glaube ich nicht, dass es Berührungspunkte geben wird. Das Labor und die chirurgische Abteilung sind in unterschiedlichen Flügeln untergebracht. Vincent verschlägt es zudem so gut wie nie ins Labor. Wie bei allen anderen Ärzten auch, kümmern sich die Pfleger und Schwestern um die Proben. Du wirst höchstens mal einen der Assistenzärzte zu Gesicht bekommen.«

Vincents eigene Forschung kommt Natessa in den Sinn. Sehnsucht steigt in ihr auf, als sie an sein Angebot zurückdenkt, ihm bei dem Projekt zur Verbesserung von Hautverpflanzungen zu assistieren.

›Wie weit er wohl inzwischen mit der Durchführung ist?‹, überlegt sie. Dabei erinnert sie sich an seine Planungen, die eine Laboranmietung außerhalb des Harper-Krankenhauses vorsah. ›Deshalb geht Jason davon aus, dass Vincent und ich uns im Labor der Klinik nicht über den Weg laufen werden.‹

»Natessa?«, holt der Chefarzt sie Sekunden später aus ihren Gedanken. »Du musst das nicht sofort entscheiden, denk in Ruhe darüber nach.«

»Nein, das brauche ich nicht«, winkt sie ab. »Ich nehme dein Angebot an. Vielen Dank, Jason, ich arbeite sehr gerne mit dir zusammen in der Forschung«, entscheidet sie sich mit fester Stimme für die Chance.

Neben ihr zieht Enrique ein weiteres Mal an diesem Abend hörbar Luft durch die Zähne. Um ihn zu beruhigen, gibt ihm seine Freundin einen Kuss auf die Wange.

»Er ist nicht mehr wichtig, ich habe ja jetzt dich«, versichert sie. »Freu dich bitte für mich.«

»Das tue ich«, sagt er zu, da ihn ihre Worte besänftigen. »Ich möchte nur verhindern, dass du wieder verletzt wirst.«

»Die Gefahr besteht nicht, solange du an meiner Seite bist.«

»Gut«, raunt er ihr ins Ohr, »denn diesen Platz gebe ich nicht mehr her.«

Zu einem späteren Zeitpunkt des Abends findet Jason nach weiteren Gesprächen mit verschiedenen Gästen zu Emilia zurück. Der warme Schein der Lampions, die im Garten verteilt sind, schmiegt sich harmonisch an das schwächer werdende Licht des Sonnenuntergangs. In den kugelförmigen Lampenschirmen flackern die LED-Leuchten, als wären echte Kerzen angezündet worden. Die geschmückten Gläser auf den Stehtischen, in denen Teelichter brennen, runden das Bild ab. Entspannt legt Jason einen Arm um Emilias Taille und zieht sie näher zu sich heran.

»Diese Feier ist dir wunderbar gelungen«, lobt er sie. »Die Stimmung ist herrlich gelöst, das Essen eine Gaumenfreude und die Dekoration geschmackvoll, ohne überladen zu wirken. Du hast ein Händchen dafür. Das wird deinen Cateringservice zu etwas Besonderem machen.«

»Danke«, erwidert sie gerührt, aber auch ein wenig verlegen. »Simone hat den ganzen Abend über Fotos vom Ambiente gemacht. Sie will die Website neu aufbauen und verschiedene Themes einrichten. Wenn ich ehrlich bin, habe ich nicht verstanden, was das bedeutet.«

»Das klingt … vielversprechend«, entgegnet er, wobei

seinem Ausdruck die Verwirrung über die Fachbegriffe anzumerken ist. Schmunzelnd stößt Emilia ihm mit dem Ellenbogen in die Seite.

»Du hast genauso wenig Ahnung wie ich, wovon sie gesprochen hat«, äußert sie mit sichtbarer Erheiterung. Jasons Mundwinkel verziehen sich zu voller Breite, als er es augenzwinkernd zugibt.

»Aidan kümmert sich um all diese Dinge in der Klinik. Ob er das alleine macht oder dafür eine Firma beauftragt hat, weiß ich gar nicht. Mich interessieren eher die technischen Neuerungen auf dem medizinischen Sektor.«

Während sich Emilias Aufmerksamkeit auf Simone richtet, die sich soeben für ein neues Motiv in Position bringt, klingelt Jasons Handy. Ohne die Frau an seiner Seite loszulassen, holt er das Telefon hervor und wirft einen Blick aufs Display.

»Entschuldige mich bitte kurz«, flüstert er seiner Collegeliebe zu, ehe er einen Schritt beiseitetritt, um das Gespräch in Ruhe anzunehmen. Sorgenfalten bilden sich auf seiner Stirn, als er dem Anrufer zuhört. »Ich mache mich sofort auf den Weg«, sagt er schließlich zu.

»Ein Notfall?«, fragt Emilia. Bedauern zeigt sich in ihren Augen, weil er die Feier verlassen muss.

»Bei Maya haben die Wehen eingesetzt. Vincent bringt sie ins Krankenhaus, damit ein Kaiserschnitt gemacht wird«, erwidert er.

»Ist das nicht zu früh?«, wundert sie sich. »Ich dachte, du hättest Mitte Mai als Geburtstermin erwähnt.«

»Ja, so war der errechnete Termin«, bestätigt er. Gleich darauf fügt er als Erklärung hinzu, dass der knapp vier Wochen zurückliegende Eingriff für das frühzeitige Einsetzen der Wehen verantwortlich sein könnte. »Ich möchte den beiden gerne zur Seite stehen, auch wenn es ein Routineeingriff ist. Entschuldigst du mich bitte bei Daniel?«

»Natürlich«, sagt sie zu. Mit einem dankbaren Lächeln legt Jason Daumen und Zeigefinger um Emilias Kinn und gibt

ihr einen Kuss zum Abschied.
»Danke«, raunt er ihr zu. »Ich rufe dich später an.«

*****

Auf dem Weg zum Krankenhaus pfeift Jason in freudiger Erwartung vor sich hin. Damit versucht er den kleinen Funken Sorge, der in seinem Hinterkopf wegen der Vorkommnisse mit Mayas Krankheit und der Notoperation für das Baby schlummert, zu übertönen.

Als er auf den Krankenhausparkplatz einbiegt, fällt ihm sofort Vincents Wagen auf, der direkt vorm Haupteingang abgestellt ist. Beruhigt, dass Sohn und Schwiegertochter bereits in der Klinik angekommen sind, parkt Jason sein Auto auf dem ersten freien Platz, den er entdeckt. Mit beschleunigten Schritten macht er sich danach auf den Weg zum Eingang, als Lizzy seinen Namen ruft.

»Schön, dass du auch da bist«, begrüßt sie ihn mit einem Lächeln, nachdem sie zu ihm aufgeschlossen hat. »Ist es nicht wunderbar, dass heute unser erstes Enkelkind das Licht der Welt erblickt?«

»Ja«, entgegnet er kurz.

»Ist das alles, was du dazu zu sagen hast?«, bemängelt sie die fehlende Euphorie für die Situation. Das erste Enkelkind – wie kann er da nicht an die Geburt der eigenen Kinder zurückdenken? Enttäuschung überschattet Lizzys Freude, weil sie eine andere Reaktion von Jason erwartet hat. Auf der Fahrt zum Krankenhaus hatte sie sich eine gelöste Stimmung vorgestellt, die bei ihm den Familiensinn zurückholt.

Das entschuldigende Lächeln, zu dem er sich aufrafft, gibt ihr einen Funken Hoffnung. Als er vorschlägt, dass sie in Ruhe den Kaiserschnitt abwarten, nickt sie.

Gemeinsam gehen sie durch das Foyer in Richtung der gynäkologischen Abteilung. Dort angekommen steuert

Jason den Warteraum an. Verwundert blickt Lizzy zu ihm auf, sagt aber nichts.

»Weißt du, welcher Arzt den Eingriff vornimmt?«, erkundigt sie sich, nachdem sie auf den gepolsterten Stühlen Platz genommen haben.

»Ich vermute, dass Dr. Monroe sich darum kümmert. Sie ist die behandelnde Ärztin von Maya.«

»Du vermutest?« Mit hochgezogenen Augenbrauen wiederholt Lizzy seine Wortwahl, die sie in keiner Weise zufriedenstellt. »Hat sie denn Dienst oder kommt sie extra für den Kaiserschnitt hierher?«

Innerlich aufseufzend erhebt Jason sich. Seiner Frau gegenüber lässt er sich jedoch nichts anmerken. Nachdem er sich die Bestätigung geholt hat, dass – wie erwartet – Steph Monroe als verantwortliche Ärztin mit Vincent und Maya im Kreißsaal ist, kehrt er zu Lizzy zurück. Mit einem zufriedenen Nicken nimmt sie die Information entgegen, die auch den Zusatz beinhaltet, dass die Gynäkologin ihre Schicht am Nachmittag angetreten hat.

Kaum hat Jason sich wieder hingesetzt, kommt Preston in den Warteraum. Vincents Eltern, die inzwischen wissen, dass der Publizist ihren Sohn endlich als Schwiegersohn akzeptiert, begrüßen ihn herzlich.

»Habt ihr schon etwas gehört? Wie lange dauert es noch?«, erkundigt Preston sich.

»Die Periduralanästhesie wurde gerade eingeleitet«, informiert der Chefarzt ihn. »Sobald die Betäubung vollständig eingesetzt hat, geht es los. Wir brauchen dennoch etwas Geduld, weil Vincent sofort nach dem Eingriff eine gründliche Untersuchung des Babys durchführen lässt, um sicherzugehen, dass die Amnionstränge keine Folgeschäden verursacht haben. Dazu werden unter anderem die Blutwerte näher analysiert.«

»Müssen wir denn das Ergebnis der Blutuntersuchung abwarten?«, wirft Lizzy mit krausgezogener Stirn ein. »Anschauen können wir unser Enkelkind doch sicher schon vorher.«

»Das entscheidet Vincent«, gibt Jason gelassen zurück. »Ich vermute, dass er dich nicht unnötig warten lässt«, fügt er mit einem Augenzwinkern hinzu, als er merkt, dass seiner Frau die erste Antwort nicht gefallen hat.

Letztlich dauert es gut eine Stunde, bis eine Schwester hereinkommt. Mit einem Lächeln gratuliert sie den Großeltern.

»Dr. Harper möchte Ihnen das Enkelkind jetzt vorstellen. Mutter und Kind geht es gut. Sie wurden bereits auf ein Zimmer gebracht.«

Hocherfreut folgen die drei der Schwester, die sie zu dem Raum führt, in dem Maya mit dem Baby untergebracht ist. Drei vor Glück strahlende Augenpaare richten sich auf Vincent, der das Baby im Arm hält. Mit stolzgeschwellter Brust kommt er auf die frischgebackenen Großeltern zu.

»Darf ich euch mit dem neuesten Mitglied unserer Familie bekanntmachen? Gebadet, untersucht und für gesund erklärt, freut sich unser Mädchen darauf, die Oma sowie die Opas kennenzulernen«, stellt er seine Tochter feierlich vor.

Nachdem alle die neue Erdenbürgerin begutachtet und den Eltern gratuliert haben, legt Vincent seiner Frau das Baby in den Arm. Mayas Augen fangen an zu glänzen, als er sowohl dem Neugeborenen als auch ihr einen Kuss auf die Stirn drückt.

»Habt ihr schon einen Namen ausgesucht?«, will Preston wissen. Erwartungsvoll schaut er seine Tochter an, die umgehend nickt.

»Sogar einen Doppelnamen«, macht sie es ein wenig spannend. »Wir haben uns für Vinya Marilyn entschieden. Du bist doch einverstanden, Daddy, dass wir sie nach Mom nennen?«, fügt sie mit einem Seitenblick auf ihren Vater hinzu.

»Das ist ein wunderbarer Gedanke, um deine Mutter mit einzubeziehen«, pflichtet Preston ihr lächelnd bei. »Marilyn wäre sicher sehr stolz gewesen, Namensgeberin sein zu dürfen.«

»Der Name war Mayas Idee«, erklärt Vincent an seine Eltern gewandt. »Ich fand die Mischung aus unseren Vornamen und die Erinnerung an Mayas verstorbene Mom sehr passend und habe daher gleich zugestimmt.«

»Ich finde die Kombination ebenfalls gut gewählt«, versichert Lizzy. Auch Jason äußert sich ähnlich.

Um der Mutter und dem Neugeborenen Ruhe zu gönnen, verabschieden sich die Großeltern etwa dreißig Minuten später. Vincent begleitet die drei auf den Gang.

»Wie sehen die Beine aus?«, hakt Jason nach, der sich die Frage im Beisein der Schwiegertochter verkniffen hat.

»Sehr gut«, versichert sein Sohn. »Es sind kleine Rötungen vorhanden, aber Steph ist optimistisch, dass sie in den nächsten Tagen verschwinden werden. Wir warten nur noch auf die abschließenden Laborwerte. Die Blutgruppenbestimmung liegt schon vor. Falls eine Anämie festgestellt wird, können sofort die passenden Blutkonserven geordert werden. Die restlichen Auswertungen sollten bald folgen. Ich bin zuversichtlich, dass sich alles im Normalmaß bewegt. Wir wollten nur sichergehen, auch um Maya zu beruhigen.«

Eine Vorsichtsmaßnahme, die nicht nur bei Preston Anklang findet, der seinem Schwiegersohn dankbar auf die Schulter klopft.

»Ich schaue morgen wieder nach Maya und Vinya. Bis dahin sind die beiden bei dir in den besten Händen.«

»Darauf kannst du dich verlassen, danke Preston«, antwortet Vincent mit zufriedener Miene. Dass sein Schwiegervater ihm inzwischen so viel Vertrauen entgegenbringt, kommt ihm ab und an noch ein wenig unwirklich vor. Trotzdem genießt er den Frieden, der den Umgang mit dem Publizisten erheblich erleichtert.

Zu dritt gehen die frischgebackenen Großeltern Richtung Ausgang. Nachdem der Verleger sein Handy kontrolliert hat, verabschiedet er sich, um einen wichtigen Anruf zu tätigen.

Gemeinsam mit Lizzy führt Jason den Weg fort. Im Foyer angekommen steuert er wie selbstverständlich den Flügel an, in dem sein Chefarztzimmer untergebracht ist. Verwundert hält seine Frau ihn am Arm fest.

»Wo willst du hin? Ich dachte, wir feiern noch etwas.«

»Es gibt da ein wichtiges Telefonat, das ich erledigen möchte«, antwortet er.

»Gut, dann werde ich versuchen, Aidan zu erreichen. Er macht heute an seinem freien Tag eine Tour mit dem Motorrad und weiß noch gar nicht, dass er Onkel geworden ist. Treffen wir uns in der Cafeteria, nachdem wir unsere Gespräche erledigt haben? Oder ist dir ein Glas Champagner bei mir lieber?«, fragt sie wie selbstverständlich, als wäre in den letzten Wochen nichts zwischen ihnen vorgefallen.

»Der Tag war lang. Ein kurzes Anstoßen in der Cafeteria reicht mir daher vollkommen«, entscheidet Jason. Ein Umtrunk in Bel Air kommt für ihn nicht infrage. Am liebsten würde er direkt zum Strandhaus fahren, um Emilia anzurufen und ihr von seiner Enkeltochter zu erzählen. Da er jedoch die Hartnäckigkeit von Lizzy kennt, befürchtet er, dass sie etwas zum Anstoßen besorgen und ihn damit in seinem Büro überfallen wird, wenn er den Vorschlag gänzlich ablehnt. Das Telefonat mit Professor Stuart möchte er lieber ungestört führen. Ein kurzer Abstecher in die krankenhauseigene Cafeteria erscheint ihm daher als das geringere Übel.

Zufrieden mit dem Erreichten lächelt seine Frau ihn an.

»Lass mich nicht zu lange warten«, gibt sie ihm noch mit auf den Weg, bevor sie sich in Richtung des verabredeten Ortes begibt.

In seinem Chefarztzimmer sucht Jason die private Nummer von Professor Stuart heraus. Seitdem er vor Jahren einmal mit dem Forscher kurz in einer Sache zusammengearbeitet hat, weiß er, dass der Professor zu den Menschen gehört, die nur wenige Stunden in der Nacht schlafen. Daher scheut er sich nicht, ihn anzurufen, obwohl es bereits nach 22 Uhr ist.

»Jason Harper«, wiederholt Jeremiah Stuart den Namen des Anrufers, nachdem dieser ihn begrüßt hat. »Was für ein Zufall – über dein Krankenhaus habe ich erst in der letzten Woche gesprochen.«

»Nur Gutes, hoffe ich«, scherzt der Chefarzt und Klinikleiter.

»Nun ja, angesichts der Tatsache, dass Marc Braden einer der Gesprächspartner war, trifft das nicht in vollem Maße zu«, räumt der Professor ein.

»Ich fürchte, dass ich verstehe, was du meinst«, seufzt Jason. »Der Weggang von Lisa Braden aus meiner Klinik ist etwas, das Marc nicht gut aufgenommen hat. Aber vertiefen wir dieses Thema nicht weiter. Erzähl mir lieber, wie es dir so geht. Ich habe gehört, dass du deine Forschung nach Chicago verlegst.«

Obwohl Jeremiah Stuart überrascht ist, dass sich der Umzug nach Illinois bereits herumgesprochen hat, berichtet er nur zu gerne davon. So erfährt Jason, dass sich das Angebot ganz kurzfristig ergeben hat. Als sein Gesprächspartner erwähnt, dass Lisa Braden inzwischen auch am Rush University Medical Center tätig ist und er dort mit ihr zusammenarbeiten wird, ahnt der Chefarzt, wie der Etat für den Professor zustande gekommen ist.

Einen Augenblick zieht Jason in Erwägung, den alten Bekannten vor Lisa zu warnen. Da er jedoch die Intrige der Ärztin nicht beweisen kann, nimmt er von der Überlegung Abstand. Inzwischen hat er von anderer Seite erfahren, dass Lisa Braden ihre ganze Konzentration nunmehr auf die Forschung richtet und vorerst nicht als Ärztin praktiziert. Eine Mitteilung, die ihn wieder ruhiger schlafen lässt. Wie auch immer Lizzy diese Wandlung bei Lisa geschafft hat, er ist ihr dankbar dafür. Natürlich hätte er die Gynäkologin liebend gerne angezeigt, um ihr die Approbation entziehen zu lassen, aber davon hatte ihnen der Anwalt abgeraten. Die

Beweise hätten einzig und allein auf dem Gespräch zwischen Max und Lisa beruht – eine Tatsache, die die Harpers schließlich von einer Anzeige abhielt.

Um nicht weiter an den unliebsamen Vorfall zu denken, lenkt Jason das Thema in Richtung Natessa.

»Um ehrlich zu sein, rufe ich aus einem bestimmten Grund an, Jeremiah«, gibt er zu. »Ich beginne in Kürze endlich mit meiner eigenen Leukämie-Forschung. Dazu brauche ich eine fähige und erfahrene Laborantin als Assistentin. Dabei dachte ich an Natessa Morgan, die ich persönlich kenne. Hast du Bedenken, wenn ich sie engagiere? Ich kann dir versichern, dass es mir nicht um deine bisherigen Forschungsergebnisse geht.«

Stille tritt ein, mit der Jason nicht gerechnet hat. Daher atmet er auf, als der Professor sich schließlich räuspert.

»Es täte mir sehr leid, Miss Morgan zu verlieren«, äußert er sich zu der Frage. »Dabei mache ich mir um die erzielten Ergebnisse keine Sorgen. Die junge Frau habe ich als integer kennengelernt. Es wäre vielmehr schade, weil ein Teil der Spendengelder, die man am Rush University Medical Center zusammengetragen hat, für die Anstellung von Natessa Morgan zur Verfügung gestellt wurde.«

»Marc Braden knüpft einen Teil seiner Spende an die Verpflichtung von Natessa Morgan?«, fasst Jason die Aussage irritiert zusammen.

»Nein, nicht er. Die Kosten für die Assistentin übernimmt zwei Jahre lang Green Limited. Soweit ich das verstanden habe, ist Miss Morgan ihre Wunschkandidatin. Ich habe das nicht weiter hinterfragt, weil sie meine erste Wahl für den Wechsel ist. Wenn sie das Angebot ablehnt, beauftrage ich meinen Agenten mit Green Limited über andere Möglichkeiten der Förderung zu verhandeln. Die Firma investiert viel in medizinische Projekte und bisher sind mir keine Probleme mit den Spendenvergaben zugetragen worden. Du bist durch eure Krankenhaus-Stiftung doch bestimmt auch schon mit dem Unternehmen in Kontakt gekommen.«

»Ja, unsere Stiftung unterstützen sie ebenfalls«, erwähnt Jason, während sich der Funke eines Verdachts durch seine Gedanken brennt. Es fällt ihm schwer, sich auf den Gesprächspartner am anderen Ende der Leitung zu konzentrieren. Nur am Rande bekommt er mit, dass sich der Professor mit dem Wechsel von Natessa einverstanden erklärt.

»Danke«, murmelt Jason, »lass uns die Details in ein paar Tagen zusammen mit Miss Morgan klären. Falls es Probleme mit Green Limited gibt, sag mir bitte Bescheid. Dafür finden wir sicher eine Lösung.«

Nachdem er das Gespräch wenige Sätze später beendet hat, versucht Jason tief durchzuatmen und seine Gedanken zu ordnen. Er begutachtet die Informationen, die er an diesem Abend erhalten hat, von allen Seiten. Am Ende ist ihm klar, dass das alles kein Zufall sein kann.

›Verdammt, Lizzy‹, flucht er vor sich hin, ›reichen deine Beziehungen wirklich so weit? Dass du zu solchen Aktionen fähig bist, bezweifle ich seit der letzten Sitzung des Stiftungsrats keine Sekunde mehr.‹

KAPITEL 25

Sechs Monate später...

Mit gemischten Gefühlen betrachtet Jason den Umschlag in seiner Hand. Der Gedanke, genau dies zu tun, war ihm vor einigen Monaten zum ersten Mal gekommen. Die Wut, die nach dem Telefonat mit Jeremiah Stuart in ihm aufgestiegen war, hat er inzwischen gezähmt, die Enttäuschung über seine Ehe ist jedoch geblieben. Nachdenklich lehnt er sich im Schreibtischsessel zurück und lässt die Ereignisse nach dem Gespräch mit dem Professor noch einmal Revue passieren.

~ ***** ~

Die Erkenntnis, dass Lizzy ihre erstaunlich guten Beziehungen zu Green Limited dazu genutzt haben könnte, Daniel nach Atlanta und Natessa nach Chicago zu befördern, ließ ihn wütend von seinem Stuhl aufspringen.

»Wehe dir, Lizzy«, knurrte er, als er sich Richtung Cafeteria aufmachte.

Im krankenhauseigenen Café schaute er sich in dem gut gefüllten Raum um. An ihrem Lieblingstisch inmitten des Geschehens entdeckte er seine Frau, die ihn lächelnd mit einer Handbewegung auf sich aufmerksam gemacht hatte. Doch anstatt zu ihr zu gehen, hob er den Arm und machte mit zwei Fingern ein Zeichen, dass sie zu ihm kommen sollte. Lizzys Gesichtsausdruck sprühte vor Missfallen bezüglich dieser Geste, aber das ignorierte er.

»Wir müssen etwas besprechen – in meinem Büro«, teilte er ihr mit, als sie vor ihm stand. Verwundert zog sie die Augenbrauen in die Höhe.

»Ist mit Maya und dem Baby alles in Ordnung?«,

erkundigte sie sich, obwohl die Stimmung ihres Mannes nicht nach Besorgnis aussah.

»Ja«, entgegnete er knapp. »Komm, wir können das nicht hier erörtern.«

Der ungewohnt strenge Zug um Jasons Mundwinkel veranlasste Lizzy dazu, ihm zu folgen. In seinem Chefarztzimmer angekommen wartete sie darauf, dass er ihr einen Platz anbot – was er nicht tat! Stattdessen baute er sich vor ihr auf und funkelte sie an.

»Hast du etwas mit der Förderung der Morgans durch Green Limited zu tun?«, fragte er sie ganz direkt.

»Wie kommst du zu einer derartigen Vermutung?«, entgegnete sie mit undurchsichtiger Miene. Nur für einen kurzen Moment sah er so etwas wie Triumph in ihren Augen aufblitzen, was ihm als Antwort auf seinen Verdacht ausreichte. »Warum sollte ich ausgerechnet die Morgans fördern?«, fügte sie hinzu, doch er hatte sein Urteil bereits gefällt.

»Natürlich warst du das», schleuderte er ihr entgegen. »Ich warne dich, Lizzy, lass Emilia und ihre Familie in Ruhe. Du hast mehr zu verlieren, als dir im Augenblick klar zu sein scheint.«

»Ich kämpfe um uns, Jason, wann verstehst du das endlich? Niemand mischt sich ungestraft in unsere Ehe ein. Du kommst mir mit haltlosen Anschuldigungen und hoffst, dass ich dich aufgebe. Darauf kannst du lange warten. Ich bin nicht wie andere Frauen, die untätig dabei zusehen, wie ihre Familie auseinanderbricht.«

Kopfschüttelnd trat er einen Schritt zurück. Kälte umfasste ihn, als er der Frau in die Augen blickte, die ihm einst viel bedeutet hatte. Er wollte nur noch weg – weg von ihr, weg von ihren Lügen – hin zu der Wärme und Aufrichtigkeit von Emilia.

»Ich kehre nicht zu dir zurück, Lizzy. Vor allem dann nicht, wenn du deinen Unmut an den Morgans auslässt. Im Gegenteil: Ich werde den Kontakt gänzlich abbrechen, wenn du nicht aufhörst. Erfahre ich von weiteren Angeboten an Emilias Kinder oder ihre Nichte, schreibe ich das dir zu. Springt ein Kunde beim Cateringservice ab, mache ich dich dafür verantwortlich. Passieren ansonsten unerwartete Dinge in Emilias Umfeld, lernst du eine andere Seite von mir kennen. Ich bin es leid, Lizzy, dass du rücksichtslos und unbarmherzig vorgehst.«

Fassungslos blickte sie ihm entgegen. Als ihre Hände anfingen zu zittern, ballte sie diese zu Fäusten.

»Ich habe dir immer gezeigt, wie wichtig du mir bist. Nichts habe ich einfach hingenommen, sondern um unsere Ehe gekämpft. Doch du dankst es mir damit, dass du unsere Liebe hinschmeißt und zu einer anderen Frau gehst? Warum, Jason?«

»Weil ich dich so nicht mehr lieben kann, Lizzy. Je mehr du dich bei den Morgans einmischst, desto näher drängst du mich zu ihnen. Hör auf, bevor es nur noch einen Weg für mich gibt.«

Das Blinzeln in Lizzys Augen, als er die Wahrheit über seine schwindenden Gefühle ihr gegenüber ausgesprochen hatte, war ihm nicht entgangen. Zum ersten Mal keimte Hoffnung in ihm auf, dass er zu ihr durchgedrungen war.

»Das wagst du nicht«, zischte sie ihm zu, nachdem sie sich offensichtlich wieder gefangen hatte. »Du setzt nicht dieses Krankenhaus oder deine Stellung als Klinikleiter aufs Spiel, nur um im Valley mit einer Frau Händchen zu halten. Willst du mich ausgerechnet an dem Tag, an dem eine weitere Generation unserer Familie das Licht der Welt erblickt hat, verlassen? Die Geburt von Vinya sollte ein Grund zur Freude und zum Zusammenfinden sein, aber du zerstörst alles.«

»Ich habe dich bereits verlassen, Lizzy. Daran ändert auch unser erstes Enkelkind nichts. Du willst anstoßen? Such dir jemand anderen, ich stehe dafür nicht mehr zur Verfügung«, hatte er ihr unbeeindruckt geantwortet.

In dem Moment waren ihm die Klinik und seine Karriere

egal. Ihre Drohungen konnten ihm nichts anhaben. Notfalls würde er eine einfache Praxis im Valley eröffnen, bevor er vor Lizzy klein beigab. Als er zur Tür ging, um das Büro – und zum wiederholten Mal auch seine Frau – zu verlassen, spürte er ihre Blicke in seinem Rücken. Doch das brachte ihn nur dazu, diesen noch gerader durchzustrecken. Er wusste nun, dass das Unvermeidliche nicht mehr lange auf sich warten lassen würde.

~ ***** ~

Ein halbes Jahr war seitdem vergangen. Zeit, die Jason dafür genutzt hatte, die Beziehung zu Emilia zu vertiefen und seine Forschung in Gang zu bringen.

Ein Lächeln überzieht sein Gesicht, als er daran zurückdenkt, wie lange seine Collegeliebe sich geziert hatte, bis sie ihn nicht nur im Strandhaus besuchte, sondern dort über Nacht blieb. Die Wärme, die in ihm aufstieg, weil er sie in seinen Armen hielt, hätte ausgereicht, um ihn auch ohne Bettdecke nicht frieren zu lassen. Mit Lizzy hatte er das zu ihren besten Zeiten nicht so intensiv erlebt.

»Deswegen ist es richtig, was ich tue«, rechtfertigt er sein Vorhaben vor sich selbst.

Gerade als er mit dem Umschlag in der Hand aufstehen will, geht eine Nachricht auf seinem Computer ein. Allein der Betreff der Mail entlockt ihm ein weiteres Lächeln, dieses Mal vor Zufriedenheit.

»Wie hast du es geschafft, so viele Proben innerhalb eines Tages auszuwerten, Natessa?«, murmelt er vor sich hin, während er die Nachricht von seiner Laborassistentin öffnet. Die Ergebnisse sind wie immer akkurat in einem Excelblatt aufgelistet, die Mail selbst enthält eine kurze Zusammenfassung.

Von der Versuchsreihe hat er sich mehr versprochen, doch die Auswertung gibt das nicht her. Seufzend wird ihm klar, dass die Rückschläge die Fortschritte bisher überwiegen.

Das Gefühl von Enttäuschung über das erneute Scheitern versucht er zu vertreiben, indem er sich sagt, dass man nach zwei Monaten Forschung keine Wunder erwarten kann. Zum Glück sind in seinen Aufzeichnungen noch andere Ansätze vorhanden, von denen nun ein weiterer zum Einsatz kommen würde.

Als er sich ausmalt, wie sich in Natessas Augen die Euphorie zeigt, wenn er ihr eine der anderen Ideen erläutert, hellt sich seine Miene wieder auf. Die Anstellung von Emilias Tochter hat sich als der reinste Glücksfall erwiesen. Natürlich hatte Lizzy getobt, als sie davon erfuhr. Aber das war egal, da sie nichts dagegen unternehmen konnte. Der Stiftungsrat musste lediglich über die Vergabe der seit Lisa Bradens Abgang freigewordenen Laborzeiten entscheiden. Das Ergebnis war zugunsten von Jasons Forschung ausgefallen, vor allem, nachdem er dargelegt hatte, dass seine Assistentin ein Viertel ihrer Arbeitszeit für das Krankenhaus tätig sein würde. Stunden, für die der Klinik keine Personalkosten entstanden, weil er diese in vollem Umfang aus seinem Forschungsetat bezahlte. Gelder, bei denen seine Frau bis heute nicht erfahren hatte, woher ein Großteil stammte. Der Clou war gelungen, obwohl Lizzy wie erwartet gegen ihn gestimmt hatte.

Eine Vorgehensweise, die sie seither auf ihre unvergleichliche Art beibehielt. Egal, in welchem Gremium etwas diskutiert oder abgestimmt wurde, Lizzy unterstützte keinen seiner Vorschläge. Manchmal brachten ihre Argumente auch andere Sitzungsteilnehmer ins Wanken, aber das war ihm egal. Die kleinen Spitzen nahm er gelassen hin, solange Emilia und ihre Familie verschont blieben – was bisher der Fall war. Offenbar hatte Lizzy seine Worte ernst genommen und tat es bis heute.

»Ich hoffe, das bleibt so«, betet er, als er entschlossen nach dem Umschlag greift, dessen Inhalt einen weiteren Schritt in seiner Beziehung zu Emilia einleiten soll.

*****

Vincents Weg führt ihn beim Betreten des Hauses in Bel Air direkt ins Wohnzimmer, aus dem er das leise Weinen seiner Tochter und die beruhigenden Worte des Kindermädchens vernimmt.

»Wie geht es ihr denn heute, Cynthia?«, erkundigt er sich bei der erfahrenen Betreuerin, die Maya und er engagiert hatten, nachdem Vinya das Krankenhaus verlassen durfte.

»Sie ist ein wenig quengelig, aber das bekommen wir in den Griff«, erwidert die Angestellte mit einem Lächeln. »Ihre Frau hat sich hingelegt. Sie sah sehr müde aus.«

»Eine Präsentation, die sie für den Verlag vorbereitet, hat sie in den letzten Nächten wachgehalten«, erklärt Vincent. »Gut, dass sie sich endlich Ruhe gönnt, lassen wir sie also schlafen.« Vorsichtig nimmt er Cynthia das Baby aus dem Arm und wiegt es hin und her, nachdem er seiner Tochter einen Kuss auf die Stirn gegeben hat. »Das kommt uns entgegen, nicht wahr?«, flüstert er Vinya zu, die ihn daraufhin anlächelt, als hätte sie ihn genau verstanden.

Leise verlässt das Kindermädchen den Raum, um Vater und Tochter nicht zu stören. Augenblicke wie diese gab es viel zu wenige, das hatte sie vom ersten Tag an festgestellt. Mrs. Harper kümmerte sich nach Cynthias Beobachtungen rührend um Vinya, keine Frage. Aber sie hatte Probleme damit, wenn Mr. Harper seine Aufmerksamkeit auf das Baby richtete. Situationen, die sie offenbar aufgrund der Borderline-Erkrankung nicht richtig steuern konnte. Als Folge hielt er sich im Beisein seiner Frau mit Zuneigungen für die Tochter zurück. Momente, die er – so wie jetzt – alleine mit Vinya verbringen konnte, waren rar. Manchmal fremdelte die Kleine daher bei ihrem Vater, aber heute schien sie regelrecht auf ihn gewartet zu haben. Seit das Baby in seinen Armen lag, hatte es kein Wimmern mehr von sich gegeben.

›Ich bewundere, wie er all das meistert‹, geht es Cynthia durch den Kopf. ›Er wahrt im Beisein seiner Frau ihr zuliebe eine Distanz zu Vinya, begleitet Mrs. Harper zu den Therapien und stärkt ihr auch ansonsten immer den Rücken. Ihre Krankheit fordert den Dreien eine Menge ab. Ich hoffe, die Therapie bringt weiterhin Fortschritte, verdient hätten sie es. Vor allem jetzt, da die Kleine mehr und mehr anfängt, sich zu bewegen. In wenigen Wochen wird sie krabbeln und sich ihren Weg selber suchen. Es wäre gut, wenn sie dann zu ihrem Vater dürfte, ohne dass sie ihrer Mutter damit ein schlechtes Gefühl bereitet.‹

*****

Ein letztes Mal wirft Lizzy einen Blick in den Spiegel. Der neue Hosenanzug sitzt perfekt. Er schmeichelt ihrer Figur an den richtigen Stellen. Man sieht ihrem Körper an, dass sie ihn in den vergangenen drei Monaten mehr als üblich sportlich gefordert und damit noch weiter in Form gebracht hat.

Die Zeit, die sie gemeinsam mit Aidan auf dem Squashcourt verbracht hat, zeigt Wirkung. Nicht nur auf ihren Körperbau bezogen, auch das Verhältnis zu ihrem Zweitgeborenen hat sich verbessert. Er ist zu so etwas wie ihrem Vertrauten geworden, seitdem Jason sie verlassen hatte und sie Vincent selten alleine antraf.

Zudem kann sie ihrem Ältesten noch immer nicht ganz verzeihen, dass er sie hintergangen hatte. Natürlich ist es ein Leichtes für sie gewesen, zu ermitteln, woher Jasons restliche Spendengelder so plötzlich herkamen. Die Enttäuschung nagt bis heute an ihr und blockiert ihren Elan, die Messer für weitere Angriffe gegen die Morgans zu wetzen.

»Vielleicht muss ich das auch nicht mehr«, spricht sie sich Mut zu. Seit Jasons Anruf, in dem er um ein Treffen gebeten hatte, breitet sich in ihr die Hoffnung auf seine Rückkehr in dieses Haus und das Fortführen ihres gemeinsamen Lebens aus.

Das Klingeln an der Haustür lässt Lizzy aus ihren Gedanken hochschrecken. In freudiger Erwartung schreitet sie die Treppe hinab, um Jason zu begrüßen, der inzwischen von einem der Hausmädchen hereingelassen wurde.

»Darling, ich freue mich über deinen Besuch«, flötet sie ihm entgegen. »Gehen wir ins Wohnzimmer, ich habe eine Kleinigkeit für uns vorbereiten lassen.« Mit zusammengekniffenen Lippen folgt Jason ihr.

›Das wird nicht einfach‹, geht es ihm angesichts ihres Auftritts durch den Kopf.

»Du siehst gut aus«, macht er ihr ein Kompliment, um nicht gleich mit der Tür ins Haus zu fallen.

»Danke«, erwidert sie gelassen, obwohl es in ihrem Inneren ganz anders aussieht. Mit einer einladenden Geste deutet sie auf den Servierwagen, auf dem Getränke und Kanapees bereitgestellt wurden. »Bedien dich.«

Mit einem Kopfschütteln lehnt er ab.

»Ich habe gegessen, danke. Außerdem kann ich nicht lange bleiben, da ich noch ein paar Dinge erledigen möchte.«

Lizzys von Hoffnung getragene Fassade beginnt zu bröckeln. Schlagartig überkommt sie eine Vorahnung, dass Jason nicht um ein Treffen gebeten hat, um zu ihr zurückzukehren. Ihr Spürsinn springt an, mit dem sie ihr Gegenüber in Sekundenschnelle analysiert. Dabei bleibt ihr Blick an dem Umschlag hängen, den er verkrampft in der Hand hält.

»Was ist das?«, fragt sie misstrauisch.

»Die Scheidungspapiere«, erklärt er in ruhigem Tonfall. »Ich wollte sie dir persönlich überreichen.«

»Wie bitte?«, stößt sie entsetzt hervor, während sie einen Schritt rückwärtsgeht. Ihre Augen weiten sich, als er ihr das Kuvert reicht, in dem sich ihr absoluter Albtraum befindet.

Bilder tauchen vor Lizzys innerem Auge auf. Erinnerungen an den Vater, der ihrer Mutter in ihrem Beisein mitgeteilt hatte, dass er sie verlassen und zu einer anderen Frau ziehen würde. Zu einer Frau, die in einer winzigen Wohnung im Valley lebte; die nichts weiter besaß und erst recht nichts vorweisen konnte – weder Intellekt, noch hilfreiche

Beziehungen und vor allem keinerlei Ambitionen. Bei der Rückschau auf die Reaktion ihrer Mutter, die – wieder einmal – nichts unternahm, so wie es auch schon während der Affäre ihres Ehemannes gewesen war, wurde ihr übel. Kein böses Wort, kein Gegensteuern, kein Kampf – noch heute hasste sie Eleonore Platt für diese Schwäche.

Aber sie selbst hatte diese Neigung nicht zugelassen. Von Anfang an hatte sie sich gegen den Eindringling aus dem Valley gewehrt und alles unternommen, um nicht dasselbe Schicksal wie ihre Mutter zu erleiden. Ihre Antennen reagierten seit dem ersten Tag ihrer Ehe mit Jason hypersensibel auf jede Frau in seiner Nähe. Trotzdem war es Emilia Morgan gelungen, sich in ihre Familie zu drängen. So weit, dass er sich jetzt sogar scheiden lassen wollte? Hätte sie bloß nicht aufgehört, gegen dieses Pack aus dem Valley vorzugehen! Nicht genug, dass Natessa Morgan inzwischen in der Harper-Klinik arbeitete, nun sollte deren Mutter auch noch den Platz an Jasons Seite – an der Seite, die nur ihr zustand – einnehmen? Nein, das würde nicht passieren!

»Du willst mich endgültig verlassen?«, empört sie sich. »Obwohl ich mit jeder Faser meines Körpers dagegen gekämpft habe? Wie kannst du mir das antun?«

Mit einem deutlich hörbaren Atemzug lässt Jason den Arm sinken. Einen Moment lang verflucht er, dass er keinen Boten geschickt hat, der die Papiere zustellt.

»Deine ewigen Kämpfe und Angriffe haben uns erst auseinandergetrieben, Lizzy. Wann verstehst du das endlich? Selbst jetzt versuchst du immer noch verzweifelt an etwas festzuhalten, das es nicht mehr gibt. Unsere Ehe besteht nicht mehr, daher möchte ich sie auch offiziell beenden.«

»Um gleich darauf *sie* zu heiraten? Du bist genauso wie mein Vater, der einfach die eine Familie gegen eine neue eingetauscht hat. Er hat mich nie geliebt.«

Mit einem Kopfschütteln geht Jason einen Schritt auf Lizzy zu, doch sie weicht im gleichen Maße zurück.

»Dein Vater hat dich geliebt, Lizzy. Warum sonst hat er dir die Hälfte seines Vermögens überschrieben? Ja, er hat dich und deine Mutter verlassen und mit der anderen Frau eine neue Familie gegründet, aber deswegen hat er dich nicht weniger geliebt oder als seine Tochter anerkannt.«

»Er hat sich mit dem Geld freigekauft«, zischt sie als Antwort. »Ich war zwölf Jahre alt, als die Haustür für immer hinter ihm zugefallen ist. Kein Geld der Welt konnte mir damals den Vater ersetzen. Also habe ich es später dafür eingesetzt, um die Grundlage für deine Karriere und unsere Familie zu bilden. Doch jetzt kommst du hier an und wirfst das einfach weg? Du schlägst die Tür hinter dir zu, so wie mein Vater es einst getan hat!«

»So ist es nicht«, seufzt er auf. »Wir bleiben miteinander verbunden – durch unsere Söhne und die Klinik. Ich möchte nur die Ehe beenden, aber ich wende mich nicht gänzlich von dir ab, Lizzy.«

»Dafür bekommst du meine Zustimmung nicht«, erklärt sie mit erhobenem Haupt und kerzengerader Haltung. Ihr Blick zeugt von Entschlossenheit, als sie ihm in die Augen sieht. »Ich werde diese Scheidung verhindern, solange ich kann. Stell dich auf einen langen, harten Kampf ein!«

*****

›Das ist nicht gut gelaufen‹, resümiert Jason auf der Rückfahrt zum Krankenhaus. Obwohl ihm klar war, dass Lizzy nicht vor Freude in die Scheidung einwilligen würde, hatte er gehofft, sie überzeugen zu können.

»Dann eben der lange Weg«, beschließt er. »Alleine, dass ich Lizzy um die Scheidung gebeten habe, wird für Emilia vielleicht ausreichen, um den nächsten Schritt zu gehen. Ich werde sie trotzdem bitten, zu mir ins Strandhaus zu ziehen.«

Als er bei der Klinik ankommt, hat er einen Plan für einen Rahmen entwickelt, in dem er seine Frage präsentieren will. Dass er Emilia mit der Idee zudem eine riesige Freude machen kann, motiviert ihn zusätzlich. Sein Weg führt ihn daher direkt ins Labor zu Natessa, um ihr davon zu erzählen.

›Wenn sie mir hilft, wird das ein Kinderspiel‹, frohlockt er.

Natessa blickt auf, als er das Labor betritt und auf sie zusteuert. Wie selbstverständlich ruft sie die letzte Aufstellung mit den Ergebnissen auf, da sie annimmt, dass er darüber sprechen will. Umso größer ist ihre Überraschung, als er abwinkt.

»Ich würde gerne etwas Privates mit dir besprechen«, deutet er an. »Wie du dir sicher denken kannst, geht es um deine Mutter. Allerdings nicht nur um sie, sondern auch um Daniel.« Die Augen seiner Assistentin leuchten bei der Nennung der Familienmitglieder auf. Interessiert wartet sie auf weitere Informationen.

»Es geht um Daniels Geburtstag in der kommenden Woche«, fährt Jason fort. »Wie wäre es, wenn wir eine große Feier für ihn geben? Bei der Gelegenheit möchte ich Emilia dann fragen, ob sie zu mir ins Strandhaus zieht.«

»Wirklich?«, freut Natessa sich. »Wow, was für ein Schritt.«

»Glaubst du, dass es zu früh für deine Mutter ist?«, hakt er vorsorglich nach.

»Hey, sie ist kein Teenager mehr. Mom hat ihre moralischen Vorstellungen, aber ich denke, deine Frage geht in Ordnung. Du bist ja nun schon länger von deiner Frau getrennt.«

»Nicht nur das«, erwidert er mit einem Augenzwinkern, ohne näher darauf einzugehen. So sehr er Natessa auch schätzt, ist es ihm wichtig, dass Emilia als Erste von seinen Scheidungsabsichten erfährt. Alles will er nicht im Vorfeld mit ihrer Tochter erörtern.

»Die Feier ist ebenfalls eine gute Idee, aber ich muss dich warnen, Dan ist kein Freund von großen Feten«, gibt Natessa zu bedenken.

»Da es ein runder Geburtstag ist, wird er doch bestimmt eine Ausnahme machen, oder?«, äußert Jason hoffnungsvoll. Ein spitzbübisches Grinsen erscheint bei seiner Gesprächspartnerin.

»Es ehrt dich, dass du Daniels Geburtstag überhaupt weißt, aber mit dem Alter muss ich dich enttäuschen. Mein Bruder ist bereits im letzten Jahr dreißig geworden und selbst da hat es nur ein Familienessen gegeben.«

Irritiert zieht Jason die Stirn in Falten. Die Gedanken kreisen in seinem Kopf. Wie ist das möglich?

»Bist du dir sicher?«, fragt er, wobei er sich sofort berichtigt: »Natürlich bist du das, er ist ja dein Bruder. Aber ich verstehe das nicht.«

»Was genau?«

»Ich bin immer davon ausgegangen, dass Vincent und Daniel ein Jahrgang sind. Mein Sohn wird aber erst in diesem Jahr dreißig.«

»Das macht doch nichts. Die Idee mit der Geburtstagsfeier ist trotzdem sehr schön und wird Mom freuen«, versucht Natessa ihn zu beruhigen, während er in Gedanken zurückrechnet.

›Wenn Daniel ein Jahr älter als angenommen ist, wurde er zum Ende meines dritten Semesters an der Uni geboren‹, wird Jason klar. ›Emilia hat das Studium damals nach dem ersten Jahr abgebrochen, da ihr Vater gestorben war.‹

Sein Gesicht wird blass, als er die Diskrepanz erkennt. Blinzelnd sieht er Natessa an, die ihm sanft über den Arm streicht.

»Ist alles in Ordnung, Jason? Du siehst aus, als hättest du einen Geist gesehen.«

»Mir ist gerade etwas eingefallen«, redet er sich heraus. »Entschuldige, aber ich muss dringend eine andere Sache klären.« Kaum hat Natessa ihr Verständnis ausgedrückt, wendet er sich ab. Mit schnellen Schritten durchquert er das Labor, immer noch erschüttert von der Vermutung, die unaufhörlich in ihm aufsteigt.

*****

In der Küche des Cateringservices arbeitet Emilia an einer Torte, als ihr Handy klingelt. Ein Lächeln erstrahlt hinsichtlich des Namens, der auf dem Display angezeigt wird, ihr Gesicht. Sofort lässt sie alles stehen und liegen, um das Gespräch anzunehmen.

»Schatz, ich freue mich, dass du dich meldest«, begrüßt sie den Mann am anderen Ende der Leitung.

»Ich bin in den letzten Tagen kaum aus der Kanzlei gekommen. Aber jetzt bin ich auf dem Weg zu einem Klienten und habe etwas Zeit, um mit dir zu plaudern. Wie geht es dir, Mom?«

Die Stimme ihres Sohnes zu hören, lässt Emilias Mutterherz aufgehen. In Momenten wie diesen kann sie für einen Augenblick die Entfernung zwischen ihnen vergessen. Ohne Umschweife entwickelt sich ein Gespräch, in dem sie die Geschehnisse der vergangenen Tage Revue passieren lassen. Selbst wenn sich nichts Entscheidendes ereignet hat, weiß der andere dennoch, wie der Alltag verlaufen ist. Die große räumliche Trennung ändert nichts am gegenseitigen Interesse und dem Wunsch, auch die Kleinigkeiten im Leben der Familienmitglieder mitzubekommen.

»Läuft alles glatt beim Cateringservice?«, will Daniel abschließend wissen. »Natessa hat mir erzählt, dass du Anfragen für Großaufträge bekommen hast.«

»Ja, es waren interessante Aufgaben dabei, aber leider werde ich den einen oder anderen Auftrag ablehnen müssen. An gutes Personal zu kommen, dem ich eigenverantwortlich etwas übertragen kann, ist schwierig. Wenn ich also meine Familie oder Jason noch ab und an sehen will, muss ich schweren Herzens ein paar potenziellen Neukunden absagen.«

»Tu das ruhig, Mom. Du und Jason habt lange auf ein gemeinsames Leben warten müssen. Die Zahlen, die du mir letzte Woche geschickt hast, sehen außerdem sehr gut aus.

Die Firma steuert alleine mit der derzeitigen Auslastung für die kommenden Wochen auf einen Erfolg zu. Du musst nicht mehr als bisher arbeiten.«

Die Ermutigung ihres Sohnes sowie seine vielversprechende Bewertung der wirtschaftlichen Lage des Cateringservices entlocken Emilia ein weiteres strahlendes Lächeln. In ihren Gedanken bilden sich zugleich die ersten Überlegungen zu einer Köstlichkeit, mit der sie Jason am Abend überraschen möchte.

Eine halbe Stunde später ist Emilia in die Vorbereitung genau dieser Leckerei vertieft, als wie durch Zauberhand der Mann, für den sie all das plant, die Küche der Cateringfirma betritt. Er bleibt am Eingang stehen, um die Hygienevorschriften nicht zu verletzen, und sieht sich suchend um. Seine starre Miene verändert sich kein bisschen, als er Emilia entdeckt, die lächelnd auf ihn zukommt.

»Jason, ich habe gerade an dich gedacht«, begrüßt sie ihn. Doch kaum steht sie vor ihm, spannt sich ihre Haltung an. Der fröhliche Ausdruck verfliegt angesichts seiner zusammengekniffenen Augen und den verkrampften Händen, die sie nicht wie gewohnt sofort berühren wollen. »Was ist passiert?«, wispert sie ängstlich.

»Können wir uns in deinem Büro unterhalten?«, bittet er mit unveränderter Miene. Mit einem Nicken bestätigt sie es, ehe sie ihm zu dem Raum folgt, den er mit energischen Schritten ansteuert.

Ein Schauer läuft Emilia über den Rücken, als er sie mit zu Schlitzen verengten Augen mustert, nachdem er die Tür hinter ihnen geschlossen hat. Galt dieser Ausdruck ihr oder hatte seine Frau mal wieder etwas damit zu tun? In den letzten Wochen hatte sich zwar bis auf Lizzys Attacken in den Gremien des Krankenhauses nichts Negatives ereignet, aber vielleicht ist das nur die Ruhe vor dem Sturm gewesen.

Jason hingegen fragt sich im selben Moment, ob das, was er vermutet, wirklich wahr sein kann. Obwohl er während der Fahrt zur Cateringfirma Zeit zum Nachdenken hatte, will er die Möglichkeit noch immer nicht glauben. Doch es nützt nichts, er muss die Wahrheit wissen. Mit einem tiefen Atemzug versucht er sich zu beruhigen. Als seine geballten Hände sich geöffnet haben, richtet er die erste Frage an seine Collegeliebe:

»In welchem Jahr wurde Daniel geboren, Emilia?« Als ihre Lider anfangen zu flattern, sie seinem Blick ausweicht und mit den Händen unaufhörlich über die Schürze reibt, kennt er die Antwort. »Es war sechs Monate, nachdem du das College verlassen hast, nicht wahr? Und nicht erst ein Jahr später, so wie du es mir weismachen wolltest, als ich dich nach dem Alter deiner Kinder gefragt habe.«

Mit einem schwachen Nicken gibt Emilia es zu, dabei sammeln sich die ersten Tränen in ihren Augen. Es fällt ihr schwer, den Blickkontakt zu ihm wieder herzustellen.

»Er ist dein Sohn«, flüstert sie. »Ich war schwanger, als ich das College verließ. Aber glaub mir bitte, dass ich es erst Wochen später gemerkt habe.«

»Du hättest es mir sagen müssen«, antwortet Jason, wobei er bemüht ist, die aufsteigende Wut im Zaum zu halten. Wie konnte sie ihm das verschweigen?

»Es war ein Schock, den ich kaum bewältigen konnte«, beginnt sie leise zu erklären. »Alles drehte sich zu der Zeit darum, das Leben nach dem Tod meines Vaters zu meistern. Meine Mutter war am Boden zerstört und ich musste mir Arbeit suchen, damit wir über die Runden kamen. Als ich es nicht mehr ignorieren konnte, fehlte mir der Mut, dich zu kontaktieren. Ich hatte dich schließlich zusammen mit Lizzy gesehen und dachte, dass dein Herz inzwischen ihr gehört. Was ja auch stimmte, denn ihr habt nur wenige Monate später geheiratet.«

»Es stimmte nicht. Das Ganze war ein Missverständnis, von dem ich dir vor langer Zeit erzählen wollte. Ich verstehe, dass die Szene, die du beobachtet hast, von dir falsch interpretiert wurde. Es ist sogar zum Teil verständlich für mich, dass du deswegen keinen Kontakt mit mir aufgenommen hast, nachdem dir dein Zustand klar geworden war. Obwohl es falsch von dir war, denn ich hatte ein Recht darauf, es zu erfahren«, zeigt Jason Verständnis für Emilias Entscheidung vor über dreißig Jahren. »Aber warum hast du mir nach unserem Wiedersehen nichts gesagt? Stattdessen hast du mich bei der Verabredung in dem mexikanischen Restaurant angelogen und mir bis heute die Wahrheit verschwiegen. Verdammt noch mal, Emilia, wir haben einen Sohn. Wieso weiß ich nichts davon?«

»Es tut mir leid, Jason, ich konnte es einfach nicht«, entschuldigt sie sich. »Der Kontakt zwischen uns war lange Zeit nur hauchzart und drohte jederzeit wegen Lizzy wieder zu zerreißen.« Die ersten Tränen laufen Emilia über die Wangen, als sie langsam einen Schritt auf ihn zugeht. Dass er mit einem Kopfschütteln zurücktritt, trifft sie schwer. Ein Zittern erfasst ihren Körper, als sie weiterspricht. »Ich will nicht, dass mein Sohn auch noch in das Fadenkreuz deiner Frau gerät. Sie hat sich schon in Natessas Leben eingemischt und legt dir Steine in den Weg, wo sie nur kann. Daniel soll von ihren Attacken verschont bleiben.«

»Schieb nicht die Schuld auf Lizzy, Emilia«, erwidert er ungewöhnlich scharf. »Du hast mich belogen! Aber was viel schlimmer ist: Du hast kein Vertrauen zu mir. Obwohl du weißt, wie sehr ich Lizzys verdrehte Wahrheiten verabscheue, bist du ebenfalls nicht ehrlich zu mir.« Mit einer Mischung aus Enttäuschung und Wut in den Augen wendet er sich ab. »Ich brauche Abstand. Du hast mich sehr verletzt, Emilia – vielleicht sogar mehr als jede von Lizzys Aktionen.«

»Es tut mir leid«, wiederholt sie ihre Entschuldigung. Worte, die gar nicht bei ihm anzukommen scheinen. Der Fehler, den sie gemacht hat, wird ihr schmerzhaft vor Augen geführt. Ihr erneutes Schweigen kann sie zum zweiten Mal von ihrer großen Liebe trennen, sodass sie alleine zurückbleibt, während er … Ja, was eigentlich? Während er zu einer Frau zurückkehrt, mit der er zuletzt auch nicht glücklich war? »Gib uns nicht auf, Jason, bitte«, fleht sie.

»Ich bin hierhergekommen, um dir zu erzählen, dass ich Lizzy um die Scheidung gebeten habe«, erwidert er nach einem schier endlos erscheinenden Moment der Stille. Langsam dreht er sich wieder zu Emilia um. »Damit sollte unser gemeinsames Leben so richtig beginnen. Aber jetzt weiß ich nicht mehr, ob ich das noch will. Ich dachte, dass wir alles miteinander teilen. Wie oft habe ich dir gesagt, wie wichtig mir das ist? Trotzdem behältst du das größte Geheimnis für dich. Weiß Daniel, dass ich sein Vater bin?«

»Nein«, antwortet sie mit weit aufgerissenen Augen. »Niemand kennt die Wahrheit.«

»Nicht einmal dein Mann?«, zweifelt Jason ihre Aussage an. »Er hat das Kind also einfach so angenommen, ohne zu wissen, wer der wahre Vater ist?«

»Er hat mich einmal gefragt, danach hat er akzeptiert, dass ich diesen Teil meines Lebens hinter mir lassen wollte.«

Kopfschüttelnd starrt Jason die Frau an, die ihm plötzlich in einem ganz anderen Licht erscheint. Von der Collegestudentin, die ihm offen entgegentritt und ihm alles erzählt, ist nichts mehr zu entdecken.

»Ich kenne dich gar nicht, sondern habe in einer Traumwelt gelebt«, resümiert er niedergeschlagen. »Du bist nicht die aufrichtige, warmherzige Frau, mit der ich den Rest meines Lebens verbringen wollte. Eine Frau, die alles mit mir teilt, ihre Gefühle offen zeigt und mir vertraut«, bringt er seine Enttäuschung zum Ausdruck.

Jasons Desillusion ist für Emilia kaum zu ertragen. Sie will auf ihn zugehen, ihn trösten, alles wieder gutmachen. Aber sie weiß, dass sie das nicht kann.

»Es war falsch von mir, dir nicht die Wahrheit über Daniel zu sagen. Ich bereue es zutiefst, dass ich es dir bis heute verschwiegen habe. Wenn ich die Zeit zurückdrehen könnte, würde ich es anders machen. Glaub mir bitte, Jason.«

»Das fällt mir schwer, Emilia«, gibt er offen zu. »Es gab unzählige Gelegenheiten, mir alles zu sagen. Doch du hast jede einzelne davon verstreichen lassen. Ich will so nicht weitermachen. Um mich herum sind wieder nur Lügen und Geheimnisse. All das nimmt mir die Luft zum Atmen. Ich brauche Abstand, um einen klaren Kopf zu bekommen. So wie bisher kann es nicht weitergehen!«

»Das verstehe ich«, entgegnet sie mit tränenerstickter Stimme. »Nimm dir die Zeit, die du brauchst. Vergiss nur eines nicht: Ich liebe dich, Jason Harper, und das wird sich niemals ändern.«

Ohne seine Reaktion abzuwarten, vor der sie sich tief in ihrem Innern fürchtet, verlässt Emilia den Raum. Ihre Flucht führt sie in den Waschraum, den sie mit zitternden Fingern verschließt.

›Was habe ich nur getan?‹, wirft sie sich vor, während sie langsam auf den Boden sinkt. Jasons enttäuschter Ausdruck brennt sich in ihr Gedächtnis ein, begleitet von haltlos laufenden Tränen der Furcht, ihn für alle Zeit verloren zu haben.

KAPITEL 26

Ein weiterer Monat später...

»Guten Morgen«, begrüßt Natessa ihre Mutter, als sie zu früher Stunde in die Küche kommt.

Mit Augen, die von dunklen Schatten umrahmt sind, blickt Emilia ihr entgegen, bevor sie den Gruß erwidert. Dabei versucht sie ein Gähnen zu unterdrücken, was ihrer Tochter nicht entgeht.

»Hast du überhaupt geschlafen?«, fragt Natessa besorgt. »Du siehst aus, als wäre der Auftrag bei dem neuen Kunden nicht deine einzige Beschäftigung in der Nacht gewesen. Warst du mal wieder bis zum Morgengrauen in der Firma? Warum schläfst du dich nicht wenigstens heute Morgen aus?«

»Die Feier ging bis tief in die Nacht, aber alles hat hervorragend geklappt. Wir werden sicher Folgeaufträge von diesem Kunden erhalten. Das war es wert und schlafen kann ich doch sowieso nicht.«

»Mom, wie lange soll das so weitergehen? Du arbeitest nur noch und Jason ebenso. Wäre es nicht langsam an der Zeit, dass ihr euch aussprecht?«

»Das liegt nicht in meiner Hand, Schatz«, seufzt Emilia niedergeschlagen. »Wenn Jason sich nicht meldet, hat er mir bisher nicht verziehen. Ich kann es ihm nicht verübeln.«

Nachdenklich sieht Natessa ihre Mutter an. Seit nunmehr vier Wochen beobachtet sie, wie beide – sowohl ihre Mom, als auch der Leiter der Leukämieforschung, für den sie tätig ist – unter der Trennung leiden. Doch noch immer hat sie nicht herausgefunden, was der Grund für die Beendigung der Beziehung war. Natürlich hat sie ihre Mutter danach gefragt, aber die lässt kein Sterbenswort darüber verlauten.

Natessa ist sich nur über eines sicher – es muss ein

schwerwiegender Vorfall gewesen sein. Nur kann sie sich genau das wiederum nicht von ihrer Mom vorstellen. Was soll diese getan haben, das Jason so unverzeihbar erscheint?

›Ob ich ihn frage?‹, geht es ihr durch den Kopf. Ein Gedanke, der ihr schon öfter gekommen ist, den sie jedoch bisher nicht umgesetzt hat. Auch dieses Mal endet er in einem Kopfschütteln. Der Wunsch ihrer Mutter ist es, dass sie sich aus der Sache heraushält, und das wird sie schweren Herzens respektieren.

*****

In Bel Air kommt Vincent am Nachmittag erschöpft von einer Schicht im Krankenhaus und langwierigen Voruntersuchungen für den nächsten Eingriff seines Pro-Bono-Programms nach Hause. Obwohl er sich nach ein paar Stunden Schlaf in seinem Bett sehnt, schaut er zunächst ins Kinderzimmer, in dem Vinya friedlich mit einem Lächeln im Gesicht schläft. Minutenlang betrachtet er seine Tochter, die sich in den letzten Wochen prächtig entwickelt hat. Seit wenigen Tagen krabbelt sie und ist dann kaum noch zu bändigen.

»Hast du dich ausgetobt?«, flüstert er ihr zu. »Auf mich trifft das jedenfalls zu«, ergänzt er gähnend.

Nachdem er Vinya einen Kuss auf die Stirn gegeben und ihre Decke zurechtgerückt hat, legt er sich im Schlafzimmer hin.

Gute zwei Stunden später erwacht er, als sich neben ihm etwas regt. Verschlafen öffnet er die Augen. Der Anblick von Maya, die mit Vinya im Arm auf der anderen Bettseite sitzt und mit der Tochter schäkert, gefällt ihm.

»Sieh nur, dein Daddy ist wach«, erklärt seine Frau der Kleinen, als er sich aufsetzt. »Willst du zu ihm, um Hallo zu sagen?«

Mit einem Lächeln reicht sie Vincent das Kind, welches dieser überrascht entgegennimmt.

»Sie hat Sehnsucht nach dir«, haucht Maya ihm zu, als sie sich dicht an ihn kuschelt. »Ein Gefühl, das ich sehr gut nachvollziehen kann.«

Sekundenlang betrachtet sie die Innigkeit zwischen Vater und Tochter, ehe sie mit einem Seufzen die Augen schließt. Erfreut nimmt Vincent die Fortschritte bei seiner Frau zur Kenntnis. In den letzten zwei Wochen konnte er bereits beobachten, dass Maya immer weniger Probleme damit zu haben schien, wenn er sich in ihrem Beisein mit Vinya befasste. Dass sie ihm die Tochter jedoch völlig entspannt überlässt, ist eine Premiere.

»Ich habe euch auch vermisst. Wie war dein Tag im Verlag?«, raunt er ihr ins Ohr.

»Erfolgreich. Das neue Magazin geht morgen in den Druck«, murmelt sie zufrieden. Einen Augenblick später rümpft sie allerdings die Nase. »Oh nein, da braucht jemand eine frische Windel.«

»Ich mache das«, bietet Vincent an. »Als fleißige und erfolgreiche Verlegerin hast du dir eine Belohnung verdient.« Dass Maya ohne zu zögern zustimmt, kann er kaum fassen. Dankbar drückt er ihr einen Kuss auf die Stirn.

In Vinyas Zimmer angekommen legt er die Tochter auf den Wickeltisch und fängt an, ihr den Einteiler auszuziehen. Aufgeweckt strampelt die Kleine mit ihren Beinchen, als er die Windel wechselt. Von den Abschnürungen durch die Amnionstränge ist nichts mehr zu sehen. Die Beine haben einen normalen Umfang und kräftige Muskeln entwickelt. Liebevoll umfasst Vincent sie und drückt einen Kuss auf jedes von Vinyas Knien, woraufhin sie fröhliche Quietschtöne von sich gibt. Sein Blick bleibt jedoch auf der Haut hängen, die er gerade mit den Lippen berührt hat.

›Wo kommen die denn her?‹, fragt er sich, während er die stecknadelgroßen Blasen betrachtet. Im selben Moment streckt Vinya ihm die Hände entgegen, die zu seinem Entsetzen ebenfalls unzählige der kleinen geschwollenen Blessuren aufweisen. Nachdem er den Körper eingehend untersucht, aber keine weiteren Bläschen entdeckt hat, zieht er seiner Tochter einen frischen Strampler an und trägt sie zurück ins Schlafzimmer.

Mit dem nötigen Feingefühl macht er Maya auf die Stellen aufmerksam, die ihn sogleich ängstlich fragt, was das zu bedeuten hat.

»Ich bin mir nur sicher, dass es keine Verbrennungen sind, ansonsten bin ich etwas ratlos. Wir sollten das in der Klinik untersuchen lassen. Wahrscheinlich ist es nur eine allergische Reaktion«, versucht Vincent seine Frau zu beruhigen.

Zu seiner Erleichterung reagiert Maya ohne Panik, sodass sie keine halbe Stunde später im Auto sitzen.

Auf der Kinderstation schaut Steph Monroe sich die Blasen an, die dem Baby offensichtlich kaum Schmerzen bereiten. Um der Ursache näherzukommen, schabt sie vorsichtig etwas Haut von Vinyas Händen ab, nimmt zudem eine Blutprobe und schickt alles ins Labor.

»Ich veranlasse einen Schnelltest. Wenn wir Glück haben, liegen die Ergebnisse in zwei bis drei Stunden vor. Spätestens morgen früh sollten alle Tests abgeschlossen sein«, erklärt sie Maya, die daraufhin zu Vincent blickt.

»Was machen wir bis dahin?«, will sie von ihm wissen. Mit einem aufmunternden Lächeln drückt er ihre Hand.

»Warten wir zunächst die ersten Testergebnisse ab. Danach sehen wir weiter.«

»Gut, aber ich lasse unsere Tochter auf keinen Fall alleine im Krankenhaus«, beharrt Maya. »Können wir ein Zimmer bekommen, in dem ich mich mit Vinya hinlegen kann? Sie sieht müde aus.«

»Natürlich, Mrs. Harper«, bestätigt Dr. Monroe. Sie tauscht einen Blick mit der anwesenden Schwester aus, die Maya und Vincent daraufhin zu einem Krankenzimmer bringt, in dem es neben einem Kinderbettchen auch eine Schlafmöglichkeit für einen Erwachsenen gibt.

»Leg du dich mit ihr hin«, schlägt Vincent vor. »Ihr seht beide erschöpft aus. Ich werde in mein Büro gehen, um ein wenig zu recherchieren. Ruf mich dort an, wenn ihr mich braucht.«

»Du musst ihr helfen, Vincent. Sie ist doch noch so klein«, erwidert seine Frau mit tränenfeuchten Augen.

»Das werde ich, Babe. Mach dir keine Sorgen«, versichert er. Als Maya sich mit der Tochter im Arm ins Bett gelegt hat, breitet er liebevoll die Decke über ihnen aus und gibt beiden einen Kuss. »Schließ die Augen und versuch zur Ruhe zu kommen, das wird Vinya helfen. Ich bleibe bei euch, bis ihr eingeschlafen seid.«

In seinem Arztzimmer schaltet Vincent eine gute Stunde später den Computer an. Mit verschiedenen Schlagwörtern sucht er nach möglichen Ursachen für die Blasen an den Händen und Knien seiner Tochter. Dass sich die Tür öffnet, nimmt er gar nicht wahr. Erst als sich eine Hand auf seine Schulter legt, schreckt er hoch.

»Dad, was machst du hier?«, wundert er sich. »Hattest du nicht heute Morgen Dienst?«

»Ich hatte Papierkram zu erledigen«, redet Jason sich heraus, der zum wiederholten Male eine Sonderschicht übernommen hat, um keine Zeit zum Nachdenken zu haben. »Steph hat mir alles erzählt, als ich ihr vorhin über den Weg gelaufen bin. Wieso bist du hier und nicht bei deiner Familie?«

»Die beiden schlafen. Ich wollte recherchieren, die Wartezeit macht mich ansonsten verrückt«, gibt Vincent zu.

Nur zu gut kann Jason nachvollziehen, was in seinem Sohn vorgeht. Aufmunternd drückt er dessen Schulter und schaut auf den Monitor. Als er fragt, ob Vincent schon eine Idee hat, schüttelt dieser den Kopf.

»Ich bin alle möglichen Kontaktallergien durchgegangen, aber ich kann keinen der genannten Stoffe mit unserem Zuhause in Verbindung bringen.«

Gemeinsam gehen Vater und Sohn die Substanzen noch

einmal durch. Ihre Überlegungen werden schließlich von einem Klingelton unterbrochen. Hektisch greift Vincent nach seinem Handy und liest die Nachricht von Dr. Monroe, in der diese mitteilt, dass die ersten Ergebnisse aus dem Labor vorliegen.

»Was ist es?«, fragt Vincent von Weitem, als er Steph entdeckt, die vor dem Zimmer von Maya und Vinya auf ihn wartet.

»Alles deutet auf RDEB hin, tut mir sehr leid«, erklärt Dr. Monroe als die Harper-Ärzte bei ihr angekommen sind. Wortlos reicht sie Vincent den Untersuchungsbericht aus dem Labor, den dieser zusammen mit Jason studiert.

»Die Schmetterlingskrankheit also. Daher die Blasen an den Stellen, die Vinya beim Krabbeln am meisten belastet«, spricht der Chefarzt seine Gedanken laut aus. »Ein Gendefekt, den wir höchstens lindern, aber nicht heilen können.«

»Das stimmt nicht. Als ich meine Studie für die Verbesserung der Hautverpflanzung vorbereitet habe, bin ich auf eine neue Behandlungsmethode für RDEB gestoßen«, wirft sein Sohn ein. »Ich bin mir sicher, dass ich die Links zu den Berichten darüber abgespeichert habe. Lass uns zurück in mein Büro gehen, Dad.« An Dr. Monroe richtet er die Bitte, seiner Frau vorerst nichts zu sagen. Mit einem Nicken willigt die Ärztin ein.

Gemeinsam recherchieren Vater und Sohn ein paar Minuten später im Internet. Es dauert nicht lange, bis Vincent den Link wiederfindet, auf den er vor einigen Monaten gestoßen ist. Die Behandlung, die seinerzeit noch im Teststadium war, wurde inzwischen von der Aufsichtsbehörde freigegeben. Erleichtert lehnt er sich in seinem Stuhl zurück.

»Mit einer Stammzellentransplantation aus dem Knochenmark können wir die Kollagenproduktion in Vinyas Haut vielleicht wieder ankurbeln, sodass sie bei Belastung keine Blasen mehr wirft oder abschürft. Da die Krankheit im

Anfangsstadium ist, sehe ich gute Chancen. Bei Mäusen war der Versuch bereits erfolgreich, als ich den Artikel seinerzeit gelesen habe.«

»Wenn wir einen geeigneten Stammzellenspender finden«, gibt Jason zu bedenken.

»Fangen wir in der Familie mit der Suche an. Dort ist die Wahrscheinlichkeit am höchsten«, erwidert Vincent zuversichtlich. »Nimm mir bitte Blut ab, damit es gleich morgen früh im Labor analysiert werden kann.«

»Natürlich«, stimmt sein Vater zu. »Meines geben wir parallel dorthin. Danach können wir die Untersuchung auf die anderen Familienmitglieder ausdehnen, falls wir selber keine geeigneten Spender sind.«

*****

Die abschließenden Testergebnisse von Vinyas Blut und Hautschuppen bestätigen am nächsten Morgen endgültig die Diagnose. Entsetzt schlägt Maya sich die Hand vor den Mund, als Vincent ihr die Auswirkungen der Schmetterlingskrankheit erläutert.

»Noch ist die Krankheit nicht in vollem Maße ausgebrochen«, beschönigt er den Gendefekt. Dass im weiteren Verlauf auch Mund und Speiseröhre befallen werden können, sodass allein das Essen zur Qual wird, verschweigt er seiner Frau vollkommen. Stattdessen versucht er ihr Mut zu machen, indem er versichert, dass Jasons und sein Blut bereits auf Übereinstimmung untersucht wird.

»Ich will, dass meines auch getestet wird«, fordert Maya daraufhin.

»Das machen wir, wenn Dads und meines nicht geeignet sind«, verspricht Vincent. »Wir werden so lange suchen, bis wir einen Spender gefunden haben, damit Vinya so schnell wie möglich geholfen wird.«

»Warum?«, fragt Maya, während sie die aufsteigenden Tränen wegzublinzeln versucht. »Wieso muss das ausgerechnet unserer Tochter passieren?«

»Ich weiß es nicht, Babe«, gibt er offen zu. »Aber wir schaffen das, genauso wie wir bisher alles gemeistert haben – zusammen.«

*****

Indes macht Jason sich auf den Weg ins Labor. Obwohl er in der Nacht nur wenig geschlafen hat und sich seine Gedanken um Vinyas Krankheit drehen, will er Natessa nach den letzten Ergebnissen der Versuchsreihe seiner Forschung fragen.

Also führt ihn sein Weg zum zweiten Mal an diesem Morgen in den Flügel des Krankenhauses, in dem die Laboratorien untergebracht sind. Schon zwei Stunden zuvor hatte er dort zum Schichtbeginn des Tages – sobald mehr als nur die nächtliche Notbesetzung anwesend war – die Blutprobe von Vincent sowie seine eigene abgegeben. Er weiß, dass die Auswertungen noch etwas auf sich warten lassen werden. Von der Arbeit an seiner Leukämieforschung erhofft er sich die nötige Ablenkung.

»Du siehst müde aus«, stellt Natessa fest, als Jason zum wiederholten Mal die Augen zusammenkneift, um die Ergebnisse zu entziffern. ›Was nicht neu ist‹, fügt sie gedanklich hinzu.

»Es gab heute Nacht einen Notfall, der mich wachgehalten hat«, erläutert er – jedoch ohne das milde Lächeln, welches seine Ausreden ansonsten immer begleitet. Ein sorgenvoller Ausdruck umrahmt stattdessen die Müdigkeit in seinen Augen.

»Das tut mir leid«, erwidert sie verständnisvoll, »ich hoffe, dem Patienten geht es gut.«

»Wir tun alles, was in unserer Macht steht«, versichert er – dieses Mal ringt er sich zu seinen Worten ein kurzes Lächeln ab. Sein Blick richtet sich auf Natessa, deren mitfühlende Art ihn fast dazu bringt, ihr von Vinyas Problem zu erzählen. Am Ende beißt er sich auf die Zunge und lenkt seine

Aufmerksamkeit wieder auf das Forschungsergebnis. »Dieses hier…«, dabei tippt er mit dem Zeigefinger auf den Monitor, »scheint ein Ausreißer zu sein, der nicht zu den anderen Ergebnissen passt. Ich frage mich, ob wir das verfolgen sollten.«

Eine Bemerkung, die zu einem lebhaften Austausch über das weitere Vorgehen führt. Endlich bekommt Jason die erhoffte Ablenkung, wenn auch nur für ein paar Minuten. Zufrieden damit, dass er sich auf seine Assistentin verlassen kann, die zudem noch innovative Ideen hat, läuft er zum Chefarztzimmer zurück.

Zum ersten Mal seit vier Wochen lässt er dabei bewusst den Gedanken an Emilia zu. Wehmütig fragt er sich, wie es ihr geht. Ihre warmherzige, aufrichtige Anteilnahme, die ihm in der jetzigen Situation Kraft geben würde, fehlt ihm.

›Aufrichtig?‹, die Bezeichnung führt zu einem Kopfschütteln, ›das war einmal. Die Frau, in die ich mich schon auf dem College verliebt habe, gibt es nicht mehr – sie war nur ein Wunschtraum!‹

*****

Neben Vinyas Eltern und dem Chefarzt haben sich zur Mittagszeit auch Mayas Vater und Aidan in Jasons Zimmer versammelt, um auf die Laborergebnisse zu warten. Lediglich Lizzy fehlt, die sich angeboten hat, bei dem Baby zu bleiben, damit es jemanden um sich hat, den es kennt. Nur so war Maya dazu zu bewegen, das Krankenzimmer überhaupt zu verlassen.

Als die Nachricht auf dem Tablet erscheint, dass die Patientenakte aktualisiert wurde, schaut Vincent seinem Vater über die Schulter, als dieser den Laborbericht öffnet. Seine Augen weiten sich, als er den Zusatz liest, der dem Ergebnis beigefügt wurde.

»Das kann doch gar nicht sein«, zischt er, »da muss ein Fehler vorliegen.«

»Dann kommt ihr nicht als Spender infrage?«, äußert Maya mit traurigem Blick. »Ich hatte es so sehr gehofft.« Auch von Preston und Aidan ist ein Aufseufzen der Enttäuschung zu vernehmen. Alle drei bieten an, dass ihr Blut als Nächstes untersucht wird.

Während Vincent zu seinem Telefon greift, winkt er mit der anderen Hand ab. Jason, der ahnt, dass sein Sohn im Labor anrufen will, hält ihn am Arm fest und bittet ihn zu warten.

»Ich glaube nicht, dass ein Fehler gemacht wurde«, bemerkt er, »sieh dir deinen und meinen DNA-Strang an, das passt.«

Verwundert lässt Vincent den Arm sinken. Tiefe Falten zeigen sich auf seiner Stirn, als er die Übereinstimmung bei Jasons und seiner DNA begutachtet – unverkennbar Vater und Sohn.

»Dann liegt eine Verwechslung bei Vinyas Blut vor«, wirft er ein.

»Nein«, entgegnet Jason mit einem Kopfschütteln. »Ich selber habe die Probe bei ihr abgenommen und alles zusammen ins Labor gebracht. Eine der Angestellten hat aufgrund meiner Bitte unverzüglich mit der Untersuchung begonnen. Die Tests wurden wie vorgeschrieben von drei verschiedenen Personen absolviert.«

Die Erwähnung von drei Durchläufen lässt Aidan aufhorchen. Die Regelung, dass ein Test zwei weitere Male durchgeführt wird, wenn der erste ein unstimmiges Ergebnis aufweist, ist ihm als Verwaltungschef bekannt. Ansonsten gibt es bei Abstimmungstests lediglich eine zweite unabhängige Untersuchung zum Sicherheitsabgleich.

»Wo genau liegt das Problem?«, hakt er nach, bevor Preston dieselbe Frage stellen kann.

»Es muss eine Verwechslung gegeben haben«, beharrt Vincent, der die Verwirrung der anderen drei vollkommen ignoriert. »Das Resultat kann nicht stimmen.«

»Leider nicht«, erwidert Jason leise. »Diese Probe weist absolut die gleichen Marker für RDEB auf, die schon die ersten Untersuchungen ergeben haben. Es ist ihr Blut, genauso wie das andere von dir und mir stammt«, zerstört er die Hoffnung auf ein Vertauschen der Blutproben.

Mayas Vater, der sich nicht zusammenreimen kann, was es für eine Verwechslung gegeben haben soll, springt auf. Sofort richten sich alle Blicke auf ihn.

»Ich will wissen, was hier los ist?«, verlangt er lautstark. »Meine Tochter vergeht in Angst um ihr Kind, während ihr unverständliches Zeug von euch gebt. Es muss doch eine klare Antwort darauf geben, ob einer von euch als Spender infrage kommt. Wenn nicht, leiten wir die weiteren Untersuchungen ein, aber teilt uns um Himmels Willen endlich mit, was los ist!«

Stille senkt sich über den Raum, als Vincent erst seinen Schwiegervater und dann Maya ansieht. Kopfschüttelnd rauft er sich die Haare, seine Augen verengen sich zu Schlitzen.

»Dieser Test sagt aus«, presst er hervor, »dass ich nicht Vinyas Vater bin!«

»Blödsinn«, wettert Preston nach einem Moment der Sprachlosigkeit dagegen. »Natürlich ist Vinya deine Tochter, von wem soll sie denn sonst sein?« Sein Blick richtet sich auf Maya, die Vincent mit weit aufgerissenen Augen anstarrt. Als er ihr die Hand auf die Schulter legt, schreckt sie hoch und springt auf.

»Das kann nicht sein«, flüstert sie.

»Bleib ganz ruhig, Darling«, versucht der Verleger sie zu beruhigen, »dieses Missverständnis wird sich aufklären. Irgendjemand in der Klinik hat großen Mist gebaut. Dafür werden Köpfe rollen. Unglaublich, wie hier geschlampt wird. Ich verlange, dass der Verantwortliche sofort ermittelt und gefeuert wird!«

Während Jason Prestons Anschuldigung von sich weist und ihn um einen gemäßigten Tonfall bittet, fängt Maya an zu zittern. Ihre Knie geben schließlich nach, sodass sie auf den Stuhl zurücksinkt. Besorgt umfasst Aidan eine ihrer Hände.

»Ich wusste es nicht«, wispert sie. Irritiert zieht Aidan die Augenbrauen zusammen.

»Was wusstest du nicht?«, fragt er.

Völlig abwesend wiederholt sie immer wieder dieselben Worte. So lange, bis auch Preston darauf aufmerksam wird.

»Maya, was redest du da? Was wusstest du nicht?« Als keine Antwort erfolgt, baut er sich vor seiner Tochter auf und umfasst ihre Schultern. Ihr Kopf bewegt sich hin und her, als wolle sie ein Bild in seinem Innern vertreiben. Mit tränenverschleiertem Blick schaut sie schließlich zu ihrem Vater auf. »Sag mir, was los ist!«, fordert er mit strenger Stimme.

»James«, flüstert sie.

»James?«, wiederholt Preston den Namen, der nur ungute Erinnerungen in ihm weckt, »etwa James Lattimer? Den Mistkerl habe ich doch vor langer Zeit aus deinem Leben entfernt.«

»New York … die Vortragsreihe … er war auch dort«, stammelt sie zusammenhanglos.

»Oh mein Gott«, ertönt es aus Vincents Richtung, der die Reaktion seiner Frau fassungslos verfolgt hat. »Jemand war damals bei dir, als wir telefoniert haben. Deswegen bist du länger in New York geblieben. Nicht wegen irgendeiner Anschlussveranstaltung, sondern für einen Kerl, mit dem du dort was hattest.«

»Er wollte es so«, erwidert sie unter Tränen.

»Soll das deine Entschuldigung sein?«, herrscht ihr Mann sie daraufhin an. »Weil er es so wollte, hast du mich angelogen und betrogen? Für wie dumm hältst du mich, Maya?«

»Du kennst James Lattimer nicht«, kommt Preston seiner Tochter trotz allem Entsetzen zur Hilfe. »Sie war ihm vollkommen verfallen. Als er anfing, sie grob zu behandeln, und sie trotzdem nicht von ihm loskam, musste ich einschreiten. Der Kerl hätte sie ansonsten immer weiter eingenommen, willenlos war sie in seiner Gegenwart ja bereits.«

»Unglaublich«, lässt Aidan verlauten. Mit zusammengekniffenen Lippen zieht er seine Hand zurück, die weiterhin Mayas zitternde Finger umfasst hatte. Es fällt ihm schwer, das Gehörte mit der Frau in Einklang zu bringen, für die er stets nur das Beste wollte.

Auch sein Bruder kann nicht fassen, was soeben herausgekommen ist. Noch immer liegen seine Hände mit gekreuzten Fingern am Hinterkopf, als könne er die Wahrheit damit wieder aus seinem Verstand herauspressen.

»Ich muss hier raus«, stößt er schließlich hervor. Bevor einer der Anwesenden etwas sagen kann, stürmt er aus dem Zimmer und rennt kopflos den Gang entlang. Er will weg, einfach nur weg…

*****

Währenddessen macht sich Natessa auf den Weg in die Cafeteria des Krankenhauses, in der sie verabredet ist. Der Ansatz, den Jason aufgrund des Ausreißers in der letzten Forschungsreihe verfolgen möchte, hat sie derart abgelenkt, dass sie nun spät dran ist. Mit zügigen Schritten durchquert sie das Foyer. Ihr Atem geht ein wenig schneller, als sie die Tür des Restaurants öffnet und sich umsieht.

Ein Lächeln erscheint auf ihren Lippen, als sie den Mann entdeckt, der völlig vertieft in ein Blatt Papier ist. Auf leisen Sohlen nähert sie sich ihm, um ihm dann zur Begrüßung mit den Fingerspitzen über den Nacken zu streichen.

»Hey, da bist du ja«, äußert er erfreut. Nachdem sie Enrique einen Kuss gegeben hat, setzt Natessa sich ihm gegenüber an den Tisch.

»Was hast du da?«, fragt sie interessiert.

»Eine Einladung von Coyne Racing«, erwidert er.

»Coyne Racing? Ist das nicht das Rennteam, bei dem du

dich vor ein paar Monaten beworben hast?«, erinnert sie sich.

»Sie laden uns zu einem IndyCar-Rennen ein, inklusive Besuch in der Teambox.« Das Strahlen im Gesicht ihres Freundes, als er beinahe ehrfürchtig von dem Ort im Fahrerlager spricht, verführt Natessa zu einem Kichern.

»Uns?«, hakt sie nach, wobei sie die Augen in gespielter Vorfreude aufreißt. »Wirklich?«

Als Enrique den Schalk in ihrer Mimik aufblitzen sieht, greift er über den Tisch und umfasst ihre Hand.

»Für mich wäre es ein Traum, ich verstehe jedoch, dass es für dich nur ohrenbetäubender Lärm ist.«

»Nein, nein«, widerspricht sie mit einem entschuldigenden Lächeln. »Ich bin vielleicht nicht so euphorisch wie du, aber natürlich begleite ich dich. Wann und wo ist denn dieses Rennen?«

»Am übernächsten Wochenende in Chicago. Wir können Donnerstagmorgen hinfliegen, uns alle Trainingseinheiten, das Qualifying sowie das Rennen ansehen, und wären am Sonntagabend zurück.«

»Das Wochenende um den Zehnten?«, fragt sie nach. Bedauern zeigt sich auf ihrem Gesicht, als er es mit einem Nicken bestätigt. »Da ist Moms Geburtstag.«

»Mist, das habe ich nicht gewusst«, gibt Enrique mit zerknirschter Miene zu. »Du willst sie an dem Tag sicher nicht alleine lassen. Geht es ihr inzwischen etwas besser?«

Traurig verneint Natessa die Frage und erzählt von dem desolaten Zustand ihrer Mutter am Morgen. Als sie ihren Freund um Verständnis bittet, weil sie ihn nicht zu dem Rennen begleiten kann, nickt er.

»Dann bleibe ich auch hier«, bietet er an.

»Auf keinen Fall«, protestiert sie sofort. »Es ist dein Traum, du kannst unmöglich darauf verzichten. Nimm doch einfach Alec an meiner Stelle mit. Ihr zwei könnt das ganze Wochenende fachsimpeln und habt bestimmt Spaß.«

Nach einer kurzen Überlegung stimmt Enrique dem

Vorschlag zu. Die Vorfreude ist ihm dabei anzusehen. Entspannt lehnt Natessa sich auf dem Stuhl zurück und betrachtet ihn. Sie hätte ihn gerne begleitet, nachdem er schon ihr zuliebe die Bewerbung bei dem Rennstall zurückgezogen hatte, aber die Sorge um ihre Mutter überwiegt. Umso mehr ist sie erleichtert, dass ihr Freund mit dem Mechaniker, der als Aushilfe in Bobbys Werkstatt gearbeitet hat, eine Ersatzbegleitung finden kann.

*****

Vincents Flucht aus dem Chefarztzimmer hat ihn vorbei an verwundert guckenden Pflegern und charmant lächelnden Schwestern wie ferngesteuert zum Zimmer von Vinya geführt. Von seiner Sprinteinlage nach Luft schnappend atmet er vor der Tür mehrmals durch, ehe er die Klinke herunterdrückt. Mit einem aufgesetzten Lächeln blickt er seiner Mutter entgegen, die mit ihrer Enkeltochter im Arm auf einem Stuhl sitzt und ihr eine Geschichte erzählt.

Perplex von Lizzys leise vorgetragenen einfühlsamen Worten bleibt er im Türrahmen stehen, um die beiden zu beobachten. Wie von selbst verwandelt sich seine Miene in ein aufrichtiges Lächeln angesichts des harmonischen Bildes, das sich ihm bietet. Für einen Moment ist er sogar in der Lage, die undefinierbaren Gefühle, welche durch das Testergebnis in ihm aufgestiegen sind, in den Hintergrund zu drängen. Sekundenlang gibt er sich stumm dem Anblick von Großmutter und Enkelin hin, die sich prächtig amüsieren.

»Was hat die Untersuchung ergeben? Bist du als Spender geeignet?«, erkundigt seine Mutter sich, nachdem sie die Geschichte zu Ende erzählt hat. Ein angedeutetes Kopfschütteln ist Vincents einzige Antwort. Enttäuschung zeigt sich auf Lizzys Gesicht.

»Kannst du sie mir bitte geben und uns einen Augenblick alleine lassen?« Seine Arme sind in Vinyas Richtung ausgestreckt, um sie entgegenzunehmen und die Bitte damit zu unterstreichen. Ohne zu zögern übergibt seine Mutter ihm das Kind, welches er sogleich zärtlich an sich drückt.

»Ich nehme an, dass Jason sich bereits um die Blutabnahmen bei den anderen kümmert«, äußert Lizzy beim Gehen. »Es tut mir so leid, Schatz, dass du nicht infrage kommst. Aber wir werden jemanden finden, das verspreche ich dir.«

Dass ihr Sohn sich ein Stück abwendet, ihr nicht antwortet, sie nicht einmal ansieht, schiebt sie auf die Enttäuschung, die er durchmacht, weil er Vinya nicht selber helfen kann. Umso mehr ist sie gewillt, alle Verbindungen spielen zu lassen, um einen Knochenmarkspender aufzutreiben.

Endlich mit Vinya allein seufzt Vincent auf. Eine Viertelstunde lang geht er im Zimmer auf und ab. Das Gedankenkarussell kreist, doch es läuft immer wieder auf dasselbe Bild vor seinem geistigen Auge hinaus. Die Zusatzbemerkung des Labors, mit der darauf hingewiesen wurde, dass das angegebene Verwandtschaftsverhältnis »Vater-Tochter« fehlerhaft sei, blinkt wie eine Leuchtreklame in riesiger Schrift auf.

Er ist nicht Vinyas Vater. Einem anderen Mann gehört dieses Privileg. Einem Kerl, mit dem Maya ihn betrogen hat. Ausgerechnet sie, die aus der Stadt geflohen war, nachdem sie von seinem Seitensprung mit der Blondine erfahren hatte.

Gefangen in einem Wirrwarr an Gefühlen hält Vincent die Kleine ein Stückchen von sich und betrachtet sie. Ihre blauen Augen erinnern ihn an Maya, ebenso die Form der Nase. Gesichtszüge, die von ihm stammen könnten, sind dagegen nicht zu entdecken. Ein Umstand, auf den er bis zu dieser Minute nie geachtet hatte, doch jetzt fällt es ihm umso deutlicher auf.

»Du bist trotzdem meine Tochter«, versichert er Vinya.

»Ich wünschte, das wäre so«, dringt daraufhin die Stimme von Maya an sein Ohr. Die Tränenspuren auf ihrem Gesicht sind noch frisch, die Augen gerötet. Ihre Unterlippe zittert, als sie langsam auf ihn zugeht. »Es tut mir so leid, Vincent.«

»Wie konntest du mich die ganze Zeit belügen?«, zischt er ihr zu.

»Ich wusste es nicht«, erwidert sie, während ihr die nächsten Tränen über die Wangen laufen.

Kopfschüttelnd wendet er sich ab, um vor dem Baby keinen lautstarken Streit anzufangen. Als Maya vorsichtig eine Hand auf seinen Arm legt, schüttelt er sie ab. Mit zu Schlitzen verengten Augen schaut er sie vorwurfsvoll an. Es fällt ihm schwer, die Vorwürfe wegen ihrer Doppelmoral zurückzuhalten. Wie konnte sie ihm den unbedachten Ausrutscher vorwerfen, nachdem sie selber mehr als nur einmal fremdgegangen war?

»Lass uns bitte nach Hause fahren. Vinya sieht müde aus und ich bin es auch«, schlägt Maya nach einem Moment der unerträglichen Stille vor. Mit angehaltenem Atem wartet sie auf Vincents Antwort. Dessen Blick richtet sich jedoch auf die Tür, durch die sein Vater soeben hereinkommt.

»Ich halte das für eine gute Idee«, pflichtet Jason seiner Schwiegertochter bei. »Ihr solltet euch aussprechen. Die Schwester kümmert sich gleich um Vinyas Blasen und legt ihr die wattierten Verbände an. Wenn ihr darauf achtet, dass sie nicht zu viel krabbelt, könnt ihr sie mitnehmen.«

»Danke, Jason«, flüstert Maya, während von Vincent weiterhin keine Reaktion erfolgt.

Er bleibt selbst dann noch stumm, als eine Schwester den Raum betritt, ihm Vinya aus dem Arm nimmt und die Kleine für die Entlassung vorbereitet. Lethargisch verfolgt er jede ihrer Handlungen. Mit Besorgnis beobachtet Jason, wie sich sein Sohn immer mehr in eine Art Schneckenhaus zurückzieht.

»Soll ich Cynthia anrufen, damit sie sich um Vinya kümmert, wenn ihr zu Hause seid?«, bietet er an. »Überlegt euch in Ruhe, wie es jetzt weitergeht.«

»Weitergehen?«, fragt Vincent ungläubig. Ein Wort, das

Maya erschrocken aufhorchen lässt. »Ich dachte, dass wir den Berg hinter uns haben. Doch dann stellt sich alles als unwirklich und sinnlos heraus.«

Die Leere, die sein Sohn beschreibt, kann Jason nur zu gut verstehen. Ähnlich war es ihm ergangen, als er die Wahrheit über Daniels Vaterschaft erfahren hatte. Wieder eine Lüge, die alles über den Haufen wirft. Wobei ihm Vincents Situation noch schwerer erscheint, da er weiß, wie zermürbend die letzten Monate für ihn waren.

»Ihr findet einen Weg«, versucht er Sohn und Schwiegertochter Mut zu machen. »Fahrt nach Hause, ich sage Cynthia Bescheid.«

Die Fahrt zum Haus in Bel Air verläuft wortlos. Lediglich das Gebrabbel von Vinya, die an dem Schutzverband um ihre Hände lutscht, ist hier und da zu hören. Zu Mayas Erleichterung steht Cynthias Auto bereits in der Auffahrt, als Vincent vor dem Haus parkt. Die Stille, mit der ihr Mann sie seit einer Dreiviertelstunde straft, ist für sie kaum noch zu ertragen.

»Danke, dass Sie gleich gekommen sind«, empfängt sie das Kindermädchen. »Kümmern Sie sich bitte um Vinya und achten Sie darauf, dass sie nicht krabbelt. Mein Mann und ich haben ein paar wichtige Dinge zu klären.«

Während die Angestellte mit dem Baby die Treppe zum Kinderzimmer hinaufgeht, folgt Maya Vincent in der Hoffnung, dass er sein Schweigen brechen wird.

»Es tut mir leid«, beginnt sie mit leiser Stimme.

»Was genau?«, fragt er zynisch, ohne sich zu ihr umzudrehen.

»Natürlich, dass du nicht Vinyas Vater bist. Was denkst du denn?«, antwortet sie überrascht. Langsam wendet er sich ihr zu, betrachtet sie sekundenlang stumm und schüttelt dann den Kopf.

»Ich habe einen Engel in dir gesehen, Maya. Eine

zerbrechliche, moralisch aufrichtige Frau, die durch meine Schuld in eine Krise geraten ist. Ich wollte es wieder gutmachen, einmal das Richtige tun, um dir und unserem Kind das Leben zu ermöglichen, welches ihr verdient habt.«

»Also war es nur Mitleid, dass du mich geheiratet hast?«, fragt sie fassungslos.

»Nein, natürlich nicht«, widerspricht er sofort. »Ich habe dich geliebt, ebenso wie ich das kleine Wesen liebe, von dem ich bisher dachte, dass sie meine Tochter ist.«

»Du *hast* mich geliebt?«, wiederholt sie seine Worte. »Soll das heißen, dass es jetzt nicht mehr so ist?«

»Wenn ich ehrlich bin, weiß ich momentan nicht mehr, was ich empfinde«, gibt er offen zu. »Du verurteilst mich für etwas, das du selbst getan hast. Gibst mir nicht einmal die Gelegenheit, dir alles zu erklären, sondern läufst einfach weg. Statt mit mir zu reden, nutzt du meinen Bruder aus, der die Welt für dich aus den Angeln gehoben hätte. Als du dann endlich zurückkommst, bringst du unser aller Leben mit einer Schwangerschaft durcheinander, die sich nun als Kuckucksei herausstellt. Wie soll ich dir da noch vertrauen und positiv gegenüber stehen, Maya? Sag mir das. Da oben ist ein Kind, das ich über alles liebe, doch plötzlich bin ich nicht mehr der Vater. Wie soll ich damit umgehen? Alles, was für mich wichtig war, bricht gerade zusammen, weil du nicht ehrlich warst.«

»Ich habe es nicht gewusst«, bringt sie ein weiteres Mal unter Tränen die Entschuldigung für ihr Verhalten hervor. »Für mich kamst immer nur du als Vater infrage, daran hat sich auch jetzt durch den Test nichts geändert.«

»Aber ich bin nicht ihr Vater«, erwidert er in einem Ton, der Maya einen Schritt zurücktreten lässt.

Zitternd reibt sie sich mit den Fingern über die Ledermanschetten an ihren Unterarmen. Als Vincents Blick auf die Bewegung fällt und sich seine Stirn in Falten legt, beginnt sie ein Fingerspiel, welches den Drang, sich zu kratzen, unterbinden soll. Eine Maßnahme, die sie in der

Therapie gelernt hat und die auch in der jetzigen Stresssituation Wirkung zeigt.

»Ich weiß nicht, ob du einfach nur naiv gewesen bist oder ob es pure Berechnung von dir war, mir nicht die Wahrheit zu sagen. Momentan weiß ich einfach gar nichts mehr – außer, dass ich nicht der Vater eines kleinen Mädchens bin, dass ich unendlich lieb gewonnen habe.«

»Sie liebt dich auch, ebenso wie ich es tue. Wir wollen dich beide nicht verlieren«, versichert sie. »Vinya und ich brauchen dich doch.«

»Was Vinya jetzt vor allem braucht, ist eine Knochenmarktransplantation. Meine oberste Priorität ist daher, so schnell wie möglich einen geeigneten Spender zu finden. Danach sehen wir weiter.«

Ehrliche Worte, die Maya schlucken lassen. Gleichzeitig führen sie dazu, einen Entschluss zu fassen, von dem ihr Preston eine Stunde zuvor ausdrücklich abgeraten hatte. Als Vincent verkündet, eine Runde zu joggen, um den Kopf freizubekommen, greift sie zum Telefon, kaum dass er das Haus verlassen hat.

Nach einer unruhigen Nacht, die Vincent zu Mayas absolutem Tiefpunkt in einem der Gästezimmer verbracht hat, sitzen sie am Morgen zusammen am Frühstückstisch. Als er ankündigt, im Krankenhaus anzurufen, um nach den Testergebnissen der restlichen Familienmitglieder, vor allem aber denen von Maya und Preston zu fragen, nickt sie zustimmend.

Während er auf seinem Handy die Kurzwahlnummer von Jasons Chefarztzimmer heraussucht, wirft sie einen Blick auf ihren Messenger. Noch immer keine Nachricht über seine Ankunft. Dabei hatte er doch versprochen, helfen zu wollen.

»Die Ergebnisse sind alle negativ«, informiert Vincent sie nach dem kurzen Gespräch mit seinem Vater. »Preston und dich müssen wir leider ebenfalls ausschließen. Aber mach dir keine Sorgen, Aidan hat gestern bereits erste Anfragen für die Spenderdateien erstellt«, fügt er hinzu, als sie aufseufzt.

»Ich war auch nicht tatenlos«, versucht sie ein Thema anzusprechen, von dem sie nicht weiß, wie er darauf reagieren wird. In dem Moment, als er sie fragend ansieht, klingelt es an der Haustür.

»Vermutlich meine Mutter«, äußert er beim Aufstehen.

Ein paar Sekunden später öffnet er die Tür und steht einem Mann gegenüber, der ihn ungeniert von oben bis unten mustert.

»Hallo, ich möchte zu Maya Carter«, erklärt der Fremde schließlich, ohne sich vorzustellen.

»Wer sind Sie?«, erkundigt sich Vincent stirnrunzelnd. Wobei er sich vor allem fragt, warum der Kerl weiß, wo Maya wohnt, aber nicht ihren jetzigen Nachnamen kennt. »Ich bin Vincent Harper, Mayas Ehemann.«

»Mein Name ist James Lattimer«, stellt der Besucher sich daraufhin vor. »Maya hat mich hierhergebeten, damit ich meiner Tochter helfe. Wo ist die Kleine? Ich kann es kaum erwarten, sie kennenzulernen. Ganz zu schweigen davon, wie sehr es mich freut, ihre Mutter endlich wieder in die Arme zu schließen.«

KAPITEL 27

Ein Tag ist vergangen, seitdem James Lattimer völlig unerwartet bei Vincent und Maya vor der Tür stand. Das Veilchen, welches Vincent ihm Stunden nach seinem Auftauchen verpasst hat, erstrahlt inzwischen in einem leuchtenden Blau-Grün. Obwohl ihm der Gast von der ersten Sekunde an unsympathisch war, hatte Vincent ihn dennoch hereingebeten. Ging es doch darum, Vinya zu helfen – auch wenn er sich das anders vorgestellt hatte.

Der unterschwellige Befehlston, mit dem James Lattimer Maya in den nächsten Stunden immer mehr in Beschlag nahm; dazu die Arroganz, mit der er gleichzeitig Vincent ignorierte, brachte das Fass schließlich zum Überlaufen. Zunächst forderte der Hausherr James noch in einem gemäßigten Ton auf, zu gehen und seine Familie in Ruhe zu lassen. Als der Gast ihn daraufhin jedoch daran erinnerte, dass Vinya nicht zur Familie gehört, brannte bei Vincent eine Sicherung durch. Wütend packte er James an den Schultern, zerrte ihn ein Stück von Maya weg und schlug ihn mit einem gezielten Faustschlag nieder. Als der Widersacher sich aufrappelte, brachte er ihn zur Tür, beförderte ihn auf die Auffahrt und ließ die Haustür danach lautstark ins Schloss krachen.

»Sorg dafür, dass er eine Blutprobe abgibt, damit getestet wird, ob er wirklich Vinyas Vater ist«, lautete Vincents Aufforderung an Maya, die die Szene mit weit aufgerissenen Augen beobachtet hatte, aber nicht eingeschritten war. Dazu war sie zu hin- und hergerissen zwischen ihrem Ehemann und dem Mann aus der Vergangenheit, dessen einnehmender Art sie sich nur schwer entziehen konnte.

»Wenn du nicht Vinyas Vater bist, kann nur er es sein«, hatte sie leise geantwortet.

»Ich will Beweise. Außerdem kann sein Blut dann auch

gleich für eine mögliche Knochenmarkspende getestet werden. Dafür hast du ihn doch schließlich hinter meinem Rücken hierhergeholt, oder?«

»Er ist vielleicht Vinyas einzige Chance«, versuchte Maya ihr Verhalten zu entschuldigen. »Wir sollten uns mit ihm arrangieren.«

»Glaubst du ernsthaft, dass man sich mit so einem Kerl arrangieren kann? Wie blind bist du, Maya? Wenn er sich als Vinyas Vater herausstellt, wird er ein Teil ihres Lebens sein wollen – ganz zu schweigen von deinem Leben. Er kann ja jetzt schon kaum die Finger von dir lassen und wickelt dich bereits mit seinen Blicken ein. Willst du ihn oder mich?«

»Dich«, hatte sie ohne zu zögern geantwortet, doch er konnte ihr trotzdem nicht glauben.

»Wir werden sehen«, antwortete er resigniert »Ich will ihn dennoch nicht hier im Haus haben. Er und ich in einem Raum, das geht auf Dauer nicht gut. Wenn die Testergebnisse vorliegen, treffen wir uns im Krankenhaus. Bis dahin will ich ihn nicht mehr sehen.«

Mit einem Nicken hatte sie signalisiert, sich um alles zu kümmern. Während er also nach Vinya sah, die in den letzten Stunden immer quengeliger geworden war, griff Maya nach den Autoschlüsseln und ihrer Handtasche, um James in die Klinik zu fahren.

~ ***** ~

Am Nachmittag sitzen die drei nun zusammen mit Jason, Preston und Lizzy im Chefarztzimmer der Harper-Klinik, um das Ergebnis des Bluttests zu besprechen.

»Sie sind Vinyas Vater und zudem der ideale Knochenmarkspender, Mr. Lattimer«, erklärt Jason, nachdem er den Bericht auf dem Computer geöffnet und überflogen hat. Sein Blick richtet sich auf Vincent, bevor er weiterspricht. »Die Marker stimmen zu einem hohen Prozentsatz überein, wodurch das Risiko einer Abstoßungserscheinung vermindert wird.«

Die Miene seines Sohnes bleibt starr, auch dann noch, als Maya seine Hand ergreift und sie drückt. Es braucht jedoch nur ein Räuspern von James, damit sie ihren Arm wieder zurückzieht. Mit einem Schnauben quittiert Preston die Szene, die üble Erinnerungen in ihm weckt. Für Vincent ist sie dagegen ein Beweis dafür, dass James seine Beziehung zu Maya weder akzeptieren noch tolerieren wird. Er ist sich sicher, dass James Lattimer alles daran setzen wird, Maya zurückzubekommen. Ein Vorgehen, das er für sich selber momentan nicht behaupten kann. Dazu nagt die Enttäuschung über das verlorene Vertrauen in seine Frau zu sehr an ihm. Lediglich die Sorge um Vinya hält ihn davon ab, zu gehen und seinen Vater alles Weitere regeln zu lassen.

»Wir würden den Eingriff gerne in den nächsten Tagen vornehmen. Die Blessuren an den Handinnenflächen und Knien haben sich trotz der Schutzverbände verschlimmert, da Vinya nicht die ganze Zeit vom Krabbeln abgehalten werden kann«, teilt Vincent mit einer gehörigen Portion Selbstbeherrschung mit.

»Sie haben die Kleine nur einfach nicht im Griff«, entgegnet James mit einer Arroganz, die Vincent wieder einmal die Hände ballen lässt. Nur mühsam kann er sich beherrschen, dem Widersacher kein weiteres Mal die Faust ins Gesicht zu schlagen.

»Wollen Sie ihr nun helfen oder nicht?«, fährt er Mayas einstigen Partner stattdessen an.

»Ich habe lediglich eine Bedingung«, erwidert James seelenruhig, ohne sich in irgendeiner Form von Vincents Tonfall beeindruckt zu zeigen.

»Meine Tochter bekommen Sie nicht«, knurrt Preston ihn daraufhin an, der sich ebenso wie sein Schwiegersohn kaum noch zügeln kann. »Nennen Sie Ihre Summe und das Geld ist morgen auf Ihrem Konto.«

»Geld ist mir nicht mehr wichtig, Preston. Davon habe ich dank der kleinen Finanzspritze, die Sie mir beim letzten Mal zukommen ließen, und die ich geschickt vermehrt habe, inzwischen genug.«

»Was wollen Sie dann?«, wirft Lizzy ein. Eine Frage, deren Antwort jeden der anderen Anwesenden ebenfalls brennend interessiert.

»Zehn Prozent der Anteile von Carter Publications sowie ein stimmberechtigter Sitz im Aufsichtsrat«, äußert James mit einem selbstgefälligen Lächeln in Richtung des Verlegers, ehe sein Blick zu Maya weiterwandert. In ihren weit aufgerissenen Augen zeigt sich Überraschung, aber auch eine Spur von Faszination, die er seit der ersten Begegnung problemlos in ihr wecken kann. »Ich werde am Leben unseres Kindes Anteil nehmen und du wirst mir das ermöglichen.«

Ungläubige Ausrufe, Proteste und Beleidigungen fliegen durch den Raum, die unbeeindruckt an James abprallen. Mit einer eleganten Bewegung erhebt er sich vom Stuhl. Mayas ganze Aufmerksamkeit ruht auf ihm, als er sein maßgeschneidertes Jackett zuknöpft. Zufrieden nimmt er es zur Kenntnis.

»Lassen Sie sich mein Angebot durch den Kopf gehen, Preston. Maya kann mir Ihre Entscheidung mitteilen. Sie weiß, wie sie mich erreicht«, treibt er die Wut von Preston und Vincent weiter in die Höhe. Mit einem spöttischen Lächeln betrachtet er Mayas Ehemann, der nur dank Lizzys Eingreifen noch nicht auf ihn losgegangen ist.

Preston hingegen baut sich vor ihm auf und funkelt ihn an. Wüste Beschimpfungen verlassen seine Lippen, die Jason schließlich unterbindet.

»Das alles bringt uns nicht weiter«, versucht er Mayas Vater zu beschwichtigen. »Sie haben Ihre unmoralische Forderung vorgetragen, Mr. Lattimer«, wendet er sich danach an James. »Bedenken Sie aber bitte, dass die Gesundheit eines unschuldigen Kindes auf dem Spiel steht. Sollten wir nicht erst dafür sorgen, dass es der Kleinen besser geht, bevor wir darüber nachdenken, welche Rolle Sie in ihrem Leben spielen werden?«

»Er wird gar keine Rolle in Vinyas Leben spielen«, empört Lizzy sich. »Sie ist und bleibt Vincents Tochter.«

»Denken Sie noch einmal über Ihre Worte nach, Mrs. Harper. Darin ist ein Fehler enthalten«, erwidert James süffisant, während er sich zur Tür begibt. »Ich bin jederzeit zu dem Eingriff bereit, um das Leben *meiner* Tochter wieder angenehmer zu gestalten. Dazu bedarf es nur ein paar von Prestons Unterschriften.«

»Wie konntest du diesen Aufreißer in dein Leben zurückholen?«, fährt Preston seine Tochter an, nachdem James den Raum verlassen hat. »Habe ich dir nicht gestern ausdrücklich davon abgeraten? Sieh dir an, was du angerichtet hast.«

»Du kannst nicht ewig über alles bestimmen, Daddy«, antwortet Maya mit einem Funkeln in den Augen. »Ich habe getan, was am besten für Vinya ist. Wie man sieht mit Erfolg, denn James kann etwas tun, was kein anderer von uns vermag. Er wird ihr dabei helfen, gesund zu werden. Ansonsten ändert sich nichts.«

»Mach die Augen auf, Kind«, reagiert Preston genervt. »Er nistet sich bei uns ein. Zuerst in meinem Unternehmen und später in eurem Leben.«

»Dir ist dein Verlag wichtiger als die Gesundheit deiner Enkelin«, greift Maya ihren Vater daraufhin an. »Gib ihm die verdammten Anteile, Daddy. Ich gebe dir dafür meine zurück, die du mir nach Vinyas Geburt geschenkt hast. Ich brauche sie nicht, mir reicht es, wenn es meiner Tochter gut geht.«

»Die Firma ist nicht der entscheidende Punkt. Aber die Forderung zeigt, wie James Lattimer tickt«, widerspricht Preston. »Der Mann tut dir nicht gut, Maya, niemand braucht jemanden wie ihn. Wir hätten mit Sicherheit einen anderen Spender gefunden. Warum konntest du nicht abwarten?«

Vincent, der nach dem Weggang von James nahezu

teilnahmslos auf seinem Stuhl sitzen geblieben ist, erhebt sich und legt eine Hand auf die Schulter seines Schwiegervaters, um ihn zu beruhigen. Erstaunt sieht dieser ihn an.

»Ich bin sicher der Letzte, der dich um etwas bitten sollte, aber ich mache es trotzdem. Erfüll die Forderung des Kerls, wenn du damit klarkommst. Es geht um Vinyas Wohlbefinden, das sich jederzeit verschlechtern kann, wenn wir dem Gendefekt nicht entgegensteuern. Vielleicht hätten wir rechtzeitig einen geeigneten Spender gefunden, aber manchmal dauert so eine Suche auch Jahre. Du bist in der Lage, deinem Enkelkind die nötige Hilfe zu ermöglichen. Einzig das liegt mir momentan am Herzen. Der Rest ist etwas, das Maya und ich regeln werden.«

»Du hast keine Ahnung, wie dieser Mann tickt, Vincent«, warnt Preston. »Wenn er erst einmal Fuß gefasst hat, wird ihn niemand mehr aus der Stadt bekommen.«

»Er ist Vinyas Vater, wir werden ihn sowieso nicht mehr aus unserem Leben heraushalten können«, bringt Vincent es auf den Punkt. Seufzend stimmt sein Schwiegervater ihm zu. Er beendet die Diskussion und verspricht, sich um die Papiere zu kümmern.

*****

Vier Tage später ist alles über die Bühne gegangen. James Lattimer ist inzwischen Anteilseigner an Carter Publications und stimmberechtigt im Aufsichtsrat. Im Gegenzug hat er seiner Tochter Knochenmark gespendet, die den Eingriff ebenso gut überstanden hat, wie ihr Vater.

Gemeinsam mit Maya steht James am Krankenbett von Vinya. Die wattierten Schutzverbände an Händen und Knien wurden entfernt. Die blasenbelastete Haut regeneriert sich, wird aber noch durch regelmäßiges Einreiben behandelt. Die Ärzte sind zuversichtlich, dass die Haut künftig wieder selber in der Lage sein wird, ausreichend Kollagen zu bilden, sodass keine erneuten Schädigungen auftreten.

Als eine Schwester hereinkommt, um Vinya zu

untersuchen und eine Blutprobe für den Kontrollcheck zu nehmen, verlassen die Eltern das Zimmer.

Auf dem Gang angekommen ergreift Maya eine Hand von James.

»Ich kann dir gar nicht genug dafür danken, dass du ihr geholfen hast. Spürst du die Stelle des Eingriffs am Rücken noch?«, erkundigt sie sich. Mit einem vielsagenden Blick legt James ihre Hand auf die Wunde, die mit einem Pflaster abgedeckt ist.

»Es wird nicht mehr lange dauern, dann darfst du wieder mit deinen Fingerspitzen darüberstreichen«, raunt er ihr ins Ohr. »Oder möchtest du lieber, dass ich deinen Rücken sehe, während ich dir hier zeige«, seine freie Hand legt sich an ihren Nacken, »wie du deinen Kopf auf die Matratze betten sollst.«

Ein Prickeln fährt über Mayas Körper, als sie sich daran erinnert, wie es vor anderthalb Jahren war, als er genau das getan hatte. Seine Fingerknöchel bohrten sich in ihren Nacken, sorgten so dafür, dass sie den Kopf seitlich auf das Laken legte, ihn keinen Millimeter bewegte, während er sie genussvoll von hinten nahm. Der dosierte Schmerz, sein energischer Griff und dazu die betörende Stimme, die keinen Widerspruch duldete, ließen sie alles vergessen – selbst Vincent, mit dem sie eine Stunde zuvor noch telefoniert hatte.

»James, bitte nicht«, fleht sie ihn mit heiserer Stimme an, »ich bin verheiratet und liebe meinen Mann.«

»Wirklich?«, antwortet er dicht an ihrem Ohr, neben dem er zärtliche Küsse und Bisse platziert. Stöhnend legt sie auch den anderen Arm um seine Taille, lehnt sich gegen seinen Oberkörper und lässt es zu, dass er sie eng an sich heranzieht.

Eine Umarmung, die nicht unbeobachtet bleibt. Vincent, der eine Pause zwischen den Auswahluntersuchungen für die nächste Pro-Bono-Behandlung dafür nutzen wollte, nach Vinya zu sehen, steht wie angewurzelt am Ende des Ganges. Mit zusammengekniffenen Augen betrachtet er die intensive Annäherung zwischen seiner Frau und James, die sich in den letzten Tagen immer mehr vollzogen hatte.

›Es reicht‹, schwört er sich, während er auf dem Absatz kehrtmacht und davonmarschiert.

Somit entgeht ihm, dass Maya sich plötzlich sträubt und aus der Umarmung von James befreit. Mit zitternder Stimme wiederholt sie, dass sie Vincent liebt.

Ein Bekenntnis, das James nur noch mehr anstachelt. Mit einer schnellen Bewegung drängt er sie gegen die Wand, fixiert ihren Kopf mit einem harten Griff im Nacken und sieht ihr tief in die Augen. Ganz langsam nähert sich sein Mund ihren Lippen. Lasziv fährt er mit der Zungenspitze an ihnen entlang, während sein intensiver Blick jede Regung in ihren Augen aufsaugt.

Es dauert nicht lange, bis sie nachgibt und ihren Mund einen kleinen Spalt weit öffnet. Der Moment, auf den er gewartet hat. Unverzüglich presst er seine Lippen auf die ihren. Mit einem harten, aber zugleich auch leidenschaftlichen Kuss zeigt er ihr, was er von ihrer Liebe zu Vincent hält.

Beide sind völlig außer Atem, als er von ihr ablässt. Mayas Knie zittern, dennoch geht sie zwei Schritte von ihm weg. Mit den Fingerspitzen fährt sie sich über die geschwollenen Lippen, während sich ein dumpfer Schmerz in ihrem Nacken ausbreitet.

»Vincent ist mir wichtig, James. Ich habe dich damals in New York wegen ihm wieder verlassen und ich werde auch jetzt bei ihm bleiben. Er hat mir in meiner schwersten Zeit geholfen. Misch dich bitte nicht in meine kleine Familie ein. Wir finden einen Weg, dich an Vinyas Leben teilhaben zu lassen.«

»Er liebt dich nicht mehr, Maya. Ich habe ihn beobachtet, er kommt nicht damit klar, wie nahe wir uns durch Vinya stehen. Er weiß, dass er selber inzwischen der Außenseiter ist, und du wirst das in Kürze auch erkennen. Entscheide dich lieber jetzt schon für mich, dann wird es für alle leichter«, prophezeit James.

Mit einem energischen Kopfschütteln wischt sie seinen Einwand beiseite.

»Gemeinsam können wir jede Krise meistern. Genau das waren immer seine Worte. Wir glauben beide daran, du wirst schon sehen.«

*****

Wie sehr Maya mit dieser Einschätzung falsch liegt, wird ihr klar, als sie am späten Nachmittag nach Hause kommt. Da Vincents Wagen bereits in der Auffahrt steht, macht sie sich auf die Suche nach ihm. Verwundert bleibt sie im Türrahmen des Schlafzimmers stehen, als sie ihren Mann dort entdeckt.

»Warum packst du?«, fragt sie ihn. »Willst du heute im Krankenhaus bei Vinya übernachten? Hatten wir nicht vereinbart, dass ich das diese und die morgige Nacht übernehme? Ich bin nur kurz hergekommen, um mich frisch zu machen.«

Sein Blick, mit dem er sie einen Moment lang mustert, ist kühl. Unruhe erfasst Maya, während sie dabei zusieht, wie er weiter packt, ohne dabei auch nur ein Wort zu verlieren. Als er am Ende alle Utensilien von dem Nachtschränkchen auf seiner Bettseite in den Koffer schiebt, hält sie den Atem an.

»Was ist passiert?«, keucht sie. »Wo willst du hin?«

»Ich ziehe aus, meine restlichen Sachen lasse ich in den nächsten Tagen abholen«, offenbart er. »Wir können so nicht weitermachen, Maya. Zwischen dir und James läuft etwas, das ist unübersehbar. Gleichzeitig bin ich mir nicht mehr sicher, was ich für dich empfinde. Also stehen wir uns doch einfach nicht länger gegenseitig im Weg, sondern ziehen einen Schlussstrich, bevor wir uns noch mehr verletzen.«

»Gar nichts läuft zwischen James und mir. Ich liebe dich, Vincent, das habe ich ihm bereits gesagt.«

»Ich habe euch gesehen«, stößt er aufgebracht hervor. »Heute … auf dem Gang vor Vinyas Zimmer … in inniger Umarmung. Du hast verzückt in seinen Armen gelegen, also erzähl mir nicht, dass er dir nichts bedeutet. Lüg mich nicht weiter an, Maya. Lass mich einfach gehen. Wenn es Vinya besser geht, klären wir in Ruhe, wie wir künftig die Zeit mit ihr aufteilen.«

»Wir schaffen alles gemeinsam, das hast du selber immer wieder betont und ich habe dir geglaubt«, entgegnet sie unter Tränen. »Warum willst du nicht um uns kämpfen? Um unsere Ehe, unsere Liebe und unser Kind?«

»Weil es nicht meine Tochter ist, verdammte Scheiße«, brüllt er ihr entgegen. »Alles basiert auf einer Lüge. Wir wären nie an diesem Punkt, wenn du von Anfang an mit offenen Karten gespielt hättest.«

Verzweifelt versucht er, seine Gefühle unter Kontrolle zu bekommen, die Wut einzudämmen. Seine Fäuste öffnen und schließen sich wieder, nach mehreren tiefen Atemzügen schafft er es endlich, die Hände nicht mehr zu ballen.

»Du hast mir etwas aufgebürdet, Maya«, spricht er in einem ruhigeren Ton weiter. »Eine Verantwortung, die ich für dich und unser Kind tragen wollte, weil ich dir vertraut und an dich geglaubt habe. Aber diese Basis wurde mir vor ein paar Tagen durch deine Unaufrichtigkeit unter den Füßen weggezogen. Auch jetzt habe ich nicht das Gefühl, dass du wirklich ehrlich zu mir bist. Vielleicht bist du nicht einmal ehrlich zu dir selbst, denn sonst wüsstest du, dass du dich wie magisch zu James hingezogen fühlst. Glaubst du wirklich, dass du dich ihm auf Dauer entziehen kannst? Vor allem jetzt, da er ein Teil von Vinyas Familie ist.«

Die Tränen laufen Maya über die Wangen, als sie

vehement den Kopf schüttelt. Sie will nicht wahrhaben, dass Vincent mit seiner Einschätzung bezüglich ihrer Gefühle für James recht haben könnte. In New York ist sie doch in der Lage gewesen, sich von James zu trennen, um zu Vincent zurückzukehren. Warum glaubt er ihr denn nicht, dass sie es mit seiner Liebe auch diesmal schaffen wird?

»Mit dir an meiner Seite kann ich es«, redet sie sich ein. »Deine Kraft wird mir dabei helfen.«

»Tut mir leid, Maya, aber davon habe ich nicht mehr genug. Meine Reserven sind aufgebraucht und der Antrieb ist in dem Moment verloren gegangen, als ich erfahren habe, dass Vinya nicht meine Tochter ist.« Er tritt zu ihr, stellt den Koffer ab, um beide Hände an ihre Wangen legen zu können. »Lass mich bitte gehen. Wir müssen nach vorne schauen, allerdings nicht mehr gemeinsam, sondern jeder für sich. Du wirst es ohne mich schaffen, Dr. Atheno und dein Vater werden dir dabei helfen. Ich habe Preston vorhin angerufen, er ist bereits auf dem Weg hierher.«

»Ich will es nicht ohne dich schaffen«, fleht sie, während auch sie ihre Finger um sein Gesicht legt. Behutsam berührt sie mit ihren Lippen die seinen. Ein, zwei Sekunden lang wartet sie auf eine Reaktion von ihm, doch er ist nicht in der Lage, ihre Zärtlichkeit zu erwidern. Enttäuscht zieht sie sich schließlich zurück.

Als Vincent an ihr vorbeigeht, lehnt Maya sich gegen die Wand, um den Halt nicht zu verlieren. Angestrengt lauscht sie jedem seiner Schritte auf der Treppe, in der Hoffnung, dass er kehrtmacht und zu ihr zurückkommt. Wie ein Ballon platzt dieser letzte Hoffnungsschimmer, als die Haustür hinter ihm ins Schloss fällt.

*****

Fünf Tage später beendet Natessa ein Telefonat, das sie mit der Harper-Klinik geführt hat. Seufzend legt sie ihr Handy danach auf den Tisch.

»Was ist denn, Schatz?«, fragt Emilia besorgt, die in dem

Moment die Küche betritt.

»Man hat mich gebeten, morgen zu arbeiten, weil mehrere der Laboranten erkrankt sind«, erklärt ihre Tochter daraufhin.

»Hast du zugesagt?«, will Emilia wissen.

»Mom, natürlich nicht. Morgen ist schließlich dein Geburtstag. Ich habe diese Woche schon genug gearbeitet, vor allem, da Enrique nicht in der Stadt ist.«

»Schatz, sie würden dich nicht fragen, wenn es nicht dringend erforderlich wäre. Sag bitte zu, ich möchte meinen Geburtstag dieses Jahr sowieso nicht feiern.«

»Nicht mal mit einem Familienessen?«, hakt Natessa verwundert nach. Als ihre Mutter daraufhin traurig den Kopf schüttelt, steht sie auf und nimmt Emilia in den Arm. »Willst du nicht mit mir darüber sprechen, was zwischen Jason und dir vorgefallen ist?«, bietet sie ihrer Mutter an. »So langsam mache ich mir nämlich wirklich Sorgen um dich. Du bist doch sonst immer die Erste, die jeden Geburtstag feiern oder ausrichten will.«

»Danke, Schatz, aber ich bin noch nicht soweit«, lehnt Emilia ab. »Ich möchte morgen lediglich einen ruhigen Tag verbringen, an dem ich mich um die Buchführung der Firma kümmern kann. Also bitte spring in der Klinik ein.«

»Okay«, gibt Natessa sich geschlagen, um ihre Mutter nicht weiter zu bedrängen. Allerdings nimmt sie sich vor, demnächst doch einmal vorsichtig bei Jason vorzufühlen, wie er über eine Aussprache mit Emilia denkt.

Als Natessa am nächsten Tag ins Labor der Harper-Klinik kommt, wartet eine Menge an Proben darauf, untersucht zu werden. Die beiden anderen Angestellten, die bereits an ihren Plätzen sitzen, schauen kaum auf, um ihren Gruß zu erwidern.

Eine Viertelstunde später steckt auch sie konzentriert in ihrer Arbeit. Routiniert erledigt sie die Untersuchungen von Proben, notiert die Ergebnisse im Computer und ruft bei den dringenden Fällen zusätzlich auf den Stationen an, um Bescheid zu geben. Erst als ihr Magen anfängt zu grummeln, bemerkt sie, dass die Mittagspause längst verstrichen ist.

›Wenn Enrique in der Stadt wäre, hätte ich inzwischen eine Nachricht von ihm bekommen, dass er vor dem Klinikeingang auf mich wartet‹, geht es ihr durch den Kopf. Mit einem Lächeln auf den Lippen beschließt sie, in der Cafeteria ein Sandwich zu essen und ihm bei der Gelegenheit einen Gruß zu schicken.

Obwohl auch der Nachmittag arbeitsreich ist, schafft Natessa es, die Aufstellung der letzten Analysen von Jasons Forschung zusammenzustellen.

»Ich sollte ihm das direkt zeigen«, murmelt sie vor sich hin, als sie fertig ist und gleichzeitig ihr Feierabend beginnt. Eine Idee, die sie sofort in die Tat umsetzt.

Auf dem Weg zum Chefarztzimmer überlegt sie, ob sie bei dem Gespräch ganz zufällig den Geburtstag ihrer Mutter einwerfen kann. In der Hoffnung, damit einen Kontakt der beiden zu bewirken, in dessen Verlauf sie ihre Differenzen klären können, beschleunigen sich ihre Schritte.

Entsprechend enthusiastisch klopft sie wenig später an die Tür von Jasons Büro. Nach seinem »Herein« betritt sie den Raum und spürt sofort, dass irgendetwas anders ist. Die müden Augen des Klinikleiters blicken ihr entgegen.

»Ist alles in Ordnung?«, fragt sie besorgt.

Überraschung zeigt sich auf seinem Gesicht. Einen Augenblick betrachtet er Natessa mit gerunzelter Stirn, ehe er auf den Stuhl vor seinem Schreibtisch deutet.

»Ist es so offensichtlich?«, seufzt er auf. Nickend bejaht sie die Frage.

»Kann ich dir irgendwie helfen?«, bietet sie an.

Während Jason über das Angebot nachdenkt, öffnet sich die Tür und Aidan kommt herein. Ohne Natessa wahrzunehmen, informiert er seinen Vater darüber, dass er *ihn* nicht gefunden hat.

»Mom sagt, dass er weder bei ihr, noch im Bungalow ist. Das Handy ist ausgeschaltet und von Dr. Monroe habe ich erfahren, dass er heute Morgen ganz früh nach Vinya geschaut hat. Sie hat erwähnt, dass er dabei mal wieder mit James Lattimer aneinandergeraten ist. Den kann ich aber auch nicht erreichen.« Erst als Natessa sich auf ihrem Stuhl zu ihm umdreht und ihn mit weit aufgerissenen Augen ansieht, fällt Aidan auf, dass sein Vater nicht alleine ist.

»Geht es um Vincent?«, fragt sie. Ihre Finger krallen sich in eine der Lehnen des Stuhls, während sie zwischen den beiden Männern hin- und herschaut.

»Ja«, gibt Jason zu.

»Was ist mit ihm? Wieso wisst ihr nicht, wo er ist?«, hakt sie erschrocken nach.

Eine erdrückende Stille erfüllt den Raum, als Vater und Sohn Blicke austauschen, die Natessa nur noch unruhiger machen. Ihre Lippen zittern, als sie die beiden bittet, ihr zu sagen, was los ist.

»Vincent macht gerade eine schwere Zeit durch«, bricht Jason schließlich das Schweigen. »Er hat Dinge erfahren, die ihm sehr zusetzen. Ich fürchte, dass ihm das alles über den Kopf wächst.«

»Es ist nicht seine Art, ohne eine Mitteilung vom Dienst fernzubleiben«, ergänzt Aidan ebenso ausweichend wie sein Vater. »Aber mach dir keine Sorgen, wir kümmern uns um ihn.«

»Ganz genau«, ertönt es von der Tür, kaum dass Aidan seinen Satz zu Ende gesprochen hat. »Wir kümmern uns um ihn und damit ist ausschließlich die Familie gemeint, Miss Morgan. Seien Sie doch bitte so freundlich und lassen Sie uns alleine. Ich würde gerne in Ruhe alles Weitere mit meiner Familie besprechen.« Die fortwährende Verachtung für Natessa schwingt in Lizzys Stimme mit. Ihr Blick, den sie stur auf die ehemalige Freundin ihres Sohnes heftet, unterstreicht den Widerwillen, den sie noch immer gegen sie pflegt.

Natessa läuft ein kalter Schauer über den Rücken, der auch nicht verschwindet, als Jason auf die Bemerkung seiner Frau reagiert.

»Hör auf damit, Lizzy. Sie will doch nur helfen.«

»Wir brauchen ihre Hilfe nicht«, legt Lizzy unbeeindruckt und mit einem entschlossenen Ausdruck fest, ohne Natessa dabei aus den Augen zu lassen. »Ich möchte Sie kein zweites Mal bitten müssen, zu gehen, Miss Morgan«, fügt sie hinzu. Mit hochgezogenen Augenbrauen wartet sie darauf, dass der ungebetene Gast sich erhebt.

Während Jason ein weiteres Mal protestiert, steht Natessa auf. Mit betont ruhiger Stimme versichert sie dem Chefarzt, dass es okay für sie ist, sich aus der Sache herauszuhalten.

»Vincent braucht euch jetzt. Ich möchte dem nicht im Wege stehen«, erklärt sie an Jason gerichtet.

»Ich gebe dir Bescheid, wenn wir ihn gefunden haben«, verspricht er im Gegenzug, was von einem Schnauben Lizzys quittiert wird.

»Danke«, erwidert Natessa mit einem zaghaften Lächeln, ehe sie mit hoch erhobenem Kopf an Vincents Mutter vorbeigeht und den Raum verlässt.

Kaum hat sie die Tür hinter sich ins Schloss gezogen, lehnt sie sich an die Wand des Flurs. Die Luft, die sie beim Hinausgehen angehalten hat, entweicht ihren Lungenflügeln und löst so die extreme Anspannung, die sich in Lizzys Gegenwart sekundenschnell aufgebaut hatte. Zurück bleibt ein Zittern der Hände, das erst nach ein paar tiefen Atemzügen nachlässt.

›Was ist nur passiert?‹, fragt sie sich. ›Wieso steckt Vincent in einer Krise und wo kann er nur sein?‹ Die Sorge um den Ex-Freund breitet sich mehr und mehr in ihr aus. Die verschiedenen Bilder über Plätze, an denen sie zusammen mit ihm gewesen ist, laufen vor ihrem inneren Auge ab. Dabei setzt sich ein Ort in ihren Gedanken fest, der sie nicht mehr loslässt.

»Ein Versuch ist es wert«, beschließt sie. Mit Schwung stößt sie sich von der Wand ab, die ihr nach dem unliebsamen Zusammentreffen mit Mrs. Harper Halt gegeben hat, und läuft den Flur entlang in Richtung Ausgang.

*****

Jede Ampel, die ihre Fahrt durch ein rotes Signal stoppt, lässt Natessa unruhig auf das Lenkrad des Wagens trommeln. Noch nie ist ihr die Strecke so lang vorgekommen. Nach einer schier endlos erscheinenden Zeit erreicht sie den bekannten Parkplatz am Strand von Malibu.

Der Schlüssel fällt ihr aus der Hand, als sie ihn nach dem Verlassen des Fahrzeuges in der Hosentasche verstauen will. Ein paar Meter weiter stolpert sie beinahe beim Übergang von der gepflasterten Fläche auf den Sand des Weges, der durch die Dünen führt. Mit einem tiefen Atemzug versucht sie sich zu mehr Ruhe zu ermahnen. Ein paar Sekunden später beschleunigt sie ihre Schritte jedoch wieder, während ihre Augen den Strandabschnitt absuchen. Nur wenige Besucher hat es zu einem Spaziergang ans Meer verschlagen. Ähnlichkeit mit Vincent weist keiner von ihnen auf.

Das rote Dach von Bernhards Strandhaus, welches wie ein Leuchtsignal zwischen den imposanten Villen hervorsticht, ist bereits zu sehen. Für einen Augenblick bleibt Natessa stehen. Sie legt eine Hand an die Stirn, um die Sonne fernzuhalten, die ihr die Sicht erschwert. Die Düne, die sich vor dem kleinen Holzhaus in Richtung Meer erstreckt, liegt friedlich da. Niemand ist zu erkennen, dennoch setzt Natessa ihren Weg fort, als an ihrem Haaransatz ein Kribbeln beginnt. Je näher sie der Düne kommt, desto mehr verstärkt sich diese Reaktion. Noch bevor sie Vincent erblickt hat, weiß sie plötzlich, dass er da ist.

Wie von selbst tragen sie ihre Füße weiter, bis ihr Blick endlich den Mann einfängt, der auf dem weißen Sand kauert. Seine Hände liegen seitlich am Kopf, die Augen hält er geschlossen, sodass er Natessa erst bemerkt, als sie neben ihm steht und eine Hand auf seine Schulter legt. Erschrocken zuckt er zusammen, ehe er zu ihr aufschaut.

»Natessa«, flüstert er überrascht.

»Bleib sitzen«, fordert sie ihn auf, als er sich aufrappeln will. Tatsächlich hält er in der Bewegung inne und beobachtet, wie sie sich neben ihm niederlässt. Behutsam ergreift sie eine seiner Hände und umschließt sie mit den ihren. Ihre Blicke treffen sich, als einer ihrer Daumen anfängt, sanft über seine Haut zu streichen.

»Was machst du hier?«, fragt er.

»Ich dachte, dass du vielleicht jemanden zum Reden gebrauchen könntest«, antwortet sie mit einem zaghaften Lächeln.

»Dann weißt du, was los ist?«

»Nein«, erwidert sie mit einem Kopfschütteln. »Ich habe nur mitbekommen, dass deine Familie sich Sorgen um dich macht. Vor allem, da sie nicht wissen, wo du bist. Du solltest sie anrufen, Vincent. Sag ihnen, dass es dir gut geht. Danach würde ich gerne erfahren, was dich bedrückt … natürlich nur, wenn du mir davon erzählen möchtest.«

Mit einem Nicken zieht er sein Handy hervor, schaltet es an und schreibt eine kurze Nachricht. Gleich nachdem angezeigt wird, dass Aidan den Messenger geöffnet hat, um den Text zu lesen, stellt Vincent das Gerät auf lautlos und steckt es in die Hosentasche zurück. Als Natessa ihm daraufhin ihre Hand anbietet, ergreift er sie ohne zu zögern.

»Ich kann nicht fassen, dass du hier bist«, äußert er leise. »Gerade habe ich noch an dich gedacht und im nächsten Augenblick stehst du neben mir. Woher wusstest du, dass ich hier bin?«

»Gewusst habe ich es nicht, eher gehofft«, gibt sie lächelnd zu. »Ich mag die Ruhe und die Weite an diesem Platz. Bei unserem letzten Zusammentreffen hatte ich das Gefühl, dass es dir ähnlich geht.« Als er nickt, fängt sie wieder an, mit ihrem Daumen über seine Haut zu fahren. »Was beschäftigt dich so sehr, dass du hierhergekommen bist, um nachzudenken?«

Vincents Stimme stockt mehrfach, als er anfängt, ihr alles zu erzählen. Warum er sich für Maya entschieden und für sie eingesetzt hat; von den Problemen, die Prestons Verhalten mit sich brachte; von der guten Entwicklung, die sich bei Maya vollzogen hat; sogar von der schwierigen Operation vor der Geburt spricht er ganz offen. Nur die Episode mit Lisa Braden lässt er aus.

»Das alles klingt, als ob ihr inzwischen zu einer glücklichen Einheit geworden seid«, zieht Natessa Bilanz. »Aber du wärst wohl nicht hier, wenn es da nicht noch etwas anderes gäbe.«

»Nein, das wäre ich nicht«, stimmt er zu. »Der entscheidende Punkt ist, dass Vinya nicht meine Tochter ist«, fügt er leise hinzu. Worte, die Natessa schlagartig die Luft anhalten lassen.

»Wie bitte?«, stößt sie hervor.

»Es war alles eine Lüge. Maya hat mich damals genauso betrogen wie ich sie. Doch sie hat mir dafür Vorwürfe gemacht und ist sogar weggelaufen, weil sie so verletzt war.«

»Dann war es alles nur Berechnung, dass sie zurückgekehrt ist und dir von der Schwangerschaft erzählt hat?«, fragt Natessa ungläubig.

»Sie sagt nein, weil sie nicht gewusst haben will, dass das Baby nicht von mir ist«, gibt er die Begründung seiner Frau wieder.

»Aber du glaubst ihr nicht?«

»Ich weiß überhaupt nicht mehr, was ich noch glauben soll«, gesteht er. »Als Arzt sollte ich wissen, dass viele ihrer Reaktionen auf die Krankheit zurückgehen, unter der sie leidet. Trotzdem fällt es mir schwer, ihr zu verzeihen. Wenn ich doch nur geahnt hätte, dass auch ein anderer als Vater des Babys infrage kommt. Ich hätte ihr geholfen, das steht außer Frage, jedoch mit Sicherheit nicht auf diese Weise.«

Der Moment, als Vincent zu ihr gekommen war, um ihr seine Entscheidung für die andere Frau mitzuteilen, drängt sich unaufhörlich in Natessas Gedanken. Der Schmerz, den sie an diesem Abend gespürt hatte und der sie lange nicht losließ, kehrt mit voller Wucht zurück. Mühsam blinzelt sie die aufsteigenden Tränen weg und lässt gleichzeitig die Wut über Mayas unverantwortliches Verhalten nicht zu. Stattdessen legt sie die freie Hand an seine Wange.

»Was wirst du jetzt tun?«, will sie wissen. »Du kannst doch die Bindung, die du zu dem Baby aufgebaut hast, nicht einfach kappen.«

»Das ist auch das Letzte, was ich freiwillig tun werde«, antwortet er. Bevor Natessa etwas erwidern kann, fängt er an, von den Problemen zu erzählen, die das Auftauchen von James Lattimer mit sich gebracht haben. Seine Stimme wird lauter, als er davon berichtet, wie Vinyas leiblicher Vater versucht, den Kontakt zum Baby zu verhindern. »Dabei nimmt er Maya immer mehr für sich ein. Sie hat ihm nichts entgegenzusetzen und ich verstehe nicht, woher dieser Einfluss auf sie kommt.«

»Wirst du um sie kämpfen?«, erkundigt Natessa sich, obwohl sie Angst vor der Antwort hat.

»Nein, Natessa, das werde ich nicht. Dazu ist zu viel vorgefallen. Ich will lediglich den Kontakt zu Vinya nicht verlieren«, stellt er klar. Sein Blick wird intensiv, als er ihr in die Augen sieht und sich in ihre Handfläche schmiegt, die noch an seiner Wange liegt. Dabei entwirren sich seine Gedanken immer mehr, sodass Klarheit über etwas zutage tritt, das er in den letzten Monaten tief in seinem Innern eingeschlossen hat. »Seitdem ich hier am Strand sitze, denke ich daran, was ich wegen Mayas Lüge aufgegeben habe. Sie hat mich von der Frau getrennt, die mir auf ihre unvergleichliche Art die wahre Liebe gezeigt hat. Sie hat mich von *dir* getrennt.«

Worte, die in Natessas Bauch Schmetterlinge aufsteigen lassen und die Gefühle zurückbringen, die so lange im Verborgenen geruht haben, aber nie vergangen sind. Ihre Unterlippe fängt an zu zittern, als sie Vincent weiter in die Augen schaut, in der Hoffnung, nicht plötzlich aus einem Traum hochzuschrecken. Wie in Zeitlupe nähert sich sein Gesicht dem ihren. Kurz bevor seine Lippen ihren Mund berühren, schließt sie die Augen.

Der Kuss beginnt sanft, um die zarten Bande, die erst Augenblicke zuvor geknüpft wurden, nicht wieder zu zerstören. Sehr schnell wandelt sich dies jedoch und Vincents Zärtlichkeit wird intensiver. Innerhalb von Sekunden küsst er Natessa, als wäre sie die Luft, die ihn vor dem Ertrinken rettet. Die Intensität reißt Natessa mit, sodass sie alles um sich herum vergisst. Für beide zählen nur noch das Wiedersehen und die Gefühle, die unverändert füreinander vorhanden sind.

»Wow«, haucht sie völlig außer Atem, als sie den Kuss schließlich beenden.

Das erste Mal an diesem Tag verziehen sich Vincents Mundwinkel zu einem Lächeln. Sanft lehnt er seine Stirn an Natessas und schaut ihr tief in die Augen.

»Es war mir nicht klar, wie lange ich meine Liebe für dich unterdrückt habe«, gesteht er. »Ich möchte dich nie wieder loslassen, Natessa Morgan.«

Natessas Augenlider flattern, als sie sein Liebesgeständnis auf sich wirken lässt. Es löst einen weiteren Massenaufstieg von Schmetterlingen in ihr aus, der ihre Augen zum Strahlen bringt. Doch tief in ihr verschafft sich gleichzeitig eine mahnende Stimme mehr und mehr Gehör: Die Stimme der Angst, dass seine Liebe nur ein Strohfeuer – geboren aus der verfahrenen Situation – ist, und sie dafür die aufrichtige Liebe – Enriques Liebe – aufgibt.

»Sag das nicht leichtfertig, Vincent«, bittet sie kaum hörbar. »Du hast so lange eine andere Frau in den Armen gehalten, wie soll ich dir da jetzt glauben? Die Welt ist für mich nicht stehen geblieben ohne dich. … Auch wenn es sich am Anfang so für mich angefühlt hatte, nachdem du gegangen warst.«

»Das wird nicht wieder passieren«, versichert er mit einem ernsten Ausdruck. »Ich kann die Zeit nicht zurückdrehen, auch wenn ich mir das so sehr wünsche. Aber ich kann künftig für dich da sein und dir die Liebe geben, die du verdient hast.«

Die Haut an Natessas gesamtem Körper fängt an zu kribbeln, als die Bedeutung seiner Worte sie tief in ihrem Innern erreicht. Erschrocken über die Stärke der Gefühle, die er damit bei ihr hervorholt, rückt sie ein Stück von ihm ab.

»Es ist zu spät«, behauptet sie entgegen der Empfindungen, die aus jedem Winkel ihres Inneren an die Oberfläche zu kommen scheinen. Als sie den Blick von Vincent abwendet, versucht sie sich Enriques Gesicht in Erinnerung zu rufen. Sein strahlendes, aufmunterndes Lächeln, das ihr so häufig über den Schmerz hinweggeholfen hat, sorgt dafür, dass sich ihre aus dem Gleichgewicht geratene Gefühlswelt ein wenig beruhigt. Erst Vincents sanfte Berührung, als er ihre Finger umfasst, verwischt das Bild vor ihrem inneren Auge.

»Ist es das wirklich?«, will er wissen, nachdem er sie dazu gebracht hat, ihn wieder anzusehen. »Haben wir gar keine Chance mehr? Ich will nicht glauben, dass unsere Liebe ein für alle Mal vorbei ist. Gib uns bitte nicht auf, Natessa. Ich liebe dich und ich bin mir sicher, dass du mich ebenfalls noch liebst.«

»Gib mir bitte Zeit, um über all das nachzudenken, Vincent«, antwortet sie leise. Tränen sammeln sich in ihren Augenwinkeln, als sie den Blick von ihm abwendet und aufs Meer hinausschaut. »Mein Leben ist nicht mehr dasselbe, seitdem du dich von mir getrennt hast. Es hat sich wieder stabilisiert, nachdem ich fast untergegangen wäre. Das habe ich jemandem zu verdanken, der alles für mich tun würde und für den ich sehr viel empfinde.«

»Enrique«, sagt er mit einem verständnisvollen Nicken.

Natessas Kopf dreht sich daraufhin zurück in seine Richtung. Die erste Träne läuft ihr über die Wange, als sie Vincent erneut ansieht.

»Ja Enrique. Er ist immer für mich da gewesen, auf ihn kann ich mich verlassen und er liebt mich – mich alleine. Das ist so ein wertvolles Gut, Vincent. Ich weiß nicht, ob ich bereit bin, all das aufzugeben«, erklärt sie mit tränenerstickter Stimme. »Ich würde lügen, wenn ich sage, dass ich dich nicht mehr liebe – aber Enrique liebe ich auch. Er gibt mir Sicherheit. Bei ihm kann ich mich fallenlassen, weil er mich auffängt, egal was kommt.«

»Ich verstehe deine Unsicherheit«, pflichtet Vincent ihr bei. Mit beiden Händen umfasst er ihr Gesicht, schiebt dabei die vorwitzige Strähne hinter ihr Ohr, die mal wieder um ihr Kinn tänzelt. »Mir ist erst in den letzten Tagen klar geworden, wem meine wahre Liebe gilt. Ich habe viele Fehler gemacht, das weiß ich jetzt. Wenn du dich für Enrique entscheidest, akzeptiere ich das. Das Recht auf deine Liebe habe ich verwirkt, als ich dich für Maya verlassen habe. Aber du sollst wissen, dass ich die Liebe, die ich für dich empfinde, kein zweites Mal aufgeben werde.« Seine Daumen wischen die Tränen weg, die Natessa inzwischen haltlos über die Wangen laufen. »Nimm dir die Zeit, die du brauchst, ich werde geduldig warten. Komm zu mir, wenn du dich entschieden hast. Ich wohne wieder in dem Bungalow auf dem Grundstück meiner Eltern – alleine. Du bist dort jederzeit willkommen.«

»Danke«, krächzt sie als Antwort, weil ihr ein Kloß aus Tränen die Stimme blockiert und sie kaum noch atmen lässt. »Ich … werde …«, beginnt sie mühsam das Versprechen, eine Entscheidung zu treffen, doch die Worte bleiben in den aufgewühlten Gefühlen stecken.

»Komm her«, unterbricht er ihren Versuch. Sanft zieht er Natessa in seine Arme, hält sie, wiegt sie hin und her, bis das Zittern ihres Körpers nachlässt und sie die Arme ebenfalls um ihn schließt. Eine Hand streicht weiter beruhigend über ihren Rücken, während die andere die Taille fest umschlingt. Erst als sie völlig ruhig atmet, löst er sich ein Stück von ihr.

»Ich bringe dich zu deinem Auto«, bietet er an, doch sie schüttelt sofort den Kopf.

»Nein, ich brauche den Weg zurück zum Parkplatz, um mich zu sammeln. Außerdem wartet deine Familie auf dich. Sprich mit ihnen, Vincent, sie machen sich große Sorgen – vor allem dein Vater.«

»In Ordnung«, verspricht er. Mit dem Zeigefinger fährt er die Konturen ihrer Lippen nach, die sich bei seiner Berührung zu einem zaghaften Lächeln verziehen. »Ich liebe dich, Natessa, pass auf dich auf.«

»Das werde ich«, versichert sie, ohne seine Liebesbezeugung laut zu bestätigen. Ihre Lippen formen lediglich die Worte, aber das reicht ihm. Ein letztes Mal küsst er sie sanft, ehe er sich erhebt und sie mit sich hochzieht.

»Auf Wiedersehen, Natessa. Ich hoffe, dieses Mal ist es kein Goodbye«, flüstert er ihr zu.

»Ich kann dir nichts versprechen«, erwidert sie ebenso leise, weil sie keine Hoffnungen in ihm wecken will, die sie am Ende vielleicht nicht erfüllen wird.

»Das musst du auch nicht«, versichert er mit einem Lächeln, bei dem er ihr mit den Fingerspitzen über die Wange streicht. »Triff einfach die Entscheidung, die dich glücklich macht. Das ist alles, was mir wichtig ist.«

Ihre Blicke kleben aneinander, bis Vincent seine Hand zurückzieht und einen Schritt zur Seite tritt. Eine Geste, die sie zum Anlass nimmt, sich umzudrehen und den Weg zurück zum Parkplatz anzutreten. Wie bei ihrem letzten Zusammentreffen an diesem Ort schaut Vincent ihr nach. Dankbarkeit erfüllt ihn, weil sie ihn aus seiner Lethargie gerissen und ihm zumindest eine Spur von Hoffnung gegeben hat.

KAPITEL 28

Bei Anbruch der Dämmerung fährt Natessa ihren Wagen auf die Auffahrt des Familiengrundstücks. Eine Stunde lang hat sie zuvor auf dem Parkplatz am Strand von Malibu in ihrem Auto gesessen und über die Begegnung mit Vincent nachgedacht. Aufgewühlt von dem Ereignis musste sie erst ihre Gedanken sammeln, ehe sie sich stark genug fühlte, den Heimweg anzutreten.

Die Tränenspuren auf ihrem Gesicht sind verschwunden – im Gegensatz zu dem Tumult an Gefühlen, der immer noch tief in ihrem Innern vorherrscht. Mit wackeligen Knien hält sie sich nach dem Aussteigen an der Fahrertür fest. Es benötigt mehrere tiefe Atemzüge, bevor sie sich dazu in der Lage sieht, ins Haus zu gehen.

Emilia sitzt mit einem Buch auf dem Sofa. Als ihre Tochter das Wohnzimmer betritt, schaut sie auf und lächelt. Natessas Blick fällt auf den Blumenstrauß, der den Tisch am Morgen noch nicht geziert hat.

»Du hast Blumen bekommen?«, fragt sie in der Hoffnung, dass der Strauß von Jason stammt.

»Der ist von Rebecca und Sarah. Die beiden haben heute Nachmittag vorbeigeschaut. Während Rebecca darauf bestand, die Buchführung zu übernehmen, an der ich gerade saß, hat ihre Schwester von den Fortschritten der Therapie erzählt«, erläutert Emilia.

»Es freut mich, dass Becky an deinen Geburtstag gedacht hat«, erwidert Natessa. Sie setzt sich zu ihrer Mutter aufs Sofa und drückt ihr einen Kuss auf die Wange. »Also hast du doch ein ganz kleines bisschen gefeiert. Das ist schön«, fügt sie mit einem Augenzwinkern hinzu. »Wie geht es Sarah? Seitdem Rebecca mit ihr die neue Wohnung bezogen hat, sehen wir die beiden viel zu selten.«

Nachdem Emilia von Sarahs vielversprechendem Zustand erzählt hat, über den Natessa sich sehr freut, legt sie das Buch zur Seite und sieht ihre Tochter aufmerksam an.

»Wie war es bei der Arbeit? Du kommst spät«, fügt sie nach einem Blick auf die Uhr hinzu, »dann war es sicher sehr hektisch.«

Mit der Antwort, dass die Zeit im Labor ganz okay war, weicht Natessa den wichtigen Geschehnissen aus, die der Tag mit sich gebracht hat. Noch ist sie nicht so weit, ihrer Mutter von dem Treffen mit Vincent zu erzählen.

»Hat Dan sich schon gemeldet?«, versucht sie von sich abzulenken. Eine Taktik, die funktioniert, denn sofort berichtet das Geburtstagskind strahlend von dem Telefonat mit Daniel.

»Sogar Enrique hat mir eine kurze Nachricht geschickt«, beendet Emilia die Aufzählung weiterer Gratulanten. »Ist er schon wieder zu Hause angekommen?«

Bei der Erwähnung ihres Freundes zuckt Natessa innerlich zusammen. Der Druck in ihrem Magen verstärkt sich angesichts der Entscheidung, die sie zu treffen hat. Gedankenverloren zieht sie das Handy aus ihrer Tasche, um ihre Nachrichten zu kontrollieren. Tatsächlich ist eine von Enrique darunter, die sie bis dato noch gar nicht bemerkt hatte.

»Ja, er ist zurück«, teilt sie ihrer Mutter mit.

»Freust du dich gar nicht darüber?«, wundert Emilia sich.

»Doch, natürlich«, erwidert Natessa schnell. »Ich bin nur etwas müde. Rick scheint das ebenfalls zu sein, denn er schreibt, dass er sich kurz hinlegen will.«

›Allerdings war das vor über zwei Stunden‹, ergänzt sie gedanklich, ›vermutlich wartet er inzwischen auf mich.‹

»Dann mach du das auch«, rät ihre Mutter. »Du siehst in der Tat sehr erschöpft aus. Oder soll ich dir vorher noch eine Kleinigkeit kochen?«

»Nein, nein, nicht nötig«, wiegelt Natessa ab. »Du hast recht, ich gehe nach oben.« Ein Vorsatz, den sie sofort in die Tat umsetzt, obwohl sie weiß, dass die Gedanken kreisen und ihr damit keine ruhige Minute gönnen werden.

Im Schlafzimmer, das sie inzwischen alleine bewohnt, nachdem Simone nach dem Auszug von Daniel und Rebecca deren Zimmer übernommen hat, legt sie sich aufs Bett. Anderthalb Stunden lang versucht sie, ihre Gefühle zu sortieren, aber das gestaltet sich aussichtslos. Seufzend setzt sie sich schließlich auf.

›Rick wird sicher schon auf eine Rückmeldung von mir warten‹, überlegt sie. ›Dann kann ich auch gleich zu ihm fahren!‹

Als sie sich im Bad frisch macht, merkt sie, wie viel Sehnsucht sie durch die Tage der Trennung nach ihm hat. Ihre Miene hellt sich durch die positiven Gedanken, die sie mit ihm verbindet, sogleich auf. Das dumpfe Gefühl in ihrem Magen bleibt jedoch.

Zwanzig Minuten später parkt Natessa ihren Wagen vor dem Haus der Hunts. Zu ihrer Verwunderung wird ihr nach dem Klingeln von Bobby die Tür geöffnet. Ein Umstand, der so gut wie nie vorkommt, wenn Enrique zu Hause ist.

»Komm rein!«, fordert Bobby sie nach der Begrüßung auf. »Rick schläft noch. Ich glaube, dass er bei dem Rennwochenende kaum Schlaf bekommen hat, weil er den Mechanikern auch bei ihren nächtlichen Aktivitäten über die Schulter geschaut hat.«

»Nächtliche Aktivitäten?«, wiederholt sie skeptisch.

»An den Rennwagen wird vor allem nachts geschraubt, damit sie pünktlich am nächsten Tag für die Trainingseinheiten, das Qualifying oder das Rennen tipptopp vorbereitet sind«, erklärt Enriques Vater mit einem Schmunzeln im Gesicht. »Für andere Amüsements bleibt an so einem Wochenende keine Zeit.«

Grinsend droht Natessa Bobby wegen des letzten Satzes mit dem Zeigefinger, bevor sie ihn fragt, ob sie zu Rick gehen darf.

»Selbstverständlich«, stimmt er zu. »Wenn ich dich wieder

wegfahren lasse, muss ich mir ansonsten morgen von meinem Sohn eine Standpauke anhören. Weck ihn ruhig auf.«

Auf leisen Sohlen betritt Natessa wenig später Enriques Zimmer, in dem dieser tief und fest schläft. Vorsichtig setzt sie sich auf die Bettkante, um ihn von dort aus minutenlang nur stumm zu betrachten. Sein Gesichtsausdruck ist vollkommen entspannt, selbst dann noch, als sie mit der Fingerspitze von der Schläfe bis zu seinem Kinn streicht.

»Schlaf weiter«, raunt sie ganz leise an seinem Ohr, nachdem sie ihm einen sanften Kuss auf den Mundwinkel gegeben hat. Den Freund zu wecken, bringt sie nicht übers Herz. Stattdessen zieht sie sich bis auf den Slip aus, streift eines von Enriques Shirts über und schlüpft zu ihm ins Bett. Ganz nah kuschelt sie sich an seinen Rücken, ohne dass er davon wach wird. Mit einem Arm umschließt sie ihn und saugt seinen Geruch in sich auf. Der vertraute Duft lässt sie einen Moment später ruhiger werden, sodass sie die Augen in der Hoffnung schließt, Schlaf zu finden. Ein Wunsch, der sich nur bedingt erfüllt. Immer wieder schreckt sie aus Schlafphasen hoch, welche von Träumen begleitet wurden, die Vincent und sein Liebesgeständnis zum Inhalt hatten. Jedes Mal klopft ihr das Herz bis zum Hals. Sein Bild verflüchtigt sich erst dann, wenn sie die Augen öffnet, sich Enriques Gegenwart bewusst macht und in die Dunkelheit starrt.

Am nächsten Morgen erwacht Natessa, als sie eine zärtliche Berührung an ihren Lippen spürt. Beim Öffnen ihrer Augen verzieht sich der Mund, der sich behutsam auf ihren gelegt hat, zu einem Lächeln.

»Guten Morgen«, murmelt Enrique an ihren Lippen. Seine blauen Augen strahlen Natessa munter entgegen, während sie schlaftrunken den sanften Weckruf zu genießen versucht. Seine Hand wandert unter ihr Shirt, streicht über die warme Haut an der Taille und findet schließlich zielsicher den Weg zu einer von Natessas Brüsten. Als Rick mit

Daumen und Zeigefinger die Brustwarze reizt, stöhnt seine Freundin auf, gleichzeitig erfasst ihre Kopfhaut ein unangenehmes Prickeln. »Ich habe dich vermisst«, raunt er an ihrem Ohr, unter dem er einen seidig-sanften Kuss neben dem anderen platziert.

»Soll ich dir wirklich glauben, dass du beim Anblick der hochmodernen Motoren auch nur einen Gedanken an mich verschwendet hast?«, scherzt sie, um sich von dem ungewohnten Kribbeln abzulenken. Ein breites Grinsen erscheint auf Enriques Gesicht, als er sich von ihrem Hals loseist und sie ansieht.

»Selbst die Mechaniker haben mal eine Pause gemacht. Die ich fast immer dazu genutzt habe, um dir zu schreiben«, erinnert er sie mit einem gespielt vorwurfsvollen Blick.

»Stimmt«, gibt sie lächelnd zu, »da war was.« Seine Hand rutscht von ihrer Brust, als sie sich aufsetzt, um sich dann über ihn zu beugen. Nach einem schnellen Kuss sieht sie ihn schmunzelnd an. »Nun erzähl schon endlich, wie das Wochenende war. Ich kann in deinen Augen sehen, dass du geradezu darauf brennst.«

»Das hätte noch einen Moment warten können«, erwidert er augenzwinkernd.

Eine Andeutung, die den Kloß in Natessas Magen anwachsen lässt. Mühsam versucht sie, den Blickkontakt nicht zu unterbrechen. Ihr Körper hatte beim Aufwachen nicht wie gewohnt auf Ricks reagiert, was sie irritiert. Zudem kreisen in ihrem Kopf Gedanken, die ihr zu schaffen machen. Immer klarer wird ihr, dass sie die Entscheidung nicht aufschieben kann. Vor ihr liegt der Mann, bei dem sie sich in den letzten Monaten so geborgen gefühlt hat. Der behutsam einen Schritt nach dem anderen auf sie zugegangen war und sie dabei zu keiner Zeit gedrängt hatte. Will sie das Leben mit ihm fortsetzen oder doch den schweren, unsicheren Weg mit Vincent versuchen? Ihr Herz schlägt wild, als sie nach einer Lösung sucht.

Während sie das Strahlen in Enriques Augen betrachtet, setzt er sich unvermittelt auf und streicht ihr mit den Fingerspitzen über den Arm.

»Danke, dass du gestern noch hergekommen bist. Es war schön, heute Morgen als Erstes deine Nähe zu spüren«, überbrückt er die Stille. »Wollen wir nach unten gehen, um zu frühstücken? Oder musst du schon wieder los zur Arbeit?«

»Ich habe heute frei«, entgegnet sie – erleichtert über seinen Vorschlag. »Frühstück klingt verlockend.«

»Na, dann komm!«, fordert er sie lächelnd auf. Mit Elan springt er aus dem Bett, umfasst ihre Hand und zieht sie neben sich. Als er einen Arm um ihre Taille legt, sie daraufhin seinen warmen Körper an ihrem spürt, reckt sie sich ihm für einen Kuss entgegen. Gewohnt sanft verschließt er ihren Mund mit seinen Lippen, suchen die Zungen einen Augenblick später nacheinander. Was ausbleibt, ist die Erkundungstour seiner Hand über ihre Haut. Stattdessen beendet er die Zärtlichkeit nach ein paar Sekunden und sieht ihr tief in die Augen. »Ich liebe dich, Natessa«, versichert er leise.

»Ich dich auch«, antwortet sie nach einem Moment des Zögerns, der ihm eine Furche auf der Stirn beschert. Worte, mit denen sie sich in Erinnerung rufen will, was nur wenige Stunden zuvor unumstößlich für sie war.

Während des Frühstücks, bei dem Natessa kaum einen Bissen herunterbekommt, berichtet Enrique von seinem Wochenende. Das Leuchten in den Augen nimmt mit jeder Erzählung über eine Begebenheit zu, die er bei dem Rennstall erlebt hat. Mehrmals ergreift sie seine Hand und drückt sie, um ihm zu zeigen, wie sehr sie sich für ihn freut. Ihre Finger umschließen seine immer noch, als er zum Ende kommt.

»Es war einfach großartig, dass ich nicht nur als Besucher da war, sondern zweimal mit anpacken durfte. Aber die Krönung war, als Dale Coyne mir beim Abschied verraten hat, dass er mich gerne in sein Team aufnehmen würde«, erklärt er stolz.

Natessas Stirn zieht sich angesichts dieser Aussage in Falten. Eine Reaktion, die Enrique nicht entgeht. Beruhigend streicht er mit dem Daumen über ihren Handrücken.

»Keine Sorge, ich habe ihm abgesagt«, versichert er.

»Du solltest das Angebot annehmen. Ich sehe doch, wie glücklich dich alleine dieses Wochenende gemacht hat«, entgegnet sie.

»Ja, es ist mein Traumjob, aber ich gehe nicht ohne dich nach Minooka.«

»Ich kann nicht mit dir gehen«, erwidert sie leise.

»Das weiß ich doch, Natessa«, versucht er sie zu beruhigen. »Deswegen habe ich das Angebot von Dale Coyne auch nicht angenommen. Du machst mich glücklich und die Arbeit in der Werkstatt bringt genügend Spaß. Alles andere bleibt ein Traum, den ich zumindest für ein paar Tage erleben durfte. Das nimmt mir niemand mehr.«

Als Natessa spürt, dass die Tränen bei ihr aufsteigen, senkt sie den Blick und zieht ihre Hand weg. Irritiert legt Enrique zwei Finger unter ihr Kinn, hebt ihren Kopf mit sanftem Druck wieder an, sodass er ihr in die Augen schauen kann.

»Was ist los?«, fragt er besorgt. Der merkwürdige Ausdruck seiner Freundin gefällt ihm ganz und gar nicht. Er weckt Erinnerungen ihn ihm, von denen er gehofft hatte, sie nie wieder zu erleben. Doch er verdrängt den Gedanken, schiebt ihn energisch in den Hintergrund, um sich voll und ganz auf Natessa konzentrieren zu können.

»Bitte nimm das Angebot an«, beschwört sie ihn mit heiserer Stimme, da sie die Tränen kaum noch zurückhalten kann. »So eine Chance bekommst du vielleicht nie wieder. Ich will nicht, dass du meinetwegen darauf verzichtest.«

»Natessa, für Coyne Racing zu arbeiten bedeutet, dass ich während der IndyCar-Saison keine Gelegenheit haben werde, nach L.A. zu kommen. Daniel und Rebecca mögen mit so einer Fernbeziehung klarkommen, aber für mich ist das nichts! Mir reicht es nicht, dich über Skype zu sehen.«

Langsam erhebt er sich von seinem Stuhl, tritt um den Tisch herum und bleibt neben Natessas Platz stehen. Sie blinzelt mehrmals, als sie zu ihm aufschaut. Schließlich lässt sie sich von Enrique hochziehen und widerstandslos in die Arme nehmen. »Das ist es, was mir wichtig ist: deine Nähe, dich zu spüren, dich zu berühren.«

Seufzend schließt sie die Augen, während er ihr über den Rücken streicht. Die Minuten vergehen, in denen Natessa nach außen hin einen ruhigen Eindruck macht, aber in ihrem Inneren tobt ein Kampf. Enriques Ruhe tut ihr gut, doch das Bild von Vincent will nicht aus ihrem Kopf verschwinden. Als Rick sich nach ein paar Minuten von ihr löst, die Hände um ihr Gesicht legt und dabei eine Haarsträhne zurückschiebt, zuckt sie zusammen. Erinnerungsblitze von Vincents Berührung, die genauso abgelaufen war, lassen sie nicht los.

»Ich kann dich nicht glücklich machen«, flüstert sie ihrem Freund zu.

»Das tust du doch bereits«, widerspricht er. Ihr vehementes Kopfschütteln ist für ihn nicht nachvollziehbar. Seine Stirn zieht sich in Falten, als er versucht, ihr in die Augen zu schauen, sie jedoch seinem Blick ausweicht. Unruhe überkommt ihn – ein Gefühl, das er lange nicht mehr in ihrer Gegenwart hatte. »Natessa, was ist in den letzten Tagen vorgefallen, dass du mit einem Mal so an uns zweifelst?«, startet er einen Versuch, die Ursache für ihr verändertes Verhalten nun doch zu ergründen.

Mit Tränen in den Augen ergreift sie seine Hände, die immer noch ihr Gesicht einrahmen, um sie sanft zu lösen. Dann beendet sie zu seinem Entsetzen die Berührung zwischen ihnen gänzlich und tritt einen Schritt zurück.

»Natessa!«, presst er hervor.

»Es tut mir so leid, Rick«, beginnt sie stockend eine Erklärung. »Ich bin so durcheinander. … Du bedeutest mir viel, aber ich kann dir nicht zurückgeben, was du mir gibst. …

Nicht mehr…«

»Warum nicht?«, fragt er sichtlich betroffen von ihren Worten und der unübersehbaren Barriere, die sich wie aus dem Nichts zwischen ihnen aufgebaut hat. Eine Kluft, die nicht nur aus der Armlänge Abstand besteht, die Natessa zu ihm hält.

»Leb bitte deinen Traum aus und geh zu Coyne Racing nach Minooka«, umgeht sie die Antwort.

»Aber ich will dich nicht alleine hier zurücklassen.«

»Ich wäre nicht alleine«, deutet sie etwas an, das ihm den Atem raubt. Seine Augen weiten sich, als er einen Schritt zurücktritt, während die Erkenntnis ihn beinahe erschlägt.

»Du hast jemanden kennengelernt!«, spricht er eine Vermutung aus, die ihm gleichzeitig den Boden unter den Füßen wegzieht. Wie kann es sein, dass sie die gemeinsamen Monate für einen Kerl wegwirft, den sie erst ein paar Tage kennt? »Wer ist es? Wo hast du ihn getroffen?« Tausend Fragen schwirren in seinem Kopf herum, die er ihr am liebsten alle stellen würde. Warum war sie denn letzte Nacht überhaupt zu ihm gekommen, wenn ihre Liebe zu ihm erloschen ist? »Himmel, Natessa, ich dachte, dass deine Gefühle für mich echt sind. Vor einer Stunde hast du mir noch gesagt, dass du mich liebst, und jetzt soll ich dich verlassen? Warum? Für wen gibst du all das auf, was uns verbindet?«

»Meine Gefühle für dich waren nicht gespielt, Rick«, erklärt sie leise. »Ich liebe dich, das ist die Wahrheit. Aber ihn liebe ich auch – ich habe es immer getan.«

»Du sprichst doch nicht etwa von Vincent Harper?«, zieht Enrique die richtigen Schlüsse. Als Natessa nicht widerspricht, kreuzt er die Hände im Nacken und starrt sie fassungslos an. Sein erstes Gefühl hatte ihn also doch nicht getäuscht. In ihren Augen liegt dieselbe Sehnsucht, die sie schon hatte, als die Beziehung zwischen ihr und diesem Kerl gerade erst begann. Eine Sehnsucht, die auch nach der Trennung monatelang nicht verschwand, sodass er schon die Hoffnung aufgeben wollte, Natessas Herz jemals zu erreichen. Aber dann war der Ausdruck doch irgendwann weg, hatte sich in Vertrauen zu ihm verwandelt. Von da an war es bergauf gegangen und nun soll plötzlich alles vorbei sein? Warum? Was hat sich in den wenigen Tagen, die er nicht in der Stadt gewesen ist, geändert?

»Er ist unerreichbar für dich, Natessa. Hast du schon vergessen, dass er dich für eine andere Frau verlassen hat? Eine Frau, mit der er inzwischen ein Kind hat! Wieso verschwendest du auch nur einen weiteren Gedanken an ihn?«

»Ich weiß, dass es verrückt ist, ihm noch einmal zu vertrauen, doch ich kann nicht anders«, erwidert sie. »Er war immer mein Traum, Enrique. Ein Traum, der mir viele Schmerzen bereitet hat, ja, und von dem du mich für kurze Zeit befreit hast. Aber jetzt ist die Chance mit einem Mal wieder da. Ich darf sie nicht vorüberziehen lassen, weil ich mir das nie verzeihen würde. Wenn ich die Gefühle für ihn unterdrücke, verletze ich nicht nur mich, sondern über kurz oder lang auch dich.«

»Was für eine Chance soll das sein, die du dir da ausmalst? Natessa, du kannst dich unmöglich in seine Ehe einmischen. Das bist nicht du!«

»Vincent hat sich von seiner Frau getrennt. Die Sache ist kompliziert, aber endgültig – mehr kann ich dazu nicht sagen. Er selbst hat mich gebeten, es noch einmal mit ihm zu versuchen. Zuerst bin ich davor zurückgeschreckt, auch wegen meiner Gefühle für dich. Ich habe gehofft, dass ich dich genug liebe, um Vincent zu vergessen.«

»Du hast es *gehofft*?«, wiederholt Enrique zutiefst getroffen von diesen Worten. Seine Schultern sinken herab und er tritt einen weiteren Schritt zurück. Suchend sieht er sich im Raum um, als stünde die Lösung für die Situation irgendwo geschrieben, sodass er sie nur finden muss, damit er aus seinem Albtraum erwacht.

»Das alles kam so unerwartet, ich musste meine Empfindungen und Gedanken erst sortieren«, versucht sie das

Durcheinander, welches seit dem Zusammentreffen mit Vincent in ihr herrscht, zu erklären. »Ich bin hierhergekommen, weil du mir Sicherheit gibst. An deinen Gefühlen musste ich nie zweifeln, meine eigenen habe ich dagegen infrage gestellt.«

»Wie mir scheint, hast du die Antwort nun gefunden«, äußert Enrique leicht sarkastisch. »Du machst mir den Job bei Coyne Racing schmackhaft und wenn ich weg bin, wirfst du dich Harper wieder an den Hals.«

»Es tut mir leid, Rick, ich wollte dich nicht verletzen.«

»Wenn du gehst, dann ist es für immer. Ich werde dich kein zweites Mal auffangen, falls Harper dich erneut fallenlässt«, stellt er klar. Sein Blick ist dabei stur auf Natessa gerichtet, die traurig nickt, ehe sie den Kopf ein wenig senkt.

»Das erwarte ich auch nicht«, zeigt sie Verständnis. »Ich weiß, dass ich mit meiner Entscheidung einiges kaputt mache, aber ich kann nicht anders.«

»Was ist nur so faszinierend an diesen Harpers?«, spricht er einen Gedanken laut aus. »Erst rennst du mit wehenden Fahnen in die Harper-Klinik, um dort zu arbeiten, und nun das.«

»Meine Arbeit für Jason Harper hat mit der jetzigen Entscheidung nichts zu tun«, verteidigt Natessa sich. »Im Gegenteil: Wegen Vincent wollte ich sie zuerst gar nicht annehmen.«

»Das hat höchstens zehn Sekunden angehalten, danach waren alle deine Zweifel wie weggefegt«, erinnert er sie an die schnelle Zusage auf der Abschiedsfeier für Daniel.

»Es ist mein Traumjob, Enrique. Dafür habe ich jahrelang studiert. Ich dachte, du würdest es verstehen. Erst recht jetzt, wo du selbst kurz davorstehst, ebenfalls das zu tun, von dem du immer geträumt hast.«

»Ich würde darauf verzichten, damit ich dich nicht verliere. Aber so wie es aussieht, bekommst du beides: die Arbeit, die dir so viel Spaß macht, und den Mann deiner Träume noch dazu. Zumindest solange, bis er dich wieder enttäuscht.«

»Dieses Risiko gehe ich ein«, flüstert sie nur, da sie weiß, dass Enrique nicht unrecht hat und die Gefahr tatsächlich besteht. »Ich muss es einfach tun, weil ich es mir nie verzeihen würde, wenn ich die Chance vorbeiziehen lasse.«

»Entschuldige, dass ich mir die Viel-Glück-Floskel spare. Ich hoffe nur, dass dem Kerl klar ist, was er an dir hat. Verdient hat er dich jedenfalls nicht, nach allem, was er dir zugemutet hat.« Da Natessa nicht antwortet, sondern nur verlegen ihre Hände reibt, geht Enrique einen Schritt auf sie zu. Seine Finger legen sich unter ihr Kinn und heben den Kopf an. Jeglicher Glanz ist aus seinen Augen verschwunden, als er ihr Gesicht mustert.

In ihrem Blick liegt Sehnsucht – ein Sinnestaumel, der ihn die Luft anhalten lässt, weil er nicht ihm gilt, sondern diesem verdammten Harper. Für einen Moment will er trotzdem um sie kämpfen, sie zumindest darum bitten, ein paar Tage über ihren Entschluss nachzudenken. Aber er spürt deutlich, dass es keinen Sinn macht. Ihre Empfindungen sind wieder an den Punkt zurückgekehrt, bei dem für ihn alles aussichtslos ist. Ein Seufzen entfährt ihm, als er den Arm senkt. Er beendet damit den körperlichen Kontakt zwischen ihnen, bevor er alles Weitere, was sie einmal verbunden hat, ebenfalls zu einem Ende bringt.

»Geh zu ihm, Natessa, du hast eine Entscheidung getroffen, nun zieh sie auch durch.«

Ohne ihre Antwort abzuwarten dreht er sich um und verlässt den Raum. Eine Träne rinnt Natessa über die Wange, während sie ihm nachblickt. In ihrem Kopf dröhnt es, als sie nach ihrer Tasche greift. Kurz überlegt sie, Enrique hinterherzugehen, um sich noch einmal bei ihm zu entschuldigen. Doch sie weiß, dass es keine Worte gibt, die wiedergutmachen können, was sie ihm soeben angetan hat.

KAPITEL 29

Zum Strand von Malibu führt es Natessa, nachdem sie das Haus der Hunts verlassen hat. Zwei Stunden nimmt sie sich bei einem Spaziergang Zeit, um die Geschehnisse seit ihrer Suche nach Vincent noch einmal Revue passieren zu lassen. Dabei geht sie absichtlich nicht den gewohnten Weg in Richtung Bernhards Strandhaus, sondern den entgegengesetzten. Den Villen hinter den Dünen schenkt sie keine Aufmerksamkeit, viel zu sehr sind ihre Gedanken auf die beiden Begegnungen der letzten Stunden gerichtet.

Der Druck in ihrem Magen lässt mit jedem Meter nach, den sie über den Sand läuft. Doch das schlechte Gewissen Enrique gegenüber bleibt. Gleichzeitig weiß sie, dass sie ihn nur noch mehr verletzt hätte, wenn sie bei ihm geblieben wäre. Die Gefühle für Vincent wären nicht verschwunden und Enrique hätte unweigerlich gemerkt, dass etwas nicht stimmt. Eine Prophezeiung, mit der sie sich zu beruhigen versucht.

›Er wird darüber hinwegkommen‹, hofft sie. ›Ich dagegen sollte Vincent nicht länger im Unklaren lassen.‹

Ein Vorsatz, der sie den Rückweg antreten lässt.

Am frühen Nachmittag fährt sie die Hügel von Bel Air hinauf, nachdem sie sich mit einem Anruf in der Klinik versichert hat, dass Vincent nicht dort ist, um sich um seine Patienten zu kümmern. Der Weg zum Anwesen der Harpers kommt ihr trotz der langen Abwesenheit vertraut vor. Sogar das ungute Gefühl, als sie an der Villa vorbeifährt, in der Vincents Mutter nach wie vor lebt, kehrt zurück. Unsicher beobachtet Natessa die Fenster, doch zu ihrer Erleichterung ist Mrs. Harper nirgends zu entdecken.

Ihr Herz pocht in erhöhtem Tempo, als sie an die Holztür von Vincents Bungalow klopft. Sie versucht zu lächeln, aber die Aufregung friert ihre Gesichtszüge regelrecht ein.

Endlich hört sie Schritte, bevor einen Moment später die Tür geöffnet wird.

»Natessa!«, äußert Vincent mit einer Mischung aus Überraschung und Freude. Seine Stirn legt sich jedoch in Falten, als er die blasse Gesichtsfarbe der Besucherin bemerkt. Obwohl sich ein ungutes Gefühl bei ihm breitmacht, tritt er zur Seite und fordert sie lächelnd auf, einzutreten. »Wie geht es dir?«, erkundigt er sich, als sie nach ein paar Schritten unsicher stehen bleibt.

»Gut«, erwidert sie mit einem zaghaften Lächeln. »Ich habe eine Entscheidung getroffen.« Da ihre Hände zittern, versteckt sie diese hinter dem Rücken. Eine Geste, die Vincent als Ablehnung interpretiert. Nach einem tiefen Atemzug blickt er ihr offen entgegen.

»Hör mal, es ist in Ordnung, wenn du dein Leben nicht auf den Kopf stellen willst. Ich verstehe das, mach dir keine Sorgen. Mir ist viel zu spät klar geworden, dass …«

»Nein, warte!«, unterbricht Natessa ihn. »Lass mich doch erst mal erklären, zu welchem Ergebnis ich gekommen bin.«

»Ich brauche dich nur anzusehen, um das zu wissen«, entgegnet er. »Warum hast du dir nicht ein paar Tage Zeit gelassen, um mir Bescheid zu geben, dass du bei Enrique bleibst? Das hätte ich verstanden.«

»Vincent Harper, würdest du mir jetzt endlich mal zuhören?«, bittet sie ihn. Als er nickt, geht sie langsam auf ihn zu und legt ihre Hände an seine Oberarme. Behutsam streichen ihre Finger über seine Haut. »Du deutest da etwas vollkommen falsch. Ich bin hergekommen, weil ich bei dir sein will – nicht, um deine Bitte nach einem Neuanfang auszuschlagen.« Ihre Lippen verziehen sich zu einem Schmunzeln, als seine Augen sich weiten und er sie sekundenlang nur sprachlos ansieht.

»Wirklich?«, kann er sein Glück kaum fassen.

»Ja!«, bestätigt sie laut und deutlich.

Einen Sekundenbruchteil später reißt Vincent sie in eine Umarmung. Seine Arme schließen sich fest um sie, als er sie ein Stück anhebt, um sie im Kreis herumzuwirbeln. Auch nachdem er Natessa wieder auf den Boden gestellt hat, lässt er sie nicht los.

»Bist du dir sicher?«, vergewissert er sich, weil er immer noch nicht glauben kann, dass er sie zurückbekommen hat. »Es wird Hürden geben, aber ich verspreche dir, dass ich dich kein zweites Mal verlasse. Komme was wolle, wir werden es Hand in Hand meistern.«

»Ich wäre beim letzten Mal schon den schweren Weg mit dir gegangen, das weißt du doch«, antwortet Natessa ruhig, bevor sie ihn mit leiser Stimme bittet, sie endlich zu küssen.

Eine Aufforderung, für die es keiner Wiederholung bedarf. Stürmisch verhindert Vincent jedes weitere Wort, indem er Lippen und Zunge das Kommando übernehmen lässt.

Als ihre Zungenspitzen sich das erste Mal berühren, ist dies wie der Startschuss zu einem spektakulären Feuerwerk. Unterdrückte Gefühle suchen sich mit einem Knall ihren Weg aus dem Innern, steigen wie Raketen auf und zerbersten in Leidenschaft. Die widrigen Umstände hatten die Liebe in den letzten Monaten abgedeckt, sie zu einer schwach glimmenden Glut verdonnert. Doch ein paar Worte, intensive Blicke und Lippen, die nicht mehr voneinander lassen wollen, reichen aus, um sie in Sekundenschnelle zu einer lodernden Flamme zu entfachen.

Hatte es sich am Strand noch so angefühlt, als wäre der Kuss für Vincent wie die Luft zum Atmen eines Ertrinkenden, so spürt Natessa nun, dass er ihnen neues Leben einhaucht. Selbst als das erste große Feuer niedergebrannt ist, berühren sich ihre Lippen immer wieder kurz.

»Ich liebe dich, Natessa Morgan«, murmelt Vincent zwischen zwei hauchzarten Küssen. Seine Fingerspitzen streichen über Natessas Wangen, als er sich ein kleines Stück von ihr löst. Erleichterung zeigt sich in seinen Augen, als sie das Liebesbekenntnis ohne zu zögern erwidert. »Wollen wir zum Kamin hinübergehen? Ich kann ein Feuer entzünden und wir machen es uns dort gemütlich.«

»Mein Feuer hast du bereits entfacht«, antwortet sie mit einem zärtlichen Blick. »Wenn du nicht aufpasst, verglühe ich direkt in deinen Armen.«

»Wie wäre es mit Rotwein zum Ablöschen?«, schlägt er vor.

Als sie nickt, ergreift er ihre Hand und führt sie zum Küchenbereich. Ohne Natessa auch nur ein einziges Mal loszulassen, holt er zwei Gläser aus dem Schrank, die er ihr nacheinander reicht. Die Weinflasche, welche angebrochen auf der Anrichte steht, nimmt er selber.

Vor dem Kamin angekommen lässt Vincent mit einem Augenzwinkern Natessas Hand los.

»Nur, um den Korken aus der Flasche zu ziehen und uns einzuschenken«, erklärt er.

Ein Versprechen, das er hält. Kaum sitzen sie auf dem Lammfell, die Gläser neben sich abgestellt, legt er einen Arm um Natessas Schulter. Nachdem sie angestoßen und die ersten Schlucke genossen haben, sieht er sie nachdenklich an.

»Willst du darüber sprechen, wie es mit Enrique gelaufen ist? Das Gespräch mit ihm war sicher nicht einfach für dich.«

»Es war das Schlimmste, was ich jemals gemacht habe«, beginnt sie stockend. »Er hat so viel für mich getan, mich regelrecht gerettet. Dass ich ihn am Ende so verletze, hat er nicht verdient, aber ich konnte nicht anders.«

»Ich weiß genau, was du meinst«, erwidert Vincent. Seine Umarmung wird fester, ganz dicht zieht er sie zu sich heran. Als sie ihre Beine über seine legt und den Kopf an seine Schulter bettet, vergräbt er das Gesicht in ihrem Haar. »Als ich dir damals gesagt habe, dass meine Entscheidung gegen dich ausgefallen ist, hat es mir fast das Herz gebrochen. Uns wäre eine Menge Kummer erspart geblieben, wenn ich zu dem Zeitpunkt auf meine wahren Gefühle gehört hätte. Es tut mir so leid.«

Seufzend umfasst Natessa seine Hand, die auf ihrem Knie

ruht. Mit dem Daumen streicht sie über den Handrücken. Die Erinnerung an einen der schmerzvollsten Momente in ihrem Leben raubt ihr kurzzeitig die Sprache. Als sie sich wieder gefangen hat, rollt eine einsame Träne über ihre Wange.

»Du musstest diese Wahl treffen, auch wenn sie mir ebenfalls das Herz gebrochen hat«, gibt sie leise zu. »Deine Frau war nicht ehrlich zu dir, aber auf Enrique trifft das nicht zu. Er hat Ruhe und Geduld bewiesen, bis ich genug Vertrauen hatte, um eine neue Beziehung einzugehen. Die Trennung hat ihn schwer getroffen, weil sie vollkommen unerwartet kam. Bis zu dem Gespräch heute Morgen wusste ich selber nicht, wie ich mich entscheiden würde. Ausgerechnet Rick ist jetzt der große Verlierer des ganzen Dilemmas. Trotzdem konnte ich nicht anders – wäre ich geblieben, hätte ihn das auf Dauer noch mehr verletzt.«

»Ich werde versuchen, dir keinen Anlass dafür zu geben, dass du diesen Schritt jemals bereuen musst«, verspricht Vincent ihr nach einem Moment der Stille. Als sie den Kopf hebt, um ihm in die Augen sehen zu können, küsst er sie zärtlich.

Ein paar Stunden später hat sich die leicht getrübte Stimmung in Entspannung gewandelt. Ein langes offenes Gespräch über die Vorkommnisse der letzten Tage hat die beiden in alte Vertrautheit zurückgeführt. Vor allem Natessas ehrlich gezeigte Freude darüber, dass es Vinya schon besser geht, und ihr Interesse an dem Kind, lassen auch bei Vincent ein großes Stück Anspannung abfallen. Er ist sich sicher, dass er mit der Situation umgehen kann, wenn ihn die Frau, die er zurückbekommen hat, mit ihrer ruhigen und unvoreingenommenen Art unterstützt. Seine Augen fangen an zu leuchten, als er eine Strähne von Natessas Haar hinter ihr Ohr schiebt.

»Das wollte ich fast jedes Mal tun, wenn wir uns begegnet sind«, erklärt er lächelnd. »Endlich darf ich das wieder ohne schlechtes Gewissen tun. … So wie dieses hier«, fügt er hinzu, während er mit der Spitze des Zeigefingers die Konturen ihrer Lippen nachfährt.

»Es hat mir gefehlt«, entgegnet sie. Ein Grinsen erscheint auf ihren Zügen, nachdem sie seinen Finger mit den Zähnen eingefangen hat. Ihre Lippen schließen sich um die Beute und saugen sie ein paar Millimeter weiter in den Mund.

Eine verführerische Spielerei, die ihn den Atem anhalten lässt. Langsam kippt Vincent seinen Oberkörper nach hinten. Der Griff um Natessas Taille sorgt dafür, dass sie sich mit ihm neigt und Sekunden später auf ihm liegt. In ihren Augen blitzt es auf, als sie seinen Finger freigibt. Mit der Zungenspitze fährt sie sich über die Lippen, um diese zu befeuchten – oder seine Hose noch enger werden zu lassen.

Ein Stöhnen entfährt ihm tief aus der Kehle, als sie ihre Knie rechts und links neben seinen Hüftknochen platziert und sich behutsam auf ihm rekelt. Fasziniert beobachtet er, wie sie ihren Oberkörper langsam aufrichtet, bis sie rittlings auf ihm sitzt. Mit den Händen fährt er ihre Oberschenkel entlang, schiebt die Finger weiter, direkt unter ihr Shirt. Durch den Stoff hindurch zeichnen sich ihre Brustwarzen wie kleine Knöpfe ab.

Als er ihre Brüste umfasst, sie leicht knetet und aus den Körbchen des BHs befreit, beschleunigt sich Natessas Atem. In ihren Augen zeigt sich Vorfreude, als sie sich das Shirt über den Kopf zieht. Einen Augenblick später hat sie den Verschluss des Büstenhalters geöffnet, den er ihr über die Arme streift. Gleich darauf suchen sich seine Finger den Weg zurück zu ihren Brustwarzen.

»Ah«, stöhnt sie auf, als er rau mit den Daumen darüberfährt, sie noch härter werden lässt. Ein wohliges Schaudern erfasst ihren Körper – bringt ihn dazu, sich aus jeder Pore nach weiteren Berührungen Vincents zu sehnen. Hektisch schiebt sie ihren Hintern ein Stück zurück, um ungehinderten Zugang zu seinem Gürtel sowie dem Reißverschluss der Hose zu bekommen. Beides hat sie blitzschnell geöffnet.

Eine Hand drängt sich zwischen Stoff und Haut, schnell finden die Finger, was sie gesucht haben und schließen sich um seinen Schaft. Als Vincent stöhnend die Hüften ein wenig anhebt, hilft Natessa ihm, die Jeans samt Boxershorts loszuwerden.

Kaum von ihnen befreit, rollt er sich auf die Seite. Eine Bewegung, die sie mitmacht, sodass sie gleich darauf neben ihm liegt. Mit glühenden Blicken schauen sie sich an, setzen dabei das gegenseitige Entkleiden fort.

Hände fahren über nackte Haut, Finger stimulieren empfindliche Stellen, Lippen liebkosen den Körper des anderen, dienen als Vorbereitung einer Vereinigung, die kurze Zeit später erfolgt. Natessas Fingernägel krallen sich in Vincents Rücken, als er sich in ihr versenkt. Mit langsamen Stößen beginnt, was sich innerhalb von Minuten in schnellere, tiefere Wellen wandelt und für beide mit einem lauten Stöhnen auf Wolke Sieben endet.

Schwer atmend, aber glücklich wie lange nicht mehr, zieht Vincent sich aus Natessa zurück, die den Nachhall des Höhepunktes noch immer spürt.

»Ich liebe dich«, flüstert sie, als er sich zur Seite rollt, ihren Körper dicht an seinen heranzieht und eine Decke, die er vom Sofa heruntergeangelt hat, über ihnen ausbreitet.

»Ich liebe dich auch«, entgegnet er, »zweifle nie daran. Egal was passiert, ich werde ab jetzt immer zu dir stehen.«

»Wir bekommen das hin, wenn wir offen miteinander umgehen. Davon bin ich überzeugt, Vincent«, versichert sie, ehe sie zufrieden die Augen schließt und einfach nur den Moment genießt, in dem ihre kleine, heile Welt wieder im Lot ist.

ENDE

~ Fortsetzung folgt ~

SO GEHT'S WEITER

Nachdem sich alles im Leben von Vincent und Natessa geändert hat, haben sie wieder zueinandergefunden, da ihre Gefühle füreinander nie vergangen sind. Trotz aller zu erwarteten Widrigkeiten wollen sie einen neuen Versuch für ein gemeinsames Leben starten. Ein Vorhaben, das ihnen viel abverlangen wird. Alte Partner, entsetzte Familienmitglieder sowie neue Tücken stellen sich ihnen in den Weg und die Liebe auf eine harte Probe.
Werden sie alles meistern und am Ende glücklich werden?

Aber auch für Emilia und Jason ist die Möglichkeit eines gemeinsamen Lebens noch nicht vorbeigezogen.
Werden sie es schaffen, die Differenzen, die sich durch Emilias Vertrauensbruch aufgebaut haben, zu überwinden? Oder sorgen die Umstände dafür, dass Jason nie vergisst, was Emilia ihm jahrelang verschwiegen hat? Ein Geheimnis, das nicht nur die beiden betrifft, sondern die Familienstruktur der Morgans und der Harpers durcheinanderwürfeln kann, wenn alle davon erfahren.

Was sieht das Schicksal für die beiden Familien vor? Wer überwindet alle Hürden und wird am Ende glücklich?
Der abschließende dritte Teil der Schicksalstrilogie wird es ans Licht bringen.

DANKSAGUNG

Ich danke vor allem den Testlesern, die bis zum Ende durchgehalten und mich auf vielfältige Weise bei der Umsetzung der Fortsetzung unterstützt haben. Eure Rückmeldungen, Anmerkungen und vor allem die Spekulationen haben mir sehr viel Spaß gemacht und eine Menge Motivation geschenkt. Ein besonderer Dank gilt zusätzlich denen, die Rechtschreib- und Grammatikfehler aufgedeckt oder sehr gute Formulierungsvorschläge gegeben haben.

Ein weiterer Dank geht an Anna, die auch diese Geschichte begleitet und beurteilt hat. Dass Du immer noch Flüchtigkeitsfehler findest - auch inhaltlich - ist unbezahlbar.

Vielen Dank, meine Liebe!

BISHER VON DER AUTORIN ERSCHIENEN

Vine & Coffee Lounge – Lance & Jules

Die »Vine & Coffee Lounge« ist ein angesagtes Lokal im Geschäftsviertel einer amerikanischen Metropole. Es hat vom Frühstücksangebot inklusive Coffee to go, über frisch zubereitete leichte Mittagsgerichte, einer Auswahl an Kaffee- und Kuchenspezialitäten, bis hin zu einem umfangreichen Getränkeangebot am Abend viel zu bieten. Vor allem Yuppies und andere gut verdienende Angestellte aus der umliegenden Geschäftswelt besuchen das Ambiente.
Die Leute gehen ein und aus, Kontakte werden geknüpft oder einfach nur die Atmosphäre genossen. Kurzum, es finden sehr viele unterschiedliche Begegnungen in der »Vine & Coffee Lounge« statt. Von einer dieser Begegnungen erzählt diese Geschichte.

Lance, der Betreiber der »Lounge« beobachtet sehr gerne, wie sich die Gäste begegnen, für Aufsehen sorgen oder völlig unauffällig agieren. Eines Abends besucht eine rassige Rothaarige in Begleitung ihrer unscheinbaren Freundin das Lokal, die die Blicke aller Gäste und des Personals auf sich zieht – einschließlich denen von Lance und seinem Angestellten Sam.

Der Abend endet unerwartet im Weinkeller des Lokals. Ein Schäferstündchen der besonderen Art beginnt, dessen Fortgang Lance mehr als überrascht.

Der Auftakt der »Story to go Reihe« mit in sich abgeschlossenen Liebesgeschichten, die alle im Zusammenhang mit der Vine & Coffee Lounge stehen.

Schicksalhafte Begegnungen – Fateful encounter

„Schicksalhafte Begegnungen – Fateful encounter" ist der Vorläufer zu diesem Buch.

Im Mittelpunkt des Geschehens stehen zwei sehr unterschiedliche Familien.
Die eine ‚reich und berühmt' - die andere aus der Mittelschicht, ohne Beachtung in der Öffentlichkeit.
Die Harpers leben in Bel Air und sind Inhaber einer Klinik. Die Morgans leben im Valley und halten sich finanziell gerade so über Wasser.

Die Familien bekommen Kontakt zueinander, als Vincent Harper und Natessa Morgan sich treffen. Sie kennt ihn aus den Zeitungen und schwärmt heimlich für ihn, er beachtet sie anfangs kaum.
Durch das Zusammentreffen der Sprösslinge entstehen Verwicklungen, Verwirrungen sowie ein ziemliches Gefühlschaos. Dabei bleiben die beiden nicht die einzelnen Familienmitglieder, die aufeinander treffen.

Alles in allem geht es auf rund 520 Seiten um Liebe, Verwicklungen, Intrigen, Herzschmerz und Spannung.

Eine Ménage-à-trois auf vier Pfoten

»Eine ménage-à-trois auf vier Pfoten« ist eine kleine Geschichte über die Einzelgängerin Kitty, die mit ihrem Frauchen, die sie liebevoll »die Miss« nennt, in eine neue Umgebung zieht.
Dort lernt sie gleich zwei neue Freunde kennen, die unterschiedlicher nicht sein könnten. Wer erobert das Herz der eitlen Kitty, die viel Wert auf ihr Äußeres legt?

IMPRESSUM

Mareile Raphael
c/o Papyrus Autoren-Club,
R.O.M. Logicware GmbH
Pettenkoferstr. 16-18
10247 Berlin
Tel.: 030 / 49997373

Homepage
http://mareileraphael.de

Facebook
https://www.facebook.com/mareile.raphael

E-mail
mareile (at) mareileraphael.de

23558258R00319

Printed in Poland
by Amazon Fulfillment
Poland Sp. z o.o., Wrocław